rororo

rororo

Mikael Bergstrand, Jahrgang 1960, ist Journalist und Schriftsteller. Er arbeitet seit vielen Jahren für die Zeitung «Sydsvenskan». Nach einigen Jahren als Korrespondent in Neu-Delhi ist Bergstrand wieder in seine Heimatstadt Malmö zurückgekehrt. Der dreifache Vater liebt seine Familie, den Fußballclub Malmö FF, gutes Essen, Fahrradrikschas, Snowboarding in den Alpen und Rafting auf dem Ganges.
Im Rowohlt Taschenbuch Verlag erschien bereits der erste Band der Reihe um die smarte junge Journalistin Leyla Abdallah, «Weiße Rache» (rororo 25482).

«Eine spannende Geschichte mit einem wichtigen Thema.» *(Västerviks Tidning)*

Stimmen zu «Weiße Rache»:
«Mikael Bergstrands Milieustudie rund um Fremdenfeindlichkeit und Vorurteile ist präzise beobachtet und lässt sich mühelos in jede andere Großstadt projizieren. Ein hochaktueller und nachdenklich stimmender Krimi.» *(Ruhr Nachrichten)*

«Spannend, überraschend und sehr packend.»
(Kristianstadsbladet)

«Ein hochaktueller und engagierter Krimi.»
(Skånska Dagbladet)

MIKAEL BERGSTRAND

FLUCHT INS DUNKEL

Kriminalroman

Aus dem Schwedischen von Nike Karen Müller

Rowohlt Taschenbuch Verlag

Die Originalausgabe erschien 2008 unter dem Titel
«Låt barnen komma till mig» im Forum Bokförlaget, Stockholm.

Deutsche Erstausgabe
Veröffentlicht im Rowohlt Taschenbuch Verlag,
Reinbek bei Hamburg, März 2012

Redaktion Friederike Arnold
Umschlaggestaltung any.way, Barbara Hanke / Cordula Schmidt
(Foto: Thomas Holton / Getty Images)
Satz DTL Documenta PostScript (InDesign) bei
hanseatenSatz-bremen, Bremen
Druck und Bindung CPI – Clausen & Bosse, Leck
Printed in Germany
ISBN 978 3 499 25483 3

Und sie brachten Kindlein zu ihm, dass er sie anrührte. Die Jünger aber fuhren die an, die sie trugen. Da es aber Jesus sah, ward er unwillig und sprach zu ihnen: Lasset die Kindlein zu mir kommen und wehret ihnen nicht; denn solcher ist das Reich Gottes. Wahrlich, ich sage euch: Wer das Reich Gottes nicht empfängt wie ein Kindlein, der wird nicht hineinkommen. Und er umarmte sie und legte die Hände auf sie und segnete sie.

Markus 10, 13–16

MITTWOCH, 15. AUGUST

Sie wollte seinem Blick nicht öfter als nötig begegnen und konzentrierte sich deshalb auf den Mund. Auf die schmalen Lippen unter dem albernen kleinen Schnurrbart. Zwei parallele Striche, die auf und ab hüpften. Die Worte glichen einem monotonen, ermüdenden Strom. Es war, als bewegten seine Lippen sich automatisch, als hätte jemand auf einen Knopf gedrückt. Nur wenn er die Lippen hin und wieder mit der Zunge befeuchtete, wurde der Sermon kurz unterbrochen. Er ist sicher nervös, dachte sie.

Sie zwang sich, ihm in die Augen zu sehen und dem Blick für ein paar Sekunden standzuhalten. Um den Schein zu wahren. Er sah ein bisschen ängstlich aus. Ja, tatsächlich. Hinter seiner beherrschten Fassade aus weißem Arztkittel, sorgfältig gestutztem Schnauzer und dem antrainiert mitfühlenden Lächeln saß eine kaum wahrnehmbare Angst.

Die Luft im Zimmer war stickig, da bei dem Tischventilator nur noch die niedrigste Stufe funktionierte. Typisch schwedisch, dass die Klimaanlage des Krankenhauses nicht einmal mit einer simplen Hitzewelle fertigwurde. Und das Reserveaggregat war offensichtlich nicht für diese Abteilung vorgesehen. Das Land des perfekten Mittelmaßes war mit allem überfordert, was vom Üblichen abwich. Nun sollte also ein halb kaputter Tischventilator verhindern, dass sie wegschmolzen wie zwei Eisblöcke in einer Sauna.

Trotzdem irgendwie gut, dachte sie. Jetzt sind wir alle

gleich. Wir schwitzen, egal ob wir Hitzewallungen oder einen Kater haben, Antidepressiva schlucken oder einfach nur unter der Wärme leiden. Die Überlegenheit des Weißkittels verdampft in der schwülen Hitze.

Er redete mit derselben Monotonie weiter, während er an dem Tischventilator herumfingerte in dem aussichtslosen Versuch, dessen Drehgeschwindigkeit zu erhöhen.

«Was meinen Sie? Ist das für Sie in Ordnung?»

Der andere Tonfall des Chefarztes sorgte dafür, dass sie die Frage gerade noch mitbekam. Aber sie wusste nicht, was sie antworten sollte, denn sie hatte vorher nicht zugehört. Vielleicht wollte er nur wissen, wie sie mit der Hitze zurechtkam. Sie musste sich zusammenreißen. Sich konzentrieren.

«Doch, das klingt gut. Aber wie meinen Sie das, was Sie gerade gesagt haben?», fragte sie listig und zwang sich erneut, ihm in die Augen zu sehen.

Der Chefarzt wirkte zufrieden. Vermutlich weil er so mit seinem Vortrag ungehindert fortfahren konnte. Er nahm seine Brille ab und steckte das Ende des einen Bügels in den Mund. Der Anblick ekelte sie, und sie lehnte sich unwillkürlich auf ihrem Stuhl zurück.

«Es ist wichtig, dass Sie die Einnahme des Medikaments fortsetzen. Sie haben darauf angesprochen und ... Was ich damit sagen will, Sie haben die akute Phase Ihrer Depression überstanden, und Sie werden das Leben nun langsam wieder in einem helleren Licht sehen. Nicht wahr?»

Sie nickte und lächelte gezwungen. Zwar hatte er recht damit, dass sie nicht mehr daran dachte, sich umzubringen, aber er hatte nicht die leiseste Ahnung, was in ihrem Innern vor sich ging. Und sie hatte auch nicht vor, ihm davon zu erzählen. Der Chefarzt blätterte in ihrer Patientenakte und wischte sich mit einem karierten Stofftaschentuch über den

Nacken. Es war beinahe unerträglich heiß im Zimmer. Das angekippte Fenster brachte keine Abkühlung, da es draußen genauso stickig war. Auf einer der letzten Seiten hielt er inne, las und nickte langsam.

«Wie ich sehe, machen Sie sehr gute Fortschritte. Aber vielleicht sollten wir die Dosis etwas erhöhen, um keinen Rückschlag zu riskieren. In der ersten Phase nach der Entlassung ist das ganz besonders wichtig.»

Zeit zu protestieren. Aber alles in Maßen.

«Ich bin aber schon seit fast einem Monat aus dem Krankenhaus draußen.»

Sie blickte ihm wieder kurz in die Augen. Ein wenig unterwürfig, damit er dachte, er hielte das Steuer in der Hand. Aus irgendeinem Grund schienen sie das zu mögen, die Weißkittel. Besonders diejenigen, die in der Hierarchie ganz oben standen und sich nicht mit den Patienten befassen mussten, wenn es ihnen richtig schlechtging. Wenn sie von Dämonen besessen waren, sich die Haut aufritzten oder mit dem Kopf gegen die Wand schlugen. Die Halbgötter in Weiß in ihren porentief reinen Kitteln, die immer erst hinterher mit ihren klugen, vernünftigen Resümees kamen, mit ihren zu nichts verpflichtenden und hastig zusammengekritzelten Therapien.

Aber sie hatte sich entschieden. Sie war an keiner Gesprächstherapie interessiert, falls man ihr wider Erwarten eine anbieten sollte. Sie wollte kein hilfloses Opfer mehr sein, keine Ausgelieferte, die darauf wartete, dass andere eingriffen und sie retteten. Prinzen auf weißen Pferden gab es nur im Märchen. Sie hatte vor, auf eigene Faust zu handeln.

Sie atmete schwer in der Hitze, fuhr vorsichtig mit der Hand durch ihren Halbpony und strich sich eine dünne, nasse Haarsträhne hinters Ohr. Sie fühlte, wie ihr der

Schweiß auf der Stirn stand. Aber dann kam ein armseliger Lufthauch vom Tischventilator und trocknete die Schweißperlen für einen Moment. Bleib cool, redete sie sich gut zu. Lass ihm das Gefühl, wichtig zu sein. Geh behutsam vor.

«Ich fände es im Gegenteil viel besser, wenn ich die Dosis ein bisschen reduzieren könnte. Jetzt, wo es mir wieder gutgeht und ich meine Probleme endlich erkannt habe», sagte sie.

Der Arzt hatte aufgehört zu lächeln. Er stemmte seine Ellenbogen auf die Tischplatte und stützte nachdenklich das Kinn auf die gefalteten Hände, während er weiter an seinem Brillenbügel lutschte. Genau die Pose, die Wichtigtuer immer einnehmen, dachte sie.

«Es wird nicht wieder vorkommen», sagte sie mit einer Festigkeit in der Stimme, die sie selbst überraschte. «Ich bin sehr dankbar für die Betreuung hier im Vrinnevi-Krankenhaus und für die Erkenntnis, die ich durch die Gespräche mit Ihnen und den anderen Ärzten auf der Station gewonnen habe.»

Der Chefarzt saß immer noch in derselben Haltung da, zog aber bei ihren schmeichelnden Worten mit einem reflexartigen Zucken die Augenbrauen hoch. Dann räusperte er sich und fuhr mit seiner Rede fort.

«Das freut mich. Und wie ich schon sagte, bin ich auch sehr beeindruckt von Ihren Fortschritten. Aber Sie dürfen die Medikation nicht als etwas Unnormales betrachten. Im Gegenteil, sie ist eine wichtige Unterstützung für Sie. Wir wollen nur, dass es Ihnen gutgeht.»

Ohne Vorwarnung drückte er plötzlich innerlich auf Stopp. Stille erfüllte den Raum, nur der Tischventilator surrte leise. Es war eine Kunstpause, das wusste sie, die Ärzte gerne benutzten, um entweder den Patienten zum Reden zu bringen oder die Gelegenheit zu nutzen, selbst ihre Weisheiten von sich zu geben. Sie schwieg. Er sollte ruhig weiterreden. Sie würde nur gelegentlich eine kleine Anmerkung machen. Einen demütigen Einwurf, der ihrer Sache diente.

Er schob das Kinn noch eine Idee weiter vor, um Ernsthaftigkeit und Vertraulichkeit zu suggerieren.

«Ich will ganz offen zu Ihnen sein, denn Sie liegen mir wirklich am Herzen. Bei Ihnen kam die Hilfe in letzter Sekunde. Sie hätten sich um Haaresbreite selbst schweren Schaden zugefügt. Es hat nicht viel gefehlt, und Sie hätten Ihren Vorsatz, sich das Leben zu nehmen, in die Tat umgesetzt. Es war ja auch nicht der erste Versuch. Dass Sie nun auf dem Wege der Besserung sind, ist überaus positiv, aber wir sollten in Ihrem eigenen Interesse nichts übereilen. Deshalb möchte ich, dass wir wenigstens noch einen Termin vereinbaren. Kommen Sie in zwei Wochen wieder und bleiben Sie bis auf weiteres bei der bisherigen Medikamentendosis. Sie nehmen vierzig Milligramm Seroxat, ist das richtig?»

Sie nickte und warf einen Seitenblick auf das gerahmte Foto. Es stand etwas schräg auf dem Schreibtisch, sodass sie nicht viel mehr sehen konnte als die Silhouetten der Personen. Aber sie erkannte ihn trotzdem wieder, er stand in der Bildmitte und hatte eine Hand auf die Schulter der Frau gelegt. Auf der anderen Seite neben ihm standen zwei kleinere Gestalten. Papa Halbgott mit Frau und Kindern, dachte sie.

«Anschließend nehmen wir eine Neubewertung vor und besprechen, wie es weitergeht», sagte er und machte ein wichtigtuerisches Gesicht. Verständnisvoll und gleichzeitig so ungeheuer wichtig. Das sind die Schlimmsten, dachte sie, die so taten, als würden sie sich kümmern. Die eine Illusion von Nähe und Vertrauen schufen, aber denen in Wirklichkeit solche Menschen wie sie egal waren.

Sie spielte mit. Nickte wieder, um zu zeigen, dass sie begriff, worum es ihm ging. Und dass sie alles einsah. Das war ein immer wiederkehrendes Mantra in der Psychotherapie. Einsicht, Einsicht, Einsicht. Wenn man den Ärzten oft genug versicherte, dass man alles einsah, wurde man schließlich für gesund erklärt. So war die Logik. «Ich weiß, dass ich verrückt bin, also bin ich nicht völlig krank im Kopf.»

Sie war es leid, auf den Mund des Chefarztes zu starren, und ließ den Blick durchs Zimmer wandern. An der Wand schräg hinter dem Schreibtisch hing ein Poster von einer Südseeinsel. Es zeigte wie üblich Palmen, einen schneeweißen Sandstrand, türkisblaues Meer, azurblauen Himmel und eine glühende orangefarbene Sonne. Alles ebenso berauschend schön wie unwirklich. Sie wusste, welchen Zweck das Poster hatte. Als sie kürzlich mit aufgesperrtem Mund bei ihrem Zahnarzt auf dem Stuhl gelegen und an die Decke gestarrt hatte, war ihr Blick auf ein ebensolches Plakat gefallen. Es hing dort, damit sie und die anderen armen Teufel, die mit Bohrern, Fräsen, Zangen, Spritzen und sonstigen Folterinstrumenten gequält wurden, sich wohl fühlen sollten.

In Wirklichkeit hatte es einen ... wie hieß es noch gleich? Kontraproduktiven Effekt. Denn sobald man ein schönes Poster mit einem Südseemotiv sah, wusste man, dass einem etwas Unangenehmes bevorstand. Wie etwa ein Gespräch mit einem Wichtigtuer von Arzt, bei dem man fast alles von sich preisgab, eine Wurzelfüllung oder ein Termin bei einem dummdreisten Sachbearbeiter einer Jobvermittlung. Sie atmete schwer vor Anspannung und Hitze.

«Es ist wirklich furchtbar heiß heute. Unglaublich, welchen Endspurt der Sommer noch hinlegt», sagte der Chefarzt und lächelte wieder, während er sich den Hals mit dem karierten Taschentuch abwischte.

«Warten Sie, ich hole uns eine kleine Erfrischung.» Er

seufzte demonstrativ, erhob sich und ging aus dem Zimmer. Er kehrte mit einer bauchigen Kanne und zwei weißen Plastikbechern zurück, die er auf dem Tisch abstellte.

«Möchten Sie?», fragte er und schenkte Wasser ein, ohne eine Antwort abzuwarten.

Ihre Kehle war so trocken, dass es fast schon weh tat. Sie trank in gierigen Zügen.

Er beobachtete sie, das wusste sie. Wollte sehen, wie sie mit der Situation umging, und anschließend seine lächerliche Schreibtischdiagnose stellen.

Ruhig, ganz ruhig bleiben. Wir sind jetzt gleichgestellt. Hinter dem weißen Kittel, dem dummen Schnurrbart, dem falschen Lächeln und den ermüdenden Vorträgen verbirgt sich auch nur ein unbedeutender Mensch.

Dem Weißkittel schien zu gefallen, was er sah und hörte. Er schielte auf seine Armbanduhr. Ihm blieb noch ein wenig Zeit, um weiterzureden. Damit hatte er seinen Teil erfüllt. Anschließend konnte er sie zu den Akten legen und nach Hause zu Frau und Kindern in der Villenidylle fahren. Vielleicht ein Steak auf den Grill legen und sich ein Glas Rotwein einschenken. Konnte sein Familienglück an diesem Spätsommerabend genießen und sie, die Patientin, aus dem Gedächtnis streichen. Aber vorher musste er noch ein bisschen reden. Um seine Angst loszuwerden. Er hat schließlich etwas zu verlieren, dachte sie.

Ich nicht.

Sie hörte mit einem halben Ohr seinem monotonen Blabla zu, achtete aber darauf, ihm hin und wieder in die Augen zu blicken. Damit es so aussah, als würde sie jedes seiner Worte in sich aufsaugen.

Die Nachmittagssonne knallte durchs Fenster. Sie sehnte sich, nach draußen zu gehen, und dem Arzt ging es genauso.

Er musste nur noch zum Ende kommen. In diesem Backofen mit dem kaputten Tischventilator fand nämlich ein sogenanntes Kontrollgespräch statt. Die Chefärzte mussten es mit den Patienten führen, um sich von der Verantwortung freisprechen zu können, falls etwas schiefging. In den letzten Jahren hatte es hier in der Psychiatrie des Vrinnevi-Krankenhauses in Norrköping nämlich eine Reihe unschöner Vorfälle gegeben. Suizidgefährdete Patienten waren entlassen worden, nur um auf kürzestem Weg nach Hause zu fahren und sich umzubringen. Überforderte Assistenzärzte hatten Schizophrene kurzerhand in Zwangsjacken gesteckt. Es gab zu wenig Personal, und die Sicherheit der Patienten wurde vernachlässigt. Die Gesundheitsbehörde hatte das scharf kritisiert.

Von alarmierten Gesundheitspolitikern unter Druck gesetzt, hatten die Halbgötter in Weiß Gegenmaßnahmen ergriffen, zumindest auf dem Papier. Man hatte eine Expertengruppe eingerichtet, der psychiatrische Maßnahmenkatalog war aktualisiert worden, und alle wichtigen Mitarbeiter hatten an Fortbildungen teilgenommen. So viele schöne Worte und so viele schöne Maßnahmen, dachte sie.

Er hatte in der Zeitung darüber Rechenschaft abgelegt, und auf dem Foto hatte er mit verschränkten Armen dagestanden, ein idiotisches, unpassendes Lächeln auf den Lippen unter seinem albernen Schnauzer. Als sie den Artikel las, hatte sie erkannt, dass er Angst hatte. Er hatte ja so viel zu verlieren. Seine hohe Position. Seine Autorität. Und am Ende vielleicht auch sich selbst.

Deshalb saß sie nun hier, Dora Brandt, fünfzig Jahre alt, und unterhielt sich mit dem Halbgott in Weiß. Aber das Budget des Gesundheitswesens war knapp bemessen, und sie hatte durchaus erkannt, dass dies in erster Linie eine Veranstaltung fürs Publikum war. Ihr Fall hatte keine hohe Priorität. Sie war nur eine abgehalfterte Künstlerin, die zwei missglückte Selbstmordversuche hinter sich hatte. Das erste Mal hatte sie sich vor acht Jahren umbringen wollen, als Göran sie verließ, und das zweite Mal vor vier Monaten, aus Gründen, die nur sie selbst kannte.

Sie hatte es nicht geplant und auch keinen Abschiedsbrief geschrieben. Eine Affekthandlung im Suff, sie war so betrunken gewesen, dass sie die Tabletten mit dem letzten Rest aus der Weinflasche hinuntergespült hatte.

Er stellte ein Rezept aus und schob es ihr hin. Beinahe absurd komisch, dachte sie, dass er einer Patientin so freizügig Medikamente verschreibt, die versucht hat, sich damit umzubringen. Aber er hatte wohl seine Budgetvorgaben.

Der weiße Chefarztkittel wusste sicher auch, dass es Dora über längere Zeit gutgegangen war. Es war zwar fast vier Jahre her, dass sie ihren festen Teilzeitjob als Bibliotheksassistentin in der Stadsbiblioteket aufgegeben hatte, aber sie hatte immer noch Kontakt zu einer Arbeitskollegin von damals. Dora Brandt, eine alleinstehende Frau ohne richtig gute Freunde, außer der Bibliothekarin Erika Andersson. Die liebe kulturinteressierte Erika, die Einzige, die sie noch hatte, seit die Mutter tot war. Erika, die sich um sie kümmerte und sie manchmal zum Essen einlud. Im Sommer vor zwei Jahren war sie sogar mit ihr nach Gotland in Urlaub gefahren, zur Mittelalterwoche. Erika Andersson, Freundin und Ticket in die Freiheit.

«Doch, ich verstehe schon, dass es gut für mich ist, wenn ich den Arztkontakt aufrechterhalte. Aber können wir den Termin vielleicht um ein paar Wochen verschieben? Ich habe nämlich eine längere Auslandsreise geplant», sagte sie.

Zwischen den Augenbrauen des Chefarztkittels in Weiß erschien eine kleine Falte. Er war wirklich ein lausiger Schauspieler.

«Es ist wegen meiner Freundin Erika», fuhr Dora fort. «Sie möchte, dass ich sie nach Berlin begleite. Wir wollen ein Seminar in Kunstgeschichte belegen, und ich habe ja auch wieder angefangen zu malen. Das Studium soll meiner Malerei zugutekommen. Zuerst hatte ich ihr gesagt, dass es wohl zu anstrengend für mich wird, aber sie hat darauf bestanden, und, na ja, mittlerweile freue ich mich schon richtig darauf. Aber ich sehe natürlich ein, dass es mir im Moment ein bisschen zu viel werden könnte.»

Die Falte über der Nasenwurzel des Chefarztes war verschwunden. Er hatte den Köder geschluckt.

«Das klingt doch nach einer wirklich guten Idee. Ich finde, Sie sollten auf Ihre Freundin hören, die Bekanntschaft hat Ihnen ja in all den Jahren recht gutgetan.»

Er verzog den Mund, und nun sah sein Lächeln beinahe echt aus. Er hatte sich informiert und Erika Anderssons positiven Einfluss auf sie aus ihrer Patientenakte entnommen. Dass ihre schlummernde soziale Kompetenz durch den Kontakt mit der Freundin wieder geweckt worden war. Bravo, Doktor Allwissend! Dafür gibt's ein goldenes Sternchen ins Heft!

Die Zeit war um, die Vorstellung vorüber. Der Halbgott in Weiß konnte nach Hause zu seinem Familienidyll gehen. Sie wiederum konnte einen schönen Abgang hinlegen. Auf einer Reise zusammen mit ihrer Stütze Erika Andersson. Auf dem Weg zurück ins Leben.

«Ach, übrigens», fiel dem Arzt ein, als sie sich erhoben, «haben Sie abgenommen?»

«Ja, etwas. Ich bin viel spazieren gegangen und habe weniger gegessen.»

«Das ist toll, wo Sie doch Tabletten nehmen. Es ist ja nicht ungewöhnlich, dass man dann eher ein paar Pfunde zulegt.»

«Danke.»

«Steht Ihnen wirklich gut», fügte er hinzu und lächelte beinahe galant.

Sie verabschiedeten sich mit feuchtem Händedruck. Er sagte noch so etwas wie «Angenehme Reise» und «Vergessen Sie nicht, Ihre Tabletten zu nehmen» und «Falls etwas sein sollte, melden Sie sich». Und dann schielte er auf seine Armbanduhr.

Dora Brandt verließ das stickige Zimmer und schritt den langen Flur mit blankpoliertem Natursteinboden entlang, an den Wänden typische Institutionskunst – kleine Büsten aus Ton und nichtssagende Gemälde mit Vierecken und Strichen. Sie war diesen Weg viele Male gegangen, mit wesentlich schwereren Schritten als heute. Seufzergang hatte sie den Flur früher genannt, der an der Außenwand des großen Krankenhausgebäudes entlanglief und zu verschiedenen Stationen abzweigte. In der Eingangshalle angekommen, betrat sie die Apotheke und legte das Rezept vor, das der Chefarzt ihr gegeben hatte. Sie setzte sich und wartete ein paar Minuten auf ihre Medikamente. Nachdem sie ihre Glückspillen bekommen hatte, ging sie noch rasch in den Zeitungsladen gegenüber und kaufte sich ein Eis. Es war immer noch sehr heiß, aber innerlich fühlte sie sich kühl. Kühl und beherrscht.

Vor dem Haupteingang des Krankenhauses nahm sie den Bus zurück zum Zentrum von Norrköping. Am Hauptbahnhof stieg sie aus und ging in den Järnvägsparken, wo sie eine freie Bank im Schatten fand, ein Stück entfernt von ein paar lärmenden Säufern. Sie öffnete ihre Handtasche und zog den abgegriffenen Brief heraus, den die Weißkittel nicht in ihre gierigen Finger bekommen hatten. Dora las ihn zum x-ten Mal. Wort für Wort, fast Buchstabe für Buchstabe, obwohl sie seinen Inhalt auswendig kannte. Immer noch spürte sie dabei Zorn in sich aufwallen, aber sie hatte gelernt, ihn unter Kontrolle zu halten. Es war ein Zorn, der ihr Nahrung und Kraft gab. Ein Zorn, der ihr hoffentlich helfen würde, ihr Ziel zu erreichen.

Der Brief war von Josefin Mjörner – Schauspielerin, Politikerin und, vor allem, Beschützerin der Kinder. Sie hatte ihr Leben im Ruhestand einer Aufgabe gewidmet: die Ausgestoßenen, Vernachlässigten und Untergetauchten zu retten. Nachdem sie sich mit ihrer neugegründeten Partei in die Politik gestürzt hatte, eroberte sie als Nationalikone ganz Schweden im Sturm. Josefin Mjörner, sie lebte außerhalb von Malmö, war zu einem Symbol für das gute Gewissen geworden.

Dora Brandt holte den anderen Umschlag aus ihrer Handtasche und überprüfte noch einmal den Inhalt. Doch, es war alles da: Geld, Zugfahrkarte, Stadtplan und die Kopie des neuen Mietvertrags.

Ein X2000-Schnellzug aus Stockholm glitt in den Bahnhof von Norrköping, entließ einen Strom von Pendlern und nahm neue Passagiere auf, die nach Süden wollten. Es würden noch mehr Züge kommen. Übermorgen, am Freitag, ging einer um 9.35 Uhr, Ankunft Malmö 12.45 Uhr.

Wie hatte der Weißkittel noch gesagt? Angenehme Reise.

DONNERSTAG, 16. AUGUST

Müde nach einem arbeitsreichen Tag und den Kopf voll widerstreitender Gedanken, betrat sie ihre Küche und blickte auf das Chaos. Wollmäuse tanzten höhnisch über den Fußboden, und der Berg von schmutzigem Geschirr hatte eine solche Höhe über dem Wasserspiegel im Spülbecken erreicht, dass es einfach unmöglich war, noch mehr darauf zu stapeln. Leyla Abdallah seufzte tief und beschloss, endlich etwas gegen das Elend zu unternehmen. Sie schichtete die verkrusteten Teller auf der Spüle übereinander, baute Gläser und Tassen zu hohen Türmen daneben auf und ließ die schmutzig grüne Jauche ab, sodass das Besteck am Boden des Beckens zum Vorschein kam. Die ganze Situation hat etwas Absurdes, dachte sie. Eine achtundzwanzigjährige Frau, die sich um niemanden zu kümmern hatte als um sich selbst und ihre Wohnung, sollte sich nicht wie ein schlampiger Teenager aufführen, der eine Woche sturmfreie Bude hat. Sie sollte genug Disziplin aufbringen, Ordnung zu halten, anstatt ihre lächerlichen Alltagspflichten derart zu vernachlässigen, dass ihre Wohnung über kurz oder lang einem Saustall glich.

Aber es war in der letzten Zeit so viel passiert, so viele Gedanken, die ihr durch den Kopf gingen, so viele Gefühle, die durch den Körper rasten.

Seit sie den Bescheid bekommen hatte.

Sie fühlte sich klein und ratlos. Ängstlich, aber irgendwo

auch seltsam stolz, auf eine Art, die sie bisher nicht gekannt hatte.

Leyla spritzte ordentlich Spülmittel aufs Besteck und ließ heißes Wasser ein. Der üppige Schaum kitzelte an den Händen und machte es ein wenig leichter, mit dem Abwaschen anzufangen. Sie schrubbte die Essensreste mit der Spülbürste ab und spülte mit fließendem Wasser nach. Der Besteckkorb füllte sich langsam, bis er so vollgestopft war, dass sie die letzten Messer mit Gewalt hineindrücken musste.

Danach nahm sie sich die Teller vor. Die gleichförmige, systematische Arbeit gab ihr eine gewisse Ruhe und machte es einfacher, die Gedanken zu sortieren. Der jüngste Streit mit ihrem Freund Tom saß immer noch wie ein Stachel in ihrem Herzen. Sie hatte beschlossen, es ihm zu sagen, und dann lief alles schief. Seine selbstgerechte schwedische Art hatte sie rasend gemacht, und sie hatte geschrien, er solle sich zum Teufel scheren. Die harten Worte waren wie Querschläger von den Wänden zurückgeprallt, hatten sie beide getroffen und blutende Wunden gerissen. Nach einer Woche Abstand war ein Teil des Schmerzes verebbt, mittlerweile konnte sie ihm durchaus mildernde Umstände zugestehen. Sein Frust hatte auch eine gewisse Berechtigung, und er hatte nicht ganz unrecht damit, dass sie ein Feigling war. Aber für ihn war ja auch alles viel einfacher. Tom Wahlgren aus der schwedischen Mittelschicht musste sich nur mit den üblichen schwedischen Vorurteilen seiner Freunde und Bekannten auseinandersetzen. Obwohl er etwas anderes behauptete, würde er niemals ihre Angst verstehen, wenn sie Hand in Hand durch den Kungsparken gingen oder in einem sonnigen Gartenlokal an der Kaipromenade Kaffee tranken. Für ihn war es so einfach, Bedingungen zu diktieren und Forderungen zu stellen. So einfach, sie aufzufordern, «den Stier bei den Hörnern zu packen».

Leyla spürte, wie ihre Wangen heiß wurden. Leyla, die Tomate. Trotz ihrer dunklen Haut konnte sie nie das verräterische Rot verbergen, wenn sie sich aufregte oder verlegen war.

Zur Hölle mit dir, Tom! Warum behandelst du mich so? Warum kannst du mich nicht einfach in den Arm nehmen und da sein, wenn ich dich brauche, ohne deine dummen, naiven Kommentare? Warum kannst du mir nicht den Rücken stärken und mich den Stier bei den Hörnern packen lassen, wenn es so weit ist? Ich könnte das schon schaffen, wenn du mir nur vertrauen würdest. Wenn du mir Zeit geben und nicht so ungeduldig wärst. Wenn du versuchen würdest zu verstehen und dich nicht bloß hinter deinem selbstsicheren Schwedischsein verschanzt.

Und nun auch noch das.

Sie umklammerte die Spülbürste so fest, dass die Knöchel weiß hervortraten. Die festgetrockneten Essensreste hatten keine Chance gegen Leylas kraftvolles Schrubben, und bald standen im Geschirrständer blitzblanke Teller.

In der ersten Zeit war er so verständnisvoll gewesen, so fürsorglich und immer in ihrer Nähe. Sie sehnte sich nach dieser Zeit zurück, als die Liebe alle anderen Gefühle übertrumpfte und es nichts Wichtigeres gab als das Hier und Jetzt. Als die Zukunft noch etwas Diffuses war, um das sie sich nicht wirklich zu kümmern brauchten, von dem sie träumen konnten.

Zwei Jahre später hatten der Alltag und die Realität sie eingeholt und alles auf den Kopf gestellt. Leyla Abdallah war nicht mehr nur die erfolgreiche Immigrantentusse, die eine journalistische Blitzkarriere hingelegt und sich einen Namen in der Branche gemacht hatte. Jetzt stand sie auch vor der Entscheidung, ob es Sinn hatte, eine von Anfang an eher unmöglich erscheinende Beziehung zu retten und gleichzeitig zu versuchen, ihrem Ruf als furchtlose Reporterin gerecht zu werden. Die scharfen Krallen des Spießbürgertums hatten ihrem Selbstvertrauen und ihrer Neugier ein paar hässliche Wunden zugefügt.

Trotzdem wusste Leyla insgeheim, dass sie jetzt eine bessere Reporterin war als zur Zeit ihres großen journalistischen Durchbruchs, der ihr als Urlaubsvertretung gelungen war. Es war fast zwei Jahre her, dass sie unter Einsatz ihres Lebens eine Gang entlarvt hatte, die sich «die Rächer» nannte und systematisch kriminelle Jugendliche aus dem Migrantenmilieu in Malmö überfiel. Die Bande hatte einen Mord begangen, und ihre Verbindungen reichten bis in die höchsten Gesellschaftsschichten, weshalb Leylas Entdeckung im ganzen Land hohe Wellen geschlagen hatte. Aber der Fall hatte sie psychisch schwer mitgenommen.

War es das wert gewesen? Vielleicht. Auf jeden Fall hatte es sich wie ein Sprungbrett auf ihre Karriere ausgewirkt. Die folgende Festanstellung in der Nachrichtenredaktion war für sie der Beweis, dass sie das Zeug zu einer guten Journalistin hatte.

Sie sehnte sich nicht unbedingt zurück ins Kriminalressort. Ihre jetzige Arbeit im Ressort für Innenpolitik genoss höheres Ansehen, und sie hatte im letzten Jahr eine Menge gelernt. Obwohl, manchmal vermisste sie es schon, das aufregende Prickeln, wenn sie nach einer Meldung im Polizeifunk sofort ausrücken mussten. Aber am meisten vermisste sie die Zusammenarbeit mit Palle Pettersson. Nicht nur weil der Fotograf mit den unorthodoxen Methoden schnell und zuverlässig arbeitete, sondern weil er frei war von jeder falschen Bewunderung, wie viele andere sie ihr entgegenbrachten. Etwa die Kollegen, die ihr anerkennend übers Haar strichen, weil sie trotz ihres Migrationshintergrunds so gute Arbeit geleistet hatte, oder die Vorgesetzten, die sie als multikulturelles Alibi benutzten, wenn die Chefredaktion sich mit lästigen Fragen konfrontiert sah, warum die Zeitung in ethnischer Hinsicht personell so auffallend dünn besetzt war.

«Wir arbeiten intensiv an einer multiethnischen redaktionellen Besetzung und sind bei Neuanstellungen wirklich nach allen Seiten hin offen. Man kann die Verhältnisse natürlich nicht über Nacht umkehren, aber wir sind auf unserem Weg schon ein gutes Stück vorangekommen. Nehmen Sie zum Beispiel Leyla Abdallah, einer unserer jüngsten Neuzugänge und derzeit unsere wohl beste journalistische Spürnase.»

So hatte es mehr als einmal geheißen, und Leyla hatte es schon bis obenhin satt, die tüchtige Kanakentusse zu sein, die man ins Rampenlicht stieß, wann immer es nötig schien.

«Du bist so wahnsinnig empfindlich», hatte Tom gesagt, als sie das letzte Mal darüber sprachen. «Genieß es doch, berühmt zu sein, und nutze den Vorteil, den du durch deinen Migrationshintergrund hast.»

Seine Worte hatten sie nur noch mehr geärgert. Bei ihm hörte es sich so an, als sei es ein Vorteil, keine gebürtige Schwedin zu sein. Als würden sich ihr allein deswegen alle Türen öffnen, ohne dass sie sich anstrengen musste.

In einer Hinsicht hatte er vielleicht Recht – sie war vermutlich überempfindlich. Aber Leyla konnte ums Verrecken nicht begreifen, warum die Tatsache, dass sie eine junge Frau arabischer Herkunft war, irgendeine Rolle bei der Beurteilung ihrer journalistischen Fähigkeiten spielen sollte.

Deshalb fand sie Petterssons direkte Art ja so befreiend, und es gefiel ihr, dass er keinerlei Rücksicht auf *political correctness* nahm, wenn er mit ihr sprach. Manchmal schätzte sie sogar seine etwas brüsken und kaltschnäuzigen Äußerungen über kriminelle Einwandererbanden, die nicht mal so weit von denen ihres Vaters Hassan Abdallah entfernt waren. Und obwohl die schnell gefällten Meinungen des Vaters von Vorurteilen geprägt waren, beruhten sie auf einer althergebrachten anständigen Moral, die Eigenverantwortlichkeit predigte und es nicht durchgehen ließ, wenn man jede kriminelle Handlung mit Begriffen wie Marginalisierung, Ausgrenzung und sozialer Benachteiligung erklärte und rechtfertigte.

Leyla war nicht seiner Meinung und fand, dass er manchmal zu vorschnell urteilte. Aber sie teilte seine Grundeinstellung, und nicht selten ertappte sie sich mitten in einem Satz dabei, dass sie wie eine jüngere Ausgabe ihres Vaters klang.

Und doch war gerade ihr Vater das Problem, wenn es um ihr Privatleben ging. Papa mit seiner Moral und seiner Auffassung von Gut und Böse. Zwar lag er Leyla nicht mehr in den Ohren, dass sie heiraten sollte, und er kümmerte sich auch immer weniger darum, dass irgendwelche entfernten Verwandten die Stirn in Falten legten und gehässig über sie tratschten. Aber nur weil er ihr nicht mehr jeden Monat neue potenzielle Ehemänner vorstellte, hieß das noch lange nicht, dass er ihre persönliche Partnerwahl akzeptierte. Ein schwedischer Mann. Das wäre für ihn schwer zu schlucken, sofern der Schwede kein Muslim war. Und dass seine einzige Tochter mit einem Schweden eine nicht eheliche Beziehung unterhielt, passte nicht in Hassan Abdullahs Weltbild.

Das war der Grund, warum sie nicht «den Stier bei den Hörnern gepackt» hatte, wie Tom ihr predigte. Ihren Freund seit zwei Jahren geheim zu halten war in einer Stadt wie Malmö wirklich kein leichtes Kunststück. Ein paarmal waren sie kurz davor gewesen aufzufliegen, aber Leylas

Beruf hatte als Alibi hergehalten und sie gerettet. Dass eine Journalistin sich mit einem Mann in Cafés und an ähnlichen Orten traf, um ihn zu interviewen, gehörte schließlich zu ihrem Arbeitsalltag. Und wenn es etwas gab, worauf Hassan Abdallah stolz war, dann auf die Karriere und die professionelle Integrität seiner Tochter. Da sollte bloß mal ein intriganter Verwandter kommen und das in Frage stellen. Er vertraute seiner Leyla, damit das klar war!

Zum Teufel mit dir, Papa, und mit dir auch, Tom!

Das letzte Duralex-Glas, glitschig von Spülmittel, rutschte ihr aus der Hand und zerbarst mit ohrenbetäubendem Klirren auf den Fliesen. Hunderte kleiner Glassplitter bedeckten den Boden, als wäre ein Hagelschauer niedergegangen. Das war zu viel für Leyla. Sie sank in die Hocke und begann zu weinen. Tränen füllten ihre Augen, bis sie nichts mehr sehen konnte, und im Nu war ihre Nase verstopft, sodass sie kaum noch Luft bekam.

«Der Teufel soll euch alle holen!»

Es war ihr egal, ob die Nachbarn in dem hellhörigen Wohnblock etwas davon mitbekamen. Sie sollten sich ruhig wundern, warum sie heulte und schrie.

Das Telefon klingelte, und Leyla gelang es, ihr Weinen bis auf ein paar kleine Schluchzer zu unterdrücken. Aber sie war viel zu aufgewühlt, um abzunehmen, und ließ es klingeln, bis sich der Anrufbeantworter einschaltete. Sie hörte ihre gutgelaunte Ansage, die den Anrufer begrüßte und ihn darum bat, eine Nachricht zu hinterlassen. Dann folgte eine andere wohlbekannte Stimme:

«Hej, ich bin's. Wollte nur Bescheid sagen, ich fahre für ein paar Tage nach Stockholm.»

Das war Tom. Das war alles. «Ich fahre für ein paar Tage nach Stockholm.» Mit kühl-neutraler Stimme. Er fragte nicht, wie es ihr ging, sagte nicht «Bis bald» oder «Hab dich lieb», dass sie sich melden solle oder wann er wieder zurück sei. Jetzt, da sie seinen Trost und seine Fürsorge mehr denn je gebraucht hätte, klang er wie eine beleidigte Leberwurst. Sie hatte ihm in der Woche seit ihrem Streit sogar ein paar SMS geschickt. Sie war nicht angekrochen gekommen, um sich für ihren Ausbruch zu entschuldigen, nein, aber sie hatte geschrieben, dass sie sich treffen und miteinander reden sollten. Sie hatte ihm vorsichtig eine Hand entgegengestreckt. Er hatte sie nicht genommen, und solange er sich weiterhin stur stellte, würde sie keine Minute über sein Ultimatum nachdenken. Vielleicht war es sowieso besser, einen Strich unter ihre Beziehung zu ziehen. Sie kam auch ohne ihn klar. Das hatte sie immer getan und würde es auch in Zukunft tun. Aber sie wollte ihm wenigstens in die Augen sehen, bevor sie ihre Entscheidung traf. Denn diesmal ging es um so viel mehr.

Leyla nahm all ihre Kraft zusammen und beschloss, dass sie für heute genug geweint hatte. Was half es denn, sich in der Wohnung zu verschanzen und sich selbst zu bemitleiden? Sie fegte die Glassplitter auf und überlegte einen Moment, ob sie mit ihrer Putzaktion nicht gleich weitermachen und den Fußboden staubsaugen und wischen sollte. Aber es war viel zu warm in der kleinen Zweizimmerwohnung am Värnhemstorg, dabei war es schon nach sieben Uhr abends. Die Hitzewelle hielt sich hartnäckig, und Leyla war schweißüberströmt. Sie musste raus an die Luft, vielleicht kam sie dann auf andere Gedanken.

Sie zog Trainingsshorts und T-Shirt an und schnürte die Joggingschuhe zu. Laufen half ihr immer, klarer zu denken, und schon auf der Treppe nach unten fühlte sie sich wieder etwas besser. Sie entschied sich für ihre Lieblingsrunde durch den Beijers Park und legte auf dem Weg dorthin gleich ein rasantes Tempo vor. Nach einigen Minuten musste sie die Geschwindigkeit jedoch drosseln, und als sie in den Park kam, ging sie erst einmal ein Stück, um das heftige Seitenstechen loszuwerden.

Leyla schaute neidisch zu den Grüppchen hinüber, die mit Picknickkörben auf dem Rasen saßen und anscheinend sorglos das Essen, den Wein und die angenehme Wärme der Abendsonne genossen. Der Sommer war in diesem Jahr spät gekommen, aber dafür war er umso heißer. Obwohl es schon Mitte August war, lagen die Tagestemperaturen in Malmö bei fast dreißig Grad.

In den Beijers Park gingen Tom und sie immer dann, wenn sie allein sein wollten, weit weg von den Parks im Zentrum, wo das Risiko viel größer war, dass ihnen Leute über den Weg liefen, denen sie besser nicht begegnen sollten. Die Geheimniskrämerei wurde langsam unerträglich lästig, und sie konnte gut verstehen, dass Tom das Versteckspiel und die Sicherheitsvorkehrungen gründlich satthatte. Ihr ging es ja genauso.

Leyla begann wieder zu laufen und konzentrierte sich darauf, an etwas anderes zu denken. Sie überquerte die Östra Fäladsgatan und kam auf das Gelände der ehemaligen Nervenheilanstalt, deren Gebäude bis vor ein paar Jahren von der Asylbehörde genutzt worden waren. Hier hatten die Flüchtlinge, deren Asylanträge abgelehnt worden waren, in Abschiebehaft gesessen. Da sie nicht als politisch Verfolgte eingestuft wurden, wurde ihnen kein Platz in der schwedischen Gesellschaft eingeräumt, und man befürchtete, sie würden sich der Ausweisung entziehen, wenn man sie nicht einsperrte. Leyla war ein paarmal hier gewesen, um über gelungene und missglückte Fluchtversuche zu berichten. Sie erinnerte sich besonders an einen Fall, bei dem ein Mann aus Somalia eine Mitarbeiterin als Geisel genommen und damit gedroht hatte, sie abzustechen, falls er nicht freies Geleit und einen vollgetankten Fluchtwagen bekäme. Seine Tat war von vornherein zum Scheitern verurteilt gewesen, und nach einstündigen Verhandlungen mit Hilfe eines Dolmetschers hatte er aufgegeben und sich von der Polizei festnehmen lassen. Aber dieser Vorfall und mehrere andere spektakuläre Flucht- und Befreiungsversuche zeigten immerhin, wie verzweifelt manche dieser Menschen waren, die ihre letzten Ersparnisse an Schleuser bezahlt hatten und um die halbe Welt gereist waren in der Hoffnung, in Schweden Schutz zu finden – nur um hier auf verschlossene Türen zu stoßen und mit einem Rückflugticket abgespeist zu werden. Und obwohl es sicher kaum jemanden gab, der Geiselnahme und Todesdrohungen billigte, hatten doch viele Menschen begonnen, sich für die unerwünschten Asylbewerber einzusetzen. Im Zuge der Debatte um Einwanderer, die immer polemischer geführt wurde, und nach den großen Erfolgen der ausländerfeindlichen Schwedendemokraten bei den Kommunalwahlen in Skåne war eine neue Partei wie ein Komet am politischen Himmel aufgetaucht: die Humanistische Alternative.

Leyla hatte in den letzten Tagen eine ganze Menge über diese Partei gelesen. Die überaus populäre und charismatische Schauspielerin Josefin Mjörner hatte die Humanistische Alternative oder die HA!, wie sie etwas scherzhaft abgekürzt wurde, nach längerem Engagement für untergetauchte Flüchtlingsfamilien gegründet. Alles hatte damit angefangen, dass Josefin Mjörner ihre wohlbekannte Stimme für einen Radiospot hergab, der für eine Flüchtlingsorganisation warb. Seitdem hatte sie sich zunehmend engagiert und war selbst zur Frontfigur und Organisatorin eines Netzwerks geworden, das Flüchtlingsfamilien versteckte, deren

Asylantrag abgelehnt worden war. Josefin Mjörners große Popularität als eine der herausragendsten Schauspielerinnen Schwedens verschaffte ihr nun im Ruhestand eine neue Bühne. Mit derselben Vehemenz, mit der Ian Wachtmeister und Bert Karlsson an der Spitze ihrer einwanderungskritischen Partei Ny Demokrati einst mit atemberaubender Geschwindigkeit in den schwedischen Reichstag eingezogen waren, hatte Josefin Mjörner die Wähler erobert, allerdings mit der genau entgegengesetzten Botschaft. Nach nur einem halben Jahr lag die neue Partei bereits bei sieben Prozent in den Meinungsumfragen, und nun kandidierte sie für einen Sitz im Reichstag nach der nächsten Wahl. Der sensationelle Aufstieg der auch international gefeierten Schauspielerin zur Parteivorsitzenden hatte bis weit über die Landesgrenzen hinaus für Aufsehen gesorgt und frischen Wind in die sonst etwas müde schwedische Innenpolitik gebracht.

Für Leyla bedeutete dies, dass ihr eigenes Arbeitsfeld deutlich interessanter geworden war. Jetzt, da das politische Leben nach der Sommerpause wieder in Gang kam, würde sie sich genauer mit der Humanistischen Alternative befassen. Der Nachrichtenchef hatte ihr freie Hand gelassen, die HA! unter die Lupe zu nehmen, und Leyla wollte bei der Kundgebung auf dem Gustav Adolfs Torg in Malmö dabei sein, auf der Josefin Mjörner sprechen würde. Es war ein gutes Gefühl, beruflich etwas Konkretes zu tun zu haben, wo der Boden unter ihren Füßen schwankte. Das gab ihr Stabilität und ließ sie wenigstens ab und zu an etwas anderes denken.

Während der zweiten Hälfte ihrer Joggingrunde war Leyla wieder langsamer geworden, aber sie versuchte trotzdem, einen kleinen Sprint einzulegen, als sie sich ihrer Wohngegend näherte. Sie hatte diese letzte Anstrengung immer gut gemeistert, aber jetzt schien es, als wollte ihr Körper nicht richtig mitmachen. Ihre Beine waren schwer, und ihr Atem ging keuchend. Sie nahm alle Willenskraft zusammen und überwand die Schmerzgrenze. Aber als sie an dem Dönerimbiss am Lundavägen vorbeikam und ihr Essensgeruch entgegenschlug, wurde ihr plötzlich übel, und sie verlangsamte ihren Schritt. Als sie endlich vor ihrem Haus ankam, war sie so geschafft, dass sie nicht einmal mehr wie sonst die Dehnübungen an der Hauswand machen konnte. Sie fuhr mit dem Aufzug in den zweiten Stock und wäre fast hinter ihrer Wohnungstür zusammengebrochen. Dieses Mal stieg die Übelkeit intensiver in ihr auf. Mit letzter Kraft stürzte sie ins Bad, schaffte es gerade noch zur Kloschüssel und erbrach sich heftig. Der wässrige Mageninhalt verspritzte das ganze Becken, aber die Übelkeit war weg. Leyla hustete und wischte sich den Mund mit dem Handrücken ab. Mit zitternden Beinen erhob sie sich, ging zum Waschbecken und wusch sich das Gesicht mit kaltem Wasser. Sie blickte in den Spiegel, und ein Gefühl von Unwirklichkeit überfiel sie.

Das kann nicht sein. Das bin nicht ich.

Trotzdem wusste Leyla, was los war. Was sie dazu gebracht hatte, sich zu übergeben.

Es.

Das Neue, das in ihrem Bauch war und sie so verunsicherte. Das für das leuchtende Blau verantwortlich war, als sie nach Ausbleiben ihrer Regel vor drei Wochen einen Schwangerschaftstest gemacht hatte. Es hatte sich trotz Spirale in ihrer Gebärmutter eingenistet.

Sie wollte *es* nicht beim Namen nennen, weil es ihr dann noch schwerer fallen würde, sich einen Termin im Krankenhaus geben zu lassen.

Tom und sein verdammtes Ultimatum, dachte sie. Er

hatte es ihr mit gekränkter Miene entgegengeschleudert: «Entweder wir stehen zu unserer Beziehung, oder wir machen Schluss.»

Verdammt, Tom. Verdammt, warum hörst du nicht auf mich? Fahr zur Hölle!

FREITAG, 17. AUGUST

«Falls es irgendwelche Probleme mit der Wohnung gibt, können Sie diese Nummer anrufen, sie gehört meinem Bruder. Sie dürfen auf keinen Fall mit dem Hausmeister sprechen», sagte der junge Mann und gab ihr einen Zettel.

Er lächelte verlegen. Dora Brandt lächelte zurück. Es passte ihr ausgezeichnet, dass niemand wusste, wo sie wohnte.

Sie hatte die Wohnung durch eine Privatanzeige im Internet gefunden:

Möllevången in Malmö. Möblierte Zweizimmerwohnung in der Ystadsgatan wegen Auslandsaufenthalt für vier Monate zu vermieten. Breitband und Kabel-TV. Mietvorauszahlung und Referenzen erforderlich.

Dora hatte den Vermieter angerufen und sich als Ann-Sofie Jacobsson vorgestellt, Dozentin für Soziologie an der Universität Uppsala. Im Herbst werde sie an der Hochschule Malmö als Gastdozentin eine Vorlesungsreihe über strukturelle Diskriminierung und Fremdenfeindlichkeit halten und brauche deshalb vorübergehend eine Unterkunft. Sie kenne Möllevången sehr gut und würde gerade dort gern wohnen, «inmitten dieses vibrierenden Lebens aus Farben, Düften und unterschiedlichen Kulturen», wie sie sich ausgedrückt hatte.

Obwohl der junge Mann am Telefon sehr interessiert und eifrig geklungen hatte, hatte er ein Treffen vorgeschlagen. Erst danach wollte er entscheiden, ob er sie als Untermieterin akzeptierte. Dora hatte erklärt, sie müsse bereits am nächsten Tag zu einer Konferenz nach Helsinki und es sei ihr unmöglich, vorher noch nach Malmö zu kommen. Aber sie könne zwei der vier Monatsmieten sofort auf sein Konto überweisen und ihm außerdem bei der Schlüsselübergabe dreitausend Kronen bar auf die Hand geben. Das setze allerdings voraus, dass sie sich rasch einigen würden und sie das Wohnungsproblem abhaken könne, bevor sie nach Finnland reise.

Zwei Stunden später hatte Dora den forsch formulierten Entwurf des Untermietervertrags als Word-Dokument in ihrem Mailfach, begleitet von einem überschwänglichen Dankeschön des jungen Mannes, dass sie das Geld so schnell auf sein Konto überwiesen hatte. Auf irgendwelche Referenzen schien er jetzt keinen Wert mehr zu legen. Dass er neben dem kräftigen Aufschlag auf seine Miete auch noch dreitausend extra bekommen sollte, die ihm für seine Reise nach Thailand und Vietnam sicher wie ein Geschenk des Himmels vorkamen, hatte offenbar jeglichen Zweifel zerstreut, ob Universitätsdozentin Ann-Sofie Jacobsson die geeignete Untermieterin war.

Und nun, zwei Wochen später, stand Dora Brandt alias Ann-Sofie Jacobsson nach ihrer Zugfahrt von Norrköping nach Malmö mit nur einer Reisetasche in der Wohnung. Das wasserfeste Make-up, dezenter Lidschatten und ein Hauch Rouge auf den Wangen wirkten nicht vulgär, sondern verliehen ihrem Gesicht mehr Ausdruck. Ihre strähnigen Haare hatte sie unter einer Perücke aus vollem aschblondem Haar versteckt, das bis knapp über die Ohren reichte. Ein neues Sommerkleid in Hellblau mit kleinen weißen und gelben Blumen und ein paar elegante beigefarbene Sandalen ergänzten die Verwandlung. Sie war nicht attraktiv in ihrem neuen Look, aber sie sah respektabel aus. Ungefähr so, wie man sich eine übergewichtige Professorin für Soziologie an der Universität Uppsala vorstellen würde, dachte Dora und faltete die Hände, um zu verbergen, dass sie leicht zitterten.

«Ja, dann brauchen wir nur noch zu unterschreiben», sagte der junge Mann und nestelte an dem ausgedruckten Dokument.

Es war ein katastrophal zusammengeschusterter Untermietervertrag, voller Rechtschreibfehler und so formuliert, dass er im Falle eines Rechtsstreits nicht einmal das Papier wert wäre, auf dem er stand. Der junge Mann hatte seinen Vermieter nicht um Erlaubnis gefragt, und er hatte zum Glück auch die Personendaten von Ann-Sofie Jacobsson nicht nachgeprüft.

Sie versprach, kein neues Namensschild an der Tür anzubringen und auch keinem der Nachbarn zu erzählen, dass sie die Wohnung gemietet hatte. Falls jemand fragen sollte, war sie nur eine Bekannte, die hier zu Besuch war.

Doras Kopfhaut juckte unter der Perücke. Die unbarmherzige Sommerhitze wollte nicht weichen. Jetzt lag auch noch ein Gewitter in der Luft. Sie hatte es in der Ferne grummeln hören, als sie vor dem Haus aus dem Taxi stieg. Am liebsten hätte sie sich ihre Maskerade vom Leib gerissen und eine kalte Dusche genommen. Aber zuerst musste sie die Wohnungsübergabe mit dem jungen Asienreisenden reibungslos hinter sich bringen, außerdem wollte sie nicht als unkritische Untermieterin dastehen.

«Vorher sollten Sie mir die Wohnung vielleicht erst mal zeigen», sagte sie mit erkämpfter Autorität in der Stimme, während sie den Umschlag mit dem Geld aus der Handtasche zog.

Sie hatte die Brieflasche bewusst geöffnet, damit man die Fünfhunderter sehen konnte. Der junge Mann schluckte reflexartig wie ein Pawlow'scher Hund und bekam einen gierigen Blick.

«Auf jeden Fall, natürlich! Schließlich will man nicht die Katze im Sack kaufen!», rief er und lächelte entgegenkommend, während er vorausging, um ihr sein spartanisch eingerichtetes Heim zu zeigen.

Es war eine typische Junggesellenwohnung, im Schlafzimmer standen nur ein breites Bett und ein Nachttisch. Eine Wand des Wohnzimmers wurde von einem großen weißen Bücherregal eingenommen, das keine Bücher enthielt, sondern eine offenbar ziemlich teure Musikanlage sowie reihenweise CDs und DVDs. In einer Ecke des Zimmers standen eine Sitzgruppe aus billigem Leder mit passendem Couchtisch und davor ein Fernseher mit Videorecorder und DVD-Player, deren Kabel sich wie ringelnde Schlangen über den Fußboden zu den Strom- und Antennensteckdosen zogen.

«Dahinten ist der PC mit DSL-Anschluss. Ich habe die Festplatte herausgenommen, wie wir es am Telefon besprochen hatten, aber Sie können den Monitor und die Tastatur benutzen», sagte der junge Mann und zeigte auf den Arbeitsplatz in der gegenüberliegenden Ecke des Wohnzimmers.

«In Ordnung. Ich habe mein Notebook dabei, das kann ich anschließen», sagte sie.

«Das da ist ein WLAN-Router, Sie können sich also drahtlos vernetzen, wenn Sie wollen. Der ist ganz neu und hat eine unglaubliche Reichweite. Ich hab mal mit meinem Laptop bei einem Kumpel gesessen, der eine Straße weiter wohnt, und konnte über mein eigenes Netz surfen», fuhr der junge Mann fort, der sich immer mehr wie ein Verkäufer in einem Technikmarkt anhörte.

Er gab ihr das Passwort für den Internetzugang und genaue Anweisungen, wie sie sich mit ihrem eigenen Rechner einwählen konnte. Das wäre nicht nötig gewesen. Wenn es etwas gab, was Dora Brandt in ihrem Single-Dasein gelernt hatte, dann war es der Umgang mit Computern. Seit sie vor ein paar Jahren mehr oder weniger aufgehört hatte zu malen, war der Cyberspace die Welt, in der sie sich am meisten zu Hause fühlte. Die unkomplizierte Welt, in der man mit wenigen Mausklicks blitzschnell zwischen den verschiedensten Räumen und Situationen hin und her springen und sich alle möglichen Informationen beschaffen konnte, ohne einen Menschen physisch treffen zu müssen. In dieser Welt hatte sie sich in der letzten Zeit überwiegend aufgehalten. Aber das würde sich nun ändern. Dora würde sich sukzessive wieder in das nahezu soziale Wesen zurückverwandeln, das sie einmal gewesen war.

Sie schlüpfte mit gemischten Gefühlen in ihre neue Haut. Manchmal überfiel sie eine diffuse Angst, sie zweifelte und suchte nach Gründen, um alles so lassen zu können, wie es war, und weiter ihr einsames, bedeutungsloses Leben als gescheiterte Künstlerin in Norrköping zu führen. Trotzdem herrschte das Gefühl der Hochstimmung vor, dass sie einen Entschluss gefasst und das Steuer selbst übernommen hatte.

Dass sie das Drehbuch selbst schrieb.

Sie setzten die Wohnungsbesichtigung in der kleinen Küche fort, die mit Mühe und Not Platz für einen halbkreisförmigen Tisch und zwei schmale Kaffeehausstühle bot. Eine Kaffeemaschine stand auf der Anrichte und auf der Fensterbank ein Transistorradio.

Dora öffnete den Küchenschrank und stellte fest, dass es um Gläser und Geschirr schlecht bestellt war. Vier Teller, davon zwei angestoßen, sechs Biergläser mit Carlsberg-Logo, drei grüne Kaffeebecher sowie eine rot gepunktete

Keramikschüssel. Das war alles. Der junge Mann bemerkte ihren kritisch musternden Blick und zog schnell die oberste Schublade auf, die immerhin etwas Besteck, ein Brotmesser, einen Käsehobel und noch einige andere grundlegende Küchenwerkzeuge enthielt.

«Und die hier sind ganz neu, ich habe sie erst letzte Woche bei Ikea gekauft», sagte er und holte rasch eine Bratpfanne und einen Teflontopf aus dem Unterschrank hervor.

«Sieht nicht so aus, als gehörte Kochen zu Ihren bevorzugten Hobbys», sagte Dora und kräuselte die Lippen.

Um den Anschein zu wahren, wieder einmal. Ann-Sofie Jacobsson war schließlich eine Akademikerin in fortgeschrittenem Alter mit einem gewissen Anspruch in Bezug auf Geschmack und Stil. Dora Brandt dagegen kümmerte es nicht im Geringsten, dass die Küche so dürftig ausgestattet war. Sie war nicht nach Malmö gezogen, um ihre Kochkünste zu vertiefen.

«Sie wissen ja, wie das ist, wenn man jung ist. Meistens isst man Nudeln oder was vom Imbiss. Pizza, Döner, Falafel und so was. In diesem Viertel sind übrigens jede Menge guter Imbisse und Restaurants. Und billig ist es auch! Sie müssen unbedingt den Vietnamesen schräg gegenüber ausprobieren. Superleckere Frühlingsrollen», sagte der Vermieter, der nun seine Taktik geändert hatte und augenzwinkernd lächelte, in dem Versuch, sie mit dem unverbesserlichen Charme des jugendlichen Taugenichts einzunehmen.

«Ja, sieht ganz so aus, als müsste ich abends öfter mal ausgehen. Was ich in der Küche brauche, werde ich mir wohl dazukaufen. Immerhin ist es hier sauber und aufgeräumt. Ich denke, ich werde mich schon wohl fühlen», sagte Dora, die fand, dass es nun mit den Ermahnungen reichte.

Sie unterschrieben gemeinsam den Vertrag. Dora schaffte

es, eine leserliche Unterschrift hinzubekommen, indem sie ihre zitternde Hand fest aufs Papier presste. Sie erhielt die Wohnungsschlüssel und der junge Mann das Kuvert mit den Geldscheinen. Er war so klug, nicht nachzuzählen, wohl wissend, dass er den Mund ein bisschen sehr voll genommen hatte, als er ihr eine perfekt ausgestattete Wohnung versprach. Er war gut beraten, jetzt nicht den misstrauischen Erbsenzähler zu spielen.

«Ach ja, das hätte ich fast vergessen», sagte er. «Der Schlüssel für die Waschküche hängt oben im Putzschrank in der Küche. Wenn Sie waschen wollen, tragen Sie Ihren Namen in die Liste an der Tür ein, eine halbe Kellertreppe tiefer.»

«Gut, dass Ihnen das noch eingefallen ist. Muss man sich lange im Voraus eintragen?»

«Nein, meistens sind genug Termine frei. Die Waschküche wird nicht so oft genutzt. Hier wohnen junge Leute, ein paar Einwandererfamilien und Sozialfälle. Aber die machen keine Probleme, sind alles nette Mieter.»

Der junge Mann lächelte wieder verlegen.

«Und benutzen Sie meinen Namen, wenn Sie sich in die Liste eintragen.»

«Mache ich», sagte Dora. «Wann fliegen Sie?»

«In vier Tagen. Ich kann es noch gar nicht richtig glauben. Mein Kumpel und ich haben so lange gearbeitet und gespart und geredet und uns vorbereitet, und jetzt ist es endlich so weit. Jetzt wird unser Traum wahr», strahlte er.

Es klang wie eine Platitude, fand sie. Träume werden nicht wahr, nur weil man in ein Flugzeug steigt und auf die andere Seite des Erdballs düst und ein bisschen herumreist. Das sind keine richtigen Träume, man bringt nur ein wenig künstliche Spannung in sein Leben und sammelt ein paar Stempel im Pass. Damit echte Träume in Erfüllung gehen, ist so unendlich viel mehr nötig. Dazu muss man sich auf eine ganz andere Art vorbereiten, nicht zuletzt mental. Ein echter Traum kann nur wahr werden, wenn ihm ein Entschluss vorausgeht, der von einem starken Willen geprägt ist. Und solch einen Entschluss hatte sie gefasst.

«Sie werden bestimmt beide eine phantastische Zeit haben. Wie schön, neue Länder, Kulturen und Menschen auf diese Art kennenzulernen. Als ich jung war, hatte ich diese Möglichkeit nicht», sagte sie und schenkte dem jungen Mann ein mütterliches Lächeln. «Gute Reise.»

Nach der dringend notwendigen Dusche richtete Dora Brandt sich in der Wohnung ein. Sie packte ihre Kleider aus und hängte sie in den Schrank, bezog das breite Bett mit frischer Bettwäsche und loggte sich mit ihrem Mac-Laptop ins WLAN ein. Sie hatte den tragbaren Rechner vor ein paar Wochen in Norrköping gekauft und war ganz vernarrt in das Ding. Immer noch nackt nach der Dusche, ging sie mit dem Mac unterm Arm entspannt ins Schlafzimmer, setzte sich aufs Bett und stopfte sich mühsam zwei Kissen in den Rücken, bis sie eine einigermaßen gemütliche, halb aufrechte Position gefunden hatte. Ihre angezogenen Beine mit den kräftigen Schenkeln dienten als Stoßdämpfer und Stütze für den Laptop. Dadurch bewegte sich der Laptop keinen Millimeter, obwohl Dora mit den Zeigefingern auf der Tastatur herumhackte. Sie hatte nie gelernt, mit allen zehn Fingern zu schreiben. Fand es auch unnötig, da das schnelle Zehnfingersystem ihr nicht genug Zeit gegeben hätte, über das nachzudenken, was sie schrieb. Und dann wäre nur Unsinn dabei herausgekommen.

Sie schrieb einige Zeilen in ihr Tagebuch, und als sie damit fertig war, atmete sie tief durch die Nase ein und stieß die Luft mit einem kräftigen «Pfff» durch den Mund wieder aus.

Es war ein merkwürdiges Gefühl, nackt im Bett eines fremden Menschen zu liegen. Merkwürdig, aber auch ein wenig erregend. Sie stellte den Mac auf dem Nachttisch ab und streckte sich der Länge nach aus. Ließ die immer noch leicht zitternden Hände langsam über die schlaffen, schweren Brüste gleiten und spürte, wie ein Kitzeln sie durchlief, als die Finger die Brustwarzen berührten. Es war eine ganze Weile her, dass sie dieses Gefühl gehabt hatte. Lust. Lange hatte sie ihren Körper als unförmigen Fleischklumpen ohne Empfindungen betrachtet, und sie war auch mit niemandem mehr zusammen gewesen, seit Göran, dieser Betrüger, sie sitzengelassen hatte. Aber anscheinend hatte ihr Entschluss, aktiv zu werden, auch die schlummernde Lust wieder geweckt. Und dass sie beschlossen hatte, ihre Medikamente nicht mehr zu nehmen. Die Halbgötter in Weiß würden keinen Einfluss mehr auf ihr Leben haben. Sie würden sie keine Sekunde länger kontrollieren und als Mensch erniedrigen. Sie hatte in ausreichendem Maße auf ihre Therapie angesprochen, die sie stumpf gemacht hatte. Die Antidepressiva hatten ihr aus ihrer akuten Krise herausgeholfen, aber jetzt waren sie überflüssig geworden. Jetzt musste sie, Dora Brandt, wach sein und sich auf ihre Aufgabe konzentrieren. Und dazu war es nötig, dass sie wieder Kontakt zu ihren Gefühlen aufnahm.

Sie spreizte die Beine und ließ die Hände an ihrem Körper hinabwandern. Fühlte, dass sie ganz feucht war, und genoss es, sich zu stimulieren, erlaubte sich sogar ein leises wollüstiges Stöhnen. Nur weil sie über fünfzig war und seit Jahren enthaltsam lebte, hieß das noch lange nicht, dass sie ein asexuelles Wesen war. Sie war eine Frau mit den Begierden einer Frau.

Dora kam eine Idee, die sie normalerweise als unanständig, ja geradezu obszön von sich gewiesen hätte. Aber jetzt sah sie darin die Möglichkeit, ihren Genuss noch zu steigern. Sie setzte sich im Bett auf und griff nach ihrem Laptop. Nachdem sie eine Weile im Internet gesurft hatte, kam sie auf eine Website mit Fotos, auf denen junge Männer Sex mit Frauen in ihrem Alter hatten. Die Frauen waren füllig und manchmal sogar fett, aber anscheinend hatten nicht nur sie Spaß, sondern wirkten auch auf die Männer anziehend. Dora lehnte sich wieder in die Kissen zurück und legte sich auf die Seite, sodass sie die Fotos auf dem Bildschirm betrachten konnte. Die visuellen Reize stimulierten die kribbelnde Lust zwischen ihren Beinen immer mehr, und schon nach wenigen Minuten spürte sie, wie sich unter ihren Liebkosungen eine unerträgliche Spannung in ihrem Körper aufbaute. Der erste Stoß schoss ihr mit voller Kraft in den Unterleib, gefolgt von mehreren schwächeren Stößen, die sie wie Wellen durchströmten. Als der Orgasmus verebbt war, sank sie ermattet zurück in die Kissen und genoss die totale Entspannung. So gelöst hatte sie sich schon lange nicht mehr gefühlt. Kurz darauf schlief sie ein.

Zwei Stunden später wurde sie von grollenden Donnerschlägen geweckt. Regen peitschte gegen die Fensterscheiben. Nach der enormen Hitze der vergangenen Wochen wirkte der Wetterumschwung wie eine Befreiung. Wiedergeburt war vielleicht nicht ganz das richtige Wort, aber Dora erfüllte ein intensives, belebendes Gefühl. Altweibersex und Unwetter – dass man sich so frisch und munter fühlen konnte.

Dora zog den Morgenmantel an, griff nach ihrem Laptop und ging ins Wohnzimmer. Sie setzte sich vor den großen Computerbildschirm, stöpselte das Monitorkabel in ihren

Mac, rief ihr Lesezeichenmenü auf und klickte auf Humanistische Alternative. Im vergangenen Monat hatte sie die Homepage der Partei mehrmals pro Tag besucht, um sich über geplante Aktivitäten und andere Nachrichten auf dem Laufenden zu halten. Trotzdem klopfte ihr Herz jedes Mal schneller, wenn sie Josefin Mjörners ernstes Gesicht auf der Startseite sah. Ein großes Foto, das den ganzen Bildschirm ausfüllte, zeigte sie inmitten einer afghanischen Flüchtlingsfamilie.

«VERSTECKT, DOCH NICHT VERGESSEN – unterstützen Sie den Kampf der Humanistischen Alternative für Familie Faqiri» stand über dem Foto. Dora kannte die Namen aller Familienmitglieder auswendig, ja sogar ihr Alter. Sie hatte sich außerdem ein eigenes Bild davon gemacht, was das für Menschen waren:

Osman Faqiri. Der Mann mit den buschigen Augenbrauen und dem bettelnden Blick. Neununddreißig. So ein gut aussehender Familienvater, der nicht in der Lage war, ein wenig Kraft aufzubringen und seiner Frau und seinen Kindern Mut zu machen. Laborassistent.

Mutter Hamida, einunddreißig. Ziemlich hübsch für eine Frau in ihrem Alter, mit einem kleinen Schleier, der ihr Haar halb bedeckte. Frauen wie sie altern schnell. Vermutlich Analphabetin, wie fast alle Frauen in Afghanistan.

Khaled, der älteste Sohn. Ein hochgewachsener, kräftiger Junge. Schüchtern und unsicher, trotz seiner Größe. Blickt nicht in die Kamera. Sechzehn Jahre alt. Bei seiner Geburt war die Mutter erst fünfzehn. Was wiederum bedeutete, dass ihr Mann Osman sie geschwängert hatte, als sie vierzehn war. Also könnte er auf seiner Visitenkarte zu «Laborassistent» auch noch «pädophil» hinzufügen.

Dann kamen vier jüngere Geschwister: zwei Mädchen, Marjam, dreizehn, und Zarmina, zehn. Und zwei Jungen,

Temor, sieben, und der kleine Dawod, vier. Zarmina, das jüngere Mädchen, hatte einen resignierten Blick. Wahrscheinlich hatte ihr jemand gesagt, dass sie sich den zulegen sollte. Alles Theater. Schauspielerei, damit man in Schweden bleiben darf, auch wenn es eigentlich keinen Grund dafür gibt, dachte Dora mit zunehmender Wut.

Ein Schauspiel, inszeniert von der Schauspielerin Josefin Mjörner, der Primadonna des schwedischen Theaters, die ihr Publikum weiterhin mit falschem Charme und Charisma hinters Licht führte.

Dora fühlte, wie ihre Wangen vor Zorn brannten, als sie an den Brief dachte, den sie von Josefin Mjörner erhalten hatte. Aber es war dennoch ein kontrollierter Zorn, den man für etwas Konstruktives verwenden konnte und der dafür sorgte, dass sie sich beinahe wohl fühlte und das Blut durch ihre Adern pulsierte.

Sie klickte auf der Startseite den Menüpunkt für kommende Veranstaltungen an und versicherte sich noch einmal, dass Datum und Ort stimmten. Sie hatte ein Kontrollbedürfnis von fast zwanghaftem Charakter entwickelt, und sie wusste, wie übertrieben das war.

Ja, immer noch dieselbe Zeit und natürlich derselbe Ort: «Sonntag, neunzehnter August, 15 Uhr. Offene Veranstaltung auf dem Gustav Adolfs Torg in Malmö mit Josefin Mjörner. Kommen Sie und demonstrieren Sie Ihre Solidarität mit den Familien im Untergrund. Gesang, Musik und vieles mehr. Gemeinsam sind wir stark.»

Es waren noch zwei Tage bis dahin, was bedeutete, dass ihr Zeit für letzte Vorbereitungen blieb. Sie hatte bereits auf ein paar private Gebrauchtwagenanzeigen geantwortet und für den nächsten Tag Termine vereinbart, um sich zwei ältere Autos anzusehen.

Dora klickte sich zurück auf die Startseite und druckte

das Foto von Josefin Mjörner und ihrer Flüchtlingsfamilie aus. Sie holte eine Rolle Klebeband und befestigte den Ausdruck an der Wand.

Sonntag, neunzehnter August, 15 Uhr. Dann werde ich ihr in die Augen sehen und sie mir. Sie wird keine Ahnung haben, wer ich bin. Und was ich von ihr will.

SONNTAG, 19. AUGUST

Der Platz vor der Bühne auf dem Gustav Adolfs Torg im Zentrum von Malmö war bereits gut gefüllt, als Leyla Abdallah eine Viertelstunde vor Veranstaltungsbeginn zusammen mit einem Fotografen dort eintraf.

Der heftige Regen vom Wochenende hatte aufgehört, aber die großen Wasserpfützen zwangen die Menschenmenge, sich aufzuteilen und in Grüppchen auf die Stellen auszuweichen, die einigermaßen trocken waren. Dass eine politische Partei mit einer Freiluftveranstaltung an einem normalen Sonntag so viele Menschen anzog, noch dazu nach so einem Unwetter, war außergewöhnlich. Aber es war ja auch nicht irgendeine Partei und vor allem nicht irgendeine Parteivorsitzende.

Leyla Abdallah schlenderte durch die Menschenmenge und schnappte einen Wortwechsel zwischen zwei braun gebrannten, gutgekleideten Männern Mitte siebzig auf. Sie hatten sich ganz vorn fast am Bühnenrand hingestellt und sahen ebenso begeistert aus wie zwei Hardrocker vor einem Konzert mit Iron Maiden. Oder vielleicht eher wie zwei männliche Groupies, die es kaum abwarten konnten, ihre Unterhosen zu ihrem weiblichen Idol auf die Bühne zu werfen.

«Josefin Mjörner ist schon eine tolle Frau. Und immer noch so unglaublich schön», schwärmte der eine, ein großer Glatzkopf mit dröhnender Stimme.

«Ja, mit ihr kann man sich sehen lassen. Und wie bescheiden sie ist, trotz ihrer vielen Erfolge», sagte der andere, der deutlich kleiner und schlanker war und aussah wie ein gealterter, notdürftig zurechtgemachter Charmeur mit seinem schütteren Haar, das er quer über die beginnende Glatze gekämmt hatte, und einem so regelmäßigen und strahlend weißen Gebiss, dass es nur eine Prothese sein konnte.

Leyla hörte ihrem Gespräch interessiert zu. Für sie passte das irgendwie nicht zusammen. Noch vor zwei Jahren war Malmö von schweren Auseinandersetzungen zwischen Einwanderern und Einheimischen gebeutelt worden. Damals war niemand ernsthaft gegen die Fremdenfeindlichkeit und die Ausschreitungen vorgegangen. Im Gegenteil, Angst und Verallgemeinerungen hatten den Konflikt weiter zugespitzt und vermutlich dazu beigetragen, dass die Schwedendemokraten ihre Sitze im Kommunalparlament mehr als verdoppeln konnten. Die Situation in Malmö war immer noch angespannt. Zwar war die Jugendkriminalität leicht zurückgegangen, aber fast jeden Tag brachten die Zeitungen neue Meldungen über Raubüberfälle und körperliche Gewalt, und viele gaben den Ausländern die Schuld an dem Problem.

Trotzdem versammelten sich an diesem Sonntag die Menschen zu Tausenden im Zentrum von Malmö, um einer siebenundsechzigjährigen Schauspielerin zuzuhören, die es sich zum Ziel gesetzt hatte, die nach internationalen Maßstäben liberale schwedische Flüchtlingspolitik noch liberaler zu machen. Vielleicht ist das die verzögerte Gegenreaktion, die sich in einer Demokratie früher oder später bemerkbar macht, wenn der Wind zu heftig in eine bestimmte Richtung bläst, dachte Leyla.

Aber sie war sich ihrer Sache alles andere als sicher. Für die beiden verliebten Alten mit ihrem verzückten Blick und für die Mehrheit des übrigen Publikums war Josefin Mjörner die eigentliche Hauptattraktion des Tages. Ihre politische Botschaft und ihr Kampf für die Kinder waren natürlich wichtig, standen aber erst an zweiter Stelle.

«Wir könnten vielleicht ein paar Bilder von der Menge machen, als kleine Zugabe für unsere Leser. Das ist ja das reinste Partygetümmel», schlug Leyla dem Fotografen vor, einem langhaarigen, schlaksigen Typen in Jeans und Jeansjacke, der die Urlaubsvertretung für den Stammfotografen für eine Woche übernommen hatte.

«Davon halte ich nicht viel. Solche Bilder sind nichtssagend. Das ist nicht meine Art von Fotojournalismus», erwiderte er skeptisch.

Leyla funkelte ihn wütend an und zischte:

«Weißt du was, deine fotojournalistischen Ideale sind mir im Moment echt egal! Wir sind hier, um unsere Arbeit zu tun. Du kannst deine preisverdächtigen Bilder schießen, wenn dein Sommerjob vorbei ist, aber solange du für die Zeitung arbeitest, tust du gefälligst, was ich sage.»

Dem Fotografen blieb vor Überraschung die Spucke weg, aber er fing sich schnell wieder. Er starrte Leyla finster an und erhob die Stimme.

«Was ist denn jetzt los? Hast du deine Tage, oder was? Du bist nicht meine Mutter! Du hast mir überhaupt nicht vorzuschreiben, wie ich meine Arbeit zu machen habe», erwiderte er aufgebracht.

Damit es nicht zu einem handfesten Streit in aller Öffentlichkeit kam, beschloss Leyla, ihren Ärger hinunterzuschlucken. Und obwohl sie ihn für einen eingebildeten Schnösel hielt, sah sie ein, dass sie vielleicht ein bisschen zu harsch gewesen war. Im Moment war sie bei jeder Kleinigkeit gleich auf hundertachtzig. Wütend auf alles und jeden, sie selbst eingeschlossen.

«Tut mir leid, hab's nicht so gemeint. Ich kann mir vorstellen, dass es dich ankotzt, die Rentnermafia hier abzulichten. Ich finde es auch nicht besonders prickelnd, über die Veranstaltung zu schreiben. Aber die Leute lesen das nun mal gerne, und sie sind hin und weg, wenn sie sich oder irgendwelche Bekannte auf einem Foto erkennen. Und die Rückmeldungen können sich sehenlassen», sagte sie einlenkend.

Der schlaksige Fotograf seufzte demonstrativ, dann nickte er.

«Okay, meinetwegen. Aber mir passt deine Art nicht. Wir sind erwachsene Menschen, da kann man doch wohl vernünftig einen Auftrag besprechen, ohne dem anderen gleich vors Schienbein zu treten. Akzeptiere bitte, dass ich mit meinen Bildern etwas aussagen möchte und nicht nur die Zeitung mit Schnappschüssen zupflastern will, die jeder Idiot machen könnte.»

Wow, eine Künstlerseele, dachte Leyla spöttisch, ließ sich aber nichts anmerken.

«Na klar, versteh ich doch. Und deine Fotos sind echt gut», schwindelte sie. «Aber können wir heute vielleicht eine Ausnahme machen? Ich habe überreagiert. Das war blöd, und ich entschuldige mich dafür. Okay?»

Der Fotograf nickte wieder, jetzt deutlich zufriedener. Er hatte es der dummen Reportertusse aber gegeben und bewiesen, dass er Rückgrat besaß und im ewigen Zwist zwischen Schreiberling und Fotograf für den Bildjournalismus kämpfte. Diesen Machtkampf hatte Leyla Abdallah nie verstanden. Fruchtbare Diskussionen waren wichtig, ja, aber meistens ging es doch nur darum, sein Revier zu markieren und sich an Prinzipien zu klammern. Es war so kraftraubend, während eines Arbeitsauftrages solch einen Stellungskrieg auskämpfen zu müssen. Sie sehnte sich nach Palle Pettersson.

Schließlich konnte Leyla den schlaksigen Fotografen dazu bringen, sie bei einer Umfrage in der Menge zu begleiten, und sie begann mit den beiden sonnengebräunten Rentnern vor der Bühne. Die Gesichter der alten Knaben hellten sich auf, sie strahlten in die Kamera und erzählten bereitwillig, warum sie zu dieser Veranstaltung gekommen waren.

«Das ist ja eine richtige Bühnenshow, erstklassige Unterhaltung, wenn Sie mich fragen. Sie glauben gar nicht, wie ich Josefin Mjörner vermisse, seit sie sich aus Film und Theater zurückgezogen hat. Sie ist ohne jeden Zweifel die beste Schauspielerin, die Schweden je hatte. Und wie die singen kann! Unglaublich, was sie in ihrem Alter noch für eine Energie hat. Davon können wir uns wirklich eine Scheibe abschneiden.» Der Alte mit dem dröhnenden Bass lachte.

«Aber was halten Sie von ihrer Politik?», fragte Leyla.

«Ach, na ja, damit kenne ich mich nicht so aus. Aber ich finde, so ganz unrecht hat sie nicht», sagte der Schwarzhaarige mit den weißen Zähnen. «Einwanderer, die zu uns kommen und hier arbeiten und ihren Lebensunterhalt selbst bestreiten wollen, die sollten wir aufnehmen. Und ihre Kinder sollten unsere Schulen besuchen dürfen und nicht im Untergrund leben müssen. So sollten wir Schweden Menschen nicht behandeln. Also, ich werde bei der nächsten Wahl wohl für sie stimmen. Und sie tut ja auch viel für uns Rentner.»

Leyla bedankte sich und ging weiter. Die Antworten hatten sie überrascht, sie unterschieden sich von dem, was man von älteren Menschen in Bezug auf Einwanderer und Asylpolitik erwartete. Josefin Mjörner sprach die Gefühle der Menschen an, und sie nutzte ihre große Popularität aus, um ihrer Botschaft Gehör zu verschaffen. Aber sie appellierte auch an das Gewissen und die Solidarität der Menschen, und im Unterschied zu anderen Splitterparteien verzichtete sie darauf, die verschiedenen Gruppen gegeneinander auszuspielen. Dass sie sich zudem gegen Diskriminierung im Alter und für einen Ausbau der Altenfürsorge stark machte, war ein weiterer wichtiger Punkt in ihrem Parteiprogramm neben dem Kampf für die untergetauchten Flüchtlingsfamilien.

Leyla setzte ihre Umfrage unter den Besuchern fort, und der Fotograf schoss seine Bilder sogar ein wenig engagierter. Die meisten gaben bereitwillig Auskunft, sogar diejenigen, die fanden, dass die Humanistische Alternative ein unrealistisches Ziel verfolgte, und sich für eine härtere Gangart in der Asylpolitik aussprachen.

Nur eine übergewichtige Frau Mitte fünfzig, offenbar ohne Begleitung, wich vor Leyla und ihrem Kollegen zurück.

«Ich bin nicht fotogen», erklärte sie brüsk und verschwand rasch in der Menge, als der Fotograf seine Kamera hob.

Leyla registrierte das nur beiläufig und maß der Reaktion der Frau keine größere Bedeutung zu. Sie hatten ohnehin schon genug Kommentare und Fotos gesammelt. Den Rest des Nachmittags würde sie sich auf Josefin Mjörner konzentrieren. Ihr Auftritt stand kurz bevor.

Dass man nie seine Ruhe haben kann, dachte Dora Brandt empört und zog sich unter Einsatz ihrer Ellenbogen ärgerlich aus dem Sichtfeld der Kamera zurück.

Wie dumm. Mit so einem Zwischenfall hatte sie nicht gerechnet. Sie war wirklich nicht scharf darauf, in der Zeitung zu erscheinen. Nicht jetzt zu diesem Zeitpunkt. Die Medien würden noch früh genug auf ihre Kosten kommen.

Es war ihr großer Tag, und sie hatte nicht eingeplant, dass irgendein neugieriger Reporter ihren Plan durchkreuzen und eine Kamera auf sie richten könnte. Sie war ohnehin schon angespannt genug.

«Mach dir nicht ins Hemd, Alte!», rief ein junges Mädchen und knuffte Dora in die Seite, sodass sie ins Stolpern geriet, aber die Menschenmenge fing sie im letzten Moment auf. Sie spürte Panik in sich aufsteigen.

Ich muss hier raus. Brauche Luft. Brauche Platz.

Sie versuchte, ihren immer schneller werdenden Atem unter Kontrolle zu bringen, und suchte nach dem kürzesten Weg aus der Menge. Sie hätte früher daran denken müssen, dass es keine besonders gute Idee war, eingezwängt in der Menschenmasse auf einem großen Platz zu stehen. Sie ertrug diese intime Nähe nicht, die sich zwangsläufig ergab, wenn der Körper mit fremden Menschen in Berührung kam. Menschen, über die sie keine Kontrolle hatte. Sie ekelte sich zwar nicht davor, aber es war so unerträglich aufdringlich. Und sie ärgerte sich über diese Reporterin. Woher nahm die das Recht, ihr auf den Pelz zu rücken? Hatte wohl nie etwas von der Unantastbarkeit einer Person gehört.

Unter Aufbietung aller Kraft schob Dora Brandt sich das letzte Stück durch die Menge. Sie spürte die giftigen Blicke in ihrem Rücken und hörte die Seufzer und Kommentare über ihr rücksichtsloses Benehmen. Aber sie musste raus aus dieser Enge. Sonst würde sie womöglich noch ohnmächtig.

Sie überlegte, zu ihrem kürzlich gekauften Renault Twingo zu gehen, der in der Nähe in einer Seitenstraße parkte, und einfach wegzufahren. Aber sie wollte ihr Unwohlsein in den Griff bekommen und steuerte den alten Friedhof am anderen Ende des Platzes an. Sie betrat den breiten Kiesweg. Von alten Lindenbäumen gesäumt, zog er sich wie eine lebenspendende, grüne Lunge an den Gräbern entlang.

Dora war immer noch schwindelig, sie musste sich an einer Linde abstützen. Sie war wütend, weil sie gestört worden war, aber mittlerweile ärgerte sie sich auch über ihre Reaktion. Wie sollte sie das bewältigen, was sie sich vorgenommen hatte? In der Wohnung war sie so sicher und gelassen gewesen, aber jetzt, wo es langsam ernst wurde, war sie nur noch ein nervliches Wrack.

Dora bog in einen Seitenweg ein und setzte sich am Gedenkhain auf eine Bank. Der Platz für die anonymen Bestattungen war hübsch gelegen, ein Stück von dem kleinen Kanal entfernt, der eine natürliche Grenze zur stark befahrenen Regementsgatan bildete. Der Autolärm drang gedämpft durch die Büsche und mischte sich mit dem Rascheln der Blätter im Wind. Das Gemurmel der Menge drüben auf dem Gustav Adolfs Torg konnte sie zwar hören, aber aus beruhigendem Abstand. Das Atmen fiel ihr wieder leichter, die Panik begann nachzulassen. Mit zitternden Händen holte sie den Brief aus ihrer Handtasche. Es genügte, dass sie ihn in der Hand hielt, damit die Ruhe in ihren Körper zurückkehrte, gefolgt von Entschlossenheit und kontrolliertem Zorn. Die Triebkraft, die sie hierhergeführt hatte.

Die Veranstaltung würde noch lange dauern, sie hatte also keine Eile. Erst wenn die Scheinwerfer ausgingen und das Publikum sich auf den Heimweg machte, musste sie dort sein. Um Josefin Mjörner in die Augen zu blicken.

Dora beschloss, noch eine Weile auf der Bank sitzen zu bleiben und Kraft zu sammeln. Inmitten der Toten.

Kurz vor drei war die Zuschauermenge noch dichter geworden. Die meisten der anderen Aktivitäten auf dem Platz waren beendet, aber vor dem McDonald's unternahm ein als Clown Ronald McDonald verkleideter Mann eine letzte Anstrengung, mit Hilfe von Luftballons und kleinem, hässlichem Plastikspielzeug Kinder und ihre Eltern in das Hamburger-Restaurant zu locken. Beim Anblick der Gestalt mit der Clownsmaske überlief es Leyla kalt. Ihr waren Clowns schon immer unheimlich gewesen. Besonders diese Art von Plastik-Clowns. Sie fand, dass sie etwas Pädophiles an sich hatten, nach allem, was man über perverse Clowns in Zeitungen gelesen und in Filmen gesehen hatte. Ronald McDonald als Kinderschänder, was für eine gruselige Vorstellung. Vielleicht plante er seine arrangierten Kinderfeste und betrieb seine Kinderkrankenhäuser nur aus einem einzigen Grund: um den Kindern so nahe zu kommen, dass er sie ausnutzen konnte, phantasierte Leyla.

Rasch verwarf sie diesen Gedanken als vollkommen absurd. Ob Clowns bei Sexualverbrechen an Kindern überrepräsentiert waren, wusste sie nicht. Vielleicht handelte es sich nur um ein fest verwurzeltes Vorurteil, das von den Massenmedien immer wieder gern ausgeschlachtet wurde und von dem Bedürfnis der Menschen herrührte, sich zu gruseln.

Armer Clown, dachte Leyla. Er ist sicher nur ein harmloser Student, der sein Studiendarlehen aufbessert und nun für meine kranken Phantasien herhalten muss.

Auch in anderer Hinsicht hatte er eher Mitleid verdient, stellte sie fest. In Konkurrenz zu Josefin Mjörner war seine Anziehungskraft minimal. Unzählige Kinder saßen auf den Schultern ihrer Väter und starrten gespannt zur Bühne, auf der ein einsames Klavier stand. Ein blasser, hagerer Mann Mitte vierzig kam auf die Bühne, setzte sich ans Klavier und schlug ein paar Akkorde an, gefolgt von einer kurzen Melodie. Ein erwartungsvolles Raunen ging durchs Publikum, dann ertönte stürmischer Beifall, als eine schöne Frau in knöchellangem grünem Kleid und gerader, majestätischer Haltung die Bühne betrat. Ihr langes krauses Haar mit den grauen Strähnen wurde vom Scheinwerferlicht angestrahlt und umrahmte ihr Gesicht wie ein leuchtender Glorienschein. Die braunen, eindringlich blickenden Augen schienen jeden einzelnen Zuschauer zu mustern, und das kleine wehmütige Lächeln auf den rot geschminkten Lippen verlieh ihr einen Hauch von Ernst und Innerlichkeit.

Josefin Mjörner begrüßte das Publikum, indem sie die Arme öffnete und dann um den Körper schlang, eine Geste, als wollte sie die Menge an sich drücken. Anschließend nahm sie das Mikrofon:

«Danke, Freunde! Danke, dass ihr heute alle gekommen seid. Ich möchte unser Beisammensein damit beginnen, dass ich ein Lied für euch singe, geschrieben von Beppe Wolgers. Es heißt ‹Das rätselhafte Volk› und handelt von dem Wichtigsten, was wir haben. Unsere Kinder. Alle Kinder. Kinder, die ein Recht darauf haben, Kind zu sein, zu spielen und heranzuwachsen, ohne Angst, ohne sich verstecken zu müssen, ohne vergessen zu werden. Es ist eines der schönsten Lieder, die ich kenne.»

Die Klaviermelodie, die während Josefin Mjörners Begrüßung als leiser Klangteppich im Hintergrund zu hören gewesen war, ertönte nun mit voller Kraft aus den Lautsprechern. Die Menge klatschte begeistert und beruhigte sich erst, als Josefin Mjörners charakteristische tiefe Stimme über den Gustav Adolfs Torg schallte:

Kinder sind ein Volk, sie leben in einem fremden Land, und dieses Land ist wie Regen, wie eine Pfütze.

Sie deutete vielsagend auf eine große Wasserlache schräg rechts unterhalb der Bühne und lächelte. Die Menge antwortete mit kollektivem Gelächter. Josefin Mjörner wartete einen Moment, bevor sie weitersang:

Manchmal hocken Jungen am Pfützenrand und lassen Boote über das Wasser segeln.

Da geht ein Mädchen, das sammelt Steine und hat schon eine Million.

Der König der Bäume sitzt still in den Zweigen, hoch auf Baumkönigs Thron.

Dort geht ein Junge, er lacht über den Schnee.

Dort geht ein Mädchen, das hat eine Insel aus fünfzehn Kissen gebaut.

Dort geht ein Junge, und alles wird Erdbeereis, was er anschaut.

Alle sind Kinder, und sie sind das rätselhafte Volk.

Noch ehe die letzten Klavierakkorde des bekannten Lieds verklungen waren, brach stürmischer Beifall los. Josefin Mjörner wiederholte die umarmende Geste oben auf der Bühne und verharrte in dieser Position, bis das Publikum wieder verstummt war. Dann trat sie nach vorn an den Bühnenrand. Während ihrer Karriere als Schauspielerin war sie eine Meisterin der Pausen gewesen, und diese Kunst setzte sie auch als Politikerin erfolgreich ein. Die Spannung, die während der Stille entstand, sorgte für eine leicht magische Atmosphäre. Als Josefin Mjörner schließlich zu sprechen begann, waren die Zuschauer ganz auf ihre Worte konzentriert.

«Kinder sind ein Volk, das in einem fremden Land lebt, sagt Beppe Wolgers in seinem Lied. Ein Lied, das in Anbetracht der heutigen Situation sehr vielschichtig ist. Es gibt viele Kinder, die in fremden Ländern leben. Wie beispielsweise hier in Schweden. Kinder, die keine eigene Stimme haben, Kinder, die fühlen, aber denen kein Mitgefühl entgegengebracht wird, Kinder, die Angst haben, aber nicht tröstend in den Arm genommen, sondern im Stich gelassen werden.»

Sie legte wieder eine kurze Pause ein und machte einige Schritte nach links, um sich diesem Teil des Publikums zuzuwenden.

«Kinder sind ein rätselhaftes Volk. Das ist so. Wir Erwachsene verstehen sie nicht immer, weil wir vergessen haben, wie es ist, dem rätselhaften Volk anzugehören. Wir haben vergessen, wie es ist, klein zu sein und sich ausgeliefert zu fühlen. Kinder sind nicht unser Eigentum, wir tragen nur für einen Abschnitt ihres Lebens die Verantwortung für sie. Und wir, das sind nicht nur ihre Eltern, sondern alle Erwachsenen und ganz besonders das, was wir die Gesellschaft nennen. Manchmal kann man den Eindruck bekommen, dass die Gesellschaft ein diffuser, bürokratischer Riese ist. Ein herzloses Monster, das nur verwaltet, das nur starre Gesetze formuliert, ohne Rücksicht darauf, was das Beste für den Einzelnen ist. Nichts ist schlimmer! Denn die Gesellschaft, das sind doch wir! Alle, die wir hier leben. Wir bestimmen, wie die Gesellschaft aussehen soll, ob sie gefühllos und hart oder mitmenschlich und warm sein soll. Ob es eine Gesellschaft sein soll, in der wir nur unbedeutende Figuren in einem Spiel sind, oder eine Gesellschaft, die sich darum kümmert, wie es einem jeden von uns geht. Eine humanistische Gesellschaft. Eine humanistische Alternative!»

Erneut brandete Beifall auf. Leyla sah zu den beiden verliebten Alten vor der Bühne hinüber, die begeistert klatschten und nun anscheinend Augenkontakt mit Josefin Mjörner hatten. Es war wohl nicht so sehr das, was sie sagte, sondern wie sie es sagte, was die Menschen anrührte.

Ihre eigenartig tiefe Stimme, die Satzmelodie, wenn sie sprach, sodass es sich fast anhörte, als würde sie singen, und die Intensität ihres Blicks. Mit einem Wort, sie besaß Bühnencharisma, und das im Übermaß.

Nach der gefühlvollen Einleitung sprach Josefin Mjörner über die Humanistische Alternative und die Flüchtlingsfamilien, denen die Abschiebung drohte und die vom Netzwerk versteckt wurden. Aber sie sprach auch über mehrere andere Fragen und darüber, wie die Partei ihre Politik finanzieren wollte. Es sollte einfacher werden, gleich nach der Ankunft im Land eine Arbeit anzunehmen, und alle, die arbeiten konnten, sollten es auch tun, da sich in mehreren Bereichen ein Arbeitskräftemangel bemerkbar machte. Weniger Bürokratie, die Forderung nach Gegenleistungen von Unterstützungsempfängern, frühes Eingreifen bei Jugendkriminalität, gemischte Schulen – das waren nur einige Punkte ihres Programms von «Hilfe und Härte». Zwar regte sich in Teilen des Publikums Unmut, als sie behauptete, eine Erhöhung der Flüchtlingsquote sei ein reiner Gewinn für die Volkswirtschaft, aber dank ihrer mitreißenden Art gelang es ihr trotzdem, viele der noch Wankelmütigen davon zu überzeugen, dass die Humanistische Alternative den Weg für ein besseres Schweden bereiten werde. Ein Schweden jenseits von Konflikten und Misstrauen zwischen den verschiedenen Bevölkerungsgruppen. Josefin Mjörner verbreitet eine Botschaft der Liebe, und sie ist eine mit allen Wassern gewaschene Prophetin, dachte Leyla.

Sie merkte, wie sie Josefin Mjörners Rede berührte, und das war ein Alarmzeichen. Eine kritische Haltung war jetzt, da sie die neue Partei gründlich unter die Lupe nehmen sollte, ungemein wichtig. Wenn die Erfolge der Humanistischen Alternative anhielten, konnte man nicht ausschließen, dass Josefin Mjörner nach der nächsten Parlamentswahl vielleicht eine der führenden Machtpersönlichkeiten des Landes wurde.

Sie ist manchmal ein bisschen zu melodramatisch, versuchte Leyla sich einzureden, um ein gewisses Maß an

Skepsis zu bewahren. Aber das war nicht so einfach, weil Josefin Mjörner ihr ganzes Können zur Schau stellte und ständig zwischen Emotionalität und Sachlichkeit wechselte. Sie war eine ungemein geschickte und sehr anders geartete Politikerin.

Leyla ließ den Blick über den Platz schweifen, auf der Suche nach dem schlaksigen Fotografen, der ihr vorübergehend abhandengekommen war. Schließlich entdeckte sie ihn vor dem McDonald's, wo er einen Hamburger aß. Er sammelt wohl Kraft für sein fotojournalistisches Meisterwerk, dachte sie sarkastisch. Aber im Grunde war es ihr egal. Sie hatte ihm Bescheid gestoßen, und wenn er trotzdem ohne verwertbare Fotos in die Redaktion kam, war das nicht mehr ihr Problem.

Nach einigen weiteren Liedern und Reden näherte sich die Veranstaltung ihrem Ende. Aber Josefin Mjörner behielt ihr Publikum im Griff.

«Bevor wir gleich nach Hause gehen, möchte ich allen danken, die heute hierhergekommen sind. Die Wärme, die ihr ausstrahlt, gibt mir die Kraft, meinen Kampf fortzusetzen. Den Kampf für die Kinder und gegen diejenigen, denen die Kinder egal sind. Wie sind sie eigentlich gestrickt, diese Damen und Herren in der Regierung und im Reichstag, die den Kindern das Recht absprechen, Kind zu sein? Wie geht es diesen Kindern? Ich werde diese Frage jemandem stellen, der es weiß. Wie geht es deinen Kindern, Osman?»

Dora Brandt war zurück auf dem Gustav Adolfs Torg, sie hatte sich wieder gefasst. Sie holte einen Taschenspiegel aus der Handtasche und stellte zufrieden fest, dass sie immer noch respektabel aussah. Das Make-up war nicht zerflossen, und die Perücke saß, die schönen Haare fielen glatt und ordentlich vom Mittelscheitel bis auf Kinnhöhe und rahmten das runde Gesicht ein. Sie hatte sich am Rand der Menschenmenge hingestellt, so vermied sie das Gedränge und hatte außerdem den Rücken frei. Trotzdem hatte sie die Bühne recht gut im Blick. Gerade ging der afghanische fünffache Familienvater Osman Faqiri zu Josefin Mjörner hinauf und wurde herzlich umarmt. Er war in Wirklichkeit noch kleiner, als Dora anhand der Fotos in den Zeitungen und der Fernsehbeiträge gedacht hatte.

Obwohl sie schon viel über die Familie Faqiri wusste, die zur Symbolfamilie der Humanistischen Alternative geworden war, wollte sie mehr erfahren. Näher an sie herankommen. Da der Mann sich jetzt öffentlich zeigte, hatte er offenbar keine große Angst, von der Polizei geschnappt zu werden. Er sah zwar etwas gehetzt und bedrückt aus. Aber er hat ja guten Schauspielunterricht, dachte Dora.

«Wie geht es deinen Kindern, Osman?», wiederholte Josefin Mjörner und reichte ihm ein Mikrophon.

Er fummelte nervös am Einschaltknopf herum, aber als das Mikro schließlich funktionierte, klang seine Stimme erstaunlich ruhig.

«Mein Kinder haben sehr schwer. Sie gehen nicht in Schule. Können auch nicht draußen mit andere Kinder spielen. Sonst kommt vielleicht Polizei. Sie weinen viel, und wir versuchen zu kämpfen, ich und mein Frau. Aber ist sehr schwer. Manchmal wir müssen zu andere Ort fahren und da wohnen, weil wir müssen uns verstecken vor Polizei. Die ganze Zeit wir müssen umziehen.»

Er spricht sogar ganz gut Schwedisch, dachte Dora Brandt. Es klang ein bisschen stockend, und manchmal vergaß er ein Wort, aber im Großen und Ganzen war es gut verständlich und fast korrekt. Als hätte er es lange geübt.

Nach Osman Faqiris Bericht übernahm Josefin Mjörner wieder und hielt eine anklagende Rede gegen die Einwanderungsbehörde und die Gutachten der früheren Regierung über apathische Flüchtlingskinder.

Ihr flammender Zorn imponierte Leyla Abdallah. Josefin Mjörner hatte eine facettenreiche Persönlichkeit. Die Parteiführerin wetterte über die Lügen und Vereinfachungen, die dazu geführt hatten, dass die Schuld auf die Eltern der apathischen Kinder abgewälzt worden war. Ein paar sogenannte Experten und Kommentatoren hatten mehr als angedeutet, dass in Wirklichkeit die Eltern ihre Kinder vergiftet hatten, obwohl Schwedens Kinderärzte so gut wie geschlossen Sturm gegen diese Behauptung liefen, die außerdem von der Fernsehsendung «Nachgehakt» kritisch unter die Lupe genommen und widerlegt worden war.

Auch unter der jetzigen bürgerlichen Regierung sei nichts besser geworden, meinte Josefin Mjörner, die beschlossen habe, die untergetauchten Flüchtlingsfamilien einfach zu vergessen, ebenso wie all die Flüchtlingskinder, die mutterseelenallein nach Schweden kämen und monatelang in anonymen, menschenunwürdigen Asylantenheimen zubringen müssten.

«Man versucht, das Problem totzuschweigen, und lässt die Einwanderungsbehörde und die Polizei die Drecksarbeit machen. Es gibt massenhaft Flüchtlingsfamilien und alleinstehende Kinder in unserem Land, die unter absolut untragbaren Bedingungen leben. Schweden wurde von Amnesty International offen dafür gerügt, wie es die Kinder behandelt, aber unsere Regierung stellt sich taub, aus purem Populismus und aus Angst, den ausländerfeindlichen Parteien eine Diskussionsplattform zu bieten», schäumte sie.

Josefin Mjörner wandte sich erneut an Osman Faqiri und fragte ihn, ob seine Familie nicht nach Afghanistan zurückkehren und dort leben könne. Die Einwanderungsbehörde sei ja indirekt zu dem Urteil gelangt, dass das ohne Risiko möglich sei, da man entschieden habe, die Familie nach Deutschland zurückzuschicken, wo sie zuerst um Asyl nachgesucht habe. Deutschland jedoch schickte immer mehr afghanische Asylanten in ihr Heimatland zurück.

«Dort ist ständig Gefahr und immer noch groß Unterdrückung. Verbrecher und Taliban viel Macht. Mein Brudersohn war vor vier Monat von Bombe auf Marktplatz getötet. Und ich habe Feinde in Afghanistan. Ich war sehr kritisch gegen Taliban, und ich weiß, dass sie wollen mein Leben», antwortete der Familienvater mit Zittern in der Stimme.

Grundgütiger, was für ein Aufschneider! Dora Brandt lachte innerlich. Wenn es Asylgesetze gibt, müssen die natürlich befolgt werden! Wo kämen wir denn hin, wenn wir die halbe Welt ins Land ließen, ohne ihre Angaben zu überprüfen? Er lügt, sonst hätte seine Familie ganz sicher eine Aufenthaltserlaubnis bekommen!

Sie beobachtete misstrauisch, wie Josefin Mjörners nächster Gast auf die Bühne kam, ein hochgewachsener Mann um die vierzig mit aschblondem Haar in Jeans und grünem Cordjackett.

«Ich begrüße nun Bengt Sternkvist, Dozent am Institut für Zell- und Molekularbiologie der Universität Lund. Sie möchten uns etwas mitteilen», sagte Josefin Mjörner und übergab ihm das Mikrophon.

Der Mann räusperte sich und erklärte dann mit selbstverständlicher Autorität und Überzeugung, dass sein Institut nur darauf warte, Osman Faqiri einzustellen, sobald dieser eine Aufenthaltsgenehmigung erhalten habe.

«Wir haben seinen wissenschaftlichen Abschluss überprüft und konnten feststellen, dass Osman nach einer kurzen Einarbeitung ein großer Gewinn für uns wäre. Wie Sie gehört haben, ist sein Schwedisch schon wirklich gut, und er spricht perfekt Englisch. Außerdem hat er beruflich gesehen genau die Kompetenz, die wir von einem Laborassistenten auf unserem Spezialgebiet erwarten. Es ist eine Schande, dass die Fähigkeiten dieses Mannes missachtet werden und seine Familie einem so unmenschlichen Druck ausgesetzt ist; dabei könnte er unserer Gesellschaft so viel geben.»

Josefin Mjörner dankte Bengt Stenkvist und wandte sich ans Publikum.

«Ich möchte zum Abschluss, dass wir gemeinsam singen. Ihr braucht gar nicht so ängstliche Gesichter zu machen. Ich verspreche, dass ihr euch nicht bei den Händen fassen müsst und wir nicht ‹We shall overcome› singen.»

Das Publikum lachte, und sogar Dora Brandt verzog ein wenig die Mundwinkel. Der peinliche Ausrutscher der früheren Kulturministerin Birgit Friggebo, die Anfang der neunziger Jahre aufgeregte Einwanderer während einer Versammlung im Stockholmer Vorort Rinkeby aufgefordert hatte, ihre Ängste durch das gemeinsame Singen ebendieses Liedes zu bekämpfen, war immer noch für einen Lacher gut.

«Aber wir machen einen halben Friggebo. Ein wenig politisch korrekt wird man ja noch sein dürfen», schloss Josefin Mjörner.

Sie schnippte mit den Fingern und sagte «Simsalabim», woraufhin eine Schar niedlicher Kinder im Vorschulalter von hinten auf die Bühne kam.

«Das ist der Chor der Kinder. Und die Kinder hätten gern, dass ihr ihnen helft, das Lied ‹Dies Land ist dein Land› zu singen. Wer das Lied nicht kennt oder nicht mitsingen möchte, muss nicht mitmachen. Wir sind eine demokratische Partei, die den Menschen nicht diktiert, was sie tun oder was sie für eine Meinung vertreten sollen. Aber die Melodie ist unglaublich mitreißend und ich glaube, dass es euch schwerfallen wird, nicht mitzusingen.»

Der Pianist begann zu spielen, und der Kinderchor bekam schnell die Unterstützung des Publikums.

Mit süßen Kindern kann man leicht Punkte sammeln, dachte Dora Brandt ärgerlich. Gleichzeitig war sie froh und ein wenig überrascht, dass sie ihre Panik so gut überwunden hatte und jetzt nicht einmal mehr nervös war.

Dora blieb noch eine Weile stehen, nachdem der Gesang und der Applaus verklungen waren. Die Menschenmenge zerstreute sich relativ schnell, aber ein paar Leute steuerten auf den Platz unterhalb der Bühne zu, wo Josefin Mjörner sich unterhielt. Dora kam langsam näher und erkannte schon von weitem die neugierige Reporterin, aber den Fotografen hatte sie nicht mehr dabei. Zwei sonnengebräunte alte Männer schwänzelten ebenfalls um Josefin Mjörner herum und überreichten ihr einen großen Blumenstrauß. Es sah komisch aus, als die beiden ihre Arme gleichzeitig öffneten, um sich als Dankeschön umarmen zu lassen.

Dora hatte keine Lust, der Reporterin noch einmal zu begegnen, und ihr war es auch lieber, wenn die anderen verschwanden, ehe sie in Erscheinung trat.

Nach weiteren fünf Minuten war nur noch die hartnäckige Reporterin da. Sie unterhielt sich mit Josefin Mjörner und machte sich Notizen auf ihrem Block. Schließlich gab sie der Schauspielerin die Hand und ging. Dora hatte sich von der Seite herangeschlichen und sah nun ihre Chance. Als Josefin Mjörner sich umdrehte und auf die Rückseite der Bühne zusteuerte, rief Dora ihr nach:

«Hallo! Entschuldigung!»

Josefin Mjörner blieb stehen und blickte auf.

«Bitte entschuldigen Sie, dass ich mich aufdränge, aber ich hätte so gerne ein Autogramm von Ihnen», sagte Dora atemlos.

Während sie die letzten Schritte auf Josefin Mjörner zumachte, holte sie etwas aus ihrer Handtasche.

Dora sah der gefeierten Schauspielerin in die Augen und traf auf ein starres Lächeln. Obwohl sie sich so lange ängstlich und voller Erwartung auf diesen Moment vorbereitet hatte, war sie jetzt merkwürdig ruhig. Vor ihr stand eine alte Frau, zwar immer noch attraktiv, aber ohne besondere Ausstrahlung. Es war, als hätte Josefin Mjörner sich auf der Bühne vollkommen verausgabt und sehnte sich jetzt nach Ruhe wie jede andere müde Rentnerin auch. Das war ein befriedigendes, aber unwirkliches Gefühl. Befriedigend, weil die Säulenheilige sich als höchst gewöhnlicher Mensch erwies, und gleichzeitig unwirklich, weil sie nicht den Erwartungen entsprach. Dora streckte ihr ein Päckchen entgegen.

«Ich habe mir neulich diese DVD-Box mit Ihren wichtigsten Filmen gekauft und wäre überglücklich, wenn Sie sie mir signieren würden.»

Josefin Mjörners Lächeln wurde etwas lebendiger.

«Wie nett. Mir kommt es wie eine Ewigkeit vor, dass ich diese Filme gedreht habe, wirklich schön, dass sie jetzt in einer Box verkauft werden.»

Sie nahm den Stift, den Dora ihr hinhielt, und blickte ihr ins Gesicht.

«Wie heißen Sie, meine Liebe?»

Meine Liebe. Dora zuckte unwillkürlich zusammen.

«Äh, ich heiße Ann-Sofie. Ann-Sofie Jacobsson.»

«Genügt Ann-Sofie? Das klingt ein bisschen persönlicher.»

«Natürlich. Ann-Sofie reicht völlig. Ich bewundere Sie

wirklich sehr, als Schauspielerin und als Politikerin», sagte Dora.

Sie studierte Josefin Mjörners Gesichtszüge, während die Schauspielerin die DVD-Box signierte, und war überrascht, wie runzlig ihr Gesicht in entspanntem Zustand war. Runzlig und ziemlich nichtssagend.

«Das freut mich. Ich hoffe, Sie haben auch Freude an den Filmen», sagte Josefin Mjörner und gab ihr Stift und DVD-Box zurück.

«Alles Gute, meine Liebe», sagte sie abschließend und hatte sich schon ein paar Schritte entfernt, bevor Dora sich bedanken konnte.

«Entschuldigung, nur eine Sache noch.»

Josefin Mjörner wirkte leicht gequält, als sie sich wieder umdrehte.

«Aber dann schnell, meine Liebe. Ich bin ziemlich müde, und wir müssen weiter.»

«Das kann ich gut verstehen, und ich will Sie auch wirklich nicht belästigen. Ich wollte nur fragen, ob man die Humanistische Alternative und Ihren Kampf für die Kinder nicht irgendwie unterstützen kann. Ich dachte, ich könnte vielleicht etwas spenden, aber ich möchte auch selbst etwas tun. Sie haben mich richtig wachgerüttelt mit Ihrem Mut und Ihrer Kraft, ich will nicht länger nur so dasitzen und zuschauen. Ich will etwas verändern, genau wie Sie vorhin auf der Bühne gesagt haben.»

Josefin Mjörner setzte wieder ihr steifes Lächeln auf.

«Wir sind für jede finanzielle Unterstützung dankbar. An welche Summe hatten Sie denn gedacht?»

«Ja, also schon ein paar tausend Kronen. Mindestens.»

«Warten Sie hier, meine Liebe, ich sage Harald Bescheid. Er kümmert sich um die Neuzugänge in der Partei. Nur einen Moment, er ist gleich bei Ihnen.»

Dora war erleichtert, dass Josefin Mjörner sie nicht umarmte und ihr noch nicht einmal die Hand gab, bevor sie ging. Ihr genügte es völlig, dass sie der Schauspielerin in die Augen hatte sehen können. Während sie auf den ominösen Harald wartete, hörte sie Stimmen in dem kleinen Zelt, das hinter der Bühne aufgebaut war. Die Unterhaltung wurde auf Schwedisch und in einer anderen, fremden Sprache geführt. Der afghanische Familienvater war sicher noch da, ebenso einige seiner Landsleute und ein paar Parteimitglieder. Aber wo war die Polizei? Jetzt, da sie wussten, wo Osman Faqiri sich aufhielt, wäre es doch ein Leichtes gewesen, ihn festzunehmen. Wahrscheinlich trauen sie sich nicht, und sicher haben sie den Befehl von oben, sich bis auf weiteres zurückzuhalten, dachte Dora. Dadurch dass Josefin Mjörner die Familie in die Medien gebracht hatte, um sie für ihre Zwecke zu nutzen, hatte sie ihr im Prinzip vorläufig Asyl verschafft. Es hätte wohl einen Aufschrei in den Medien gegeben, wenn der Vater von fünf Kindern direkt nach seinem rührenden Auftritt abgeführt worden wäre.

Plötzlich kam ein magerer Mann mit braunem, lockigem Haar und blassem Teint auf sie zu. Dora erkannte in ihm den Pianisten, der Josefin Mjörner begleitet hatte.

«Entschuldigen Sie bitte, dass Sie warten mussten», sagte er und streckte seine Hand aus.

Der Händedruck war kalt und schlaff.

«Mein Name ist Harald Holmström, ich bin zuständig für Interessierte, die in die Partei eintreten wollen. Sie möchten sich engagieren und uns auch finanziell unterstützen?»

«Ja, ich möchte etwas tun, anstatt nur die Fäuste in der Tasche zu ballen.»

«Das ist gut, eine kluge Entscheidung. Hier ist erst einmal ein Überweisungsschein mit unserer Bankverbindung, setzen Sie einfach die Summe ein, die Sie spenden möchten.»

Der Mann sprach ohne besonderen Enthusiasmus und machte ebenso wie Josefin Mjörner einen etwas abwesenden Eindruck. Das Geld ist offenbar das Wichtigste, dachte Dora.

Harald Holmström notierte sich ihre Handynummer, ihre Mailadresse und ihren falschen Namen. Er erzählte, das Netzwerk brauche Menschen, die auf verschiedene Weise mithelfen wollten, den Flüchtlingsfamilien das Leben im Untergrund etwas erträglicher zu machen.

«Haben Sie vielleicht etwas Besonderes beizutragen?», fragte er mit schleppender Stimme.

«Na ja, ich forsche im Moment zum Thema strukturelle Diskriminierung, aber das nützt den Familien hier wohl nicht unmittelbar in ihrem Alltag. Allerdings war ich früher Lehrerin und könnte die Kinder zum Beispiel in Schwedisch und Mathematik unterrichten.»

Harald Holmströms ausdrucksloses Gesicht erhellte sich ein wenig, und er versprach, darauf zurückzukommen. Er will wohl erst abwarten, ob ich eine ordentliche Summe überweise, dachte Dora.

Er gab ihr wieder seine schlaffe Hand, und sie verabschiedeten sich. Während sie zu ihrem Auto ging, kam ihr plötzlich eine Idee. Wenn die Polizei schon kein Interesse hatte, das Versteck der Familie Faqiri ausfindig zu machen, konnte sie das doch versuchen, und zwar gleich jetzt.

Dora stieg in ihren alten marineblauen Renault Twingo, Baujahr 97, für den sie einen Tag zuvor achtzehntausend Kronen bar auf den Tisch gelegt hatte. Es war schon eine Weile her, dass sie regelmäßig hinterm Steuer gesessen hatte, aber sie war immer eine gute Autofahrerin gewesen, und das verlernte man nicht. Sie ließ den Motor an und merkte, wie das Adrenalin durch die Adern pulsierte. Es war ein neues, umwerfendes Gefühl für sie, Spannung zu empfinden, ohne dass ihr dabei übel wurde. Sie fuhr los, wendete gegenüber von Burger King, dem zweiten Hamburger-Restaurant auf dem Platz, und hielt an. Von hier aus hatte sie einen guten Blick auf die Bühne. Um das Zelt herum herrschte immer noch Betrieb. Zwei kräftige junge Männer bauten die technischen Geräte ab und trugen Lautsprecher und Scheinwerfer zu einem großen Transporter, der neben dem Zelt parkte.

Nach ungefähr einer Viertelstunde sah sie, wie Josefin Mjörner sich von Harald Holmström und Osman Faqiri verabschiedete. Die beiden Männer gingen quer über den Platz und verschwanden in einer Seitenstraße.

Sie müssen auf der anderen Seite des Blocks herauskommen, dachte Dora.

Sie startete den Motor, fuhr die Straße rechts hinunter, bog am Parkhaus links ab und hielt an, um auf die Männer zu warten. Und richtig, einen Moment später tauchten sie auf und gingen ins Parkhaus.

Nach ein paar Minuten kam ein silberner Volvo V50 herausgefahren und bog auf die Straße. Am Steuer saß Harald Holmström, neben ihm Osman Faqiri. Es herrschte nicht viel Verkehr am Sonntag, und Dora hatte keine Probleme, ihnen mit ausreichendem Abstand zu folgen. Der Volvo fuhr die breite Straße am Kanal entlang und weiter auf die Schnellstraße Richtung Norden. Dora war etwa hundert Meter hinter ihnen und hätte sie bei einem Verkehrskreisel fast aus den Augen verloren. Aber sie konnte im letzten Moment abbiegen und ihnen auf die Autobahn folgen, die offenbar in einem Ring um Malmö verlief. An einem Autobahnkreuz fuhr der Volvo nach Süden Richtung Ystad weiter, und Dora fürchtete für einen Moment, dass das Benzin nicht reichen könnte. Sie hatte vergessen zu tanken und nur noch für rund vierzig Kilometer Sprit.

Aber schon nach wenigen Kilometern bog der Volvo Richtung Oxie ab. Der Wagen fuhr durch eine Straße mit lauter gleich aussehenden Reihenhäusern und kam an einer Schule vorbei, ehe er nach links auf die alte Landstraße Richtung Svedala einbog. Nach ungefähr einem halben Kilometer hielt der Volvo vor einem relativ neuen zweistöckigen Haus mit weiß verputzter Fassade, das auf einem Grundstück inmitten von Äckern und Wiesen stand. Dora bremste vorsichtig ab und sah, wie der Afghane rasch ausstieg und die Autotür zuschlug, woraufhin Harald Holmström ebenso eilig Richtung Svedala weiterfuhr.

Osman Faqiri öffnete die Pforte und ging durch den Garten zum Haus. Dora fuhr langsam vorbei und konnte gerade noch sehen, wie er die Haustür hinter sich schloss. Alle Rollläden vor den Fenstern zur Straße waren herabgelassen. Ein Kribbeln durchzog ihren Körper bis in die Fingerspitzen und hinunter in die Zehen. Dora konnte es zuerst gar nicht glauben. Dass sie aus einer momentanen Eingebung heraus die Gelegenheit beim Schopf gepackt und Glück gehabt hatte, ohne sich besonders anstrengen zu müssen. Aber so war es.

Sie hatte tatsächlich das Versteck der Familie Faqiri gefunden.

DONNERSTAG, 23. AUGUST

Für ihn war das die schönste Zeit des Tages. Wenn man nichts hörte außer einer Möwe, die gelegentlich in der Ferne kreischte. Der nächtliche Nordwind hatte abgeflaut, und das Meer war glatt wie ein Spiegel. Die Sonne war gerade aufgegangen, und ihre Strahlen trafen auf das Deck, wo er in eine Decke gehüllt saß und genüsslich seinen Morgenkaffee trank, den er sich in seiner Thermoskanne mitgebracht hatte. Er spürte eine schwache, behagliche Wärme auf seinem zerfurchten Gesicht und konnte sich ein Grinsen nicht verkneifen. Er konnte sich nicht vorstellen, irgendwo anders zu sein, jetzt, wo die klare, trockene Luft, die verriet, dass der Herbst im Anmarsch war, den beharrlichen Regen abgelöst hatte. Selbst den leichten Gestank nach verfaultem Tang mochte er, wenn – so wie im Augenblick – Windstille herrschte. Der Geruch war nicht so streng, und er gehörte ja auch zum Hafen dazu.

Nach einem erfolgreichen Sommer hatte er allen Grund, mit seinen Geschäften zufrieden zu sein. Da das Strandwetter zu wünschen übrigließ, hatten sich die frustrierten Urlauber den gesamten Juni und Juli über andere Beschäftigungen gesucht, und er konnte sich nicht erinnern, dass er jemals so viele Passagiere auf seinen Kutterfahrten gehabt hatte. Fast jede Fahrt war ausgebucht, und viele schöne und dringend nötige Münzen wanderten in seine bisher gähnend leere Kasse. Jetzt konnte er seine stark in Mitleidenschaft gezogenen Finanzen sanieren und sich vielleicht sogar ein neues Echolotsystem leisten. Das alte war nicht mehr ganz in Ordnung, und einige der Hobbyfischer, die zu seinen Stammkunden zählten, beschwerten sich seit einiger Zeit darüber, dass sie im Öresund nicht mehr so viele Herings- und Dorschschwärme fanden. Sie gaben sich nicht mehr mit seiner Erklärung zufrieden, dass dänische Angler mit ihrer Fischwilderei die Bestände dezimierten. Alles in allem war das eine unerfreuliche und etwas peinliche Situation.

Aber nun waren endlich Voraussetzungen dafür geschaffen worden, dass sich das Blatt wendete. Er saß auf einem goldenen Ei, und wenn er noch ein paar Jahre durchhielt, hatte er es ausgebrütet. Draußen auf der Insel, gegenüber von seinem Liegeplatz, waren bereits neue Wohnhäuser aus dem Boden geschossen. Die Stadt hatte außerdem weitere Bauprojekte in Limhamns altem Gewerbegebiet am Rande von Malmö geplant. Im nächsten Jahr sollte der erste Spatenstich erfolgen. Sein Standort am Kai des Hafenbeckens lag perfekt neben der geplanten Strandpromenade. Er hatte die Genehmigung dafür erhalten, seine Tätigkeit weiterhin ausüben zu können, und mit dem Menschenstrom, der in wenigen Jahren zu erwarten war, konnte er sogar seine Flotte allmählich ausbauen und Unterstützung anheuern. Vielleicht konnte er seine Angelausflüge durch Segeltouren ergänzen, wie Überfahrten nach Dänemark oder schwimmende Betriebsfeiern. Er könnte sogar ein Bootsrestaurant eröffnen, vorausgesetzt, er fand ein brauchbares Angebot und erhielt die erforderlichen Genehmigungen. Natürlich war der alte Kalle ein treuer Gefährte, der noch immer Unwettern trotzte und es mit unachtsamen Passagieren aufnahm, aber dem Fischkutter würden ein bisschen Entlastung und eine gründliche Renovierung guttun.

Er trank den letzten Schluck Kaffee, erhob sich aus dem weißen Plastikstuhl, der wie alles andere auf dem Boot mit Fischschuppen übersät war, und streckte seine eingerosteten Glieder. Bis zur ersten Fahrt blieben ihm noch zwei Stunden, sodass er sich um Kalle kümmern konnte. Später, wenn die laut durcheinanderplappernden Jugendlichen kamen, war es mit der Ruhe vorbei. Vor ein paar Tagen hatte ein Lehrer angerufen, um für seine Oberstufenklasse eine Sonderfahrt zu buchen. Fahrten wie diese gefielen ihm nicht, er hatte sich immer schon mit Jugendlichen schwergetan, besonders wenn sie im Rudel auftraten. Aber Geld war nun mal Geld, und er konnte es sich nicht leisten, nein zu sagen.

Jetzt genieße ich erst einmal die Stille, dachte er und ging zum Bug, um seine zeitraubende, aber kontemplative Arbeit fortzusetzen und den Rost von der Reling zu kratzen, der sich in beunruhigendem Maße ausgebreitet hatte und sich tief ins Eisen fressen würde, wenn er nichts dagegen unternahm.

Als er sich über die Reling beugte, um das Ergebnis seines gestrigen Tagewerks an der Außenseite zu begutachten, entdeckte er die Leiche. Sie dümpelte wenige Meter vom Boot entfernt bäuchlings im Wasser. Die Schnur einer Angel – einfaches Modell – hatte sich um einen Arm gewickelt. Später hatte er sich für den ersten Gedanken geschämt, der ihm gekommen war: «Das ist ja wohl das Letzte, dass irgendwelche Amateure am Kai stehen und mit Attrappen angeln, anstatt mit mir rauszufahren.»

Er bekam einen langen Bootshaken zu fassen und drehte den Körper auf den Rücken. Ein lebloses Augenpaar starrte ihn an. Er hatte schon Ertrunkene gesehen, einige in weitaus schlechterem Zustand als dieser Mann. Manche waren mehrere Monate im Meer getrieben, bevor sie an Land gespült worden waren, mit aufgequollenen Gesichtern und von Fischen und Garnelen leergefressenen Augenhöhlen. Auch wenn ihm dieser Anblick keine Angst machte, erfüllte er ihn mit einem unbehaglichen Gefühl.

Das Gesicht kam ihm vage bekannt vor, er wusste nur nicht, woher. Vielleicht täuschte er sich auch. Eigentlich sahen diese Toten alle gleich aus.

Er griff nach seinem Mobiltelefon und gab die 112 ein. Die Notrufzentrale meldete sich.

«Ich habe einen Toten gefunden. Einen Ausländer.»

Leyla Abdallah wachte mit einem komischen Gefühl auf. Sie hatte wieder geträumt. *Davon* und von Tom. Im Traum hatte sie es unter Schmerzen zur Welt gebracht, Tom hatte die ganze Zeit neben ihr gesessen, ihre Hand gehalten und ihre schweißüberströmte Stirn mit einem Handtuch abgetupft. Obwohl sie geschrien hatte, hatte sie gewusst, dass sie es schaffen würde. Eine gewaltige Presswehe hatte das Köpfchen zum Vorschein gebracht, sie hatte schnell Luft geholt, noch einmal gepresst, und die Schultern mit dem restlichen Körper waren wie ein glitschiges Paket aus ihr herausgeglitten.

Dann war sie aufgewacht, bevor die Hebamme ihr es auf die Brust legen und sie zuerst es und dann Tom ansehen konnte.

Sie hatte keine Ahnung, was der Traum bedeutete, außer dass er sie in ein Gefühlschaos gestürzt hatte. Sie hatte immer noch nicht mit Tom geredet. Soweit sie wusste, war er noch in Stockholm, um seine Eltern und alte Freunde zu treffen. Weil er sich nicht die Mühe gemacht hatte, sich bei ihr zu melden, war sie fest entschlossen, morgen ins Krankenhaus zu fahren. Den Termin für den Eingriff hatte sie mit Rot in ihren Taschenkalender geschrieben.

Sie warf einen Blick auf den Radiowecker und stellte fest, dass sie mindestens noch eine halbe Stunde liegen bleiben konnte. Aber weil sie so abrupt aus dem Schlaf gerissen worden war, war sie jetzt hellwach und beschloss, gleich aufzustehen. Leyla machte die Nachttischlampe an und schlug die Decke zurück. Im ersten Moment begriff sie nicht, woher die Blutflecke im Bett kamen. Aber als sie aus dem Bett stieg, merkte sie, dass es zwischen ihren Beinen klebrig war, und sie wusste Bescheid. Ein kurzer Blick in ihren Slip bestätigte ihren Verdacht. Sie hatte geblutet. So viel, dass sie ihrer Sache sicher sein konnte.

Sie hatte es in ihrem Traum geboren, und nun war es auch in der Realität zur Welt gekommen. Eine frühe Fehlgeburt, das vereinfachte alles. Jetzt war sie niemandem mehr eine Erklärung schuldig. Und musste morgen nicht einmal ins Krankenhaus fahren. Tom brauchte sie auch nicht zu «belästigen». Und ihr Vater würde nichts davon mitbekommen, dass seine Tochter ein schamloses Leben im Sündenpfuhl führte. Etwas Besseres hätte ihr nicht passieren können. Ihr Körper hatte einen unerwünschten Fetus abgestoßen, weil damit etwas nicht gestimmt hatte. Die Natur hatte das Problem einfach und schnell gelöst und ihr eine Entscheidung abgenommen, die sie später im Leben vielleicht bereuen würde oder rechtfertigen müsste.

Doch als Leyla klarwurde, was geschehen war, verspürte sie eher ein Gefühl des Verlustes, als dass sie erleichtert war. Etwas hatte ihren Körper verlassen, das zwar äußerst problematisch gewesen war, sie aber mit einem gewissen Stolz und Zufriedenheit erfüllt hatte. Obwohl sie sich stets gegen das Bild gewehrt hatte, das einige ihrer ehemaligen Kommilitoninnen entworfen hatten, die Mutter geworden waren, musste sie sich eingestehen, dass die Mutterschaft die größte Sehnsucht und das innerste Bedürfnis einer jeden Frau war. Die Frauen eingeschlossen, die keine Kinder mochten. Die Freundinnen behaupteten von sich, dass sie sich erst, seit sie Mutter geworden waren, richtig als Frau fühlten. Leyla fand auch jetzt noch, dass das engstirnig und dumm war und nur als Rechtfertigung der eigenen Situation diente, in der das Studium und die berufliche Karriere vor diesem angeblich optimalen Glück zurückstecken mussten. Vor wenigen Monaten hatte sie sich mit einer Freundin getroffen, der das Mutterdasein nicht besonders viel Spaß zu machen schien. Ständig war sie müde und umgeben von dem erstickenden Geruch von Dillfleisch, Aprikosenpüree oder anderer ekliger Babykost aus dem Glas. Obwohl sie ein geradezu manisches Lächeln auf den Lippen hatte, wenn der kleine hässliche Sohn seine unverständlichen Laute von sich gab, hatte sie große Schwierigkeiten zu verbergen, wie neidisch sie auf Leyla und ihren beruflichen Erfolg war.

«Du kannst nicht immer nur an deinen Job denken. Du wirst es bereuen, wenn du zu lange mit dem Kinderkriegen wartest», hatte die Freundin säuerlich festgestellt, was besonders gemein war, weil sie Leylas prekäre Lage sehr gut kannte.

Nach dieser Begegnung war sie die längste Zeit Leylas Freundin gewesen. Durch ihre selbstgefällige Art und ihr hysterisches Beharren, dass sie den Hauptgewinn im Lotto des Lebens gezogen hatte, diente sie außerdem als abschreckendes Beispiel. Entgegen ihrer Absicht hatte sie Leyla in ihrer Meinung bestärkt, dass Kinder extrem überbewertet wurden. Trotzdem konnte sie nicht anders und spürte eine psychische wie auch physische Sehnsucht nach dem, was als roter Fleck auf das Laken getropft war.

Sie zog das Bett ab und legte die Wäsche zusammen mit dem Slip in den Korb im Bad. Leyla konnte übermorgen waschen, dann würden die letzten Spuren ausgelöscht werden. Sie stellte sich unter die Dusche und ließ das lauwarme Wasser auf sich herabströmen. Leyla seifte sich gründlich mit einem milden Duschgel ein und sah, dass das Wasser, das durch den Abfluss verschwand, allmählich nicht mehr rosa gefärbt war.

Sie trocknete sich sorgfältig ab und nahm einen Tampon aus dem Badezimmerschrank. Dann ging sie ins Schlafzimmer zurück, um sich anzuziehen. Schwarze Jeans – sicherheitshalber –, dazu ein weißes T-Shirt. In dieser schlichten Kleidung fühlte sie sich wohl, sie war für das Vorhaben am Nachmittag angemessen: das große Interview mit Josefin Mjörner. Die Schauspielerin hatte eine ungeheure Ausstrahlung, und da war es nur von Vorteil, wenn sie selbst unscheinbarer war. Aus demselben Grund verzichtete Leyla auch auf die Schminke. Wenn sie Josefin Mjörner keine unnötige Aufmerksamkeit stahl, würde die Parteivorsitzende der Humanistischen Alternative hoffentlich genug von sich preisgeben. Das hatte Leyla aus früheren Interviews gelernt: Wollte man mit Frauen in einer Machtposition sprechen, war es von Vorteil, wenn man sich so unattraktiv wie möglich präsentierte. Dann wurde man nicht als Drohung wahrgenommen. Wenn sie hingegen Männer in hohen Positionen interviewen sollte, lohnte es sich, sich mit der äußeren Erscheinung viel Mühe zu geben. Teils weil einige dieser Männer dann zu flirten anfingen und unvorsichtigere Antworten gaben, teils weil manche schöne Frauen für ungebildeter und damit intellektuell weniger gefährlich hielten. Es gab natürlich Ausnahmen, aber unterm Strich stimmte diese Theorie überraschend oft.

Leyla rief im Krankenhaus an und sagte ihren morgigen Termin ab. Sie ließ das Frühstück ausfallen, nahm sich eine Banane und setzte sich vor den Computer im Schlafzimmer. Sie loggte sich mit ihrem Benutzernamen und Passwort ins Intranet ihrer Zeitung ein. Damit hatte sie Zugriff auf das umfangreiche digitale Archiv, das in den letzten Jahren durch hunderttausend alte eingescannte Artikel ergänzt worden war. Das war praktisch und sparte Zeit, aber Leyla fand es trotzdem schade, dass dieser letzte Rest vergangener Zeiten wegrationalisiert worden war. Sie hatte regelmäßig und mit großem Vergnügen den «Eremiten» im Keller des Zeitungshauses aufgesucht, als sie vor zwei Jahren als Volontärin angefangen hatte. Den richtigen Namen des knochendürren Männleins mit der Brille und dem abstehenden, wirren Haar, das bis zu seiner Pensionierung letzten Frühling für das Archiv zuständig gewesen war, hatte sie längst vergessen. Als er aufhörte, wurde sein Arbeitsplatz in ein Magazin verwandelt, das niemand mehr betrat. Aber vielleicht war es auch besser so, dass der Eremit seinen Laden dichtmachen musste. Ihn hätte sowieso niemand ersetzen können, dachte Leyla.

Gestern hatte sie schon mehrere Reportagen über Josefin Mjörner sowie Rezensionen von Filmen und Theaterstücken ausgedruckt, in denen die Schauspielerin mitgewirkt hatte. Leyla hatte sie im Bett vor dem Einschlafen gelesen. Diese Lektüre zählte zu ihren angenehmeren Recherchen in ihrer bisherigen Journalistenkarriere. Das lag nicht nur daran, dass Josefin Mjörners Leben so spannend wie ein Aschenputtelmärchen war, sondern dass mehrere Artikel von einem guten Stilisten namens Jörn Häger verfasst worden waren. Leyla hatte diesen sagenumwobenen Schreiberling selbst nie getroffen, aber ihre fast ebenso sagenumwobene Kollegin und ehemalige Brüssel-Korrespondentin Annika Hörlin hatte einige Anekdoten über ihn erzählt.

Damals, Mitte der Sechziger, war er in die Setzerei hinuntergegangen und hatte einem hochgewachsenen, muskulösen Setzer einen rechten Haken verpasst, der am Vorabend die Frechheit besessen hatte, drei entscheidende Sätze aus Hägers Filmrezension zu streichen. Und einmal war er eines Morgens in Malmös Innenstadt herumgefahren und hatte an die armen Leute Weinflaschen verteilt, die vor den Filialen des Systembolag, der staatlichen Alkoholhandelskette, standen und darauf warteten, dass sie aufmachten. Er rechtfertigte sein selbstloses Handeln damit, dass er wusste, wie grausam es war, dem Alkohol entsagen zu müssen.

Leyla hatte Annika Hörlin gefragt, was dieser aufbrausende und legendäre Filmrezensent heute trieb, und erfahren, dass er in einem Altenheim für Demenzkranke wohnte. Da er keine Angehörigen hatte, war Annika Hörlin im Prinzip die Einzige, die ihn besuchte. Was allerdings immer seltener vorkam. Häger erkannte sie meist nicht, und von seinem einst so scharfsinnigen Intellekt war nicht mehr viel übrig geblieben. Nur gelegentlich, wenn er einen vernichtenden Kommentar über eine betagte kulturelle Persönlichkeit abgab oder von seiner alten geliebten Bulldogge sprach, die seit langem tot war, begannen seine Augen zu strahlen.

Leyla wurde ein bisschen melancholisch, wenn sie über sein Schicksal nachdachte, obwohl sie ihn persönlich gar nicht kannte. Das Leben mit all seinen Facetten war so vergänglich, was aber gleichzeitig als Mahnung fungierte, die Zeit zu nutzen. Carpe diem – bewusst leben.

Leyla schluckte ihren Kloß im Hals hinunter und las die Artikel am Bildschirm zu Ende. Sie blieb bei einem Artikel hängen, der sich mit dem großen und sensationellen Durchbruch von Josefin Mjörner als Schauspielerin beschäftigte. Als Achtzehnjährige hatte sie die Hauptrolle in dem Film des weltberühmten Regisseurs Allan Mjörner *Und der Sommer schwand* gespielt. Darin ging es um eine junge Frau, die während der Sommermonate bei einer wohlhabenden Familie in den Stockholmer Schären Kindermädchen war und mit dem Hausherrn ein Verhältnis einging. Der Film hatte wegen der gewagten Nacktszenen große Beachtung erfahren, doch vor allem hatte die Beziehung außerhalb der Leinwand zwischen dem neunundvierzigjährigen Regisseur Allan Mjörner und der jungen Schauspielerin, die damals noch Josefin Ekroth hieß, eine Moralpanik im schwedischen Sozialstaat ausgelöst. Über das ungleiche Paar wurden zahllose Skandalartikel geschrieben, wobei die junge Schauspielerin mehrmals als Glücksucherin dargestellt wurde, die versuchte, Karriere zu machen, indem sie sich nach oben schlief. Alle schienen Einwände gegen den großen Altersunterschied zu haben. Alle außer Jörn Häger. Seine einzige Beteiligung an der Moraldebatte bestand darin, in einem Artikel, ohne Namen zu nennen, auf raffinierte Art und Weise eine Reihe von Kollegen aufzuzählen, die Gerüchte und falsche Anschuldigungen verbreiteten.

Der Artikel stammte aus dem Jahr 1958, und Leyla war beeindruckt von der modernen, vorurteilsfreien Einstellung, die zwischen Jörn Hägers vernichtenden Kommentaren über die Scheinheiligkeit durchschimmerte. Die Kränkungen gegen die junge Schauspielerin widerten ihn an. Sie musste nicht nur den Neid und die Kleingeistigkeit ertragen, sondern kämpfte auch mit den Folgen einer sehr schweren Lungenentzündung, die sie beinahe das Leben gekostet hätte.

Jörn Häger war der Einzige, der den Verleumdern klar Paroli geboten und recht behalten hatte. Josefin Ekroth konnte ihren Traum wahr machen und nicht nur das Leben zurückerobern, sondern fand auch die Liebe. Die skandalöse Liaison mit Allan Mjörner hielt so lange, dass sich die Wogen schließlich glätteten. Nach einer Weile heiratete das Paar und war glücklich, bis der Regisseur vor zwölf Jahren verstarb. Man könnte sagen, die beiden wurden nicht nur zum Symbol für den schwedischen Film und die schwedische Sünde, sondern vor allem für die schwedische Liebe. Leyla freute sich darauf, unter vier Augen mit Josefin Mjörner zu sprechen. Sie hatte noch nicht mit der Neuausgabe der vor zehn Jahren erschienenen Biografie über die Schauspielerin von Jörn Häger begonnen, die sie kürzlich gekauft hatte, dennoch war sie gut vorbereitet und hatte sich einige Fragen überlegt, als das Telefon klingelte. Es war der Bildredakteur ihrer Zeitung.

«Hej, Leyla. Wir haben ein Problem. Das mit deinem Interview bei Mjörner in Svedala könnte schwierig werden.»

«Und was jetzt?»

«Der Fotograf, der den Job machen sollte, ist krank, und die anderen, die einspringen könnten, sind auf einem Seminar.»

«Es wird doch wohl noch einen anderen Fotografen geben, oder? Ich habe schon vor mehreren Tagen Bescheid gesagt», erwiderte Leyla irritiert.

«Tut mir leid. Wir brauchen die Fotografen für die Regionalnachrichten. Kannst du das Interview nicht auf morgen verschieben? Da sieht's viel besser aus.»

Leyla seufzte.

«Das geht nicht. Josefin Mjörner ist eine vielbeschäftigte Persönlichkeit, und sie gibt uns zwei Stunden für ein Interview, darüber sollten wir froh und dankbar sein. Dann musst du eben einen anderen Fotografen an Land ziehen und notfalls einen externen organisieren.»

«Na ja, eventuell können wir Jesper nehmen, die Vertretung vom Sommer. Er springt gerne ein und verdient sich ein kleines Zubrot.»

Jesper war der schlaksige unmögliche Fotograf, der lieber Hamburger aß und seine Prinzipien verteidigte, als Bilder zu machen. Mit ihm wollte sie wirklich nicht noch einmal zusammenarbeiten. Leyla hatte eine Idee.

«Warte mal. Könnte ich nicht einfach Palle anrufen?»

«Palle Pettersson? Meinst du wirklich, Leyla?», fragte der Bildredakteur skeptisch. «Porträts kann er nicht so gut.»

«Das ist nur ein Vorurteil. Er hat schon mehrere gute Porträtaufnahmen gemacht», protestierte Leyla. «Und wenn du mich anrufen lässt, dann nehme ich dir sogar die Arbeit ab.»

Der Bildredakteur murmelte etwas, akzeptierte aber Leylas Vorschlag. Wie die meisten bei der Zeitung war er gestresst in Zeiten, wo Kürzungen das alles beherrschende Thema waren, und hatte nichts dagegen, wenn ihm etwas von seiner täglichen Last abgenommen wurde.

Gleich anschließend rief Leyla bei Palle Pettersson an. Das Interview war erst für halb drei Uhr nachmittags geplant, aber sie wollte Palle rechtzeitig Bescheid sagen, damit ihr niemand zuvorkam. Da es nicht einmal elf Uhr vormittags war, musste sie es lange klingeln lassen, bis er abnahm.

«Palle hier. Ich hoffe, es ist was Wichtiges», sagte eine verschlafene und deutlich irritierte Stimme.

Leyla grinste. Der freiberufliche Fotograf mit den unkonventionellen Arbeitsmethoden und Zeiten verbrachte die Vormittage mit wohlverdientem Schlaf. Er arbeitete fast ausschließlich abends und nachts und dokumentierte Verbrechen, Brände und Autounfälle. Seit er als Fünfzehnjähriger seine Fotografenkarriere begann, indem er mit dem Moped herumfuhr und die Tat- und Unfallorte mit Hilfe eines batteriebetriebenen Polizeifunkgeräts ortete, hatte er sein Können perfektioniert. Palle war wach, wenn alle anderen schliefen, und oft vor oder gleichzeitig mit der Polizei vor Ort. Deshalb gelangen ihm häufiger als anderen Fotografen in Malmö tolle Aufnahmen von dramatischen Ereignissen. Außerdem hatte er einen extrem guten Riecher für Scoops.

Diese Kombination aus Fleiß und Talent hatte ihm einerseits zwar beachtlichen Reichtum beschert, andererseits jedoch brachten ihm die Kollegen ein äußerst geringes Maß an Anerkennung entgegen. Leyla dachte, dass Letzteres ihm nicht sonderlich viel ausmachte. Er fuhr teurere Autos als die fest angestellten Mitarbeiter der Zeitung und wohnte auch viel schicker in einem großartigen Haus mit Meerblick im Strandvägen in Sibbarn am Stadtrand von Malmö. Aber dafür musste er verdammt hart schuften.

«Tut mir leid, dass ich dich geweckt habe», sagte sie, ohne sich mit Namen zu melden. Das war auch nicht nötig. Palle war plötzlich hellwach.

«Hej, Leyla! Was verschafft mir die Ehre? Wie sieht's aus?»

«Ganz gut», log sie. «Und bei dir?»

«Super! Aber du rufst wahrscheinlich nicht nur an, um zu fragen, wie es so läuft. Geht es um einen Job?»

«Ja, hast du Zeit und Lust? Heute Nachmittag habe ich ein Interview, aber der Kollege, der mitkommen sollte, ist krank geworden.»

«Und dann hast du Palle angerufen. Das war genau die richtige Entscheidung. Ich übernehm das.»

«Willst du nicht erst mal wissen, wen ich treffe?», amüsierte Leyla sich über seinen Eifer.

Vielleicht wird es trotz allem noch ein erfolgreicher Tag, dachte sie.

Leyla stand auf dem Gehsteig vor der Gartentür und genoss die Sonne in vollen Zügen, als ein großes glänzend schwarzes Auto abrupt bremste und neben ihr zum Stehen kam. Es dauerte ein paar Sekunden, bis sie begriff, dass Palle Pettersson soeben eingetroffen war.

«Willst du nicht einsteigen? Oder muss ich aussteigen

und dich tragen?», rief er ihr durch das heruntergelassene Seitenfenster zu.

Leyla strahlte, als sie den altbekannten Malmöer Dialekt hörte und sein lachendes Gesicht sah. Sie machte die Autotür auf, setzte sich neben Palle und umarmte ihn. Er erwiderte die Umarmung so lange und so fest, dass Leyla sich nach einer Weile fragte, ob er sie überhaupt wieder loslassen würde. Aber es fühlte sich gut an. Es war schön, dass sie jemand, den sie gern hatte, in den Arm nahm.

«Ich freue mich sehr, dich zu sehen!», sagte Palle nach der herzlichen Umarmung und lachte wieder.

Leyla merkte, dass er ein bisschen betreten aussah, als hätte er sich dabei ertappt, dass seine Begrüßung etwas zu überschwänglich ausgefallen war. Er war eigentlich ganz süß.

«Ich freue mich auch, Palle. Und was für einen Schlitten du dir zugelegt hast!»

«Einen Audi S8, das gleiche Auto, das die in *Ronin* fahren.»

«*Ronin*?»

«Der Actionstreifen mit diesem französischen Schauspieler, du weißt schon. Jean Reno, der auch in *Léon, der Profi* mitgespielt hat. Du weißt, der Film mit dem Auftragskiller, der dieses Mädchen rettet. Robert de Niro spielt auch mit. Nicht in *Léon*, sondern in *Ronin*. Der Audi S8 beschleunigt von null auf hundert in fünf Sekunden.»

Palles große Leidenschaft für schnelle Autos und noch schnellere Actionfilme hatte Leyla schon immer belustigt. Er redete wie ein Wasserfall, wenn er auf seine Lieblingsthemen zu sprechen kam, die sich zur Abwechslung einmal stark von denen ihrer Freunde unterschieden. Mein Vater und Palle würden sich gut verstehen, dachte sie. Hassan Abdallah begeisterte sich auch für schnelle Autos.

«Von null auf hundert in fünf Sekunden?! Wow, dann kommen die Bösen ja nicht weit», sagte Leyla und lachte ironisch, um Palle ein bisschen zu ärgern.

«Nein, und ich gehe jede Wette ein, dass ich auch jeden Polizeihubschrauber abhänge», gab er zurück und zwinkerte.

Leyla brach in herzliches Gelächter aus.

«Wie schön, dich wiederzusehen», sagte sie gut gelaunt. «Wir haben uns bestimmt ein paar Monate nicht gesehen.»

«Fünf, genau genommen. Am zwanzigsten März waren wir draußen an der Brücke und haben die Sache mit dem Menschenhandel gemacht», sagte Palle.

Zu seinen Talenten zählte auch, dass er sich an fast alle Aufträge erinnerte. Und obwohl Palle jede Woche Tausende Fotos schoss, wusste er so gut wie immer, wann die Aufnahme entstanden und was darauf zu sehen war. Seinem fotografischen Gedächtnis und seiner großen Belastbarkeit war es zu verdanken, dass er aus seinem Privatarchiv brauchbare Bilder hervorzaubern konnte, von deren Existenz niemand etwas ahnte. Manchmal genügte es, wenn jemand beschrieb, wie eine Person aussah und wo diese sich möglicherweise eine Zeitlang aufgehalten hatte, dass ihm eine Handvoll potenzielle Kandidaten von früheren Bildern in den Sinn kam. Nicht selten tippte er am Ende richtig. Das war phänomenal.

Leylas Erinnerungsvermögen war bedeutend schlechter. Aber natürlich erinnerte sie sich an den letzten gemeinsamen Job, nachdem er ihr auf die Sprünge geholfen hatte. Sie hatte eine große Serie über Schleuser und Menschenhandel gemacht, als Palle sie eines Abends plötzlich von der Öresundbrücke auf der schwedischen Seite anrief. Er wusste, dass sie an dieser Artikelserie arbeitete, und hatte aus alter Gewohnheit eine interessante Meldung via Polizeifunk aufgeschnappt. Dieses Mal ging es um ein paar Männer, die in einem LKW von Zollbeamten entdeckt worden waren. Leyla hatte sich in ein Taxi gesetzt, das sie bis zur Zollstation in Lernacken vor Limhamn gebracht hatte. Als sie dort eintraf, war Palle schon dabei, Fotos von den Männern zu machen, die von der Polizei abgeführt wurden. Leyla konnte ihnen im letzten Augenblick noch ein paar Fragen auf Arabisch zurufen und sogar ein paar abgehackte Antworten aufschnappen, bevor sie in den Einsatzwagen verschwanden.

Die jungen Männer kamen aus ihrem Heimatland, es waren irakische Kurden. Dass sie gefasst worden waren, hatte Leylas Serie sowohl Brisanz als auch Dramatik verliehen, was rein journalistisch betrachtet ein Volltreffer war. Sie fühlte sich allerdings wie eine Verräterin. Auch wenn sie nur die Rolle einer Zuschauerin eingenommen hatte, hatte sie einen Teil des Abschiebungsapparates kennengelernt. Leyla hatte die Sache weiterverfolgt, und die Männer waren recht rasch in den kurdischen Teil des Irak zurückgeschickt worden. Das Schicksal des LKW-Fahrers war noch nicht entschieden. Er hatte seit langem in Schweden eine permanente Aufenthaltsgenehmigung und wurde wegen Menschenhandels in großem Stil angeklagt. Das Verfahren sollte im Spätherbst aufgenommen werden. Wenigstens wurden diejenigen, die sich an der Verzweiflung anderer bereicherten, dafür bestraft.

«Ja, das weiß ich noch. Das war ein echter Erfolgsartikel», sagte Leyla und kam schnell auf ihr heutiges Vorhaben zu sprechen.

Auf dem Weg zu Josefin Mjörners Wohnsitz zwanzig Kilometer südlich von Malmö in der Nähe von Svedala versorgte sie Palle mit Informationen über die neue Rolle der umjubelten Schauspielerin als Politikerin. Das dauerte nicht lange, denn er wollte Mjörner «unvoreingenommen gegenübertreten», wie er sich ausdrückte. Leyla hatte den Verdacht, dass das eine freundliche Umschreibung für «Ist mir völlig egal» war, was das aufrichtige Desinteresse des Fotografen für Politik besser widerspiegelte.

Stattdessen unterhielten sie sich über seinen neuen Boliden und das ausgefeilte GPS-System, das alle anderen auf dem Markt um Längen schlug.

«Du hast gesagt, zu ihrem einsam gelegenen Haus führt ein Fahrweg. Wie lautet denn die Adresse?», wollte Palle wissen, als sie die Autobahn südwärts nach Svedala fuhren.

«Nydalagård 14.»

Palle gab die Anschrift in das GPS ein und drückte ungeduldig mehrere Knöpfe. Kurz darauf piepte es, und eine dreidimensionale Grafik mit der Route erschien auf dem Bildschirm. Änderte man den Winkel, konnte man die Autofahrt aus der Vogelperspektive, aus dem Wageninnern oder rückwärts verfolgen.

«Wunder der Technik», bemerkte Palle stolz. «Fast so wie ein Computerspiel, aber in echt.»

Leyla interessierte sich nur mäßig für solche technischen Spielereien, musste aber zugeben, dass Palles jüngste Erwerbung beeindruckend war. Sie musste ihn ein Vermögen gekostet haben, aber es traf ja auch keinen Armen.

Nachdem sie Richtung Svedala abgebogen waren, führte das GPS Palle zu einem Kreisverkehr und dann rechts auf eine Landstraße. Die Sonne stand jetzt tiefer, und die Heuballen auf den Feldern warfen lange Schatten. Die weißen Ballen mit ihren dunklen Silhouetten wirkten fast surrealistisch. Leyla fand, sie sahen wie gigantische Wattebäusche aus, die vom Himmel gefallen waren, oder wie riesengroße Marshmallows oder wie Schlagsahne, die ein Riese auf seinem Riesenpfannkuchen verteilt hatte. Ein Anblick, der faszinierend war, aber auch wehmütig stimmte.

Diese herrliche Zeit, wenn die Ernte eingebracht und das

Rauschen des Sommerwinds in den Kornfeldern allmählich vom Motorengeräusch der Landmaschinen abgelöst wurde, war eine Zeit des Umbruchs. So empfand Leyla auch ihr Leben. Sie war an einem Wendepunkt angelangt. Aber zwischen ihrer Situation und dem unveränderlichen Wechsel der Jahreszeiten bestand ein elementarer Unterschied. Sie konnte die Richtung selbst wählen. Sie konnte entscheiden, ob sie die Bremsen löste und Gas gab oder ob sie innehielt und zurückging.

Leyla hatte trotz aller familiären Probleme diese Möglichkeit. Wer würde sie ernsthaft aufhalten können, wenn sie beschloss, sich zu ihrer Beziehung mit Tom zu bekennen? Vater Hassan? Er würde fuchsteufelswild werden und sich von Leyla abwenden, aber er würde ihr kein Haar krümmen. So gut kannte sie ihren Vater immerhin.

Und Mutter Fatima? Sie würde weinen und jammern und vermutlich versuchen, ihre Tochter zur Vernunft zu bringen. Und wenn das nicht funktionierte, würde sie ihre Tochter einfach noch fester umarmen. Ihre großen Brüder? Die beiden älteren, Jassim und Mahmoud, würden ihr sicher mit Tiraden über ihren moralischen Verfall zusetzen, aber sie hatte nicht wirklich Angst vor ihnen. Mit ihrem Ehrgeschwätz überzeugten sie sich vor allem selbst von ihrer Vortrefflichkeit. Der dritte Bruder, Ali, der nicht viel älter war als sie und ihr auch emotional am nächsten stand, würde sich trotz aller Einwände niemals von ihr abwenden.

Dann waren da noch die Verwandten und die Landsleute, aber Leyla hatte schon seit langem aufgehört, ihr Geläster ernst zu nehmen. Mit anderen Worten konnte sie den Stier einfach bei den Hörnern packen, wenn sie wollte. Das würde nicht gerade schmerzfrei über die Bühne gehen und verlangte ziemlich viel Mut, aber es würde gehen. Was war also das Problem?

Tom.

Tom und Leylas widersprüchliche Gefühle für ihn. Sie wusste nicht mehr, woran sie bei ihm war. Nachdem er so kaltschnäuzig zu ihr gewesen war und sie *es* heute Morgen verloren hatte, konnte sie sich nicht mehr so ohne weiteres eine Zukunft mit Tom vorstellen.

«Hallo, die Erde ruft, ist jemand zu Hause?»

Leyla wurde durch diesen für Palle Pettersson typischen Kommentar aus ihren Gedanken gerissen. Sein Humor war nicht gerade niveauvoll.

«Entschuldige, ich war in Gedanken.»

«Was Besonderes? Du siehst ein bisschen bedrückt aus.»

Palle war ein hervorragender Beobachter. Sie wusste, dass er auch ein guter Zuhörer war. Aber Leyla hatte im Moment keine Lust, mit ihm über ihre Probleme zu reden. Vielleicht später, wenn sich die Gelegenheit ergab.

«Nein, ich war gerade ganz woanders. Jetzt bin ich wieder da, zurückgekehrt von den fernen Galaxien. Jetzt müssen wir aber bald da sein, oder?»

«Ich befrage kurz die Weltraumkontrolle. Drei Kilometer noch», sagte Palle und zeigte auf das Display des GPS.

Nach einem schrankenlosen Bahnübergang bog er links ab auf einen Schotterweg. Ein paar hundert Meter fuhren sie parallel zum Bahndamm, bevor sich die Straße teilte und Palle scharf rechts abbog. Nach einem weiteren Kilometer wurde die Straße schmaler und schlängelte sich durch das Gehölz. Gestrüpp überwucherte den Straßengraben, und Äste, die in die Fahrbahn hineinragten, zeugten davon, dass der Verkehr sich in Grenzen hielt.

Jenseits des Gehölzes öffnete sich die Landschaft wieder, Getreideäcker, Stoppelfelder, Wäldchen und Schotterwege reihten sich aneinander wie ein Flickenteppich. Palle und Leyla mussten einige Minuten im Schneckentempo hinter einem Traktor mit Anhänger herfahren, bis Palle laut fluchend auf einen Fahrweg mit alten, vernachlässigten, knorrigen Obstbäumen bog.

Die Allee mündete auf einen großen runden Platz mit einem weiß verputzten Bauernhof. Er bestand aus drei Gebäuden, die in einem offenen Quadrat angeordnet waren. In der Mitte stand das einstöckige Wohnhaus, links davon lag die alte Stallung, in der anscheinend keine Tiere mehr gehalten wurden.

Leyla schaute durch ein Fenster und entdeckte eine Drehscheibe und einen Brennofen. Auf hohen Regalen an zwei Wänden standen mehrere Blumentöpfe und Gefäße. Offenbar eine Töpferwerkstatt. Gegenüber vom Stall war ein großer rot gestrichener Heuschober, der mit einem soliden Hängeschloss versehen war. Insgesamt ein schöner, aber etwas vernachlässigter Hof. Am Wohngebäude bröckelte der Putz an mehreren Stellen ab, das Dach des Heuschobers hing durch wie der Rücken eines ausgedienten Gauls und der Vegetation war etwas zu viel Freiheit zugebilligt worden, weswegen sich Giersch, Löwenzahn und Nesseln hemmungslos in den Rabatten ausbreiteten.

Bevor Leyla und Palle die Treppenstufen erreichten, die zu der kleinen Veranda des Wohnhauses führten, öffnete Josefin Mjörner die Haustür. Die Schauspielerin war schön wie eh und je, sie trug roten Lippenstift und das widerspenstige, dichte Haar offen, das merkwürdigerweise dennoch ordentlich saß. Sie hatte dasselbe grüne, knöchellange Kleid wie bei der Veranstaltung auf dem Marktplatz in Malmö an, bemerkte Leyla, als sie sie mit Handschlag begrüßte. Josefin hatte einen angenehm festen Händedruck und erwiderte Leylas Blick mit einem herzlichen Lächeln.

«Willkommen! Wie schön, Sie wiederzusehen, Leyla Abdallah.»

Leyla nickte. Sie war beeindruckt, dass Josefin Mjörner ihren Namen richtig aussprach. Nur wenigen Schweden gelang die korrekte arabische Intonation ihres Nachnamens.

Palle Pettersson stellte sich vor und wurde ebenfalls mit einem freundlichen Lächeln bedacht. Sie gingen ins Haus und legten in der geräumigen Diele ab, in der ein großer Spiegel mit schönem Goldrahmen sofort ins Auge stach. Anders als draußen herrschte hier drinnen Perfektion. Josefin Mjörner führte sie ins Wohnzimmer, das überschaubar, aber stilvoll mit einer weißen Sitzgruppe, einem niedrigen Eichentisch und ein paar schlichten Bücherregalen aus dem gleichen Holz eingerichtet war. Am anderen Ende des Raumes stand ein schwarzer Flügel. Die gardinenlosen Fenster ließen viel Licht herein, was in Kombination mit den weiß gestrichenen Wänden das Zimmer nahezu klinisch wirken ließ. Abgesehen von dem Klavier stachen lediglich ein paar glasierte Blumentöpfe auf der Fensterbank und ein großes Ölgemälde an der Wand hervor, das eine junge Frau im Ballettkleid zeigte. Josefin Mjörner bemerkte Leylas Blick.

«Ja, so jung und schön war ich früher mal», sagte sie und lachte. «Ich war erst vierzehn und auf einer Ballettschule in Stockholm, als ich in voller Ballettmontur gemalt wurde. Damals habe ich davon geträumt, Primaballerina zu werden, aber zum Glück habe ich mich stattdessen der Schauspielerei verschrieben. Unter uns gesagt, war ich eine äußerst mittelmäßige Tänzerin. Aber das Bild ist nett. Trotz meiner ernsten Miene drückt es Hoffnung aus. Kinder können ja sehr feierlich und ernsthaft sein, wenn es um ihre Träume geht.»

Leyla nickte wieder. Bisher war sie noch nicht zu Wort gekommen. Aber das war in Ordnung. Josefin Mjörner war es gewohnt, sich reden zu hören.

«Möchten Sie etwas trinken? Kaffee oder Tee?»

«Für mich gerne eine Tasse Tee», sagte Leyla.

«Der Fotograf nimmt vielleicht lieber ein Bier?»

«Nein danke, ich muss fahren. Ein Java wäre ausgezeichnet. Also, einen Kaffee», sagte Palle Pettersson.

Josefin Mjörner erhob sich vom Sofa und verließ das Zimmer. Sie redete kurz mit jemandem in der Küche, bevor sie mit raschen Schritten zurückkehrte.

«Kommt sofort. Wo waren wir stehengeblieben? Ach ja, bei Erwartungen und Träumen von Kindern. Das ist es, was mich antreibt: den Kindern die Möglichkeit zu geben, einfach Kind zu sein. Kinder mit Träumen. Ich kann mir nichts Schlimmeres vorstellen als ein Kind, das die Hoffnung verloren hat. Es gibt heutzutage viele solche Kinder in Schweden, nicht zuletzt unter den illegalen Flüchtlingsfamilien. Ich sehe es als meine Aufgabe an, ihnen die Hoffnung zurückzugeben.»

Leyla nickte wieder. Sie hatte Josefin Mjörners Rede auf dem Marktplatz gehört und wollte sie mit ihrem gewohnten Monolog noch eine Weile fortfahren lassen. Deshalb war sie etwas perplex, als die Schauspielerin verstummte und mit ihrer Mimik signalisierte, dass jetzt Leyla an der Reihe war.

«Äh, wie viele Familien verstecken Sie denn mit Hilfe Ihres Netzwerks?», fragte sie, als die Verblüffung nachließ.

«Etwa zwanzig. Wir würden gerne mehr Familien helfen, aber es ist nicht einfach, geeignete Unterkünfte zu finden. Schließlich müssen wir den Familien ein erträgliches Auskommen bieten, und dies für längere Zeit. Viele sind seit Jahren schon auf der Flucht und durch ganz Europa gezogen, weil sie niemand haben wollte. Dieses schreckliche Dubliner Übereinkommen ist das Problem. Hat man einmal in einem europäischen Land um Asyl nachgesucht und der Antrag ist abgewiesen worden, kann man diesen Antrag in keinem anderen Land prüfen lassen. Aber die Leute sind verzweifelt und probieren es trotzdem. Und wenn sie erfahren, dass sie in das Land zurückgebracht werden, wo sie den Erstantrag gestellt haben, tauchen sie unter. Das ist ihre einzige Chance, um nicht in die Hölle zurückzukehren, aus der sie geflohen sind. Unterzutauchen, abzuwarten und zu hoffen, irgendwann aus humanitären Gründen bleiben zu dürfen.»

Josefin Mjörner fuhr sich mit beiden Händen durch ihr üppiges Haar und versuchte vergeblich, es hinter die Ohren zu streichen.

«Wir organisieren für die Kinder Unterricht und sorgen dafür, dass sie sich in ärztliche Behandlung begeben können, falls nötig», fuhr Josefin Mjörner fort. «Aber es ist ein ständiger Kampf, für diese armen Menschen einen möglichst normalen Alltag zu schaffen, und oft müssen wir auf eine Reihe von Sicherheitsmaßnahmen zurückgreifen, damit die Polizei sie nicht entdeckt.»

Leyla hörte Josefin Mjörners Ausführungen höflich zu und warf in der ersten Viertelstunde nur kurze, harmlose Fragen ein, um die Schauspielerin bei Laune zu halten. Dann kam sie mit einem ersten, kritischen Einwand.

«Schweden ist eines der Länder, die Menschen sehr großzügig Asyl und eine Aufenthaltsgenehmigung gewähren. Finden Sie nicht, dass es eine Grenze gibt, wie viele wir aufnehmen können?»

«Das Boot ist schon voll, meinen Sie? Ich wusste, dass Sie diese Frage stellen würden, das machen mittlerweile alle Journalisten. Aber das ist tatsächlich ein Mythos. Das Problem ist, dass Schweden bevölkerungstechnisch viel mehr Menschen aufnehmen könnte, und vergessen wir nicht, dass das Durchschnittsalter immer weiter steigt. Wer soll denn die vielen alten Menschen in Zukunft versorgen? Wir müssen denjenigen, die in unser Land kommen, die richtige Form der Unterstützung gewähren, damit sie ein Teil unserer Gesellschaft werden. Es ist einer der Grundpfeiler unserer Politik, dass wir ein funktionierendes Aufnahmeverfahren aufbauen wollen, und wir wollen es zum Beispiel den Arbeitgebern leichter machen, schnell jemanden einzustellen. Nicht durch Quoten, sondern mit allgemein gültigen Regeln, die alle mit einbeziehen, egal ob man hier geboren wurde oder aufgrund von Verfolgung und Unterdrückung hier gelandet ist.»

Josefin Mjörner fuhr damit fort, das Parteiprogramm zu erläutern, und kam immer mehr in Fahrt, als ein bleichgesichtiger Mann Mitte vierzig mit einem Tablett ins Zimmer trat. Leyla kam er bekannt vor, aber es dauerte einen Moment, bis sie wusste, wo sie ihn schon einmal gesehen hatte. Der Bleichgesichtige mit dem Lockenhaar hatte Josefin Mjörner am letzten Wochenende auf dem Gustav Adolfs Torg auf dem Klavier begleitet.

«Lassen Sie es sich schmecken», sagte er und stellte das Tablett mit Kaffee und Tee auf den Tisch.

Darauf stand außerdem ein großer, hübscher Teller mit köstlichen Schnittchen. Josefin Mjörner stellte den Mann als ihren Freund Harald Holmström vor.

«Er kann nicht nur phantastische Schnittchen machen. Harald hat auch den großen Teller und alle Blumentöpfe gemacht, die Sie hier sehen. Er ist ein sehr begabter Töpfer.»

Leyla musterte ihn aus den Augenwinkeln und konnte sich keinen Reim drauf machen, ob das Verhältnis der beiden mehr als nur freundschaftlicher Natur war. Im Blick des Mannes, mit dem er die Schauspielerin ansah, lag Bewunderung, fast Verliebtheit. Aber nach diesen lobenden Worten, die eher höflich als ehrlich geklungen hatten, würdigte Josefin ihn keines Blickes, und er verschwand schnell wieder in die Küche. Ein musikalischer Hausmann, der in seiner Freizeit in einem alten Stall hockt und eine Scheibe dreht. Vielleicht ist es ja mal Zeit für einen Aufstand der Geknechteten, dachte Leyla.

Wenn Josefin Mjörner Harald Holmström nicht mit größerem Interesse bedachte, war das ganz anders bei dem nächsten Wesen, das hereinkam; ein großer grau gefleckter Kater, der auf ihren Schoß sprang und sofort zu schnurren begann.

«Lundberg! Kommst du zu Frauchen? Oh, du bist wunderbar, mein Liebling!»

Josefin Mjörner steckte ihre Nase in sein Fell, und Palle Pettersson aktivierte seine Kamera. Endlich passierte etwas, das seine Anwesenheit rechtfertigte.

«Das ist Herr Lundberg, mein Augenstern. Ich weiß, dass das ein komischer Name für einen Kater ist, aber er ist einem dicken, netten Lehrer sehr ähnlich, den ich als Kind hatte und der Lundborg hieß. Nicht nur äußerlich, sondern auch in seiner Art.»

Auch Leyla fand Gefallen an Lundberg. Er verbreitete mit seinem Schnurren eine gemütliche Stimmung und schien eine entspannende Wirkung auf sein Frauchen zu haben.

Das Interview lief ziemlich gut. Leyla stellte mehrere heikle Fragen und erhielt unumwunden ehrliche Antworten. Auch Josefin Mjörner wurde ihr sympathischer, die nach der ersten etwas steifen halben Stunde offener wurde.

«Natürlich bin ich um die halbe Welt gereist und war ein gefeierter Filmstar, aber es kommt mir so vor, als wäre jetzt die wichtigste Zeit in meinem Leben, weil ich etwas tun kann, was für andere wichtig ist und etwas bewirken kann. Und hier kommt die Politik als Mittel zum Zweck ins Spiel. Ich hatte überhaupt nicht vor, eine Partei zu gründen, als ich begonnen habe, mich für die Familien im Untergrund einzusetzen. Aber nach einer Weile wurde mir klar, dass genau das nötig war, um mit meinem Anliegen die Menschen zu erreichen. Will man wirklich etwas verändern, kann man nicht im Verborgenen arbeiten. Da braucht man eine lautstarke und freche Alternative, die dem beschämenden Schweigen des politischen Establishments etwas entgegenzusetzen hat. Eine humanistische Alternative. Warten Sie, ich zeige Ihnen, worum es geht.»

Josefin Mjörner setzte Lundberg vorsichtig auf die Erde, erhob sich vom Sofa und ging ins Nebenzimmer. Der Kater folgte ihr dicht auf den Fersen. Als sie mit einem dicken Fotoalbum zurückkam, hatte sie immer noch Lundberg im Schlepptau.

«Hier sind alle meine Kinder. Hier habe ich sie versammelt», sagte sie stolz.

Sie setzte sich wieder, nahm den Kater auf den Schoß und begann langsam zu blättern, während sie Leyla berichtete. Jede Seite war mit Fotos von Flüchtlingsfamilien beklebt, die Josefin Mjörners Netzwerk versteckt hatte oder noch immer versteckte. Auf den meisten Bildern waren Kinder zu sehen, die zusammen mit der Schauspielerin abgelichtet worden waren. Die jüngsten hatte sie meist auf dem Schoß oder hielt sie an der Hand, während die älteren neben ihr standen, manche lächelnd, manche ernst. Die Kinder stammten aus verschiedenen Ländern und Kulturen und hatten als Flüchtlinge eines gemeinsam: Josefin Mjörner hielt ihre schützende Hand über sie.

Weiter hinten im Album hatte sie Fotos der Familie Faqiri und mehrere Zeitungsausschnitte gesammelt, in denen es um den Kampf der Familie ging, in Schweden bleiben zu können. Leyla bemerkte, dass Josefin Mjörner die Tränen in die Augen traten und sie sich sehr zusammennehmen musste, um nicht zu weinen.

«Für mich sind alle Menschen gleich, denen wir helfen. Aber die Familie Faqiri ist dennoch etwas Besonderes für mich. Sie steht mir sehr nah, denn sie hat zwei Monate lang hier bei mir gewohnt, bis wir sie an einen anderen Ort bringen mussten.»

Leyla hatte im Rahmen ihrer Recherche für das Interview davon gelesen. Wie Josefin Mjörner der Familie ihr Haus zur Verfügung gestellt und nach einer Weile ein anonymer Hinweis die Polizei dorthin geführt hatte. In letzter Minute hatte die Schauspielerin die Familie Faqiri wegbringen können, die sich nun seit einem Jahr in Schweden versteckt hielt. Ihr Fall würde in Schweden geprüft werden, wenn es ihnen gelang, sich weitere sechs Monate vor den Behörden zu verstecken. Dann war die Frist von achtzehn Monaten verstrichen, der zufolge sie gemäß der Dubliner Verordnung in ihr erstes Asylland in Europa, also Deutschland, überführt werden konnten.

Das Dubliner Übereinkommen sollte die innereuropäische Asylpolitik vereinheitlichen, doch in der Praxis zwang sie die Flüchtlinge, zwischen verschiedenen EU-Staaten hin und her zu reisen. In manchen Fällen wurde dies mit der permanenten Aufenthaltsgenehmigung belohnt. Denn trotz der einheitlichen Basis im Asylrecht sah die Praxis in den einzelnen Ländern anders aus. Die Familie Faqiri hoffte nun darauf, aufgrund «widriger Umstände», wie das inzwischen in der Sprache der Migrationsbehörden hieß, in Schweden bleiben zu dürfen.

«Er hat wirklich hart für seine Familie gekämpft», sagte Josefin Mjörner und zeigte auf eine Fotografie von Osman Faqiri, dem Vater, der das Sprachrohr seiner Familie in den Medien war.

Sie erzählte, wie das Leben dieses Mannes in Afghanistan zu einem Albtraum geworden war, als die Taliban 1996 an die Macht gekommen waren. Das islamistische Terrorregime grub in seiner Vergangenheit und förderte unter anderem eine kurze Zeitspanne unter prosowjetischer Führung in Afghanistan zutage, in der er wie viele andere Studenten in Moskau studiert hatte. Für diesen alten «Verrat» wurde er mit einem Jahr Gefängnis bestraft, gefolgt von sich ständig wiederholenden Schikanen, denen er und seine Familie ausgesetzt wurden. Schließlich flohen die Faqiris nach Moskau. Nach ein paar sehr harten Jahren gelang es der Familie mit Hilfe von Schleusern, in die EU nach Deutschland zu kommen, wo sie Asyl beantragte. Einige Jahre später wurde ihr Antrag abgewiesen, und sie flohen mit ihren letzten Ersparnissen nach Schweden.

«Und hier musste sich die Familie wieder verstecken! Seit acht Jahren befinden sich Osman, seine Frau und die drei ältesten Kinder auf der Flucht. Ihre beiden jüngsten Kinder sind in dieser Zeit geboren. Es ist wirklich eine Schande, dass Schweden auf die menschenunwürdige und zermürbende Situation der Familie keine Rücksicht nimmt. Und stellen Sie sich vor, was für eine Bereicherung die Familie Faqiri für die Gesellschaft wäre, wenn Osman die Stelle annehmen könnte, die ihm die Universität in Lund angeboten hat, und seine Kinder in die Schule gehen könnten.»

Josefin Mjörner schüttelte den Kopf.

«Sie würden wunderbar zurechtkommen, davon bin ich völlig überzeugt. Nach wenigen Monaten sprach Osman wirklich gut Schwedisch, und die sprachliche Entwicklung der Kinder ist erstaunlich, wenn man bedenkt, dass sie hier kaum Unterricht hatten. Sie sind die ersten Monate in Malmö zur Schule gegangen, wo die Familie bei Bekannten gewohnt hat, aber dann kam die schlechte Nachricht. Wir haben die Familie bei mir versteckt, aber uns nicht getraut, die Kinder in die Schule zu schicken, obwohl sie eigentlich ein Recht darauf hatten.»

Die Schauspielerin hatte wieder feuchte Augen bekommen und ihre Stimme drohte zu versagen. Leyla musste den Impuls unterdrücken, Josefin Mjörner ihren Arm um die Schultern zu legen. Es wäre nicht sehr angebracht, wenn sie als Journalistin eine Parteivorsitzende an sich drückte.

«Sie müssen entschuldigen, aber das geht mir sehr nahe», sagte Josefin Mjörner und trocknete sich mit einem Taschentuch die Augen.

Lundberg strich um die Beine seines Frauchens und schnurrte geräuschvoll, als wollte er sie trösten. Josefin Mjörner lächelte den Kater an und schnäuzte sich, bevor sie das Album umblätterte und auf das Foto eines lachenden Mädchens zeigte.

«Das ist Zarmina, bevor sie krank wurde. Sie ist erst zehn, und momentan geht es ihr furchtbar schlecht. Das Mädchen ist immer apathischer geworden, und es besteht die Gefahr, dass ihr Zustand sich verschlechtert und sie völlig resigniert.»

Als Josefin Mjörner ein Foto betrachtete, auf dem sie neben einem großen und sportlichen Jungen stand, erhellte sich ihre Miene wieder.

«Das ist der älteste Sohn, Khaled. Er ist sehr belastbar, sowohl physisch als auch psychisch, und kümmert sich aufopfernd um seine Geschwister, wenn die Eltern das nicht mehr schaffen. Aber für einen Sechzehnjährigen ist es nicht einfach, erwachsen zu sein. Er ist schließlich noch ein Kind.»

«Sie erzählen viel von den Kindern und bezeichnen sie als Ihre Kinder», sagte Leyla.

Das war eine Feststellung, die wie eine offene Frage im Raum stand. Josefin Mjörner kraulte Lundberg hinter einem

Ohr und ließ sich mit der Antwort Zeit. Schließlich hob sie den Blick und sah Leyla tief in die Augen.

«Ich vertraue Ihnen», entgegnete sie. «Sie sind belesen und haben ein gutes Herz. Deshalb möchte ich Ihnen von der Ursache meiner großen Liebe zu diesen Kindern erzählen. Mein Mann Allan und ich erwarteten ein Baby, als ich vierundzwanzig war, aber in der zwölften Woche hatte ich eine Fehlgeburt. Wir hatten niemandem erzählt, dass ich schwanger war, und es kam nie heraus. Obwohl mich das schwer getroffen hatte, ging ich davon aus, bald wieder schwanger zu werden. Das war auch so, weitere zwei Mal. Aber auch diese Schwangerschaften endeten nach wenigen Wochen mit einer Fehlgeburt. Die Ärzte, die mich untersuchten, stellten fest, dass ich Knoten in meiner Gebärmutter hatte und außerdem eine kleine Missbildung, die dazu führte, dass der Fetus abgestoßen wurde.»

«Und dagegen konnte man nichts tun?», fragte Leyla.

«Doch, ich wurde operiert, aber ohne Erfolg. Also beschloss ich, mein Schicksal anzunehmen, konzentrierte mich auf meinen Beruf und meine Rollen. Innerlich trauerte ich jedoch. Keine Kinder zu bekommen war das Unglück meines Lebens.»

Leyla wurde eiskalt. Nur vor wenigen Stunden hatte sie eine Fehlgeburt gehabt, und nun saß sie neben einer Frau, die dreimal ihr Kind verloren hatte. Leyla kam plötzlich der Gedanke, dass sie vielleicht an einer Hormonstörung litt oder mit ihren Eileitern etwas nicht in Ordnung war und sie vielleicht niemals Mutter werden könnte.

«Ich bin nicht übertrieben religiös», fuhr Josefin Mjörner fort. «Aber ich glaube an Gott und lese manchmal in der Bibel. Man kann da gelegentlich auch was Wahres finden. Für mich ist ein Vers aus dem Markusevangelium so etwas wie eine moralische Richtschnur und politischer Leitfaden geworden. Die Eltern bringen ihre Kinder zu Jesus, damit er sie segnet, aber die Jünger weisen sie ab. Da sagt Jesus: ‹Lasset die Kindlein zu mir kommen und wehret ihnen nicht; denn solcher ist das Reich Gottes›.»

Josefin Mjörner wartete, bis ihre Worte sich bei Leyla und Palle gesetzt hatten.

«Lasset die Kindlein zu mir kommen, das ist so einfach und so klar. Können wir Erwachsenen uns daran halten, dann braucht kein Kind mehr zu leiden. Vielleicht hängt es mit meiner eigenen Kinderlosigkeit zusammen, dass ich mir diese Worte so sehr zu eigen mache. Vielleicht sind es egoistische Gründe, und meine Sehnsucht nach Kindern lenkt mein Handeln. Die Leute sollen über mich denken, was sie wollen, aber wenn es wirklich so wäre, wäre mein Egoismus zumindest ein positiver, denn er kommt den Kindern zugute.»

Nicht nur das Bibelzitat hatte etwas Prophetisches an sich. Alles, was Josefin Mjörner über Kinder sagte, hatte einen biblischen Unterton, sowohl in Bezug auf den Tonfall als auch die Wortwahl. Sich selbst mit Jesus zu vergleichen war reichlich vermessen, trotzdem war Leyla von ihrer Fähigkeit beeindruckt, die Menschen zu berühren. Die Überschrift ihres Artikels sah sie schon vor sich: «Lasset die Kindlein zu mir kommen», gefolgt von einem langen Text, der die Vita der Schauspielerin mit ihrem politischen Leben verwob. Das würde die perfekte Sonntagslektüre abgeben, mit hohem Promi-Faktor, ohne unter die Gürtellinie zu gehen.

Im Nebenzimmer klingelte ein Telefon, und nach nur dreimal Klingeln eilte Harald Holmström an ihnen vorbei, um den Hörer abzunehmen. Leyla warf einen Blick auf die Uhr. Es war schon Viertel vor fünf. Die Zeit war nur so gerast, und sie war mit ihrem Interview sehr zufrieden.

Palle würde noch ein paar Fotos von Josefin Mjörner vor dem Haus machen, dann konnten sie wieder fahren.

«Dieses Telefon geht mir manchmal ganz schön auf die Nerven. Leider rufen hin und wieder Rassisten an, die mich und die Partei beschimpfen. Ich habe auch schon mal mit dem Gedanken gespielt, mir eine Geheimnummer zuzulegen. Aber ich will auch erreichbar sein, da muss man die Vor- und Nachteile in Kauf nehmen», sagte Josefin Mjörner.

Harald Holmström trat mit raschen Schritten ins Wohnzimmer. Leyla registrierte, dass er noch blasser war als zuvor, sofern das überhaupt möglich war.

«Telefon für dich, Josefin», sagte er knapp.

Die Schauspielerin stand auf und starrte mit leerem Blick geradeaus, bevor sie wortlos zum Telefon ging. Harald Holmström folgte ihr und schloss die Tür hinter sich.

Leyla und Palle blieben auf dem Sofa sitzen und warteten. Sie konnten nichts hören. Entweder sprach Josefin Mjörner sehr leise, oder die Wände waren gut isoliert.

Nach einer Minute durchbrach ein herzzerreißender Schrei die Stille. Leyla und Palle sprangen auf und rissen die Tür zum Nebenzimmer auf. Josefin Mjörner saß zusammengesunken auf einem Stuhl, den Hörer in der Hand. Dass Lundberg ihr unaufhörlich um die Beine strich, war auch kein Trost für sie. Palle hob die Kamera und machte ein paar Bilder. Rein aus Reflex und wie immer, wenn sich vor seinen Augen eine dramatische Szene abspielte.

«Was machst du da, du Idiot!», brüllte Harald Holmström, stürzte sich auf Palle Pettersson und versuchte, ihm die Kamera aus der Hand zu reißen.

«Halt, halt!», sagte Leyla und ging dazwischen. «Und leg die Kamera weg, Palle. Was ist denn passiert?»

Josefin Mjörners Weinen ging in Schluchzen über. Sie stand mühsam auf und hielt den Hörer noch immer fest umklammert. Am anderen Ende der Leitung wurde weitergesprochen, das konnte Leyla hören.

«Sie haben ihn gefunden, tot», sagte Josefin Mjörner tonlos, beinahe flüsternd.

«Wen?», fragte Leyla.

«Sie haben einen Mann in Limhamn im Hafenbecken gefunden. Die Polizei will, dass ich ihn identifiziere. Sie denken, es ist Osman Faqiri.»

FREITAG, 24. AUGUST

Kriminalkommissarin Lisa Berggren saß mit der Tageszeitung in ihrem Büro im Präsidium. Eine wütende Spätsommerwespe surrte beharrlich um ihren Kopf und störte die Konzentration. Lisa rollte die Zeitung zu einer provisorischen Fliegenklatsche zusammen und erhob sich langsam aus ihrem Bürostuhl. Sie blieb wie versteinert stehen und wartete auf den richtigen Moment. Als dieser kam, verpasste sie der Wespe im Flug einen ersten benebelnden Schlag, die verlor daraufhin die Orientierung und flog verwirrt über dem Boden hin und her. Dann setzte Lisa mit ihrer Fußsohle zur tödlichen Attacke an, und endlich wurde es still.

Sie hatte Leyla Abdallahs Artikel mehrmals gelesen. Anders als ihre Kollegen hatte Leyla Osman Faqiri beim Namen genannt und außerdem erwähnt, dass die Polizei einen gewaltsamen Tod nicht ausschloss. Von diesen Informationen hatte nichts in der Internetversion gestanden, die die Zeitung bereits gestern Abend veröffentlicht hatte und in der kurz berichtet wurde, dass ein Mann tot im Hafenbecken von Limhamn aufgefunden worden war.

Vermutlich hatte Leylas Zeitung beschlossen, die exklusiven Details für die eigene Ausgabe in Papierform zurückzuhalten, damit die Konkurrenz diesen Leckerbissen nicht aus dem Internet klaute und in ihrer Morgenzeitung verbriet.

Denn es war kein Unfall, sondern Mord, und zwar nicht irgendeiner. Der Vorzeigeflüchtling der populären Partei Humanistische Alternative war tot mit mehreren Messerstichen aus dem Öresund gefischt worden. Lisa Berggren rechnete damit, dass der Fall noch wochenlang durch die Presse gehen und wohl auch eine entsprechend wichtige internationale Meldung abgeben würde, im Hinblick auf Josefin Mjörners Weltruf als Schauspielerin und inzwischen auch Flüchtlingsretterin. Typisch, dass ausgerechnet Leyla Abdallah die Meldung als Erste brachte. Sie und dieser nervige Fotograf Palle Pettersson. Wieso mussten gerade sie zu Hause bei Josefin Mjörner sein, als die Polizei anrief und sie über den Todesfall informierte?

Lisa mochte weder Leyla noch Palle, zollte ihnen aber widerwillig Respekt. Trotz allem war es diesem ungleichen Paar im letzten Jahr gelungen, vor den Augen der Polizei den Überfall der «Rächer» auf kriminelle Einwanderer auffliegen zu lassen.

Sie versuchte sich zu konzentrieren und die Strategie für den kommenden Tag festzulegen, als das Telefon klingelte. Lisa atmete tief ein und ließ es ein paarmal klingeln, bevor sie abnahm. Der Pressechef der Polizei Malmö, Bill Sistell, war am Apparat, und er klang gestresst.

«Hej, Süße. Haben wir etwas über den Mord an dem Afghanen, was wir rausgeben können? Die Journalisten rufen ständig an.»

Selber Süßer, dachte Lisa.

«Das bezweifle ich», gab sie gedehnt zurück.

Sie brauchte mehr Zeit, um die Fakten zu sondieren, die bisher zusammengetragen worden waren, bevor sie entschied, womit die hungrige Medienmeute eventuell gefüttert werden konnte.

«Du kannst bestätigen, dass der Tote tatsächlich der Vorzeigeflüchtling Osman Faqiri ist. Obwohl das seit Leyla Abdallahs Artikel ja alle wissen.»

«Irgendwas muss ich denen schließlich zum Fraß vorwerfen. Bei diesem Fall werden wir die Zeitungen noch brauchen. Da bin ich sicher.»

Lisa kochte innerlich.

«Wieso glaubst du das?»

«Also, ich bin schon länger in diesem Verein als du, und ich weiß, dass man gegen die Massenmedien keine Chance hat. Denk nur an ‹Vermisst› auf TV3 und wie wichtig diese Sendung für mehrere Mordermittlungen gewesen ist», antwortete Bill Sistell irritiert.

«Wenn du einen Fernsehstar brauchst, musst du Leif GW Persson anrufen. Sonst musst du das mit Wrede klären. Ich bin nur eine einfache Ermittlerin», konterte Lisa.

«Mit Wrede hab ich schon gesprochen, und er hat mich an dich verwiesen. Also hast du freie Bahn. Komm schon», insistierte Bill Sistell.

Lisa Berggren schüttelte ratlos den Kopf. Ihr Chef, Kriminalhauptkommissar Jan Wrede, war, positiv formuliert, wie immer gut im Delegieren. Es war bei weitem nicht das erste Mal, dass sie eine Ermittlung leiten musste, für die eigentlich Wrede die Verantwortung trug. Bei der ersten großen Besprechung war er dabei, aber dann begnügte er sich damit, gelegentlich mit ein paar Dokumenten an ihrem Dienstzimmer vorbeizurauschen und sich bei Bedarf auf den neusten Stand zu bringen. Wredes größtes Talent bestand darin, den anderen Arbeit und Verantwortung aufzudrücken. Lisa Berggren gefiel es zwar, das Heft in der Hand zu halten und die Untersuchungen zu leiten, aber sie hätte auch nichts dagegen, wenn sich das auf dem Gehaltszettel niederschlagen würde. Und sie billigte es überhaupt nicht, dass Wrede ihre Lorbeeren einheimste.

«Na, was können wir ihnen anbieten?», fragte Bill ungeduldig.

«Kannst du nicht mal die Luft anhalten?!»

In der Leitung wurde es still. Lisa Berggren bereute es fast, dass sie so heftig geworden war, aber nur fast.

«Erstens lassen wir nichts darüber verlauten, dass es um Mord geht. Wir haben einen Toten und schließen einen Mord nicht aus, mehr will ich zum jetzigen Zeitpunkt nicht sagen», erklärte sie.

«Und die Messerstiche? Vier Messerstiche kann man nicht einfach so unter den Tisch fallen lassen.»

«Wenn dieses Haus nicht undicht ist wie ein Sieb, weiß dort draußen niemand von den Messerstichen. Es gibt keine Details in Abdallahs Artikel darüber, wie der Mann zu Tode gekommen ist. Und können wir denn ganz sicher sein, dass ihn jemand umgebracht hat? Stell dir vor, er hat Selbstmord verübt, indem er sich die Stichverletzungen selber zugefügt hat und anschließend ins Wasser gehüpft ist. Wir haben keine Tatwaffe gefunden, und der vorläufigen rechtsmedizinischen Untersuchung zufolge ist die Todesursache unklar.»

«Hör auf», seufzte Bill Sistell.

Lisa wusste, was er meinte. Natürlich handelte es sich um Mord oder zumindest um Totschlag. Aber solange der geringste Zweifel bestand, wollte sie nicht diejenige sein, die ihre Klappe aufriss. Jedenfalls nicht bis alle wichtigen Personen vernommen worden waren.

«Sag, was du immer sagst, dass wir aus ermittlungstechnischen Gründen keine Angaben machen können.»

«Hast du sonst noch was?»

«Nein, klär das wie gesagt mit Wrede.»

Sistell schnaufte abfällig.

«Und viel Glück mit der Pressekonferenz, Süßer», sagte Lisa Berggren noch und legte auf.

Jetzt hatte sie es ihm aber gegeben. Sie grinste triumphierend. Bill Sistell stand auf ihrer inzwischen recht langen Liste der persönlichen Hassobjekte ziemlich weit oben. Es machte sie wahnsinnig, wenn er sie Süße nannte, und der Schlafzimmerblick, den er ihr manchmal zuwarf, nervte sie nicht minder.

Einige der männlichen Vorgesetzten, mit denen sie zu tun gehabt hatte, seit sie vor fast vier Jahren von Stockholm nach Malmö runtergezogen war, hatten etwas Lächerliches an sich. Da sie in ihrem ersten Jahr in Skåne eine peinliche Affäre mit ihrem verheirateten Chef gehabt hatte, die aufgeflogen war, glaubten alle, sie sei leicht zu haben. Anfänglich hatten sie versucht, sie ins Bett zu kriegen, doch als das nicht gelang, gaben sie sich überheblich. Naiv, wie er war, befand sich Sistell irgendwo zwischen diesen beiden Stadien. Nach dem Telefongespräch war er vermutlich auf dem besten Wege Richtung Stadium zwei. Lisa hatte nichts dagegen. Sie hatte sich nie unterlegen gefühlt und wusste die widerlichen Kerle in ihre Schranken zu weisen. Dass dies vermutlich das dritte Stadium einleitete, in dem die Typen auf den Gängen über sie lästerten, kratzte Lisa nicht im Geringsten. Sie war nicht darauf aus, irgendwelche Beliebtheitswettbewerbe zu gewinnen. Sie wusste, dass sie ihren Job gut machte, und solange ihr die von ganz oben wohlgesinnt waren, hatte sie nichts zu befürchten, was die zukünftigen Karriereoptionen anbelangte.

Allerdings bereitete ihr die aktuelle Mordermittlung Kopfzerbrechen. Die Schauspielerin hatte die Leiche gestern Abend zwar identifiziert, aber ein Verhör mit der Flüchtlingsfamilie war nicht zustande gekommen. Josefin Mjörner hatte sich zunächst geweigert, den Kontakt zwischen der Polizei und der Familie herzustellen, und erst nachgegeben, als Lisa Berggren mit dem Staatsanwalt gedroht hatte.

Wenn sie verschwieg, dass es wichtige Zeugen gab, konnte man sie wegen Behinderung der polizeilichen Ermittlungen drankriegen. Lisa Berggren hatte auch betont, dass die Familie Faqiri nicht mit einer Abschiebung rechnen müsse, solange die Ermittlungen andauern würden. Die entsprechenden Behörden würden informiert, dass sämtliche Familienmitglieder bis auf weiteres in Schweden verbleiben dürften und sich deshalb nicht länger zu verstecken brauchten.

Lisa Berggrens Chef Jan Wrede hatte heute Morgen die Besprechung eröffnet, aber dann wie üblich ihr das Feld überlassen. Insgesamt arbeiteten zehn Beamte an dem Fall, wovon mehrere bereits die Ermittlungen aufgenommen hatten und Indizien analysierten. Von einem Polizeihubschrauber aus waren bei klarer Sicht Bilder vom Hafengebiet in Limhamn gemacht worden, Streifenpolizisten hatten bereits gestern die Wohnhäuser abgeklappert und mit den Hobbyanglern gesprochen, die abends an verschiedenen Stellen am Hafenbecken standen, um in Erfahrung zu bringen, ob Osman Faqiri dort schon einmal gesehen worden war. Aber niemand hatte ihn auf dem Foto wiedererkannt, und die Befragungen von Busfahrern und Taxifahrern aus der Gegend hatte auch keine brauchbaren Informationen geliefert. Die Operation «Klinkenputzen» wurde bei den Wohnhäusern gegenüber vom Kai fortgesetzt, wo der Fischkutter lag. Heute Abend waren noch einmal die Hobbyangler dran und diejenigen, die in der alten Maschinenhalle auf der abends stark frequentierten Insel neben dem Hafenbecken im Fitnessstudio Friskis & Svettis trainierten. Vielleicht hatte jemand auf dem Weg zum oder vom Training etwas gesehen.

Den ersten Ergebnissen der Rechtsmedizin zufolge hatte die Leiche zwischen sechs und zehn Stunden im Wasser gelegen, als der Eigentümer des Fischkutters sie kurz vor sieben Uhr am Donnerstagmorgen entdeckt hatte. Also hatte Osman Faqiri irgendwann zwischen neun Uhr abends und ein Uhr nachts sein Schicksal ereilt. Da keiner der Hobbyangler ihn gesehen hatte, musste er spätabends überfallen worden sein. Eine Angel mit Schnur hatte sich um Faqiris Körper gewickelt, was darauf schließen ließ, dass der Flüchtling ebenfalls dort geangelt hatte.

Es gab noch viele offene Fragen. In einer Stunde würde Lisa Berggren die nächsten Angehörigen des Toten zum ersten Mal verhören. Josefin Mjörner war gestern Nachmittag viel zu erschüttert gewesen, zwischen ihren Weinkrämpfen hatte sie immer aufs Neue wiederholt, dass das Ganze «völlig unbegreiflich» sei. Die Frage, ob Osman Faqiri ihrer Meinung nach irgendwelche Feinde habe, hatte sie nur mit einem Kopfschütteln beantwortet.

Heute sollten außer Josefin Mjörner zwei weitere Personen vernommen werden, die, wie Lisa Berggren fand, eine ebenso wichtige Rolle spielten wie der ehemalige Filmstar: Osmans Ehefrau Hamida und ihr ältester Sohn Khaled. Lisa hätte sie am liebsten im Präsidium verhört, aber unter Berücksichtigung der Umstände war sie auf Josefin Mjörners Vorschlag eingegangen, sie stattdessen bei ihr zu Hause in Nydalagård zu vernehmen. Die Flüchtlingsfamilie war nach dem Mord wieder in das große Haus bei Svedala gezogen. Der Sohn konnte offenbar sehr gut Schwedisch, aber seine Mutter sprach nur Paschtu, sodass Lisa einen Dolmetscher angefordert hatte, der jeden Augenblick eintreffen sollte.

Und tatsächlich rief die Kollegin von der Zentrale an, um Bescheid zu geben, dass er angekommen war. Lisa schlüpfte in ihre Jacke und ging Bengt Aronsson abholen. Sein Büro lag im ersten Stock ein Stück weiter den Gang hinunter.

Er würde sie nach Svedala begleiten. Sie klopfte an, und er rief: «Herein.» Aronsson saß zusammengesunken in einem Ledersessel, der neben einem kleinen runden Tisch in einer Ecke des Zimmers stand. Er sah todmüde aus.

Lisa sah sich im Büro ihres Kollegen um, ohne Zweifel eines der origineller eingerichteten des Präsidiums. Die Wände waren fast komplett mit seinen selbstgefertigten Kunstwerken bedeckt, die aus Treibholzresten, Steinen, Schneckenhäusern und anderem Naturmaterial bestanden, das er auf den Strandspaziergängen in der Nähe seines Sommerhauses in Haväng in Österlen sammelte. Sogar die Wanduhr bestand aus einem Stück Treibholz, das Bengt Aronsson mit Zeigern und Uhrwerk versehen hatte. Die Ziffern hatte er mit Goldfarbe auf das Zifferblatt gemalt und zusätzlich noch mit kleinen Bernsteinen verziert. Es war die hässlichste Uhr, die Lisa je gesehen hatte. Aber sie war so typisch für Bengt, und deshalb gefiel sie ihr. Seine Leidenschaft für Treibholzkunst und seine fast kindliche Begeisterung für kontrastreiche Gemütlichkeit an seinem Arbeitsplatz hatten etwas geradezu Rührendes. Ein Heimtrainer älteren Modells stand in der anderen Zimmerecke. Es war ein Wunder, dass er ihn noch in seinem Dienstzimmer unterbringen konnte. Lisa hatte nie gesehen, dass er den Heimtrainer benutzte, und sie hoffte inständig, dass er das auch nicht vorhatte. Bengt Aronsson brauchte das bisschen, was er noch auf den Rippen hatte.

«Zeit zum Aufstehen. Bist du fit?»

«Oh nein, ich habe heute Nacht so schlecht geschlafen. Das zweite Kind mit Koliken innerhalb von zwei Jahren. Womit habe ich das verdient?», beschwerte er sich mit schläfriger Stimme.

«Du hattest zu viel Sex mit deiner jungen Frau und hast dich fortgepflanzt. In deinem Alter zehrt das an den Kräften.

Hast du das nicht von deinem ersten Schreibaby gelernt?», fragte Lisa Berggren schadenfroh.

Sie konnte ohne Probleme mit und über Bengt Aronsson scherzen; er hatte vor einem guten Jahr seinen früheren Job beim Raubdezernat aufgegeben und arbeitete nun wie Lisa bei der Mordkommission. Die beiden waren nicht nur Kollegen, sondern auch privat gut befreundet. Seit Lisa aufgrund ihrer skandalösen Affäre mit ihrem Chef in den Fluren des Präsidiums Spießruten laufen musste, hatte Bengt Aronsson zu ihr gehalten. Lisa hatte ihrerseits Aronsson bei seiner schwierigen Scheidung, nach der der Kontakt zu seiner erwachsenen Tochter abgebrochen war, zur Seite gestanden. Jetzt war die Vater-Tochter-Beziehung glücklich wiederhergestellt, und der einundfünfzigjährige Aronsson ging ganz in seiner Rolle als Ehemann seiner sechzehn Jahre jüngeren Frau Anna und Vater zweier Kleinkinder auf. Die erste Tochter Emma war gut drei Jahre, ihre Schwester Ingrid fast drei Monate alt. Der Kriminalkommissar war immer schon spindeldürr gewesen und sah jetzt regelrecht ausgemergelt aus.

«Emmas Geschrei war ja noch eine Wohltat im Vergleich zu Ingrids», erwiderte Aronsson, fügte jedoch gleich hinzu: «Aber wie ich die beiden Kleinen liebe! Auch wenn sie mir den letzten Nerv rauben.»

In seinem Fall stimmte das sicher, aber Lisa wunderte sich trotzdem etwas über seine Bemerkung. Als gäbe es ein ungeschriebenes Gesetz, dass man seine Sprösslinge über alles lieben musste, und das in allen Lebenslagen. Sie selbst hatte keine Kinder, aber sollte sie jemals welche haben, hoffte sie, so vernünftig zu sein, dass sie nicht ständig und jedem versicherte, wie lieb sie sie hatte.

Sie gingen hinunter zum Haupteingang, wo der Dolmetscher auf sie wartete. Er war dunkelhäutig, klein und um die vierzig, mit wachem Blick und sorgfältig gestutztem Bart. Lisa und Bengt begrüßten ihn und gingen zum hauseigenen Parkplatz, wo Lisas Saab stand. Obwohl seit mehreren Tagen die Sonne schien, war es kühl. Vor der Herberge für Heimatlose der Kirchenmission waren zwei zerlumpte Penner in aller Ruhe damit beschäftigt, gestohlene Kabel von ihrer Isolierung zu befreien. Mit dieser methodischen Arbeit wollten sie an das begehrte Kupfer kommen, das sie dann für Alkohol und Drogen an irgendeine Schrottfirma verkauften. Eine der Paradoxien der Stadt war, dass Malmös inoffizieller Umschlagplatz für Diebesgut gegenüber vom Präsidium lag. Da die Mission als letzte Anlaufstelle die gesellschaftlichen Überreste aus dem Rinnstein aufkehrte und niemandem ein Dach über dem Kopf verwehrte, wenn es Platz gab, herrschte stilles Einvernehmen zwischen Ordnungshütern und Mission, die kleinen Gauner und Fixer nicht zu stören, die vor der Tür herumlungerten. Irgendwo brauchten schließlich auch die Verzweifelten und Gejagten einen Zufluchtsort.

Unterwegs nach Svedala unterhielt sich Bengt Aronsson mit dem Dolmetscher. Er wies darauf hin, wie wichtig es sei, dass das im Verhör Gesagte vollständig und wahrheitsgemäß übersetzt werde.

«Also, ich bin seit acht Jahren vereidigter Dolmetscher. Ich kenne mich wirklich gut aus», entgegnete der Mann etwas beleidigt in einwandfreiem Schwedisch.

«Verzeihung, wenn ich mich falsch ausgedrückt habe. Ich halte Sie keineswegs für inkompetent. Aber wir können in dieser heiklen Phase nicht vorsichtig genug sein», sagte Aronsson und lächelte entschuldigend.

Typisch Bengt, dachte Lisa Berggren. Immer entschuldigt er sich. Aber vielleicht mochte sie ihn deshalb so gern. Er war so demütig und selbstkritisch, und das vermisste sie bei so vielen anderen im Korps, sie selbst eingeschlossen.

Als sie von der mit Obstbäumen gesäumten Allee auf Josefin Mjörners Hof fuhren, erwartete die Schauspielerin sie bereits vor dem Haus. Sie trug ein dunkelgraues Kleid, und zwei feine schwarze Linien Wimperntusche auf ihren Wangen verrieten, dass sie geweint hatte.

Lisa Berggren hoffte, dass Josefin heute besser in Form war als bei der Identifizierung gestern, als kein vernünftiges Wort aus ihr herauszubekommen war. Lisa begrüßte sie und stellte Aronsson und den Dolmetscher vor.

«Unser herzliches Beileid. Aber wie Sie sicher verstehen, ist es sehr wichtig, dass wir mit Ihnen und Osmans Frau sprechen.»

Josefin Mjörner nickte stumm und führte sie ins Haus.

«Wo ist sie denn?», wollte Lisa wissen.

«Im ersten Stock, bei den Kindern. Sie möchte, dass ich bei dem Gespräch dabei bin, um ihr zur Seite zu stehen», gab Josefin Mjörner leise und beherrscht zurück.

Ausgeschlossen, dachte Lisa Berggren. Unter keinen Umständen durfte Josefin Mjörner bei den Verhören zugegen sein.

«Das geht leider nicht.»

«Was soll das heißen? Ich kann doch wohl nicht als engste Freundin diese Menschen in ihrer größten Krise alleinlassen?»

Josefin Mjörners Stimme war laut und beharrlich geworden.

«Das tut mir leid, aber das geht nun mal nicht. Wir müssen jeden einzeln befragen, das ist Routine. Aber wir versprechen Ihnen, dass wir behutsam vorgehen», erklärte Lisa.

«Das ist doch völlig verrückt! Stehen sie etwa unter Verdacht?»

Lisa Berggren hätte Josefin Mjörner am liebsten gebeten, die Klappe zu halten, aber sie hielt sich zurück. Auf die Frage der Schauspielerin gab es sowieso noch keine eindeutige Antwort. Zum jetzigen Zeitpunkt konnte niemand von der Liste der potenziellen Täter gestrichen werden, am wenigsten jemand aus dem Familien- und Bekanntenkreis. Da brauchte man nur einen Blick auf die Mordstatistik des Ausschusses für Verbrechensprävention zu werfen, um festzustellen, dass Opfer und Täter sich in den meisten Fällen kannten.

«Wir ziehen noch überhaupt keine Schlüsse. Aber lassen Sie uns jetzt mit den Verhören beginnen, damit alles so glatt wie möglich über die Bühne geht. Vorausgesetzt, Sie wollen auch, dass der Mordfall aufgeklärt wird.»

Der letzte Satz war eine bewusste Provokation. Lisa Berggren hatte nicht vor, Josefin Mjörner alles bestimmen zu lassen, wie sie es gewohnt zu sein schien. Das hier war Lisa Berggrens Fall, und sie stellte die Regeln auf. Andererseits freute Lisa sich, dass die Schauspielerin so unkooperativ war. Das machte deutlich, dass sie die erste Phase der Verzweiflung und stummen Ohnmacht überwunden hatte. Jetzt konnte sie jedenfalls wieder reden.

Bengt Aronsson hatte sich im Hintergrund gehalten, fand aber nun, dass es Zeit war, sich einzumischen. Er trat auf Josefin Mjörner zu und bat sie, ihm in die Diele zu folgen. Als die beiden ein paar Minuten später zurückkehrten, wirkte Josefin Mjörner viel gefasster.

«Frau Mjörner und ich sind uns über eine Vorgehensweise einig geworden, die sämtlichen Beteiligten entgegenkommt», sagte Bengt Aronsson. «Zunächst lernen wir uns ein bisschen kennen. Dann beginnen wir mit den Einzelgesprächen mit Frau Mjörner, Frau Faqiri und ihrem ältesten Sohn Khaled. Den anderen Kindern sagen wir nur hallo und unterhalten uns ein wenig mit ihnen. Gegenwärtig gibt es noch keinen Anlass, sie zu verhören. Sollte das zu einem späteren Zeitpunkt notwendig sein, müssen wir einen Kinderpsychologen oder Sozialarbeiter hinzuziehen.»

Lisa Berggren sah Bengt durchdringend an. Aber als sie seinem selbstsicheren Blick begegnete, gab sie nach. Ihm gelang es, Unstimmigkeiten aus dem Weg zu räumen, und wenn der Preis dafür war, dass sie ein bisschen von ihrem Stolz hinunterschlucken musste, hatte sie kein Problem damit. Hauptsache, die Verhöre konnten mit zufriedenstellendem Ergebnis durchgeführt werden.

Josefin Mjörner bat die Familie Faqiri in das große helle Wohnzimmer. Es sah merkwürdig aus, die dunkelhäutigen Kinder und die weiße Sitzgruppe, fand Lisa Berggren. Als gehörten sie da nicht richtig hin.

Die Jüngsten, Temor und Dawod, kletterten zwischen ihre Mutter und die Schauspielerin auf das Sofa, während sich die beiden anderen Kinder jeweils in einen Sessel setzten. Lundberg hatte sich auf dem Schoß der Ältesten, Marjam, zusammengerollt, die den großen Kater vorsichtig streichelte. Nur Zarmina fehlte. Sie lag oben im Bett und schlief.

Bengt Aronsson ergriff mit Hilfe des Dolmetschers das Wort. Er wandte sich vor allem an die Kinder, und es schien, als fassten sie Zutrauen zu ihm. Die Unterhaltung verlief stockend, und es wurde um den heißen Brei herumgeredet, weshalb sie hier zusammengekommen waren. Irgendwie gelang es Bengt Aronsson jedoch, sein Anliegen mit einfühlsamen Worten vorzubringen, ohne zu direkt zu werden. Seine Botschaft kam an: «Ihr braucht keine Angst zu haben.

Wir sind hier, um zu helfen. Wir wollen herausfinden, wer euren Vater getötet hat.»

Die Witwe weinte lautlos, längst nicht so laut und hysterisch, wie Lisa Berggren es bei anderen trauernden Musliminnen in Fernsehberichten über den Krieg im Nahen Osten gesehen hatte. Vielleicht war Lisa als Westeuropäerin vorurteilsbehaftet, oder die gegenwärtige Situation trug das ihre dazu bei. Sie waren schließlich nicht in einem brennenden Inferno, sondern in einer ordentlichen Oberschichtvilla auf dem Land in Skåne. Vielleicht hält die Witwe es für unangemessen, hemmungslos in diesem feinen weißen Salon zu weinen, dachte Lisa Berggren.

Wenn der älteste Sohn Khaled nicht gewesen wäre, wäre Lisa sich überflüssig vorgekommen. Zu ihm konnte sie immerhin so etwas wie einen Kontakt aufbauen. Sie wechselten ein paar einfache Sätze auf Schwedisch miteinander. Er sprach mit Akzent, aber flüssig, wenn er sich erst einmal traute. Aber Khaled war schüchtern und nickte meist nur. Er wich ihrem Blick aus und sah fast permanent zu Boden. Lisa Berggren vermutete, dass er etwas zu verbergen hatte.

Nach dem Smalltalk begann das Verhör. Der Dolmetscher blieb bei der Witwe und den Kindern, während die beiden Kommissare mit Josefin Mjörner ins Nebenzimmer gingen. Es war nicht ganz korrekt, einen Dolmetscher mit den Personen allein zu lassen, die später verhört werden sollten. Aber Bengt Aronsson und Lisa Berggren waren sich einig, dass das in Anbetracht der Umstände die beste Lösung war. Die Familie hatte vor nicht einmal vierundzwanzig Stunden die Todesnachricht erhalten, und ihre ohnehin schon schwierige und angreifbare Situation hatte sich dramatisch verschlimmert. Die jüngeren Kinder hatten wahrscheinlich noch nicht das ganze Ausmaß begriffen, aber natürlich ging es ihnen nicht gut. Die Mutter und Khaled würden sich hoffentlich etwas sicherer fühlen, wenn sie mit einem Landsmann sprechen konnten, anstatt zu warten, bis sie an der Reihe waren. Außerdem war Aronsson wie auch Lisa klar, dass sie beide das Verhör mit Josefin Mjörner durchführen mussten, weil sie sich gut ergänzten. Die Würde der Schauspielerin verlangte dies gleichsam.

Das Nebenzimmer war fast genauso groß, aber die Einrichtung unterschied sich deutlich von dem nüchternen Minimalismus im Wohnzimmer. An den mit roter Medaillontapete versehenen Wänden hingen alte Plakate von Filmen und Theaterstücken, in denen Josefin Mjörner mitgewirkt hatte. Ihr Debütfilm, *Und der Sommer schwand*, mit dem sie ihren Durchbruch hatte, prangte in der Mitte der breiten Wand, wohin der Blick zuerst fiel, wenn man das Zimmer betrat. Eine junge und wunderschöne Josefin Mjörner war zusammen mit ihrem älteren Liebhaber im Vordergrund abgebildet. Hinter dem Paar tauchten dunkle, bedrohliche Schatten von anderen Personen auf, die vor den sturmgepeitschten Schären standen.

Bengt Aronsson brachte Josefin Mjörner als Politikerin verhaltene Begeisterung entgegen, schätzte sie aber als Schauspielerin und hatte alle ihre Filme gesehen. Der letzte gefiel ihm am besten, den sie zusammen mit ihrem Mann Allan Mjörner gedreht und der, eine Woche bevor der Regisseur vor gut zehn Jahren an Krebs gestorben war, Premiere gehabt hatte. Der Film hieß *Frühlingselegie* und handelte von einer komplizierten Liebesbeziehung zwischen einer älteren Frau, gespielt von Josefin Mjörner, und einem jungen Mann, den Niklas Perndal verkörpert hatte. Dieser war damals ein Newcomer im Filmgeschäft gewesen, der sich zu einem Superstar und Enfant terrible entwickelte und die Redaktionen der Regenbogenpresse in Atem hielt. Das Filmposter war dem von *Und der Sommer schwand* nachempfunden, der junge Perndal stand neben Josefin Mjörner im Vordergrund, die bedrohlichen schemenhaften Gestalten hinter ihnen. Aber die Schären waren gegen eine klaustrophobisch kleine Gemeinde auf dem Land, in der der Film spielte, ausgetauscht worden.

Nach dem Tod ihres Mannes hatte Josefin Mjörner nur noch zwei Filme gemacht, einen schwedischen und einen amerikanischen, die beide hohe Besucherzahlen verbuchen konnten, aber kaum als Meisterwerke in die Filmgeschichte eingehen würden. Vor drei Jahren hatte sie sich zurückgezogen und war nach Skåne übergesiedelt. Hier auf dem Hof hatte sie ein recht stilles Pensionärsleben geführt, bis ihr Auftritt auf der politischen Bühne sie mit Pauken und Trompeten wieder ins Rampenlicht beförderte.

Bengt Aronsson studierte mit höflichem Interesse die übrige Inneneinrichtung. Abgesehen von den Plakaten waren die Wände von oben bis unten mit Fotos von Josefin Mjörner gepflastert, die sie bei verschiedenen Anlässen und mit verschiedenen Prominenten und anderen Größen zeigte. John F. Kennedy, der alte König, Startenor Pavarotti, Kronprinzessin Viktoria, Schauspielkollege Cary Grant, Autorin Kerstin Ekman und die Boxerlegende Muhammad Ali waren einige der Gesichter, die Bengt Aronsson auf Anhieb in der großen, bunten Schar von Berühmtheiten mehrerer Länder und Jahrzehnte erkannte.

Die Möblierung war behäbig und bedeutend älteren Datums als im Wohnzimmer. Zwei Sessel und ein Sofa mit bestickten Sitzkissen standen um einen niedrigen, massiven Tisch aus dunklem Holz mit Löwenfüßen. Ein klotziger Sekretär mit heruntergeklappter Schreibplatte, beladen mit Papieren und halb vollgeschriebenen Seiten. Hier schreibt

Josefin Mjörner wohl ihre vielbeachteten politischen Reden, dachte Aronsson. Wenn sie nicht wie so viele andere Politiker einen Redenschreiber hatte.

Eine große Sammlung schöner und wahrscheinlich verdammt teurer Porzellanfiguren stand auf kleinen Salontischen und auch sonst überall im Zimmer verteilt. Die gerafften Vorhänge mit den Quasten, die mit Blei eingefassten Fensterscheiben, die kaum Licht hereinließen, und das stete Ticken der verschnörkelten Wanduhr in Gold unterstrichen den musealen Charakter. Das Zimmer erinnerte an die vermögenden Bürgerhäuser der großen Städte Anfang des neunzehnten Jahrhunderts, abgesehen von den Postern natürlich.

Lisa Berggren hielt sich im Hintergrund und ließ Bengt Aronsson mit dem Verhör beginnen und die Standardfragen stellen. Sie hatte eine instinktive Abneigung gegen Josefin Mjörner und musste sich zusammenreißen, ihr den nötigen Respekt entgegenzubringen. Die Schauspielerin hatte das Talent, wie selbstverständlich immer im Mittelpunkt zu stehen, und das störte Lisa. Allein schon dass sie ein ganzes Zimmer mit Bildern von sich tapeziert hatte, reichte, um ihre Antipathie zu steigern. Das war nicht gut, das war Lisa schon klar. Sie und Aronsson wollten auf professioneller Basis ein wichtiges Verhör führen, und es stand ihnen nicht zu, Josefin Mjörners Charakter zu beurteilen. Andererseits konnte ihre Abneigung auch von Vorteil sein, wenn sie richtig eingesetzt wurde. Lisa hielt zwar viel von Bengts Verhörstrategie, wusste aber auch, dass es ihm manchmal schwerfiel, zum Punkt zu kommen, besonders wenn er ein hohes Tier oder Würdenträger verhören sollte. Dann konnte seine bescheidene Art, die normalerweise als Waffe diente, um heikle Fragen zu kaschieren, in so etwas wie pure Untertänigkeit umschlagen. Deswegen waren er und Lisa wohl auch so ein gutes Team. Wenn der eine sich zu sehr in seine gewohnte Masche verrannte, konnte der andere ihn ablösen und das Verhör weiterführen.

Josefin Mjörner schien ebenfalls entschieden zu haben, dass sie nicht mit Lisa Berggren auf einer Wellenlänge war. Ihre Körpersprache machte ihre Abneigung gegenüber der blonden Beamtin mit dem Kurzhaarschnitt überaus deutlich. Sie schlug die Beine in Richtung Bengt Aronsson übereinander und drehte sich mit dem Oberkörper demonstrativ von Lisa Berggren weg.

Aronsson räusperte sich leise und warf gelegentlich zwischen Josefin Mjörners langen und umständlichen Antworten eine Frage ein. Sie berichtete, dass sie Osman Faqiri zuletzt am vergangenen Dienstagvormittag gesehen hatte, also fast zwei Tage bevor seine Leiche aus dem Hafenbecken in Limhamn geborgen worden war. Zusammen mit ihrem Freund Harald Holmström hatte sie die Flüchtlingsfamilie in dem Haus in Oxie besucht, das als vorübergehende Behausung und Zufluchtsort diente. Josefin Mjörner zufolge hatte Osman angespannt gewirkt.

«Inwiefern?», fragte Bengt Aronsson ruhig.

«Er ging in der Küche auf und ab und sagte, er habe Angst, jemand werde ihr Versteck verraten. Aber wir konnten ihn beruhigen, und als wir uns verabschiedeten, war er ziemlich gefasst.»

«Hatte er denn einen Grund, beunruhigt zu sein?», fuhr Aronsson fort.

Josefin Mjörner dachte lange nach.

«Eigentlich nicht. Natürlich besteht immer die Gefahr, dass man als Illegaler aus Böswilligkeit angezeigt wird. Aufgrund eines anonymen Hinweises wäre die Familie ja beinahe gefasst worden, als sie letztes Mal bei uns gewohnt hat.

Aber ich glaube, dass ihm die ganze Situation zu schaffen gemacht hat, mit der kranken Tochter und dem Gefühl der Unzulänglichkeit, das ihn immer wieder befiel. Die eigene Familie zu versorgen ist wichtig für das Selbstverständnis muslimischer Männer, wenn Sie verstehen. Er litt sehr darunter, vom Wohlwollen anderer abhängig zu sein. Er wollte stark sein und alles allein schaffen.»

Josefin Mjörner nahm ein Taschentuch und schnäuzte sich geräuschvoll. Bengt Aronsson sah ihr mit verständnisvollem Blick in die Augen.

«Wissen Sie, was er in Limhamn wollte?», fragte er.

«Er war wie immer angeln. Das war sein Ventil, seine Art, dem Alltag zu entfliehen. Osman stand gern am Kai und warf die Angel aus. Er war kein Experte und brachte selten einen Fang mit nach Hause. Manchmal hatte er einen Dorsch oder eine Makrele gefangen.»

«Ja, wissen Sie, Herr Hauptkommissar», meinte Josefin Mjörner und beugte sich zu Bengt Aronsson vor, um sich noch deutlicher von Lisa Berggren abzugrenzen.

Er ließ die falsche Rangbezeichnung durchgehen und unterbrach die Schauspielerin nicht.

«Er mochte die Stadt. Er wollte Menschen sehen und spüren, dass er ein Teil von ihnen war. Draußen in Limhamn zu angeln war eine Art Kompromiss, weil er sich vor der Polizei verstecken musste. Entweder konnte er mit jemandem vom Netzwerk mitfahren, oder er nahm, wie am Mittwoch, den Bus bis zum Malmöer Hauptbahnhof und ging am Ribersborgsstrand entlang bis nach Limhamn. Dort hörte er das Meeresrauschen und den Motorenlärm, er mochte das.»

Bengt Aronsson konnte diesen Aspekt von Osman Faqiris Bedürfnis gut nachvollziehen. Er spazierte auch gern am Strand entlang und suchte nach Treibholz oder anderen Dingen für seine Naturbilder. Persönlich bevorzugte er die breiteren und einsamen Strände in Österlen oder bei Falsterbonäs, aber Malmös Goldküste mochte er auch. Der Strand von Ribersborg hatte etwas Rastloses und Friedliches zugleich. Besonders an einem späten klaren Abend zu dieser Jahreszeit, wenn man das ferne Brausen des Verkehrs von der anderen Seite der Stadt hören und eine Sternschnuppe sehen konnte, die sonst im Scheinwerfer- und Neonlicht untergegangen wäre.

«Hatte er keine Angst, im Bus erkannt zu werden?»

«Doch, und ich habe das auch zeitweise befürchtet. Aber es war wie gesagt ein Kompromiss. Er trug stets eine Schirmmütze, die er in die Stirn drückte, und im Rucksack steckte die Angel. In Malmö fällt ein Einwanderer, der Bus fährt, eigentlich nicht weiter auf. Für einen Schweden sind dunkelhäutige Männer sowieso alle gleich. Er sieht durchschnittlich aus und kann sich unscheinbar machen.»

Josefin Mjörner unterbrach sich, als sie bemerkte, dass sie von Osman Faqiri sprach, als würde er noch leben.

«Sie müssen entschuldigen, Herr Hauptkommissar, aber ich kann es immer noch nicht begreifen, dass er tot ist. Osman war so ein lebendiger Mensch in allem, was er tat und vorhatte.»

Sie wischte eine Träne aus dem Augenwinkel und fuhr fort:

«Er hatte auch nie Angst um sich. Er fürchtete nur, dass seine Familie entdeckt werden würde. Da er wusste, dass wir uns um seine Frau und Kinder kümmern würden, sollte er gefasst werden, nahm er sich gewisse Freiheiten. Wir sind so, wir Menschen, Herr Hauptkommissar. Auch in Extremsituationen versuchen wir so normal wie möglich zu leben. Sonst wären wir keine Menschen.»

«Ich verstehe. Er war also am Mittwochabend allein draußen in Limhamn?»

«Ja, seine Frau hat gesagt, dass er abends gegen halb neun den Bus nach Malmö genommen hat.»

Bengt Aronsson machte sich eine Notiz.

«Und die Hauseigentümer leben, soweit ich weiß, nicht in Schweden?»

«Nein. Der Mann arbeitet in der Schweiz, und seine Frau und die Kinder sind mitgegangen. Er ist ein alter Freund von mir.»

«Gut. Bevor wir gehen, möchte ich Sie bitten, mir Namen und Adresse von diesem Freund in der Schweiz aufzuschreiben.»

«Ist das wirklich nötig?»

«Ja.»

«Dann werde ich das für den Herrn Hauptkommissar natürlich tun.»

«Danke. Ist Osman immer allein beim Angeln gewesen?»

«Manchmal leistete ihm jemand aus dem Netzwerk Gesellschaft. Besonders ein Herr aus Limhamn, der selbst angelte und ihn manchmal begleitete. Aber meistens war er allein. Ich glaube, Khaled ist am Anfang ein paarmal mitgegangen, aber er hatte bald keine Lust mehr. Er hat nicht die nötige Geduld, die man zum Fischen braucht.»

«Aha. Dann hätte ich auch gern Namen und Adresse des Herrn aus Limhamn.»

«Muss das wirklich sein?»

Lisa Berggren unterdrückte einen Seufzer. Muss das wirklich sein? Was dachte die Frau eigentlich, was das hier war? Eine Quizrunde oder ein Kaffeeklatsch?

Bengt Aronsson kam ihr zuvor.

«Das ist absolut notwendig, Frau Mjörner. Wir müssen so viele Informationen wie möglich sammeln, um gute Arbeit zu leisten.»

In seiner immer noch freundlichen Stimme lag ein

Anflug von Bestimmtheit, die Josefin Mjörner die Stirn runzeln ließ.

«Aber ich habe Angst, dass den Menschen übel mitgespielt wird, die sich einsetzen und für unsere Sache kämpfen, wenn Sie verstehen, Herr Hauptkommissar.»

«Es gibt keinen Grund für diese Annahme, das kann ich Ihnen versichern. Es ist in Schweden nicht verboten, Flüchtlinge zu verstecken, wie Sie wissen. Wir wollen nur mit möglichst vielen sprechen, die ihn gekannt haben, um uns ein Bild von Osmans Tagesabläufen und Gewohnheiten zu machen. Das können wichtige Puzzleteile für uns sein. Deshalb möchte ich auch Sie bitten, eine Liste mit sämtlichen Personen des Netzwerks anzufertigen, die mit der Familie Faqiri Kontakt hatten.»

«Aber Herr Hauptkommissar, das sind ziemlich viele.»

«Wie viele?»

«Nun, etwa zwanzig.»

«Gut. Schreiben Sie einfach Name und Telefonnummer auf, dann kümmern wir uns um den Rest. Das ist reine Routine, Frau Mjörner.»

Die Schauspielerin wirkte genervt, aber nickte kurz.

«Wie Sie wünschen, Herr Hauptkommissar.»

Lisa Berggren verdrehte die Augen. Frau Mjörner hier und Herr Hauptkommissar dort. Das klang in ihren Ohren lächerlich altmodisch. Obwohl sie wusste, dass das zu Bengt Aronssons Taktik gehörte, konnte sie sich nicht mit dem unterwürfigen Ton anfreunden. Es juckte sie regelrecht in den Fingern, sich Josefin Mjörner vorzuknöpfen.

«Hatte er Feinde?», erkundigte sich Aronsson.

«Nicht dass ich wüsste. Ich habe ja selbst mehrere Drohbriefe von Rassisten erhalten, die man immer bekommt, wenn man sich für Flüchtlinge einsetzt. Einige erwähnten die Familie Faqiri, aber es wurden nie direkte Drohungen ausgesprochen. Ich habe die Briefe aufgehoben, und der Herr Hauptkommissar kann sie mitnehmen, wenn er geht.»

«Ausgezeichnet. Wissen Sie, ob er mit jemandem in seinem Umfeld Schwierigkeiten hatte?»

«Aus verständlichen Gründen hatte Osman nicht viele Kontakte, außer zu den Menschen, die ihm halfen und ihm wohlgesinnt waren.»

«Hatte er ein gutes Verhältnis zu seiner Frau und seinen Kindern?»

Josefin Mjörner trocknete sich wieder die Augen und lächelte vorsichtig.

«Er hat seine Familie über alles geliebt, und sie hat ihn ebenso aufrichtig geliebt. Trotz aller Widrigkeiten und der Verzweiflung, die Osman bisweilen befiel, war er ein durch und durch guter und fürsorglicher Mensch.»

«Und er hatte nicht zufällig noch eine Rechnung mit einem Landsmann offen?»

«Nein, nicht dass ich wüsste. Er hatte einen entfernten Verwandten in Rosengård, den hat er manchmal besucht. Dort haben sie auch zuerst gewohnt, als sie nach Schweden gekommen sind. Osman war unglaublich dankbar für diese Hilfe und hat sich mit dem Mann aus seiner Familie ausgezeichnet verstanden.»

«Gut, dann brauche ich auch seinen Namen und Adresse.»

Josefin Mjörner nickte.

«Hat Osman gespielt? Ich meine, Karten oder Pferdewetten?»

«Der Herr Hauptkommissar möchte wissen, ob er Schulden hatte? Nein. Er war ein verantwortungsvoller Familienvater mit einem schlichten, aber ehrlichen Gottesglauben, der es ihm verboten hat, zu spielen und sich zu verschulden.»

«Ist er in die Moschee gegangen?»

«Manchmal hat er am Freitagsgebet im Islamic Center in Malmö teilgenommen. Aber er war nicht strenggläubig. Er hat sich das Beste aus der Religion rausgepickt und daraus seine moralischen Richtlinien für den Alltag abgeleitet. Er hat sich auch sehr für den Glauben und die Religion der anderen interessiert. Ein moderner Muslim, könnte man sagen. Wie so viele. Es gibt ja so viele Vorurteile gegenüber Muslimen, wenn der Herr Hauptkommissar verstehen.»

«Ja, das ist mir bekannt. Deswegen frage ich auch. Können Sie sich daran erinnern, ob Osman oder seine Familie von jemandem beleidigt worden ist? Denken Sie genau nach.»

Die Schauspielerin tippte sich mit dem Zeigefinger an den Mund und legte die Stirn in tiefe Falten.

«Ich habe wirklich angestrengt nachgedacht, aber ich muss Sie wohl enttäuschen, Herr Hauptkommissar. Abgesehen von den Briefen fällt mir nichts weiter ein. Ich habe nicht die geringste Ahnung, wer ihn umgebracht haben könnte. Es macht mir wirklich Angst, dass da draußen einer in blinder Wut frei herumläuft.»

Bengt Aronsson warf Lisa Berggren einen hastigen Blick zu. Sie zwinkerte vielsagend zurück.

«Können Sie sich erklären, was Sie damit meinen, dass der Täter sehr wütend sein muss?», fragte Aronsson.

«Die Brutalität.»

«Wie meinen Sie das?»

«Diese blinde Wut. Ich meine, dass jemand mit derart roher Gewalt tötet.»

Josefin Mjörner verstummte, und Bengt Aronsson bemerkte, dass sie für einen Moment eine Spur verwirrt dreinblickte.

«Mit roher Gewalt töten. Können Sie das genauer beschreiben?»

«Nun, ich weiß nicht recht, aber er war ja übel zugerichtet.»

«Wie das?», fragte Lisa Berggren und witterte ihre Chance. Sie war dabei gewesen, als die Schauspielerin Osman Faqiri identifiziert hatte, und wusste, dass sie nur sein Gesicht und nicht seinen Körper gesehen hatte, der mit einem Tuch zugedeckt gewesen war.

Josefin Mjörner wandte sich widerwillig an Lisa Berggren.

«Das habe ich ihm angesehen», sagte sie leise, fast flüsternd.

«Aber es gab keine sichtbaren Verletzungen im Gesicht, und mehr haben Sie nicht gesehen. Wie können Sie da behaupten, dass er brutaler Gewalt ausgesetzt gewesen ist?»

«Ich hatte den Eindruck. Er sah so aus, als wäre er gequält worden.»

«Jetzt müssen Sie schon entschuldigen, aber ich kann Ihnen nicht ganz folgen. Gequält? Ich habe neben Ihnen gestanden und das Gesicht eines toten Mannes mit geschlossenen Lidern gesehen, ohne sichtbare Wunden oder Blutergüsse. Wie können Sie anhand dieses Gesichts darauf schließen, dass er brutaler Gewalt ausgesetzt gewesen ist? Und noch dazu von jemandem, der vor Wut nur so raste?»

«Wie spitzfindig! Ich habe doch erklärt, dass ich eben diesen Eindruck hatte.»

Lisa Berggren konnte sehen, dass Josefin Mjörner sich zusammenreißen musste, um ruhig weiterzuatmen.

«Man kann nicht immer alles erklären, was man sieht oder erlebt, vor allem wenn man innerlich sehr aufgewühlt ist. Es gibt auch etwas, das heißt Intuition, falls dem Fräulein dieses Wort etwas sagt. Es gibt außerdem etwas, das nennt sich Trauer, und ich wäre sehr dankbar, wenn das Fräulein dies bitte respektieren würde.»

Indem die Schauspielerin versuchte, mit einer Mischung aus Empörung und Arroganz Lisa Berggren zu verunsichern, goss sie nur noch mehr Öl ins Feuer.

«Doch, ich weiß, was das ist, und ich verstehe Ihre Trauer. Ich weiß auch, was Intuition ist, und da Sie offenbar reichlich damit gesegnet sind, können Sie uns sicherlich mit mehr Details versorgen.»

«Wie meinen Sie das?»

«Ich frage mich zum Beispiel, wie Osman Faqiri ermordet worden ist. Welche Waffe hat der Täter benutzt, damit diese brutale Gewalt auch in Osmans Gesicht zu lesen war?»

«Ich verstehe überhaupt nicht, worauf Sie hinauswollen. Glauben Sie etwa, ich habe ihn umgebracht?»

Auf Josefin Mjörners Ausbruch folgte gespannte und leicht peinliche Stille. Lisa widerstand dem Impuls, mit einer weiteren Frage zu kontern, und ließ Bengt Aronsson wieder den Vortritt. Ihre Zusammenarbeit funktionierte am besten, wenn sie sich wie zwei Radler bei einem Langstreckenrennen ablösten. Sie war die explosive, rücksichtslose Kämpferin, die auf Biegen und Brechen beschleunigte, wenn es zu langsam voranging. Er war der Taktiker mit langem Atem, der seine Mannschaft bei Gegenwind zusammenhielt und verbissen in die Pedale trat und allmählich schneller wurde.

«Frau Mjörner, wir wollen es Ihnen wirklich nicht unnötig schwermachen. Aber wir fragen uns, was Sie in seinem Gesicht gesehen haben.»

Josefin Mjörner faltete ihre Hände wie zum Gebet und holte tief Luft.

«Ich weiß, das klingt vielleicht komisch, Herr Hauptkommissar. Aber ich muss Sie etwas fragen. Sind Sie gläubig?»

Josefin Mjörners Frage überrumpelte Bengt Aronsson.

Er rutschte verlegen auf seinem Stuhl hin und her auf der Suche nach einer vernünftigen Antwort. War er gläubig? Und wenn ja, woran glaubte er? Als Sohn eines Pastors war er in das schwedische Christentum hineingeboren worden, und während seiner Kindheit waren Kirche und Gemeindehaus in dem kleinen Ort Staffanstorp bei Malmö sein zweites Zuhause gewesen. Es hatte ihm nicht immer gefallen, aber er hatte viel Zeit dort verbracht. Abgesehen von den Sonntagsgottesdiensten mit den Predigten des Vaters traf sich samstags die Musikgruppe und dienstags und donnerstags der Kinder- und Jugendkreis. In späteren Jugendjahren nahm Bengt an den vertiefenden Bibelstunden unter der Leitung des Vaters und den sich ständig wiederholenden Zeremonien an den kirchlichen Feiertagen teil. Eine Weile hatte er den Spitznamen «Kirchenratte» gehabt, was sich nicht nur auf seine häufige Anwesenheit in der Kirche, sondern auch auf seine großen, nagerähnlichen Schneidezähne bezog.

Auch wenn diese Hänseleien Bengt Aronssons jungem Selbstbewusstsein ziemlich zusetzten, zweifelte er niemals daran, wem seine Loyalität galt. Er hatte seinen Vater sehr gern und wollte ihm alles rechtmachen. Und das gelang ihm am besten, wenn er mit Leib und Seele im Sakralen aufging.

Er konnte seinen Katechismus, wenn man so wollte, aber als Erwachsener hatte Aronsson immer größeren Abstand von seinem christlichen Erbe genommen. Er hatte zweimal kirchlich geheiratet, sämtliche seiner Kinder waren getauft, und er ehrte seinen Vater und seine Mutter, indem er auf ihren Gräbern an Allerheiligen Grablichter anzündete. Aber bei genauerer Überlegung beschränkten sich seine Kirchenbesuche auf das eine oder andere Konzert in der Weihnachtszeit, bei dem er die magische Stimmung genoss, die die wunderbare Musik und der Stearinduft hervorriefen. Dieses Gefühl hatte ziemlich wenig mit Gottesglauben zu tun und war eher seinem Bedürfnis zuzuschreiben, ein Teil der Gemeinschaft zu sein, einem Drang nach einem friedlichen Zusammensein ohne Stress und Hektik. Und jetzt wollte die größte schwedische Filmikone aller Zeiten wissen, ob er gläubig war.

«Das ist keine ganz einfache Frage, Frau Mjörner. In gewisser Weise bin ich das wohl. Ich glaube an keinen besonderen Gott, sondern an etwas Größeres und Diffuseres, was wir Menschen nicht richtig fassen können. Vielleicht haben wir deshalb so viele verschiedene Religionen erfunden und so viele Gebote und Regeln in ihrem Namen aufgestellt, damit wir mit diesen Unbegreiflichkeiten umgehen können.»

Bengt Aronsson dachte über seine Worte nach. Die reinste Küchenphilosophie, aber er konnte sich nicht besser ausdrücken. Über die ewige Frage nach dem Sinn des Lebens grübelte er nicht viel nach. Ihm reichte es, dass er mit seiner Frau glücklich war. Er liebte sie, und sie hatte ihm zwei wohlgeratene Kinder geschenkt, außerdem hatte er eine Tochter aus erster Ehe. Er war ein glücklicher Mann. Er brauchte keine namhaften Götter, verspürte aber ein gewisses Gefühl der Geborgenheit bei der Vorstellung, dass irgendwo jemand über ihn und seine Familie wachte.

Josefin Mjörner richtete sich auf und sah ihn durchdringend an. Aronsson fiel auf, dass nun auch die letzten Reste der eingetrockneten Mascara unter den Augen verschwunden waren.

«Genau! Wir verstehen nicht immer alles, was um uns herum geschieht, und deshalb sind wir nicht besonders empfänglich für die Zeichen, die uns gesendet werden.»

Sie strich eine Falte in ihrem Kleid glatt und senkte vertraulich die Stimme.

«Ich will ja nicht behaupten, dass ich eine besondere Gabe habe, und tue mich persönlich auch schwer mit diesem

Geisterglauben, der seit ein paar Jahren so en vogue ist. Das Jenseits, Wiedergänger, Spiritismus, Séancen und das alles, Sie wissen schon. Aber manchmal sehe ich Dinge, die später tatsächlich eintreffen. Sie kommen zu mir, wenn ich träume, und oft kann ich erst im Nachhinein diese Bilder mit dem, was passiert ist, verknüpfen.»

«Und was haben Sie im Traum gesehen?», wollte Aronsson mit schlecht unterdrückter Skepsis wissen.

«Zuerst Osmans Gesicht, er hat friedlich gelächelt. Und Harmonie ausgestrahlt. Dann habe ich gesehen, wie sich sein Gesicht vor Schmerzen verzog und ein Messer aufblitzte. Mehrmals wurde mit aller Kraft auf ihn eingestochen, das Blut ist aus den klaffenden Wunden geströmt. Dann bin ich aufgewacht. So ist er doch gestorben, Herr Hauptkommissar? Jemand hat ihn mit einem Messer erstochen, nicht wahr?»

«Die Details können wir erst einmal außen vor lassen. Die genaue Todesursache kennen wir nicht, aber es gibt Hinweise darauf, dass er äußerer Gewalteinwirkung ausgesetzt gewesen ist. Sie haben nicht zufällig das Gesicht von demjenigen gesehen, der das Messer in der Hand gehalten hat?»

«Nein, nur den Arm, der mit wahnsinniger Kraft und rasend schnell ausgeholt hat. Und die Stichwunden und Osmans angstverzerrtes Gesicht.»

«Wann haben Sie das geträumt?»

«Ich habe zweimal davon geträumt. Einmal letzte Woche und dann noch mal letzten Montag, glaube ich.»

«Wie haben Sie auf diesen Traum reagiert? Haben Sie mit jemandem darüber gesprochen?»

«Nein. Beim ersten Mal hat mich das alles sehr erschüttert, aber ich habe mir eingeredet, dass es nur ein Albtraum war. Als ich das zweite Mal von dem Szenario geträumt habe, hatte der Traum eher einen beruhigenden Effekt auf mich. Er war ja nur ein Hirngespinst, etwas, das nur in meinem Kopf vorging, wenn der Herr Hauptkommissar verstehen, was ich meine.»

Josefin Mjörners Oberkörper sackte zusammen, als würde sie von der Erkenntnis niedergedrückt, dass sie ihren Traum nicht ernst genommen hatte. Aronsson wusste nicht, was er glauben sollte. Weil Josefin Mjörner so überzeugend wirkte, fiel es ihm schwer, ihre Erzählung als verrückt abzutun.

«Das habe ich gemeint, als ich von meiner Intuition gesprochen habe, Fräulein Berggren», fuhr die Schauspielerin mit barschem Ton fort und bedachte Lisa mit einem kühlen Blick.

Es wurde still, nur das Ticken der Wanduhr war noch zu hören. Bengt Aronsson überlegte, ob er das Verhör fortsetzen sollte. Natürlich war es nicht ausgeschlossen, dass Josefin Mjörner etwas verheimlichte. Aber andererseits war es kein Verbrechen, im Schlaf hellzusehen oder intuitive Eingebungen zu haben. Ihm waren jedenfalls in seiner zwanzigjährigen Laufbahn als Ermittler schon seltsamere Dinge begegnet.

Und da Lisa Berggren anscheinend keine Fragen mehr an Josefin Mjörner hatte, klappte Aronsson seinen kleinen Notizblock zu, um zu signalisieren, dass das Verhör beendet war.

«Das wär's dann – zumindest für heute. Vielen Dank, Frau Mjörner, dass Sie unsere Fragen beantwortet haben. Ich schicke Ihnen noch einen Ausdruck des Verhörs zum Unterschreiben zu.»

Bengt Aronsson stand auf, gab der Schauspielerin seine Visitenkarte und bat sie, sich zu melden, wenn ihr noch etwas einfiel.

Josefin Mjörner gab ihm die Hand und nickte dann reserviert in Lisa Berggrens Richtung.

«Der Herr Hauptkommissar bekommt dann noch die Namensliste. Das wird ein wenig dauern, ich würde sie Ihnen dann morgen mit der Post zusenden.»

«Wir müssen nicht gleich aufbrechen, ich hätte die Namen gern heute schon. Schreiben Sie alles in Ruhe auf, in der Zwischenzeit unterhalten wir uns mit den anderen.»

«Wie Sie wünschen. Wird der Herr Hauptkommissar auch mit Khaled sprechen?», fragte sie.

Lisa Berggren kam Bengt Aronsson mit ihrer resoluten Antwort zuvor:

«Nein, er wird mit Osmans Witwe reden. Ich kümmere mich um den Jungen. Ich nehme ihn mit auf eine kleine Spritztour.»

«Aber wir hatten uns doch darauf geeinigt, das Verhör hier im Haus durchzuführen. Sie halten sich nicht an unsere Abmachung! Das ist vollkommen inakzeptabel!»

Josefin Mjörners Augen funkelten zornig.

«Wir hatten uns lediglich darauf geeinigt hierherzukommen. Wir ermitteln in einem Mordfall, und das heißt, dass die Polizei entscheidet, welche Zeugen verhört werden, von wem und wie. Die Polizei, das sind wir. Sie sind eine der Personen, die hoffentlich für Klarheit sorgen und Informationen liefern, die wir benötigen, um diesen Fall zu lösen, Frau Mjörner.»

Lisa Berggren sagte diese letzten Worte mit unmissverständlichem Tonfall. Die Schauspielerin sah einen Moment lang so aus, als würde ihr die Kinnlade herunterfallen, aber sie fasste sich schnell wieder.

«Die Ausdrucksweise des Fräuleins lässt gelinde gesagt zu wünschen übrig.»

Josefin Mjörner wandte sich an Bengt Aronsson und sah ihn mit flehendem Blick an.

«Herr Hauptkommissar, ich habe großes Vertrauen in

Ihre Arbeit und Ihre Kompetenz. Mir ist klar, dass Sie Fragen stellen müssen, die man in einer Situation wie dieser nicht so leicht beantworten kann. Aber Sie tun das mit Respekt, und das schätze ich an Ihnen. Bedenken Sie, dass Khaled ein junger und sensibler Bursche ist, der vor kurzem seinen geliebten Vater verloren hat. Ist es da zu viel verlangt, dass Sie behutsam mit ihm umgehen? Fräulein Berggren mag eine gute Polizistin sein, aber sie scheint nicht sonderlich viel über Psychologie zu wissen. Deshalb bitte ich Sie inständig, dass Sie sich um den Jungen kümmern. Er leidet schon genug, und ihn Fräulein Berggren zu überlassen wäre viel zu riskant für die Gesundheit seiner Seele.»

Lisa Berggrens Puls begann zu rasen. So brutal und unverblümt hatte ihr schon lange niemand mehr eins reingewürgt. Nur unter Aufbietung all ihrer Beherrschung gelang es ihr, nicht mit gleicher Münze heimzuzahlen.

Bengt Aronsson wusste, wohin das führen würde. Er setzte sein besonders pädagogisches Lächeln auf und legte seine rechte Hand sanft auf Josefin Mjörners Schulter. Die Schauspielerin zuckte leicht zusammen, als überraschte sie dieser plötzliche Körperkontakt, und er zog die Hand rasch wieder zurück.

«Frau Mjörner, wir respektieren natürlich Ihre Sorge um den Jungen, trotzdem muss ich Sie bitten, uns die Polizeiarbeit zu überlassen. Kriminalkommissarin Lisa Berggren hat viel Erfahrung bei der Vernehmung von Kindern und Jugendlichen, da müssen Sie sich keine Gedanken machen.»

Einen Moment lang sah es so aus, als würde Josefin Mjörner zu einer Verteidigungsrede ansetzen. Zu Aronssons Zufriedenheit schwieg sie jedoch.

Leylas Schreibblockade wollte sich nicht lösen, egal wie sehr sie sich zu konzentrieren versuchte. Sie war noch nicht einmal mit der Einleitung fertig, obwohl sie schon fast zwei Stunden am Computer saß. Es war drei Uhr.

Der erste Artikel, den sie gestern über den Mord geschrieben hatte, war verhältnismäßig einfach gewesen und hatte ihr keine stilistischen Klimmzüge abverlangt. Sie hatte eine eindeutige Meldung, aus der sie einen sachlichen Bericht von dreitausend Zeichen anfertigen sollte. Der heutige Folgeartikel sollte authentisch sein und sämtliche Informationen enthalten, die sie während des ausführlichen Interviews mit Josefin Mjörner in Nydalagård gesammelt hatte, bevor der gellende Schrei der Schauspielerin alles veränderte.

Da Josefin Mjörner ein Weltstar war, hatte der Mord auch außerhalb von Schwedens Grenzen Schlagzeilen gemacht. CNN und BBC hatten kürzlich in ihren Sendungen darüber berichtet, und es war vermutlich nur eine Frage der Zeit, bis die ersten Journalisten aus dem Ausland in Skåne eintreffen würden.

Leyla hatte einen großen journalistischen Vorsprung gegenüber den einheimischen und ausländischen Kollegen, aber dieses Wissen schien sie eher zu stressen. Sie donnerte ihre Faust auf die Schreibtischplatte und stand so abrupt auf, dass der Stuhl lärmend umfiel. Zum Glück bin ich allein in meinem Büro hier oben im sechsten Stock, dachte sie und betrachtete die Bahngleise in dem verzweifelten Versuch, dort unten etwas zu sehen, das ihr Hirn wieder normal arbeiten ließ.

Es war zwar keine inspirierende Aussicht, die das Zeitungshaus zu bieten hatte, aber es war immer noch besser, Züge kommen und gehen zu sehen als die immer gleichen sich vorbeischiebenden Blechlawinen. Deshalb hatte sich

Leyla für dieses Zimmer und nicht für das Großraumbüro im dritten Stock entschieden, dessen Fenster zur Autobahn hinausgingen.

Bei klarer Sicht wie heute gewann die Aussicht aus ihrem Büro einiges an Attraktivität: Die Öresundbrücke mit ihren mächtigen Pfeilern zeichnete sich deutlich am Horizont ab, ebenso wie das gewagt geschwungene Wohnhaus Turning Torso am Westhafen. Es hatte den alten Kran der Schiffswerft Kockum als Markenzeichen der Stadt abgelöst und schraubte sich wie ein blanker Stahlbohrer himmelwärts. Deutlicher konnte Malmös Wandel von einer schwerfälligen Industrie- zu einer vermarktbaren Zukunftsstadt nicht zum Ausdruck kommen. Die Frage war nur, um welche oder wessen Zukunft es ging. Malmös Identität ließ sich nicht länger mit den gewohnten Worten beschreiben, sie umfasste so viele Widersprüche. Es wurde in rasendem Tempo gebaut, finanziell solide Dänen kamen mit Sack und Pack, kleine und mittelgroße Firmen siedelten sich in großem Stil an, und die Hochschule, die von Studenten aus dem ganzen Land frequentiert wurde, sollte Universitätsniveau erreichen.

Das war einerseits positiv, andererseits wurde die Stadt ausgebeutet und aufgespalten. Es hatte zwar nie zuvor mehr Millionäre gegeben, aber auch die Obdachlosen, psychisch Kranken und Drogenabhängigen waren nicht weniger geworden. Trotz sinkender Arbeitslosenzahlen lebten immer noch erschreckend viele Menschen ausgegrenzt in den mit Millionen hochgezogenen Wohnprojekten der Vororte, wo der Flüchtlingsstrom kein Ende zu nehmen schien. Die meisten von ihnen waren wie Leyla sogenannte außereuropäische Einwanderer. Oder Kanaken, wie einige sich auszudrücken pflegten.

Leyla hatte sich seit langem schon an diesen Ausdruck gewöhnt und machte sich nichts mehr daraus, wenn jemand dieses Wort achtlos gebrauchte. Sie tat es manchmal sogar selbst, so wie schwarze Rapper, bei denen in jeder zweiten Textzeile «Nigger» vorkommt.

«Na komm schon, du kleine Kanakenbraut!», brüllte Leyla und schlug sich mit der Hand an die Stirn.

Es klopfte.

«Herein», sagte sie und merkte, wie ihr diese verfluchte Röte wieder ins Gesicht stieg. Die Kollegen müssen ja glauben, dass ich total verrückt geworden bin, dachte sie, als die Tür vorsichtig aufging und Annika Hörlin ihren Kopf hereinsteckte.

«Was ist denn hier los?», fragte sie besorgt.

Leyla seufzte erleichtert, als sie sah, dass es die ehemalige Brüssel-Korrespondentin war, die ein leichtes Sommerkleid trug, das ihre attraktiven weiblichen Kurven betonte.

«Nichts! Hier ist überhaupt nichts los, und genau das irritiert mich. Die Tastatur ist mein größter Feind, und der Computer hasst mich mit seiner ganzen Festplatte. Ich kriege kein einziges vernünftiges Wort zustande», gab Leyla zurück.

«Das ist doch eine erstklassige Formulierung», sagte Annika Hörlin, ohne eine Miene zu verziehen. «Schreib das mal auf, dann geht vielleicht wieder was.»

Leyla musste über Annikas Kommentar kichern. Das war schon mal ein gutes Zeichen.

«Ja, das sollte ich wirklich tun. Aber im Ernst. Was soll ich denn machen? Ich werde die Schreibblockade einfach nicht los.»

«Geht es um den Mjörner-Artikel?»

«Ja, ich hab nicht mal die Einleitung.»

«Da gibt's einen Kniff, den habe ich früher immer angewendet, um in die Gänge zu kommen, aber ich kann ihn nicht empfehlen.»

«Was denn?»

«Eine Flasche Roten in zehn Minuten. Am liebsten Rioja, aber ein herber Chianti tat's auch. Ich habe verdammt gute Einleitungen geschrieben, allerdings auf Kosten der Leber und meiner Sozialkompetenz.»

Annika Hörlins Offenheit, ihr feinsinniger Humor und ihre Selbstironie waren Eigenschaften, die Leyla sehr an ihrer dreißig Jahre älteren Kollegin mochte. Hörlins alte, peinliche Alkoholexzesse am Ende ihrer Karriere als polyglotte Reporterin wurden in den Kaffeepausen fleißig wieder aufgewärmt und machten in den vielen Labyrinthen und dunklen Ecken im Zeitungshaus die Runde. Leyla hatte selbst im Aufenthaltsraum gesessen und über einige der haarsträubenden Geschichten gelacht, unter anderem darüber, wie Annika zuerst geräuschvoll aufgestoßen hatte, um sich dann auf ein Sofa zu legen und mitten in einer großen Audienz für die Auslandskorrespondenzen am belgischen Königshaus einzuschlafen. Aber nachdem Leyla die inzwischen trockene Alkoholikerin Annika Hörlin richtig kennengelernt hatte, stellte sie entweder auf Durchzug oder widersprach lautstark, wenn sich jemand über sie lustig zu machen versuchte. Außer wenn Annika selbst einen Schwank über ihre Heldentaten zum Besten gab.

«Schon bei dem Gedanken an Wein dreht sich mir der Magen um. Mir wird fast schlecht, so nervös bin ich», sagte Leyla.

«Wann ist deine Deadline?»

«In zwei Stunden soll mein Entwurf fertig sein. Verdammt, genauso lange habe ich hier schon gesessen und rumgetrödelt! Grammet will spätestens um halb fünf die Rohfassung haben.»

Annika Hörlin schnitt reflexartig eine Grimasse und sah aus, als hätte sie gerade einen Liter frischgepressten

Zitronensaft getrunken. Göran «Grammet» Granqvist, der Chef vom Dienst, war ein kleingewachsener Typ, der sich anbiederte und seine Fahne stets nach dem Wind hängte. Er lobte die populärsten Reporter über den grünen Klee und zögerte keine Sekunde, jemandem in den Rücken zu fallen, wenn er aus irgendeinem Grund in Ungnade gefallen war. Dass Annika Hörlin die Auslandsjobs aufgrund ihrer Alkoholabhängigkeit hatte abtreten müssen, ließ sich nicht leugnen, aber der schnelle und tiefe Fall von der internationalen Journalistin zur Lokalschreiberliesel in Malmö ging größtenteils auf Grammets Konto. Er hatte sich geweigert, den Fall abzumildern und sie in seiner Mannschaft unter seine Fittiche zu nehmen, wo sie auf heimatlichem Terrain als Auslandsredakteurin hätte arbeiten können. Stattdessen machte Grammet Annika hinter ihrem Rücken und vor der Redaktionsleitung auf übelste Weise schlecht. Ihm zufolge war sie nicht nur als Repräsentantin der Zeitung ungeeignet, sie hatte sich auch journalistisch merklich verschlechtert und fast die Hälfte ihrer Hirnzellen weggesoffen.

Annika Hörlin hatte über Umwege von Grammets vernichtendem Urteil erfahren und meinte zu wissen, wo es herrührte. Göran Granqvist und Annika Hörlin waren vor zehn Jahren beide Kandidaten für den damals neu eingerichteten und attraktiven EU-Korrespondentenposten in Brüssel gewesen. Schließlich hatte Annika den Job bekommen, weil sie sich schon früher als Berichterstatterin im Ausland verdient gemacht hatte und im Grunde die bessere Journalistin war. Grammet war zwar zum Chef vom Dienst aufgestiegen, eine saftige Gehaltserhöhung inbegriffen, aber im Stillen ärgerte er sich darüber, dass Annika und nicht er in die Welt hatte hinausziehen und als Expertin im Fernsehstudio auf dem Sofa sitzen und internationale Konflikte kommentieren dürfen. Vor diesem Hintergrund musste man seine große Schadenfreude angesichts ihrer Niederlage betrachten.

«Vor diesem Speichellecker musst du dich in Acht nehmen. Er würde seine eigene Mutter verschachern, wenn er nur genug für sie bekäme», meinte Annika.

«Danke dir. Jetzt bin ich wirklich beruhigt», gab Leyla ironisch zurück.

«Entschuldige, so hab ich das nicht gemeint. Wo ist denn dein Problem? Vielleicht kann ich dir helfen.»

«Na ja, die Voraussetzungen haben sich jetzt geändert. Der Mord an Osman Faqiri lässt das, was Josefin Mjörner im Interview gesagt hat, in einem ganz anderen Licht erscheinen. Deswegen muss ich auch noch mal mit ihr reden, bevor der Artikel in Druck geht.»

«Und du kannst sie nicht erreichen?»

«Nein, zuerst war es eine Stunde lang besetzt, dann hat sich Harald Holmström endlich gemeldet.»

«Ah, ihr geheimnisvoller Freund. Ich habe mich immer gefragt, ob die beiden es miteinander treiben.»

«Was?»

«Na, ins Bett steigen. Man hat die beiden noch nie Händchen halten gesehen. Vielleicht haben sie auch nur eine platonische Beziehung.»

Leyla nickte zustimmend.

«Komisch, dass du das sagst. Genau das habe ich gestern auch gedacht.»

«Was hat der gute Holmström denn gesagt?», wollte Annika wissen.

«Er hat sich ziemlich darüber aufgeregt, dass Palle Pettersson Josefin Mjörner fotografiert hat, direkt nachdem sie die Todesnachricht erhalten hat. Ich habe ihm versichert, dass wir die Bilder nicht veröffentlichen, aber auch erklärt, dass ich den Artikel noch mit Mjörner persönlich besprechen muss. Und im Hinblick darauf, was passiert ist, ein paar neue Fragen stellen muss. Da hat er sich dann wieder etwas beruhigt und gesagt, er werde sie bitten, mich anzurufen, sobald sie Zeit finde.»

«Du bist ein kluges Mädchen, Leyla. Du zeigst Anteilnahme und Taktgefühl und wirfst gleichzeitig einen Köder aus. Sie wird sich bestimmt jeden Augenblick melden. Die Frage ist nur, mit wie vielen anderen Journalisten sie noch zu sprechen gedenkt.»

«Das wird sie wohl kaum machen. Holmström hat gesagt, dass sie von der Polizei verhört worden sei und allenfalls später eine Pressemitteilung rausgeben werde. Obwohl es natürlich auch darauf ankommt, wie aufdringlich die Konkurrenz ist.»

Annika Hörlin rieb sich vergnügt die Hände und fuhr über ihre nackten Arme, als würde sie sich vor einer anstrengenden Arbeit die Hemdsärmel aufkrempeln.

«Worauf warten wir noch? Rück ein Stück mit deinem Stuhl zur Seite, damit ich Platz habe.»

Sie setzten sich nebeneinander vor den Bildschirm und gingen methodisch und rasch Leylas Aufzeichnungen durch. Annika Hörlin schrieb eine griffige Einleitung, und dann formulierten sie den Artikel abwechselnd, Satz für Satz. Es lief wie am Schnürchen. Nach knapp neunzig Minuten war die Rohfassung fertig, die nur noch durch ein paar neue Kommentare von Josefin Mjörner ergänzt werden musste.

Leyla druckte den Text aus und las ihn nochmals durch. Es war ein erstklassiger Artikel, sowohl was Inhalt als auch Stil anbetraf. Das offenherzige Interview mit der Schauspielerin und Parteivorsitzenden hätte Leyla nicht besser schreiben können, auch nicht mit noch so viel Inspiration und Schreibeifer.

«Der Text ist viel zu gut, um von mir zu sein. Wir schreiben dein Kürzel auch drunter.»

«Spinnst du, Mädchen!? Dann wird Grammet den Artikel auf keinen Fall durchgehen lassen.»

Annika Hörlin schüttelte den Kopf, aber ihre Miene verriet, dass sie sich über Leylas Lob freute. Damit wurde sie nicht gerade verwöhnt. Aber der vor fast einem Jahr gefasste Entschluss, trocken zu werden, hatte sie in jedem Fall näher in den journalistischen Dunstkreis gebracht als die Zeit, in der sie zwecks Ausnüchterung in der Malmö-Redaktion unter Quarantäne stand. Jetzt arbeitete sie für die Familienredaktion und schrieb Features, was ihr die Möglichkeit gab, ihre Kreativität und stilistische Finesse voll auszuschöpfen.

Leyla umarmte Annika herzlich.

«Du bist die Beste, nur dass du's weißt. Ich weiß nicht, was ich ohne deine Hilfe getan hätte. Ich war schon so weit, dass ich meine Kündigung einreichen wollte.»

«So leicht kommst du uns nicht davon, Leyla», lachte Annika. «Eine Schreibblockade hat jeder mal, das gehört in diesem Job dazu, den man mit den Jahren zu lieben und zu hassen gelernt hat. Nächstes Mal geht es mir vielleicht so, und dann kannst du mir helfen, okay?»

Leyla hatte Annika Hörlin nie direkt gefragt, ob sie ihre persönliche Mentorin sein wollte, weil sie befürchtete, Annika würde nein sagen. Aber in der Praxis fungierte die erfahrene Journalistin als ihre informelle Förderin und war so etwas wie ein Coach. Nicht zuletzt um Leyla zu motivieren und ihr zu zeigen, dass sie in ihr eine ebenbürtige Kollegin sah.

«Lauf schnell runter zum Speichellecker, dann sehen wir ja, wie er's findet. Das wird bestimmt interessant.»

Leyla verabschiedete sich von Annika, trat auf den Gang und drückte den Fahrstuhlknopf. Dreißig Sekunden später öffnete sich die Tür mit einem Pling. Sie stieg in den Lift, wo bereits ein junger Mann in klassischem dunklem Anzug mit zurückgekämmtem Haar stand. Sie musterten sich kurz und grußlos.

Der junge Mann stieg im vierten Stock aus, wo die Marketingabteilung war, und Leyla ging davon aus, dass er dort arbeitete, entweder als Angestellter oder als externer Berater. Sie fuhr in den dritten Stock in die Redaktionszentrale, das sogenannte Herz der Zeitung. Leyla erinnerte sich daran, wie enttäuscht sie bei ihrem ersten Besuch dort gewesen war. Sie hatte sich einen Haufen Journalisten vorgestellt, die an ihren Artikeln feilten oder mit Meldungen durch das Großraumbüro rannten, die sie auf den letzten Drücker fertiggestellt hatten. Ungefähr so wie in dem Film *Die Unbestechlichen* über den Watergate-Skandal, ohne das Tastengeklapper der Schreibmaschinen von damals. Stattdessen erblickte sie eine sterile Umgebung mit nüchternen Möbeln aus heller Birke und dunkelblauer Stoffbespannung, die eher an eine Wartezone im Krankenhaus als eine Zeitungsredaktion erinnerte. Bis heute konnte sie nicht verstehen, dass ein Haus, in dem kreativ gearbeitet wurde, von innen so trostlos aussehen konnte.

Leyla ging ohne ein Grußwort an der Pförtnerin vorbei, die Zeitungen sortierte. Sie folgte einem langen Korridor, an dessen einer Seite eine Glaswand verlief, die mehrere Arbeitsplätze abschirmte, wo ein paar Kollegen unter den Blicken der Allgemeinheit ihrer Beschäftigung nachgingen, ungefähr so wie Affen in einem Käfig. Keiner nahm Notiz von Leyla, und sie bemühte sich auch nicht um Blickkontakt. In dem ebenfalls verglasten Raucherzimmer am Ende des Korridors saß ein blasser Sportredakteur, rauchte einen Zigarillo und zappte mechanisch mit der Fernbedienung zwischen den Sendern hin und her.

Leyla hörte aus dem Aufenthaltsraum ein Lachen und zuckte zusammen, so überrascht war sie. Sie durchquerte einen größeren Konferenzraum, in dem vier Korrekturleser und der Layout-Chef mit ernsten Gesichtern über ein paar Zeitungsseiten gebeugt standen, bevor sie endlich das Großraumbüro erreichte. Leyla musterte die Reporter, Korrektoren und diverse leitende Redakteure, die vor ihren Bildschirmen saßen, und fragte sich, ob sie ihnen überhaupt aufgefallen wäre, wenn sie splitternackt gewesen wäre. Anscheinend war nicht nur die Einrichtung deprimierend, auch die Menschen, die hier arbeiteten, legten ein so geringes Maß an Höflichkeit an den Tag, dass sie nicht einmal grüßten. Die meisten hatten natürlich viel zu tun und mussten sich konzentrieren. Aber im Großen und Ganzen spielte es keine Rolle, ob die Mitarbeiter gestresst oder gelangweilt waren. Sie waren in beiden Fällen wortkarg und langweilig, obwohl Leyla viele von ihnen in privatem Umfeld als geistreich und humorvoll erlebte. Außer bei den Kaffeeautomaten, die im ganzen Haus verteilt standen, sah man im Prinzip nur in dem gemütlichen und schäbigen Essraum im ersten Stock fröhliche Gesichter und hörte Gelächter. Die Sessel waren durchgesessen, und an den nikotingelben Wänden hingen gerahmte Titelseiten vom Anbeginn der Zeitrechnung an. Aber dieser Personalraum würde wohl bald Geschichte sein. Leyla konnte darauf wetten, dass irgendwo im Haus in einem Kabäuschen ein ängstlicher Innenarchitekt saß, der eine grün-beige Renovierung plante und eigens für dieses Projekt engagiert worden war.

Göran «Grammet» Granqvists Miene erhellte sich jedenfalls ein wenig, als sie an seinen Tisch trat.

«Grüß dich, Leyla. Das ging aber schnell. Bist du schon fertig, eine Stunde vor der Deadline?»

Grammet war wie eine wandelnde Uhr, wenn es um

Deadlines ging, die er nach eigenem Gutdünken und einem kniffligen Schema festlegte, bei dem nur er selbst durchstieg.

Das war seine Stärke, die Reporter in Schach zu halten und rechtzeitig vor der Korrektur und dem Druck die Artikel einzufordern, damit noch ausreichend Zeit blieb, die Texte, falls nötig, umzuschreiben.

«Im Prinzip ja. Der Text muss nur noch mit ein paar Zitaten von Mjörner aufgepeppt werden. Sie hat versprochen, mich anzurufen», erklärte Leyla.

«Klingt gut. Wir haben einen Reporter samt Fotograf vor Ort, aber es ist natürlich fraglich, ob das was wird. Wir gehen also davon aus, dass wir dein Interview in der morgigen Ausgabe groß aufmachen. Palle hat ein Foto von Mjörner mit Katze gemacht, das ist richtig gut geworden. Und dann brauchen wir noch ein Archivbild von diesem Afghanen, Fakir oder wie der heißt.»

«Osman Faqiri», sagte Leyla.

Sie wusste nicht recht, was sie von der Freundlichkeit von Grammet ihr gegenüber halten sollte, der gleichzeitig den geschmacklosen Versuch unternahm, sich über den Namen des Toten lustig zu machen.

«Geh einen Kaffee trinken, ich lese mir so lange deinen Text durch», sagte er.

«Okay.»

Leyla hatte sich keine zehn Schritte von seinem zentral positionierten Schreibtisch entfernt, als sie Grammets leicht schleppenden Värmland-Dialekt hörte:

«Der Anfang ist jedenfalls super. Die Einleitung hat richtig Biss.»

«Danke», sagte Leyla und grinste breit, weil der Chef vom Dienst seine größte Rivalin Annika Hörlin lobte.

Leyla hatte überhaupt keine Lust auf Kaffee und drückte die Zitronentee-Taste am Automaten im Aufenthaltsraum.

Sie merkte, dass ihr Mobiltelefon in der Tasche vibrierte, und holte es heraus. Leyla hatte eine SMS bekommen. Als sie sah, dass die Nachricht von Tom war, wurde ihr schwindelig, und sie musste sich mit der Hand am Automaten abstützen. Sie las:

Es tut mir leid, Schatz. Es war alles meine Schuld. Sehen wir uns heute Abend? Kuss, Tom.

Leyla versuchte, sich zu wappnen, aber ihr Herz schlug vor Glück trotzdem mehrere Kapriolen. Eine Entschuldigung von Tom, das war das mindeste, womit sie sich hatte zufriedengeben wollen. Sie wollte ihn auf jeden Fall heute Abend treffen. Aber das setzte voraus, dass sie mit dem Mjörner-Artikel rechtzeitig fertig wurde. Leyla wählte auf gut Glück Josefin Mjörners Nummer. Die Leitung war frei, und Harald Holmström meldete sich.

«Hej, Leyla Abdallah hier. Ich möchte wirklich nicht stören, aber ich würde gerne noch mal mit Josefin Mjörner sprechen, ginge das?»

«Die Polizei ist noch da, ich weiß auch nicht, was die noch wollen», sagte Harald Holmström und seufzte. «Aber die müssen bald fertig sein. Ich werde Josefin Mjörner sofort bitten, dass sie sich bei Ihnen meldet.... was ist denn jetzt?»

Harald Holmström legte den Hörer beiseite, und Leyla spitzte die Ohren, um aus dem Gemurmel im Hintergrund irgendetwas herauszuhören. Sie konnte lediglich feststellen, dass es sich um Kinder- und Erwachsenenstimmen handelte. Nach ein paar Minuten kam Harald Holmström zurück.

«Ihre Konkurrenten sind im Anmarsch. Ein Fernsehteam und zwei andere Journalisten stehen schon draußen auf dem Hof.»

Leyla unterdrückte einen Fluch. Sie hatte schon die ganze Zeit befürchtet, dass ihr Interview vom Vortag Schnee von gestern war, wenn Mjörner heute vor die Presse trat. Harald Holmström beruhigte sie jedoch sofort.

«Sie müssen sich keine Sorgen machen. Sie wollen exklusiv mit Josefin Mjörner sprechen, und das werden Sie auch.»

«Aber ...»

«Nichts aber. Josefin hat sich sehr positiv über Sie geäußert. Heute Morgen hat sie bereits verkündet, dass Sie die einzige Journalistin sind, mit der sie reden will. Sie findet, dass Sie sehr rücksichtsvoll waren.»

«Aber warum haben Sie das nicht ...»

«Warum ich das nicht gleich gesagt habe? Sie haben ja nicht gefragt. Auf Wiederhören, ich muss jetzt auflegen. Aber sie meldet sich bei Ihnen, ganz bestimmt.»

Er spürte, wie sich sein Magen zusammenzog, als die Tür aufging. Der schmächtige Polizist, der mit Josefin herauskam, sah müde aus. Die Polizistin war irgendwie besser drauf.

Khaled wischte sich die feuchten Handflächen an der Jeans ab und biss sich auf die Innenseite seiner Wange.

Der Dolmetscher war in Ordnung. Er hatte getan, was er konnte, um sie mit seinem kindischen Gerede auf Paschtu zu beruhigen. Es ging fast nur um Katzen, denn Lundberg, der fette Kater, hatte die meiste Zeit miaut und geschnurrt. Den Kleinen half das sicher, auf andere Gedanken zu kommen, aber bei ihm funktionierte das nicht. Ihm ging zu viel anderes durch den Kopf. Dinge, die sich nicht so einfach mit ein bisschen Geschwätz über Katzen wegreden ließen.

Mutter Hamida hatte die meiste Zeit still dagesessen und nur einmal leise geweint. Er konnte das nicht länger mit ansehen. Dann tat alles noch viel mehr weh. Khaled suchte

Blickkontakt mit Josefin Mjörner. Das half ein wenig, wenn auch nur kurz.

Was kam jetzt? Und was machten die Journalisten auf dem Hof? Harald war nach draußen gegangen und hatte ihnen gesagt, sie sollten sich verziehen, aber darum schienen sie sich nicht zu kümmern. Und Zarmina lag oben im Bett. Die kleine Zarmina, sein geliebtes Schwesterchen. Ganz schwach, wie ein kleines, krankes Katzenjunges lag sie da. Hauptsache, sie würde wieder gesund werden.

Khaled versuchte, den Kloß in seinem Hals hinunterzuschlucken, aber er konnte nicht. Die Halsmuskeln waren zu stark angespannt. Der Kloß blieb auf halbem Wege stecken und wurde dadurch noch größer.

Die Bullen und Katzen und Zarmina und Mama und die Bullen und Journalisten und die Bullen und … das war zu viel. Das hatte keinen Platz mehr in seinem Kopf, er konnte es nicht länger schlucken.

Am liebsten wäre er aus dem Haus gerannt und hätte alle zusammengeschlagen, die ihm vor die Nase gekommen wären. Dem erstbesten Reporter hätte er das Mikro ins Gesicht gerammt, dem Kameramann hätte er so richtig eine reingehauen und wäre dann weitergerannt, weg von allem, über die Felder bis in den Wald auf der anderen Seite, zwischen den Bäumen hindurch, deren Zweige ihm gegen die Arme peitschten. Er wusste, dass er fast unendlich lange rennen konnte, er war schon öfter über seine Grenzen hinausgegangen. Die Schmerzen in der Lunge und in den Beinen waren besser, als denken zu müssen. Er konnte rennen, bis er vor Erschöpfung zusammensackte und in einen traumlosen Schlaf fiel. Als wäre er nicht mehr da. Als wäre er einfach tot.

Aber er musste jetzt stark sein, er, der älteste Mann in der Familie. Er musste erwachsen sein. *Scheiße!* Wieso war alles so verdammt, so verdammt … *Scheiße!*

Diese Frau von der Polizei, mit der er am Anfang ein bisschen geredet hatte, kam auf ihn zu und streckte ihm ihre Hand entgegen. Er erhob sich aus dem Sessel und ergriff sie. Ihr Lächeln war freundlich und traurig zugleich, ein bisschen so, wie Josefin Mjörner manchmal lächelte.

«Hej, Khaled. Ich muss kurz mit dir reden. Ich dachte mir, wir können mit dem Auto eine Runde drehen, bist du damit einverstanden?»

Er wusste, dass das passieren würde, aber das half auch nichts. Sein Magen zog sich noch heftiger krampfartig zusammen. Aber er stammelte:

«Ja.»

«Ich werde ein sogenanntes Zeugenverhör mit dir durchführen. Das bedeutet, dass das, was du erzählst, in unsere Ermittlungen eingeht, und es kann auch vor Gericht verwendet werden. Verstehst du?»

Er schüttelte den Kopf.

«Also, ich schreibe mir das auf, was du sagst, und anschließend kannst du es dir durchlesen. Danach können auch andere deine Aussage lesen. So ungefähr.»

«Okay.»

Sie sieht wirklich nett aus, dachte er. Ganz anders als die Bullen, denen er bisher begegnet war. Sie hatten ihn angeglotzt und gefragt, wo er herkam und wie er hieß. In verschiedenen Sprachen, aber mit dem immer gleichen starren Blick. Diese Frau war vielleicht nicht so. Sie war schließlich eine Frau, obwohl nein, sie war eher ein Mädchen, aber ein älteres Mädchen. Oder eine junge Frau eben. Das machte es irgendwie einfacher, redete er sich ein. War nicht so schlimm.

Er hörte den Bullen leise, fast flüsternd mit Harald über die Journalisten reden. Die Polizistin bat ihn kurz zu warten. Dann ging der Bulle nach draußen und sprach mit den Reportern. Khaled schaute aus dem Fenster. Der Polizist schien erschöpft zu sein, so wie nach dem Verhör mit Josefin, aber dann wurde er ärgerlich. Das konnte man an seinen rudernden Armen und seinem wütenden Blick erkennen. Nach ein paar Minuten stiegen die Journalisten in ihre Autos und fuhren weg. Josefin trat zu ihm und sagte, dass sich alles klären werde und er keine Angst zu haben brauche, dass sie für ihn da sein werde. Und noch etwas anderes, was er nicht mehr mitbekam.

«Gut, dann fahren wir, Khaled», sagte die Polizistin.

Das hörte sich gut an. Alles hinter sich lassen. Aber so einfach war das nicht. *Scheiße!*

Das war das einzige deutsche Wort, das er noch benutzte. *Scheiße.* Nach den zwei Jahren in Deutschland hatte er im Prinzip aufgehört, Paschtu zu sprechen, und sogar angefangen, auf Deutsch zu denken. Und nun, nach über einem Jahr in Schweden, dachte er fast immer auf Schwedisch. Komisch, wie schnell man vergessen und etwas Neues lernen kann. Manche Sachen jedenfalls.

Die Polizistin sagte, dass die Journalisten noch in der Nähe seien und sich nur ein Stück vom Haus entfernt hätten.

«Kümmere dich nicht um die. Wir fahren einfach vorbei und tun so, als würde es regnen.»

Das war eine ziemlich dumme Idee, fand er. Warum sollte man so tun, als ob es regnete, wenn die Sonne schien?

Er folgte der Beamtin, nahm seine Jacke und seine Baseballmütze von der Garderobenablage in der Diele. Als sie ins Freie traten, musste er blinzeln. Er vertrug das Licht nicht, trotz Mütze und einem dünnen Wolkenfetzen, der gerade am Himmel vorbeizog. Der Rollsplitt knirschte unter den Schuhsohlen, als sie zum Auto gingen. Das Geräusch dröhnte in seinen Ohren. Er war wie ein einziger großer Fühler, der bei dem geringsten Sinnesreiz reagierte.

«Sitzt du bequem? Du kannst den Sitz auch zurückschieben, wenn du willst.»

Lisa Beggren deutete auf einen Griff vorn unter dem Beifahrersitz. Khaled suchte nach dem Hebel und bekam ihn schließlich zu fassen. Er stemmte die Füße in den Boden und stieß sich mit solcher Kraft ab, dass das Auto wackelte.

Er ist nicht nur groß und kräftig, sondern auch emotional ganz schön geladen, dachte Lisa Berggren, als sie den Zündschlüssel im Schloss drehte.

Durch ihre Erfahrung mit Kindern und Jugendlichen konnte sie immer besser mit ihnen umgehen. Dass sie als «Ort» für das Verhör ihr Auto gewählt hatte, hatte seinen Grund. Natürlich war ein Raum im Präsidium mit Mikrophon und Videokamera die beste Alternative. Aber da sie auf den Vorschlag eingegangen waren, die Verhöre in Svedala durchzuführen, gab sie dem Auto eindeutig den Vorzug vor irgendeinem Zimmer in Mjörners Haus. Es war meistens viel entspannender, wenn man nebeneinandersaß und Auto fuhr. Sie wollte jedenfalls behutsam mit Khaled umgehen. Darauf hätte die aufgeblasene Schauspielerin sie nicht extra hinweisen müssen.

Als sie vom Hof fuhren, mussten sie an den Journalisten vorbei, die ihre Autos auf einem Rasenstreifen an der Allee geparkt und sich im Schatten der großen Apfelbäume versammelt hatten, Kamera und Mikrophone im Anschlag. Lisa wurde langsamer, aber sie drosselte die Geschwindigkeit nur so viel, dass ein Fotograf, der im Weg stand, zur Seite hechten musste, um nicht überfahren zu werden.

Sie warf der Gruppe einen raschen Blick zu und erkannte ein paar Reporter und Fotografen von der lokalen Presse wieder. Der Regionalsender Sydnytt vom schwedischen Fernsehen war da, ebenso wie die Konkurrenz TV4 Öresund. Aber weder Leyla Abdallah noch der jähzornige Fotograf Palle Pettersson war irgendwo zu sehen. Dafür hatte Svedala hohen Besuch bekommen. Einem akkurat frisierten Fernsehreporter in dunklem Anzug wurde von einer Dame von der Maske die Nase gepudert, während sein Kameramann Lisas Saab filmte. An dem Kastenwagen des Teams stand auf der Seite mit großen Lettern BBC.

Lisa wunderte sich, wie schnell der britische Fernsehriese in dieses kleine südschwedische Nest gefunden hatte.

«Mach dir keine Sorgen, Khaled. Die Scheiben sind getönt. Von außen sieht man nur deinen Schatten», sagte Lisa, als sie das Journalistenaufgebot in eine Staubwolke hüllten und hinter sich ließen.

Khaled gab keine Antwort. Er hatte die Schultern hochgezogen und seine Schirmmütze so tief in die Stirn gedrückt, dass die Augen verdeckt waren. Erst als sie ein paar Kilometer weiter in den Wald hineinfuhren, entspannte er sich ein bisschen.

«Hast du genug Platz für deine Beine?»

«Ja.»

«Ich habe mich für dieses Modell entschieden, weil man die Beine ausstrecken kann, auch wenn man groß ist. Oder besser gesagt hat mein kleiner Bruder mich so lange genervt, bis ich ein anderes Auto gekauft habe. Er ist ungefähr so groß wie du und hat sich geweigert, in meinem alten Mazda mitzufahren.»

Khaled kniff sich mit den Fingernägeln in seinen Handrücken. Lisa bemerkte, dass er dort schon mehrere Schorfstellen hatte.

«Mein kleiner Bruder trainiert ziemlich viel. Er geht zum Joggen und macht Krafttraining und so. Machst du das auch?»

«Ja.»

«Das habe ich mir gedacht. Das sieht man auch. Du hast Muskeln, genau wie mein Bruder. Was trainierst du so?»

«Krafttraining halt.»

«Nicht schlecht. Das Training ist gut für den Körper und fürs Hirn. Aber für dich muss das ganz schön schwierig gewesen sein, weil ihr nicht entdeckt werden durftet, meine ich.»

«Ja.»

«Wie hast du das dann angestellt?»

«Im Keller trainiert. Da gibt es Stangen und Scheiben zum Gewichtheben. Und einen Stepper mit verschiedenen Programmen.»

«In dem Haus in Oxie?»

«Ja. Und ich war manchmal joggen, abends. Wenn es schon dunkel war.»

«Ich bin echt beeindruckt, Khaled. Ich selbst bin eine richtiger Stubenhockerin, obwohl ich neben einem Fitnesscenter wohne. Ich schäme mich richtig, wenn ich darüber nachdenke, wie fit du bist im Gegensatz zu mir.»

Khaled schwieg, aber Lisa registrierte, dass er sich nicht mehr in den Handrücken zwickte. Sie redete weiter, über ihre lasche Einstellung zum Sport, über Khaleds Energie und Trainingsdisziplin. Die Methode, wie die Katze um den heißen Brei herumzuschleichen, funktionierte nicht immer. Aber in diesem Fall war Lisa ziemlich sicher, dass sie auf die richtige Taktik gesetzt hatte. Als sie merkte, dass Khaled sich so weit entspannt hatte, dass er unter dem Mützenschirm manchmal zu ihr hinüberschielte, lenkte sie das Gespräch allmählich auf den Vater. Der Junge schien sich nicht sonderlich lange mit der Vorstellung befassen zu wollen, dass sein Vater tot war. Das war eine gewöhnliche Reaktion, die Lisa von anderen Teenagern kannte, die unerwartet einen Elternteil im Zusammenhang mit einem Verbrechen oder einem Verkehrsunfall verloren hatten. Khaled stand immer noch unter Schock. Vermutlich würde er erst in ein paar Tagen den vollen Umfang des Geschehenen begreifen, dann konnte der Trauerprozess beginnen. Aber schon wenn er über die Situation im Zusammenhang mit dem Tod seines Vaters sprach, würde er sich auf diesen Prozess zubewegen, vermutete Lisa. Khaled beantwortete ihre Fragen recht zusammenhängend, wenn auch knapp. Dafür dass er nur sporadisch in die Schule gegangen war und kaum Kontakt zu Gleichaltrigen in Schweden gehabt hatte, sprach er ein erstaunlich artikuliertes und gewähltes sogenanntes Rosengårdschwedisch. Er hatte sich nicht nur die typischen Füllwörter wie «also», «eben» und «halt» angewöhnt, auch die Satzmelodie und das schonische, kehlige R saß da, wo es sollte.

«Kannst du mir noch mal erklären, was an dem Abend passiert ist, als dein Vater das Haus verlassen hat?»

«Nichts Besonderes, hab ich ja schon gesagt. Wir haben gegessen, dann hat er halt gesagt, dass er erst spät wieder zurückkommt. Danach ist er zum Bus.»

«War er wie immer?»

«Wie immer?»

«Na ja, war er wegen irgendwas aufgeregt?»

«Nein.»

«Hat er in den letzten Tagen jemanden getroffen oder mit jemandem telefoniert?»

«Nur mit Josefin und Harald, glaube ich. Aber die kommen oft her, das ist also nichts Besonderes. Dann war einmal der Arzt da, wegen Zarmina. Sie ist krank. Isst fast nichts und liegt nur im Bett.»

«Das habe ich schon gehört, Khaled. Für dich und deine Familie muss das alles sehr schwer sein.»

«Mein Vater war gestresst. Er war halt müde und, ja, hat manchmal irgendwie Angst gekriegt.»

«Wieso Angst?»

«Eher irre. Man wird eben ein bisschen irre, wenn meine Schwester krank ist und vor dem Haus irgendwelche Autos halten oder irgendwer vorbeigeht.»

«Ist in der letzten Zeit etwas Ungewöhnliches passiert?»

«Also, ich weiß nicht, aber vor ein paar Tagen hat hier ein Auto gehalten. Das fällt mir jetzt wieder ein.»

«Gut. Wann war das?»

«Am Abend bevor mein Vater zum Angeln gegangen ist. Ja, als er angeln war und verschwunden ist ...»

«Hast du gesehen, was für ein Auto das war? Hast du dir die Farbe oder Marke gemerkt?»

«Ich bin nicht so gut bei Autos, und es war dunkel, es war schon nach elf. Ich war gerade mit dem Training fertig und habe in der Küche Wasser getrunken. Dann habe ich durch diese Dinger an den Fenstern geguckt, die man runterlässt. Wie heißen die noch mal ...?»

«Jalousien.»

«Ja, es hat durch die Jalousien reingeschienen. Bei uns sind die immer unten. Aber ich habe durchgeguckt und ein Auto gesehen, das gerade vor dem Haus hielt. Dann ist es einfach weitergefahren.»

«Hast du die Farbe erkannt?»

«Also, es war ja dunkel.»

«Denk noch mal nach.»

«Es war dunkel, hab ich gesagt. Das habe ich doch gerade gesagt! *Scheiße!*»

Khaleds Wutausbruch kam für Lisa Berggren völlig unerwartet. Eine lauernde Stille breitete sich aus, und der Junge atmete schneller. Lisa wartete noch eine Minute, ehe sie fortfuhr.

«Ich weiß, das ist nicht einfach, Khaled. Und du machst das sehr gut, wie du meine Fragen beantwortest. Manche Fragen muss ich mehrmals stellen, und du musst versuchen, dich an jedes noch so kleine Detail zu erinnern, auch an das, was du vielleicht unwichtig findest. Für uns ist das sehr wichtig, damit wir herausfinden können, wer deinem Vater das angetan hat.»

Sie verzichtete bewusst auf das Wort «ermorden», aus Angst, es würde Khaled noch mehr blockieren. Er hatte sich jetzt wieder beruhigt und wirkte beinahe beschämt.

«Das macht nichts, wenn du wütend bist, Khaled. Das kann ich gut verstehen. Versuch einfach, das zu erzählen, was du gesehen hast», sagte Lisa und klopfte ihm vorsichtig auf die Schulter.

«Ja, es war dunkel. Das Auto war ziemlich klein, die Farbe weiß ich nicht. Ich glaube, es saß eine Frau am Steuer. Eine mit solchen Haaren halt.»

«Versuch mal, ihre Haare zu beschreiben.»

«Ich weiß nicht. Ich habe nur ihre Umrisse gesehen. Sie hatte halt eine Frauenfrisur. Glatt und bis über die Ohren», sagte Khaled und machte eine Handbewegung, um zu zeigen, was er meinte.

Lisa fragte Khaled noch weiter über die mysteriöse Frau in dem Auto aus. Aber er wusste keine Einzelheiten, und das, was er sonst berichten konnte, schien auch nicht von großer Wichtigkeit zu sein. Er erzählte, dass er ferngesehen und zwei Stunden trainiert hatte, bevor er in sein Zimmer gegangen war, das er sich mit Zarmina teilte, und ihr etwas vorgelesen hatte, bis sie schlief. Dann hatte er sich in das Bett daneben gelegt und war sofort eingeschlafen. Wie gewöhnlich hatte seine Mutter die anderen Geschwister ins Bett gebracht.

Lisa unterdrückte einen Seufzer. Sie brauchte etwas Handfestes, damit die Ermittlung in Gang kam und sie zumindest einen Anhaltspunkt, an dem sie ansetzen konnten. Eine aufgeblasene Schauspielerin mit hellseherischen Fähigkeiten und ein verschreckter sechzehnjähriger Flüchtlingsjunge, der so gut wie nichts gesehen hatte. Das gab nicht gerade viel her.

Als sie das Zentrum von Svedala erreichten, schlug sie vor, dass sie etwas trinken gingen. Die Sonne knallte auf die Windschutzscheibe, und es begann ziemlich heiß im Auto zu werden. Khaled nickte, und sie parkte auf dem Marktplatz gegenüber vom Gemeindeamt, einem roten Backsteinbau mit Kupferdach, das durch die jahrzehntelange klamme und feuchte schonische Luft Grünspan angesetzt hatte. Ein Obst- und Gemüsehändler mit arabischem Aussehen bediente aufmerksam einen Kunden, der ein Kilo Kartoffeln und ein paar Äpfel kaufte. Der Händler hatte seinen Stand mit einer schwedischen Fahne und einem handgeschriebenen Schild versehen, das verkündete, dass er «der Beste und Billigste» in Svedala sei. Er hätte noch dazuschreiben können, dass er auch «der Einzige» ist, dachte Lisa beim Anblick des verschlafenen Zentrums. Das beruhigende Geräusch des plätschernden Springbrunnens gab zusammen mit ein paar Jahrmarktswagen, die nach dem jährlichen Stadtfest vor ein paar Wochen immer noch auf dem Marktplatz standen, eine Kulisse ab, die die Spätsommerstimmung von Svedala exakt widerspiegelte. Aus einer schmalen Seitenstraße kam ein blauer Tourneebus mit der Aufschrift «KENNY'S ORCHESTER» in großen grellgelben Lettern. Vor dem Eingang einer Geschenkboutique diskutierte ein älteres Ehepaar, ob es sich lohne, das Geschäft zu betreten. Sonst war niemand zu sehen.

Khaled setzte sich auf die Terrasse der Pizzeria, und Lisa Berggren ging nach drinnen, um zwei Cola zu holen. Hinter der Theke war niemand, und es waren auch keine anderen Gäste im Lokal. Auf einem Großbildfernseher lief eine amerikanische Soap.

Lisa rief etwas in Richtung Küche, und nach einer Weile tauchte ein Mann mit wirren Haaren und einer speckigen Schürze auf. Wie der Gemüsehändler sah er arabisch aus.

«Entschuldigung, was darf es sein?», fragte der Mann mit einem hoffnungsvollen Unterton.

«Nur zwei Cola.»

«Sonst nichts?»

«Nein, danke.»

«Nichts zu essen? Es gibt Pizza und Kebab. Und Kebabpizza natürlich», erklärte er beinahe flehentlich.

«Nein, wir nehmen nur die Getränke», sagte Lisa lächelnd und bezahlte.

In Svedala kann es nicht übermäßig viele Araber geben, aber diejenigen, die hier leben, bemühen sich zumindest, den Handel ein bisschen anzukurbeln, dachte sie.

Gerade als sie wieder hinausgehen wollte, sah sie durch die Scheibe in der Tür, dass sich ein Mann Ende zwanzig an Khaleds Tisch gesetzt hatte und sich mit ihm unterhielt. Er trug einen dunklen Trenchcoat über einem ebenso tadellosen Anzug in der gleichen Farbe, und Lisa dachte unwillkürlich, dass er zu einer religiösen Sekte wie den Mormonen oder Scientologen gehörte. Aber etwas an seinem Äußeren stimmte nicht mit seiner sonst so ordentlichen Erscheinung überein. Am Hals über dem Hemdkragen schaute ein Stück von einer Tätowierung hervor, und die leicht plumpe Art, wie er seinen Oberkörper bewegte, verriet, dass er viel Zeit mit Krafttraining verbrachte. Wenn sie es sich recht überlegte, fand Lisa, dass er eher wie ein Knastbruder aussah. Dafür sprach auch die Zigarette, die er nun in den Mundwinkel schob und die auf und ab hüpfte, während er sprach. Khaled schien ihn zu kennen, saß aber stumm da, kniff sich in den Handrücken und hatte offenbar Angst.

Als Lisa die Tür aufmachte, warf ihr der Mann einen hastigen Blick zu, bevor er schnell aufstand und mit festen Schritten wegging. Lisa stellte die Gläser auf den Tisch und lief ihm nach.

«Hallo, he, warten Sie!», rief sie.

Der Mann warf einen Blick über die Schulter und beschleunigte seinen Schritt.

«Stehen bleiben! Polizei!»

Er rannte los, und Lisa nahm die Verfolgung auf. Am Gemeindeamt bog er rechts um eine Ecke und wurde schneller. Lisa versuchte dranzubleiben, verlor ihn aber nach ein paar hundert Metern aus den Augen, als er in einem Wohnblockviertel verschwand.

«Wer war das denn?», fragte sie Khaled, als sie keuchend die Terrasse erreichte.

Der Junge war leichenblass geworden.

«Also, keine Ahnung», murmelte er.

«Doch, und ob du das weißt. Als er an unserem Tisch saß, habe ich gesehen, dass ihr euch kennt. Wer war das? Sag schon!»

«Ich habe doch gesagt, dass ich das nicht weiß. *Scheiße!*»

Khaled trat mit Schwung gegen ein Tischbein, sodass die Gläser umkippten und Cola auf die geblümte Wachstischdecke schwappte. Er schlug die Hände vors Gesicht und begann zu weinen. Der breite muskulöse Oberkörper hob und senkte sich bei jedem Schluchzer.

Lisa Berggren legte einen Arm um Khaleds Schultern.

«Du kannst ruhig reden», sagte sie leise.

Der Junge schniefte und wischte sich mit dem zerschrammten Handrücken die Nase ab.

«Das war Jimmy.»

«Wer ist Jimmy?»

«Ich weiß nicht, ob ich das sagen darf. Wegen Jose…»

Khaled unterbrach sich.

«Du weißt nicht, ob du etwas sagen darfst, wegen Josefin, meinst du?»

Er nickte.

«Aber das musst du mir sagen, Khaled. Wer ist Jimmy?»

«Das ist der, der die Bullen angerufen hat, um uns zu verraten.»

«Wieso verraten?»

«Als wir vor einem Jahr bei Josefin gewohnt haben. Er wusste das und hat die Bullen angerufen.»

Lisa Berggren lief ein altbekannter Schauer über den Rücken. Sie wusste nicht, warum Josefin Mjörner nicht wollte, dass Khaled von Jimmy erzählte, aber sie ahnte, dass der tätowierte junge Mann die zähen Ermittlungen endlich in Gang bringen würde.

«Komm, Khaled, wir gehen wieder zum Auto. Wir müssen uns noch ein bisschen unterhalten.»

SAMSTAG, 25. AUGUST

Dora Brandt machte vorsichtig die Augen auf und blickte an die Decke. Sie betrachtete den Riss, der von der hässlichen, löchrigen Reislampe bis zur Wand lief. Seit sie die Wohnung vor einer knappen Woche bezogen hatte, war er immer größer geworden. Die Farbe blätterte großflächig ab und schien jeden Augenblick von der Decke auf Dora hinabzufallen, wie trockenes Herbstlaub von einem windgepeitschten Baum.

Sie setzte sich im Bett auf und schielte auf den Wecker auf dem Nachttisch. Fünf vor sieben. Nichtsdestotrotz hatte sie fast sechs Stunden geschlafen, das war weitaus mehr als in der Nacht zuvor. Letzte Nacht hatte sie keine Albträume mehr gehabt, das machte es einfacher, den Tatsachen ins Auge zu sehen.

Man kann damit leben, dass …

Sie dachte den Gedanken nicht zu Ende. Diese Worte genügten schon. Sie brauchte sich nicht weiter damit zu befassen. Zumindest nicht im Moment.

Dora zog sich ihren Morgenmantel über, ging in die Küche und gab Kaffee und Wasser in die Kaffeemaschine. Sie schaltete das Gerät an, das schon ziemlich verkalkt war und zu röcheln und zu prusten begann, wie ein Kettenraucher nach dem ersten morgendlichen Zug. Sie machte sich ein paar Brote mit Käse und Marmelade, setzte sich an den Küchentisch und stellte das kleine Transistorradio auf der Fensterbank an. Auf die Erkennungsmelodie vom Morgenecho folgten die Nachrichten, vorgetragen mit nüchterner Stimme. Doras Puls begann zu rasen, als die erste Meldung vorgelesen wurde:

Mord an Flüchtling – Rechtsextreme Gruppierung unter Verdacht.

Die Kurzmeldungen der weiteren Nachrichten wurden mit dem gleichen neutralen Tonfall vorgelesen, bevor der Sprecher wieder zur ersten Meldung zurückkehrte:

Die Polizei hat bisher wegen des Mordes an dem afghanischen Flüchtling Osman Faqiri aus Malmö keinen Verdächtigen festnehmen können. Den Informationen vom Morgenecho zufolge wird in rechtsextremen Kreisen nach dem Mörder gesucht. Eine Gruppierung, die früher schon die Familie Faqiri und die Parteivorsitzende der Humanistischen Alternative, Josefin Mjörner, bedroht hat, ist zurzeit laut unseren Informationen die wichtigste Spur der Polizei.

In ihren Schläfen begann es zu pochen, und sie atmete angestrengt. Ihr wurde schwindelig, und sie fühlte sich ein bisschen wirr. Was war das? Versuchte die Polizei, eine falsche Fährte auszulegen, oder war sie noch nicht richtig wach? Dora musterte ihre Hände und stellte fest, dass sie nicht zitterten. Sie massierte sich die Schläfen und holte tief Luft.

Doch, sie war körperlich und geistig anwesend. Sie hatte sich und ihre Gedanken noch unter Kontrolle. Das war unglaublich wichtig. Der Plan stand fest, und nichts würde sie daran hindern, ihn durchzuführen. Sie konzentrierte sich wieder auf die Radiostimme. Sie gehörte einem Mann, der mehrmals Ausdrücke wie «Informationen zufolge» verwendete. Das klang ziemlich vage.

Dann folgte ein kurzes Interview mit einer Polizeibeamtin, die erwartungsgemäß folgende Auskunft gab: dass sie die Informationen vom Morgenecho nicht kommentieren könne, die Polizei jedoch immer noch Hinweise aus der Bevölkerung entgegennehme. Jeder Hinweis und jede Beobachtung am Hafenbecken von Limhamn am Abend und in der Nacht, bevor der Afghane tot aufgefunden worden sei, seien wichtig.

Der Sprecher wiederholte die Telefonnummer der Polizei, die für diesen Fall freigeschaltet worden war, und berichtete, dass das Morgenecho mit Josefin Mjörner in Kontakt gestanden habe, die jedoch abgelehnt habe, die neuen Informationen zu kommentieren. Einer Pressemitteilung der Humanistischen Alternative zufolge werde die Parteivorsitzende um fünfzehn Uhr eine Pressekonferenz abhalten, die in Radio und Fernsehen live übertragen werde. Sie werde zu allen Sympathisanten in ganz Schweden sprechen und über die Zukunft der Partei berichten. Die Radiostimme bezog sich auch auf ein Zeitungsinterview von heute, in dem Mjörner gesagt hatte, sie wolle ihren Kampf nicht aufgeben, nicht nur wegen Osman Faqiri, sondern wegen aller illegalen Flüchtlingskinder.

Diese dramatischen, schicksalsschweren Worte sind so typisch für eine Schauspielerin wie Josefin Mjörner, dachte Dora.

Die Kaffeemaschine gab einen letzten röchelnden Laut von sich, bevor sie verstummte. Dora schenkte sich eine Tasse ein und nippte vorsichtig an dem schwarzen, brühheißen Kaffee, während sie die Nachrichtensendung weiterverfolgte. Nach der Wettervorhersage schaltete sie das Radio aus und aß ihre Brote auf. Die Stimme des Sprechers tönte ihr noch in den Ohren. Sie dachte nach.

Die Polizei vermutet den Mörder in rechtsextremen Kreisen.

Diese Information war zwar knapp und mit vielen Fragezeichen versehen, aber das Morgenecho zählte immerhin zu den zuverlässigsten Nachrichtenmedien des Landes. Das bedeutete, dass es eine glaubwürdige Quelle geben musste. Wer konnte das sein?

Sie überlegte, online zu gehen, um die Abendzeitungen zu lesen, die wild drauflosspekulierten, entschied sich aber dagegen. Sie musste sich in Selbstdisziplin üben und durfte sich nicht zu sehr festbeißen. Wenn sie zu viel an das dachte, was war, schaffte sie es nicht, an das zu denken, was noch kommen würde. Das war leichter gesagt als getan.

Dora konnte sich dennoch gut auf andere Gedanken bringen. Sie beschloss, sich zurechtzumachen, eine zeitraubende Prozedur, die sie hinreichend zerstreute. Nach einer langen warmen Dusche, die ihren steifen Körper entspannte, setzte sie sich vor den Spiegel, den sie im Wohnzimmer in ein leeres Regalfach gestellt hatte. Der improvisierte Schminktisch konkurrierte mit der Computerecke um den Titel ihres Lieblingsplatzes in der Wohnung. Hier kam ihr künstlerisches Talent zum Ausdruck, das sie früher in der Malerei ausgelebt hatte. Ihr Gesicht war ihre Leinwand, die Schminkutensilien Pinsel und Farbe. Sie schminkte sich nun viel gewagter seit ihren ersten vorsichtigen Versuchen, und ihr neues Gesicht war ihr nicht mehr fremd. Durch die Verwandlung von Dora in Anne-Sofie Jacobsson fühlte sie sich sicherer. Als unterstrichen Puder, Lidschatten, Rouge, Wimperntusche und Lippenstift nicht nur ihre femininen Gesichtszüge, sondern verstärkten auch ihr Selbstbewusstsein.

Hinter der Maske war es einfacher, von den beiden Eigenschaften Gebrauch zu machen, die sie so sehr schätzte, aber bisher nicht mobilisieren konnte: Entschlossenheit und Tatendrang.

Wenn Erika mich jetzt sehen würde! Ohne dass sie von all dem anderen wusste. Sie würde sich wundern, aber auch freuen, sinnierte Dora.

Erika Andersson zählte zu den wenigen Personen in ihrem alten Leben, die sie vermisste. Aber inzwischen war der letzte Kontakt recht lange her. Erika war Großmutter geworden und verbrachte viel Zeit mit ihrem ersten Enkelkind. Das war vollkommen verständlich.

Ach, die kulturinteressierte Erika.

Dora bekam ein schlechtes Gewissen, wenn sie daran dachte, wie sie Erika als Alibi missbraucht hatte, als sie mit dem Oberarzt im Krankenhaus gesprochen hatte. Aber die Behauptung, sie machten gemeinsam eine Kunstreise nach Berlin, war sowohl Wunschtraum wie auch Notlüge.

Plötzlich musste Dora an ihre Mutter denken, und wieder meldeten sich die Schuldgefühle. Sie würde nie vergessen, wie schrecklich es gewesen war zuzusehen, wie der Knochenmarkkrebs ihre Mutter von innen auffraß. Und sie hatte nichts tun können, außer für sie da zu sein. Die letzten Minuten, als sie die kühle Hand ihrer Mutter hielt und hörte, wie die letzten Kräfte mit geräuschvollem Ausatmen ihren Körper verließen, hatten sich auf immer in ihr Gedächtnis gebrannt.

Sie bekam feuchte Augen und wusste, dass ihr sorgfältiges Make-up zu einer einzigen Pampe zerlaufen würde, wenn sie losheulte. Sie nahm ein Taschentuch und trocknete vorsichtig ihre Tränen.

Reiß dich zusammen, sagte sie sich. Du hast in deinem Leben genug geweint!

Die Ermahnung zeigte Wirkung, und das bestärkte sie noch mehr. Sie erhielt ständig Beweise dafür, dass sie ihre Gefühlsausbrüche im Griff hatte.

Nach fast einer Stunde am Schminktisch überlegte Dora lange, welches Kleid sie aus ihrem begrenzten Fundus anziehen sollte, und entschied sich für ein dunkles, das ihre korpulente Figur schmaler aussehen ließ. Sie hatte es, ein paar Tage bevor sie Norrköping verlassen hatte, gekauft und erinnerte sich daran, wie peinlich sie es gefunden hatte, dass die Verkäuferin betont hatte, wie hübsch und schlank sie darin aussah. Jetzt konnte sie darüber schmunzeln, weil diese Bemerkung ihr nicht nur schmeicheln sollte, sondern auch ein Körnchen Wahrheit enthielt. Sie sah wirklich vorteilhafter in dem Kleid aus. Außerdem hatte sie rapide an Gewicht verloren, seit sie keine Medikamente mehr nahm. Der Appetit auf Essen war einem Appetit auf … das Leben gewichen. Konnte man das so sagen?

Abgesehen von ihrem allmorgendlichen Frühstück in der kleinen Küche ernährte sie sich von Falafel, vietnamesischer Nudelsuppe mit Gemüse aus dem Restaurant gegenüber oder von einem leckeren Sandwich mit Avocadocreme, das ein veganes Café im Nachbarviertel auf der Karte hatte. In dieser Hinsicht hatte der Vermieter recht: Das Essen rund um den Möllevångstorg war billiger, besser und gesünder als das Fastfood, das Malmö sonst zu bieten hatte.

Mit einer geübten Handbewegung setzte Dora sich die Perücke auf und kämmte die feinen Haarsträhnen in Form. Zufrieden betrachtete sie sich ein letztes Mal im Spiegel. Die Verwandlung war perfekt.

Sie warf sich einen langen Schal um die Schultern und verließ die Wohnung. Als sie auf die Ystadsgatan trat, atmete sie tief ein. Die Luft war frisch und verhältnismäßig sauber. Die Stadt wurde allmählich wach, und es schien ein schöner Tag zu werden. Es herrschte noch wenig Verkehr, und man konnte das Morgengezwitscher der Vögel ausmachen. Bald würde es auf den Straßen zum und vom Marktplatz von Autos nur so wimmeln.

Dora ging langsam in Richtung Möllevångstorg, wo die Frühaufsteher schon herumspazierten und Obst und Gemüse kauften. An den bunten Marktständen war noch nicht alles abgeladen und aufgestellt worden, denn sie hörte einen laut hupenden Laster, der gerade zurücksetzte.

Sie kam an einer arabischen Geschenkboutique vorbei, im Schaufenster alle nur erdenklichen Wasserpfeifenmodelle, dann an einem Metzger, der koscher geschlachtetes Fleisch verkaufte. Das ist nicht Schweden, dachte sie. Die alten Arbeiterviertel, die einstige Wiege der schwedischen Sozialdemokratie, hatten sich in eine multikulturelle Ansammlung von Läden verwandelt. Abgesehen von dem einen oder anderen politisch links orientierten Buchhändler oder Modegeschäft mit fairem Handel fand man in diesem Viertel kaum mehr schwedische Geschäfte. Schmuckgeschäfte, Lebensmittelläden, Frisöre, Bäckereien, Schuhreparatur-Service, Elektronikfirmen, Restaurants; alle waren irgendwie ethnisch geprägt. Dora wusste nicht so recht, was sie eigentlich davon halten sollte. Am Anfang hatte sie das Fremde irritiert, aber nach ein paar Tagen fühlte sie sich schon heimischer. Tagsüber florierte der bunte Handel in organisiertem Chaos, und abends füllten sich die vielen Straßenkneipen am Marktplatz mit bierdurstigen Teenagern, die sich überraschend anständig benahmen. Dora hatte einiges gelesen über die vielen illegalen Clubs in Möllevång und die Probleme mit Gewalt und kriminellen Geschäften, die auf offener Straße abgewickelt wurden. In den letzten Jahren hatte es sogar ein paar regelrechte Hinrichtungen im Viertel gegeben. Trotzdem hatte sie kein einziges Mal Angst gehabt, wenn sie zu später Stunde allein unterwegs gewesen war. Das einzige Problem war vielmehr, am Abend einen Parkplatz zu finden.

Jetzt stand ihr Auto vorschriftsmäßig in einer Seitenstraße in der Nähe, den gültigen Parkschein hinter der Windschutzscheibe. Dora genoss es, ein paar Stunden lang keine Verpflichtungen zu haben. Sie würde einfach durch die Stadt schlendern, eine von vielen sein und sich darin üben, in der Menge aufzugehen.

Sie drehte eine Runde über den Marktplatz und sog den Duft von frischem Obst und Gemüse ein. Dora kaufte sich einen Apfel und setzte sich neben die große Statue aus muskulösen Körpern, die einen gigantischen Felsblock stemmten. Alles der Arbeit zur Ehre, so hieß auch die Statue. Plötzlich fiel ihr Blick auf die Schlagzeile vor der hässlichen Würstchenbude:

DER KAMPF GEHT WEITER

GROSSES INTERVIEW MIT JOSEFIN MJÖRNER NACH DEM MORD, DER SCHWEDEN ERSCHÜTTERT

Ihre Selbstdisziplin forderte sie erneut heraus, aber dieses Mal verlor Dora. Das Versprechen, das sie sich gegeben hatte, heute nichts mehr über den Mord zu lesen, konnte sie mit dieser Schlagzeile vor der Nase nicht mehr halten. Sie ging zum Zeitungsständer und nahm sich eine Ausgabe.

«Das macht fünfzehn Kronen», sagte der Zeitungsverkäufer.

Leyla stand leise auf, um ihn nicht zu wecken, und schlich in den Flur. Die Zeitung lag auf dem Boden, wie ein verheißungsvolles Weihnachtsgeschenk unter dem Christbaum. Sie griff nach der Zeitung, ohne auf die Titelseite zu schauen, und ging in die Küche. Leyla machte die Augen zu, legte die Zeitung auf den Küchentisch und begann, rückwärts zu zählen:

«Zehn, neun, acht, sieben, sechs, fünf ...»

Sie unterbrach das Zählen, die Augen immer noch geschlossen.

Was zum Teufel machte sie hier eigentlich? Hier stand sie, nur mit einer Unterhose bekleidet, und brannte darauf, ihren Artikel zu lesen. Das Problem war nur, dass ihr exhibitionistisches und kindisches Ich als Ouvertüre ein Versteckspiel brauchte, um die Spannung zu steigern. Sie kicherte in sich hinein und zählte weiter:

«Vier, drei, zwei, eins, null!»

Endlich machte Leyla die Augen wieder auf und stellte schon nach wenigen Sekunden fest, dass der Layouter einen exzellenten Job gemacht hatte. Palle Petterssons schönes Bild von Josefin Mjörner mit Kater Lundberg auf dem Schoß war ebenso respektvoll wie privat und der Situation absolut angemessen, und das kleine Foto von Osman Faqiri im Anzug neben dem Kurzresumée wirkte auch sehr seriös.

«Osman hätte gewollt, dass wir weitermachen.» So lautete das Zitat über dem Bild. Sie las sich den kurzen Text sorgfältig durch und blätterte schnell zu dem Artikel weiter, der auch das Interview wiedergab, das trotz der relativ großen Textmenge leserfreundlich aufgemacht war.

Obwohl Leyla das gesamte Interview zweimal vor der Abgabe gestern Abend gelesen hatte, ging sie es Satz für Satz durch. Das war eine Berufskrankheit, die nicht nur auf Sorgfalt beruhte. Den eigenen Text gedruckt zu sehen, noch dazu so großzügig aufgemacht wie in der heutigen Ausgabe, gab Leyla einen Kick, die die meisten anderen Geschehnisse des Alltags in den Hintergrund treten ließen. Auch wenn sie es anderen gegenüber nicht zugab, war sie immerhin so ehrlich, vor sich selbst einzuräumen, dass sie einen egozentrischen Tick hatte.

Leyla war Josefin Mjörner dankbar dafür, dass sie trotz ihrer Trauer und der Arbeit, die Partei zu mobilisieren, genügend Geistesgegenwart und Energie besessen hatte, um sie gestern zurückzurufen und ihre Fragen zu beantworten. Soweit Leyla wusste, war sie die einzige Journalistin, der sie diese Gunst erwiesen hatte, und ihre Extraarbeit wurde um ein Vielfaches aufgewertet, als wenn Mjörner diese Fragen auf einer Pressekonferenz beantwortet hätte.

Natürlich trug auch Annika Hörlins stilistisches Geschick dazu bei, dass das Interview so gut geworden war. Dieser Artikel wurde nicht nur von vielen Menschen gelesen, er würde auch fleißig von den anderen Medien zitiert werden, zumindest bis Josefin Mjörner am Nachmittag ihre Pressekonferenz gab. Sie hatte sie bereits gestern Leyla gegenüber erwähnt, die damit die Mitarbeiter ausführlich für den heutigen Tag briefen konnte. Zwei toughe Journalisten aus der Redaktion würden an der Pressekonferenz um fünfzehn Uhr teilnehmen und Nachschub liefern, während Leyla einen freien Tag gut brauchen konnte. Ihr war ein wenig unwohl dabei, den Stafettenstab den Kollegen zu übergeben, aber nach einer hektischen Arbeitswoche musste sie Energie tanken, denn sie würde weitere Recherchen über die Humanistische Alternative anstellen. Die Nachrichtensendungen berichteten sicherlich von der Pressekonferenz, auf der ohnehin keine Exklusivinformationen verbreitet werden würden.

«Ach, hier bist du.»

Leyla fuhr herum. Sie hatte nicht mit Tom gerechnet und kreuzte unwillkürlich die Arme vor der Brust.

«Ich hab schon gedacht, du wärst wieder gegangen. Ist alles in Ordnung?», fragte er, als er ihre erschrockene Miene bemerkte.

Sie ließ die Arme wieder sinken und lächelte verlegen.

«Schon gut. Ich hab mich nur erschreckt, weil du dich hinter meinem Rücken angeschlichen hast.»

Schweigend standen sie sich gegenüber. Toms blonder Haarschopf war strubbelig, und seine sonst so klaren, strahlenden blauen Augen waren gerötet, was verriet, dass er gestern in seiner Wohnung in der Kristianstadsgatan einen über den Durst getrunken hatte. Leyla hatte schon an der Tür bemerkt, dass er angetrunken war, und danach hatte er fröhlich weitergetrunken. Er hatte einen Karton Rotwein aufgemacht, Leyla hatte sich an einem einzigen Glas festgehalten.

«Das war eindeutig zu viel gestern. Tut mir leid, dass ich eingeschlafen bin», sagte er beschämt und umarmte sie ungeschickt.

Leyla versuchte, sich zu entspannen, und lehnte sich an seine Brust. Ihr wurde von Toms Atem, der streng nach saurem Wein roch, ein bisschen schlecht, aber sie löste sich nicht aus seiner Umarmung.

«Wie viel hast du eigentlich getrunken?»

«Zu viel. Verdammt, ich war so nervös, weil ich nicht wusste, ob du überhaupt kommst, dann habe ich mir eben was eingeschenkt, um ruhiger zu werden. Und als du dann hier warst, ging das irgendwie einfach so weiter. Bist du sauer?»

Leyla gab keine Antwort, weil sie nicht wusste, ob sie sauer war, und wenn ja, warum. Dass Tom sich vor lauter Nervosität Mut angetrunken hatte, konnte man mit etwas gutem Willen auch positiv auslegen, immerhin war sie ihm so wichtig, dass er nicht wusste, wie er mit der Situation umgehen sollte. Andererseits zeugte es von Schwäche, dass er ihr nicht in nüchternem Zustand gegenübertreten konnte, nachdem sie sich so lange nicht gesehen hatten.

Besonders da er derjenige war, der ihr in den Ohren gelegen hatte, sie solle endlich den Stier bei den Hörnern packen.

Sie hatte bisher noch keine Gelegenheit gehabt, ihm von ihrer Fehlgeburt zu erzählen. Und sein Gerede von ewiger Liebe und dass sie seine Traumfrau sei, konnte sie ihm nicht so richtig abkaufen. Das erinnerte sie viel zu sehr an sentimentales Gequatsche im Suff, das auf die Tränendrüse drückte.

«Wollen wir frühstücken?», fragte sie und befreite sich vorsichtig aus seiner Umarmung.

«Klar.»

Tom verlor das Gleichgewicht und schwankte. Er grinste schief und setzte sich aus Vorsicht lieber hin. Ein peinliches Schweigen entstand, und die aufgeschlagene Zeitung auf dem Küchentisch brachte die Rettung. Tom blinzelte und begann mühsam zu lesen.

«Das ist ja super. Du schreibst echt gut», sagte er, als er sich bis zur Hälfte durch das Interview gekämpft hatte.

Annika Hörlin schreibt echt gut, dachte sie, freute sich aber trotzdem über sein Lob. Tom bemühte sich jedenfalls, und dieses Mal fühlte es sich so an, als würde er das, was er sagte, auch meinen.

Als er mit dem Artikel fertig war, griff er nach ihrer Hand und drückte sie zärtlich.

«Hast du Frühstück gesagt? Tja, ich habe nicht so viel da, aber ich kann schnell runterlaufen und was einkaufen», fuhr er hektisch fort.

«Nein, ich mach das schon. Ich brauche sowieso ein bisschen frische Luft», sagte Leyla.

«Gut. Dann setze ich so lange den Kaffee auf für meine schöne kleine Kaffeebohne. Ich mach ihn genauso, wie du ihn haben willst!»

Leyla wusste nicht recht, ob sie seine Schmeicheleien

pathetisch oder charmant finden sollte. Aber sie verzog zumindest den Mund, und das war vielleicht ein gutes Zeichen.

Sie ging ins Schlafzimmer, um sich anzuziehen. Ihre Kleider lagen ordentlich zusammengefaltet auf einem Stuhl neben dem Bett. In der Nacht hatte sie keinen Sex mit Tom gehabt, weil er zu betrunken gewesen war, aber sie war nicht traurig darüber. Sie hatte noch immer ihre Tage, und auch wenn die Blutung schwächer wurde, war sie noch nicht so weit, wieder mit ihm zu schlafen. Nicht so kurz nach der Fehlgeburt und nicht bevor sie bei ihrem Gynäkologen gewesen war, um die Spirale kontrollieren zu lassen, die nicht funktioniert hatte. Sie würde nächste Woche anrufen und einen Termin ausmachen, spätestens übernächste Woche. Sie hatte keine Eile.

«Leyla! Da kommt etwas über den Mord im Radio!»

Toms Ausruf unterbrach ihre Gedanken, und sie lief in die Küche, wo er über das Radio auf dem Küchentisch gebeugt stand. Die Elfuhrnachrichten hatten gerade begonnen, und der Sprecher berichtete, dass die Polizei in rechtsextremen Kreisen nach Osman Faqiris Mörder fahnde. Zuerst wurde Leyla eiskalt. Davon wusste sie nichts, und allein der Gedanke, dass ihre Kollegen ihr auf der Jagd nach Meldungen etwas voraushatten, setzte sie unter Stress.

Aber mehr wurde im Verlauf der Sendung darüber nicht gesagt. Lisa Berggren wurde interviewt und wollte die Informationen nicht kommentieren. Im Großen und Ganzen war das alles recht dünn. Und als mindestens eine halbe Minute lang aus Leylas Artikel zitiert wurde, beruhigte sie sich wieder etwas.

«Könnten wirklich die Neonazis dahinterstecken? Haben wir das nicht schon ein bisschen zu oft gehört?», fragte Tom skeptisch, als die Nachrichten zu Ende waren.

«Na ja, wer weiß», gab Leyla zurück und stimmte seinem Zweifel zu. Die Rechtsextremen wurden immer dann aus ihren finsteren Kellerlöchern hervorgezogen, wenn es sich um einen Mord in Schweden mit politischer Brisanz handelte. Aber bisher waren diese Theorien meist falsch gewesen. Der Palme-Mord war formell gesehen noch nicht aufgeklärt, aber die meisten glaubten, dass der Täter der drogenabhängige Christer Pettersson war, der schon einiges auf dem Kerbholz hatte und inzwischen ebenfalls tot war. Der Mord an der damaligen Außenministerin Anna Lindh konnte möglicherweise als politische Tat bezeichnet werden, aber ihr Mörder Mijailo Mijailovic war kein Rechtsextremer, der einer Organisation angehörte. Er ließ sich am besten als verwirrter und psychisch labiler junger Mann beschreiben, der rot gesehen hatte, als Anna Lindh sich im Zusammenhang mit dem Kosovokonflikt für die Bombardierung Serbiens durch die NATO ausgesprochen hatte.

Leyla machte die Kühlschranktür auf und stellte fest, dass der Inhalt nicht einmal für ein einfaches Frühstück reichte. Ein Liter fettarme Milch, das Verfallsdatum war längst abgelaufen, Käse aus der Tube, eine Packung gekochte Mettwurst, die schon geöffnet und in den Ecken angetrocknet war, und eine Flasche süßer Muskatwein.

Sie überließ Tom seinem verkaterten Schicksal und hoffte, dass er unter die Dusche ging und sich frisch machte, während sie weg war.

Auf dem Gehsteig wäre sie beinahe mit einem kleinen Jungen zusammengestoßen, der mit seinem Fahrrad Schlangenlinien fuhr.

«Pass auf!», rief sie irritiert, aber es tat ihr sofort leid, als sie sein verängstigtes Gesicht sah.

«Entschuldige, ich wollte dir keine Angst machen, aber

ich habe mich erschrocken. Es ist lebensgefährlich, auf dem Fußweg zu fahren, weißt du? Wir hätten beide blaue Flecken bekommen können, wenn ich nicht im letzten Moment zur Seite gesprungen wäre.»

Der Gesichtsausdruck des Jungen verriet, dass er kein Wort verstanden hatte. Leyla lächelte, zerstrubbelte ihm das Haar und zeigte auf die Straße.

«Da kannst du fahren», bereute ihre Worte aber erneut, als ein Auto vorbeiraste.

«Vergiss das mal wieder, junger Mann. Bleib ruhig hier auf dem Gehsteig, aber sei vorsichtig.»

Der Junge musterte sie aus vielsagenden und leicht traurigen Augen, bevor er sich wieder auf den Sattel setzte und um die Ecke schlingerte.

Leyla malte sich sofort aus, wer er war und wie er in diese Seitenstraße des Möllevångstorg geraten war. Vielleicht war er eines von den vielen Flüchtlingskindern, für die Josefin Mjörner sich einsetzte. Vielleicht waren er, seine Eltern und Geschwister in einer Wohnung bei Bekannten untergekommen, und er hatte sich nach draußen geschlichen und sich ein Fahrrad vom Hof genommen. Er begriff wahrscheinlich gar nicht, welcher Gefahr er sich aussetzte. Vielleicht hatte er es auch in der düsteren Wohnung nicht länger ausgehalten, einfach nur herumzusitzen und sich Zeichentrickfilme anzuschauen.

Leyla verscheuchte ihre Gedanken und ging Richtung Möllevångstorg, wo inzwischen viel los war. Sie bahnte sich einen Weg zu einem der belebtesten Stände, wo sie ein paar Tomaten, eine Gurke, ein Bund Bananen und zwei Birnen kaufte. Dann ging sie in die kleine arabische Bäckerei an der Ecke, um ein dünnes Brot mit Sesam zu kaufen, bevor sie ihre Einkaufsrunde im Bagdad Market abschloss, wo sie Feta, gefüllte Weinblätter, eine Dose Humus und drei Stück sehr süße Baklava kaufte. Tom würde Jägerwurst und den Hartkäse aus der Region im Einkaufskorb vermissen, aber er würde es nicht wagen, sich zu beschweren. Es erfüllte sie mit Genugtuung, wie sie widerwillig zugeben musste, dass Toms Reue über sein ungehobeltes Verhalten dazu geführt hatte, dass er sich eigentlich nichts mehr erlauben konnte. Er konnte jetzt nicht mehr mit seinen Ultimaten ankommen, nicht wenn ihm die Beziehung wichtig war und er sie fortsetzen wollte. Sie würde ihm noch eine Chance geben, das hatte sie beschlossen, aber nur wenn er sich mehr und aufrichtig um sie kümmerte.

Als Leyla das Geschäft verließ, sah sie einen Mann mit gesenktem Blick auf sich zukommen. Instinktiv drehte sie sich um und ging wieder in den Laden zurück. Mit klopfendem Herzen wartete sie mit abgewandtem Gesicht neben der Tür und verfolgte aus dem Augenwinkel, wie ihr ältester Bruder Jassim draußen vorbeiging. Würde er sie sehen, würde er wissen wollen, was sie hier machte. Und wenn Leyla etwas nicht konnte, dann ihren Eltern und großen Brüdern ins Gesicht lügen.

«Darf es sonst noch etwas sein?», fragte die Frau hinter dem Tresen und sah Leyla fragend an.

«Eh … ja, noch ein paar Oliven, bitte von den grünen», erwiderte sie und zeigte auf einen der Bottiche hinter der Glasscheibe.

Leyla nestelte an ihrem Portemonnaie herum und hoffte, der Verkäuferin würde nicht auffallen, dass sie feuerrot geworden war.

Große, starke Leyla. Dass sich das mit mir und meiner Familie so entwickeln musste, dachte sie verärgert und bezahlte.

Genau einen solchen Tag hatte Dora Brandt gebraucht. Einen freien Tag, den sie darauf verwendet hatte, durch die Stadt zu schlendern und unter Menschen zu sein, ohne von dem kleinsten Anflug von Panik heimgesucht zu werden. Seit der Veranstaltung auf dem Marktplatz, als sie ihre Angst vor Menschenmassen überwunden und Josefin Mjörner direkt gegenübergestanden hatte, fielen ihr Begegnungen mit anderen immer leichter. Jedenfalls wenn sie ihre Maske trug und Ann-Sofie Jacobsson war.

Josefin Mjörners Pressekonferenz, live aus dem Konferenzraum eines Hotels im Zentrum, hatte soeben geendet. Sie hatte alles von der Fernsehcouch aus mit einer Ruhe verfolgt, die sie selbst überraschte. Es war eine einwandfrei organisierte und offensichtlich gutbesuchte Veranstaltung gewesen. Die Kameras hatten wie funkensprühende Feuerwerkskörper geprasselt und geblitzt, als Josefin Mjörner ganz in Schwarz auf das Podium getreten war, wo ihr ein Meer aus Mikrophonen entgegenragte. Sie wartete, bis die Fotografen fertig waren, und ergriff erst das Wort, als es im Saal so leise geworden war, dass man ihre Atemzüge hören konnte.

Dora Brandt war unweigerlich von dem Auftritt der Schauspielerin beeindruckt, sie berührte wirklich die Herzen ihres Publikums. Sie hatte die ersten Fragen, wer mit dem Mord in Verbindung gebracht werden könne, geschickt umschifft und auf die Polizei verwiesen.

«Ich bin überzeugt, dass die Polizei alles tut, um den Schuldigen zu fassen. Es gibt für mich keinen Grund, zu spekulieren und Verwirrung zu stiften», sagte sie.

Mit kontrolliert bebender Stimme sprach sie von der Trauer und der Leere, die Osman Faqiri hinterließ, mahnte aber auch, weiter für die versteckten Flüchtlingskinder zu kämpfen. Einen Kampf, den sie nicht nur fortzusetzen, sondern auch zu intensivieren gedachte.

All das hatte selbstverständlich auch in dem großen Interview mit Mjörner gestanden, das Dora gelesen hatte und von dieser seltsamen Reporterin geführt worden war, die sie vor einer Woche bei der Veranstaltung auf dem Marktplatz mit Fragen bedrängt hatte. Dora hatte sie in der Zeitung auf dem kleinen Foto neben ihrem Namen wiedererkannt. Leyla irgendwas. Sie stellte einen kleinen Risikofaktor dar, den sie in Zukunft mit einberechnen musste. Die Journalistin konnte, wenn sie Josefin Mjörner wiedersah, erneut auftauchen. Nicht *falls*, sondern *wenn* sie sie wiedertraf. Aber was hatte sie eigentlich zu befürchten? Es war nicht verboten, die Antwort auf Fragen zu verweigern, und ihre Begegnung hatte nur wenige Sekunden gedauert. Die Wahrscheinlichkeit, dass die Journalistin sie wiedererkennen würde, war nicht besonders groß. Außerdem hatte Dora nichts zu verlieren. Das rief sie sich immer ins Gedächtnis, wenn sie zu zweifeln begann. Aber vielleicht sollte sie auf diese Leyla ein Auge haben, damit sie ihr keine Knüppel zwischen die Beine werfen konnte.

Der Inhalt des Zeitungsinterviews hatte Doras Blut in Wallung gebracht. Jetzt konnte sie nur abwarten, bis ihre Zeit gekommen war. Sie musste sich in Geduld üben. Nach ihrer Spende in Höhe von zehntausend Kronen an die Humanistische Alternative hatte sie bereits eine Dankesmail von Harald Holmström mit dem Versprechen erhalten, dass sie in Bälde zum nächsten Meeting der Gönner und Parteimitglieder eingeladen werden würde. Seit sie diese Nachricht erhalten hatte, war einiges passiert. Das wusste sie ganz genau.

Man kann damit leben, dass …

Die Wörter kamen ihr wieder in den Sinn. Die Bilder flimmerten über ihre Netzhaut, und ihre Muskeln spannten sich an wie bei einem Krampf. Sie holte tief Luft und gab dem Körper Zeit, sich zu beruhigen. Es funktionierte auch diesmal.

Wie sehr Übung und Gewöhnung einen Menschen verändern können, dachte Dora.

Sie erhob sich von der Fernsehcouch und stellte sich vor das Foto von Josefin Mjörner und der Familie Faqiri, das sie mit Tesafilm an die Wand neben den Computer geklebt hatte. Sie nahm einen Filzstift aus der Schublade unter dem Computer und zog die Kappe ab. Wartete. Ihr Blick glitt langsam über das Bild, bevor er bei Osmans Gesicht innehielt. Sie malte ein dickes Kreuz darüber.

Dora Brandt machte ein paar Schritte zurück, um ihr Werk zu betrachten. Wartete wieder, diesmal länger. Dann trat sie nochmals an das Bild heran und machte ein weiteres Kreuz. Über ein anderes Gesicht.

MONTAG, 27. AUGUST

«Ich kann zu Hause bleiben, wenn du willst. Ich bin nicht unersetzlich im Präsidium!»

Bengt Aronsson musste laut rufen, um das Geschrei seiner drei Monate alten Tochter Ingrid zu übertönen. Er ging seit einer halben Stunde im Wohnzimmer herum und wiegte sie im Arm, genau wie bei seinen beiden anderen Töchtern, die die sogenannten Dreimonatskoliken gehabt hatten. Aber dieser kleine Schreihals ließ sich am schwersten von allen beruhigen. Sie konnte mehrere Stunden lang ununterbrochen schreien, dass es durch Mark und Bein ging, und mehr als einmal hatte Aronsson während dieser albtraumartigen Stunden an die Eltern denken müssen, die ihre Kinder bis zur Bewusstlosigkeit schüttelten. Natürlich entschuldigte oder rechtfertigte das stundenlange Gebrüll nicht solch eine Reaktion, aber die Verzweiflung, die sich einstellte, wenn alle bewährten Tricks fehlschlugen, war gefühlsmäßig nicht weit von Aggressivität entfernt. Aber sein kleines Mädchen tat ihm vor allem sehr leid.

«Ja ja, lulle, dulle, du», sang er immer wieder den alten Vers, den er selbst gedichtet hatte und der bedeutend besser bei Ingrids großer Schwester funktioniert hatte, obwohl auch sie ihn viele Nächte lang wach gehalten hatte.

Sein Los schienen Kolikbabys zu sein. Wenn es tatsächlich einen Gott gab, der auf Erden alles lenkte und richtete, musste er beschlossen haben, dass Bengt Aronsson an seine Sünden erinnert werden sollte, indem er ausschließlich schreiende Kolikbabys zeugte.

Er schmunzelte über seine Gedanken. Eigentlich war das noch eine recht milde Strafe. Binnen eines Monats würden die Beschwerden der Kleinen hoffentlich vorüber sein, und dann konnte er alle Koliknächte vergessen, bis er das nächste Mal ein kleines brüllendes Baby im Arm hielt. Aber in dem Fall wäre es ein Enkelkind. Seine älteste Tochter Mikaela war dreiundzwanzig und hatte seit einem Jahr eine feste Beziehung. Doch es würde hoffentlich noch ein paar Jahre dauern, bis sie ein Kind wollte. Die Vorstellung, dass sie beide ihre Babys im Wagen nebeneinander herschoben, fand er nicht besonders erbaulich.

Bengt Aronsson war einundfünfzig, und wenn ihn jemand vor fünf Jahren gefragt hätte, hätte er gesagt, dass das ein viel zu hohes Alter sei, um Vater zu werden. Inzwischen kam er zwar gut damit zurecht, aber es gab für alles eine Altersgrenze, und bei dem bloßen Gedanken daran, noch mehr Kinder zu zeugen, brach ihm der kalte Schweiß aus.

«Soll ich zu Hause bleiben?», rief er noch mal seiner Frau Anna zu.

Sie kam ins Wohnzimmer und schüttelte den Kopf.

«Nein, fahr du ruhig. Sie ist sicher gleich still.»

«Leise, Inna!», jammerte die zweijährige Emma und klammerte sich verärgert an ihre Mutter, weil ihrer kleinen Schwester die ganze Aufmerksamkeit geschenkt wurde.

«Gleich, Emma. Mal sehen, ob sie jetzt einschläft. Dann können wir zwei zusammen Kaffee trinken», sagte Anna auf ihre pädagogische Art und nahm Ingrid vorsichtig auf ihren Arm.

Wie durch ein Wunder hörte sie fast sofort zu weinen auf und begann stattdessen vor Erschöpfung leise zu wimmern.

Emma hatte schnell begriffen und legte den Finger auf ihre Lippen. Zwei Minuten später schlief Ingrid tief und fest.

«Du bist aus dem Takt gekommen, Bengt. Man darf nicht zu hektisch werden. So», flüsterte Anna, lächelte spöttisch und wiegte die Kleine mit langsamen, gleichmäßigen Bewegungen demonstrativ hin und her.

Trotz der Erleichterung, dass das Schreikonzert jetzt vorbei war, spürte Aronsson Enttäuschung und Leere. Er wollte viel lieber der besonnene Vater sein, der einsprang, wenn die übermüdete Mutter keine Kraft mehr hatte. Aber nun war es genau umgekehrt, und das schmerzte sein Vaterherz.

Anna meinte das natürlich nicht ernst, und er hatte ihr Lächeln mit einem aufgesetzten Lachen erwidert. Aber vielleicht lag auch ein Körnchen Wahrheit darin. Er fühlte sich in der letzten Zeit erschöpft und fand, dass er keine gute Figur machte, weder an seinem Arbeitsplatz noch zu Hause. Er war zwar dort zur Stelle, wo er gebraucht wurde, wenn auch manchmal etwas verspätet, aber er war nicht richtig bei der Sache. Vielleicht forderte das Alter seinen Tribut. Genau wie Lisa Berggren gesagt hatte, ebenfalls im Scherz. Oder hatte sie es ernst gemeint?

Wenn ich mit den Mädchen zu Hause bin, muss ich das nachholen, dachte er und meinte damit seine Elternzeit, die in drei Monaten beginnen würde, wenn Ingrid ein halbes Jahr alt war.

Es war für ihn nicht immer einfach gewesen, sich in der fast vier Jahre andauernden Beziehung mit Anna zurechtzufinden. In seiner ersten Ehe war die Rollenverteilung klarer gewesen. Er hatte Vollzeit gearbeitet, um die Familie zu versorgen, während seine Frau Elisabeth zu Hause gewesen war und sich um Tochter Mikaela gekümmert hatte, bis sie groß war und Elisabeth einen Nebenjob als Supermarktkassiererin annehmen konnte. Aber vielleicht war die Ehe gerade deshalb in die Brüche gegangen. Als Mikaela von zu Hause ausgezogen war, wurde Bengt Aronsson klar, wie wenig er eigentlich mit Elisabeth gemein hatte. Sie hatten nie über existenzielle Fragen geredet oder darüber, wie sie sich fühlten. Mit Anna konnte er das. Sie waren sich nah und vollkommen ehrlich miteinander und wussten, dass der eine wie ein Netz fungierte, wenn der andere stürzte.

Allerdings hatte es in seiner früheren Ehe nie Konflikte darüber gegeben, wer welche Aufgaben im Haus erledigte. Elisabeth hatte sich um den gesamten Haushalt gekümmert und im Prinzip alles gemacht außer das Auto gewaschen.

Anna war völlig anders. Sie war Diplomingenieurin und hatte vor einem Jahr eine neue, interessante Stelle bei Sony Ericsson in Lund angetreten, in der Entwicklung für mobile Telekommunikation. Obwohl sie sechzehn Jahre jünger war als Bengt, war ihr Gehalt bedeutend höher, und sie hatte nicht vor, sich durch die Mutterschaft ihre Karrierechancen verbauen zu lassen. Das hatte sie zu Beginn ihrer Beziehung eindeutig klargestellt.

Bisweilen wurmte ihn Annas Art, Entscheidungen für die Familie im Alleingang zu treffen, nicht nur in traditionell weiblichen Bereichen, wie etwa dem Aussuchen von Möbeln oder Tapeten, sondern auch wenn sie sich ein Auto anschafften, einen Urlaub planten oder überlegten, wie sie das Gesparte investieren sollten. Sie war es gewohnt, ihren Willen durchzusetzen, und er gab meistens nach. Das war die Achillesferse ihrer Ehe. Er würde sich auch damit auseinandersetzen. Später, wenn er mit Ingrid zu Hause war.

«Gut, dann mache ich mich mal auf den Weg. Ich versuche, heute pünktlich Feierabend zu machen», sagte er und entdeckte einen großen grüngelben Fleck auf seinem Hemd. Schon wieder vollgespuckt.

«Was hältst du eigentlich von dieser Rechtsextremen-Spur?», fragte Anna.

«Völlig haltlos. Das ist nicht mal eine richtige Spur. Aber momentan haben wir nichts anderes.»

Aronsson ging ins Schlafzimmer und zog sich ein frisches Hemd an. Er sprach mit Anna nicht gern über seinen Job, und das nicht nur weil Mordermittlungen vertraulich waren. Er wollte ihr Leben einfach nicht damit belasten, mit all dem Bösen und dem Tod, die ihm als Polizeibeamtem tagtäglich begegneten. Sein Heim war sein Zufluchtsort und der Platz auf Erden, wo er am liebsten sein wollte, trotz der Schreihälse und einer manchmal etwas zu dominanten jungen Ehefrau. Aronsson küsste zuerst Anna und dann Emma, die sich schon auf die bevorstehende Kaffeestunde in trauter Zweisamkeit mit ihrer Mutter freute.

Er ging zu seinem Dienstvolvo, der in der Garageneinfahrt stand. Abgesehen von dem Ton des weißen Anstrichs und den Gärtnerambitionen der Eigentümer sahen alle Reihenhäuser gleich aus mit ihren weißen Fassaden, den Flachdächern und schmalen Beeten in den Vorgärten. Ich muss die Fassade neu streichen und Unkraut jäten, dachte er.

«Reihenhausghetto» nannte Lisa Berggren diese Gegend im Wohnviertel Hjärup zwischen Malmö und Lund verächtlich. Aber Aronsson fühlte sich wohl und sicher in dieser eintönigen Architektur aus den Siebzigern.

Er und Anna hatten zuerst einen Neubau in Hjärup gekauft und ein halbes Jahr darin gewohnt, bis ein grober Konstruktionsfehler im Dach entdeckt wurde, der ihnen das Recht gab, vom Kaufvertrag zurückzutreten. Etwas übereilt hatten sie bei dem Reihenhaus zugeschlagen, das eher als Übergangslösung gedacht war. Aber schon nach der ersten Nacht hatte Bengt Aronsson gespürt, dass er sich gleich wie zu Hause fühlte. Nur ein Stockwerk, keine Treppen, kein Keller und ein kleiner, pflegeleichter Garten mit Laubengang hinter dem Haus. Mit anderen Worten, ein perfektes Haus, das problemlos sauber zu halten war und in dem sich Krabbelkinder ungehindert bewegen konnten.

Seine vorbehaltlose Liebe zu diesem Reihenhausmodell teilte Aronsson nur mit wenigen. Es war sogar ein neues Viertel in Hjärup entstanden, als Reaktion auf die weißen Reihenhaus-Schuhkartons. Es hieß Jakriborg und lag auf der anderen Seite des Bahndamms. Es war wie eine alte Hansestadt konzipiert, mit engen, krummen Gassen, kleinen Plätzen, Arbeiterhäusern, hohen Dachfirsten und verschiedenfarbigen Fassaden. Anna hatte davon gesprochen, dorthin zu ziehen, aber Bengt hatte protestiert, dieses eine Mal sogar mit Nachdruck. Aus diesem Kampf wollte er nicht als Verlierer hervorgehen, dafür stand er dann doch seinen Mann. Er wollte noch eine ganze Weile in seinem Schuhkarton wohnen bleiben, der verhältnismäßig günstig war und die Bedürfnisse der Familie voll und ganz erfüllte. In ein paar Jahren, wenn die Töchter größer waren und mehr Platz brauchten, konnte er sich vorstellen, einen Blick auf die Immobilienannoncen zu werfen. Eventuell.

Als er den Nachbarort Åkarp hinter sich gelassen hatte und auf die Autobahn Richtung Malmö gefahren war, klingelte sein Mobiltelefon. Lisa Berggren meldete sich.

«Wo steckst du denn, Bengt?», fragte sie irritiert.

«Tut mir leid, bin ein bisschen spät dran. Die Koliken der Kleinen, du weißt ja. Ich musste sie erst zur Ruhe bringen.»

«Und das hast du geschafft?»

«Ja, am Schluss hat es geklappt. Ich hab's nicht verlernt», gab er zurück und schämte sich über seine alberne Lüge.

«Am besten fährst du gleich nach Svedala. Wir müssen Jimmy Bengtsson erreichen. Hast du *Kvällsposten* von heute gesehen?»

«Nein, wieso?»

«Die haben einen Riesenartikel mit Spekulationen über die Rechtsextremen mit einem gepixelten Foto von Jimmy gebracht.»

«Oha. Was schreiben sie denn?»

«Dass er der Familie Faqiri mehrfach gedroht hat und diese Drohungen auch nach dem Mord nicht aufgehört haben. Der Rest sind Füllsel und alte Kamellen über seine Zeit als Neonazi. Aber das Ganze wird reißerisch präsentiert. *Kvällsposten* verkauft sich heute sicher wie geschnitten Brot.»

«Das klingt ja so, als wäre er auf dem Bild im Prinzip zu erkennen.»

«Na ja, das Foto besteht nur aus einem Haufen verschwommener Vierecke, und es wird auch nicht erwähnt, dass er in Svedala wohnt. Es ist nur von einem Ort in Skåne die Rede. Aber alle, die etwas über die schwedische Neonazi-Szene wissen, können auf ihn kommen und halb Svedala sowieso. Hat er wirklich etwas damit zu tun, wird er schnell verduften, wenn er diesen Artikel liest. Und dann wird es womöglich noch schwieriger, ihn zu fassen.»

«Was machen wir denn jetzt?»

«Wir versuchen es noch mal in seiner Wohnung und holen ihn zum Verhör. Ist er nicht da oder macht er nicht auf, rufen wir den Schlüsseldienst. Wir haben einen Durchsuchungsbeschluss.»

«Gut. Wo treffen wir uns?»

«Am selben Ort wie gestern. In einer Viertelstunde.»

Lisa Berggren seufzte laut.

«Bengt, wir hätten Josefin Mjörner schon am Freitag deswegen ausquetschen sollen. Sie hat wichtige Informationen zurückgehalten und außerdem dazu beigetragen, sie zu vertuschen. Behinderung polizeilicher Ermittlungen, glaubst du nicht, der Staatsanwalt hätte uns das abgekauft?»

«Kaum. Komm mal wieder runter, Lisa. Ich dachte, wir wären uns in dieser Sache einig. Wie würde das denn aussehen, wenn wir einen schwedischen Filmstar in tiefer Trauer einbuchten?»

«Du bist wirklich rührselig, Bengt.»

«Nein, ich verhalte mich nur taktisch klug. Was wir jetzt am allerwenigsten gebrauchen können, ist eine Diskussion über unsensible Polizeiarbeit. Das würde uns nicht nur Kraft kosten, sondern damit würden wir uns auch die Sicht verstellen.»

«Na, dann gib mal Gas. Ich spür's, heute schnappen wir ihn», sagte Lisa und beendete das Gespräch.

Aronsson warf einen Blick auf die Uhr neben dem Tacho. Es war Viertel nach acht. Er beschleunigte und wechselte auf die linke Spur. Lisas Eifer war verständlich, aber er hielt nicht viel von der sogenannten Rechtsextremen-Spur. Jimmy Bengtsson war vermutlich nur zufällig vorbeigekommen und wollte Khaled vor der Pizzeria spontan ein bisschen Angst einjagen. Dass er abgehauen war, als er Lisa sah, musste nicht unbedingt etwas bedeuten. Es konnte auch der Reflex seines Reptilienhirns gewesen sein. Oder er hatte Drogen bei sich, das war die häufigste Ursache dafür, vor der Polizei wegzurennen.

Sicherlich hatte er Khaled in irgendeiner Form gedroht. Ihm zufolge hatte er unter anderem gesagt, dass Khaled und seine Geschwister ihren Vater bald in der Hölle wiedersehen würden. Aber deswegen den unbeherrschten Siebenundzwanzigjährigen des Mordes an Osman Faqiri zu verdächtigen ging doch zu weit.

Jimmy Bengtssons Strafregister war allerdings nicht ohne.

Viermal war er in Haft gewesen, zweimal wegen Körperverletzung, einmal wegen Betrug und einmal, als Verantwortlicher für eine Internetseite mit neonazistischem Gedankengut, wegen Volksverhetzung. Seine schlimmsten Vergehen lagen schon ein paar Jahre zurück, und er hatte den Angaben zufolge den fanatischen Flügel der schonischen Neonazis verlassen und sich den etwas seriöseren Nationaldemokraten angeschlossen.

Nein, für Aronsson war Jimmy Bengtsson kein Mörder. Dagegen teilte er inzwischen Lisa Berggrens Meinung über Josefin Mjörner. Die Schauspielerin hatte sie hinters Licht geführt, das war eindeutig. Ihre Erklärung, warum sie Jimmy Bengtsson nicht erwähnt und Khaled aufgefordert hatte, ebenfalls kein Wort über ihn zu verlieren, war in gewisser Weise nachvollziehbar. Aber für Aronsson war ihr Verhalten unverzeihlich.

Als Mjörner am Freitagnachmittag mit Khaleds Aussage konfrontiert worden war, hatte sie erklärt, aus Rücksicht auf Jimmys Mutter geschwiegen zu haben, die sie gut kannte und die dem Netzwerk der Humanistischen Alternative angehörte. Jimmy hatte zwar eine ansehnliche kriminelle Vergangenheit und der Familie früher schon gedroht. Mjörner gab auch zu, dass er vor einem Jahr der Polizei den Tipp gegeben hatte, dass die Faqiris bei ihr wohnten. Das habe Jimmys Mutter erzählt. Aber der junge Mann habe sich seitdem sehr verändert und Josefin Mjörner freue sich für die Mutter, die so lange gelitten habe und nun endlich Licht am Ende des Tunnels sehe. Aufgrund seiner alten Sünden wolle sie Jimmy nicht unnötig anschwärzen.

Nach dieser Erklärung hatte Lisa wie eine wütende Katze gefaucht, während Aronsson mit für ihn ungewöhnlich barscher Stimme darauf hinwies, dass die Polizei und nicht Josefin Mjörner entscheide, was für die Ermittlungen wichtig sei. Am Ende hatte die Schauspielerin geweint und sich für ihr eigenmächtiges Handeln entschuldigt.

So weit, so gut. Aber nun, da die Abendzeitungen die Witterung aufgenommen und sich auf die Rechtsextremen-Spur eingeschossen hatten, wäre es besser gewesen, sie hätten Jimmy gefasst. Sie hatten ihm gestern einen Besuch abstatten wollen, jedoch ohne Erfolg. Er war nicht zu Hause, und seine arme Mutter, die vom neu erwachten Interesse der Polizei an ihrem Sohn völlig überfordert war, wusste nicht, wo er steckte.

Aronsson war so in Gedanken versunken, dass er beinahe die Ausfahrt nach Svedala verpasst hätte. Im letzten Moment verließ er die Autobahn und näherte sich der Gemeinde.

Er konnte sich nicht erklären, woher die Medien den Tipp mit Jimmy Bengtsson hatten. Dass es in der Mordkommission ein Leck gab, war nicht sehr wahrscheinlich. Nicht zu einem so frühen Zeitpunkt, wo nicht viele von Bengtssons Begegnung mit Khaled wussten. Vielleicht brodelte auch die Gerüchteküche in dem kleinen, verschlafenen Svedala, weil jemand gesehen hatte, wie Lisa Jimmy über den Marktplatz gejagt hatte.

Als er eintraf, waren Lisa Berggren und Erik Thorsell schon da. Sie hatten hinter dem kleinen Wasserwerk geparkt, das gegenüber dem gepflegten zweistöckigen Wohnhaus in der Sveagatan lag, in dem Bengtsson wohnte. Aronsson stellte sein Auto hinter Lisas und begrüßte seine Kollegen. Erik Thorsell war in seinem Alter, aber einen Kopf kleiner und fast dreimal so breit. Die beiden hatten vor zehn Jahren oft zusammengearbeitet und wurden wie das berühmte dänische Komikerpaar aus der alten Vormittagsserie Pat und Patachon genannt. Besser als Kling und Klang, die beiden Polizisten aus Pippi Langstrumpf. Aronsson umarmte Thorsell. Er war fast ein Jahr lang nach einem schweren Herzinfarkt krankgeschrieben gewesen, aber nun war er nach eigenem Bekunden vollkommen wiederhergestellt. Der noch immer riesige Bauch und die Kippe, an der er gierig sog, bis er sie fortwerfen musste, um sich nicht die Finger zu verbrennen, weckten bei Aronsson Zweifel an der Aussage seines Kollegen. Er erlebt die Pensionierung nicht mehr, dachte er besorgt.

«Und wie geht's dir?», fragte Thorsell mit heiserer Raucherstimme. «Deiner Frau und den Kindern und so.»

«Danke, gut, Erik. Ich lade dich nachher zum Lunch ein, dann können wir reden», antwortete Aronsson knapp.

Er merkte, dass Lisa endlich loslegen wollte. Sie brauchte mehr als jeder andere einen Durchbruch in dem Fall.

«Du bleibst vor dem Haus, Thorsell, Bengt und ich gehen zu ihm rauf. Wenn Jimmy in seiner Wohnung ist, müssen wir darauf gefasst sein, dass er ausflippt», erklärte sie.

Aronsson und Thorsell nickten schweigend.

«Alles klar, Jungs. Dann los.»

Aronsson folgte Lisa um die Hausecke und durch den Eingang, der auf der Rückseite des Hauses lag. Hier musste jemand vor kurzem geputzt haben. Es roch im Treppenhaus sauber und angenehm nach Bodenreiniger.

Sie gingen in den ersten Stock und postierten sich links und rechts von Jimmy Bengtssons Tür, auf der ein Aufkleber mit der schwedischen Flagge und den Worten «Volk, Familie, Vaterland» in dem gelben Kreuz prangte. Sicherheitshalber legte Aronsson die rechte Hand auf das Pistolenholster.

Jimmy Bengtsson wachte mit einem Ruck auf. Zuerst dachte er, er hätte geträumt, aber dann klingelte es wieder an der Tür. Beharrlicher als das erste Mal. Er reckte sich nach seiner Armbanduhr und tastete hektisch den Nachttisch ab.

Aber seine Bewegungen waren zu schnell und unbeherrscht. Gerade als er die Uhr nehmen wollte, glitt sie ihm aus der Hand und fiel auf den Parkettboden.

Das machte keinen großen Lärm. Das Geräusch hätte man kaum bemerkt, wenn es nicht so still gewesen wäre.

Aber so genügte es, dass jemand vor der Tür mitbekam, dass er zu Hause war. Jetzt konnte er den unwillkommenen Besuch nicht mehr ignorieren.

Tobbe war es wohl kaum, er hätte gegen die Tür gehämmert und herumgebrüllt, wenn er nicht sofort aufgemacht hätte. Jesper konnte es auch nicht sein, der hätte keine Geduld gehabt zu warten und wäre wieder gegangen. Und seine Mutter hätte die Briefklappe hochgehoben und nach ihm gerufen.

Es müssen die Bullen sein, dachte er und verfluchte sich, weil er nicht früher aufgewacht war und sich wie geplant vom Acker gemacht hatte.

Es dauerte keine Minute, bis er sich angezogen hatte. Es klingelte nochmals, als er gerade den letzten Hemdknopf zumachte. Verärgert. Aufdringlich. Bedrohlich. Dann eine Stimme:

«Jimmy! Mach auf!»

Eine Frauenstimme. Eine Bullenstimme. Er erkannte sie wieder, darin war er gut. Die Stimme gehörte der Polizistin, die er vor der Pizzeria abgehängt hatte.

«Mach die Tür auf, Jimmy! Hier ist die Polizei. Wir wissen, dass du da bist!»

Er nahm sein Jackett und versicherte sich, dass seine Brieftasche in der Innentasche steckte.

Und die Schlüssel? Wo zum Henker hatte er die hingelegt?

Dann fiel es ihm wieder ein. Sie waren in dem Mantel, der an der Garderobe im Flur hing. Jimmy schlich auf Zehenspitzen in den Flur hinaus, das Parkett knarrte.

Jetzt war es nur noch ein halber Meter bis zur Tür. Sein Herz pochte. Sollte er den Mantel mitnehmen? Nein, er war zu groß und unpraktisch. Er ließ ihn hängen und fischte den Schlüsselbund heraus. Es klapperte.

Die Türklinke ging nach unten. Auf seinen Nasenflügeln bildeten sich kleine Schweißperlen. Jetzt riefen zwei Stimmen nach ihm. Zwei Bullenstimmen. Er schlüpfte in seine blankgewienerten schwarzen Halbschuhe und band die Schnürsenkel mit einem Doppelknoten über der Schleife.

Das konnte klappen. Der erste Stock war nicht so hoch, und er würde auf dem weichen Rasen oder in dem Busch an der Hauswand landen. Das Auto stand um die Ecke. Wie lange würde das dauern? Maximal eineinhalb Minuten.

Jimmy öffnete die Balkontür und trat hinaus. Er kletterte über das Geländer, hielt sich daran fest und ließ seinen Körper leicht hin und her baumeln.

Als er so dahing, hörte er, wie es erneut an der Tür klingelte. Gut, dachte er. Dann habe ich noch Zeit. Er sah hinunter, holte Schwung, wartete auf den richtigen Moment und ließ los. Der Fall war tiefer als gedacht, aber er landete wie geplant im Busch und stand etwas benebelt auf.

Er konnte noch denken, dass er zu schlau war für die Bullen. Dass er sie wieder einmal an der Nase herumgeführt hatte. Dann kam der Schlag. Er ging zu Boden und spürte ein enormes Gewicht auf sich. Seine Lunge wurde zusammengepresst, und er bekam keine Luft mehr.

Es dauerte ein paar Sekunden, bis er begriff, was da auf ihm lag. Ein Bauch. Ein gigantischer Bauch, der sich nicht wegschieben ließ. Dann hörte er eine Stimme oberhalb des Bauches.

«Lisa, Bengt! Ich hab ihn! Beeilt euch!»

Josefin Mjörner schenkte sich noch ein Glas Wein ein und leerte es in drei Zügen. Sie stellte die Flasche wieder hinter die Bücher ins Regal und ließ sich in ihren Sessel sinken. Es war vormittags Viertel nach zehn.

Nein, sie würde nicht wieder so unkontrolliert trinken. Das hier war eine Ausnahme. Sie musste nur entschleunigen und sich beruhigen. Abstand von diesem Stress gewinnen und sich ein wenig ablenken. Lundberg sprang auf ihren Schoß und legte sich hin. Er begann sofort zu schnurren, und sie konnte seine Körperwärme spüren.

«Was würde ich bloß machen ohne dich?», fragte sie den großen Kater und streichelte liebevoll seinen Rücken.

Sie griff nach dem Album auf dem Salontisch neben ihr und begann zu blättern. Es war, als sähen die Kinder auf den Fotos sie nun mit anderen Augen an.

Sie kannte alle ihre Namen im Schlaf. Wie viele Stunden hatte sie nicht hier allein mit Lundberg gesessen und in dem Album geblättert? Nach und nach hatte sie es mit neuen Bildern anderer Kinder gefüllt. Erlebt, wie die Sammlung angewachsen war. Und war selbst mit ihr gewachsen. Sie gaben ihr so viel Kraft, die Kinder. Ihre Kinder.

Jetzt brauchen sie mich mehr denn je, dachte sie. Ich darf sie nicht im Stich lassen. Ich darf niemals die Sache verraten.

Die Anstrengungen der letzten Tage hatten sie viel gekostet. Aber sie hatte durchgehalten. Und nun hielt sie das Album mit ihren Schätzen in Händen, betrachtete die Kindergesichter und spürte, dass es alle Mühen und Opfer wert war. Es musste weitergehen, so vieles wollte sie noch bewegen.

Die Journalisten, die sie nach dem Todesfall mit Fragen bestürmt hatten, hatten trotz allem Taktgefühl bewiesen. Sie hatten ihre Trauer respektiert und sie nach der Pressekonferenz vom Samstag in Ruhe gelassen. Sie erinnerte sich nur bruchstückhaft daran, aber Harald hatte gesagt, sie sei gut gewesen. Richtig gut sogar. Das konnte sie noch, vor großen Auftritten in sich gehen und sich sammeln.

Leyla Abdallahs Interview hatte ein enormes Echo ausgelöst. Das Mädchen konnte wirklich schreiben! Sie hatte das Richtige getan und sich ihr anvertraut. Der Artikel berührte die Herzen der Menschen, das belegten auch die zahlreichen Mails, die bei der Humanistischen Alternative eingingen und die Harald ihr vorgelesen hatte. Heute würden sicher noch mehr Reaktionen per Post eintreffen. Der Briefträger würde bald hier sein, und darauf freute sie sich.

Wie schnell alles gegangen war. Nicht einmal in ihren wildesten Phantasien hätte sie sich das träumen lassen, als Harald und sie vor einem halben Jahr das Netzwerk zu einer politischen Partei gemacht hatten. Siebeneinhalb Prozent in der letzten Meinungsumfrage und ein ständiger Zustrom neuer Mitglieder und Gönner. Sie sollten sich um entsprechende Räumlichkeiten kümmern und jemanden Vollzeit für die administrativen Dinge einstellen. Es war nicht länger möglich, die Partei vom Hof aus zu leiten. Sie war zu groß geworden.

Aber das konnte warten. Jetzt musste sie vor allem noch ein paar Tage durchhalten. Die Polizei hatte angedeutet, dass die rechtsmedizinische Untersuchung der Leiche bald beendet sei, sodass Osman endlich bestattet werden konnte. Das war für die Familie wichtig. Dem Propheten Mohammed zufolge muss ein Muslim ohne Aufschub begraben werden, am besten innerhalb von vierundzwanzig Stunden. Sonst besteht die Gefahr, dass der Teufel sich der Seele des Toten bemächtigt. Inzwischen war seit seinem Tod eine Woche vergangen, und Osmans Witwe kam nicht zur Ruhe. Sie ging wie ein unruhiger Geist im Haus herum. Zum Glück hatte sie der verständnisvolle Imam aus dem Islamic Center in Malmö etwas beruhigt. Solange die Leiche nicht geschändet wurde, konnten die Gerichtsmediziner sie gerne untersuchen. Sie arbeiteten schließlich für eine gute Sache, hatte der Imam gesagt. Allah half den Ärzten und der Polizei, damit sie den Schuldigen fand.

Sie lehnte den Nacken gegen das Samtkissen, das über der Rückenlehne hing, und schloss die Augen. Obwohl es im Zimmer still war, dröhnten die Geräusche in ihren Ohren. Klopften gegen das Trommelfell. Bohrten sich in ihre Gehörgänge. Geschirrgeklapper, kleine Füße, die über den Boden liefen, plötzlich ein dumpfer Knall, gefolgt von Weinen, das kein Ende nahm. Geschrei. Manchmal ein kurzes Lachen. Stimmen. Ein Wortschwall, von dem sie nur wenig verstand. Paschtu, ihre Muttersprache.

An die Gerüche konnte man sich leichter gewöhnen, aber penetrant waren sie trotzdem. Der Dunst des Essens, das die Mutter kochte, ihr süßes Parfum, das Waschpulver, mit dem sie die Kleider ihrer Kinder wusch.

Es war anstrengend, dass die Familie hier wohnte. Natürlich lagen ihr die Kinder sehr am Herzen, aber sie war es nicht gewohnt, sie ständig in ihrer Nähe zu haben. Bis auf weiteres war das jedoch nicht zu ändern. Nächste Woche würden sie die Sozialarbeiter treffen und über eine vernünftige Lösung diskutieren. Sie ging davon aus, dass die Familie die permanente Aufenthaltserlaubnis erhalten würde. Dringendere Gründe als die in diesem Fall vorliegenden ließen sich wohl kaum finden.

Die Gemeinde würde sicherlich in Svedala ein Dach über dem Kopf für die Familie organisieren, und die Kinder könnten in die Schule gehen. Trotz allem sah ihre Zukunft nicht schlecht aus. Und sie würde für sie da sein, wenn sie gebraucht wurde. Nach all den Jahren auf der Flucht könnten sie endlich ein normales Leben führen, neue, schwedische

Freunde kennenlernen und ein Teil der Gesellschaft werden. Sie war davon überzeugt, dass sie über den Tod ihres Vaters hinwegkommen würden. Auch wenn es ihr gegen den Strich ging, so zu denken, war sein Tod nicht nur von Nachteil. Die Trauer und der Verlust konnten mit Erleichterung darüber aufgewogen werden, dass sie nicht länger verfolgt wurden und sich verstecken mussten. Schon jetzt war Zarmina anzumerken, dass sie ein Fünkchen von ihrem verloren geglaubten Lebenswillen wiedergefunden hatte. Sie aß wieder mehr und lag nicht den ganzen Tag im Bett. Ein Arzt aus dem Netzwerk hatte sie sich angesehen und gemeint, ihr gehe es am besten, wenn sie im Kreis ihrer Familie bleibe. Sie brauche diese Sicherheit und die Nähe zu Khaled. Er war ihr Fels, wenn die Mutter keine Kraft mehr hatte.

Sie war das große Problem. Hamida. Mehrmals war sie laut geworden, wenn sie auf Paschtu mit Khaled sprach. Josefin hatte ihn gefragt, was sie gesagt habe, aber er hatte nicht darüber reden wollen und nur geantwortet, dass sie traurig sei, was sich aber bald wieder legen werde.

Khaled hatte es wirklich schwer. Sie machte ihm keinen Vorwurf, weil er der Polizei von Jimmy erzählt hatte. Es war ihr Fehler, dass alles so kompliziert geworden war. Sie hätte ihm nie sagen dürfen, er solle nichts von Lilians Sohn erzählen. Khaled war sehr tapfer. Er hatte das Verhör mit der Beamtin durchgestanden, ohne die Fassung zu verlieren.

Jetzt musste diese schreckliche Frau ihn endlich in Ruhe lassen! Er hatte nichts mehr zu sagen. Kommissar Aronsson sollte seiner jüngeren Kollegin die Hammelbeine langziehen. Er war ein viel angenehmerer Mensch, auch wenn er vorhin ungehalten geworden war. Wie dumm von ihr, Lilians Sohn schützen zu wollen! Diesen Fehler wollte sie kein zweites Mal begehen. Ihr wurde klar, dass sie niemals auf Lilians Bitten hätte eingehen sollen. Das hatte sie bei der

Polizei in ein schlechtes Licht gerückt. Ihre Glaubwürdigkeit hatte Schaden genommen. Jetzt war sie gezwungen, das Vertrauen von neuem aufzubauen, sodass Aronsson sich in Zukunft auf sie verlassen konnte. Sie hatte ihm den alten Drohbrief ausgehändigt, den Jimmy geschickt und den sie in ihrer Schreibtischschublade versteckt hatte. Nun hatte die Polizei etwas, womit sie arbeiten konnte, wie Harald sich ausgedrückt hatte.

Josefin kraulte Lundberg hinter einem Ohr, der immer noch schnurrte. Durch seine Nähe und den Alkohol im Blut konnte sie sich leichter entspannen. Alles würde wieder gut werden. Es würde besser werden, wenn Osman unter der Erde war.

Sie griff reflexartig nach ihrem Weinglas und führte es zum Mund. Aber dann merkte sie, dass es leer war, und hielt inne. Nein, sie würde nichts mehr trinken. Das war genug.

Aber vielleicht noch ein allerletztes Gläschen. Damit der Schwips, der sich eingestellt hatte, nicht so schnell wieder verschwand.

Sie setzte Lundberg behutsam auf den Boden, ging zum Bücherregal und nahm die Weinflasche heraus. Ein halbes Glas, mehr nicht. Sie trank es in einem Zug leer. Dieses Mal versteckte sie sowohl das Glas als auch die Flasche hinter den Büchern. In der Flasche war noch ein Anstandsrest.

Lundberg folgte ihr wie ein Schatten. Er strich um ihre Beine und reckte seinen Schwanz in die Höhe, sodass er wie ein erigierter Penis aus Fell aussah. Das war seine einzige Art, sich männlich zu geben, der arme kastrierte Teufel.

«Ich trinke jetzt nichts mehr, mein Freund. Das verspreche ich dir», sagte sie zu dem Kater, ging zurück und setzte sich mit ihm wieder in den Sessel.

Sie ließ den Blick über die Filmposter an den Wänden schweifen, der bei *Frühlingselegie* hängenblieb. Es war schön, dass Allan seine Karriere mit einem großen Film abschließen und ihm nach der Premiere noch Zeit blieb, die wunderbaren Rezensionen zu lesen.

In den letzten Jahren war er zwischen seinen wiederkehrenden Angstattacken meist ein grantiger, verbitterter alter Mann gewesen. Das Leben mit ihm war die reinste Hölle gewesen. Aber während der Dreharbeiten war er wieder aufgeblüht und hatte mit den letzten Reserven seiner Genialität geglänzt und seinen Charme spielen lassen. Jetzt konnte sie trotz allem mit einem warmen Gefühl auf ihre vielen gemeinsamen Jahre zurückblicken. In seinen guten Zeiten hatte er sie auf eine unverwechselbare Weise geliebt, wie niemand vorher oder nachher. Er hatte ihr die Liebe gegeben, die sie als Kind so sehr entbehrt hatte. Sie hatte ihm so gern ein Kind schenken wollen. Auch um ihrer selbst willen. Damit sie ein für alle Mal diesen kalten Windhauch loswurde, der ihr eine Gänsehaut verursachte, wenn sie daran dachte, wie ihre Eltern sie in ihrer Jugend behandelt hatten. Das war ihr großes Unglück, dass sie und Allan kein Wunschkind miteinander bekommen konnten.

Obwohl ihre Eltern seit über zwanzig Jahren tot waren, wusste sie, dass die ständigen Zurechtweisungen ihres Vaters und die vorwurfsvollen Blicke ihrer Mutter sie immer begleiten würden. Bis sie selbst unter die Erde kam.

Als kleines Mädchen war sie ein Musterkind gewesen, das sämtliche Erwartungen ihrer Mutter erfüllt hatte. Sie hatte Ballett getanzt und Gesangsunterricht genommen, war eine der besten Schülerinnen ihrer Schule gewesen und hatte sich sehr bemüht, ihren Eltern alles recht zu machen. Ihre Mutter hatte ihr ständig im Nacken gesessen, hatte mit ihr Tonleitern auf dem Klavier geübt, sie zum Ballett gefahren, auch wenn sie erkältet war oder Fieber hatte. Das sei gut für den Charakter, hatte die Mutter erklärt. Durchzuhalten, auch wenn es weh tat.

Ihre Mutter hatte hochfliegende Pläne für sie gehabt. Josefin sollte der große Star werden, der sie selbst nie gewesen war. Damit sie sagen konnte, dass sie ihre Gene weitergegeben hatte. Dass die Schauspielambitionen der Mutter nie für mehr als ein paar kleine Nebenrollen gereicht hatten, hatte keine Bedeutung. Die Leute würden begreifen, dass sie das Talent vererbt hatte.

Als Josefin älter wurde und ihren eigenen Willen durchzusetzen versuchte, begannen die Probleme. Und als sie sich für Jungen zu interessieren begann. Sie war ein frühreifes Mädchen gewesen. Schon mit dreizehn traf sie sich heimlich mit einem drei Jahre älteren Jungen nach der Schule. Sie hatte ihn geküsst, und er hatte sie durch die Kleider berührt. Sie wusste, dass das streng verboten war, aber das Verlangen war zu groß. Das ging so weiter, und Josefin wurde älter und wagemutiger. Fünfzehn Jahre. Knutschen und Petting. Vielleicht unschuldig aus heutiger Sicht, aber absolut unpassend für ein junges, ehrbares Mädchen von damals. Die Eltern hatten sie mit einem Jungen auf ihrem Zimmer erwischt, als sie eines Abends unerwartet eine Stunde früher aus dem Theater heimgekommen waren. Es hatte riesigen Ärger gegeben. Der Vater hatte sie geohrfeigt, dass ihre Lippe aufgeplatzt war. Danach hatten sie sie eingeschlossen. Eine ganze Woche musste sie allein in ihrem Zimmer verbringen. Die Mutter hatte ihr auf einem Tablett dreimal täglich Essen hereingebracht und den Nachttopf morgens und abends geleert, aber kein Wort mit ihr geredet.

Immer wenn sie an diese erniedrigende Behandlung dachte, legte sich ein Druck auf ihre Brust, den sie bis heute verspürte.

Die Strafe der Eltern hatte nichts geholfen, und es war

wohl Gottes Art, stattdessen sie zu bestrafen. Josefin hatte sich weiterhin mit Jungen und später mit Männern getroffen.

Doch daran wollte sie nicht mehr denken, der Druck auf der Brust wurde zu stark. Sie wollte diese Zeit vergessen. Jedenfalls bis Allan aufgetaucht war und sie gerettet hatte. Als sie die Hauptrolle in *Und der Sommer schwand* bekommen hatte, war ihre Mutter derart aus dem Häuschen gewesen, dass sie die alten Sünden ihrer Tochter rasch vergessen und sie wieder in ihr Herz geschlossen hatte. Aber dann erfuhren die Eltern, dass sie ein Verhältnis mit dem älteren Regisseur hatte, und sie sahen wieder rot. Die Skandalartikel in der Presse taten ihr Übriges. Die Eltern wollten sie zwingen, wieder nach Hause zurückzuziehen, aber sie war volljährig und hatte sich entschieden. Für Allan. Allan, den Retter, den Liebhaber. Er war leidenschaftlich, aber auch zärtlich. Deshalb blieb sie bei ihm, trotz des Altersunterschieds. Er beschützte sie wie ein Vogeljunges, wenn sie sich verletzlich fühlte und weinte.

Es gab andere Frauen in seinem Leben, das wusste sie. Er hatte seine kleinen Affären. Aber das machte ihr nichts aus, sie empfand die anderen Frauen nie als eine Bedrohung. Sie war schließlich sein kleines Vogeljunges. Manchmal rissen seine Angstattacken ihn so in die Tiefe, dass er sich nicht um sein kleines Vogeljunges kümmern konnte. Aber das ging vorüber, und diese Gewissheit gab ihr Halt. Sie und Allan gehörten zusammen.

Sie und die Bühne gehörten auch zusammen. Sie liebte es, im Rampenlicht zu stehen. Das Licht der Scheinwerfer, das Publikum im Parkett, der donnernde Applaus nach der Vorstellung, der bisweilen Minuten andauerte. Ein Vorhang und noch ein Vorhang. Das Publikum liebte sie. Diese Liebe beruhte auf Gegenseitigkeit.

Oder wenn bei Dreharbeiten jede noch so kurze Szene bis zur Perfektion wiederholt werden musste. Er, Allan, nahm jedes winzige Detail ganz genau.

Nachdem sie ein großer Star geworden und die allgemeine moralische Entrüstung über ihre Beziehung mit Allan abgeebbt war, waren ihre Eltern wieder aus der Versenkung aufgetaucht. Sie taten so, als sei nichts gewesen, und versuchten sich bei Allan anzubiedern. Sie hatte sie kurzgehalten. War höflich, aber reserviert geblieben. Hatte sie nicht an ihrem Leben teilhaben lassen. Sie waren nicht einmal zur Hochzeit eingeladen gewesen. Allan und sie hatten während der Dreharbeiten in den USA geheiratet, weit weg von den schwedischen Blutsaugern. Der einzige schwedische Gast war der Filmkritiker Jörn Häger gewesen. Es war so tragisch, dass er auf seine alten Tage an Demenz litt. Sie hatte gehört, dass er in einem Altenheim in Malmö wohnte. Vor einigen Monaten hatte sie ernsthaft überlegt, ihn zu besuchen, aber sich das schließlich aus dem Kopf geschlagen. Es war besser, ihn so in Erinnerung zu behalten, wie er gewesen war; so diabolisch boshaft zu seinen Feinden wie liebenswert und aufopfernd zu seinen Freunden. Er war eine unersetzliche Stütze gewesen, als ihre Eltern sich von ihr abgewandt hatten.

Es war wohl Ironie des Schicksals: Obwohl sich der Wunsch der Mutter in Bezug auf die Zukunft ihrer Tochter erfüllt hatte, konnte sie sich nicht in deren Glanz sonnen.

Ein leises Klopfen an der Tür weckte sie aus ihren Tagträumen. Sie zog aus ihrem Morgenrock eine Schachtel Läkerol und nahm eine Pastille.

«Herein», rief sie matt.

«Liebste, was ist mit dir?»

Sie mochte es nicht, wenn er sie so anredete.

«Was soll mit mir sein?», erwiderte sie irritiert.

«Du siehst erschöpft aus.»

«Ja, was denkst du denn, nach allem, was ich durchgemacht habe?»

Er musterte sie besorgt.

«Hast du getrunken?»

Sie fuhr so abrupt aus dem Sessel hoch, dass der Kater erschrocken sein Fell aufstellte, vom Schoß sprang und sich hinter dem Sekretär versteckte.

«Seit wann bist du mein Vater?! Über mein Leben bestimme ich!» Sie blieb vor ihm stehen, immer noch mit wütendem Blick, und schwankte leicht hin und her.

«Entschuldige, Josefin. So hab ich das nicht gemeint», sagte er und wirkte verletzt.

Ihr war klar, dass sie gründlich über die Stränge geschlagen und die Selbstbeherrschung verloren hatte.

«Ich habe überreagiert. Das ist nicht dein Fehler, Harald. Ich habe es bloß so satt, dass alle eine Meinung über mich haben.»

Er lächelte sie liebevoll an.

«Ich verstehe, Josefin, schon in Ordnung. Aber sei bitte nicht so laut, du hast Besuch.»

«Wer ist es denn?»

«Lilian. Sie hat geweint und will unbedingt mit dir sprechen. Über Jimmy.»

Die Schauspielerin seufzte und ordnete ihr volles, widerspenstiges Haar.

«Ach, diese vielen Menschen, und alle wollen sie etwas von mir! Meine Kräfte reichen nicht ewig. Ich bin auch nur ein gewöhnlicher Mensch aus Fleisch und Blut.»

Sie sank wieder in ihren Sessel und stellte fest, dass Lundberg fehlte.

«Komm, mein Lieber, Miez, Miez. Komm zu Mama», lockte sie den Kater.

Lundberg war nicht nachtragend. Als er hörte, dass ihre Stimme wieder sanft und leise war, kam er aus seinem Versteck hervor und hüpfte wieder auf ihren Schoß. Sie kraulte ihn vorsichtig unter dem Kinn. Der Kater schloss die Augen und genoss die Liebkosung.

«Was kann ich jetzt noch für sie tun?», fragte sie rhetorisch. «Jimmy hat Khaled gedroht und muss dafür geradestehen. Meine Möglichkeiten sind erschöpft.»

«Ja, da gebe ich dir vollkommen recht. Aber sie sagt, sie muss dich unbedingt sehen. Es dauert nur ein paar Minuten.»

«Nein, ich kann nicht. Ich habe fürchterliche Kopfschmerzen. Ich halte das nicht aus, dass sie jeden zweiten Tag angelaufen kommt. Ich habe auch ein Privatleben, und die Familie braucht Ruhe, nach allem, was passiert ist.»

«Gut. Ich werde dafür sorgen, dass sie wieder verschwindet. Ich teile ihr mit, dass sie dich beim nächsten Netzwerktreffen sehen kann.»

«Das ist keine gute Idee, Harald. Erklär ihr lieber, dass es besser ist, wenn sie sich eine Weile nicht blicken lässt, bis sich alles wieder beruhigt hat. Weise sie auf ihre eigene Situation hin. Sie würde nur riskieren, von Journalisten belagert zu werden, wenn rauskommt, dass die Mutter von Jimmy im Netzwerk ist.»

«Du hast recht, Liebste. Ich werde versuchen, sie zur Vernunft zu bringen. Brauchst du im Moment irgendetwas?»

«Nur etwas Ruhe. Wo ist die Familie?»

«Khaled ist joggen, und die anderen sind oben.»

«Du kannst ja mit ihnen einen kleinen Ausflug im VW-Bus machen, wenn Khaled wieder zurück ist. Sie brauchen auch mal eine Abwechslung.»

«Gute Idee. Bist du sicher, dass sonst alles in Ordnung ist?»

«Ja, Harald. Lass mich einfach ein bisschen allein. Ich brauche jetzt Zeit für mich.»

Er schloss leise die Tür hinter sich. Sie hörte Lilians weinerliche Stimme. Aber Harald beruhigte sie, und bald verstummte sie. Die Haustür fiel ins Schloss, und dann hörte sie Haralds Schritte auf der Treppe in den ersten Stock.

Sie trat ans Bücherregal und angelte die Weinflasche heraus.

«Nur noch den letzten Schluck, dann ist Schluss mit der Trinkerei. Versprochen, Lundberg. Dann ist Schluss.»

Er hatte die Hemdsärmel bis zu den Ellenbogen aufgekrempelt. Lisa Berggren konnte sich nicht entscheiden, ob ein Wikinger oder ein Indianer die Axt auf der Tätowierung hielt, die bis zum rechten Handgelenk hinabreichte. Das Motiv war laienhaft, die Farben verwischt, die Konturen unscharf. Es war einfacher, den Text in gotischen Buchstaben auf der Innenseite des linken Unterarms zu deuten: «nationaler Widerstand».

Lisa schielte zur Kamera, die unauffällig an der Wand montiert war, drückte auf die Aufnahmetaste des Videogeräts und kontrollierte am Bildschirm, der in die Tischplatte eingelassen war, ob es lief. Sie nickte Bengt Aronsson auf dem Stuhl neben sich zu.

«Das Verhör mit Jimmy Bengtsson beginnt. Heute ist Montag, der siebenundzwanzigste August, und es ist zehn Uhr fünfundzwanzig. Ich, Kriminalkommissarin Lisa Berggren, leite das Verhör, und Kriminalkommissar Bengt Aronsson unterstützt mich. Ich will damit anfangen, dass ...»

«Was wird mir vorgeworfen?», unterbrach er sie, bevor sie die erste Frage stellen konnte.

«Es liegt keinerlei Verdacht gegen Sie vor. Noch nicht.

Wir haben Sie zum Verhör mitgenommen, damit wir mit Ihnen reden können.»

Sie verstummte und wartete auf eine Reaktion. Jimmy Bengtsson war kein Greenhorn. Es war nicht das erste Mal, dass er in einem Verhörzimmer einem Beamten gegenübersaß und überlegte, wie er am besten aus einer Klemme herauskam. Er kannte seine Rechte. Deshalb war es besonders wichtig, dass sie sich exakt an die Regeln hielten, damit er nicht im Nachhinein auf irgendeinen Formfehler verweisen konnte, der eventuell vor Gericht Probleme machen würde. Nachdem sie im Präsidium in Malmö angekommen waren und bei Jimmy eine Leibesvisitation durchgeführt hatten, blieben ihnen vier Stunden. Wollten sie ihn länger behalten, musste ein Haftbefehl von der Staatsanwaltschaft vorliegen.

Jimmy Bengtsson lehnte sich zurück und kippelte mit dem Stuhl. Lisa merkte, dass er unter Druck stand, obwohl er versuchte, seine Unruhe hinter einem starren Grinsen zu verbergen.

«Ich glaube nicht, dass ich so viel Lust zum Reden habe wie Sie», sagte er. Er änderte seine Sitzposition und stützte die Ellenbogen auf die Tischplatte. Ihr schlug sein Atem entgegen. Er roch nach Knoblauch.

«Eigentlich müsste Ihr fetter Kollege hier sitzen und ausgequetscht werden, nicht ich. Er hätte mich fast erdrückt. Wo ist er denn jetzt? Unterwegs, Bratwurst kaufen?»

Er lachte nervös und künstlich auf. Lisa Berggren verzog keine Miene.

«Wenn Sie mit Ihren geistreichen Witzen fertig sind, können wir ja vielleicht mit dem Verhör anfangen», sagte sie.

«Warum bin ich überhaupt hier?»

«Gut, wir können auch gleich aufhören, wenn es das ist,

was Sie wollen. Dann gehe ich in mein Büro und rufe den Staatsanwalt an, um zu hören, was wir seiner Meinung nach tun sollen. Hört sich das besser an?»

Lisa machte das nicht zum ersten Mal. Sie wusste, dass es Jimmy nicht darauf ankommen lassen würde, nur weil er nicht kooperationsbereit war, festgenommen und in eine Zelle gesperrt zu werden, die er sechsundneunzig Stunden später erst wieder verlassen konnte. Und vielleicht würde er dann vor dem Strafgericht landen und zu einer längeren Freiheitsstrafe verurteilt werden. So dumm war er nicht.

«Dann fangen Sie an. Es wird sich dann schon rausstellen, ob ich Licht ins Dunkel bringen kann», sagte er sarkastisch.

«Warum haben Sie letzten Freitag vor der Pizzeria in Svedala mit Khaled Faqiri gesprochen?»

«Welchem Kalle?»

«Khaled Faqiri, der Junge, der draußen vor der Pizzeria am Marktplatz saß. Was wollten Sie von ihm?»

«Ich wollte nur wissen, wie es ihm geht. Er sah so einsam aus.»

«Kennen Sie ihn?»

«Nicht direkt. Ich habe in der Zeitung von der Flüchtlingsfamilie gelesen, dass sie sich verstecken müssen. Ich habe ihn auch früher mal gesehen, also, bevor sie weggezogen sind.»

«Er sagt, Sie haben ihn bedroht.»

«Dann lügt er, oder er kann kein Schwedisch.»

«Was haben Sie zu ihm gesagt?»

«Ich habe nur kurz gesagt, dass ich gehört habe, dass sein Vater tot ist, und was für eine Hölle er und seine Geschwister durchmachen müssen, obwohl sie sich gegenseitig stützen können.»

Er war schlauer, als Lisa gedacht hatte. Das, was er vorgab, zu Khaled gesagt zu haben, war gar nicht weit von der

Aussage des Jungen entfernt, vorausgesetzt, man betrachtete nur die Worte an sich. Aber indem sie verdreht wurden, bedeuteten sie plötzlich das genaue Gegenteil.

«Warum haben Sie die Flucht ergriffen, als ich gerufen habe, dass Sie stehen bleiben sollen?»

«Ich habe Angst gekriegt. Sie müssen wissen, dass es ziemlich viele Leute gibt, die es auf mich abgesehen haben. Ich meine, mit meiner Vergangenheit. Sie hätten ja alles Mögliche sein können. Ein Terrorist oder ein Fixer. Oder vielleicht ein Neonazi.»

«Wieso? Sie sind doch selbst ein Neonazi.»

«Nein, nein. Damit habe ich abgeschlossen. Ich bin Demokrat.»

«Demokrat?»

«Ja, Nationaldemokrat. Mit den Neonazis habe ich nichts mehr am Hut. Das waren Sünden, begangen in jugendlichem Leichtsinn. Ich glaube nicht mehr an die Überlegenheit der arischen Rasse.»

«Dann haben Sie nichts gegen Einwanderer?»

«Nein, nicht als Individuen. Ich finde allerdings, wir sollten nicht zulassen, dass massenhaft Fremde in unser Land strömen. Das bedroht unsere gemeinsamen Werte, die in einer Gesellschaft Sicherheit schaffen. Die Ausbreitung des Islams ist ein Angriff auf die gesamte westliche Zivilisation. Alle Völker haben ein Recht auf ihre Eigenart und Freiheit, und keinem Volk soll die Integration anderer, völlig fremder Ethnien aufgezwungen werden. Schweden steht im Begriff, in einem multikulturellen Morast zu versinken. Ich glaube an den Ethnopluralismus.»

«Aha, und was ist das?»

«Keine Rasse oder ethnische Gruppe ist mehr wert als eine andere. Es ist das Beste für die Menschen, wenn eine genetische und kulturelle Vermischung vermieden wird.»

«Etwa so wie Apartheid?»

«Das haben Sie gesagt.»

Jimmy Bengtssons Nervosität schien sich zu verflüchtigen, je ausführlicher er sein politisches Gedankengut erläutern konnte. Lisa Berggren hörte mit mäßigem Interesse zu. Sie kannte die Rhetorik der fremdenfeindlichen Parteiprogramme. Alte Ideen wurden in neue Wortgewänder gekleidet, aber hinter dieser künstlichen Fassade verbarg sich die gleiche abgestandene Botschaft: Einwanderer im Allgemeinen und Muslime im Besonderen waren die Wurzel allen Übels.

Auch bezüglich der äußeren Erscheinung hatten die Neonazis ihre alte Haut abgeworfen. Die kahlgeschorenen Köpfe, Bomberjacken und Schnürstiefel waren Anzügen und blankgewienerten Halbschuhen gewichen. Jimmy Bengtsson war ein tadelloses Beispiel dafür. Sie würde es nicht zulassen, dass seine einstudierte Tirade das Verhör zunichtemachte.

«Was halten Sie mit Ihrer politischen Überzeugung davon, dass Ihre eigene Mutter Flüchtlinge versteckt?», fragte sie.

Seine Kiefermuskeln spannten sich an, und sein Blick wurde aggressiv.

«Das macht sie nicht!»

«Aber sie ist schließlich bei der Humanistischen Alternative, das wissen Sie doch.»

«Meine Mutter hat niemals irgendwelche Flüchtlinge versteckt! Sie kennt diese Schauspielerin flüchtig und war bei einigen Treffen dabei, das ist alles.»

«Ist es wirklich so einfach, Jimmy? Sie hat immerhin Stellung für ein multikulturelles Schweden bezogen. Sie hat sich für diese Familie eingesetzt. Sie denkt vielleicht, dass diese Familie wichtiger ist als Sie. Sind Sie deshalb so wütend?»

«Ich bin nicht wütend!»

«Aber ja, das merke ich doch. Sie sind wütend auf die Familie, die Ihnen die Zuwendung Ihrer Mutter streitig macht, oder etwa nicht?»

Jimmy Bengtsson zuckte mit den Schultern, als wollte er das unangenehme Gefühl abschütteln.

«Ich weiß, worauf Sie hinauswollen», erwiderte er.

«Ach so?»

«Sie wollen es so drehen, dass ich es war, der meinen Vater umgebracht hat.»

«War es nicht so? Haben Sie ihn nicht umgebracht, weil er zwischen Ihrer Mutter und Ihnen stand?»

«Das ist doch völlig verrückt! Hören Sie überhaupt nicht, wie dumm das klingt?»

«Wo waren Sie am Abend des zweiundzwanzigsten August und in der Nacht auf den dreiundzwanzigsten?»

«Das weiß ich nicht mehr.»

«Also Jimmy, so vergesslich können Sie doch wohl nicht sein. Das ist erst fünf Tage her, letzten Mittwoch.»

Er rutschte auf dem Stuhl hin und her und schlug die Beine übereinander.

«Ich war wohl mit Tobbe und Jesper zusammen.»

«Und wer ist das?»

«Freunde aus der Partei.»

«Demokraten?»

«Nationaldemokraten. Ich glaube, wir waren bei Tobbe und haben einen Film angeguckt. Ich bin bis etwa eins geblieben, dann bin ich nach Hause.»

«Wo wohnt Tobbe?»

«In der Oststadt in Svedala.»

«Und welchen Film haben Sie angesehen?»

«Einen Spielfilm über den Zweiten Weltkrieg, den Tobbe zu Hause hatte. Ich habe vergessen, wie er heißt.»

«Dann müssen wir uns mal bei Tobbe erkundigen, ob sein Gedächtnis besser funktioniert.»

Lisa Berggren war nun genau an dem Punkt angelangt, wo sie hinwollte. Sie war überzeugt, dass Jimmy log und er etwas zu verbergen hatte. Je mehr er sich in seinen Ausflüchten und an den Haaren herbeigezogenen Erklärungen verhedderte, desto näher würde sie der Wahrheit kommen. Das Problem war nur, dass es viel Zeit kosten würde, sein Alibi zu überprüfen.

Sie befragte ihn weiter darüber, was er am Wochenende getan und warum er heute Morgen zum zweiten Mal zu fliehen versucht hatte, als sie an seiner Tür geklingelt hatten. Er antwortete ausweichend. Sein Blick flackerte, und Lisa bemerkte, dass ihm winzige Schweißperlen auf die Stirn traten. Er sei wieder mit Tobbe und Jesper zusammen gewesen, behauptete er. Sie seien in Skåne unterwegs gewesen. Am Samstag hätten sie einen Spaziergang in Bokskogen gemacht und sonst meist zu Hause bei Tobbe gesessen und Filme angeschaut.

«Dann sind Sie ja ein richtiger Filmexperte», warf Bengt Aronsson ein.

Jimmy nickte und sah den dürren Kriminalinspektor fast flehentlich an. Als wollte er, aus Furcht vor Lisa Berggrens aufdringlichen Fragen, nach dem letzten rettenden Strohhalm greifen.

«Vielleicht hätte ich mit Ihnen Kontakt aufnehmen sollen, als ich die Schlagzeilen gesehen habe. Aber eigentlich habe ich geglaubt, dass Sie die Behauptungen der Zeitungen dementieren würden. Aber da hatte ich wohl etwas zu hohe Erwartungen an Ihre Fähigkeiten, Verbrechen aufzuklären», sagte er mit höhnischem Lächeln.

Aronsson holte den Drohbrief hervor, den Josefin Mjörner ihm gegeben hatte, und legte ihn vor Jimmy auf den Tisch.

«Haben Sie das geschrieben?»

Jimmy nahm ihn in die Hand und begann zu lesen.

«Woher haben Sie den?»

«Beantworten Sie einfach meine Frage. Haben Sie das geschrieben?»

«Nein, wirklich nicht. Das ist weit unter meiner Würde.»

Bengt Aronsson und Lisa Berggren wechselten einen vielsagenden Blick. Viel weiter würden sie nicht kommen, nicht bevor sie Jimmys Aussage überprüft hatten. Sie quetschten ihn noch etwas mehr darüber aus, was er am Wochenende gemacht hatte, und machten sorgfältig Notizen. Und er musste ihnen die vollständigen Namen und Adressen seiner Freunde nennen.

«Darf ich jetzt gehen?», fragte er.

«Das können wir nicht entscheiden. Sie müssen noch ein paar Stunden unten in der Aufnahme warten, dort bekommen Sie dann Bescheid», erklärte Lisa.

Jimmy wurde ganz klein auf seinem Stuhl. Sein Blick war abwesend. Sie begleitete ihn wieder nach unten, wo er seine Schuhe und seinen Gürtel ablegen musste, bevor er die kleine Zelle betrat. Lisa fuhr mit dem Fahrstuhl wieder nach oben und ging in Aronssons Büro.

«Na, was sagst du nun?», fragte sie triumphierend und ließ sich in Aronssons Sessel fallen.

Er gab keine Antwort und begann in dem kleinen Zimmer auf und ab zu gehen, die Stirn in tiefe Falten gelegt.

«Ach, komm schon, Bengt. Der Kerl lügt, dass sich die Balken biegen!»

«Daran habe ich keinen Zweifel. Aber dafür kann es tausend Gründe geben. Das reicht für eine Festnahme einfach nicht. Wir haben nichts in der Hand, was darauf hindeutet, dass er auch nur entfernt etwas mit dem Mord zu tun haben könnte, außerdem müssen wir erst seine Aussage mit seinen Kumpels abgleichen. Und das schaffen wir nicht in der kurzen Zeit.»

«Was ist mit Nötigung?», fragte Lisa.

«Das würde vielleicht gehen. Aber liegt eine Anzeige vor?»

Lisas Miene erhellte sich.

«Doch, ja, ich habe gleich auf dem Marktplatz in Svedala eine aufgesetzt. Und mit dem Drohbrief, den Josefin Mjörner dir gegeben hat, reicht das ja wohl. Nötigung, Bengt! Wir nehmen ihn fest wegen Nötigung!»

Aronsson verzog den Mund, setzte sich an seinen Schreibtisch und wählte die Nummer des diensthabenden Staatsanwalts. Lisa Berggren hörte nervös zu, während er erklärte, worum es ging, und registrierte mit zunehmender Unruhe Aronssons bekümmerte Miene. Aber im Laufe des Telefonats glätteten sich seine Stirnfalten, und er klang immer hoffnungsvoller.

Als er schließlich grinste und Lisa die Faust mit dem Daumen nach oben zeigte, merkte sie, wie sich ihr Körper endlich entspannte. Jetzt hatten sie ihren Haftbefehl. Das war zwar noch kein endgültiger Durchbruch, aber sie hatten Zeit gewonnen, und die brauchten sie momentan am allermeisten.

DIENSTAG, 28. AUGUST

Die Männer standen in zwei Reihen vor dem Sarg. Ihre Handflächen zeigten nach oben, während der Imam das Gebet sprach. «Allahu akbar!» – Gott ist groß! –, hallte es immer wieder durch den Säulengang. Leyla dachte zuerst, sie hätte sich verguckt, aber dann musterte sie den Mann in der hinteren Reihe links außen genauer und stellte fest, dass es tatsächlich Björn Bager war. Ihr ehemaliger Kollege und Gegenspieler aus der Malmö-Redaktion hatte sich äußerlich ziemlich verändert, seit er im vergangenen Jahr seinen Job als Lokalreporter bei der Zeitung aufgegeben und eine Stelle als Kulturredakteur bei der *Mittskånska* angenommen hatte, einer in Höör erscheinenden Regionalzeitung. Er hatte sich einen klassischen Journalistenhut mit breiter Krempe zugelegt und die Haare wachsen lassen. Die ungekämmten Haarbüschel reichten wie dünne, leblose Dreadlocks bis in den Nacken. Bagers eher korpulenter Oberkörper verriet, dass er sich unter dem übertrieben langen Mantel entweder dick eingemummelt oder, was bei dem milden Wetter wahrscheinlicher war, seit dem letzten Mal ziemlich zugelegt hatte. Einige Männer neben dem Sarg hatten traditionelle muslimische Männerhosen mit weitem Schritt an, aber die meisten trugen europäische Kleidung und eine weiße, bestickte Gebetsmütze oder eine andere Kopfbedeckung. Bager fiel auf, nicht nur wegen seiner Garderobe, sondern auch weil er nicht verstand, was im Säulengang vor sich ging. Nervös schielte er zu seinem Nebenmann hinüber und versuchte, das Gebet mitzusprechen, ohne seinen Fotografen aus dem Blick zu verlieren, der den Kulturredakteur aus Höör in seiner ungewohnten Rolle als trauernder Muslim eifrig fotografierte. Absolut lächerlich und respektlos, fand Leyla.

Sie stellte fest, dass Osman Faqiris ältester Sohn Khaled ebenfalls zwischen den Männern neben dem Sarg stand. Leyla kannte ihn zwar nicht persönlich, aber sie erkannte seine hochgewachsene Gestalt und sein hübsches Profil von den Fotos wieder, die Josefin Mjörner ihr gezeigt hatte.

Armer Kleiner, dachte Leyla. Denn obwohl er einen halben Kopf größer war als die anderen Männer, wirkte er auf sie verletzlich und ängstlich. Als der Imam die Trauernden während des Gebets aufforderte, den Blick zu senken, duckte sich Khaled, als wollte er sich vor der großen Aufmerksamkeit schützen.

Im Innenhof des Islamic Center im Malmöer Stadtteil Jägersro drängten sich die Reporter und Fotografen, die dem Nieselregen trotzten. Im Gegensatz zu Bager hatten die meisten immerhin so viel Anstand, einen gewissen Abstand zu wahren und das Vorgebet nicht zu stören, bevor der Sarg für die Beisetzung zum muslimischen Friedhof gebracht werden würde, der ein paar Kilometer entfernt lag. Leyla war zeitig gekommen und hatte strategisch günstig im linken Seitengang Posten bezogen, nur wenige Meter von Josefin Mjörner entfernt, die zusammen mit der Witwe und ein paar anderen Frauen, die Leyla von der Humanistischen Alternative kannte, bereits dort stand. Über dem Dach des Flachbaus gegenüber zeichnete sich die große Kuppel der Moschee wie ein riesiger Käselaib zwischen den Minaretten ab, die wie zwei gespitzte Bleistifte in den milchigen Dunst ragten.

Als Leyla eintraf, hatte sie mit Josefin Mjörner ein paar

höfliche Worte gewechselt, ansonsten hatte sie sich zwischen den Frauen im Hintergrund gehalten. Beerdigungen waren für sie nichts Alltägliches. Als Reporterin hatte sie an ein paar christlichen Beisetzungen von Prominenten teilgenommen, aber noch nie an einer privaten oder muslimischen. Auch wenn es nicht streng verboten war, nahmen Frauen an muslimischen Beerdigungen äußerst selten teil. Von dieser Tradition war Leyla persönlich nicht betroffen, auch wenn sie prinzipiell alle geschlechtsbedingten religiösen oder kulturellen Hierarchien ablehnte, weil diese letztendlich darauf basierten, dass die Frau nicht nur in der Gemeinde schweigen, sondern sich auch den von den Männern aufgestellten alltäglichen Regeln unterordnen sollte. Aus diesem Grund begrüßte sie es, dass es Josefin Mjörner gelungen war, die trauernden Landsleute des Toten davon zu überzeugen, dass Frauen auch während der Zeremonie – wenn auch mit etwas Abstand – anwesend sein durften. Außerdem konnte man schon wegen des großen Interesses der Massenmedien die Frauen nicht komplett ausschließen – mindestens ein Drittel aller anwesenden Journalisten war weiblich.

Als Leylas geliebte Großmutter vor sechs Jahren verstorben war, hatte sie sich am Krankenbett von ihr verabschiedet. Sie wollte nicht sehen, wie sie in ein Loch in der Erde hinabgelassen und mit kalter, feuchter Erde bedeckt wurde. Sie wollte sie als warmherzige, lebensfrohe Frau in Erinnerung behalten und hatte nur ein einziges Mal ihr Grab besucht.

Doch nun war sie aus beruflichen Gründen hier, da war Zaudern nicht angebracht. Der Mord an Osman Faqiri machte immer noch Schlagzeilen, und das Interesse an den Ermittlungen hatte stark zugenommen, seit Jimmy Bengtsson wegen Nötigung in U-Haft saß. Formell wurde er noch nicht des Mordes an Osman Faqiri verdächtigt, aber den Abendzeitungen zufolge war es nur noch eine Frage der Zeit, bis er ein Geständnis ablegte.

Die Kriminalredaktion verfolgte die Arbeit der Polizei, aber weil sich Leyla bereits ausführlich mit Josefin Mjörner und der Humanistischen Alternative befasst hatte, hatte der Chef ihr freie Hand gelassen, weiter zu recherchieren und über alles zu berichten, was die Partei betraf. Bei allem Respekt den Trauernden gegenüber zählte für Leyla die Beerdigung auch dazu. Die jüngste Meinungsumfrage, die heute veröffentlicht worden war, zeigte, dass die Humanistische Alternative drei Prozent mehr Wähler gewonnen hatte und nun bei einem Stimmenanteil von zehn Prozent lag. Sympathiebekundungen im Zusammenhang mit dem Todesfall und eine Josefin Mjörner, die ständig in den Medien präsent war, waren die Ursache für diesen Zuwachs, meinten die Kommentatoren in ihrer Analyse der Umfrage.

Nun war Josefin Mjörner anwesend, und mit ihr nicht nur eine Vielzahl von schwedischen Nachrichtenmedien, sondern auch ein paar ausländische Fernsehteams, die nach dem Mord in Malmö geblieben waren. Die Beerdigung war also zweifelsfrei eng mit der Humanistischen Alternative verknüpft.

Leyla kalkulierte kühl, dass ihr Gesicht in der einen oder anderen Meldung auftauchen würde, die um die Welt ging, weil sie so dicht neben der Schauspielerin in Schwarz und Osmans Witwe Hamida stand, ebenfalls in Schwarz gekleidet, das Kopftuch eingeschlossen.

Ich bin jedenfalls lieber Mäuschen neben Mjörner, als dass ich mich wie dieser Tollpatsch blamiere, dachte Leyla und musterte Björn Bager, der nun noch verwirrter wirkte, weil der Imam soeben das Gebet beendet und ein Zeichen gemacht hatte, dass die Reihen sich auflösen sollten.

Acht Männer, unter ihnen auch Khaled, stellten sich um den Sarg herum auf und hoben ihn auf ihre Schultern. Einen Augenblick lang schien es, als wollte Björn Bager sich den Sargträgern anschließen, aber dann besann er sich eines Besseren und begnügte sich damit, der Prozession unmittelbar zu folgen, seinen fortwährend fotografierenden Kollegen im Schlepptau.

Die anderen Fotografen im Innenhof hoben ihre Kameras, und eine klickende Salve entlud sich Richtung Sarg, der zu dem wartenden Leichenwagen getragen wurde. Zufrieden stellte Leyla fest, dass Palle Pettersson wie gewöhnlich ganz vorn dabei war. Breitbeinig trotzte er den Konkurrenten, die hinter ihm drängelten und unter Einsatz ihrer spitzen Ellenbogen ihren Platz verteidigten. Trotz der großen Menschenmenge ging es relativ gesittet und ruhig zu. Björn Bager bahnte sich besonders forsch einen Weg. Diesem Mann fehlt jedes Taktgefühl, fand Leyla.

«Sie können mit uns kommen, dann sparen Sie sich das Gedränge.»

Leyla drehte sich überrascht zu Josefin Mjörner um, die bereits auf eine Seitentür im Säulengang zusteuerte.

«Kommen Sie?»

Leyla nickte und schloss sich der kleinen Gesellschaft an, die der Vorsitzenden der Humanistischen Alternative folgte. Als sie eintraten, umarmte Josefin Mjörner die Witwe, die anschließend mit den anderen Parteifrauen in einem Zimmer verschwand.

«Sie wird nicht an der Beisetzung teilnehmen. Es ist ja nicht üblich, dass Frauen dabei sind», flüsterte Josefin Mjörner und trocknete sich mit einem Taschentuch die Augenwinkel.

«Es ist für uns alle schwer, aber selbstverständlich leidet die Familie am meisten. Ich muss für sie da sein, auch wegen Khaled. Er kennt nur flüchtig ein paar Männer aus der Gemeinde. Und er braucht in dieser schweren Zeit jemanden, der ihm nahesteht.»

Leyla dachte, dass es in dem Fall wohl natürlicher wäre, wenn Khaleds Mutter ihn unterstützen würde, aber sie begriff, dass die Sache komplizierter war. Für eine so berühmte Person wie Josefin Mjörner war es einfacher, sich den Traditionen zu widersetzen, als für eine einfache Frau aus Afghanistan.

Leyla folgte der Schauspielerin den Korridor entlang und durch eine Tür neben dem Tor, wo der Leichenwagen mit geöffneter Heckklappe parkte. Nun schoben die Männer den Sarg hinein. Björn Bager hatte sich so weit vorgekämpft, dass er gerade noch die Hand auf den Sargdeckel legen konnte, bevor die Klappe geschlossen wurde und der Leichenwagen langsam anfuhr.

Leyla sah die Ausgabe der *Mittskånska* des folgenden Tages vor sich, mit einer ganzen Fotoserie, die den Kulturredakteur auf der Beerdigung zeigte. Hoffentlich hat die Zeitung einen Chefredakteur, der klug genug ist, Bagers Faxen Einhalt zu gebieten, dachte sie.

Die wenigen Polizeibeamten hatten vollauf damit zu tun, den trauernden Angehörigen den Weg frei zu halten. Sie halfen dem Imam und Khaled in ein Auto, das neben dem Tor hielt, während Josefin Mjörner und Harald Holmström sich in ein Taxi setzten, das dahinter wartete. Die anderen Sargträger verteilten sich rasch auf mehrere Autos, bevor auf dem Parkplatz vor der Moschee das große Chaos ausbrach.

Das Fernsehteam verstaute eilig seine Technik in den Kastenwagen, und Reporter und Fotografen liefen kreuz und quer über den nassen Asphalt zu ihren Autos, um sich möglichst weit vorn in der Karawane einen Platz zu sichern.

Leyla und Palle Pettersson landeten im Gewühl der Autos, die sich vor der Ausfahrt stauten.

«Das macht alles nichts, solange wir uns nicht mit diesem Idioten rumschlagen müssen», meinte Palle mit einem teuflischen Lächeln.

Er deutete auf Björn Bager und seinen Fotografen, die wild gestikulierend vor einem grünen Mitsubishi standen. Der Kulturredakteur machte eine ausholende Geste und begann an der Autotür zu rütteln, sodass der Mitsubishi wie ein Fischkutter in Seenot schaukelte.

«Es scheint, die Entsandten der *Mittskånska* haben den Schlüssel verbummelt», fuhr Palle lakonisch fort.

Leyla konnte sich ihre diebische Freude über Björn Bagers Dilemma nicht verkneifen. Der politisch korrekte Wichtigtuer war innerhalb der Redaktion ihr schärfster Kritiker im Zusammenhang mit ihrem großen Durchbruch im vergangenen Jahr gewesen. Er war zu einem kritischen Zeitpunkt hinter Leylas Rücken über sie hergezogen und hatte Lügen über ihre Arbeitsmethoden verbreitet. Es sah so aus, als hätte sie einen großen journalistischen Fehler gemacht, aber als alles eine dramatische Wendung nahm und sie und Palle Pettersson unter Einsatz ihres Lebens den Fall der rassistischen Gruppierung «Die Rächer» vor den Augen der Polizei lösten, hatte Björn Bager in die Lobeshymne eingestimmt und so getan, als hätte er nie etwas anderes gesagt. Trotzdem gab es eine Grenze, inwieweit man Mitarbeiter anschwärzen konnte, und da Björn Bager sich auch abfällig über Leylas damaligen direkten Vorgesetzten geäußert hatte, hatte er sich in der Malmöer Redaktion unmöglich gemacht und war ausgebootet worden. Gemäß dem Übereinkommen mit den Chefredakteuren hatte er die Zeitung mit einer satten Abfindung verlassen. Infolge seines Wiedereinstiegs in Höör wurde er allmählich wieder salonfähig.

Momentan kochte er förmlich vor Wut unter seinem ausladenden Redakteurshut.

«Nicht hingucken», zischte Leyla Palle zu, als sie bemerkte, dass Bager seinen Blick über den Parkplatz schweifen ließ in der Hoffnung, jemand könne ihn zum Friedhof mitnehmen.

«Und wenn er auf den nackten Knien rutscht, lasse ich ihn nicht in mein schönes Auto. Da müsste ich ja um meine Sitzbezüge fürchten», entgegnete Palle.

Björn Bager irrte wie ein verlorenes Huhn auf dem Parkplatz herum und verschwand schließlich aus Leylas Blickfeld. Langsam, aber sicher löste sich der Stau auf, und nach zehn Minuten rollte die lange Autokarawane den Ramels- und dann den Thomsonsväg entlang. Vorbei an Rosengård, dem Viertel, wo Leyla aufgewachsen war. Dieser Stadtteil mit seinem paradoxen schönen Namen war ein sozialer Brennpunkt, aber in Leylas Herz hatte er immer noch einen Platz. Ihre Eltern wohnten nach wie vor im nördlichen Teil von Rosengård mit den Eigentumswohnungen, in dem sie ihre Kindheit verbracht hatte, aber sie kam nur noch selten zu Besuch. Und das lag nicht nur an ihrem angespannten Verhältnis zu ihrem Vater Hassan. Rosengård hatte sich verändert, und eigentlich schämte sie sich, weil sie mit diesem Problemviertel in Verbindung gebracht wurde, wo es der letzte Schrei war, in Müllkellern Brände zu legen, und man die wenigen Schweden an einer Hand abzählen konnte. Und sie schämte sich, weil sie sich schämte, was die ganze Sache nicht einfacher machte. Plötzlich musste sie an Tom und ihr letztes Treffen denken. Sie hatte sich noch immer nicht entschieden, ob sie der Beziehung eine letzte Chance geben sollte. Sie hatten gestern miteinander telefoniert, und Tom hatte vorgeschlagen, abends ins Kino zu gehen. Sie hatte versprochen, dass sie heute Morgen zurückrufen und Bescheid geben würde, sich aber nicht dazu durchringen können. Ihre Unentschlossenheit irritierte Leyla, auch wenn sie wusste, dass die Ursache dafür Angst war. Das war ihr wieder einmal vergangenen Samstag klargeworden, als sie mit klopfendem Herzen in dem kleinen Supermarkt am Möllevångstorg stand und ihren ältesten Bruder Jassim auf dem Gehsteig vorbeilaufen sah.

Was ist das überhaupt für ein Leben? Was ist das für ein Wirrwarr aus Lügen, Angst, Ohnmacht und Willenlosigkeit, der mich zu ersticken droht?

Leyla spürte die Wut in sich aufsteigen, ein gutes Zeichen. Freitag würde sie ihre ganze Familie in Jassims Haus in Arlöv treffen, um den dritten Geburtstag seiner Tochter Samira zu feiern. Dann wollte sie zumindest herausfinden, welche Haltung die Familie ihr gegenüber einnahm, und in einem unbeobachteten Moment ein paar Worte mit ihrem jüngsten Bruder Ali wechseln. Ihm durch die Blume zu verstehen geben, dass sie nicht die ehrbare Frau war, für die ihre Eltern und die beiden anderen Brüder sie hielten.

Palle riss sie aus ihren Gedanken, indem er das Autoradio anmachte und einen kommerziellen Sender einstellte. Der Moderator sprach mit einer Hörerin über die peinlichste Situation ihres Lebens.

«Das war in der Bar, wo ich vom Klo zurückgekommen bin und mir ein langer Steifen Toilettenpapier hinten aus der Hose hing. Meine Kumpel haben zuerst nichts gesagt, und ich dachte, die Kerle haben mir nachgeschaut, weil sie mich so super fanden. Ich wäre fast gestorben, als ich das Klopapier entdeckt habe!»

Jeder hat so seine Probleme, dachte Leyla und drehte das Radio leiser.

«Ja, das ist vielleicht nicht die passendste Einstimmung

auf eine Beerdigung», gab Palle betreten zu und erntete ein zustimmendes Lächeln von Leyla.

Sie kamen an ein paar Hochhauskomplexen mit für die Gegend typischen Satellitenschüsseln auf den Balkons vorbei und fuhren weiter Richtung Ostfriedhof. Als sie auf den Fahrweg bogen, der zu dem erweiterten muslimischen Gräberfeld führte, stockte der Verkehr erneut. Palle parkte am Rand auf dem Rasenstreifen, und sie gingen die letzten zweihundert Meter zu Fuß. Von der Umgehungsstraße war das Rauschen der vorbeifahrenden Autos zu hören, und hinter dem in Dunst gehüllten Gräberfeld konnte man die Umrisse der «Chinesischen Mauer» erahnen, des hässlichen Oststaaten-Hochhauses, in dem nun wieder Menschen wohnten, nachdem dort jahrelang ein Gemeindeamt untergebracht gewesen war. Es war ein grauer Tag, wie geschaffen für eine Beerdigung.

Als Leyla und Palle eintrafen, stand der Sarg inzwischen am Grab. Die Fotografen drängten sich immer dichter hinter den gläubigen, trauernden Männern, die im Halbkreis um das ausgehobene Loch standen.

Leyla ging zu den Frauen hinüber, die sich etwas abseits an dem Rand eines Wäldchens mit neugepflanzten Birken versammelt hatten. Sie fand sich neben Josefin Mjörner und mehreren Kolleginnen wieder.

Palle Pettersson gelang seinerseits das Kunststück, unauffällig einen guten Platz zu ergattern, ohne den Unmut der anderen Fotografen hervorzurufen. Eines seiner weiteren Talente bestand darin, wenn nötig mit dem Strom zu schwimmen und sich klein zu machen, um im nächsten Augenblick seinen Oberkörper wie eine unüberwindbare Barriere einzusetzen.

Auf ein Zeichen des Imams entfernten die Männer im Halbkreis den Sargdeckel, sodass man unter dem weißen

Laken die Körperkonturen des Toten erahnen konnte. Es waren noch nicht viele Fotografen und Journalisten da, aber der Imam hatte nicht vor, auf sie zu warten. Leyla wusste, dass dies der kritische Teil einer muslimischen Bestattung war. Wenn der Tote den bösen Kräften des Teufels ausgesetzt war. Die starken Arme der Männer hoben den Sarg an den Gurten hoch und senkten ihn rasch in das Grab hinab. Einer der Männer sprang in das Grab und brachte Bretter wie ein schräges Dach über dem Sarg an, sodass ein Zwischenraum für die Seele des Toten entstand, wo sie verweilen konnte, bis Allahs Bote kam, um sie ins ewige Paradies zu holen.

Eigentlich sollte der nächste männliche Familienangehörige diese symbolträchtige Handlung ausführen, aber irgendein kluger Mensch hatte glücklicherweise eingesehen, dass der sechzehnjährige Sohn Khaled es schon schwer genug hatte.

Nachdem alle Bretter an ihrem Platz waren und sie dem Mann wieder aus dem Grab geholfen hatten, griffen die Umstehenden nach ihren Spaten und schaufelten rasch Erde in das Loch. Plötzlich tauchte er auf wie aus einem bösen Traum. Außer Atem, rotgesichtig und mit flackerndem Blick: Björn Bager. Er griff nach dem letzten Spaten und begann, wie ein Miststreuer Erde und Kies um sich herum zu verteilen. Weil wirklich Eile geboten war, ließen sie ihn gewähren. Bagers Fotograf stand nicht so günstig wie Palle Pettersson, aber der Augenblick würde natürlich dennoch verewigt werden. Der rechte Arm mit der Kamera in der Hand ragte wie das Periskop eines U-Boots über die Häupter der Konkurrenten.

Das ist der endgültige Beweis, dass der Kerl völlig verrückt ist, dachte Leyla und schüttelte den Kopf.

Als das Grab verschlossen war, knieten sich der Imam

und die anderen Männer hin und sprachen ein gemeinsames Abschiedsgebet für Osman Faqiri. Khaled fuhr sich mit dem Handrücken unter der Nase entlang. Leyla schielte zu Josefin Mjörner hinüber und bemerkte, dass diese sehr gerührt war. Aber die Schauspielerin war nicht nur von ihrer Trauer gezeichnet, sondern sie war auch deutlich erschöpft.

Die kurze, ergreifende Beisetzung hatte keine Viertelstunde gedauert, und ein paar Minuten später begriff auch das riesige Journalistenaufgebot, dass nun alles vorbei war. Es kam Bewegung in die Menge, und schon war Josefin Mjörner von Reportern und Fotografen mit Mikrophonen und Kameras umringt. Leyla geriet genau in die Schusslinie.

«Ein bisschen mehr Respekt, bitte. Die Fragen hier drüben», sagte Josefin Mjörner mit spitzem Mund und zeigte auf den kleinen Parkplatz hinter der letzten Gräberreihe.

Die Medienmeute folgte ihr wie eine folgsame Schafherde. Sogar Björn Bager schien ihrer Bitte nachzukommen und gab seinem Fotografen ein Zeichen, sich zurückzuhalten. Als er Leyla entdeckte, die sich etwas abseits gestellt hatte, bahnte er sich einen Weg zu ihr.

«Hej, Leyla! Lange nicht gesehen.»

Diese verfluchte Röte breitete sich wie ein unkontrollierter Waldbrand über ihr Gesicht aus. Wut mischte sich mit einem Gefühl der Erniedrigung. Sie verspürte einen Anflug von Hass. Wie konnte er es wagen, sich so anzubiedern? Leyla biss sich auf die Lippe. Das war kaum der passende Moment, um das zu auszusprechen, was sie ihm schon immer hatte sagen wollen: dass er durch sein boshaftes, hinterhältiges Verhalten vor zwei Jahren beinahe ihr ohnehin nicht sonderlich großes Selbstwertgefühl als Journalistin zunichtegemacht hätte. Sie beherrschte sich, vermied es aber, ihm in die Augen zu sehen.

«Hej.»

«Schrecklich, was da passiert ist. Eine Bedrohung der Demokratie. Jetzt, wo der Rassismus seine hässliche Fratze gezeigt hat, müssen wir zusammenhalten», meinte Björn Bager.

Sie schwieg, woraufhin er mit schmeichlerischen Worten fortfuhr: «Dein Artikel vom Samstag ist wirklich großartig! So stringent und aussagekräftig. Diese Art von Interviews ist ja sonst oft mit seichten, haltlosen psychologischen Erklärungsmodellen kontaminiert. Aber du hast es wirklich geschafft, dich sowohl von den romantischen Tendenzen zu befreien als auch souverän mit der Sprache umzugehen. Formidabel!»

Leyla musterte ihre verdreckten, nassen Schuhe. In einer einzigen Hinsicht beneidete sie Björn Bager. Er trug Gummistiefel. Aber für sie war er kein Kulturjournalist, sondern das lebende Klischee eines Kulturjournalisten. Der Hut, der lange Mantel, seine unordentliche Frisur und seine überkandidelte Ausdrucksweise machten aus ihm eine derart pathetische Erscheinung, dass sie sich ein Schmunzeln nicht verkneifen konnte. Als Björn Bager noch Lokalreporter bei ihrer Zeitung gewesen war, war er, von seinen Gemeinheiten einmal abgesehen, vor allem ein knochentrockener Kollege mit Verwaltungsjargon gewesen. Jetzt kam er einem schlechten Witz am nächsten. Zwar hatte Bager in der Vergangenheit auch schon als Kulturjournalist gearbeitet, doch dass er den Job in Höör bekommen hatte, wunderte sie. Die Konkurrenz musste verschwindend gering gewesen sein.

«Du, ich hab zu tun», sagte Leyla und ließ Bager stehen, ohne ihn eines Blickes zu würdigen. Sie suchte Palle Pettersson in dem Gewühl und nahm ihn zur Seite.

«Errette mich vor dem Bösen.»

«Was ist los?»

«Errette mich vor Bager. Er hat sich gerade auf mich

gestürzt und war so liebenswürdig, dass ich ihm am liebsten direkt ins Gesicht gekotzt hätte.»

«Das hättest du mal machen sollen.»

Leyla hob die Schultern.

«Brave Mädchen kotzen nicht auf Beerdigungen.»

«Was jetzt? Das wird ja auf einmal alles ein bisschen lächerlich», meinte Palle.

«Wir warten, bis die anderen weg sind, und dann rede ich noch mal mit Mjörner.»

«Wieso glaubst du, dass das funktioniert?»

«Das sagt mir meine weibliche Intuition. Nein, Scherz beiseite, seit dem Interview ist sie eindeutig gut auf mich zu sprechen.»

«Und was hält sie von dem aufdringlichen Fotografen?»

«Keine Sorge, Palle. Sie liebt das Bild mit dem Kater.»

Ein stolzes Lächeln erhellte Palles Gesicht. Das braucht er jetzt, besonders weil so viele Kollegen über ihn die Nase rümpfen, dachte Leyla.

Der Nieselregen hatte fast aufgehört, aber es war immer noch sehr neblig. Palle und Leyla stellten sich ein Stück abseits von der improvisierten Pressekonferenz, die auf dem Parkplatz abgehalten wurde. Harald Holmström hatte sich zu Josefin Mjörner gesellt, aber Khaled saß bereits in einem Auto, das ihn vom Friedhof fortbrachte.

Leyla betrachtete das Schauspiel der Massenmedien, das nach ungeschriebenen Regeln und Hierarchien ablief, die von den meisten respektiert wurden. Zuerst beantwortete Josefin Mjörner Fragen der versammelten Journalisten, anschließend stand sie für kurze Interviews mit Fernseh- und Radiosendern zur Verfügung, die besonders dringend Material für ihre nächsten Sendungen brauchten. Danach hatten auch die Zeitungen Gelegenheit, Josefin Mjörner zu befragen und Fotos von ihr zu machen. Björn Bagers Drängelei half ihm dieses Mal nichts. Als Vertreter einer kleinen Regionalzeitung musste er sich widerwillig in Geduld üben, bis die großen Konkurrenten fertig waren. Als er nach einer guten Stunde endlich zur Tat schreiten konnte, warf Harald Holmström einen Blick auf seine Armbanduhr und sagte etwas zu Bager, woraufhin sein Redakteurshut bedenklich wippte. Leyla zählte zwei Fragen, dann wurde Bager hastig neben Josefin Mjörner abgelichtet, bevor sie mit Harald Holmström in ein Taxi stieg, das während der Beerdigung gewartet hatte.

Leyla trat ans Auto und klopfte vorsichtig an die Scheibe. Als Josefin Mjörner sie erkannte, öffnete sie die Tür.

«Ich habe mich schon gefragt, wo Sie abgeblieben sind. Steigen Sie kurz ein», sagte sie.

Leyla warf Palle Pettersson einen Blick zu. Er nickte, denn er hatte genügend Bilder von Josefin Mjörner während der Beerdigung gemacht und kein Interesse an gestellten Fotos.

Leyla setzte sich auf die Rückbank neben die Schauspielerin und machte die Tür zu. Harald Holmström saß schweigend auf dem Beifahrersitz und blickte nach vorn. Josefin Mjörner wirkte sehr müde. Ihr Atem roch nach Pfefferminz und Wein.

«Sie müssen entschuldigen, dass ich mir so viel Zeit gelassen habe, aber da draußen war es so chaotisch, und es ist nicht meine Art, mich mit den Kollegen zu kabbeln», erklärte Leyla.

«Ja, so ein Theater. Eigentlich wollten wir alles in einem privaten Rahmen halten, aber man muss ja auch auf das große Interesse der Allgemeinheit Rücksicht nehmen. Gott sei Dank ist die Pressekonferenz vorbei. Ich hoffe, dass die Polizei jetzt ihre Arbeit macht und diese abstrusen Spekulationen aufhören und dass wir erfahren, wer dahintersteckt. Das ist nicht nur wichtig für die Familie, sondern auch für das gesamte schwedische Volk. Eine weitere offene Wunde ist mehr, als das Land ertragen kann.»

Leyla nickte und notierte sich Mjörners wohlformulierten Kommentar auf ihrem Block. Sie befragte die Schauspielerin, wie sie ihre Zukunft sah, und kam auf die heutige Meinungsumfrage zu sprechen.

«Natürlich freuen wir uns über das Ergebnis, wir bekommen Rückenwind zu einem Zeitpunkt, wo wir das dringender als jemals zuvor brauchen. Aber ich finde es bedauerlich, dass die politischen Kommentatoren behaupten, die Erfolgswelle hänge mit dem Mord zusammen. Das ist respektlos und kaum analytisch. Wenn man die Entwicklung der Humanistischen Alternative betrachtet, stellt man fest, dass wir im letzten halben Jahr immer mehr Wähler hinzugewonnen haben, das haben Meinungsumfragen ergeben.»

Leyla schrieb eifrig mit. Genau das brauchte sie, um einen engagierten Beitrag zu ihrem Artikel über die Beerdigung zu schreiben: Fakten und scharfzüngige Kommentare der Parteivorsitzenden, die im Begriff war, die politischen Konstellationen durcheinanderzubringen.

Nachdem sie ihr Rückbankinterview beendet hatte, gab sie Josefin Mjörner die Hand, um ihr zu danken. Die Schauspielerin erwiderte den festen Händedruck.

«Ich habe Ihnen noch gar nicht für den gelungenen Artikel am Samstag gedankt. Sie haben einen respektvollen Ton, der sich deutlich von dem einiger Ihrer Kollegen abhebt.»

«Danke», sagte Leyla und spürte, dass sie erneut errötete.

«Ich habe Folgendes gedacht», fuhr Josefin Mjörner fort, ohne Leylas Hand loszulassen. «Morgen findet draußen in Nydalagård ein großes Treffen für Parteimitglieder aus der Umgebung und neue Sympathisanten statt, die die Partei unterstützen. Das ist zwar sehr zeitnah nach der Beerdigung und außerdem an einem Werktag, aber unsere Freunde haben ein großes Bedürfnis, gerade jetzt zusammenzukommen. Andere Journalisten haben gefragt, ob sie kommen können, aber ich habe abgelehnt. Bei Ihnen können wir eine Ausnahme machen. Wenn Sie wollen, versteht sich.»

«Selbstverständlich.»

«Dann sind Sie morgen um zwölf eingeladen. Wir beginnen mit einem gemeinsamen Mittagessen, anschließend werden verschiedene Aktivitäten stattfinden.»

Leyla war nicht uneingeschränkt glücklich über die Einladung. Für ihr Gefühl wurde sie etwas zu intim mit Josefin Mjörner. Andererseits würde sie gegen die Dienstvorschriften verstoßen, wenn sie ablehnte.

«Sie können auch Herrn Pettersson mitbringen», sagte Josefin Mjörner und nickte in Palles Richtung, der neben dem Auto stand und telefonierte.

«Danke, wir kommen gern. Und danke, dass Sie sich Zeit genommen haben.»

Leyla stieg aus dem Taxi, das sofort losfuhr. Die Mehrzahl ihrer Kollegen war bereits aufgebrochen, aber Björn Bager und sein Fotograf waren immer noch da, und nun kam der Kulturjournalist auf Leyla und Palle zu.

«Ihr könntet uns nicht zufällig mit zurück zur Moschee nehmen? Der Fotograf hat den Autoschlüssel verloren, und jetzt sitzen wir hier im Niemandsland fest.»

Palle steckte sein Mobiltelefon wieder in die Tasche.

«Es tut mir wirklich leid, aber ich habe gerade einen wichtigen Anruf bekommen. Leyla und ich müssen sofort los. Feuerwehreinsatz.»

Palle und Leyla liefen Richtung Audi, dicht gefolgt von Björn Bager.

«Was ist denn passiert?», fragte er keuchend.

«Es brennt lichterloh, schnell, Leyla. Beeil dich!»

Sie sprangen ins Auto, Palle schlug Björn Bager die Tür

vor der Nase zu, drehte den Zündschlüssel und ließ die Scheibe runter.

«Der ganze Turning Torso steht in Flammen! Das Hochhaus brennt», rief er und gab so viel Gas beim Anfahren, dass die Räder durchdrehten.

Leyla warf ihm einen panischen Blick zu. Aber der Fotograf konnte sein unmissverständliches Grinsen nicht länger verbergen, und die beiden lachten fast den ganzen Rückweg zur Redaktion aus vollem Hals.

Palles schlechter Scherz hatte zwar Leylas Stimmung gehoben, aber als sie in ihrem Büro vor dem Bildschirm saß, war ihre gute Laune wie weggeblasen. Pflichtschuldig schrieb sie ihre Artikel, ohne Schreibblockade, aber auch ohne echte Inspiration. Das dauerte knapp zwei Stunden, sodass sie ausnahmsweise einmal früher nach Hause gehen konnte. Tom rief sie auf ihrem Handy an, und nachdem sie kurz überlegt hatte, willigte sie ein, mit ihm ins Kino zu gehen. Leyla spürte eine merkwürdige innere Leere, als sie ihr Fahrrad vor dem Haus abstellte und ins Treppenhaus trat. Sie musste an Tom denken. Obwohl sie sich einerseits danach sehnte, ihn zu sehen, hatte sie sich andererseits mental schon darauf eingestellt, dass dies ihr letzter gemeinsamer Abend sein würde. Obwohl es sie traurig machte, empfand sie auch eine beinahe peinliche Erleichterung. Würde Tom aus ihrem Leben verschwinden, könnte sie sich ganz auf ihren Job konzentrieren, und es gäbe keine Konflikte mehr mit ihrem Vater Hassan und ihren großen Brüdern. Sie bräuchte nicht mehr zu lügen, hätte nichts mehr zu verbergen und kein schlechtes Gewissen mehr. Eine feige Lösung des Problems, aber eine Lösung, mit der sie vielleicht leben konnte.

Nach einem Nickerchen, zwei warmen Sandwiches, frischen Kleidern und ein bisschen Lippenstift und Lidschatten war Leyla so gut gewappnet wie möglich für ein Treffen mit Tom. Sie musste erst in einer halben Stunde am Stortorg vor dem Kino sein, und da es zu regnen aufgehört hatte, entschied Leyla sich dafür, zu Fuß zu gehen. Als sie eine Viertelstunde lang die Östra Förstadsgatan entlanggeschlendert war, hatte sie das Gefühl, dass jemand sie verfolgte. Leyla versuchte, es als eines der vielen Hirngespinste abzutun, die in der letzten Zeit in ihrem Kopf herumgegeistert waren, aber sie wurde das Gefühl nicht los. Sie blieb vor einem Geschäft für mobile Kommunikation stehen und ließ ihren Blick vorsichtig nach rechts über ihre Schulter wandern. Aber sie sah nur Menschen, die Läden betraten oder verließen, in die Schaufenster guckten oder sich unterhielten. Leyla setzte ihren Weg Richtung Zentrum fort, wurde aber immer langsamer, bis sie sich auf Höhe des Drottningtorg nur noch im Zeitlupentempo bewegte. Ohne Vorwarnung drehte sie sich blitzschnell um und musterte die Passanten.

Da entdeckte sie sie. Die Frau mit Sonnenbrille, die zu lange zögerte, bevor sie so tat, als suche sie etwas in ihrer Handtasche. Leyla war sicher, dass diese Frau ein Schaufenster betrachtet hatte, als sie vor ein paar Minuten einen Blick über die Schulter geworfen hatte. Ihr Herz schlug schneller. Sie fixierte die Frau und ging auf sie zu. Als Leyla etwa vierzig Meter entfernt war, sah sie von ihrer Handtasche auf. Im nächsten Moment machte sie auf dem Absatz kehrt und ging in die entgegengesetzte Richtung.

«He, warten Sie!», rief Leyla. «Was wollen Sie von mir?»

Ihre Stimme war laut und schrill. Die Leute drehten sich um und musterten Leyla misstrauisch, die sich nur auf die Frau mit der Sonnenbrille und der Handtasche konzentrierte. Als sie ihren Schritt beschleunigte, passte Leyla ihr Tempo an und nahm die Verfolgung auf. Diesmal war sie entschlossen und nicht ängstlich und bahnte sich zwischen den Fußgängern einen Weg, um die Frau nicht aus den Augen zu verlieren, die in ein Geschäft für Kinderwagen flüchtete. Als Leyla eintrat, sah sie nur ein junges Paar, das sich mit einem Verkäufer unterhielt.

«Wo ist sie hin?», fragte Leyla außer Atem.

«Die war ganz schnell wieder draußen. In die Richtung», sagte der Verkäufer und zeigte auf die zweite Ausgangstür des Ladens. «Hat man Sie bestohlen?»

Leyla gab keine Antwort, sondern hastete wieder nach draußen. Sie hielt nach der Frau Ausschau, konnte sie aber nirgends entdecken. In den letzten Stunden vor Ladenschluss waren ziemlich viele Leute in der Stadt unterwegs, und entweder war sie ungesehen in ein anderes Geschäft gehuscht oder in einer Seitenstraße verschwunden. Leyla drehte noch eine Runde durch die umliegenden Straßen, gab dann aber auf. Die Frau mit der Handtasche war wie vom Erdboden verschluckt. Leyla versuchte sich zu erinnern, wie sie aussah, aber sie konnte sich kein richtiges Bild von ihr machen. Sie trug eine Sonnenbrille, einen Mantel und war recht groß. Davon abgesehen war Leyla nichts Besonderes an ihr aufgefallen. Sie war nicht sicher, ob die Frau mittelblond oder dunkelhaarig war, und schätzte ihr Alter zwischen vierzig und sechzig.

Aber sie hatte keinen Zweifel, dass die Frau sie verfolgt hatte. Das alles hatte etwas mit einem von Leylas Artikeln zu tun. Im Prinzip stand alles, was sie in der letzten Zeit geschrieben hatte, im Zusammenhang mit der Humanistischen Alternative und dem Mord an Osman Faqiri. Das war eine naheliegende Vermutung, und sie verhieß nichts Gutes.

MITTWOCH, 29. AUGUST

Der intensive Duft von frischgebrühtem Kaffee war so stark, dass ihr beinahe übel wurde. Außerdem herrschte im Aufenthaltsraum ein ständiges Kommen und Gehen, und der Geräuschpegel stieg so stark an, dass Leyla sich nicht mehr konzentrieren konnte und sich mit ihrem Zeitungsstapel auf das Sofa im Textarchiv setzte, das hinter einer Wand aus Bücherregalen stand.

Die gestrigen Ereignisse und vor allem die Frau, die Leyla beschattet hatte, spukten unablässig in ihrem Hinterkopf herum. Aber das Treffen mit Tom hatte alle Erwartungen übertroffen, und das Gefühl der Lustlosigkeit hatte sich zum Großteil in Luft aufgelöst. Zuerst hatten sie sich eine nette schwedische Liebeskomödie angesehen. Sie hatte sich gut amüsiert, es aber vor allem genossen, so nah bei Tom zu sitzen und seine warme Hand in der ihren zu spüren. Anschließend hatten sie bei einem Inder im Stadtzentrum gegessen. Plötzlich meinte sie, eine andere Frau, die statt einer Handtasche eine Kamera bei sich hatte, würde sie beobachten. Tom konnte sie schließlich überzeugen, dass es sich um eine harmlose Touristin handelte, die nur die pittoresken Fassaden um den Lilla Torg herum verewigen wollte. Sicher hatte er recht, und sie war einfach nur total überspannt.

Nach dem Restaurantbesuch hatte Tom vorgeschlagen, sie solle mit zu ihm kommen, aber Leyla hatte abgelehnt. Er war etwas enttäuscht gewesen, hatte aber ihre Entscheidung akzeptiert. Heute Abend würden sie telefonieren, und Leyla wollte vorschlagen, dass er zu ihr kam. Nach dem missglückten Besuch in Toms Wohnung entschied Leyla, dass sie für dieses neue Kapitel in ihrer Beziehung den Schauplatz wechseln sollten. Gestern Abend hatte sich alles richtig angefühlt, und die Vorstellung, dass zwischen ihnen alles vorbei sein sollte, erschien ihr jetzt wie ein schlechter Traum.

Sie genoss die Stille im Textarchiv und begann, neugierig die mitgebrachten Zeitungen durchzublättern. Es war jedes Mal aufs Neue spannend zu lesen, was die Kollegen über Ereignisse geschrieben hatten, bei denen sie selbst dabei gewesen war. Alle hatten die gestrige Beerdigung ausgewalzt, mit großen Bildern und Schlagzeilen auf der ersten Seite. Die überregionalen Zeitungen hatten sich einheitlich für lange Artikel mit einem großen Foto und mehreren kleineren im ersten Teil der Zeitung entschieden. Die Abendzeitungen hatten zwei oder drei Bilder, knappe Überschriften und mehrere und dafür kürzere Texte. Dieses Mal bevorzugte Leyla die Abendzeitungen. Die Artikel waren übersichtlicher und leichter zu lesen, ohne dabei oberflächlich zu sein.

Mit dem Layout ihrer eigenen Zeitung war Leyla nicht so zufrieden. Ihrer Meinung nach hatte man zu ihren beiden Texten unpassende Fotos und nichtssagende Überschriften ausgewählt, außerdem erschienen ihr die Artikel nun, während sie sie las, verblüffend farblos. Sie wurden gerettet durch Josefin Mjörners aussagekräftige Kommentare und ein herausragendes Bild von den Männern, die den Sarg im Innenhof des Islamic Center durch das Meer von Journalisten und Fotografen trugen.

Palle hatte Björn Bager aus dem Foto herausgeschnitten, und der Kulturjournalist aus Höör trat auch in seinem eigenen Blatt *Mittskånska* überraschend dezent in Erscheinung.

Leyla hatte schon befürchtet, dass die ganze Fotoserie abgedruckt werden würde, aber das hatte sein Chefredakteur offenbar abwenden können. Es war nur ein Foto von Björn Bager übrig geblieben, auf dem er neben Josefin Mjörner stand und etwas auf seinen Notizblock schrieb. Die Überschrift war allerdings recht dick aufgetragen: «Exklusivinterview mit Josefin Mjörner.» Und die Unterzeile erweckte den Eindruck, dass er die Schauspielerin tatsächlich ausführlich interviewt hatte, obwohl er höchstens eine Minute Zeit gehabt hatte: «Alles über die Trauer, den Verlust und die Zukunft.»

Leyla hatte Palles üblen Spaß noch lebhaft vor Augen, aber das Lachen blieb ihr im Halse stecken, als sie Bagers Artikel las.

Er hatte fast alles von ihrem großen Interview mit Josefin Mjörner vom vergangenen Samstag geklaut und nur die Sätze umformuliert, indem er die Wortfolge geändert hatte. Die Zitate hatte er geschickt in den fortlaufenden Text eingeflochten und mit ein paar Kommentaren gewürzt, die Josefin Mjörner ihm geliefert hatte, wie etwa diesen:

Trauer und Verlust werden immer bleiben, aber wir müssen nun nach vorn schauen, sagt die Parteivorsitzende der Mittskånska.

Das war ein bewährter Trick, der die beschönigende Bezeichnung «rewrite» trug und in Bagers Fall durch einen abschließenden Passus ergänzt worden war, der sich gegen Leyla und Palle richtete:

Die stimmungsvolle Beerdigung endete unwürdig, da das Team der führenden Zeitung der Region die Kollegen der Mittskånska mit einem schlechten Scherz in die Irre zu füh-

ren versuchte. Die zwischen Journalisten herrschende Konkurrenzsituation darf niemals solche Formen annehmen, dass die Normen der Berufsethik missachtet werden. Die Mittskånska erwartet keine Entschuldigung, wohl aber eine interne Debatte der betreffenden Zeitung zum Thema Moral und Benehmen in Bezug auf ein solch tragisches Ereignis wie eine Beerdigung.

Als Leyla den Artikel zu Ende gelesen hatte, war sie außer sich. Palle hatte zwar über die Stränge geschlagen, aber verglichen mit dem geschmacklosen Verhalten, das Bager an den Tag gelegt hatte, war das nicht der Rede wert. Davon wussten die Leser der *Mittskånska* natürlich nichts, und es lag auf der Hand, dass Leyla in einer Debatte der Branchenzeitung *Journalisten*, die nicht zögerte, sich solcher Themen anzunehmen, auf der Anklagebank landen würde.

Ihr Mobiltelefon klingelte, und sie machte sich darauf gefasst, die vorwurfsvolle Stimme des Chefredakteurs Arne Ragnell oder die eines Reporters des *Journalisten* zu hören. Sie holte tief Luft und meldete sich. Es war Palle Pettersson.

«Kommst du irgendwann noch mal? Ich warte schon seit zehn Minuten.»

Leyla sah auf ihre Uhr. Es war erst elf.

«Wir sind erst um zwölf eingeladen», entgegnete sie.

«Wir können ebenso gut jetzt gleich aufbrechen. Das macht ja nichts, wenn wir wenigstens einmal rechtzeitig da sind. Oder bist du noch nicht so weit?»

«Doch, aber ich habe nicht damit gerechnet, dass du schon fertig bist. Warum so überpünktlich?»

«Gestern Abend und Nacht war es ruhig, da bin ich schon um halb vier ins Bett.»

Leyla lachte. Schon um halb vier. Palles und ihr Tagesrhythmus und Bedarf an Schlaf konnten nicht unterschiedlicher sein. Aber vielleicht trug sie heute selbst dazu bei, dass er so früh aufgewacht war. Leyla hatte nicht ohne Genugtuung festgestellt, dass bei dem Fotografen momentan die Aufträge mit ihr die höchste Priorität genossen. Er hatte sogar sein Stundenhonorar gesenkt, damit der Chef der Bildredaktion einverstanden war, dass er alle Reportageaufträge über die Humanistische Alternative mit Leyla machen konnte, obwohl es zu diesen Tageszeiten meist freie Kapazitäten bei den fest angestellten Fotografen gab. Palles Interesse für schwedische Innenpolitik war merklich gestiegen, und Leyla war sich bewusst, dass das ihr Verdienst war.

«Gut, dann gib mir fünf Minuten, und ich komme runter», sagte sie.

Leyla nahm den Fahrstuhl, um zu ihrem Büro hochzufahren und Jacke und Tasche zu holen. Als sie das Zeitungshaus verließ, stand Palles glänzender Audi mit geöffneter Autotür vor der Tür. Sie setzte sich auf den Beifahrersitz und warf Palle eine Ausgabe der *Mittskånska* zu.

«Wir haben nicht gerade die besten Karten. Bager hat unseren kleinen Scherz mit ihm in seinem Artikel aufgegriffen.»

Palle überflog den Text und verdrehte die Augen.

«Also, wenn es da irgendwelche Diskussionen gibt, nehme ich das auf meine Kappe. Und ich schwöre, dann wird Bager bitter bereuen, dass er auf dieser Welt ist. Wir waren schließlich nicht die Einzigen, die miterlebt haben, wie er sich bei der Beerdigung aufgeführt hat.»

Nach Palles Worten fühlte Leyla sich wieder etwas besser. Wenn hier jemand wütend sein musste, dann sie. Immerhin hatte er Passagen aus ihrem Text geklaut. Dann erzählte sie Palle von der Frau, die ihr gestern gefolgt war.

«Da draußen gibt es viele Durchgeknallte, und die meisten sind völlig harmlos. Vielleicht war sie nur sensationslustig und hat dein Foto in der Zeitung gesehen und wollte dich mal aus der Nähe betrachten. Du bist schließlich prominent.»

«Ach Quatsch, allerhöchstens semiprominent», erwiderte Leyla, aber Palles Kommentar beruhigte sie.

Sie ließ sich in den bequemen Autositz sinken und von der Kritik des Fotografen über den neusten James-Bond-Film mitreißen, den er gestern Abend zu Hause auf DVD angeschaut hatte, bevor er sich auf den Weg zur Arbeit machte.

«Daniel Craig ist nicht schlecht als James Bond, aber Sean Connery ist unschlagbar in der Rolle. Ihm ist es immer gelungen, die Actionszenen zu überstehen, ohne sich den Smoking schmutzig zu machen. In den neuen Filmen gibt es viel zu viel Dreck und Blut», lautete Palles Analyse.

Wie immer fuhr er etwas schneller als erlaubt, und um fünf vor halb zwölf rollten sie schon auf Mjörners Hof bei Svedala. Harald Holmström kam aus dem großen roten Stallgebäude und begrüßte sie.

«Sie sind schon hier?», fragte er sichtlich irritiert. «Josefin ist noch nicht fertig, und die Gäste kommen erst um zwölf.»

«Wir können ja noch eine Runde drehen und dann wiederkommen, wenn Sie wollen», sagte Leyla, denn sie hatte keine Lust, mit dem Partner der Schauspielerin auf Konfrontationskurs zu gehen. Sie spürte, dass ihr Verhältnis etwas angespannt war. Gestern hatte er sie äußerst reserviert gegrüßt und war sehr abweisend gewesen. Leyla hatte das Gefühl, dass er ein bisschen eifersüchtig auf sie war, weil sie so einen guten Draht zu Josefin Mjörner hatte.

«Äh, wo Sie jetzt schon mal da sind, können Sie auch bleiben. Sie könnten vielleicht mit anpacken und uns helfen? Es gibt noch eine ganze Menge vorzubereiten.»

Leyla hatte nicht mit Harald Holmströms Direktheit gerechnet, aber sie nickte lächelnd. Sie und Palle schlossen sich der kleinen Gästeschar an, die bereits eingetroffen war und mit Eifer Stühle und Tische in dem großen Stall aufstellte. Das diesige Wetter von gestern war Sonne und Wind gewichen, aber im Hinblick auf die grauen Wolken, die in der Ferne auftauchten, war es besser, für das gemeinsame Essen drinnen zu decken.

Nachdem die Tische gedeckt worden waren, wurde das Essen hereingetragen, das Harald Holmström mit seinem VW-Bus von einem Catering-Service geholt hatte. Platten und Schüsseln mit Aufschnitt, Pasteten, Kartoffelsalat und rohem Gemüse wurden auf einen großen Buffettisch gestellt, der sich unter seiner Last bog. Hinzu kamen Körbe mit geschnittenem Brot und Mineralwasser und Bier. Es trafen immer mehr Gäste ein, und als es fünf vor zwölf war, wimmelte es im Hof von Autos und Menschen.

Palle Pettersson hatte keine Lust mehr, Kellner zu spielen, und ging dazu über, seine Kameras herzurichten. Leyla überließ Harald Holmström seiner Arbeit, der nicht einmal ein Dankeschön für ihre Hilfe übrig hatte, und mischte sich unter die todernsten Gäste. Um Punkt zwölf trat Josefin Mjörner auf die Veranda vor dem Haupthaus. Sie trug das grüne, knöchellange Kleid, in dem Leyla sie schon ein paarmal gesehen hatte, und wie von unsichtbarer Hand erstarb das gedämpfte Gemurmel, und alle Blicke richteten sich auf die Parteivorsitzende. Sie fuhr sich mit den Fingern durch ihr widerspenstiges Haar und versuchte vergeblich, es hinter die Ohren zu stecken. Auch diese Bewegung sah Leyla nicht zum ersten Mal.

«Liebe Freunde und Parteimitglieder! Ich bin sehr froh

und dankbar, dass ihr alle so kurzfristig gekommen seid. Ich hoffe, dass wir gemeinsam Licht in diesen Tag bringen und uns Kraft geben können. Osman ist nicht mehr unter uns, und das ist eine schreckliche Tragödie. Aber er ist in unseren Gedanken, und ich weiß, er würde wollen, dass wir uns heute hier versammeln und uns nicht entmutigen lassen in unserem Kampf für die illegalen Flüchtlingsfamilien, die noch immer im Verborgenen leiden. Damit uns das gelingt, muss es uns erlaubt sein, Mensch zu sein, Freunde zu treffen und positiv über die Zukunft zu denken. Die Beerdigung ist Vergangenheit. Heute wollen wir das Leben feiern, und das soll jeder auf seine Weise tun. Ist jemandem zum Weinen zumute, darf er das natürlich tun. Aber es ist ebenso erlaubt, sich zu freuen und zu lachen. Nach dem Essen wollen wir uns in kleine Gruppen aufteilen, um zu überlegen, wie wir am besten in die Parteiarbeit für den Herbst starten. Doch zunächst gibt es etwas zu essen im Stallgebäude. Es ist für alle möglichen Leckereien gesorgt, bitte greift zu. Guten Appetit!»

Applaus erscholl, und die leicht unsichere und bedrückte Atmosphäre wurde von einer entspannten, fast heiteren Stimmung abgelöst.

Während sich die Parteimitglieder in die Schlange für das Buffet einreihten, ging Josefin Mjörner herum und wechselte mal hier, mal da ein paar Worte. Sie blieb auch bei einer leicht übergewichtigen Frau Mitte fünfzig stehen, die Harald Holmström ihr vorstellte. Leyla kam diese Frau irgendwie bekannt vor, doch sie wusste nicht, wo sie sie schon einmal gesehen hatte. Das war doch nicht etwa die Frau mit der Handtasche?

Jetzt reiß dich mal zusammen!, ermahnte sie sich. Du siehst schon überall Gespenster.

«Wie schön, dass Sie kommen konnten, Ann-Sofie! Wir sind sehr dankbar für die großzügige Spende, aber vor allem freuen wir uns, dass Sie sich zusammen mit uns für unsere Sache engagieren wollen.»

Dora Brandt bekam eine Gänsehaut, als die Schauspielerin ihre Hand ergriff. Sie erwiderte ihr Lächeln und neigte den Kopf zur Seite.

«Es freut mich, dass mein Geld endlich eine sinnvolle Verwendung erfährt. Ich habe ja keine eigenen Kinder, für die ich es gebrauchen könnte.»

Sie versuchte, Josefin Mjörners Miene zu deuten, sie wollte feststellen, ob sie sie von der Veranstaltung auf dem Marktplatz wiedererkannte, als ihr die Schauspielerin ein Autogramm gegeben hatte. Wahrscheinlich nicht, denn Harald Holmström musste sie erst vorstellen. Folglich wurde sie heute wegen der Spende von zehntausend Kronen so herzlich empfangen.

«Wie geht es denn der armen Familie?», erkundigte sie sich.

«Mal so, mal so. Aber wir versuchen zu helfen, wo wir können. Das braucht eben seine Zeit.»

Dora nickte mitfühlend.

«Ich wünschte, ich könnte etwas für sie tun. Sind sie hier?»

«Nein, das wäre zu viel für sie bei diesem Trubel. Sie machen mit ein paar unserer vielen Freunde einen Ausflug, um auf andere Gedanken zu kommen.»

«Ich verstehe. Ich hoffe, ich kann sie bei einer anderen Gelegenheit mal kennenlernen.»

«Ganz bestimmt. Ich habe von Harald gehört, dass Sie Gastdozentin an der Hochschule in Malmö sind und über strukturelle Diskriminierung forschen. Das klingt höchst interessant. Wäre es Ihnen möglich, darüber auch einen kleinen Vortrag für unsere Mitglieder zu halten? Das würde sicher großen Anklang finden.»

Dora erstarrte und verspürte einen leichten Schwindel. Aber dann mobilisierte sie ihr Denkvermögen, und zu ihrer Erleichterung fiel ihr eine brauchbare Ausrede ein.

«Ja, in einem Monat ungefähr. Dann haben wir die Ergebnisse der empirischen Studie ausgewertet, die meine Studenten soeben abgeschlossen haben. Dann haben wir ganz neue Daten, über die ich Ihnen gerne berichte.»

«Das ist ja spannend. Dieses Gebiet hat sehr viel mit unserer Tätigkeit zu tun. Die Diskriminierung ist wirklich nicht zu übersehen, wenn man bedenkt, wie unterschiedlich die schwedischen Behörden die Menschen aus verschiedenen Ländern behandeln. Je dunkler die Hautfarbe und je größer die geographische Entfernung, desto schlechter die Behandlung.»

«Ja, da haben Sie wirklich recht. Darüber kann ich auch etwas erzählen und vielleicht über die Vorurteile gegenüber allem, was von unseren Normen abweicht. Niemand ist von diesen Vorurteilen frei. Es gibt da einige hochinteressante psychologische Untersuchungen zu diesem Thema. Aber ich wäre Ihnen dankbar, wenn Sie nichts von meiner Rolle an der Hochschule und der jüngsten Studie erwähnen würden, bis wir diese abgeschlossen haben. Sie wissen, wie das ist in der Welt der Forscher, da ist alles ein sorgsam gehütetes Geheimnis, bevor es veröffentlicht wird», sagte Dora Brandt lächelnd und zwinkerte.

Josefin Mjörner lachte leise und fuhr sich mit zwei Fingern über die Lippen, als würde sie einen Reißverschluss schließen.

«My lips are sealed. Es ist wirklich ganz wunderbar, dass Sie heute bei uns sind. Jetzt bedienen Sie sich erst mal vom Buffet, Ann-Sofie, dann reden wir später noch.»

Dora Brandt seufzte erleichtert, als Josefin Mjörner sie ihrem Schicksal überließ, um mit ein paar anderen Gästen weiter vorn in der Reihe zu sprechen. Gleichzeitig verspürte sie ein starkes Gefühl der Macht. Sie hatte nicht nur über sich selbst Macht und Kontrolle, sondern auch über ihre Umgebung. Nichts schien sie noch zu ängstigen, nicht einmal die Tatsache, dass sie diese Journalistin Leyla Abdallah in Gesellschaft eines Fotografen im Gewimmel entdeckt hatte. Sie war jetzt so nah dran und konnte endlich hinter Josefin Mjörners ach so heile Fassade blicken. Diese Gelegenheit wollte sie nicht verpassen.

Lisa Berggren las den Obduktionsbericht der Gerichtsmedizin in Lund in der Hoffnung, noch ein Detail zu finden, das bisher übersehen worden war. Aber es stand nichts in der minuziösen Beschreibung des Toten, was auf irgendeinen bestimmten Tätertyp hindeutete, geschweige denn ihn ausschloss. Vier Wunden mit glatten Rändern, zwei in der rechten Gesäßhälfte, zwei im Bauchraum. Der Tod war vermutlich durch Ertrinken eingetreten. Es könnte ebenso gut das Werk einer Person mit viel Muskelkraft wie das eines Schwächeren sein, der sich an Osman Faqiri herangeschlichen und ihn überrascht hatte.

Auch bei den Ermittlungen gab es nichts Neues. Sie hatten die drei Busfahrer ausfindig gemacht, bei denen Osman auf der Strecke von Oxie nach Malmö eventuell mitgefahren war, aber keiner von ihnen hatte den Afghanen auf dem Foto erkannt. Einer meinte sich zu erinnern, dass ein Fahrgast sein Gesicht unter einer Schirmmütze zu verbergen versucht und einen Rucksack der gleichen Form und Farbe wie Osman Faqiri gehabt hatte. Aber der Busfahrer wusste nicht genau, wann. Es konnte auch gut sein, dass dieser Mann vor dem fraglichen Abend in seinen Bus gestiegen war, außerdem hatte er ohnehin weder gesehen, in welche Richtung der Mann gegangen war, nachdem er in Malmö den Bus wieder verlassen hatte, noch bemerkt, ob er mit jemandem während der Busfahrt gesprochen hatte.

Als Lisa gerade daran dachte, dass sie ja zum Glück Jimmy als potenziellen Tatverdächtigen hatten, stiefelte Bengt Aronsson in ihr Büro und versetzte ihrem Gedanken den Todesstoß.

«Der Staatsanwalt lässt sich auf keinen Haftbefehl ein, wir müssen Bengtsson wieder laufen lassen», sagte er müde.

«Was? Ist das dein Ernst?»

«Ja, er meint, das, was wir haben, reicht nicht, um ihn länger festzuhalten. Es reicht nicht, dass Jimmy uns anlügt, und wir haben ja ehrlich gesagt auch nichts gefunden, was den Verdacht gegen ihn erhärtet», sagte Aronsson und seufzte.

Lisa donnerte das Obduktionsprotokoll auf den Tisch und sprang wie eine Furie von ihrem Stuhl auf.

«Das ist echt das Letzte, bei der Polizei zu sein, wenn alle gegen einen arbeiten!»

«Aber er ist immer noch Teil unserer Ermittlungen», sagte Aronsson in dem Versuch, seine Kollegin zu beruhigen.

Auch er war enttäuscht. Sie hatten Jimmy Bengtsson wirklich ausgequetscht und ihn mehrmals beim Lügen ertappt, aber er hatte ein Alibi, wenn auch ein recht zweifelhaftes. Einer seiner Freunde hatte ausgesagt, er erinnere sich nicht mehr, ob er in der Mordnacht mit Bengtsson zusammen gewesen sei, während ein anderer noch wusste, dass sie zu dritt bei ihm zu Hause gesessen und einen Film angeschaut hatten. Welchen, war zweitrangig, denn der Freund hatte mehrere Filme über den Zweiten Weltkrieg in seiner Wohnung. Die Festnahme wegen Nötigung hatte von Anfang an auf tönernen Füßen gestanden.

«Lisa, wir haben von Anfang an gewusst, dass wir nicht besonders viel gegen ihn in der Hand haben. Jetzt müssen wir sozusagen auf Distanz mit Bengtsson weitermachen und parallel ein paar anderen Spuren nachgehen.»

«Welchen denn? Es gibt doch gar keine!»

«Doch, klar. Thorsell hat Faqiris Landsmann aus Rosengård befragt, der die Fragen zu dem Verhältnis der beiden sehr ausweichend beantwortet hat. Thorsell zufolge hatte der Mann irgendetwas zu verbergen.»

«Und? Das macht aus ihm einen brandheißen Kandidaten für unsere brandheiße Verdächtigenliste?»

«Sehr witzig. Ich sage ja nur, dass Thorsells Bauchgefühl ihm sagt, dass da irgendwas faul ist. Und bedenkt man Thorsells Bauchumfang, ist da wahrscheinlich was dran.»

Obgleich Lisa unwillkürlich den Mund zu einem Lächeln verzog, hatte sie die Schnauze voll von all den vagen Vermutungen und Intuitionen, die dieser Ermittlung zugrunde lagen.

«Ich glaube immer noch, dass es Bengtsson ist», meinte sie. «Wetten wir?»

«Zehn Kronen», sagte Aronsson.

«Abgemacht.»

FREITAG, 31. AUGUST

Ein Hustenreiz weckte ihn. Er atmete tief ein, hielt aber inne, als es in seinem Hals stach und wie Feuer brannte. Die Augen juckten und tränten. Er holte stoßweise und keuchend Luft und hielt sich die Hand vor den Mund, als wäre sie ein schützender Filter. Der Gestank nach Rauch und sein Hyperventilieren verursachten ihm Schwindel. Die Lungen blähten sich auf. Es fühlte sich an, als würden sie platzen. Khaled suchte mit der anderen Hand die Wand über dem Bett ab und ertastete den Schalter der Bettlampe. Als er die Lampe anmachte, schlug ihm der Qualm wie eine Wand aus feinkörnigem Staub entgegen.

Zarmina!

Der Gedanke an seine kleine Schwester, die im selben Zimmer lag und schlief, verdrängte den eigenen Schmerz. Er blinzelte und stolperte an ihr Bett. Tastete nach der Decke, schlug sie zur Seite und griff nach dem Körper. Hob ihn mit seinen starken Armen hoch und presste ihn an sich. Er rührte sich nicht. *Scheiße!*

Die Tür wurde geöffnet, und noch mehr Rauch drang ins Zimmer. Eine Hand griff seinen Arm und führte ihn in den Flur. Aus dem Erdgeschoss hörte er Schreie. Jemand rief seinen Namen.

«Hast du sie? Vorsicht, hier ist der Treppenabsatz!»

Das war Haralds Stimme. Harald hatte seine Hand fest um seinen Arm geschlossen. Schritt für Schritt. Sie bloß nicht fallen lassen! Egal was passierte, er durfte sie nicht fallen lassen! Langsam stieg er die Treppe hinunter. Die Lungen schrien nach Luft. Er atmete ein und merkte, dass nun Sauerstoff in der Luft war. Er hustete, sog aber die Luft gierig ein. Hier unten war der Qualm nicht mehr so dicht. Dann sah er durch die Rauchschwaden, dass die Haustür offen stand, hörte Rufe und spürte die nächtliche Kühle. Durchquerte mit Zarmina im Arm das Wohnzimmer und die Diele. Nur raus!

Erschrockene Gesichter und ängstliche Blicke empfingen ihn im Hof. Zarmina in seinen Armen, immer noch leblos. *Scheiße!*

Er schob seine Arme unter ihre Achseln, hob sie in die Höhe und schüttelte den kleinen Körper. Hielt ihn wieder vor seine Brust, als wollte er aufgeben. Aber dann spürte er, wie sie zusammenzuckte, zuerst nur leicht, dann noch einmal mit Kraft, als hätte sie einen Krampf. Sie begann stoßweise zu husten, bevor sie sich übergab. Er spürte die Wärme des Erbrochenen auf seinem nackten Oberkörper. Er blickte seiner Schwester in die Augen und zählte ihre Atemzüge. Merkte, wie sie allmählich langsamer wurden, bis sie fast wieder normal atmete. Noch immer stoßweise, aber mit einer Regelmäßigkeit, die ihn ruhiger werden ließ. Sie lebte! Es war, als würden sämtliche seiner Schutzmechanismen und Barrieren niedergerissen, als er begriff, dass Zarmina nicht länger in Gefahr war. Ihm wurde wieder schwindelig, und er schwankte. Zitterte vor Kälte. Jemand nahm Zarmina aus seinen Armen. Er krümmte sich, spürte, wie die Übelkeit ihn übermannte. Er sank auf die Knie und übergab sich.

Eine Hand auf seiner Schulter. Josefins Stimme.

«Bist du in Ordnung, Khaled? Mein liebes Kind!»

Kriminaltechniker David Nordin kratzte sich am Doppelkinn und studierte mit stoischer Ruhe die eingeschlagene Fensterscheibe, die in der Morgensonne glänzte. Lisa Berggren ging langsam auf ihn zu. In diesem Stadium hatten Nordin und sein Kollege am Tatort das Sagen. Bisher war sie nur eine Beobachterin mit begrenztem Handlungsspielraum innerhalb des blau-weißen Absperrbands.

«Was Interessantes?», fragte sie.

«Diese Frage dürft ihr Schlauköpfe dann später beantworten. Ich bin nur für die Spurensicherung zuständig», gab Nordin trocken zurück.

Der leicht korpulente und ergraute Techniker genoss bei den Kollegen einen guten Ruf und war bekannt für seinen etwas anmaßenden Ton. Aber Lisa Berggren schätzte ihn sehr. Hinter Nordins mürrischer Fassade verbarg sich nicht nur ein stolzer Fachmann, sondern auch ein Pädagoge von Format. Unzählige Male hatte er Hinweise entdeckt, an deren Existenz sonst niemand geglaubt hatte und deren Bedeutung er außerdem ungewöhnlich versiert hatte erklären können. Sie wusste, dass Nordin sie mochte. Sie hatten bei einigen größeren Fällen zusammengearbeitet und gelernt, die Eigenheiten des anderen zu akzeptieren. David Nordin hatte beispielsweise nie mit Lisas vielzitierter Launenhaftigkeit und voreiligen Schlussfolgerungen Probleme gehabt. Im Gegenteil, ihr Temperament war für ihn eine Bereicherung und ein Werkzeug, das ins Stocken geratene Ermittlungen zum Laufen brachte. Auch wenn es ihm Spaß machte, Lisa wegen ihrer Ungeduld zu ärgern.

«Wenn du brav bist, zeige ich dir was», sagte er und fuhr mit einem Kugelschreiber an der Unterkante der zerbrochenen Fensterscheibe entlang.

«Hier verlaufen mehrere radiale Risse durch die Scheibe.

Das gleiche Muster wiederholt sich auch oben», fuhr Nordin fort und zeigte mit dem Stift darauf.

«Und das hat etwas zu bedeuten?»

«Alles bedeutet irgendetwas. Diese Risse hier bedeuten, dass der Täter ein Schlagwerkzeug verwendet hat, um die Scheibe mit mehreren Schlägen zu zerstören, bevor er den Molotowcocktail ins Wohnzimmer geworfen hat. Hätte er die Flasche direkt gegen das Glas geworfen, hätte sie ein weitaus kleineres Loch hinterlassen, wenn die Scheibe überhaupt zersplittert wäre.»

«Also Profi-Arbeit?»

«Das habe ich nicht gesagt. Aber die betreffende Person hat vermutlich gewusst, dass man viel Kraft aufwenden muss, um Isolierglas kaputt zu machen, wenn man eine Flasche dagegen wirft. Und das deutet eventuell auf ein gewisses Maß an Vorbereitung und Entschlossenheit hin.»

«Und möglicherweise auf einen Gegenstand mit Spuren», ergänzte Lisa.

«Na ja, da müssen wir erst mal was finden», meinte Nordin und nickte in Richtung des Hundeführers, dessen Schäferhund an ein paar Büschen schnüffelte.

Es war neun Uhr früh, und Lisas Kaffeedurst meldete sich. Diese zeitigen Feuerwehreinsätze begannen an ihren Kräften zu zehren. Ein Anruf, rasch anziehen und runter ins Auto, ohne Frühstück. Jedenfalls war sie schon auf dem Nydalagård. Irgendwie schien alles in Zusammenhang mit Josefin Mjörners Hof zu stehen. Sicherlich hatte Aronsson recht, dass dieser Vorfall nichts mit dem Mord an Osman Faqiri zu tun haben musste, aber andererseits konnte die Brandstiftung auch nicht als gewöhnliche Tat verbucht werden. Lisa Berggren hatte immer noch Jimmy Bengtsson im Hinterkopf.

Ein hässliches Attentat, begangen im Schutz der Dunkelheit. Eine Brandstiftung, die übel ausgegangen wäre, wenn nicht Harald Holmström das Feuer gelöscht und alle aus dem Haus geschafft hätte. Dem Krankenhaus zufolge war der Gesundheitszustand der Familie stabil. Am schlimmsten waren Khaled und seine kleine Schwester Zarmina dran, die viel Rauch eingeatmet hatten und deshalb mindestens noch einen Tag zur Beobachtung in der Malmöer Uniklinik MAS bleiben sollten. Aber die Witwe und ihre anderen Kinder hatten das Krankenhaus bereits verlassen können, ebenso wie Josefin Mjörner und Harald Holmström.

Das wird wohl ein paar Tage dauern, bis sie hier wieder einziehen können, dachte Lisa und lugte durch das zerbrochene Fenster. Die Flasche mit brennendem Benzin war mitten im Wohnzimmer aufgeschlagen und hatte ein großes Loch in den Parkettboden gebrannt. Ein weißes Sofa hatte auch Feuer gefangen, und die synthetische Polsterung hatte gefährlichen Rauch entwickelt, der in den ersten Stock gedrungen war. Harald Holmström hatte für seinen geistesgegenwärtigen Einsatz mit dem Feuerlöscher einen Orden verdient. Auch der älteste Sohn hatte großen Mut bewiesen, als er seine Schwester die Treppe heruntergetragen hatte.

«Also, auf dem Fahrweg ist nichts. Die breiten Reifen des Löschzugs haben alle anderen Reifenspuren verwischt.»

Der andere Kriminaltechniker überbrachte Nordin diese schlechte Nachricht, der jedoch nicht sonderlich traurig darüber war.

«Das passiert eben, wenn Leben gerettet werden. Die Feuerwehr konnte ja nicht wissen, dass das Feuer schon gelöscht worden war. Wir können froh sein, dass alle mehr oder weniger heil da rausgekommen sind, vor allem die Kinder aus dem ersten Stock.»

Die Techniker gingen ins Haus, und Lisa Berggren setzte sich zu Aronsson ins Auto.

«Hast du Harald Holmström schon erreicht?», fragte sie.

«Ja, er und die anderen sind auf dem Weg zum Haus in Oxie. Hier können sie ja nicht bleiben.»

«Dann fahren wir auf dem Rückweg dort vorbei und reden mit ihm.»

Bengt Aronsson nickte, drehte sich um und griff nach der Thermoskanne auf der Rückbank. Lisa musterte ihn mit großen Augen.

«Und die ganze Zeit hast du die da versteckt? Ich brauche dringend einen Kaffee.»

Er grinste schadenfroh, nahm erst den Becher und drehte dann den Schraubverschluss ab. Der herrliche Duft von Kaffee breitete sich im Wageninneren aus. Aronsson schenkte ein, und sie tranken abwechselnd aus dem Becher. Lisa war so ungeduldig, dass sie sich die Zunge verbrannte und fluchte.

«Dass ich immer so voreilig sein muss, verdammt!»

«Ja, das ist wohl dein Markenzeichen», meinte Aronsson vielsagend.

«Also, nur weil ich will, dass endlich was passiert, heißt das nicht, dass ich schludere», entgegnete sie brüskiert. «Aber wenn wir in deinem lausigen Tempo weitermachen, können wir auch gleich hier im Auto sitzen bleiben und darauf warten, dass alles über uns zusammenstürzt.»

«Spukt dir Jimmy Bengtsson noch im Kopf herum?», fragte Aronsson nicht im mindesten irritiert.

Diesen Kollegen habe ich einfach nicht verdient, dachte Lisa und drückte Aronssons Arm.

«Ja, allerdings. Ich bin felsenfest davon überzeugt, dass er dahintersteckt. Manchmal habe ich einfach die Nase voll, Polizistin zu sein. Hier fangen wir die Verbrecher, und da hockt dann ein weltfremder Staatsanwalt, der jedes noch so kleine Detail prüft, nur um etwas zu finden, damit er diese Verbrecher wieder laufenlassen kann.»

«Jetzt klingst du aber wie die schlechte Kopie eines amerikanischen Großstadt-Cops», wandte Aronsson ein. «Wir leben immerhin in einem Rechtsstaat.»

«Okay, okay. Aber warum schwierig, wenn es auch einfach geht? Fast alle Morde und Gewaltverbrechen sind banal. Hass und Rache. Angst. Liebe oder Geld. Äußerst selten steckt ein anderes Motiv oder eine Verschwörung dahinter, das weißt du, Bengt. Jimmy Bengtsson hasst Einwanderer, seine eigene Mutter versteckt Flüchtlinge, er neigt zu Gewalttätigkeit, und sein Alibi für die Mordnacht kann kein vernünftiger Mensch ernst nehmen. Hätten wir mehr Zeit gehabt, wäre er weich geworden und hätte gestanden. Da bin ich sicher.»

«Ich hoffe, du hast recht, Lisa, denn dann kann er uns jederzeit ins Netz gehen. Ich glaube aber, du irrst dich.»

«Warum?»

«Männliche Intuition.»

Lisa schüttelte schmunzelnd den Kopf. Aronsson war nie um eine Antwort verlegen, wenn sich die Gelegenheit dazu bot. Sie blickte durch das Seitenfenster auf den Hof, der bei dem schönen Wetter idyllisch aussah. Die Sonne stand nun hoch und tauchte die Bäume und Gebäude in ein helles Licht. Wäre das blau-weiße Absperrband nicht gewesen, das Gerümpel, das neben dem Stall vor sich hin gammelte, und die zugewucherten Rabatten, hätte der Hof ein schönes Motiv für ein Hochglanzmagazin über das Landleben sein können.

Der Schäferhund schnüffelte eifrig im hohen Gras neben der Stallung. Der Hundeführer hielt die Leine kurz und beobachtete das Tier mit routiniertem Blick. Der Schäferhund hatte offenbar etwas gewittert, hielt plötzlich inne und lief hin und her, bevor er Laut gab. Kein Zweifel, er hatte etwas gefunden. Der Hundeführer bückte sich und untersuchte das Gras. Er streichelte den Hund und zog ihn am Halsband zu sich. Dann ging er mit ihm über den Hof bis zur Haustür, die offen stand, und rief etwas ins Hausinnere. David Nordin kam heraus, und sie gingen wieder zurück zum Stall, wo der Hund angeschlagen hatte. Lisa stieg aus dem Auto und folgte ihnen mit ein paar Metern Abstand.

David Nordin ging in die Hocke und schob mit seiner behandschuhten Hand vorsichtig ein paar lange Grashalme zur Seite.

«Schau mal einer an. Das ist ja ein interessanter Leckerbissen, den unser vierpfotiger Freund entdeckt hat», sagte er, warf einen Blick über die Schulter und winkte Lisa zu sich.

«Komm, Lisa. Bleib hinter mir, das ist alles, was ich von dir verlange.»

«Was denn?», fragte sie und beugte sich neugierig über ihren Kollegen.

«Entweder haben wir einen heimlichen Raucher im Haus, oder ein ungebetener Gast hat hier gestanden, der etwas beobachten wollte und währenddessen ein paar Zigaretten geraucht hat», erklärte er.

Nordin zog eine Pinzette aus einem Fach in seinem Koffer und nahm eine Kippe damit auf, die jemand im Gras ausgetreten hatte. Er legte sie in eine kleine Plastiktüte, danach tat er noch eine zweite hinein.

«Zwei Stummel. Und plattgetretenes Gras. Wenn das mal nichts ist, Kommissarin Berggren!»

«Wie lange hat er hier gestanden?»

«Woher weißt du, dass es ein Mann war?»

«Keine Wortklauberei, Nordin. Komm schon!»

«Ich wage zu behaupten, dass die fragliche Person mindestens zwei Zigarettenlängen hier gestanden hat. Mensch, Lisa! Glaubst du, ich habe auf alle Fragen eine Antwort parat? Aber das Gras ist platt. Er hat hier gestanden und ist vielleicht eine Weile lang von einem Fuß auf den anderen getreten. Dieser Platz ist hervorragend, wenn man das Haus im Blick haben und herausfinden will, ob alle im Bett liegen und schnarchen, bevor man zuschlägt.»

«Kann man die Kippen für eine DNA-Analyse verwenden?»

«Wenn sie seit letzter Nacht hier liegen, ja. Trockenes Wetter, kein Regen. Nur ein bisschen Tau. Es gibt bestimmt noch Speichelreste.»

«Wann können wir frühestens ein Ergebnis haben?»

«Wie eilig ist es denn?»

«Extrem eilig.»

David Nordin warf einen Blick auf seine Armbanduhr.

«Wenn wir das binnen einer Stunde per Boten nach Linköping schicken, besteht die Möglichkeit, dass wir noch heute die Antwort haben.»

Lisa holte ihr Mobiltelefon heraus und suchte Jan Wredes Nummer.

«Lisa, ich bitte dich! Lass dieses Teufelsgerät mal stecken und hör mir zu.»

Sie blickte Nordin perplex an, tat aber wie ihr geheißen.

«Was ist los?», fragte sie aufgeregt.

«Ich bewundere deinen Eifer, aber manchmal bist du etwas voreilig. Ich schlage vor, dass du dich zuerst bei den Hausbewohnern erkundigst, damit wir diese Möglichkeit ausschließen können. Wenn ich richtig gelesen habe, waren vor ein paar Tagen eine Menge Gäste hier. Vielleicht ist jemand mal um die Ecke gegangen, um eine zu rauchen und sich zu erleichtern. Es gibt nämlich tatsächlich Männer, die mehrere Sachen gleichzeitig können.»

Lisa schlug sich mit der Hand an die Stirn und grinste verlegen.

«Du bist nur für die Spurensicherung zuständig», sagte

sie. «Damit Schlauköpfe wie ich dann die entsprechenden Schlüsse daraus ziehen.»

Sie verdrehte die Augen. David Nordin lachte schallend, was eine Seltenheit bei ihm war.

Das nehme ich auf meine Kappe, dachte Lisa. Wenn ich schon so dumm bin und die grundlegendsten Dinge vergesse, muss ich auch dazu stehen.

«Ihr scheint euch ja prächtig zu amüsieren. Habe ich was verpasst?»

Bengt Aronsson war hinter ihnen aufgetaucht.

David Nordin hielt die Beutel mit den Zigarettenstummeln hoch.

«Diese Leckerbissen gehen nach Linköping zur Analyse.»

Im Zeitungshaus war nur noch die Nachtmannschaft da, um die morgige Ausgabe fertig zu machen, und natürlich waren ein paar Nachzügler mit ihren Artikeln, Annoncen oder ähnlich Wichtigem nicht fertig geworden und legten sich nun ins Zeug. Leyla fuhr den Computer herunter, schlüpfte in ihre Jacke und warf sich ihre Tasche über die Schulter. Machte das Licht in ihrem Büro aus und schloss die Tür hinter sich. Im Fahrstuhl auf dem Weg nach unten tuschte sie ihre Wimpern nach und ordnete ihre Frisur vor dem Spiegel, dann kam sie im Erdgeschoss an. Zeitersparnis hieß so etwas. Darin war sie gut.

Leyla trat in die kühle Abendluft und ging zur Bushaltestelle, wo sie sich neben den kettenrauchenden Sportjournalisten stellte, der im Raucherzimmer immer durch die Fernsehprogramme zappte. Er steckte sich einen Zigarillo an und blies eine Rauchwolke in die Luft, die an ihrem Gesicht vorbeiwehte. Leyla wurde leicht übel, und sie ging ein paar Meter weiter weg. Sie sah sich um, um sicherzugehen, dass niemand sie beobachtete. Das hatte sie sich zur

Gewohnheit gemacht, seit ihr die Frau mit der Sonnenbrille gefolgt war.

Freitag. Leyla ließ das Wort auf der Zunge zergehen. Freitag war immer ihr Lieblingstag gewesen. Aber das angenehme Gefühl, das sie sonst verspürte, wenn ein freies Wochenende vor der Tür stand, wollte sich nicht einstellen. Obwohl sie zufrieden mit ihrer Leistung der vergangenen Woche war. Der Artikel über die Beerdigung war in Ordnung, und sie hatte keinen Grund, sich wegen der Reportage über die Zusammenkunft in Nydalagård zu schämen. Und das Unbehagen, das sie nach Björn Bagers Artikel verspürt hatte, hatte Chefredakteur Arne Ragnell nach ihrem Bericht, was sich auf dem Friedhof zugetragen hatte, schnell zerstreut.

«Er macht sich nur lächerlich», hatte Ragnell gesagt und sich zu Leyla vorgebeugt, die auf dem Besucherstuhl in seinem Büro saß.

Zuerst hatte sie geglaubt, er wolle über sie herfallen, aber dann hatte er seine Brille zurechtgerückt und geflüstert, dass er es «off the record» gut fand, dass Palle Bager einen Bären aufgebunden habe.

Zudem hatte sie weder etwas vom *Journalisten* noch von einer anderen Branchenzeitschrift gehört. Sogar das mulmige Gefühl, dass die Stalkerin verursacht hatte, begann sich langsam zu legen.

Die Berichterstattung über den Brandanschlag von letzter Nacht hatte die Kriminalredaktion übernommen, aber Leyla hatte Kommentare von Josefin Mjörner beigesteuert. Außerdem hatte sie per E-Mail einen anonymen Tipp erhalten, dass Jimmy Bengtssons Mutter Mitglied der Humanistischen Alternative war. Darauf hätten sich die Abendzeitungen wie eine hungrige Meute gestürzt, aber Ragnell wollte mit dieser Meldung warten. Einerseits war Jimmy wieder auf freiem Fuß, andererseits musste auf die Mutter Rücksicht genommen werden. Sie stehe als Person nicht in der Öffentlichkeit und zum jetzigen Zeitpunkt sei das wichtiger als das Interesse der Allgemeinheit, meinte Arne Ragnell.

Leyla war anderer Meinung. Ein Rassist, der bei den Ermittlungen in einem Mord an einem illegalen Einwanderer eine Rolle spielt, hat eine Mutter, die geholfen hat, ebenjenen Einwanderer zu verstecken. In ihren Augen hatte es eine solche Meldung in sich und sollte nicht auf die lange Bank geschoben werden, weil ihnen dann ein anderer Journalist zuvorkommen könnte. Seit sie bei der Zeitung angefangen hatte, war Leyla bedeutend liberaler geworden, wenn es um die Frage ging, was veröffentlicht werden sollte. Überspitzt formuliert, sie war skrupelloser geworden. Am Anfang ihrer Karriere hatten sie die vielen Schicksale, die ihr begegnet waren, persönlich sehr mitgenommen. Auch jetzt ließ sie so etwas nicht kalt, aber es fiel ihr bedeutend leichter, sich davon zu distanzieren und Berufliches und Privates zu trennen. Eine solche Überlebensstrategie legten sich die meisten Reporter zu und besonders jene, die über Verbrechen oder Katastrophen schrieben. In Leylas Fall hatte das jedoch auch mit ihrer privaten Situation zu tun. Sie hatte keine Kraft mehr, Anteil an dem Schicksal anderer zu nehmen, denn sie hatte genug eigene Probleme. Deshalb stand sie nun hier und wartete auf den Bus, der sie nach Arlöv zum Geburtstagsfest ihrer Nichte Samia bringen sollte. Leyla tastete in ihrer Tasche nach dem Geschenk für die Dreijährige. Es war ein kleines Pony aus Plastik mit langer, glänzend goldener Mähne, die man kämmen konnte. Die Verkäuferin im Spielwarengeschäft hatte gesagt, dass es das ideale Geschenk für ein Mädchen in dem Alter sei.

Der Bus kam, Leyla stieg ein und bezahlte. Sie setzte sich

ganz nach hinten und sah aus dem schmutzigen Fenster auf die Lagerhallen und Gewerbeflächen, die vorbeiflimmerten. Sie hatte noch nie verstanden, weshalb man Zeitungshäuser fast immer in tristen Industriegebieten baute, gerade heutzutage, wo die Technik nicht mehr verlangte, dass Redaktion und Druckerei unter ein und demselben Dach lagen. Mit ein paar einfachen Mausklicks konnte man das Layout und alle übrigen notwendigen Daten überallhin schicken. Rohrpost und Tyrannei der griesgrämigen Graphiker, bei denen die Korrektoren unten in der Setzerei standen, die Mütze in der Hand, war Vergangenheit. Nun war alles digitalisiert. Aber vielleicht befanden die Chefredakteure, dass ein Zeitungsverlag in ausreichender Entfernung von der Stadt, dem Zentrum der Verlockungen, nötig war, damit die Journalisten so viel wie möglich hinter ihren Schreibtischen klebten, Texte produzierten und nur gelegentlich einen Abstecher in die sogenannte Wirklichkeit machten.

Leyla hatte eigentlich keinen Grund, über ihre Arbeitssituation zu klagen, sie hatte viel Freiheit und genügend Freiraum für eigene Ideen. Aber im Gegenzug musste sie stets zur Verfügung stehen. Leyla war jung, Single, produktiv und fast immer bereit, Überstunden zu machen, wenn Not am Mann war, ohne darauf zu bestehen, diese angerechnet zu bekommen oder sich auf ihre Freizeit und ihr Privatleben zu berufen. Ihr war jedoch aufgefallen, dass bei einigen älteren Kollegen ein schärferer Wind wehte. Sie waren nicht mehr so fix, und ihre Erfahrung und ihr Wissen erfuhren Leylas Meinung nach keine angemessene Wertschätzung. Sicherlich gab es den einen oder anderen verbitterten Zeitgenossen, der mit verschränkten Armen in seinem Büro hockte, alle Berufsanfänger mit Argwohn beäugte und den guten alten Zeiten hinterherweinte. Aber die Mehrzahl der fähigen Mitarbeiter hatte aufgrund ihres Alters nicht so viele Spalten, wie ihnen eigentlich zustanden. Annika Hörlin zum Beispiel, auch wenn ihre Degradierung auf einer Reihe von Fehltritten basierte, für die nur sie allein verantwortlich war. Aber irgendwann hatte man schließlich genug Buße getan. Leyla wollte Annika morgen anrufen und sie auf einen Kaffee einladen. Das hatte sie allemal verdient, nachdem sie Leyla in dieser harten Arbeitswoche so viel geholfen hatte.

Der Bus fuhr an Arlövs alter Zuckerfabrik vorbei, die von der dänischen Danisco gekauft worden war und ihre Bedeutung als unumstrittenes Herz der Gemeinde verloren hatte. Nun war daraus eine gigantische Shopping-Mall gegenüber der subventionierten Wohnblocksiedlung am Stadtrand entstanden, zu der die Menschen in Scharen pilgerten.

Leyla stieg vor der Kirche aus, überquerte die Straße und bog in das grüne Viertel ein, in dem die gepflegte Dreißiger-Jahre-Villa ihres Bruders Jassim lag. Das Haus hatte noch viel von seinem alten Charme, trotz des Anbaus eines großen Carports. Jassim hatte es wirklich geschafft. Seine Computerfirma in Malmö lief sehr gut, er hatte eine wunderbare Frau und zwei süße kleine Kinder. Hassans Augenstern. Da kann ich nicht mithalten, dachte Leyla und betätigte dreimal nervös den Türklopfer aus Messing. Jassims Frau Niriam machte auf, den einjährigen Sohn Dino auf dem Arm. Leyla mochte ihre Schwägerin, auch wenn es bei den wenigen Familienfeiern, auf denen sie sich getroffen hatten, nicht so viele Gelegenheiten für eine Unterhaltung gegeben hatte. Sie hatte ein herzliches Lachen und eine angenehme Art, sodass man sich sofort willkommen fühlte. Außerdem war sie hübsch, mit dunklen, klugen Augen und hohen Wangenknochen, die durch den Hijab, der ihr Gesicht umrahmte, noch besser zur Geltung kamen.

Sie tauschten die obligatorischen Wangenküsschen aus

und gingen ins große Wohnzimmer, wo die anderen schon versammelt waren. Die kleinen Kinder rannten umher und spielten auf dem Parkettboden, während die Erwachsenen auf dem Sofa saßen und höflich Smalltalk machten. Als Leylas Mutter Fatima sie entdeckte, sprang sie vom Sofa auf und überschüttete ihre Tochter mit Umarmungen und Küsschen.

«Wie schön du aussiehst», sagte sie und strahlte übers ganze Gesicht.

Leyla hatte bei ihrer Mutter lange darauf beharrt, dass sie so viel Schwedisch wie möglich miteinander redeten, wenn sie sich trafen, denn sie brauchte Übung. Und die Mühen hatten Früchte getragen. Der Wortschatz und die Grammatikkenntnisse der Mutter hatten sich in den letzten zwei Jahren deutlich verbessert.

«Hej, Mama!»

«Lass dich mal anschauen. Du hast ein bisschen mehr auf den Rippen. Schön, dass du jetzt so gut isst.»

Bei diesem Kompliment brach Leyla nicht gerade in Jubel aus. Sie hatte auch schon festgestellt, dass die Jeans seit einer Weile über dem Bauch spannte und sie sich aus Appetit etwas zu viel auf den Teller lud. Es war höchste Zeit, wieder die Laufschuhe hervorzuholen. Leylas letzte Joggingrunde war über zwei Wochen her.

Sie begrüßte die anderen Erwachsenen, die auf dem großen braunen Ledersofa saßen. Niriams Vater machte deutlich, dass er Leyla nicht die Hand geben wollte, indem er seine Rechte auf die Brust legte. Seine Frau wirkte ebenfalls zögerlich. Niriams Familie war religiöser als die Abdallahs, und Leyla hatte den Verdacht, ihre Eltern missbilligten es, dass sie keinen Hijab trug. Zumindest in dieser Sache war ihr Vater Hassan auf ihrer Seite.

«Der Glaube steckt nicht im Kopftuch», pflegte er zu

sagen, wenn Verwandte und Bekannte kritisierten, dass seine Tochter ihr langes welliges Haar offen trug.

Hassan Abdallah erhob sich schwerfällig aus dem Sofa und küsste Leyla auf beide Wangen. Er war dick geworden, vom vielen Sitzen im Taxi und durch seinen unstillbaren Appetit. Vielleicht komme ich nach ihm, dachte Leyla und zog unwillkürlich den Bauch ein. Trotz allem freute sie sich, ihren Vater zu treffen, und auch er schien sich ehrlich über das Wiedersehen zu freuen.

Leyla begrüßte ihre beiden anderen Brüder und deren Frauen, bevor sie Samia das Geschenk überreichte. Die Dreijährige hatte einige Mühe, es zu öffnen, aber als sie Schleife und Geschenkpapier gelöst hatte, war sie begeistert von dem Pony.

Wie niedlich sie ist, dachte Leyla. Sie hatte sich nicht sonderlich für ihre Nichten und Neffen interessiert, vielleicht weil ihr Singledasein und ihre Kinderlosigkeit ein ewiges Thema in der Familie waren. Aber als sie jetzt die Kinder im Wohnzimmer herumtollen und lachen sah, empfand sie eine seltsame Wärme. Es waren auch ihre Kinder. Ihre große, dicke, arabische Familie, in guten wie in schlechten Zeiten. Sie liebte sie.

Mutter Fatima war wie üblich rasch in der Küche verschwunden, wo sie Niriam half, das Essen vorzubereiten. Die anderen Frauen tauchten nach einer Weile ebenfalls in der Küche auf, aber Leyla blieb bei den Männern. Teils weil sie wusste, dass sie zwischen all den Töpfen und Pfannen nur im Weg sein würde, teils weil sie nicht gern die alten Knacker bediente, die in keiner Hinsicht etwas Besseres waren als die Frauen, nur weil sie auf ihren fetten Hintern saßen und alles serviert bekamen. Viel weiter gingen ihre Proteste gegen das Patriarchat in ihrer Familie nicht, aber das war zumindest besser als nichts.

Eigentlich sah es ungefähr so wie auf den schwedischen Feiern aus, bei denen sie gewesen war. Auch da hatten sich die Frauen um das Essen und den Abwasch gekümmert, während die Männer auf dem Sofa saßen und sich bedienen ließen.

«Wie läuft es denn in deinem Job, Leyla?», fragte ihr Lieblingsbruder Ali, um das leicht peinliche Schweigen zu brechen.

«Danke, gut. Nach dem Mord gibt es jede Menge zu tun. Ich bin in den letzten Wochen zu nichts anderem gekommen.»

«Die Artikel sind gut, Leyla. Du bist die beste Schreiberin der Stadt», sagte Hassan Abdallah und wandte sich an Niriams Vater.

«Liest du Leylas Artikel?», fragte er mit herausforderndem Unterton.

«Wir haben kein Zeitungs-Abo. Ich lese fast nur *Metro* und *City*, weil es die gratis gibt», gab der Mann ausweichend zurück.

«Dann wird's mal Zeit, dass du dir eine richtige Zeitung besorgst! Du kannst für den Anfang Leylas Artikel im Internet lesen. Du wirst sicher nicht enttäuscht, das verspreche ich dir. Sie ist die beste Journalistin in ganz Malmö, das denken jedenfalls auch viele meiner Kunden.»

Niriams Vater lächelte angestrengt, suchte Augenkontakt mit Jassim und begann, sich auf Arabisch mit ihm zu unterhalten.

In Hassan Abdallahs Stimme lag ein Stolz, der Leyla fast zu Tränen rührte. Man konnte über ihn sagen, was man wollte, er versäumte es nie, seine Kinder zu unterstützen und überschwänglich von ihrem Können zu schwärmen.

«Jetzt essen wir. Zu Tisch, zu Tisch. Jalla, jalla!», rief Fatima aus dem Esszimmer, das an das Wohnzimmer angrenzte.

Der große ovale Tisch bog sich vor Meze und anderen arabischen Leckereien. Leyla lief das Wasser im Mund zusammen, sie hatte einen Bärenhunger und beschloss, an diesem Abend den Vorsatz, sich zurückzuhalten, auf morgen zu verschieben. Dann würde ihr neues, schlankeres Leben beginnen.

Nach dem süßen Gebäck, das das Essen abrundete, war Leyla so satt, dass sie sich am liebsten zum Schlafen auf das Sofa gelegt hätte. Yas Kothars samtweiche Stimme scholl aus den Boxen im Wohnzimmer. Mutter Fatima hatte die CD mitgebracht, und sie lief bereits den ganzen Abend. Ihre unerschütterliche Liebe zu Yas Kothar teilte sie mit der halben arabischen Welt. Leyla war nur in Maßen von ihm begeistert, aber weil er der absolute Favorit ihrer Mutter war, hatte er auch in ihrem Herzen einen festen Platz. Denn jedes Mal wenn sie Yas Kothar hörte, dachte sie unweigerlich an Fatima.

Natürlich konnte man sich bei einer Familienfeier nicht einfach auf das Sofa fläzen, zumal Niriams überkorrekte Eltern da waren. Aber der Gedanke allein tat ihr schon gut. Es war ein sehr schöner Abend. Die Angst, die sie vor diesem Fest gehabt hatte, war nach der Lobrede ihres Vaters verflogen, und auch ihre ältesten Brüder Jassim und Mahmoud unterhielten sich immer ungezwungener mit ihr. Sie wusste, woran sie bei ihrer Mutter Fatima und bei ihrem Lieblingsbruder Ali war, aber die anderen Familienmitglieder waren unberechenbarer und machten ihr manchmal unumwunden Vorwürfe. Nicht nur mit Worten, sondern auch durch die Blicke, die sie ihr zuwarfen, und den mangelnden Respekt, den sie ihr entgegenbrachten.

Aber davon war jetzt nichts zu spüren. Mit anderen Worten, es war ein gelungener Abend, an dem sie die Zugehörigkeit zu ihrer Familie so stark spürte wie seit langem nicht mehr. Warum sollte sie den Abend also zerstören? Warum nicht einfach die Gemütlichkeit genießen, das fröhliche Kinderlachen und die Herzlichkeit an dem großen Esstisch? Noch ungefähr eine Stunde bleiben und dann den Bus nach Hause nehmen, ins warme Bett schlüpfen und ein paar Kapitel in Jörn Hägers spannendem Buch über Josefin Mjörner lesen, das sie schon angefangen hatte. Dann einschlafen und süß vom Familienglück träumen. Das wäre der perfekte Ausklang einer harten, anstrengenden Woche.

Aber Leyla hatte sich entschieden. Sie würde jetzt nicht noch einmal kneifen. Oder?

Es gibt bessere Gelegenheiten als diese, dachte sie. Ich kann Ali am Wochenende anrufen, wir können einen Kaffee trinken gehen, und dann kann ich mit ihm in Ruhe reden, und danach können wir …

Ausreden. Sie wusste, dass das nur Ausflüchte waren. Denn egal welchen Moment Leyla sich aussuchte, es würde nie einfach und schmerzfrei über die Bühne gehen. «Pack den Stier bei den Hörnern.» Toms Worte klangen ihr in den Ohren. Jetzt war es so weit.

Sie hatte sich schon überlegt, wie sie vorgehen wollte. Alles oder nichts. Als die anderen Frauen aufstanden, um den Tisch abzuräumen, und die Männer sich allmählich wieder Richtung Sofa bewegten, sprach sie Ali an.

«Na, wie gefällt dir eigentlich dein Auto?»

«Mein Auto?»

«Ja, du hast doch einen Toyota Corolla, oder? Ich habe mal dran gedacht, mir auch einen zuzulegen.»

«Im Ernst? Was willst du denn mit einem Auto?»

«Na, damit fahren. Deshalb habe ich ja auch mal den Führerschein gemacht.»

Ali lachte und boxte seiner Schwester scherzhaft gegen den Oberarm.

«Ruf vorher an und sag Bescheid, wenn du unterwegs bist, dann bleibe ich nämlich zu Hause.»

«Dummkopf. Lass mich einfach dein Auto Probe fahren, dann wirst du schon sehen.»

«Gut.»

Ali warf einen Blick in die Küche.

«Jetzt musst du dich ordentlich von deinen Kindern verabschieden, Mutter. Leyla fährt gleich Auto, und ich muss mit.»

Fatima runzelte die Stirn und schüttelte ungläubig den Kopf.

«Was sagst du da, du dummer Junge?»

«Leyla will sich ein Auto kaufen, und sie probiert meins mal aus.»

Fatima lief in die Diele, wo Leyla auf einem Stuhl saß und sich ihre Schuhe anzog.

«Du nicht fahren, Mädchen. Dummes Mädchen!»

Sie regte sich so auf, dass sie auf Arabisch weiterredete und sich über Leylas Vorhaben beklagte.

«Ganz ruhig, Mama. Nur eine kleine Runde. Ich fahre erst mal nur hier im Viertel», sagte Leyla.

Ali griff seine Schwester am Arm und zog sie lachend mit sich nach draußen zu seinem Auto, das er vor dem Haus geparkt hatte. Er gab Leyla die Schlüssel, und sie stieg auf der Fahrerseite ein. Ali nahm den Beifahrersitz in Beschlag und legte den Sicherheitsgurt an.

«Wann bist du denn zuletzt gefahren?», fragte er und wirkte auf einmal sehr ernst.

«Vor eineinhalb Jahren. Aber keine Angst, ich weiß schon, was ich tue.»

Sie drehte den Zündschlüssel und legte den ersten Gang ein. Das Auto machte einen kleinen Satz, als sie die Kupplung kommen ließ, aber der Motor beruhigte sich schnell, und der Wagen rollte gemächlich los. Leyla schaltete hoch und fuhr ohne Schwierigkeiten durch die engen Straßen des Wohnviertels bis zum Lundavägen.

«Das machst du ja richtig gut, Schwesterherz», sagte Ali, der sich trotzdem sicherheitshalber am Griff der Beifahrertür festhielt. «Willst du dir wirklich ein Auto kaufen?»

Leylas Griff um das Lenkrad wurde fester. Pack den Stier bei den Hörnern.

Ich kann auch gleich mit der Sprache rausrücken, dachte sie. Sie war lange genug wie die Katze um den heißen Brei herumgeschlichen. Jetzt oder nie.

«Vielleicht. Aber ich will eigentlich über was anderes mit dir reden.»

«Was denn?»

«Das erzähle ich dir nur, wenn du versprichst, niemandem was davon zu sagen, weder Mama noch Papa, Jassim oder Mahmoud.»

«Ein Mann?»

Seine Frage überraschte Leyla so sehr, dass es ihr die Sprache verschlug. Aber das machte nichts, die Antwort stand ihr sowieso ins tiefrote Gesicht geschrieben.

«Verdammt, ich hab's gewusst, Leyla. Was ist das denn für ein Typ?»

«Ein Typ eben, in meinem Alter.»

«Wie heißt er?»

«Tom.»

«Ein Schwede?»

«Ja.»

Im Auto wurde es still. Leyla hatte das Gefühl, dass alles viel zu schnell gegangen war, dass Ali sie überrumpelt und ihr das Versprechen, der Familie nichts zu sagen, gar nicht gegeben hatte.

«Seit wann kennst du ihn?»

«Seit einer Weile.»

«Was ist eine Weile, Leyla? Erzähl schon, ich sag's auch nicht weiter. Versprochen.»

«Zwei Jahre.»

«Verflucht, Leyla. Du bist verrückt. Ich hab gewusst, dass da irgendwas ist, das habe ich gespürt.»

Ihr Bruder sank in sich zusammen, als hätte ihm jemand einen dicken Sandsack auf die Schultern geladen.

«Und was willst du jetzt machen?», fragte Ali mit vorwurfsvollem Unterton.

«Das weiß ich auch nicht.»

«Ist es was Ernstes? Bist du in ihn verliebt?»

«Ich glaube schon.»

Ali holte tief Luft und atmete geräuschvoll aus.

«Nur die Ruhe, Leyla. Überleg dir gut, was du machst. Papa würde ausrasten, wenn er das erfährt. Es ist das Beste, wenn du Schluss machst.»

Alis Reaktion überraschte Leyla nicht wirklich. Sie hatte sich das alles ungefähr so vorgestellt. Es hätte schlimmer sein können. Viel schlimmer, dachte sie. Er hätte richtig wütend werden können.

«Aber ich mag ihn», sagte Leyla.

«Weißt du noch, Cecilia?», fragte Ali.

«Das Mädchen, mit dem du zusammen warst, bevor du Marsol kennengelernt hast?»

«Genau. Es war ernst zwischen uns. Ich war richtig verliebt in sie und sie in mich. Wir haben viel über die Zukunft geredet, wir wollten heiraten und Kinder. Sie war sogar bereit, zum Islam überzutreten, damit unsere Familie sie als meine Frau akzeptiert. Aber irgendwie haben wir am Ende eingesehen, dass es so einfach nicht funktionieren würde. Wie wir es auch gedreht und gewendet haben, es gab immer eine Barriere. Ich bin Araber, Muslim. Sie ist Schwedin, Kafir.»

Leyla rümpfte die Nase, als ihr Bruder diesen leicht geringschätzigen Ausdruck für Nichtmuslime gebrauchte. Aber Ali meinte das nicht böse.

Er tätschelte Leyla liebevoll die Wange.

«Schwesterherz, du weißt, dass das für dich noch härter ist. Du bist eine Frau. Lass die Finger davon. Du kannst einen guten Araber kennenlernen, ich kenne ein paar, die sind echt nett, und Papa würde sie auch mögen.»

«Arbeitest du jetzt auch in seinem Ehemaklerbüro?», fragte Leyla höhnisch. Sie musste kein Blatt vor den Mund nehmen. Leyla hatte keine Angst mehr vor Alis Meinung, sie war nur ein bisschen enttäuscht von ihm.

«Mit einem von uns hast du ein unkomplizierteres Leben. Schau mich und Masol an. Sie ist eine moderne Frau, genau wie du. Sie hat einen Job und ist selbständig. Am Anfang unserer Beziehung sind wir zwar nicht auf Wolke sieben geschwebt, aber heute lieben wir uns.»

Vielleicht hat er recht, dachte sie. Masol und Ali waren offenbar glücklich. Auch wenn sie die Verantwortung für Haushalt und Kinder hatte, respektierte Ali ihre Integrität.

«Versprich mir, dass du nichts sagst», wiederholte Leyla.

«Versprochen, Schwesterherz. Aber mach keine Dummheiten. Sei erwachsen und denk an die Konsequenzen.»

Leyla nickte resigniert.

Aber wenn man erwachsen war, hatte man doch auch das Recht, selbst über sein Leben zu bestimmen?

Lisa Berggren saß zu Hause in der Fågelbacksgatan auf ihrem Fernsehsofa und nippte an einem Glas Wein. Sie versuchte, sich zu entspannen und der Fernsehshow zu folgen, in der ihr Lieblingskünstler Tomas Ledin einer der Gäste des heutigen Abends war. Der Schwips, der sich allmählich ankündigte, machte sie noch munterer. Vor drei Stunden hatte sie das Ergebnis aus der Kriminaltechnik in Linköping erhalten. Die DNA-Spuren an den Zigarettenstummeln hatten einen Treffer in der Datenbank ergeben, die DNA stammte mit Jimmy Bengtssons Probe überein. Lisa hatte siegessicher die Faust in die Höhe gereckt und war zu Aronsson hinübergerannt.

Seine leicht gedämpfte Reaktion hatte sie geärgert, aber nicht die Freude darüber getrübt, dass sie endlich vorankamen. Der Staatsanwalt hatte die Genehmigung für Bengtssons Festnahme erteilt, der unter dringendem Tatverdacht stand, den Brandanschlag verübt zu haben. Lisa Berggren und Aronsson waren sofort nach Svedala rausgefahren, um ihn festzunehmen. Aber diesmal hatten sie kein Glück gehabt. Bengtsson war nicht in seiner Wohnung, und weder seine Freunde noch seine Mutter waren erreichbar gewesen. Schließlich hatten sie aufgegeben und waren ins Präsidium zurückgefahren, um den Fall noch ein letztes Mal durchzusprechen, bevor die Ermittlungsgruppe ins Wochenende ging.

Bengtsson wurde landesweit zur Fahndung ausgeschrieben, und ein Foto von ihm wurde an alle Dienststellen geschickt. Das muss funktionieren, dachte Lisa.

Aber trotz ihres Optimismus nagte eine gewisse Unruhe an ihr, die sie nicht verscheuchen konnte. Je mehr Zeit verging, desto wahrscheinlicher war es, dass Bengtsson von seinem Haftbefehl Wind bekam. Und ein gejagter Wolf war immer gefährlicher als einer, an den man sich in aller Ruhe heranschleichen konnte, das Fernglas in der Hand.

Vor einer Stunde hatte Lisas Freundin Kiki angerufen und gefragt, ob sie nicht Lust hatte, mit ins Mattssons zu gehen und jemanden aufzureißen. Auf so einen Vorschlag wäre sie unter normalen Umständen sofort eingegangen. Im beliebten Bierpub im Stadtzentrum spielten meistens gute

Live-Bands, und das Publikum war gemischt. Und obwohl sie dort die Bekanntschaft mit ein paar schmierigen Kerlen gemacht hatte, hatte sie auch einige nette Männer getroffen, die richtig gut tanzen konnten. In wenigen Fällen hatte sich daraus ein One-Night-Stand entwickelt, oder sie hatten sich einfach nur verabredet, aber bisher hatte sie ihren Traumprinzen noch nicht gefunden, weder im Mattssons noch sonstwo. Nach unzähligen missglückten Beziehungen war sie ziemlich ernüchtert, und das Singledasein gefiel ihr gut. Manchmal sehnte sie sich jedoch nach einem warmen Körper in ihrem Bett.

Jetzt war sie viel zu aufgekratzt, um sich zu amüsieren. Sie würde einfach gemütlich auf ihrem Sofa sitzen und noch ein paar Gläser Wein trinken.

Das Mobiltelefon klingelte, sie warf einen Blick auf das Display, und als sie sah, dass jemand aus dem Präsidium anrief, machte ihr Herz einen Satz. Mit zitternden Händen nahm sie das Gespräch an.

«Lisa Berggren.»

«Hej, Kommissar Pärsson hier. Ich soll mich bei Ihnen melden.»

Die schleppende Stimme klang nicht sehr begeistert.

«Habt ihr ihn?», fragte Lisa ungeduldig.

«Wen?», fragte Kommissar Pärsson phlegmatisch zurück.

«Jimmy Bengtsson, habt ihr ihn?!»

«Ja, eine Streife in Svedala hat ihn eingesammelt. Das wollte ich Ihnen ja erzählen. Er sitzt schon in seiner Zelle.»

Das Blut rauschte derart schnell durch Lisas Adern, dass sie dachte, sie würde vom Boden abheben.

«Wie habt ihr das denn hingekriegt?»

«Es war ganz einfach. Er ist aus einem Videoladen in Svedala gekommen, und eine Streife, die gerade vorbeifuhr, hat ihn erkannt.»

Aronsson hat recht, Jimmy ist wirklich filmfanatisch, fiel Lisa wieder ein.

«Weiß Wrede davon?»

«Ja doch, ich habe sowohl ihn als auch Aronsson bereits informiert.»

«Danke für die Nachricht, Pärsson!»

«Gern geschehen. Ein schönes Wochenende.»

Lisa lehnte sich zurück in die Sofakissen und schloss die Augen. Tomas Ledins Stimme tönte aus dem Fernseher. Seine Version von dem alten Stones-Hit «Satisfaction» war zwar nicht die beste, aber einen passenderen Song konnte sie sich für diesen Augenblick nicht vorstellen. Sie rief Kiki an.

«Du, ich hab's mir anders überlegt. Ich komme heute Abend mit ins Mattssons. Es gibt was zu feiern.»

SAMSTAG, 1. SEPTEMBER

Nach einem Teller Dickmilch mit Cornflakes kehrte Leyla ins Bett zu ihrem neuen Freund zurück, von dem sie sich so schwer trennen konnte. Er bestand aus vierhundertachtzehn Seiten. Jörn Hägers Biographie über Josefin Mjörner war zwar über zehn Jahre alt, aber als Leyla die pointierten Formulierungen und lebendigen Beschreibungen des Filmrezensenten las, kam es ihr vor, als wäre das Buch erst gestern und nur für sie geschrieben worden. Die Erzählerstimme war so präsent, dass sie das Buch einfach nicht mehr aus der Hand legen konnte. Leyla hatte sich die neue Taschenbuchausgabe besorgt, und nach zwei Leseabenden war sie bereits so abhängig, dass sie schon Entzugserscheinungen hatte, weil die Lektüre bald zu Ende ging. Ein paar Kapitel hatte sie noch, die sie häppchenweise las.

Deshalb legte sie das Buch kurz beiseite, als ihr die gestrige Unterhaltung mit Ali plötzlich wieder im Kopf herumspukte. Leyla wusste nicht so recht, was sie davon halten sollte, aber irgendwie war sie erleichtert darüber, dass sie ihrem Bruder ihr Geheimnis anvertraut hatte. Nun fühlte sie sich nicht mehr so allein gelassen, trotz Alis Kritik. Vielleicht würde er sich allmählich daran gewöhnen, dass sie einen schwedischen Freund hatte, und ihr sogar dabei helfen, Tom ihren Eltern in angemessener Form vorzustellen. Das war natürlich Wunschdenken, aber es tat Leyla gut, so optimistisch zu sein. Denn Tom war es wert, dass sie um ihn kämpfte, das war ihr in den letzten Tagen klargeworden. Er hatte ihr gezeigt, dass sie ihm wirklich etwas bedeutete, und aufgehört, auf seinem Ultimatum herumzureiten. Er war zärtlich und verständnisvoll, ohne etwas dafür einzufordern. Wahrscheinlich hatte sie deshalb endlich die Initiative ergriffen und Ali von ihrer Beziehung erzählt, weil sie sich nicht mehr von ihrem Freund dazu gedrängt fühlte.

Ich bin ein echter Kontrollfreak. Alles muss ich selbst bestimmen, dachte Leyla, nahm das Buch wieder zur Hand und las weiter. Verglichen mit dem, was Josefin Mjörner in ihrer Jugend durchmachen musste und mit ihrer Liebe zu einem viel älteren Mann, wirkten Leylas Probleme sofort viel unbedeutender. Das ist auch so eine seltsame menschliche Eigenschaft, dachte sie, dass man sich fast immer besser fühlt, wenn man hört, wie schlecht es anderen geht.

Jörn Häger hatte sich ausführlich mit den Vorurteilen der anderen über Josefin und Allan Mjörners Beziehung befasst, und keiner der Moralisten war von seiner Kritik verschont geblieben. Die Eltern der Schauspielerin wurden als emotional unterkühlt und nur an der Karriere ihrer Tochter interessiert beschrieben. Schon als Siebenjährige war sie von Privatlehrern in Tanz und Gesang unterrichtet worden, die sie gedrillt hatten, und auch wenn Josefin Talent hatte, schilderte Häger, wie anstrengend es für sie gewesen war, die Ansprüche und Erwartungen ihrer Mutter zu erfüllen.

Jörn Hägers Buch war nach seinem Erscheinen begeistert aufgenommen worden und hatte eine hitzige Debatte darüber ausgelöst, wie weit man gehen konnte, Menschen zu verurteilen, die bereits verstorben waren und sich nicht mehr verteidigen konnten. Dass das Buch nun eine Renaissance erfuhr und als Taschenbuchausgabe erhältlich war, hing natürlich mit Josefin Mjörners politischer Karriere zusammen. Ein besseres Timing, als das Buch zum Zeitpunkt des Mordes an Osman Faqiri herauszubringen, hätte auch dem Verlag nicht einfallen können. Aber es ist natürlich über die Maßen zynisch zu denken, dass der Verleger sich angesichts dieser Tragödie vergnüglich die Hände reibt, dachte Leyla.

Was der demente Jörn Häger über die Sache dachte, war auch nicht einfach zu sagen. Mit dem Denken hatte er inzwischen ja so seine Schwierigkeiten. Aber aufgrund der Detailliertheit und Tiefe, die das Buch auszeichneten, musste er viele lange und vertrauliche Gespräche mit Josefin Mjörner geführt haben. Für Leyla war sein Werk in jedem Fall eine ergiebige Quelle, aus der sie für ihre eigenen Artikel über Josefin Mjörner und die Humanistische Alternative schöpfen konnte. Trotzdem stellte sie mit Genugtuung fest, dass das Buch Lücken aufwies, von denen sie einige durch ihr großes Interview mit Josefin Mjörner geschlossen hatte. Zum Beispiel war bisher nicht bekannt gewesen, dass die Schauspielerin mehrere Fehlgeburten erlitten und ihre Kinderlosigkeit stark dazu beigetragen hatte, dass sie sich für die illegalen Flüchtlingskinder einsetzte.

Nachdem Leyla das Buch durchgelesen hatte, überlegte sie, was sie mit dem angebrochenen Samstag anfangen sollte. Tom half einem Freund beim Umzug, und ihre Wohnung hatte sie neulich abends schon aufgeräumt. Also konnte sie etwas unternehmen. Leyla betrachtete ihre Laufschuhe, die im Flur standen. Ihr schlechtes Gewissen meldete sich, sie müsste wirklich mal wieder eine Runde joggen und ein bisschen von dem überschüssigen Fett verbrennen, das sich in ihrer Hüftgegend angesammelt hatte. Aber dann warf sie einen Blick aus dem Fenster und ließ sich von den Passanten abschrecken, die gegen den Wind ankämpften und unter ihren Schirmen den Värnhemstorg überquerten. Leyla bekam eine Gänsehaut, als sie sich vorstellte, dass ihr beim

Joggen am Lundavägen in Richtung Beijers Park der Wind ins Gesicht blies. Ihr Masochismus hatte trotz allem seine Grenzen.

Annika Hörlin! Sie wusste, dass sie etwas vergessen hatte!

Leyla war sofort guter Dinge, als ihre Kollegin ihr in den Sinn kam, und sie hoffte, dass sie Zeit für den Kaffee hatte, zu dem sie Annika so lange schon einladen wollte. Leyla rief sie auf ihrem Mobiltelefon an. Annika meldete sich sofort mit ihrer klaren, forschen Stimme. Sie klang beinahe autoritär, wie eine Parteivorsitzende mit viel Charisma. Nicht unähnlich Josefin Mjörner, auch wenn sich ihr schonischer Dialekt vom Standardschwedisch der Schauspielerin unterschied.

«Annika Hörlin.»

«Hej, Annika, hier ist Leyla.»

«Ach, du bist's! Das ist ja nett!»

Sie klang ehrlich überrascht und erfreut.

«Was hast du denn heute vor?», erkundigte Leyla sich.

«Im Augenblick sitze ich hier nur rum und hab es mir bequem gemacht. Aber ich wollte mich noch auf den Weg machen und zum Tannengrund fahren. Mein letzter Besuch ist eine Ewigkeit her.»

«Tannengrund?»

«Entschuldige, das kannst du ja nicht wissen. Jörn Häger wohnt dort. Das ist ein Wohnheim für demenzkranke Senioren. Auch wenn der Ärmste mich meist nicht wiedererkennt, bilde ich mir ein, dass es ihm guttut, wenn ich ihn besuche. Er hat keine Kinder und auch sonst keine nahen Verwandten.»

«So ein Zufall! Ich habe gerade sein Buch über Josefin Mjörner zu Ende gelesen. Das ist wirklich großartig!»

«Komm doch einfach mit, dann kannst du den Autor höchstpersönlich kennenlernen.»

Obwohl das ein verlockendes Angebot war, zögerte Leyla. Sie war sich nicht sicher, ob sie das beinahe magische Lektüreerlebnis zerstören wollte, das Jörn Häger ihr geschenkt hatte.

«Ich weiß nicht recht. Ich komme mir irgendwie gemein vor, jetzt, wo ich sein Buch gelesen habe. Vielleicht bin ich total enttäuscht, wenn ich ihn als verwirrten Alten vor mir sehe.»

Leyla merkte, wie dumm sich das anhörte, und biss sich auf die Zunge.

«Quatsch!», protestierte Annika. «Wenn Jörn etwas mag, dann sind das junge hübsche Frauen. Er wird dich lieben!»

Leyla lachte.

«Eigentlich habe ich angerufen, weil ich dich auf einen Kaffee einladen wollte, und dann endet unser Gespräch damit, dass wir einen Schriftsteller in einem Heim für Demenzkranke besuchen. Du bist wirklich immer für eine Überraschung gut, Annika.»

«Das Leben ist voller Überraschungen. Also dann um drei beim Tannengrund?»

«Liegt das bei dem großen Fichtenwald?»

Jetzt musste Annika Hörlin lachen.

«Das liegt bei Södervärn. Wir können uns am Busbahnhof vor dem Kiosk treffen.»

«Gut, dann bringe ich Kuchen mit, zum Kaffee. Den trinkt er doch, oder?»

«Aber ja, und Kuchen isst er wie ein Krümelmonster. Nimm ein Plunderstückchen mit Marmelade. Das mag er am liebsten.»

Leyla hielt die Tüte mit dem Gebäck fest umklammert, während sie die andere Hand unter Annika Hörlins Arm schob. Sie hatte sich zwar nie für eine besonders hartgesottene Journalistin gehalten, aber ein bisschen lächerlich war es schon, das gab sie widerwillig zu. Nervös zu werden, nur weil sie einen normalen älteren Mitbürger besuchte, wo sie sonst Mörder unter vier Augen im Gefängnis interviewte oder vor Ort von Demonstrationen in Kopenhagen im Ausnahmezustand berichtete. Trotzdem fühlte sie sich unwohl. Es lag etwas äußerst Deprimierendes in dem unengagierten Versuch, mit den grünen Fikusbäumen, dem geleasten Aquarium und den gerahmten Ikea-Postern mit den Tier- oder Blumenmotiven, die im Korridor an der Wand hingen, eine anheimelnde Atmosphäre zu schaffen. In dem sogenannten Aufenthaltsraum, den die gleichen Poster zierten, saß eine einsame alte Frau in einem Rollstuhl und verfolgte mit leerem Blick ein Fußballspiel zwischen zwei mittelmäßigen englischen Mannschaften. Es war, als hätte jemand den Rollstuhl dort abgestellt und den Fernseher eingeschaltet, ohne darauf zu achten, was gerade gesendet wurde.

Aber vielleicht bin ich auch nur voreingenommen, wenn ich davon ausgehe, dass eine demente alte Frau Ende achtzig kein Interesse an der spannenden Begegnung zwischen Swansea und Leeds hat, dachte Leyla ironisch und spürte, wie ihre Nervosität in Wut umschlug.

Eine lächelnde Pflegerin eilte in ihren Birkenstockschuhen mit quietschenden Gummisohlen vorbei. Sonst war nur die hektische Stimme des Kommentators zu hören.

«Das ist wohl das Nachmittagsschläfchen, damit sich die Alten auch abends wieder hinlegen können», sagte Annika Hörlin säuerlich und nickte in Richtung der Seniorin vor dem Fernseher, die inzwischen die Augen geschlossen hatte.

«Entweder sie schläft, oder sie ist tot», flüsterte Leyla.

«Dann hoffen wir vielleicht lieber Letzteres.»

Sie traten an das Fenster der Anmeldung und drückten auf die Klingel. Nach dem dritten Klingeln tauchte eine hagere Frau Mitte fünfzig auf. Sie hatte einen hellblauen Kittel an, ihr rabenschwarzes Haar war exakt in der Mitte gescheitelt. Misstrauisch taxierte sie Annika und Leyla hinter ihrer kleinen Brille.

«Wie kann ich helfen?»

«Mein Name ist Annika Hörlin, und das ist Leyla Abdallah. Wir möchten zu Jörn Häger.»

«Aha. Gehören Sie zur Familie?»

«Wir sind Freunde.»

«Ich frage deshalb, weil Jörn Häger normalerweise keinen Besuch bekommt», erklärte die Frau in vorwurfsvollem Ton.

«Dann ist es umso wichtiger, dass wir ihn sehen, wo wir nun schon mal hier sind», erwiderte Annika Hörlin, ohne mit der Wimper zu zucken. Sie hatte nicht vor, sich einschüchtern zu lassen, was immer die unfreundliche Pflegerin in dem Glaskasten auch sagte.

«Dann komme ich am besten mit Ihnen mit», entschied die Frau und rümpfte reflexartig die Nase.

Sie folgten ihr den Korridor entlang und blieben vor Jörn Hägers Zimmer stehen.

«Warten Sie hier, ich sehe mal nach, ob er wach ist», fuhr die Frau fort, die sich bisher nicht vorgestellt hatte und, wie sonst bei Pflegepersonal üblich, auch kein Namensschild trug.

Annika Hörlin dachte jedoch nicht daran zu warten, sondern zog Leyla mit ins Zimmer, bevor die Pflegerin die Tür schließen konnte. Der Geruch nach altem Mann vermischt mit dem beißenden Gestank von Urin schlug ihnen entgegen. Jörn Häger lag angezogen auf dem Bett. Auf seiner Hose war ein großer dunkler Fleck im Schritt zu sehen.

«Wie siehst du denn aus, du Ärmster», sagte Annika und eilte zu ihm.

Sie setzte sich auf einen Stuhl neben dem Bett und ergriff Jörn Hägers Hand durch das Bettgitter hindurch. Dann wandte sich Annika Hörlin mit vorwurfsvoller Miene an die Frau mit dem akkuraten Mittelscheitel.

«Warum kümmern Sie sich nicht um ihn? Wie lange liegt er denn hier schon in seiner eigenen Pisse?»

Die Pflegerin verzog den Mund und ging zum Gegenangriff über.

«Nicht in diesem Ton, wenn ich bitten darf. Es ist verletzend, in Herrn Hägers Gegenwart derart intime Dinge zu erwähnen.»

Annika schluckte eine entsprechende Antwort hinunter. Der alte Filmkritiker hätte nichts davon, wenn sie das Personal gegen sich aufbrachte.

«Sie müssen entschuldigen, das war unbedacht von mir», sagte sie stattdessen und legte eine Decke über Jörn Hägers Beine, damit man das Malheur nicht länger sah. Die Pflegerin nickte angestrengt.

«Setzen Sie sich in den Aufenthaltsraum, bis ich fertig bin», sagte sie knapp.

Annika drückte Hägers Hand und lächelte ihn an. Als sie aufstand und zur Tür ging, rief er ihr hinterher:

«Hast du Berne dabei?»

Leyla überraschte die klare, kräftige Stimme des alten Mannes. Annika Hörlin setzte sich wieder.

«Nein, Jörn. Berne ist beim Hundezüchter, und es geht ihm gut dort. Aber ich bin hier, zusammen mit Leyla Abdallah», erklärte sie und zeigte auf Leyla, die auf ihn zuging und vorsichtig seine Hand schüttelte.

Jörn Hägers Blick wurde auf einmal lebendig.

«Mademoiselle, angenehm», sagte er, führte wie ein Kavalier ihre Hand an seinen Mund und küsste sie behutsam mit seinen spröden Lippen.

«Wir warten draußen», sagte Annika und lächelte bedrückt.

Sie gingen in den Aufenthaltsraum, wo die alte Dame im Rollstuhl zur Seite gesackt war. Annika richtete sie wieder auf und nahm die Fernbedienung vom Tisch, um ein anderes Programm einzuschalten. Es stand zwei zu eins für Swansea.

«Berne, war das sein Hund?», wollte Leyla wissen.

«Ja, eine kleine, sture Bulldogge, die ziemlich große Ähnlichkeit mit ihrem Herrchen gehabt hat. Berne ist vor fast zehn Jahren gestorben, aber Jörn fragt immer nach ihm, wenn ich komme.»

«Ich mag diesen Ort nicht», sagte Leyla.

«Nein, das habe ich schon gemerkt. Da bist du auch nicht die Einzige. Wenn ich das Geld hätte, würde ich ein besseres Heim für ihn suchen.»

«Aber er muss doch Einnahmen haben, von seinem Buch und so.»

«Weißt du, wie viel ein Autor an einem Taschenbuch verdient?»

«Nein.»

«Ein paar Kronen pro Buch. Das reicht gerade mal für ein Stück Kuchen zum Kaffee.»

Leyla hielt die Tüte mit dem Plundergebäck hoch und sah sich suchend nach einer Teeküche um.

«Um die Ecke und die erste Tür links. Wenn du Glück hast, hat schon jemand Kaffee gekocht, sonst findest du Kaffeefilter und Pulver im Schrank», sagte Annika Hörlin.

Der Frau mit der akkuraten Frisur war sie noch nie begegnet. Vermutlich war sie neu hier. Die lächelnde Pflegerin, die nun in ihren Birkenstockschuhen hereinkam und sich neben die Dame im Rollstuhl setzte, kannte Annika jedoch. Sie war ein fröhlicher Mensch, allerdings war sie häufig gestresst.

«Wollen Sie zu Jörn?», fragte sie freundlich, während sie der alten Dame liebevoll den Arm tätschelte.

«Ja, aber ich war richtig geschockt, als ich ihn gesehen habe. Er lag im Bett in seinem Urin, und seit Stunden hatte sich offenbar niemand um ihn gekümmert.»

Die Pflegerin machte eine entschuldigende Geste.

«Das wundert mich überhaupt nicht. Heute sind wir nur zu zweit und müssen uns um neunzehn Pflegebedürftige kümmern. Das ist unmöglich zu schaffen, man hetzt sich nur ab und kann keinem Patienten gerecht werden. Auf Dauer kann man diesen Job nicht machen.»

«Wollen Sie etwa aufhören?», fragte Annika beunruhigt.

«Eine Weile halte ich das wohl noch aus, oder was sagst du, Ellen?», sagte die Pflegerin und streichelte der Alten die Wange.

«Als wir herkamen, hat sie Fußball geguckt», berichtete Annika Hörlin.

«Ellen ist da nicht wählerisch. Aber es war gut, dass Sie umgeschaltet haben. Eine alte schwedische Komödie mit Akkordeonmusik ist nie verkehrt.»

Die Seniorin artikulierte einen unverständlichen Laut und vollbrachte das Kunststück, gleichzeitig den Kopf und den Blick kaum merklich zu heben. Jörn Hägers Eintreten hatte diese Reaktion hervorgerufen. Annika musterte ihren alten Kollegen liebevoll, der nun richtig adrett aussah. Er hatte frische Kleidung an und trug seine alte braune Cordjacke mit den abgenutzten Lederflicken an den Ellenbogen.

«Jetzt kann Jörn gerne Kaffee mit Ihnen trinken», sagte die Pflegerin und entfernte sich rasch.

Leyla kam mit Kaffee und aufgeschnittenem Plundergebäck auf einem Teller herein.

«Vielleicht möchte Ellen auch etwas?», erkundigte sich Annika Hörlin.

«Nein, sie hat einen empfindlichen Magen. Ich mache sie jetzt für den Abend fertig. Ich wünsche Ihnen einen schönen Nachmittag», sagte die nette Pflegerin und schob die Alte aus dem Zimmer.

Leyla sah auf die Uhr. Es war Viertel nach vier.

«Wo hast du denn Berne gelassen?», fragte Jörn Häger irritiert.

«Er kommt sicher bald. Aber du kannst ja so lange Leyla begrüßen. Sie schreibt Artikel über Josefin Mjörner.»

Der alte Filmrezensent reagierte nicht darauf, dann fiel sein Blick auf das Gebäck. Er nahm rasch ein Stück und schlang es hinunter.

«Sie müssen dafür sorgen, dass mein Manuskript nicht zerpflückt wird! Schließlich sind Sie deshalb hier angestellt, Sie Frauenzimmer!», schrie er Annika Hörlin plötzlich an.

Sie nahm sein Benehmen mit Gleichmut hin und freute sich darüber, dass Jörn Häger trotz seiner wirren Rede so aufgeräumt war wie schon lange nicht mehr. Als er auf Leyla aufmerksam wurde, lebte er sichtlich auf und verlor sogar das Interesse an dem Plunderstückchen.

«Angenehm, Mademoiselle», sagte er und ging auf seinen zittrigen Beinen auf Leyla zu, um ihr erneut einen Handkuss zu geben. Dann musterte er Annika.

«Und Sie sehen zu, dass kein Dilettant über mein Manuskript herfällt. Dafür arbeiten Sie schließlich hier!», erging er sich in einer neuen Tirade.

Sie konnte ihn dazu bewegen, sich zwischen sie und Leyla auf das Sofa zu setzen. Zwei Bissen Gebäck und ein Schluck Kaffee verschwanden in seinem Mund. Dann sackte er in sich zusammen und hatte wieder diesen leeren Blick. Annika Hörlin wusste, dass es ein heikler Balanceakt war, die Unterhaltung auf dem richtigen Niveau zu führen, damit Jörn Häger ein bisschen aus der Reserve gelockt wurde, ohne jedoch zu gehässig zu werden.

«Unterhalte dich mit ihm über Josefin Mjörner, das freut ihn bestimmt», sagte sie leise zu Leyla.

«Ich habe gerade Ihr Buch über Josefin Mjörner gelesen. Es ist einfach großartig», meinte Leyla und suchte Augenkontakt mit Häger.

«Und wer sind Sie?», fragte er und sah gleich viel munterer aus.

Leyla fuhr fort, über sein Buch zu sprechen, und erhielt von ihm nach einer Weile sogar einige Antworten, die nicht völlig aus dem Zusammenhang gerissen waren. Er erwähnte Josefin Mjörners Debütfilm *Und der Sommer schwand*, und Leyla kam die eine oder andere Formulierung aus dem Buch bekannt vor.

Plötzlich wirkte er bedrückt. Er blickte Leyla in die Augen und schüttelte den Kopf.

«Das hättest du niemals tun sollen, Josefin. Es wird dir dein Leben lang keine Ruhe lassen.»

Er griff Leylas Hand und drückte sie leicht.

«Was meinen Sie denn?», fragte sie.

«Es gehört dir, Josefin, und das wird immer so sein, auch wenn sie es dir weggenommen haben. Vergiss das nicht!»

Leyla sah Annika fragend an, die aufmunternd nickte. Jörn Häger verwechselte Leyla eindeutig mit der jungen Josefin Mjörner.

«Frag ihn, was es ist, das dir gehört», flüsterte Annika Hörlin, die das improvisierte Rollenspiel interessant fand.

«Was gehört mir denn, Jörn? Was wird immer mir gehören?», fragte Leyla.

«Dein Kind, mein Mädchen. Dein eigenes Kind!»

Leylas Puls begann zu rasen. Jörn Häger hielt noch immer ihre Hand und schüttelte wieder den Kopf.

«Die kleinen Menschen wohnen in einer winzigen Höhle. Wenn sie größer wird, wird es ihr dort nicht mehr gefallen, und sie wird weggehen. Dann musst du für sie da sein. Skärblacka, der Ort, den Gott vergessen hat.»

«Was für eine Höhle? Wie heißt die Höhle?», wollte Leyla wissen.

Jörn Häger musterte sie mit einem gutmütigen, fast väterlichen Lächeln.

«Aber liebes kleines Mädchen, das weißt du doch. Skärblacka, der Ort, den Gott vergessen hat.»

Von der Innerlichkeit in seiner Stimme bekam Leyla eine Gänsehaut. Doch dann erhob er sich hastig vom Sofa, und die Magie war dahin. Er blickte Annika Hörlin streng an.

«Jetzt ist aber Schluss mit diesem Quatsch, Fräulein! Sie holen jetzt Berne, und damit basta! Er muss einen Bärenhunger haben, der Bursche hat ja seit heute früh nichts zu fressen gekriegt!»

SONNTAG, 2. SEPTEMBER

Dora Brandt faltete den abgegriffenen Brief auf dem Küchentisch auseinander und las ihn erneut. Zum hundertsten Mal? Zum tausendsten? Sie hatte schon längst aufgehört zu zählen. Aber sie las ihn nun mit anderen Augen. Die abweisenden Worte erschienen weniger endgültig, seit sie Josefin Mjörner persönlich kennengelernt und sich die Möglichkeit ergeben hatte, ihr ein wenig näherzukommen. Das erfüllte sie mit einem seltsamen, aber auch großartigen Gefühl. Sie konnte etwas Neues zwischen den Zeilen lesen und Risse in der ablehnenden Fassade der Schauspielerin erkennen. Vor fast vier Monaten hatte sie den Brief erhalten:

Verehrte Dora Brandt,

Ihren Brief habe ich zur Kenntnis genommen. Leider muss ich Sie enttäuschen. Ich verstehe, dass diese Nachricht Sie schmerzt, falls Sie wirklich davon ausgehen, dass ich Sie in jungen Jahren zur Adoption freigegeben habe. Das ist nicht richtig. Ich wünsche Ihnen alles Gute und hoffe, Sie respektieren meine Antwort.

Mit freundlichen Grüßen
Josefin Mjörner

Natürlich hatte es Momente gegeben, in denen Dora sich gefragt hatte, ob das, was ihre Mutter Elsa ihr auf dem Totenbett anvertraut hatte, tatsächlich die Wahrheit war: dass sie Josefin Mjörners leibliche Tochter und direkt nach der Geburt zur Adoption freigegeben worden war, als die Schauspielerin gerade einmal siebzehn Jahre alt gewesen war.

Das war nirgendwo gemeldet worden. Nach dem Tod ihrer Mutter hatte sie bei sämtlichen Behörden angefragt, jedoch ohne Erfolg. Eine Adoptionsakte existierte nicht, und in der Akte beim Einwohnermeldeamt stand, dass Elsa Gustafsson Doras Mutter war.

Aber sie hatte einen Artikel über Adoptionen gelesen, die vertuscht worden waren, in den Vierzigern und Fünfzigern in Schweden offenbar nichts Ungewöhnliches. Aus verschiedenen Gründen wurden Kinder unter der Hand nach der Geburt weggegeben, oftmals mit Hilfe privater Kliniken, die sich diskret um alles Praktische kümmerten, um die Spuren zu verwischen, damit es so aussah, als hätte die Adoptivmutter das Kind selbst zur Welt gebracht. Dann war es nur noch eine Formalität, dass das Kind mit Geburtsurkunde als leibliches Kind der Adoptiveltern registriert wurde.

Das könnte auch in Doras Fall so gewesen sein. Zumindest hegte sie nicht den geringsten Zweifel, dass Josefin Mjörner ihre leibliche Mutter war, nicht seit sie an der langen Tafel beim Lunch auf ihrem Hof neben ihr gesessen hatte. Sie hatte beobachtet, wie sie sich bewegte, und ihre Mimik aus der Nähe studiert. Ferner enthielt der Brief eine Aussage, die ihr vorher nie aufgefallen war. Mjörner hatte nicht direkt geschrieben, dass Dora nicht ihre Tochter war. Das konnte natürlich auch bedeuten, dass sie sich von ihr distanzierte, aber es konnte auch ein Schachzug der Schauspielerin sein, sich noch ein Hintertürchen offenzuhalten.

Ein Fingerzeig, dass sie eines Tages bereit sein würde, sie als ihre Tochter anzuerkennen.

Denn sie waren sich so ähnlich, sie vollführten sogar die gleichen Gesten und hatten die gleichen Angewohnheiten. Wie zum Beispiel, sich mit den Fingern durchs Haar zu fahren und es sich hinter das Ohr zu stecken oder beim Zuhören den Kopf zur Seite zu neigen. Auch im Aussehen ähnelten sie sich. Die Augen, auch wenn Josefins größer und leuchtender waren. Die Nase hatte die gleiche leicht gekrümmte Form, und das kleine Grübchen neben dem linken Mundwinkel kam ihr auch bekannt vor. Das waren Details, denen man keine Beachtung schenkte, wenn man nicht konkret nach ihnen suchte, die aber zusammen genommen eindeutig darauf hinwiesen, dass sie Josefin Mjörners leibliche Tochter war.

Und weshalb hätte Elsa sie auf dem Totenbett anlügen sollen? Warum war es ihr so wichtig gewesen, das loszuwerden, bevor sie ihren letzten Atemzug tat, wenn nicht wegen ihres schlechten Gewissens, weil sie Dora nicht gesagt hatte, dass sie eine andere Mutter hatte?

Nachdem sie hinter dieses Geheimnis gekommen war, war für sie eine Welt zusammengebrochen. Sie hatte Verwirrung und Hass empfunden, sich verraten und schuldig gefühlt.

Elsa? Mutter? Adoptivmutter? Wie sollte sie die tote Frau nun nennen, die zu Lebzeiten ihre geliebte Mutter gewesen war? Sie hatte sich betäubt und Elsas Verrat zu vergessen versucht. Nein, den Verrat ihrer Mutter, korrigierte sie sich. Elsa Gustafsson war noch immer ihre Mutter, allen Lügen zum Trotz. Aber nicht unbedingt die einzige Mutter.

Das alles war zu viel für Dora gewesen. Sie war schwer depressiv geworden und hatte sich freiwillig in eine Klinik einweisen lassen. Hatte sich leer gefühlt, alles, was ihr falsches Ich ausgemacht hatte, war ihr genommen worden. Die Ärzte sprachen von der Trauer um die Mutter und Doras depressiver Neigung. Sie selbst hatte nichts dazu gesagt.

Aber das war vorübergegangen. Jedenfalls das Schlimmste. Ein Fünkchen Lebenswille kehrte zurück, und sie versuchte, in ihr Leben zurückzufinden, ihm wieder einen Sinn zu geben. So manche Erlebnisse aus ihrer Kindheit in dem kleinen Industrieort Skärblacka bei Norrköping, die sie verdrängt hatte, waren plötzlich wieder präsent. Sie erinnerte sich vor allem an einen Vorfall während eines Familientreffens, bei dem ihr Onkel Agne einen in der Krone gehabt und sie «Elsas und Svens kleines Findelkind» genannt hatte. Ihr Vater hatte sich über seinen Bruder geärgert und ihn mit dem Auto nach Hause gebracht. Die Stimmung war gekippt, und ein bedrückendes Schweigen hatte sich am Esstisch ausgebreitet. Damals hatte Dora ihre Mutter gefragt, was ihr Onkel damit gemeint habe. Die Mutter hatte geantwortet, das sei nur dummes Zeug. Aber sie war dabei rot geworden. Und sie hatte immer ausweichend auf Doras Fragen geantwortet, warum sie kein Geschwisterchen bekommen könne, einen Bruder oder eine Schwester als Spielkameraden.

In der Schule hatte Dora sich früh als Außenseiterin empfunden, als ob sie nicht richtig dazugehörte. Sie hatte nicht viele Freunde gehabt, aber zu Hause hatte sie sich wohl gefühlt. Ihr Vater Sven hatte als Vorarbeiter in der Papierfabrik gearbeitet, und ihre Mutter Elsa war Hausfrau gewesen. Sie hatten in einem gepflegten Haus mit Garten gewohnt, und Dora hatte sich geborgen und von ihren Eltern geliebt gefühlt. Aber dann wurde ihr Vater krank und starb an Lungenkrebs, als sie dreizehn war. Die Wurzeln wurden gekappt. Dora zog mit ihrer Mutter in eine Wohnung in Norrköping, wo sie sich noch stärker zu isolieren begann.

Der offene, kontaktfreudige Vater war der Antrieb für ihr Sozialleben außerhalb des engsten Familienkreises gewesen. Nach seinem Tod verschwanden die Freunde und Verwandten von der Bildfläche. Die Mutter kam nie richtig über den Verlust hinweg. Schottete sich von ihrer Umwelt ab und lebte nur noch für Dora. Das schweißte sie zusammen, aber gleichzeitig hatten sie auch immer weniger gemeinsam. Dora strengte sich an, als sie erwachsen wurde. Lernte Männer kennen und heiratete schließlich Göran. Göran Brandt. In den ersten Ehejahren blühte sie auf, baute sich ein Sozialleben auf, traf sich mit Kollegen und fand neue Freunde. Tat etwas für ihre Begabung im Zeichnen und Malen und wurde so gut, dass sie in der Bibliothek auf Teilzeit gehen konnte, um sich mehr mit ihrer Kunst zu beschäftigen.

Göran und sie hatten versucht, eine Familie zu gründen, doch das hatte nicht geklappt. Dora hatte ihr Schicksal akzeptiert, obwohl das nicht einfach gewesen war. Doch mit der Zeit schlichen sich die Depressionen und Probleme in die Ehe ein. «In guten wie in schlechten Tagen» war, wie sich zeigte, nichts wert, als es darauf ankam. Eines Tages sagte Göran plötzlich, dass er nicht mehr könne. Dass es aus sei. Sie vermutete, dass er eine andere Frau kennengelernt hatte, was er jedoch abstritt. Ein Jahr später lächelte Göran ihr vom Hochzeitsfoto in der Zeitung entgegen. Soviel sie wusste, war er immer noch mit dieser Frau verheiratet und hatte zwei Kinder. Das Einzige, was ihr von ihm geblieben war, waren die Erinnerung an seinen Verrat und sein Nachname. Sie hatte überlegt, ihren Mädchennamen wieder anzunehmen, dann aber doch den Namen Brandt behalten. Hauptsächlich weil sie keine Kraft dazu hatte und weil es eigentlich keine Rolle spielte. Nichts in ihrem Leben spielte noch eine Rolle.

Solche Gedanken hatten Dora in den ersten Monaten nach dem Tod ihrer Mutter beschäftigt. Aber nach einer Weile hatte sie immer öfter an Josefin Mjörner denken müssen. Langsam, aber sicher ergriff eine beklommene Freude von ihr Besitz, dass sie die Tochter einer weltberühmten Schauspielerin war. Ironie des Schicksals, dachte sie. Dass Elsa, der Mensch, dem sie in ihrem Leben am nächsten gestanden hatte, gezwungen war zu sterben, damit sie erfahren konnte, wer sie wirklich war.

Sie hatte alles gelesen, was ihr über Josefin Mjörner in die Finger gekommen war, hatte alle ihre Filme gesehen und ihren vielbeachteten Einstieg in die Politik verfolgt. Sie war wie besessen von ihr gewesen, in ihren Phantasien fanden sie wieder zusammen, und sie erfuhr, wer ihr leiblicher Vater war. Nach eineinhalb Jahren voll quälender Unentschlossenheit hatte sie endlich ihren Mut zusammengenommen und Josefin Mjörner einen Brief geschrieben. Als die Antwort ausgeblieben war, hatte sie noch einen geschickt.

Sie musste noch zwei weitere schicken, bis schließlich eine Antwort kam. Dora rief sich den Tag ins Gedächtnis, jede Sekunde, von dem Moment an, als sie in der Diele den Brief vom Fußboden aufhob und ihr klarwurde, dass die Absenderin Josefin Mjörner war, bis zu der abgrundtiefen Leere, die sie überkam, nachdem sie den Brief gelesen und die Bedeutung der Worte verinnerlicht hatte.

Dann kamen die Tränen. Verzweiflung. Wut. Wieder Alkohol und Tabletten. Der Rettungsdienst. Ihr Magen wurde ausgepumpt. Die Zwangseinweisung in die Psychiatrie. Das alte Muster wiederholte sich. Alles war fehlgeschlagen, so pathetisch. Sie war feige! Da wurde ihr bewusst, wie passiv ihr Verhalten eigentlich war, und ihr Plan begann, Formen anzunehmen. Sie beschloss, dass sie nicht länger nur Opfer sein und selbst die Initiative ergreifen wollte.

Etwas Konstruktives aus der Wut machen. Konstruktiv? Konnte man das so sagen?

Dora ging ins Wohnzimmer und stellte sich vor das Bild von Josefin Mjörner und der afghanischen Flüchtlingsfamilie. Die Kuckuckskinder, die sich ins Nest gedrängt und ihren Platz eingenommen hatten. Aber jetzt war es dort ja nicht mehr so eng.

Osman Faqiri war tot. Er hatte nicht sterben wollen. Hatte im Wasser verzweifelt mit den Armen gerudert, um an der Oberfläche zu bleiben, war untergetaucht, doch mit letzter Kraft wieder hochgekommen. Aber seine Schreie klangen matt. Dann sank er hinab in die Tiefe. Stille. Es ging erstaunlich schnell. Sie hatte nicht geglaubt, dass ein Menschenleben so leicht auszulöschen war. Nicht nach ihren zahlreichen missglückten Selbstmordversuchen.

Der Brand vom vergangenen Freitag hätte auch böse ausgehen können. Wie auch immer – er hatte ihr einen Grund geliefert, ihm erneut ihre Hilfe anzubieten. Sie hatte Harald Holmström angerufen, und er hatte so dankbar geklungen, als sie sich erboten hatte, zu ihrem vorübergehenden Zuhause in Oxie hinauszufahren, wenn sie etwas brauchten. Doch, sie sei willkommen am folgenden Abend, hatte Josefin Mjörner ausrichten lassen. Wenigstens um die Familie kennenzulernen, die nach den dramatischen Ereignissen nun wieder vereint war. Es ist schon seltsam, dass Geld und ein feiner Titel bisher verschlossene Türen zu öffnen vermögen, dachte Dora. Sie hatte der Humanistischen Alternative weitere zwanzigtausend Kronen gespendet und offenbar auch mit ihrer Verkleidung als Dozentin Ann-Sofie Jacobsson großen Eindruck auf Josefin Mjörner gemacht. Als leibliche Tochter war sie verstoßen worden, aber in der Rolle als einflussreiche und gutsituierte Akademikerin, die der Partei im Kampf für die Kinder beistand, war sie mehr als willkommen. Eine Heuchelei ohnegleichen, fand Dora. Und dennoch konnte sie sich nicht völlig von dem Verdacht befreien, dass Josefin Mjörner auch versöhnliche Charakterzüge hatte, dass ihr Lächeln und ihr Interesse nicht nur aufgesetzt waren. Dass die Schauspielerin irgendwo in ihrem Unterbewusstsein vielleicht auch die Zusammengehörigkeit spürte, die zwischen ihnen herrschte. Dora versuchte vergebens, den Gedanken zu verscheuchen. Er weigerte sich zu verschwinden und setzte sich in ihrer Hirnrinde fest.

Das Schauspieltalent habe ich jedenfalls von ihr geerbt, dachte sie und setzte sich an ihren Schminktisch, um ihr Make-up zu vervollständigen. Sie trug großzügig Lippenstift auf und kämmte die Perücke.

Dora war bereit, trotz allem.

Irgendetwas stimmte hier nicht. Das sagte ihr die Intuition bereits, als sie den Renault am Straßenrand vor dem Haus in Oxie parkte. Ein Auto, das sie nicht kannte, stand in der Garageneinfahrt, und Dora überlegte kurz, ob sie gleich wieder wegfahren sollte. Aber irgendjemand hatte sie schon vom Küchenfenster aus gesichtet. Diesmal war die Jalousie nicht heruntergelassen, und sie erkannte deutlich die Umrisse einer Gestalt, die sie durch das Küchenfenster beobachtete. Sie holte tief Luft und trat in die kühle Abendluft hinaus. Sie versuchte, so unbeteiligt wie möglich auszusehen, als sie durch das Tor ging und dem schmalen Steinweg zum Haus folgte. Bevor sie klingeln konnte, wurde die Haustür von einem hochgewachsenen jungen blonden Mann geöffnet, der sie misstrauisch beäugte.

«Wer sind Sie?», fragte er.

Sie zuckte zusammen und wäre beinahe die kleine Treppe vor dem Haus hinuntergestürzt. Im letzten Moment fing sie sich wieder, und der Mann in der Tür schien auch nicht mehr so misstrauisch zu sein.

«Es tut mir leid, wenn ich Sie erschreckt habe. Ich bin von der Polizei», sagte er und hielt seine Dienstmarke hoch.

Zum Glück tauchte Harald Holmström hinter ihm auf.

«Keine Panik. Sie ist eine Bekannte der Familie», sagte er.

Der Beamte in Zivil machte einen Schritt zur Seite, damit Dora eintreten konnte. Harald Holmström gab ihr die Hand und half ihr aus dem Mantel. Der Polizist verschwand in der Küche, wo eine Frau, die seine Kollegin zu sein schien, am Küchentisch saß und sich mit Josefin Mjörner unterhielt.

«Sie sind hier, um zu klären, ob wir nach dem Brand Polizeischutz brauchen. Das alles war sehr belastend und traumatisch, besonders für die Kinder», sagte Harald Holmström und führte Dora ins Wohnzimmer.

Sie nahmen auf dem Sofa Platz.

«Ich war einfach total perplex», sagte sie, und plötzlich fiel ihr ein, dass sie den Apfelkuchen auf der Rückbank im Auto vergessen hatte.

«Ich habe einen Kuchen gebacken und ihn im Auto vergessen.»

«Das ist sehr nett von Ihnen. Den können wir später holen, wenn die Polizei nicht mehr hier ist», schlug er vor.

Es entstand eine erwartungsvolle, peinliche Pause. Dora hörte gedämpftes Gemurmel aus der Küche und wünschte, sie wäre niemals hierhergefahren. Die Anwesenheit der Polizei hatte sie völlig überrascht. Sie hätte das berücksichtigen müssen.

«Möchten Sie vielleicht etwas trinken?», fragte Harald Holmström und machte Anstalten, vom Sofa aufzustehen.

Sie hatte wirklich einen trockenen Mund.

«Nur ein Glas Wasser, bitte.»

«Ich hole ein Ramlösa», sagte er und verschwand in die Küche.

Dora ließ ihren Blick durch das Wohnzimmer schweifen. Das alte, abgewetzte Sofa und die übrigen Möbel, die auch nicht mehr ganz neu waren, passten überhaupt nicht zu der trendigen Rückwand, die die Skyline von Manhattan schmückte. Die geschmackvolle Lösung, das Wohnzimmer direkt mit der Küche zu verbinden, die offenbar nagelneu war, passte ebenso wenig zu den verschlissenen Möbeln. Der Hausbesitzer hatte sein Mobiliar wahrscheinlich irgendwo eingelagert und es durch Möbel vom Flohmarkt ersetzt, bevor er sein Heim der Humanistischen Alternative als Flüchtlingsversteck zur Verfügung gestellt hatte.

Josefin Mjörners Gespräch mit der Polizei schien zu Ende zu sein. Dora konnte sehen, wie sie sich erhob und die Beamten durch einen Durchgang am anderen Ende der Küche zur Haustür begleitete. In der Diele redeten sie noch eine Weile, dann hörte Dora die Tür ins Schloss fallen. Harald Holmström kam mit einem Ramlösa und einem Glas zurück, und kurz darauf betrat auch Josefin Mjörner mit einnehmendem Lächeln das Wohnzimmer.

Sie weiß wirklich, was ein Auftritt ist, dachte Dora und stand auf, um sie zu begrüßen.

«Sie müssen entschuldigen, aber ich musste noch ein paar Formalitäten mit der Polizei klären. Wie schön, dass Sie gekommen sind!»

Statt Doras vorsichtig ausgestreckte Hand zu nehmen, griff sie ihre Arme und küsste sie wie die Franzosen auf die Wangen. So nah war Dora ihrer leiblichen Mutter seit ihrer Geburt nicht gewesen. Das Gefühl war überwältigend. Aber sie empfand auch Schmerz, der sich mit Eifersucht mischte, als Josefin Mjörner gleich davon zu erzählen begann, wie sehr die Familie unter alledem litt. Dora saß so dicht neben ihr auf dem Sofa, dass ihre Beine sich berührten.

«Trotzdem haben wir Glück. Hier hat die Familie ja vorher schon gewohnt, und hier fühlt sie sich einigermaßen zu Hause», erklärte Josefin Mjörner.

«Wie groß ist denn der Schaden in Nydalagård?», erkundigte sich Dora.

«Harald konnte ja das Schlimmste verhindern», sagte Josefin Mjörner und lächelte ihn an. «Aber der Boden im Wohnzimmer ist teilweise beschädigt, und es wird sicher eine Woche dauern, bis wir wieder einziehen können. Im Interesse der Familie müssen wir natürlich eine dauerhaftere Lösung finden. Die Gemeinde hat versprochen, für ein Dach über dem Kopf zu sorgen, aber das dauert. Jetzt ist es wichtig, so schnell wie möglich einen normalen Alltag zu schaffen.»

Dora nickte und hörte Josefin Mjörners Erläuterungen mit aufgesetzt mitfühlendem Blick zu. Von dem ersten Schreck über die unerwartete Begegnung mit der Polizei hatte sie sich wieder erholt. Aber Dora fragte sich trotzdem, wo die Beamten jetzt waren. Hatten sie sich nur in ihr Auto gesetzt oder waren sie weggefahren? Sie musste das klären, um wieder ruhiger zu werden.

«Ich habe einen Kuchen mitgebracht», sagte sie wieder. «Aber ich habe ihn im Auto vergessen.»

«Herrlich! Wenn Sie ihn holen, kann Harald den Kaffee aufsetzen, während ich nach der Familie rufe», entschied Josefin Mjörner und gab ihrem Lebenspartner gleich Anweisungen.

Dora Brandt trat aus der Haustür und seufzte erleichtert, als sie feststellte, dass das Auto aus der Garageneinfahrt verschwunden war. Das hätte übel ausgehen können. Die Beamten hätten in Anwesenheit von Josefin oder Harald einen Ausweis von ihr verlangen können, und dann wäre sie vielleicht nicht mehr so leicht mit Notlügen davongekommen.

Der Schweiß stand ihm auf der Stirn, und er atmete angestrengt.

«Das ist Khaled», sagte Josefin Mjörner. «Und das ist Ann-Sofie, die uns hilft.»

Sie begrüßten sich. Er war groß und muskulös, aber sein Handschlag war kraftlos. Und das liegt nicht nur daran, dass er sich an den Geräten im Keller verausgabt hat, dachte Dora.

Er musterte sie mit unstetem Blick, woraufhin sie unsicher wurde. Als würde er sie wiedererkennen. Ein Erinnerungsfetzen zuckte über ihre Netzhaut. Die Jalousie! Als sie eines Abends vor dem Haus angehalten hatte, hatte jemand durch die Jalousie nach draußen geschaut. Nur ein paar Sekunden waren verstrichen, bis sie begriffen hatte, dass sie beobachtet wurde, und sie war sofort weitergefahren. Hatte er ihr Gesicht erkennen können? In diesem kurzen Moment, noch dazu bei Dunkelheit? Kaum. Das bilde ich mir bloß ein, dachte sie und verscheuchte den Gedanken.

«Ich gehe nur duschen», sagte Khaled zu Josefin und verließ das Wohnzimmer ebenso hastig, wie er es betreten hatte.

Josefin Mjörner nahm Dora auf die Seite und senkte die Stimme.

«Khaled hat es am schwersten. Auf ihm lastet die ganze Verantwortung für seine Geschwister, besonders für die kleine Zarmina, die so krank war.»

«Ich würde gerne etwas tun für die Kinder.»

«Das ist lieb von Ihnen, Ann-Sofie», entgegnete Josefin Mjörner.

Sie lächelte, wurde aber gleich wieder ernst.

«Bei uns melden sich viele, weil sie einen Beitrag leisten wollen, der von Herzen kommt. Aber es gibt auch solche, die sich der Humanistischen Alternative anschließen, um ihr schlechtes Gewissen zu beruhigen, Mitglieder, die kein ehrliches Engagement zeigen. Deshalb ist es so wichtig, dass wir die echten, guten Kräfte erkennen. Wir beide haben uns nicht oft getroffen, aber ich spüre, dass Sie diese Wärme haben, die so vielen anderen fehlt. Wir sind aus dem gleichen Holz geschnitzt, Sie und ich. Wir werden schon eine Aufgabe für Sie finden, Ann-Sofie.»

Dora spürte, wie sie Josefin Mjörners Worte gierig aufsog. Wie ihre Feststellung, sie beide seien aus dem gleichen Holz geschnitzt, an ihrem Selbstschutz kratzte. Ihre Reaktion verunsicherte sie, und sie konnte nichts dagegen tun.

«Im Augenblick suchen wir nach passenden Räumlichkeiten für die Partei und nach jemandem, der die Administration übernimmt. Ich weiß nicht, wie sehr Ihr Forschungsauftrag Sie in Anspruch nimmt, aber ich dachte mir, Sie mit Ihrer Erfahrung wären vielleicht die Richtige für die Arbeit im Büro», fuhr Josefin Mjörner fort.

Es ist zu spät, dachte Dora. Man kann die Zeit nicht zurückdrehen. Aber vielleicht kann man schweigen, versuchen zu vergessen und nach vorn blicken. Vielleicht.

«Ich fühle mich geschmeichelt», sagte sie. «Aber momentan beansprucht mich die Hochschule voll und ganz. Vielleicht später. Wenn das hier alles vorbei ist.»

«Das hier alles?», fragte Josefin Mjörner und hob verwundert die Brauen.

«Ähm, i... ich meinte das Projekt, das ich leite», stammelte sie.

«Sie wissen, dass Sie willkommen sind, wenn Ihre Arbeit an der Hochschule beendet ist, Ann-Sofie. Die Partei braucht Leute wie Sie, die mit Leib und Seele dabei sind.»

Sie gingen in die Küche, wo die ganze Familie bis auf Khaled versammelt war.

Ihr Apfelkuchen kam gut an. Die Kinder, die anfangs stumm dagesessen hatten, ließen es sich schmecken, und nach einer Weile begannen sie sogar zu reden. Nur die Witwe hielt sich zurück, ebenso wie Khaled, der vom Duschen zurückgekommen war.

Als der Kuchen aufgegessen war, half die Witwe Harald Holmström beim Abräumen. Khaled verschwand mit Zarmina nach oben in sein Zimmer, die anderen Kinder blieben im Wohnzimmer.

«Haben Sie Lust, den Kindern etwas vorzulesen?», fragte Josefin Mjörner und drückte ihr ein Kinderbuch in die Hand, ohne ihre Antwort abzuwarten.

«Ich weiß nicht recht ...»

Bevor Dora antworten konnte, kletterte Dawod, der Jüngste, neben sie auf das Sofa und sah sie aus erwartungsvollen Augen an. Sein Bruder Temor setzte sich rasch auf die andere Seite.

Sie fühlte sich bevormundet, sah aber ein, dass ihr nichts anderes übrigblieb, und versuchte, sich auf das Buch zu konzentrieren, *Eine Geburtstagstorte für die Katze* von Sven Nordqvist. Es war eine phantasievolle und witzige Geschichte von dem eigensinnigen alten Pettersson, der zusammen mit seinem noch eigensinnigeren Kater Findus in einem roten Haus auf dem Land wohnte. Die Jungen kannten die Geschichte schon, und je weiter die Handlung fortschritt, desto mehr ließ auch ihre Schüchternheit nach. Sie beugten sich über das Buch und zeigten auf die detailreichen Zeichnungen, fragten Dora, was das für kleine Figuren waren, und holten rasch ein neues Pettersson-Buch, als sie die Geschichte beendet hatten.

Sie spürte die Körperwärme der Kinder, als sie näher an sie heranrückten. Sie versuchte, sich so klein wie möglich zu machen, aber schließlich gab sie nach. Merkte, wie sich ihr Körper entspannte, und sah Josefin Mjörners wohlwollende Blicke aus den Augenwinkeln. Ein unwirkliches Gefühl von Nähe und Zugehörigkeit erfüllte sie.

Doch dann tauchten die Erinnerungen an Osman Faqiri auf. Sie versuchte, sie wegzuschieben. Versuchte, das Bild vom Kampf ums Überleben im kalten Wasser auszulöschen. Es ging nicht. Panik erfasste sie wie eine rollende Lawine.

«Nein, ich muss jetzt wirklich aufbrechen. Es ist schon spät», sagte sie und erhob sich vom Sofa.

Etwas zu hastig, etwas zu abrupt. Die Jungen sahen sie überrascht an. Sie zerstrubbelte dem Jüngsten das Haar. Fahrig und ungeschickt in dem Versuch, die Situation zu entspannen. Josefin Mjörner hob wieder verwundert die Brauen. Dann glätteten sich ihre Gesichtszüge, und sie schaute auf die Armbanduhr.

«Es hat mich sehr gefreut, dass Sie hier waren», sagte sie. «Wir bleiben in Verbindung.»

Dora lächelte, spürte aber, wie ihr schwindelig wurde, als Josefin Mjörner ihre Arme umfasste und sie nochmals auf beide Wangen küsste.

«Jetzt dreht sich alles», sagte sie. «Der Blutdruck spielt verrückt. Das passiert meist, wenn ich zu schnell aufstehe.»

«Ich habe mich schon gefragt, was das wohl ist», entgegnete Josefin Mjörner. «Etwas Ernstes?»

«Nein, nur ein niedriger Blutdruck. Das gibt sich wieder.»

Als Dora auf dem Rückweg nach Malmö wieder im Auto saß, wusste sie nicht so richtig, was danach passiert war. Sie wusste nur noch, dass Josefin Mjörner sie nach draußen begleitet und gefragt hatte, ob alles in Ordnung sei. Und dass sie das Auto gestartet und sich an der gestrichelten Mittellinie auf der Straße orientiert hatte. Dass sie den Schildern gefolgt und auf die Autobahn gefahren war, obwohl die Augen so sehr tränten, dass sie kaum etwas sehen konnte.

Wie in Trance war sie gefahren, völlig durcheinander, gejagt von ihren Erinnerungen und ihrem schlechten Gewissen. An der Ausfahrt nach Malmö holte die unausweichliche Erkenntnis sie ein.

Was habe ich getan?

MONTAG, 3. SEPTEMBER

Sie hätte schon viel eher auf ihre innere Stimme hören und ihre Unruhe nicht einfach ignorieren sollen. Sicher, sie hatte genug um die Ohren. Das erste Enkelkind, die Beförderung zur Abteilungsleiterin der Stadtbibliothek und der Umzug in die Stadt, dessen Planung in vollem Gange war. All das waren erfreuliche Ereignisse und Vorhaben, die sie in Anspruch nahmen und Kraft und Lebensfreude schenkten.

Mit Dora war das etwas ganz anderes. Sie war ein Problem. Eine Freundin mit einem Problem. Als Erika Andersson in sich ging, musste sie widerstrebend zugeben, dass gerade dieser Problemfaktor der Grund dafür gewesen war, dass sie so lange gewartet hatte. Ihre Freundschaft war immer mehr zu einer Pflichtübung ihrerseits geworden. Doras Depressionen und ihre Verschlossenheit hatten sich wie ein Teppich, der alles erstickte, über ihre Beziehung gelegt. Der letzte Selbstmordversuch war für Erika nicht unerwartet gekommen, und in manchen Momenten hatte sie sich gewünscht, dass Dora es gelungen wäre, sich das Leben zu nehmen. Als sie nun daran dachte, meldeten sich Schuldgefühle. Man lässt eine Freundin nicht im Stich, man tut alles, um einem Menschen, der nicht nur den Glauben an sich, sondern auch an das Dasein verloren hat, wieder ein bisschen Mut zu machen.

Einmal hatte sie Dora im Krankenhaus besucht, und sie hatten sich zwei Wochen nach ihrer Entlassung in der Stadt getroffen und einen Kaffee getrunken. Erika hatte gesagt, sie werde sich wieder melden. Dora hatte zwar etwas fröhlicher als sonst gewirkt, aber Erika wusste, dass der weitere Kontakt von ihrer Initiative abhing. Dora hatte genug mit sich selbst zu tun.

Und dennoch hatte sie ständig Ausflüchte parat, um diesen Anruf vor sich herzuschieben. Bis gestern, als das schlechte Gewissen ihr keine Wahl mehr ließ. Dora hatte nicht abgenommen, und Erika hatte sich verschiedene Erklärungen dafür zusammengereimt. Vielleicht war sie einkaufen, vielleicht schlief sie, vielleicht hatte sie einfach keine Lust zum Telefonieren. Sie hatte es am Abend noch einmal versuchen wollen, aber dann hatte ihre älteste Tochter sie zum Abendessen eingeladen. Sie war recht spät nach Hause gekommen und hatte sich auf einen Stapel Papierkram gestürzt, den sie sich aus der Bibliothek über das Wochenende mitgenommen und bisher noch nicht durchgesehen hatte. Danach war sie so müde gewesen, dass sie beschlossen hatte, das Telefonat auf den nächsten Tag zu verschieben, und war ins Bett gefallen.

Als sie am Morgen aufgewacht war, hatte sie wieder bei Dora angerufen und es den Vormittag über in regelmäßigen Abständen versucht, ohne dass jemand abnahm.

Jetzt hatte Erika Mittagspause und ging mit forschen Schritten die Treppe von ihrer Abteilung im ersten Stock hinunter und durch den Haupteingang der Stadtbibliothek hinaus. Durch die Septembersonne, die sich in den Fenstern spiegelte, wirkte der graue Betonkomplex außergewöhnlich einladend. Die schonungslose Siebziger-Jahre-Architektur sorgte ständig für Diskussionsstoff in Norrköping. Sten Samuelssons Bau teilte die Stadt in zwei Lager. Die einen fanden, die Stadtbibliothek sei funktionell und interessant, die anderen meinten, das Gebäude erinnere an das Gefängnis von Kumla, das im Volksmund Kumlabunker genannt wurde. Erika Andersson gehörte der zweiten Fraktion an. Sie hatte ihren Arbeitsplatz stets als einen der hässlichsten Bauten der Stadt empfunden. Aber da sie ihren Beruf und die Menschen liebte, mit denen sie zu tun hatte, hatte sie beschlossen, sich von der Hässlichkeit der Bibliothek nicht die Laune verderben zu lassen. Und an diesem Tag hatte sie wirklich andere Sorgen.

Sie bog in die Olai Kyrkogatan ein und ging an den großen Parkplätzen vorbei, die wie drei gigantische Einschlaglöcher mitten in Norrköpings Zentrum lagen. Eine weitere Schandtat der Stadtplaner, einen so großen Teil der Innenstadt den Autos zu überlassen. Wenn die umweltfreundliche Straßenbahn und das geschmackvoll gestaltete Industriegebiet am Motala-Fluss Norrköpings Stolz waren, waren die Parkplätze und die Stadtbibliothek die Schandflecke.

An der Skolgatan ging sie rechts und blieb vor dem Hauseingang von Doras gelbem Wohnblock stehen. Die Sonne brannte vom Himmel und wärmte ihren Rücken. Trotzdem durchfuhr Erika ein kalter Schauer. Sie huschte durch die Tür, als ein Briefträger herauskam, und stieg die Treppe bis in den ersten Stock hinauf. Sie drückte den Klingelknopf und horchte gespannt auf Geräusche aus der Wohnung. Als sie nichts hörte, klingelte sie wieder. Noch immer nichts.

Dann klopfte sie an die Tür und hämmerte schließlich dagegen. Drückte die Klinke herunter und stellte fest, dass die Tür abgeschlossen war. Obwohl sie sich unterwegs auf das Schlimmste gefasst gemacht hatte, verspürte sie eine leichte Übelkeit. Schließlich spähte sie durch den Briefschlitz und sah die zahllosen Zeitungen, Briefe und Reklameblätter auf dem Fußboden. Das muss die Post von mehreren Wochen sein, dachte sie und begann, in ihren Jackentaschen nach ihrem Handy zu kramen.

Sie überlegte, ob sie im Krankenhaus anrufen sollte, entschied sich aber dagegen. Es würde viel zu lange dauern, sich bis zur richtigen Abteilung weiterverbinden zu lassen, und wenn ihr das endlich gelungen sein würde, bestand die Gefahr, dass die ärztliche Schweigepflicht jegliche weitere Nachforschung zunichtemachte.

Stattdessen wählte sie die Nummer der Polizei und konnte überraschend schnell mit einem Kommissar sprechen. Erika schilderte kurz, worum es ging, und nannte die Adresse und die ersten sechs Ziffern von Dora Brandts Personennummer.

«Hat sie noch Angehörige oder Bekannte?», fragte der Kommissar.

«Nein, sie hat zu niemandem mehr Kontakt. Eigentlich bin ich die Einzige, seit ihre Mutter vor ein paar Jahren verstorben ist.»

Sie sann über die Bedeutung ihrer Worte nach. Doras abgrundtiefe Einsamkeit war nicht nur traurig, sondern erschreckend. Das Gefühl, sie im Stich gelassen zu haben, wurde stärker. Sie hatte Dora ihrem Schicksal und eintönigen Trost am Computer überlassen. Die Cyberwelt war wohl die einzige Welt, die ihr geblieben war.

Der Beamte fragte nach Erikas Telefonnummer und versprach, sie zurückzurufen, wenn er der Sache nachgegangen war.

«Soll ich nicht hier warten, bis Sie kommen?», erkundigte sie sich.

«Das ist nicht nötig. Wir benachrichtigen die Klinik, vielleicht gibt es auch eine ganz natürliche Erklärung. Ihre Freundin ist möglicherweise wieder eingewiesen worden», sagte er.

«Aber wenn sie tot in ihrer Wohnung liegt? Oder schwer verletzt?»

«Jetzt wollen wir mal nicht das Schlimmste befürchten. Aber ich versichere Ihnen, dass wir der Sache sofort nachgehen. Wenn die Klinik nicht weiß, wo sie ist, und wir keine andere vernünftige Erklärung für ihre Abwesenheit finden, verschaffen wir uns mit dem Schlüsseldienst Zutritt zur Wohnung.»

«Ah so, dann kann ich also nichts weiter tun?»

«Im Augenblick nicht. Aber wir rufen Sie wie gesagt an, wenn wir mehr wissen.»

«In Ordnung. Vielen Dank», sagte Erika und beendete die Verbindung.

Als sie aus der Haustür treten wollte, hielt sie inne und kehrte nochmals in den ersten Stock zurück. Sie ging vor Doras Tür in die Knie und lugte wieder durch den Briefschlitz.

Wie riecht eine Leiche? Diese Frage hatte sie sich bisher noch nie stellen müssen. Sie sog die Luft aus der Wohnung ein.

Abgestanden. Leicht klamm.

Mehr konnte sie nicht riechen.

Dann besteht also noch Hoffnung. Der Beamte hat vielleicht recht, sie ist unter Umständen wieder in der Psychiatrie, dachte sie und ging die Treppe hinunter.

Leyla trommelte mit den Fingern gegen ihr Knie und sah aus dem Autofenster. Nach den vielen Kilometern durch den småländischen Wald war der Blick über den Vättern befreiend. Als könnte man endlich wieder Luft holen, nachdem man in einen langen, finsteren Korridor eingesperrt gewesen war. Dennoch waren es gerade die Kontraste und die Vielfalt, die ihr an der schwedischen Landschaft am besten gefielen. Die Abwechslung und die langsamen Veränderungen, die man nie bemerkte, wenn man flog, die sich aber aus dem Zugabteil oder Auto am besten wahrnehmen ließen. Obwohl der Fahrer Palle Pettersson hieß und im Schnitt hundertfünfzig fuhr.

Der vormittägliche Aufruhr über den Scoop der Abendzeitungen hatte sich zwar etwas gelegt, aber sie war immer noch äußerst irritiert darüber, dass der Konkurrenz dieser Elfmeter auf das freie Tor nicht verwehrt worden war. Leyla war vor Wut in die Luft gegangen, als sie die Schlagzeilen gesehen hatte, die herausposaunten, dass die Mutter von Jimmy, der des Mordes an dem Flüchtling verdächtigt wurde, Flüchtlinge versteckte. Sie selbst hatte den Tipp mit Jimmys Mutter vor wenigen Tagen erhalten, aber Chefredakteur Arne Ragnell hatte entschieden, dass ihre Zeitung nicht darüber berichtete. Er war auf einmal so feige, fand Leyla. Selbstverständlich war bisweilen eine gewisse Zurückhaltung angebracht, aber bei jeder Gelegenheit einen Maulkorb anzulegen war dem Journalismus nicht gerade förderlich. Manchmal war man auch gezwungen, etwas zu wagen, um zu gewinnen. Und nun, wo die Meldung der Abendpresse im Rundfunk immer wieder gebracht wurde, musste selbst Ragnell einsehen, dass er zu übervorsichtig gewesen war.

Das einzig Positive an dieser Sache war, dass Leyla sich auf die spannende neue Spur konzentrieren konnte, die sie seit ihrem Besuch im Seniorenheim Tannengrund und der Begegnung mit dem alten Filmkritiker Jörn Häger am vergangenen Samstag beschäftigte. Ragnell hatte wohl ein schlechtes Gewissen, denn er war ohne Einwände einverstanden gewesen, dass sie zusammen mit Palle nach Skärblacka fuhr, um herauszufinden, was an der pikanten, aber bisher haltlosen Vermutung dran war, Josefin Mjörner habe ein uneheliches Kind. Nach der wirren Unterhaltung mit dem dementen Jörn Häger hatte sie wieder sein Buch zur

Hand genommen und Hinweise oder eher Lücken entdeckt, die ihren Verdacht bestätigten, dass die Schauspielerin tatsächlich in jungen Jahren ihren Säugling zur Adoption freigegeben hatte. Zwei Kapitel der chronologisch erzählten Biographie handelten von Josefin Mjörners Zeit als Kinderstar und enthielten eine ausführliche Schilderung von der strengen Erziehung ihrer Eltern während ihrer Jugendzeit. Die Zeit, in der sie krank und fast ein Jahr lang im Sanatorium gewesen war, wurde hingegen nur am Rande erwähnt. Es wurde nicht einmal der Name der Klinik genannt. Leyla hatte die Sache mit Annika Hörlin diskutiert, und beide waren zu dem Schluss gekommen, dass Jörn Häger ganz bewusst diesen Abschnitt in Josefin Mjörners Leben ausgespart hatte. Was ihn dazu bewegt hatte, darüber konnten die beiden nur spekulieren. Annika zufolge hatte er die Eltern der Schauspielerin näher gekannt und sich mit ihnen überworfen, als er feststellen musste, wie schlecht sie ihre Tochter behandelten. Das konnte einerseits eine allgemeine Reaktion auf die elterliche Bevormundung von Josefin gewesen sein, andererseits war nicht auszuschließen, dass Hägers Aversion auf einen konkreten Vorfall zurückzuführen war, wie etwa dass sie gezwungen worden war, ihr Kind wegzugeben. Es war jedenfalls eine interessante Überlegung, die es wert war, dass man ihr auf den Grund ging, auch wenn Leyla nicht viel mehr hatte als Jörn Hägers Hinweis auf Skärblacka. In den offiziellen Dokumenten der Behörden über Josefin Mjörner hatte sie nichts von einem Kind gelesen, aber das war auch nicht zu erwarten gewesen. Mjörner hatte ihr schließlich selbst erzählt, dass es ihr großes Unglück war, kinderlos zu sein, und das hätte sie wohl kaum getan, wenn man problemlos herausfinden konnte, dass sie ein leibliches Kind hatte. Natürlich könnte Leyla Josefin Mjörner direkt fragen, aber das wäre vermutlich nicht die beste Taktik. Wollte sie die Schauspielerin mit dieser möglichen Enthüllung konfrontieren, musste sie schon mehr vorweisen. Mit der Aussage eines dementen Alten kam sie da nicht weit.

Leyla hörte zerstreut Palle Petterssons Ausführungen über die seines Erachtens in der Filmgeschichte unübertroffene Autojagdszene in *Bullitt* mit Steve McQueen zu, während er noch einmal Gas gab, gleichsam um seine These zu unterstreichen. Die Autobahn Richtung Norrköping war ein Klacks, und um vierzehn Uhr, vier Stunden nachdem sie Malmö verlassen hatten, nahm Palle schon die Ausfahrt nach Skärblacka. Wieder hatte die Landschaft sich verändert. Breite, fruchtbare Äcker wurden von Fichtenwäldern abgelöst, dazwischen Felsblöcke und rote Häuser, die von schmalen Feldern umgeben waren. Dann tauchten Dörfer auf, bestehend aus neueren Reihenhäusern und mit den typischen ICA-Supermärkten. Nach einigen Kilometern passierten sie das Ortsschild von Skärblacka. Palle fuhr nun im Schneckentempo. Sie kamen an einer Tankstelle vorbei, und gleich dahinter erhob sich die riesige Papierfabrik mit ihren qualmenden Schornsteinen. Der dichte Wasserdampf stieg kerzengerade wie gigantische weiße Marmorsäulen in den blauen Himmel auf. Das war schön und hässlich zugleich.

«Skärblacka ist hier schon zu Ende», sagte Palle, als sie die Fabrik und die Schule gegenüber ein paar hundert Meter hinter sich gelassen hatten.

Palle hielt an, und Leyla lief zum Parkplatz vor der Papierfabrik und fragte einen Mann, der zu seinem Auto ging.

«Entschuldigen Sie, wo geht's denn zum Zentrum?»

«Sie meinen das Zentrum in Skärblacka?», fragte er ungläubig.

«Ja.»

«Da gibt's nicht viel, aber es liegt ungefähr fünfhundert

Meter von hier entfernt, beim Supermarkt», erklärte er und zeigte in die Richtung, aus der sie gekommen waren.

Sie bedankte sich und sprang wieder ins Auto. Palle machte eine Kehrtwendung, fuhr zurück und parkte neben dem Supermarkt. Sie stiegen eine Treppe zu dem kleinen Marktplatz hoch, an dem eine Apotheke, eine Bank und ein paar Läden lagen. Das Erste, was Leyla auffiel, waren die zahlreichen Alten, die sich, auf ihre Rollatoren gestützt, auf unsicheren Beinen fortbewegten.

Vor dem Supermarkt war ein kleiner Lottostand, dessen eine Wand mit Veranstaltungsankündigungen beklebt war. «Hallegårdens Septemberprogramm» verriet, dass jeden Montag Gymnastik im Sitzen stattfand. Dienstags war Boccia, mittwochs Bingo, und donnerstags konnte man die Pfingstkirche besuchen. Täglich um elf wurde aus der Zeitung vorgelesen. An diesem Montag sollte eine gewisse Kirsten um drei Uhr zu Besuch kommen und bei einem Kaffeekränzchen singen. Hallegården war offenbar das Seniorenheim im Ort. Neben dem Aushang prangte ein buntes Plakat, das mit Live-Reggae am kommenden Freitag in der Pizzeria im Nachbarort Kimstad warb. Leyla hatte im Internet gelesen, dass Skärblacka Östergötlands Reggae-Metropole war, was angesichts der Schar Achtzigjähriger auf dem Platz völlig abwegig erschien. Im Hinblick auf ihre Nachforschungen war ihr der Rentnertrott in Skärblacka mehr als willkommen. Der Ort war sehr klein, die Einwohner sehr alt, zumindest diejenigen, die hier draußen frische Luft schnappten. Das sollte Leylas Chancen erhöhen, jemanden zu finden, der etwas von einem Baby wusste, das ohne sichtbare Schwangerschaft der Mutter irgendwann zwischen 1956 und 1957 das Licht der Welt in Skärblacka erblickt hatte. Wenn Josefin Mjörner wirklich ihr Kind weggegeben hatte, musste das in dem Zeitraum geschehen sein, als sie Jörn Hägers offizieller Datierung zufolge im Sanatorium gewesen war.

«Wo fangen wir an?», wollte Leyla von Palle wissen.

«Na, wir stürzen uns einfach auf den Erstbesten.»

Leyla befolgte seinen Rat und ging auf eine Frau zu, die vor der Bank wartete und trotz der angenehmen Spätsommerwärme einen dicken Mantel und Handschuhe trug.

«Entschuldigen Sie.»

«Nein, ich bin nicht interessiert», erwiderte die Alte mit verängstigtem Blick, noch bevor Leyla ihre Frage gestellt hatte, und verschwand mit ihrem Rollator Richtung Supermarkt.

Angst und Misstrauen bei älteren Menschen und vor allem bei älteren Frauen war Leyla von den unzähligen Umfragen aus Malmö gewohnt, aber das hier war fast schon lächerlich. Die Alte dachte vielleicht, sie sei eine Betrügerin auf Wanderschaft, die versuchte, sie um ihre Pension zu bringen. Eine Gaunerin mit dunkler Hautfarbe, die dem unschuldigen Skärblacka einen Besuch abstattete.

Leyla setzte ihre Suche fort und konzentrierte sich auf ältere Männer; da hatte sie bedeutend mehr Glück. Die meisten blieben stehen und hörten sich interessiert ihre merkwürdige Frage über das mystische Kind an. Doch entweder konnten sich die Greise nicht an eine solche Begebenheit erinnern, oder sie waren erst nach den fünfziger Jahren nach Skärblacka gezogen. Leyla und Palle schlenderten ziellos durch den kleinen Ortskern. Sie gingen zum Gemeindehaus, dessen Tür verschlossen war, ein Schild verkündete, dass das Meldeamt nach Kimstad umgezogen war. Die Bibliothek im ersten Stock war montags geschlossen. Sie gingen zurück zum Marktplatz, der nun menschenleer war, und blickten ins Schaufenster einer Boutique für Damenmode. Der Maniküresalon nebenan hatte schon geschlossen.

Leyla musste an einen ihrer Lieblingskünstler denken, den Liedermacher und Sänger Tomas Andersson Wij, der so gut wie kein anderer die Leere und Wehmut von Schweden jenseits der dichtbesiedelten Großstädte beschreiben konnte, aber auch seine Liebe zu diesem Land. Er hätte ein Lied über Skärblacka schreiben können.

«Hier ist jedenfalls nicht geschlossen», sagte Palle und zog Leyla in ein Geschäft für Modellbau, das Modelleisenbahnen mit Zubehör der Marke Märklin verkaufte.

«Als ich klein war, hatte mein Vater eine Märklinbahn, die durfte ich nur ansehen. Das hier sind wirkliche Schätze», flüsterte er und zeigte auf eine Vitrine mit Lokomotiven in der Mitte des Ladens.

Eine pummelige und freundlich lächelnde Frau Mitte fünfzig trat aus einem Durchgang im hinteren Teil des Geschäfts.

«Kann ich Ihnen weiterhelfen?»

«Wir schauen uns nur ein bisschen um. Schöne Sachen haben Sie hier.»

«Ja, schauen und staunen Sie nur. Das machen sowieso die meisten, die hier reinkommen», erwiderte die Frau, noch immer lächelnd. «In ihren Pausen sind die Schüler hier, aber wenn, dann kaufen ihre Väter oder Großväter etwas. Die Jungen haben dafür kein Geld, und sie würden es sowieso lieber für Computerspiele ausgeben. Wie ich höre, sind Sie aus Skåne. Dann waren Sie vielleicht schon in dem gutsortierten Modellbauladen in Helsingborg? Oder sind Sie gar nicht wegen der Eisenbahnen hier? Unsere Kunden kommen aus dem ganzen Umland, und es reicht ja auch, wenn wir ein paar Meter Schienen und einige Wagen und Loks pro Woche verkaufen, damit die Kasse stimmt. Was wir anbieten, ist schließlich keine Dutzendware.»

Leyla hatte den Wortschwall der Frau kaum unterbrechen können, doch dann entstand in ihrem Redefluss eine Pause, die sie ausnutzte.

«Wir sind Journalisten aus Malmö und wollen hier in Skärblacka ein Kind ausfindig machen.»

Diese Information war ausreichend dramatisch, um die Neugier der Frau zu wecken.

«Ach so, wird denn jemand vermisst?», fragte sie.

«Na ja, in gewisser Weise schon. Es geht um ein Kind, das in den fünfziger Jahren von einer Familie aus Skärblacka adoptiert worden ist. Wir wissen nicht, ob es sich um einen Jungen oder ein Mädchen handelt, aber wir würden gern mit jemandem sprechen, der viel über diese Zeit hier weiß, um mehr in Erfahrung zu bringen», sagte Leyla.

«Und weshalb ist gerade dieses Kind so interessant, dass Sie so weit rauffahren, um nach ihm zu suchen?»

«Wir arbeiten an einer größeren Reportage und haben einen Tipp bekommen, dass diese Adoption vertuscht worden ist und folglich auch keine Dokumente darüber existieren. Mehr kann ich Ihnen gegenwärtig nicht sagen.»

«Ich will ja nicht misstrauisch wirken, aber woher soll ich denn wissen, dass Sie Journalisten sind?», fragte die Frau.

Leyla holte ihren Presseausweis aus ihrer Tasche und zeigte ihn ihr.

«Aha, ich sehe schon. Das klingt ja alles sehr spannend. Ich bin zu jung, um darüber etwas zu wissen, außerdem wohne ich in Finspång. Aber Sie können mit Edvin reden. Das ist ein aufgeweckter Alter, der manchmal in den Laden kommt. Er ist in Skärblacka geboren und aufgewachsen. Hat in der Papierfabrik gearbeitet und sein ganzes Leben hier verbracht.»

«Und wo finden wir ihn?»

«Er wohnt im Hallegården.»

«Das ist ein Seniorenheim, oder? Ich habe den Aushang

mit den Veranstaltungen am Lottostand neben dem Supermarkt gesehen.»

«Genau. Es liegt auf der anderen Seite vom Parkplatz, hinter dem Supermarkt. Zwei langgestreckte einstöckige Wohnkomplexe, die mit einem gläsernen Wintergarten verbunden sind.»

«Wie heißt Edvin denn weiter?», fragte Leyla.

«Das weiß ich nicht, aber Edvin genügt. Jeder kennt ihn.»

«Vielen Dank. Dann sehen wir mal, ob wir ihn da finden können.»

«Könnten Sie mir vielleicht die Ausgabe zuschicken, in der Ihr Artikel erscheint?»

«Selbstverständlich», sagte Leyla und notierte sich Namen und Adresse der Frau auf ihrem Block, bevor sie das Geschäft verließen.

«Wetten wir, dass sie zu Edvin rüberwetzt, sobald wir hier wieder weg sind?», fragte Palle, als sie wieder auf dem Marktplatz standen.

«Ich wette nicht dagegen», gab Leyla zurück und warf einen Blick auf ihre Armbanduhr. Es war fünf vor drei.

«Jetzt müssen wir uns aber beeilen, bevor Kirsten kommt», sagte sie.

«Welche Kirsten?»

«Sie soll um drei mit den Senioren im Hallegården singen. Wie du siehst, bin ich über das Wesentliche in Skärblacka bestens informiert.»

Der Hallegården sah aus, als hätte er fast ebenso viele Jahre auf dem Buckel wie seine Bewohner. Die Wohngebäude waren eindeutig aus den vierziger Jahren und pfiffen aus dem letzten Loch. Hier kam nur eine umfassende Renovierung oder schlicht der Abriss für einen Neubau in Frage. Andererseits muss es den Senioren vertraut vorkommen, in einer Umgebung zu leben, die sie daran erinnert, wie es ausgesehen hat, als sie selbst jung gewesen sind, dachte Leyla.

Sie traten in den Wintergarten, und der Duft von frischgebrühtem Kaffee und selbstgebackenem Kuchen stieg ihnen in die Nase. Leyla spähte in den Speisesaal und stellte fest, dass Kirsten mit ihrer Gitarre schon eingetroffen war. Die Alten saßen an den Tischen, tranken Kaffee und warteten voller Vorfreude darauf, dass die musikalische Darbietung anfing.

Eine Frau, die nicht so aussah, als gehörte sie zum Personal, kam ihnen mit einer Thermoskanne in jeder Hand entgegen.

«Suchen Sie jemanden?», wollte sie wissen.

«Ja, einen Herrn namens Edvin. Ich heiße Leyla Abdallah, und das hier ist mein Kollege Palle Pettersson. Wir sind Journalisten und schreiben einen Artikel über Skärblacka damals und heute», erklärte Leyla und zeigte ihren Presseausweis.

«Die Dame im Modellbaugeschäft hat uns verraten, dass Edvin alles über Skärblacka weiß, und wir würden uns gern mit ihm unterhalten. Aber vielleicht kommen wir ungelegen mitten zur Kaffeezeit?»

«Überhaupt nicht», sagte die Frau und lachte. «Edvin ist nicht so fürs Singen. Warten Sie, ich hole ihn. Er würde sich sicher freuen, mit Ihnen zu sprechen.»

Leyla war angenehm überrascht von dem Empfang. Ein paar Minuten später kam die Frau mit einem älteren Mann zurück, mit wachem Blick und gepflegtem, dichtem grauem Haar. Trotz seiner geraden Haltung schätzte sie ihn auf etwa fünfundachtzig. Das verrieten die Falten in seinem Gesicht. Aber er war in Würde gealtert und sehr flott. Er trug einen feinen, beigefarbenen Sommeranzug und blankgewienerte schwarze Schuhe.

Bevor Leyla sich vorstellen konnte, ergriff er ihre Hand und schüttelte sie unerwartet fest.

«Ich bin Edvin Berg. Sie wollen gerne wissen, wie es hier im Ort früher so war, habe ich gehört», sagte er und musterte Leyla und Palle neugierig.

Sie stellten sich vor, und Leyla fragte, ob sie sich irgendwo setzen konnten, um sich in aller Ruhe unterhalten zu können.

«Bei dem schönen Wetter können wir doch nach draußen auf die Terrasse gehen», schlug Edvin vor.

Er wandte sich an die Frau vom Personal.

«Könnten wir auch draußen einen Kaffee bekommen, Annelie?»

«Natürlich. Ich bringe ein Tablett, und dazu gibt's ein paar Zimtschnecken», sagte sie und verschwand Richtung Küche.

Edvin beugte sich zu Leyla vor und flüsterte hinter vorgehaltener Hand:

«Dann müssen wir uns nicht das Krächzen der Alten anhören.»

Leyla kicherte. Sie spürte, dass Edvin der richtige Gesprächspartner war. Wusste er etwas, würde er es sicherlich erzählen.

Sie nahmen an einem der Tische auf der Terrasse Platz, und kurz darauf kehrte Anneli mit Kaffee und Zimtschnecken zurück. Edvin schenkte ein, und Leyla nahm aus Höflichkeit einen Schluck, obwohl sie keinen Kaffeedurst hatte. Aber der Hunger meldete sich, und sie ließ sich die Zimtschnecken schmecken. Es war windstill, und die Sonne wärmte. Leyla zog ihre Jacke aus, und Palle nestelte unkonzentriert an seiner Kamera.

«Das ist ja ein Mordsding», meinte Edvin. «Was kostet denn so was?»

«Ungefähr fünfundvierzigtausend. Das Objektiv und anderes Zubehör kommt dann noch dazu», erklärte Palle.

«Um Gottes willen! Das müssen dann aber gute Fotos werden, wenn die Kamera so teuer ist.»

Edvin räusperte sich und richtete sich auf.

«Sie dürfen mich gern fotografieren, aber wenn es geht, nicht im Profil. Sie müssen wissen, ich hatte immer schon ein leicht fliehendes Kinn, und jetzt, in meinem Alter, hängt es wie bei einem Truthahn herunter.»

Leyla musste über die Eitelkeit des Alten schmunzeln. Es war erfrischend, einen alten Mann zu treffen, dem seine äußere Erscheinung so wichtig war.

«Na, was wollen Sie denn wissen?», fragte Edvin und rieb sich die Hände. Es war ihm anzusehen, dass er endlich loslegen wollte.

«Das ist ein bisschen heikel», begann Leyla. «Wir forschen nach einem Kind, das, wie wir glauben, von einer Familie in Skärblacka adoptiert worden ist.»

«Tja, hier sind mit den Jahren so mancher Schwarzer und gelegentlich auch ein Schlitzauge aufgeschlagen», sagte Edvin, unterbrach sich aber, als er Leylas dunkle Hautfarbe registrierte.

«Sie müssen entschuldigen, das habe ich nicht bös gemeint», meinte er beschämt.

«Das macht nichts», erwiderte Leyla. «Es geht auch nicht um ein ausländisches Kind, sondern um ein schwedisches. Ein Kind, das als Baby zu einer Familie nach Skärblacka gekommen ist, irgendwann Ende der Fünfziger.»

Edvin kratzte sich nachdenklich am Kopf.

«Ein Junge oder ein Mädchen?»

«Das wissen wir nicht. Aber wir glauben, dass es eine inoffizielle Adoption war. Den Behörden ist nichts darüber bekannt. Möglicherweise hat hier ein kinderloses Paar gelebt, das völlig unerwartet ein Kind bekommen hat. Das Ehepaar war vielleicht schon etwas älter, zumindest über dreißig», sagte Leyla.

«Dann müssen das die Gustafssons gewesen sein», kam es wie aus der Pistole geschossen. «Das sind die Einzigen, die mir einfallen.»

Leyla spürte, wie die Spannung am Kaffeetisch in der Spätsommersonne stieg.

«Die Gustafssons?»

«Ja, Sven und Elsa Gustafsson. Sven und ich waren Arbeitskollegen in der Papierfabrik. Er war Vorarbeiter und ich in der Buchhaltung. Sven war sehr nett und aufgeschlossen, er war kinderlieb, und alle mochten ihn. Aber seine Frau Elsa war ein wenig seltsam und sehr häuslich. Die beiden haben lange Jahre oben am Berg in einem weißen Haus im Mosstorpsvägen gewohnt, Kinder hatten sie da keine. Darüber habe ich oft nachgedacht. Ich hatte ja selbst drei Steppkes und fand immer, dass Sven der geborene Vater war. Ich bin davon ausgegangen, dass sie keine Kinder bekommen konnten. Darüber haben wir allerdings nie geredet. So etwas kam damals ja nie zur Sprache, jedenfalls nicht offiziell», sagte Edvin.

«Aber dann haben sie eins bekommen?»

«Ja, das muss ungefähr zu der Zeit gewesen sein, Ende der fünfziger Jahre. Sven und Elsa gingen schon auf die vierzig zu, als sie für ein paar Wochen weggefahren und mit einem kleinen Mädchen nach Skärblacka zurückgekommen sind. Sven behauptete, sie seien in einer Privatklinik gewesen, die sich darauf spezialisiert hatte, ältere Mütter wie Elsa zu entbinden. Das Kleine wurde kirchlich getauft, und ich erinnere mich, dass viel darüber getuschelt und gemunkelt wurde, ob wirklich Elsa das Kind zur Welt gebracht hatte. Sie war wie gesagt sehr viel im Haus, und zu der Zeit zeigten die Frauen ihren Bauch nicht so, damit alle Welt sehen konnte, dass sie schwanger waren. Aber sie kam manchmal zum Einkaufen in den Laden, und da konnte man ihr nicht ansehen, dass sie ein Kind erwartete. Und das hätte man, denn Elsa war eine zierliche Frau», erzählte Edvin.

«Wissen Sie noch, wie das Mädchen hieß?»

«Lassen Sie mich nachdenken», meinte Edvin und rieb sich sein fliehendes Kinn. «Tova oder vielleicht Nora. Irgendetwas in der Art. Ihre Mutter zog mit ihr jedenfalls Anfang der siebziger Jahre nach Norrköping, ein paar Jahre nach Svens Tod. Das alles war sehr tragisch. Sven war starker Raucher, der Krebs hat ihn umgebracht. Lungenkrebs. Er war ein kräftiger Mann gewesen, aber innerhalb weniger Monate war er nur noch eine wandelnde Leiche, und ein halbes Jahr später war er tot. Seine Frau Elsa ist nie darüber hinweggekommen, und ich glaube, deshalb ist sie auch aus Skärblacka weggezogen. Um zu vergessen.»

«Erinnern Sie sich an das Mädchen? Wie war es?»

«Ein süßes Mädchen. Mit langen blonden Haaren, die später dann dunkler wurden. Sie war etwas eigen, irgendwie altklug. Ich glaube, sie hatte nicht viele Freunde, meistens kam sie mittags allein aus der Schule. Aber sie hatte einen phantastischen Vater. Sven liebte sie abgöttisch.»

«Haben die Gustafssons noch Verwandte, die hier wohnen?», fragte Leyla.

«Svens jüngerer Bruder Agne, das ist der einzige.»

«Und wo wohnt er?»

«In seinem Elternhaus in Ljusfors, außerhalb von Skärblacka. Er ist das komplette Gegenteil von seinem Bruder. Mürrisch und wortkarg. Schon als junger Mann ist er ein rechter Taugenichts gewesen und hat gesoffen wie ein Loch. Das ist auf seine alten Tage noch schlimmer geworden. Er ist der Alleinerbe, denn Sven war schon tot, als die

Eltern gestorben sind. Er hat also auch das Haus geerbt, das sehr schön am Glansee liegt, bei der alten Eisenbahnstrecke. Als die Eltern noch lebten, war das ein richtiges Kleinod, rot gestrichen und mit weißen Hausecken. Der Garten war sehr gepflegt, aber jetzt liegt überall nur Gerümpel herum, und das Haus ist eine Bruchbude. Schade, dass Sven sich nicht mehr darum kümmern konnte, dann wäre alles noch genauso gut in Schuss wie zu Lebzeiten der Eltern.»

«Können Sie uns den Weg dorthin beschreiben?», erkundigte sich Leyla.

«Sicher, aber ich glaube nicht, dass er mit Ihnen reden will. Er mag keinen Besuch, nur wenn einer seiner Trinkbrüder mit Schnaps vorbeikommt. Sonst kommt nur der mobile Pflegedienst vorbei, um nachzusehen, ob etwas zu essen da ist und er sich nicht eingesaut hat», sagte Edvin und verzog das Gesicht.

«Wo ist der nächste Systembolag?», fragte Palle.

Edvin blinzelte und lachte glucksend.

«Sie sind mir ja ein pfiffiger junger Bursche, das muss ich sagen. Es ist gar nicht dumm, ihm eine Flasche mitzubringen, wenn Sie es überhaupt bis über die Schwelle schaffen. In Norrköping oder Finspång, das ist gehupft wie gesprungen. Aber ich empfehle Finspång, dann müssen Sie nicht lange nach einem Parkplatz suchen. Der Systembolag liegt im Zentrum, direkt am Marktplatz.»

Edvin Berg zeichnete sorgfältig die Wegbeschreibung zu Agne Gustafssons Haus in Leylas Notizblock auf.

«Am besten, Sie machen sich auf den Weg, bevor es zu spät ist», meinte er mit einem Lächeln an Leyla gewandt. «Sie müssen meine Neugier entschuldigen, aber ich wundere mich schon, was an Gustafssons Mädchen so besonders ist.»

«Dazu kann ich leider erst etwas sagen, wenn wir mehr

wissen. Aber wir glauben, dass sie die leibliche Tochter einer großen Berühmtheit ist. Wenn wir einen Artikel darüber schreiben, verspreche ich Ihnen, dass Sie ihn von uns bekommen.»

«Das würde mich freuen.»

Sie standen auf, und der alte Mann umarmte Leyla und gab Palle die Hand. Dann räusperte er sich und sagte zu Palle:

«Sie könnten nicht vielleicht ein Foto von mir machen? Es ist lange her, dass ich von einem richtigen Fotografen abgelichtet worden bin.»

«Klar. Wir machen eins von vorn, oder?»

Edvin gluckste wieder, dann wurde er ernst und nahm die Schultern zurück. Palle dirigierte ihn vor einen passenden Hintergrund, wo das Licht stimmte, und machte mehrere Aufnahmen. Auf dem letzten Bild lächelte Edvin sogar ein wenig.

«Das kostet bestimmt ein Heidengeld, diese vielen Bilder zu entwickeln?», wollte Edvin wissen.

«Das ist eine Digitalkamera. Ich wähle nur die besten am Bildschirm aus und drucke sie aus, diese Fotos schicke ich Ihnen dann.»

«Danke, das ist wirklich fabelhaft. Es war sehr nett, Sie kennenzulernen. Und wir mussten uns nicht Kirstens Lieder anhören. Viel Glück bei Agne, das werden Sie brauchen», sagte Edvin und ging mit federnden Schritten durch die Tür zurück ins Seniorenheim Hallegården.

Eine knappe Viertelstunde später waren Palle und Leyla in Finspång. Leyla blieb im Auto sitzen, und Palle betrat die Alkoholhandlung. Als er zurückkam, zog er zwei Flaschen Wodka aus der Tüte.

«Wir müssen schon einigermaßen ausgerüstet sein.»

Sie fuhren wieder nach Skärblacka zurück und bogen bei Ljusfors links ab, auf den Weg, den Edvin aufgezeichnet hatte. Bei einem Schild, das den Weg zur Kalkbrennerei in Glan wies, fuhren sie links und bogen dann rechts auf einen Schotterweg, der sich durch die hügelige Landschaft schlängelte. Vorbei an Häusern und Höfen und durch einen Wald, an dessen Ende der Glansee lag. Nach einigen hundert Metern kamen sie auf einen Fahrweg parallel zu den Schienen und fuhren an drei Häusern vorbei, bevor sie bei Agne Gustafssons Heim anlangten. Auf dem Grundstück türmten sich Schrott und Unrat, ein rostiger Traktor stand herum und ein zugewuchertes Auto. Sie waren eindeutig bei der richtigen Adresse.

Sie gingen über die Schienen bis zum Haus. Leyla klopfte an der Tür, die kurz darauf von einem Mann mit schütteren, nach allen Seiten abstehenden Haaren und stark gerötetem Gesicht geöffnet wurde. Er war Mitte siebzig.

«Sie waren doch heute schon mal hier, das reicht ja wohl», murrte er grimmig.

«Entschuldigung, aber ich weiß nicht, was Sie meinen.»

«Sind Sie neu beim Pflegedienst?»

«Nein, wir sind nicht vom Pflegedienst. Wir sind hier, weil wir Ihnen ein paar Fragen über Ihren Bruder stellen wollen.»

«Was haben Sie denn mit meinem Bruder zu schaffen? Sind Sie irgendwelche verdammten Anwälte?»

Edvins Warnungen zum Trotz war Leyla von Agne Gustafssons Aggressivität unangenehm überrascht. Sie war froh, dass sie nicht allein mit ihm war.

«Nein, ich bin keine Anwältin. Wir sind Journalisten aus Malmö und arbeiten an einem Artikel.»

«Verschwindet! Mit Schmierfinken will ich nichts zu tun haben.»

Agne Gustafsson zog die Tür wieder zu, aber Palles ausgestreckter Fuß hielt sie auf.

«Was soll das, du Lümmel! Bist du von allen guten Geistern verlassen?»

«Nein, deshalb habe ich auch das hier mitgebracht», sagte Palle und zog eine Wodkaflasche aus der Tüte. «Wir wollen Ihnen nur ein paar Fragen stellen, das dauert nicht lange.»

Der Alte bekam beim Anblick der Flasche sofort einen gierigen Blick.

«Ja, dann kommen Sie rein. Aber beeilen Sie sich», sagte er und riss die Flasche an sich.

Sie traten ins Haus, wo es nach Pisse stank. Ob es Agnes Urin war oder von den beiden Katzen kam, die um ihre Beine strichen, darüber wollte Leyla lieber nicht genauer nachdenken. Der Alte ging in die Küche, die so verdreckt war, dass ihr die Worte fehlten. Auf der Spüle stapelten sich Alu-Schalen mit eingetrockneten Essensresten, und der Boden war so klebrig, dass die Schuhsohlen quietschten. Bündel mit alten Zeitungen und leere Flaschen standen an der einen Wand, der Küchentisch war mit einer dicken speckigen Schicht aus schwarzem Schmutz bedeckt. Um die Alu-Schalen und die beiden Näpfe am Boden, die vermutlich Katzenfutter enthielten, schwirrten die Fliegen. Leyla wunderte sich, dass die Gemeinde den Alten in solchen Verhältnissen hausen ließ. Aber möglicherweise gab es keinen anderen Platz für ihn, und wenn einer für ihn gefunden werden würde, würde er sicher nicht so ohne weiteres umziehen.

Agne Gustafsson öffnete ein Fach und nahm zwei Gläser heraus, die sicherlich schon lange kein Spülmittel mehr gesehen hatten.

«Na, dann genehmigen Sie sich mal einen», sagte er zu Palle und hielt ihm ein Glas hin.

«Nein, danke, ich fahre», entgegnete er.

«Abstinenzler», murmelte Gustafsson und wandte sich an Leyla. «Dann trinken Sie eben einen mit.»

Allein bei dem Gedanken, das schmutzige Glas mit den Lippen zu berühren, drehte sich Leyla der Magen um. Aber wenn sie etwas von Gustafsson erfahren wollten, durften sie ihn nicht verärgern. Also nickte Leyla und versuchte sich damit zu trösten, dass Alkohol eine desinfizierende Wirkung hatte. Er bedeutete mit einer Geste, dass sie am Küchentisch Platz nehmen sollten. Leyla legte das speckige Kissen zur Seite, bevor sie sich auf den Stuhl setzte. Gustafsson schenkte ihr einen Schluck ein und füllte sein Glas fast bis zum Rand.

«Skål», sagte er und trank die Hälfte, während Leyla den Atem anhielt und an ihrem Glas nippte.

«Was ist denn mit meinem Bruder? Er ist tot und liegt seit Jahren unter der Erde.»

Leyla wollte den Besuch so kurz wie möglich machen und kam gleich zur Sache.

«Eigentlich interessieren wir uns für seine Tochter.»

«Dora? Ich weiß nicht mal, ob sie noch lebt. Inzwischen muss sie auch schon eine alte Schachtel sein», sagte er und leerte sein Glas.

Bingo, dachte Leyla. Jetzt kennen wir schon mal ihren Namen.

«Wir beschäftigen uns mit Adoptionen und haben herausgefunden, dass Ihr Bruder Dora adoptiert hat. Wissen Sie, wie es dazu kam?»

Gustafsson schenkte sich nach und musterte Leyla mit misstrauischem Blick.

«Woher zum Teufel wissen Sie das denn? Das wurde nirgends rumerzählt.»

«Wir haben das von einem Herrn gehört, der Doras leibliche Mutter kannte.»

«Und was ist das für eine Schabracke?», wollte Gustafsson wissen.

Leyla beschloss, nicht zu lügen, aber auch nur das Nötigste zu erzählen.

«Sie heißt Josefin und wohnt in Skåne.»

«Aha, dann hat sie wohl ihre Gründe gehabt. Dora war ein schwieriges Kind.»

«Hatten Sie noch Kontakt zu ihr, nachdem ihre Mutter mit ihr nach Norrköping gezogen war?»

«Gottbewahre, nein. Warum sollte ich?»

«Wissen Sie, ob sie verheiratet ist?»

Gustafsson nahm einen großen Schluck Wodka und knallte das Glas auf die Tischplatte.

«Was sind das denn für komische Fragen? Worauf wollen Sie überhaupt hinaus?»

Ganz ruhig, nur noch ein paar Minuten, dachte Leyla. Sie griff nach der Flasche und füllte Gustafssons Glas erneut.

«Entschuldigen Sie, dass ich so genau nachfrage, aber für uns ist es sehr wichtig, mehr über sie zu erfahren.»

Der Alte wischte sich die Nase am Hemdsärmel ab, der, nach den Flecken zu urteilen, oft als Taschentuch herhalten musste. Er führte das Glas zum Mund und trank noch einen Schluck.

«Ich weiß nicht, ob sie verheiratet ist, es würde mich aber wundern. Sie war schon als Kind seltsam.»

Und Sie sind ausgesprochen nett und umgänglich, dachte Leyla bissig.

«Stimmt es, dass sie adoptiert wurde?»

«Aber todsicher. Elsa war ja nur Haut und Knochen und konnte keine Kinder bekommen. Also sind sie nach Stockholm gefahren, um eins zu holen.»

«Wann war das?»

«1957. Im selben Jahr, als es im Nebengebäude gebrannt hat.»

Komischer Zufall, dachte Leyla, ohne näher darauf einzugehen.

«Wissen Sie ihr Geburtsdatum?»

«Jetzt reicht's aber! Woher soll ich das wissen, wenn sie adoptiert war?»

«Aber sie hat doch wohl ein offizielles Geburtsdatum?»

«Ja, aber ihr wisst eh schon genug. Ich habe nichts mehr zu sagen», brummte Gustafsson und trank sein Glas aus. Die Flasche war schon halb leer.

«Wenn Sie uns noch sagen, wann sie geboren ist, gehen wir wieder, versprochen.»

«Sie brauchen nichts zu versprechen! Aber ich verspreche, dass ich dich und den Abstinenzler persönlich aus dem Haus jage, wenn ihr nicht sofort verschwindet!»

Agne Gustafsson stand auf, um seinen Worten noch mehr Nachdruck zu verleihen.

Wenn Palle zum Angriff überging, konnte er ihn problemlos unschädlich machen, aber die Situation war trotzdem bedrohlich und unbehaglich.

«Jetzt schreien Sie nicht so herum, sondern setzen sich gefälligst wieder hin!», brüllte Palle und baute sich vor ihm auf.

Der plötzliche Ausbruch des Fotografen brachte Gustafsson einigermaßen zur Vernunft. Er setzte sich, sah aber immer noch wütend aus. Palle holte die andere Flasche Wodka aus der Tüte und stellte sie vor Gustafsson auf den Tisch.

«Wenn Sie morgen aufwachen, brauchen Sie garantiert Nachschub, und dann danken Sie Gott, wenn Sie die hier haben. Sagen Sie uns einfach Doras Geburtsdatum, dann gehört sie Ihnen, und Sie sehen uns nie wieder. Okay?»

Agne Gustafsson musste nicht lange überlegen.

«Erster Mai», murmelte er.

«Und da sind Sie ganz sicher?», fragte Leyla.

«Klar, Sven hat der Göre weisgemacht, dass ihretwegen die Musikkapelle spielte und alle rote Fähnchen schwenkten. So ein Quatsch!»

Palle und Leyla erhoben sich und gingen wortlos hinaus. Als sie vor dem glänzenden Audi standen, machte der Fotograf den Kofferraum auf und nahm ein paar Zeitungen heraus.

«Kannst du die bitte auf den Sitz legen, bevor du einsteigst?», sagte er zu Leyla, die sich das Lachen über Palles Sorge um seine Autositze nicht verkneifen konnte.

Aber sie verstand ihn. Agne Gustafssons Dreck und Gestank waren kein Pappenstiel.

Auf der Fahrt nach Norrköping ging Leyla ihre Notizen durch und ließ den Tag Revue passieren, der sämtliche Erwartungen übertroffen und ihnen wichtige Informationen geliefert hatte. Inzwischen war Leyla so gut wie sicher, dass Josefin Mjörners Tochter existierte. Sie wusste, dass sie Dora mit Vornamen und Gustafsson mit Nachnamen hieß, wenn sie nicht geheiratet hatte. Außerdem hatten sie die ersten sechs Ziffern ihrer Personennummer, das sollte ausreichen, um sie ausfindig zu machen, vorausgesetzt, sie lebte noch. Es war schon nach achtzehn Uhr, also zu spät, um beim Meldeamt die Personendaten einzusehen. Rief man dort an, dauerte es mindestens einen Tag, bis die Antwort auf dem Postweg kam, aber wenn sie in Norrköping übernachteten, konnten sie am nächsten Tag die Daten erfragen. Sie waren öffentlich, und die Behörden waren per Gesetz verpflichtet, sie ohne unnötigen Aufschub herauszugeben. Es genügte, wenn man als Journalist darauf hinwies, damit diese Routinesache rasch erledigt wurde. Die Meldebestätigung beinhaltete Angaben über die Eltern, Kinder (falls vorhanden) und Adressen. Wenn Dora noch in Norrköping wohnte, konnten Palle und Leyla ihr einen Besuch abstatten.

Leyla dachte fieberhaft nach, und das Blut rauschte durch ihre Adern. Im Stillen dankte sie Jörn Häger, der sie auf die richtige Fährte gebracht hatte, ohne es zu wissen. Edvin Berg war auch eine große Hilfe gewesen. Ebenso wie der gelinde gesagt unsympathische Agne Gustafsson, der ihr die wichtigsten Puzzleteile geliefert hatte. Drei alte Männer, alle sehr verschieden, aber jeder auf seine Art unersetzlich.

Sie fanden ein günstiges Hotel in der Gamla Rådstugugatan mitten in der Stadt. Die Zimmer waren nicht besonders sauber, aber verglichen mit Agne Gustafssons verdreckter Küche wirkten sie porentief rein. Leyla zog sich aus und duschte lange und ausgiebig, um den Geruch loszuwerden, der sich, wie sie meinte, auf ihrer Haut festgesetzt hatte. Sie zog sich frische Kleider an und legte einfaches Make-up auf, bevor sie zu Palle hinüberging und klopfte. Gemeinsam machten sie sich auf die Suche nach einem Restaurant. Abgesehen von den zwei Zimtschnecken, die sie im Seniorenheim gegessen hatte, hatte Leyla seit dem Mittag nichts gegessen. Ihr Magen schrie förmlich nach einer Mahlzeit.

Mit meinem Appetit ist jedenfalls alles in Ordnung, dachte sie und schob ihre Hand unter den Hosenbund ihrer Jeans, der beunruhigend stramm saß. Sie beschloss, dass sie als Erstes nach ihrer Rückkehr nach Malmö ihre Laufschuhe schnüren und etwas für ihren Körper tun würde. Heute Abend wollte sie gut essen und sich vielleicht sogar ein, zwei Bier gönnen. Leyla redete sich ein, dass sie das brauchte, um für den morgigen Tag Kraft zu tanken. In der Drottninggatan fanden sie, wonach sie suchten: Bishop Arms, einen Pub, den es auch in Malmö gab und von dem sie wusste, dass sie dort annehmbares Essen servierten und eine solide Auswahl an Biersorten hatten. Palle und Leyla bestellten je einen Hamburger mit Kartoffelspalten an der Bar.

«Ich nehme ein großes Bier zum Essen», sagte Palle.

«Wie, ein großes Bier?», protestierte Leyla. «Wo wir jetzt schon in einem Lokal sind, wo es gutes Bier gibt, musst du dich in Gottes Namen ein bisschen genauer ausdrücken.»

«Ist mir egal. Was schlägst du vor?», fragte Palle und betrachtete unschlüssig die Zapfhähne hinter der Bar.

«Du bist noch Anfänger, also nimmst du eins mit Charakter, aber ein harmloses. Staropramen ist ein gutes tschechisches Bier.»

«Gut, dann nehme ich so eins», sagte er zu der Thekenkraft.

«Was für eins?», fragte sie.

«Er möchte ein Staropramen vom Fass», sagte Leyla. «Für mich bitte ein Guinness.»

Palle sah interessiert zu, während die junge Frau hinter der Theke das trübe irische Bier langsam ins Glas laufen ließ.

«Ich wusste gar nicht, dass du so was trinkst», sagte Palle zu Leyla.

«Ich mache eine ganze Menge, wovon die anderen nichts wissen», gab sie zweideutig zurück.

Sie setzten sich mit ihrem Bier an einen Ecktisch in der schummrigen gemütlichen Kneipe. Schon nach wenigen Minuten wurden die Hamburger gebracht, und eine Viertelstunde später hatten sie gegessen und die Gläser geleert. Sie bestellten eine zweite Runde Bier und ließen den Tag Revue passieren. Leyla hatte sich in Palles Gesellschaft stets wohl gefühlt. Er machte seinen Job geschickt und war ein Fels in der Brandung, wenn es wie bei Agne Gustafsson brenzlig wurde. Sie ergänzten sich einwandfrei und hatten fast immer Spaß zusammen. Außerdem war Palle ein großartiger Gesprächspartner. Dass er nicht sonderlich belesen war, machte er durch Schlagfertigkeit und Erfahrung wett.

«Ich verstehe nur nicht ganz, warum Josefin Mjörner ihre leibliche Tochter verheimlicht. Scham und Schuld spielen da sicher eine Rolle. Sie war ja noch so jung, als das alles passiert ist, selbst fast noch ein Kind. Und ein Opfer, wenn man dem Glauben schenken kann, was Jörn Häger über ihre Eltern schreibt», meinte Leyla.

«Oder Dora will gar nichts mit ihrer leiblichen Mutter zu tun haben», gab Palle zu bedenken. «Josefin Mjörner hat vielleicht den Kontakt zu ihr gesucht, ist aber abgewiesen worden.»

«Das kann ich mir kaum vorstellen. Die Adoptivkinder, die ich kenne, hatten alle sehr großes Interesse daran, möglichst viel über ihre Herkunft in Erfahrung zu bringen.»

«Das heißt aber nicht, dass sich alle darum reißen, ihre leiblichen Eltern kennenzulernen. Die mögen sie vielleicht gar nicht», meinte Palle.

«Oder Josefin Mjörner weiß gar nichts über ihre Tochter, weder wie sie heißt noch wo sie wohnt.»

«Vielleicht will sie das auch gar nicht wissen, denn das könnte ihrer Partei schaden», sagte Palle.

«Wie meinst du das?»

«Sie verkörpert doch sozusagen das gute Gewissen. Sie nimmt Illegale bei sich auf und kümmert sich um Kinder. Wie oft hat man sie nicht von den versteckten, vergessenen Kindern reden hören. Wenn sich dann plötzlich herausstellen sollte, dass sie unter dem Siegel der Verschwiegenheit ein Kind weggegeben hat, wäre ihre Glaubwürdigkeit dahin. Wer würde dann noch die wichtigste Botschaft der Humanistischen Alternative für bare Münze nehmen, wenn die Parteivorsitzende sich selbst nicht daran gehalten hat?»

Leyla nickte nachdenklich. Palle hatte recht. Auch wenn Josefin Mjörner für eine gute Sache kämpfte, konnte sie mit einer solchen Leiche im Keller kaum noch überzeugen.

Sie blieben noch für ein paar Stunden im Pub sitzen, redeten und tranken Bier. Kurz nach zehn schlug Palle vor, das Lokal zu wechseln, aber Leyla fühlte sich schon leicht betrunken. Drei große Guinness waren mehr, als sie seit langem getrunken hatte. Außerdem war sie müde.

«Nein, ich habe wirklich genug. Morgen ist auch noch ein Tag.»

«Jetzt klingst du wie mein wunderbarer Vater», sagte Palle.

Er lachte in dem Versuch, seine Enttäuschung zu verbergen. Das war schon irgendwie süß, fand Leyla, und manchmal kam es ihr so vor, als hegte Palle mehr als nur freundschaftliche Gefühle für sie. Deshalb war es klug, den Abend jetzt zu beenden. Sie hatte keine Lust, ihr gutes Verhältnis zu Palle durch einen feuchten Abend in Norrköping aufs Spiel zu setzen, bei dem man nicht recht wusste, wie er enden würde.

Als sie wieder in ihrem Hotelzimmer war, klingelte ihr Mobiltelefon. Es war Tom.

«Hej, Liebling. Ich wollte nur mal hören, wie es euch so geht. Ich hoffe, ich rufe nicht zu spät an», flötete er.

«Nein, gar nicht. Wir waren etwas essen, und ich habe mich noch nicht hingelegt. Heute sind wir gut vorangekommen. Wir bleiben wenigstens noch einen Tag länger in Norrköping, um einer Spur zu folgen. Aber morgen Abend bin ich vielleicht schon wieder zu Hause, dann kann ich dir mehr erzählen.»

«Habt ihr ein nettes Hotel gefunden?»

«Na ja, es ist ziemlich versifft, aber es geht. Wir schlafen hier ja nur.»

«Hast du ein eigenes Zimmer?»

Dass Tom beunruhigt war, war nicht zu überhören. Auch das war ziemlich süß. Ein gewisses Maß an Eifersucht schadete nie, denn es bewies, was er für sie empfand.

«Ja, klar. So arm ist die Redaktion nun auch wieder nicht dran, dass wir dicht an dicht wie die Sardinen liegen müssen», antwortete sie lachend.

«Schlaf gut. Ich vermisse dich.»

«Ich dich auch. Küsschen.»

DIENSTAG, 4. SEPTEMBER

«Also gut, Jimmy. Dieses Mal sollten Sie uns aber endlich reinen Wein einschenken. Wir wissen, dass Sie draußen in Nydalagård gewesen sind, als es gebrannt hat, in der Nacht zu Freitag, dem einunddreißigsten August.»

Das Verhör mit Jimmy Bengtsson stellte Lisa Berggrens Geduld auf eine harte Probe. Sie faltete das Blatt mit ihren Notizen, das sie vor sich auf dem Tisch liegen hatte. Dann faltete sie es noch einmal und dann ein drittes Mal. Nach dem siebten Mal war aus dem Blatt ein kompaktes Päckchen geworden. Obwohl sie es schon tausendmal probiert hatte, war es ihr seit ihrem ersten Versuch während einer sterbenslangweiligen Physikstunde in der Oberstufe vor fast zwanzig Jahren noch nie gelungen, ein Blatt achtmal zu falten. Es entstanden weder phantasievolle Papierfiguren noch kleine Bälle, mit denen sie auf den Papierkorb zielen konnte. Mit dieser fast zwanghaften Beschäftigung hatte es nichts anderes auf sich, als das zu bestätigen, was sie bereits wusste: Man konnte ein Blatt Papier höchstens siebenmal falten. Nach einem sinnloseren und eintönigeren Zeitvertreib musste man lange suchen. Manchmal kam es ihr vor, als seien die Verhöre mit Jimmy Bengtsson auch nichts anderes. Aber Lisa wusste aus Erfahrung, dass sie weitermachen musste und sich von dem langsamen Tempo nicht entmutigen lassen durfte. Bei der Polizeiarbeit ging es sehr oft um Geduld. Da diese nicht zu ihren

Stärken zählte, musste sie sich zusammenreißen, um nicht abzuschweifen.

Nachdem er ihnen anfangs eine abenteuerliche Erklärung nach der anderen aufgetischt hatte, wo er in der fraglichen Nacht gewesen war und was er gemacht hatte, hatte Jimmy sein Vorgehen geändert. Er beantwortete die Fragen knapp oder schwieg. Gestern war er für zwei Wochen festgenommen worden, wodurch sie nicht mehr ganz so unter Zeitdruck standen, die Wahrheit aus ihm herauszubekommen. Aber weil die Ermittlungen auch sonst nicht vorwärtskamen, sollte wenigstens geklärt werden, wer sich für die Brandstiftung verantworten musste. Lisa Berggren spürte, dass Jimmy der Mörder war. Sie war sicher, dass sie die Wette gewinnen würde, die sie mit Aronsson abgeschlossen hatte. Und obwohl sie von Jimmys Lügen die Nase voll hatte, hoffte sie, er würde in naher Zukunft auspacken. Die Verhöre strapazierten nicht nur Lisas Geduld, sie zerrten auch an Jimmys Nerven.

«Also bitte, Jimmy, jetzt ist es mal an der Zeit, dass Sie die Karten auf den Tisch legen. Was haben Sie draußen beim Nydalagård gemacht?»

«Da war ich nicht, das habe ich doch gesagt.»

Lisa Berggren seufzte und musterte ihn unschlüssig.

«Hören Sie mit der Lügerei auf. Und wie sind dann die Zigarettenstummel mit Ihrem DNA-Material dahin gekommen?»

«Keine Ahnung.»

«Das können Sie aber besser, Jimmy.»

«Keine Ahnung. Jemand hat sie wohl dahin gelegt.»

«Und wer sollte das sein?»

Jimmy zuckte die Schultern.

«Das herauszufinden ist nicht mein Job. Sie sind bei der Polizei, nicht ich», erwiderte er trotzig.

Lisa war über seine Reaktion erfreut. Obwohl Jimmy versuchte, den Schein zu wahren und den Unbeteiligten zu spielen, konnte er nicht verbergen, dass er unter Druck stand. Jedes Mal wenn Lisa ihn dazu brachte, emotional zu reagieren, klaubte sie einen kleinen Stein aus seiner Schutzmauer.

«Für Ihre Mutter ist das auch kein Vergnügen», sagte sie.

«Was hat denn meine Mutter damit zu tun?!»

Er war wütend, das konnte sie seiner raschen, gehetzten Antwort und seinem eisigen Blick anmerken. Gut.

«Ihre Mutter versteckt doch Flüchtlinge. Da kann sie nicht sonderlich begeistert davon sein, dass sie einen Sohn hat, der ...»

«Meine Mutter versteckt keine Flüchtlinge! Und ich stehe auch nicht unter Mordverdacht.»

«Nein, das habe ich nicht gesagt, oder? So wie die Fakten aussehen, stehen Sie nicht unter Mordverdacht. Aber die Leute sind schnell mit einem Urteil bei der Hand, Jimmy. Und solange Sie weiterlügen, gibt es für mich keinen Grund, großartig von der allgemeinen Meinung abzuweichen.»

Sie beugte sich über den Tisch und sah Jimmy starr in die Augen.

«Es gibt zwei Möglichkeiten, mit dieser Situation umzugehen. Entweder lügen Sie weiter, während wir unsere Arbeit fortsetzen und die Wahrheit auch ohne Ihre Hilfe ans Licht bringen.»

Lisa lehnte sich im Stuhl zurück und sagte mit versöhnlicherer Stimme:

«Oder Sie erzählen mir die Wahrheit. Ich sehe doch, dass Sie etwas beschäftigt, Jimmy. Es ist besser, wenn Sie sich das von der Seele reden. Es gibt für alles eine Erklärung, und oftmals kommen mildernde Umstände zum Tragen.»

«Ich weiß, worauf Sie hinauswollen», entgegnete er kurz. «Ich sage kein Wort mehr ohne meinen Anwalt.»

Lisa Berggren faltete das geknickte Blatt Papier auseinander und tat, als ginge sie ihre Aufzeichnungen durch. Nach einer Minute blickte sie wieder auf.

«Ich denke, das war's für heute. Ich sehe keinen Grund, weshalb ich Sie noch länger verhören sollte, da Sie sowieso nichts Wichtiges zu sagen haben. Und daran ändert sich auch nichts, wenn wir Ihren Anwalt herbestellen. Dann gehen wir mal wieder runter in die Zelle», meinte sie und erhob sich.

Jimmy rutschte mit flackerndem Blick auf seinem Stuhl unruhig hin und her. Er war unsicher und wirkte sogar etwas ängstlich.

«Warten Sie», sagte er plötzlich. «Ich will reden. Rufen Sie meinen Anwalt an, dann erzähle ich, wie es wirklich war.»

Lisa zuckte zusammen. Ein angenehmes, leicht kribbelndes Gefühl breitete sich in ihrer Magengegend aus. Sie versuchte, es zu ignorieren, indem sie sich einredete, dass er bisher noch nichts gestanden hatte. Vielleicht war es nichts als ein weiteres Ablenkungsmanöver. Andererseits klang Jimmy so, als hätte er aufgegeben und wollte reinen Tisch machen.

«Und Sie wollen die ganze Wahrheit sagen?», fragte sie.

Er nickte.

Lisa rief einen der Wachmänner an, der heraufkam und Jimmy wieder in seine Zelle brachte. Nachdem sie seinen Anwalt kontaktiert hatte, der eine halbe Stunde später eintreffen wollte, wählte sie Aronssons Mobilnummer. Er war in der Stadt unterwegs, wollte aber sofort ins Präsidium zurückkehren.

Lisa betrachtete das Blatt auf ihrem Schreibtisch und las laut:

«Ein Liter Milch, Käse, Aufschnitt, Basmatireis, Brot, Marmelade, Mineralwasser ...»

Sie faltete es wieder zusammen, siebenmal. Und grinste.

Eine Stunde später waren alle im Verhörzimmer versammelt. Jimmy hatte mit seinem Anwalt unter vier Augen gesprochen und saß nun neben ihm. Lisa und Bengt hatten gegenüber Platz genommen. Es lag gespannte Erwartung in der Luft. Lisa Berggren schaltete die Kamera ein.

«Wir beginnen das Verhör mit Jimmy Bengtsson, in Anwesenheit seines Anwalts Reine Andrén. Neben mir, Lisa Berggren, sitzt Kriminalkommissar Bengt Aronsson. Das Verhör findet auf Wunsch des verdächtigten Jimmy Bengtsson statt, der verkündet hat, dass er etwas Wichtiges zu sagen hat. Bitte, Jimmy.»

«Die Nacht, als es gebrannt hat», begann er leise.

«In der Nacht zu Freitag, dem einunddreißigsten August, als es im Nydalagård gebrannt hat», ergänzte Lisa. «Was haben Sie da gemacht, Jimmy? Erzählen Sie von Anfang an.»

«Wir waren zu Hause bei Tobbe.»

«Wer ist wir?»

«Also ich, Tobbe und Jesper. Wir hatten vorher schon ein paar Bier draußen auf der Terrasse von der Pizzeria getrunken. In Svedala. Ich hatte schon einen sitzen, und wir haben überlegt, was wir noch machen könnten.»

«Um wie viel Uhr war das?»

«So gegen halb neun, glaube ich.»

«Weiter.»

«Tobbe meinte, wir sollten einen Bruch machen. Er kannte einen HIFI-Laden in Staffanstorp, der gerade jede Menge neue Ware reinbekommen hatte. Flachbildschirmfernseher und so was. Tobbe war ein paar Tage vorher da gewesen, als die Lieferung kam, und hatte gesehen, wie sie an der Rückseite des Geschäfts abgeladen wurde.»

Lisa runzelte die Stirn und bedeutete Jimmy mit einem Nicken fortzufahren.

«Er meinte, das wäre eine einfache Nummer, man müsste

nur die Tür zum Lager aufbrechen und alles in seinen Van laden.»

«Wessen Van?», fragte Aronsson.

«Tobbes. Er hat einen schwarzen Dodge. Jesper und ich waren nicht so angetan. Wir hatten schon eine ganze Weile lang kein Ding mehr gedreht. Und ich wollte mir nicht alles versauen, jetzt, wo wir in der Partei sind und so. Außerdem war ich zu besoffen. Und ich wusste ja, dass die Polente ein Auge auf mich geworfen hat.»

Jimmy wurde feuerrot bis zum Hals. So extrem hatte Lisa das bisher bei niemandem gesehen.

«Was geschah dann?»

«Tobbe meinte, das Ding wäre bombensicher. Schnelles Geld. Aber wir mussten ein paar Stunden warten. Ich war skeptisch, aber Jesper war dafür. Also war ich schließlich auch dabei.»

«Wie spät war es zu diesem Zeitpunkt?»

«Etwa zehn. Wir wollten noch warten. Ich bin auf dem Sofa eingepennt, und Tobbe hat mich gegen halb eins geweckt.»

Lisa beschlich die leise Ahnung, dass Jimmy Bengtsson diesmal wirklich die Wahrheit sagte.

«Und dann?»

«Wir haben beredet, wie wir's machen wollten, und eine Stunde später sind wir nach Staffanstorp gefahren. Als wir angekommen sind, war es etwa zwei. Tobbe hatte recht. Es war wirklich keine große Sache, die Tür zum Lager aufzubrechen. Aber der Alarm ging los, und wir haben Panik gekriegt. Da wir aber eh schon drin waren, haben wir auch gleich was mitgenommen. Also haben wir ein paar Kartons ins Auto geschafft und sind dann weg.»

«Aha, und woher wissen wir, dass Sie dieses Mal die Wahrheit sagen?», wollte Lisa wissen.

«Ich weiß, wo die Sachen sind. Tobbe hat Zugang zum Keller seiner Mutter. Da stehen die Fernseher, vier Stück.»

«Aber das beweist noch nicht, dass Sie bei dem Bruch dabei gewesen sind, Jimmy. Tobbe kann Ihnen das alles auch nur erzählt haben.»

Der Anwalt räusperte sich und machte ein wichtigtuerisches Gesicht.

«Mein Mandant will wirklich alles richtigstellen», sagte er. «Erzählen Sie von der Überwachungskamera, Jimmy.»

Jimmy war nun tiefrot geworden.

«Ja, als wir ankamen, habe ich die Kamera an der Wand zum Lager gesehen. Wir hatten eine Sprühdose im Auto. Mit der habe ich die Linse zugesprüht. Das muss auf dem Film noch drauf sein. Damit können Sie meine Zeitangaben überprüfen. Es war ungefähr zwei.»

«Aha, und wie waren Sie an dem Abend gekleidet?»

«Grüne Jacke, Bluejeans und weiße Sneakers. Und ich hatte eine Strumpfmaske auf.»

Lisa und Bengt Aronsson tauschten Blicke, und sie schrieb etwas auf einen Zettel, den sie ihm zeigte.

«Sie wissen, dass wir Ihre Story bis ins kleinste Detail überprüfen?», sagte sie.

Jimmy nickte.

«Das erklärt immer noch nicht, wie die Kippen mit Ihrer DNA auf den Nydalagård gekommen sind. Wie war das möglich?»

«Das weiß ich nicht. Wirklich. Irgendeiner hat sie dahin gelegt.»

«Und das sollen wir glauben?»

«Das ist die einzige Erklärung, die es gibt. Ich schwöre, dass ich nicht da war», wiederholte Jimmy.

Der Anwalt legte seine Rechte auf Jimmys Arm und räusperte sich erneut.

«Mein Mandant hat alles gesagt, was er weiß, und ich schlage vor, dass Sie seine Aussage prüfen, bevor Sie irgendwelche Schlüsse ziehen», sagte er.

Lisa Berggren nickte. Sie bat Jimmy um die genaue Uhrzeit und die Adressen von dem HIFI-Händler und von Tobbes Mutter. Dann wurde das Verhör beendet und Jimmy in seine Zelle zurückgebracht.

Aronsson begleitete den Anwalt nach draußen und kehrte in Lisas Büro zurück.

«Was meinst du?», fragte er.

«Er sagt die Wahrheit, leider», antwortete Lisa entmutigt. «Jimmy würde nie im Leben seine Kumpel verraten, es sei denn, er ist gezwungen, seine eigene Haut zu retten. Er lässt sich lieber für einen dilettantischen Bruch einbuchten, als wegen Brandstiftung und Schlimmerem in U-Haft zu sitzen.»

«In dem Fall stimmt es, dass jemand die Kippen mit seiner DNA da draußen verteilt hat», meinte Aronsson.

«Aber wieso?», fragte Lisa.

«Vielleicht ist das ein Ablenkungsmanöver. Damit wir auf eine falsche Spur gebracht werden?»

Lisa klatschte laut in die Hände.

«Jimmy hat gesagt, dass er am frühen Abend vor der Pizzeria gesessen und Bier getrunken hat. Nachdem er gegangen war, hätte sich jemand die Zigarettenstummel aus dem Aschenbecher nehmen und dahin legen können, wo wir sie gefunden haben.»

«Das hört sich aber sehr weit hergeholt an», wandte Aronsson ein.

«Ja, aber möglich wäre es. Wir müssen Jimmys Aussage genau gegenchecken. Außerdem müssen wir uns bei der Pizzeria erkundigen und ein paar von den anderen Gästen auftreiben. Vielleicht haben die was gesehen», sagte Lisa.

«Du, Lisa», begann Aronsson.

«Ja, was ist denn?»

«Unsere kleine Wette. Hast du zufällig zehn Kronen dabei?»

Der Sachbearbeiter beim Meldeamt war wirklich kooperativ gewesen. Es dauerte nur eine knappe Viertelstunde, bis Leyla wieder vor dem hässlichen Bau in der Slottsgatan in Norrköping stand, die Personendaten in der Hand. Dora Brandt. Ihre Mutter hieß Elsa Gustafsson, ihr Vater Sven Gustafsson, beide waren verstorben. Die Mutter erst vor zwei Jahren. Dora war Schwedin, geschieden. Sie war kinderlos. Adresse: Skolgatan 22, Norrköping.

Leyla sah auf der Karte nach, die sie im Hotel gratis erhalten hatte, und stellte fest, dass die Skolgatan nur fünf Querstraßen weiter am anderen Ufer des Motala lag. Es war erst halb zehn, und auch an diesem Tag schien in Norrköping die Sonne. Sie schlug Palle vor, gleich vorbeizugehen. Leyla war voller Tatendrang.

Als sie vor dem Haus standen, drückte Leyla den Klingelknopf neben Dora Brandts Namensschild. Sie wartete gespannt, aber nichts rührte sich.

«Dann ist sie wohl zur Arbeit», meinte Palle.

«Kann sein. Aber wo wir jetzt schon mal hier sind, können wir's mal beim Nachbarn probieren», sagte Leyla und klingelte. Eine schleppende Männerstimme meldete sich.

«Wer ist da?»

«Ich möchte zu Ihrer Nachbarin, Dora Brandt. Wissen Sie, wo sie ist?», erkundigte sich Leyla.

«Sind Sie auch von der Polizei?»

Leyla zuckte zusammen.

«Nein, ich bin Journalistin», gab Leyla zurück.

«Dann schreiben Sie also darüber, dass sie verschwunden ist?»

«Genau. Könnte ich kurz mit Ihnen sprechen?»

«Na gut, Sie haben mich sowieso schon geweckt.»

Der Türöffner summte, sie gingen in den ersten Stock und klingelten erneut an der Wohnungstür des Nachbarn. Ein verschlafener junger Mann in Boxershorts und T-Shirt machte auf.

«Sind Sie von der *Norrköpings*?», fragte er und gähnte ausgiebig, während er sich ungehemmt im Schritt kratzte.

«Nein, wir sind aus Malmö.»

«Kommen Sie herein», sagte er und schlenderte lässig ins Wohnzimmer, das direkt an die kleine Diele anschloss.

Palle machte die Tür zu und folgte Leyla.

«Setzen Sie sich», sagte der junge Mann und zeigte auf ein rotes Zweisitzersofa. Er selbst ließ sich in den dazu passenden Sessel sinken.

«Gestern war die Polizei mit dem Schlüsseldienst hier. Der hat ihre Tür aufgebrochen. Ich hatte schon befürchtet, dass sie tot dadrinnen liegen würde, aber die Wohnung war leer», berichtete er, bevor Leyla die erste Frage stellen konnte.

«Es muss doch wie verrückt stinken, wenn eine Leiche verwest. Und ich habe gar nichts gerochen», fuhr der Mann fort, als hätte man ihn aufgezogen.

«Kennen Sie sie?», wollte Leyla wissen.

«Wir sind uns ein paarmal im Treppenhaus oder in der Waschküche begegnet und haben uns gegrüßt. Mehr nicht. Sie ist nicht sehr gesprächig.»

«Wie meinen Sie das?»

«Sie ist verhuscht. Und hat psychische Probleme, soweit ich weiß, sogar ernsthafte. Vor fast einem halben Jahr hat sie versucht, sich das Leben zu nehmen, da war der Schlüsseldienst auch schon da. Und dann ist noch der Notarzt gekommen, mit allem Drum und Dran. Da war was los. Danach war sie ein paar Monate lang weg, in der Psychiatrie, schätze ich. Letzten Sommer ist sie dann wieder zurückgekommen.»

«Und jetzt ist sie wieder weg?»

«Ja, ich weiß nicht genau, seit wann, aber ich habe sie schon seit Wochen nicht mehr gesehen. Ist das wirklich so wichtig, dass Sie in einer Zeitung aus Malmö darüber schreiben?», fragte er.

«Wir waren wegen eines anderen Projekts ohnehin in Norrköping, und als ich von dem Verschwinden hörte, habe ich gedacht, dass wir der Sache gleich mal nachgehen können», log Leyla.

Der junge Mann fuhr sich mit der Hand durch seinen Haarschopf und seufzte tief.

«Es ist wirklich ein Trauerspiel mit den vielen einsamen Menschen, denen es schlechtgeht. Sie hatte offenbar überhaupt keine sozialen Kontakte. Keine Familie, keine Freunde, jedenfalls hat sie nie Besuch bekommen.»

«Wie sieht sie denn aus?»

«Ziemlich nichtssagend. Verhuscht eben. Man kann es ihr schon ansehen, dass es ihr nicht gutgeht. Sie ist übergewichtig, fast schon fett. Zirka eins fünfundsechzig. Strähnige Haare.»

«Und Sie sind gestern von der Polizei befragt worden?»

«Ja, nachdem sie die Wohnungstür aufgebrochen und gesehen hatten, dass sie nicht zu Hause war. Ich habe in etwa das gesagt, was ich Ihnen jetzt erzählt habe. Viel mehr weiß ich auch nicht.»

«Vielen Dank, trotzdem», sagte Leyla.

«Keine Ursache. Und danke, dass Sie mich geweckt haben, sonst hätte ich um elf meine Vorlesung verpasst.»

Der junge Mann war also Student, was seine Müdigkeit erklärte. Leyla fühlte sich an ihre Studentenzeit in Lund erinnert, als sie sich um ihr Studium kümmern und entscheiden musste, welche Vorlesungen wichtig waren und welche nicht. Bei ihr hatte es auch oft lange Abende und späte Vormittage gegeben, aber wenn es darauf ankam, hatte immer ihre Selbstdisziplin gesiegt. Irgendetwas sagte Leyla, dass dieser junge Mann nicht besonders viel davon hatte.

Sie überließen den Studenten seinem Schicksal und traten wieder auf die Skolgatan. Trotz des Sonnenscheins waren sie irgendwie niedergeschlagen. Sie hatten zwar endlich in Erfahrung gebracht, wo Dora Brandt wohnte, aber sie war unauffindbar. Und im Hinblick auf ihren Selbstmordversuch lag es nahe, dass sie nicht mehr lebte. Ein einsamer Mensch mit psychischen Problemen nimmt sich das Leben, wie oft kommt das in Schweden nicht vor? Da hatte der junge Mann ganz recht. Vielleicht war sie in den Fluss gegangen, schließlich wohnte sie nahe am Ufer. Leyla wusste, dass nach einem Selbstmord normalerweise die Leiche relativ bald gefunden wurde. Das ließ Leyla wieder hoffen.

«Wenn sie als vermisst gilt, gibt die Polizei eine Suchmeldung raus. Dann hätten wir ein Foto von ihr», meinte Palle.

Leyla nahm wieder den Stadtplan zur Hand und suchte das Polizeipräsidium. Es lag neben einem Kreisel Richtung Autobahnauffahrt, auf ihrer Route nach Malmö. Sie gingen zum Hotel zurück, wo Palles Wagen stand, und fuhren zum Präsidium, einem elfstöckigen Hochhaus, das das Wappen der schwedischen Polizei zierte. Palle parkte auf der Rückseite, und sie betraten die Eingangshalle und zogen eine Wartenummer. Als sie an der Reihe waren, gingen sie zur Anmeldung, und Leyla holte ihren Presseausweis hervor. So oft wie jetzt hatte sie noch nie davon Gebrauch machen müssen. Sie schilderte ihr Anliegen, und sie wurden gebeten, Platz zu nehmen und zu warten. Eine Viertelstunde später kam ein Mann auf sie zu und stellte sich als Kriminalkommissar Jan Brorsson vor.

«Sie wollten ein Bild von Dora Brandt haben, sehe ich das richtig?»

Leyla traute ihren Ohren kaum. So schnell und problemlos. Sie dachte daran, dass ihr Tatendrang sie beflügelte. Manchmal lief alles wie am Schnürchen, wenn man geradewegs auf die Leute zuging, ohne lange zu überlegen.

«Ja, wir wollen über ihr Verschwinden schreiben.»

«Das ist gut, wir brauchen Hinweise aus der Bevölkerung. Kommen Sie mit», sagte er.

Sie fuhren mit dem Lift und folgten ihm in sein Büro. Jan Brorsson reichte ihnen ein fotokopiertes Bild von Dora Brandt. Die Personenbeschreibung des jungen Mannes war ziemlich gut. Sie hatte Übergewicht, dünnes Haar, und sie sah traurig aus hinter dem aufgesetzten Lächeln. Eine Ähnlichkeit mit der charismatischen Josefin Mjörner war nur schwer auszumachen. Eventuell die Nase und ein wenig die Augen.

«Ich habe die Kopien eben erst gemacht. Normalerweise haben wir jeden Morgen eine Konferenz für die lokale Presse, und eigentlich wollte ich sie da schon austeilen. Aber wir mussten erst noch ein paar Dinge klären», sagte er.

«Was denn?», wollte Leyla wissen.

«Ob es Angehörige gibt, die eventuell Einwände gegen eine Fahndung haben. Das hat zwar letztendlich keinen Einfluss auf unsere Arbeit, aber wir wollten uns zumindest erkundigen.»

«Einwände gibt es also keine?»

«Das Traurige ist, dass sie keine Angehörigen hat. Dora Brandt war ein sehr einsamer Mensch.»

«Kann auch ein Selbstmord in Frage kommen?»

«Bei ihrer Krankengeschichte ist das nicht ausgeschlossen. Aber darüber schreiben Sie bitte nichts, das ist unnötig und beeinflusst nur die Leser. Was ich Ihnen sagen kann, ist, dass sie am Vormittag des sechzehnten August zuletzt gesehen wurde, von einer Person, die im selben Haus wohnt wie sie, in der Skolgatan 22. Im Verlauf dieses Tages hat sie an drei verschiedenen Geldautomaten größere Beträge abgehoben.»

«Das klingt eher, als wollte sie verreisen», meinte Palle.

«Ja, und deshalb kann es nützlich sein, wenn auch andere Zeitungen außer der Lokalpresse über ihr Verschwinden schreiben.»

«Vermuten Sie ein Verbrechen?», fragte Leyla.

«Zum jetzigen Zeitpunkt nicht, aber wir müssen das auf jeden Fall im Hinterkopf behalten.»

Jan Brorsson blätterte in seinen Unterlagen und rieb sich nachdenklich das Kinn.

«Wie haben Sie das alles überhaupt herausgefunden?»

Leyla überlegte, ob sie auf eine Notlüge zurückgreifen sollte, sah aber keine Veranlassung dazu. Jan Brorsson war ihnen gegenüber korrekt gewesen, und auch wenn es in seinem Interesse war, dass sie von der Fahndung berichteten, konnte sie auch ehrlich zu ihm sein.

«Wir recherchieren über eine Adoption, die Ende der fünfziger Jahre illegal abgewickelt worden ist. Es handelt sich um eine Mutter, die heute eine Berühmtheit ist und ihr Kind in jungen Jahren weggegeben hat.»

«Und dieses Kind war also Dora Brandt?»

«Ja, da sind wir ziemlich sicher.»

«Können Sie mir nicht sagen, wer diese prominente Frau ist? Das ist wichtig für unsere Ermittlungen.»

«Leider kann ich meine Quelle nicht preisgeben», entgegnete Leyla, um jeder weiteren Diskussion vorzubeugen.

Das war eine Standardantwort, die bei jedem Zusammenhang funktionierte.

«Jaja», murmelte Brorsson. «Dann muss ich mich wohl auf die detektivischen Fähigkeiten der Bevölkerung verlassen. Wann wollen Sie Dora Brandts Foto denn veröffentlichen?»

«Das kann ich nicht genau sagen, das müssen meine Chefs entscheiden.»

Die Miene des Kommissars verriet, dass er nicht mehr so erfreut über den Besuch der Journalisten aus Skåne war. Als Palle auch um eine Fotokopie von Dora Brandt bat, gab Jan Brorsson sie ihm mit einer raschen, unwirschen Handbewegung, und Brorsson sagte kein Wort, als er seinen Besuch im Fahrstuhl nach unten bis in die Eingangshalle begleitete.

«Danke für Ihre Hilfe», sagte Leyla und streckte ihm ihre Hand hin.

Er nahm sie und drückte sie so fest, dass es weh tat.

«Er war wie ausgewechselt. Das mit der Quelle hat ihm gar nicht gefallen», sagte Palle auf dem Weg zum Auto.

«Aber wir haben, was wir wollen. Insgesamt lief es doch nicht schlecht, die Ausbeute ist ganz ordentlich, finde ich.»

Als sie in den komfortablen Sitzen in Palles teurem Audi saßen, studierten sie in aller Ruhe das kopierte Foto von Dora Brandt.

«Ich kann mir kaum vorstellen, dass sie Josefin Mjörners Tochter ist. Sie sieht so traurig aus», meinte Leyla.

«Das Leben prägt eben. Und Dora Brandt muss ein ziemlich schweres Leben gehabt haben, jedenfalls als Erwachsene.»

Palle hielt das Foto von sich weg und betrachtete es. Blinzelte und biss sich nachdenklich auf die Unterlippe.

«Irgendwie kommt mir diese Frau bekannt vor. Ich glaube, ich habe sie irgendwo schon mal gesehen.»

MITTWOCH, 5. SEPTEMBER

Sie träumte, dass sie in einem schaukelnden Ruderboot saß. Sie war ganz allein auf dem kleinen See, und die Sonne schien ihr ins Gesicht. Es war herrlich. Warm und geborgen, es war, wie in einer Wiege unter einer weichen Decke in den Schlaf gewiegt zu werden. Sie träumte, dass sie einschlief, und in diesem neuen Traum saß sie wieder in der schaukelnden Jolle. Ewigkeit, dachte sie. Alles geht weiter, und mir geht es gut, die ganze Zeit. Für immer.

«Schatz, wach auf.»

Die Stimme war angenehm, genauso sanft wie das leicht schwankende Boot und genauso zärtlich wie die Sonnenstrahlen auf ihrem Gesicht.

«Leyla, du musst aufstehen.»

Sie schlug die Augen auf und blickte in Toms Gesicht. Es war so nah, dass sie seinen Atem spüren konnte. Ihr Körper schaukelte noch immer hin und her.

«Träum ich?», fragte sie.

«Nein, das passiert wirklich», sagte er und nahm seine Hand von ihrer Schulter. «Aber es muss ein schöner Traum gewesen sein, so wie du lächelst.»

«Ich war auf einem See in einem schaukelnden Boot», sagte sie.

«Das war ich. Ich versuche schon seit fünf Minuten, dich zu wecken, aber ich habe dich wohl nicht fest genug gerüttelt. Anscheinend kam es dir eher so vor, als würdest du in den Schlaf gewiegt.»

Leyla gähnte und rieb sich den Schlaf aus den Augen. Das behagliche Gefühl aus ihrem Traum hielt noch an. Sie legte ihren Kopf an Toms Brust und sog den Duft seiner Haut ein. Spürte, wie sein Brustkorb sich hob und senkte, und hörte sein Herz schlagen.

«Du darfst aber nicht wieder einschlafen», sagte er und schlang seine Arme um ihren nackten Körper. Sie erwiderte die Umarmung und drückte ihn zärtlich an sich. Wollte in seinen Armen bleiben, aber er befreite sich behutsam und stand auf.

Wie schön er ist, dachte Leyla. Sie blieb liegen und beobachtete ihn beim Anziehen. Es musste schnell gehen, denn er hatte es eilig. Er wollte nicht gleich am Anfang als neuer Vertretungslehrer an der Ribersborgschule am anderen Ende der Stadt zu spät kommen.

«In fünfundzwanzig Minuten fängt meine erste Stunde an. Ich muss los», sagte er, beugte sich zu ihr hinunter und gab ihr einen hastigen Kuss auf die Wange.

«Und schlaf nicht wieder ein, Leyla. Bis heute Abend!», rief er aus dem Flur.

Die Tür fiel ins Schloss, und es wurde still in der Wohnung. Leyla sah auf den Radiowecker und stellte fest, dass sie wirklich aufstehen musste. In einer halben Stunde begann das Morgenmeeting, und gestern auf der Rückfahrt hatte sie der Nachrichtenchefin Susanne Ljungberg versprochen, sie werde da sein und darüber berichten, was Palles und ihre Recherchen ergeben hatten.

Sie ging ins Bad und putzte sich die Zähne. So leicht ums Herz war ihr schon lange nicht mehr. Tom hatte bei ihr übernachtet, und sie hatte nicht wie sonst diese Angst verspürt, ertappt zu werden, auch wenn sie sie recht gut zu verbergen gewusst hatte. Vielleicht lag es an der Unterhaltung mit ihrem Bruder Ali letzte Woche, dass sie in neuen, positiveren Bahnen dachte. Oder daran, dass Tom so liebevoll gewesen war. Wie auch immer, sie fühlte sich jedenfalls unschlagbar.

Leyla betrachtete sich im Spiegel und beschloss, ihren Eltern von Tom zu erzählen. Nächste Woche, dann hatte sie noch etwas Zeit, um zu überlegen, wie sie vorgehen wollte. Nur weil sie sich unbesiegbar fühlte, musste sie schließlich nicht übermütig werden.

Sie zog sich fast genauso schnell an wie Tom und lief die Treppe hinunter ins Erdgeschoss. Verzichtete auf einen Blick über die Schulter, um festzustellen, ob sie beobachtet oder verfolgt wurde. Die geheimnisvolle Unbekannte mit der Handtasche war inzwischen nichts als ein Phantom. Tom hatte bestimmt recht, und sie war nur eine verwirrte Frau, die sie mit jemand verwechselt hatte. Wie auch immer, sie würde Leyla nicht die gute Laune verderben.

Das schöne Spätsommerwetter hielt an, und sie hatte Rückenwind, als sie mit dem Fahrrad in die Redaktion fuhr. Trotzdem rannte sie außer Atem durch den Haupteingang. Das Morgenmeeting sollte um Viertel nach neun beginnen, in einer Minute, und der Nachrichtenchefin Susanne Ljungberg war diese Uhrzeit heilig. Ein bisschen Ordnung musste schon sein in der Zeitungsredaktion mit lauter individualistischen, sturen Journalisten.

In dem Moment klingelte Leylas Mobiltelefon. Sie holte es aus der Tasche, um es auszuschalten, aber Palle rief an, und das würde er nie so früh tun, wenn es nicht wirklich wichtig war.

«Hej, Palle», sagte sie und versuchte, wieder ruhiger zu atmen.

«Ich weiß, wer sie ist! Das gibt's einfach nicht, aber ich weiß, wer sie ist!»

Palles Stimme überschlug sich fast. So hatte sie ihn noch nie erlebt.

«Meinst du Dora?»

«Ja! Ich habe mehrere Bilder von ihr! Von der Mitgliederversammlung draußen bei Josefin Mjörner. Sie steht neben ihr, und die beiden unterhalten sich. Die kennen sich, sie ist auch im Netzwerk.»

Leyla versuchte durchzuatmen, aber es gelang ihr nicht. Bilder jagten vor ihrem inneren Auge vorbei, Gedanken rasten ihr durch den Kopf. Die Frau von dem Mitgliedertreffen, war sie die Frau mit der Sonnenbrille und der Handtasche? War Dora Brandt ihr gefolgt?

«Kannst du in die Redaktion kommen?», keuchte sie.

«Es ist besser, wenn du herkommst. Ich habe das Foto von Dora eingescannt. Du musst es direkt neben meinen Bildern sehen, um zu erkennen, dass es sich um ein und dieselbe Person handelt.»

«Gut, dann nehme ich ein Taxi.»

Leyla eilte zu dem verglasten Konferenzraum, in dem die gesamte Nachrichtenredaktion bereits versammelt war. Sie streckte den Kopf durch die Tür und begegnete Susanne Ljungbergs eisigem Blick.

«Tut mir leid, Susanne, aber ich kann nicht bleiben. Es ist etwas Wichtiges dazwischengekommen», sagte sie und rannte los, ohne eine Antwort abzuwarten.

Leyla rief ein Taxi und griff sich beim Pförtner eine aktuelle Zeitungsausgabe. Als sie in die Sonne trat, warf sie einen Blick auf die erste Seite. Die Schlagzeile, dass Jimmy Bengtsson für die Nacht, in der der Brand gelegt wurde, ein Alibi hatte, stach sofort ins Auge. Sein Name wurde natürlich nicht genannt, aber es gab keinen Zweifel, dass es in dem Artikel um ihn ging. Leyla hatte am Morgen die Zeitung noch nicht gelesen, und sie war total überrascht. Kaum kehrte man der Redaktion für ein paar Tage den Rücken, war man nicht mehr auf dem neusten Stand. Andererseits wusste sie, dass ihr eigener Scoop kaum zu überbieten war. Ein richtiger Knüller.

Das Taxi kam wenige Minuten später. Leyla setzte sich auf die Rückbank und las auf dem Weg zu Palle den Artikel. Jimmy Bengtsson hatte genau um die Uhrzeit, als in Nydalagård ein Molotowcocktail durchs Fenster geworfen wurde, zusammen mit zwei anderen einen Einbruch in Staffanstorp begangen. Umso verblüffender war es, dass die Polizei Zigarettenkippen mit Jimmy Bengtssons DNA-Spuren am Tatort gefunden hatte, was Anlass zu wilden Spekulationen gab.

Der Artikel von David Engström war wirklich gut. Der Journalist war kürzlich erst eingestellt worden, und er hatte bereits eigene Informationsquellen innerhalb der Polizei aufgetan. Sonst hätte er nicht so detailliert berichten können, dachte Leyla, die widerwillig zugeben musste, dass Chefredakteur Arne Ragnell richtiggelegen hatte, als er dem Tipp, dass Jimmys Mutter zum Netzwerk gehörte, keine Aufmerksamkeit geschenkt hatte. Das Interesse der Allgemeinheit war verschwindend gering, nachdem sich herausgestellt hatte, dass ihr Sohn bloß ein Einbrecher war, wenn auch mit rechtsradikalen Tendenzen.

Das Taxi hielt im Strandvägen in Sibbarp vor Palles Traumhaus mit Meerblick. Leyla ließ sich eine Quittung für die Buchhaltung geben, lief zum Haus hoch und klingelte. Palle musste in der Diele auf sie gewartet haben, denn er machte ihr sofort die Tür auf.

«Das musst du dir ansehen», sagte er und zog Leyla mit sich in das riesige Wohnzimmer, das zusammen mit der offenen Küche das gesamte Erdgeschoss ausmachte.

Palle war zwar kein Ästhet, aber er mochte große Flächen und hochwertige Elektronik. An einer Wand hing ein riesengroßer Flachbildschirmfernseher, davor stand ein verschlissenes Ledersofa mit passenden Sesseln. Und etwas weiter hinten seine gigantische Musikanlage mit eingebautem Polizeifunk. In jeder Ecke stand eine Lautsprechersäule, und an der Decke in der Mitte hing eine aufwendige Lichtkonstruktion mit Spotlights und Lampen, die in verschiedene Richtungen zeigten.

An den Wänden hingen fast ausschließlich eigene Bilder, die er vergrößert hatte. Darunter ein besonders dramatisches von einem brennenden LKW bei Nacht, aber auch Fotos von Tieren oder Landschaften, die verrieten, dass er auch, den Gerüchten zum Trotz, gute Naturaufnahmen machte.

Aber das Herz des Raumes bestand aus dem großen Arbeitstisch und dem Rechner, an dem Palle saß, wenn er nicht nachts unterwegs war, um Unfälle und Tatorte abzulichten.

Palle klickte die beiden Fotos von Dora Brandt an. Auf den ersten Blick war sich Leyla alles andere als sicher, ob es dieselbe Person war. Das Bild von der Polizei in Norrköping zeigte eine blasse und stark übergewichtige Frau mit dünnem, glattem Haar, während die Frau auf Palles Foto von der Lunch-Einladung in Nydalagård eher ihre Rundungen geschmackvoll verhüllte und eine ganz andere Ausstrahlung hatte. Dann zoomte Palle die Gesichter näher heran, bis sie gleich groß waren und Leyla die frappierende Ähnlichkeit erkannte.

«Da hast du wohl recht, Palle.»

«Wohl?! Ich bin bombensicher, dass das dieselbe Frau ist. Guck dir die Nase an und die Wangenknochen. Und den Mund! Er hat nicht nur dieselbe Form, sondern auch dasselbe kleine Grübchen am linken Mundwinkel.»

«Und hier, die Augen», fuhr Palle fort und zeigte mit dem Mauspfeil auf den Bildschirm. «Abgesehen vom Fingerabdruck und der DNA sind die Augen eines Menschen einzigartig. Siehst du nicht, dass sie identisch sind?»

«Ich gebe mich geschlagen, du hast recht. Aber sie muss ganz schön viel abgenommen haben, seit das erste Bild entstanden ist. Und sie ist glücklicher.»

«Perücke, Klamotten und Make-up machen auch viel aus. Mit ein bisschen Politur kann man so einiges übertünchen. Oder die hübschere Dora ist einfach ihr wahres Ich», meinte Palle.

«Wie bist du draufgekommen, dass sie das ist?»

«Weißt du noch, dass ich gesagt habe, sie kommt mir irgendwie bekannt vor? Als ich heute Nacht nach Hause zurückgekommen bin, habe ich die Bilder durchgeschaut, die ich in den letzten Wochen gemacht habe, um mein Gedächtnis in Schwung zu bringen. Dann habe ich sie plötzlich entdeckt, neben ihrer Mutter! Meine Mühe hat sich also gelohnt.»

«Hast du noch mehr Bilder?», fragte Leyla.

«Ja, einige.»

Er klickte vier Fotos von Dora Brandt auf Josefin Mjörners Hof an. Journalistisch gesehen war das erste, auf dem sie lächelte und neben Josefin Mjörner stand, das beste. Das Bild könnte Palle noch reicher machen, als er ohnehin schon war, bedachte man den Sprengstoff, den es enthielt. «Weltberühmte Schauspielerin Josefin Mjörner im Zwiegespräch mit ihrer leiblichen Tochter.» Das würde die Zeitungsauflage in die Höhe schießen lassen. Aber als Leyla ein anderes Bild sah, auf dem Dora Brandt angespannt wirkte, waren ihre Erinnerungen wieder präsent. Plötzlich musste sie nicht nur an die Frau auf der Mitgliederversammlung denken, sondern auch an die Frau auf der Veranstaltung auf dem Gustav Adolfs Torg vor gut zwei Wochen.

«Jetzt erkenne ich sie wieder! Sie war auf dem Gustav Adolfs Torg Mitte August. Ich bin mit dem Fotografen durch die Menge gegangen, und wir haben für eine Umfrage Fotos gemacht und die Leute angesprochen. Als wir auf sie zukamen, wurde sie nervös und ist weggegangen. Jetzt erinnere ich mich wieder ganz genau.»

«Vielleicht wollte sie nicht mit aufs Bild. Es scheint, als tun Josefin Mjörner und Dora Brandt alles, um ihre Verwandtschaft geheim zu halten», sagte Palle.

«Falls Josefin Mjörner überhaupt weiß, wer sie ist», gab Leyla zu bedenken.

«Wie meinst du das?»

«Dora Brandt hat sich vielleicht noch nicht zu erkennen gegeben.»

«Das klingt aber sehr weit hergeholt, meinst du nicht?»

«Warum denn? Stell dir doch mal vor: Schon als Neugeborene wurde Dora adoptiert. Josefin hat sie nie wieder gesehen, sie weiß also gar nicht, wie sie aussieht, geschweige denn, wie sie heißt. Dora zieht von Norrköping hier runter, um in der Nähe von ihrer Mutter zu sein. Sie tritt der Humanistischen Alternative bei und wird zu dem Treffen eingeladen. Ohne ihre Identität preiszugeben.»

«Warum sollte sie das tun?»

«Möglicherweise kann sie nicht abschätzen, wie Josefin Mjörner reagieren würde. Oder sie will erst testen, ob sie wirklich den Kontakt mit ihrer berühmten Mutter will. Du hast ja auch schon ähnliche Überlegungen angestellt. Was weiß ich, sie kann aus allen möglichen Gründen ihre Identität verheimlichen.»

«Ja, aber es gibt da einen Haken», wandte Palle ein. «Warum unterhält Josefin Mjörner sich so vertraulich mit Dora Brandt, wenn sie nur ein ganz normales Parteimitglied ist? Dora muss Josefin etwas bedeuten. Wie zum Beispiel eine

Tochter einer Mutter etwas bedeutet. Die beiden müssen sich schon von früher kennen.»

«Ich glaube, dass Dora mit der Frau identisch ist, die mich verfolgt hat», sagte Leyla. «Das würde auch erklären, dass sie gewusst hat, dass ich über die Humanistische Alternative und Josefin Mjörner schreibe, und deshalb war ich für sie interessant.»

«Aber wieso?»

«Gute Frage. Aber es besteht auf jeden Fall ein Zusammenhang.»

«Aber du bist nicht sicher, dass es dieselbe Frau ist?»

«Nein, aber es wäre möglich. Das Alter kommt hin, und die Figur passt auch.»

Palle erhob sich und ging in die Küche, die vor Metall nur so glänzte. Alle Küchengeräte waren hochmodern.

«Kaffee?», fragte er und schaltete die Espressomaschine ein.

«Nein, danke. Lieber was Kaltes, Wasser oder Limo.»

«Eis?»

«Ja, gern.»

Die Eismaschine ratterte los, und Leyla ging in die Küche. Sie setzte sich auf einen der Barstühle an dem hohen Küchentresen, und Palle reichte ihr ein Glas. Er trank starken Kaffee. Nachdem er fast die ganze Nacht auf den Beinen gewesen war, begann er langsam müde zu werden. Doch angesichts der Spannung, die in der Luft lag, brauchte er Koffein statt Schlaf. Jedenfalls für die nächsten paar Stunden.

«Köstlich. Was ist das denn?», wollte Leyla wissen, nachdem sie ihr Getränk probiert hatte.

«Brause.»

«Kenne ich nicht. Ist das was Neues?»

«Soll das ein Witz sein? Diese Brause ist Schwedens

älteste Limo. Und die Lieblingslimo von Michel aus Lönneberga. Von mir übrigens auch.»

«Und jetzt auch von mir», sagte Leyla und wunderte sich, dass, obwohl sie in Schweden lebte, seit sie zwölf war, es immer noch etwas Neues zu entdecken gab, und sei es nur eine Limonade.

«Und was machen wir jetzt?», fragte Palle.

«Wir können nur eins tun. Ich rufe Josefin Mjörner an und konfrontiere sie mit dem, was wir wissen.»

«Und wann?»

«Jetzt. Bei allem, was in den letzten Tagen passiert ist, haben wir keine Zeit zu verlieren.»

Leyla holte ihren Block aus der Tasche und notierte sich ein paar Stichpunkte für ihre Fragen. Sie atmete tief durch und gab Josefin Mjörners Nummer ein, die sie wegen ihres großen Interviews erhalten hatte. Sofort meldete sich die Mailbox. Leyla unterbrach die Verbindung und klickte sich durch ihre gespeicherten Telefonbucheinträge, bis Harald Holmströms Name erschien. Nach ein paarmal Klingeln meldete er sich. Leyla stellte sich vor und bat darum, mit Josefin Mjörner sprechen zu dürfen.

«Das geht leider nicht, sie ist beschäftigt», antwortete Holmström kurz angebunden und ohne zu fragen, ob er sie bitten solle, später zurückzurufen.

«Es ist aber sehr wichtig», sagte Leyla.

«Dann müssen Sie es morgen wieder versuchen, heute geht es nicht.»

«Augenblick, Sie verstehen nicht. Wenn Josefin Mjörner nicht zu sprechen ist, macht sie morgen früh vielleicht eine unangenehme Entdeckung, wenn sie die Zeitung aufschlägt. Ich muss mit ihr sprechen, ihretwegen.»

Es funktionierte. Harald Holmströms abweisende Art war auf einmal wie weggeblasen.

«Ich werde es ihr ausrichten, dann kann sie selbst entscheiden, ob sie zurückruft», sagte er kleinlaut.

«Gut. Ich will ihr nur die Möglichkeit geben, zu meinen Informationen Stellung zu nehmen. Sie erreicht mich unter dieser Nummer», sagte Leyla.

«Was glaubst du?», fragte sie Palle.

«Sie ruft an, das würde ich zumindest tun, wenn ich in ihrer Haut stecken würde.»

Palle hatte recht. Nach wenigen Minuten ertönte der Klingelton von Leylas Handy, «Morning has broken» von Cat Stevens. Sie wartete ein paar Sekunden, ehe sie ranging.

«Sie haben mich zu erreichen versucht», sagte Josefin Mjörner in einem Tonfall, der noch keine Unruhe verriet. Sie klang gefasst.

«Es geht um ihre Tochter», begann Leyla.

Plötzlich herrschte beredtes Schweigen.

«Ich weiß, dass Sie ein Mädchen zur Adoption freigegeben haben, als Sie noch jung waren», fuhr Leyla fort.

Es blieb still.

«Ich weiß auch, dass Sie sie kürzlich getroffen haben, beim Lunchbuffet auf Ihrem Hof.»

Mehr wollte Leyla nicht sagen. Sie hatte jetzt genügend Köder ausgeworfen und wartete gespannt auf Josefin Mjörners Reaktion.

«Hat sie mit Ihnen Kontakt aufgenommen?», fragte die Schauspielerin schließlich.

Das war eine Frage, aber auch eine Bestätigung. Die letzten Zweifel, ob Dora Brandt Josefin Mjörners Tochter war, schwanden.

«Nein, das habe ich auf anderem Wege erfahren», antwortete Leyla.

«Ich möchte mich mit Ihnen treffen und das unter vier

Augen klären», sagte Josefin Mjörner. «So etwas sollte man nicht am Telefon besprechen.»

«Ich wollte schon vorschlagen, dass wir uns treffen. Kann ich zu Ihnen rauskommen?»

«Nein, hier war so viel los in der letzten Zeit. Die Kinder brauchen mehr Ruhe. Es ist besser, wenn ich nach Malmö fahre. Wissen Sie einen Ort, an dem wir ungestört reden können?»

Leyla legte die Hand auf die Sprechmuschel und fragte Palle, ob er einverstanden sei, wenn Josefin Mjörner zu Besuch komme. Er nickte.

«Wenn Sie nichts dagegen haben, können wir uns bei dem Fotografen treffen, Palle Pettersson. Er wohnt in der Strandgatan in Sibbarp, knapp einen Kilometer hinter dem Hochhaus in Limhamn.»

«Sehr gut. Aber keine Fotos», sagte Josefin Mjörner plötzlich streng.

«Keine Fotos, abgemacht.»

Leyla nannte Josefin die genaue Adresse, und sie vereinbarten ein Uhr, nach dem Mittagessen.

«Wollen Sie darüber schreiben?», erkundigte sich die Schauspielerin.

«Erst möchte ich mich mit Ihnen treffen», erwiderte Leyla.

Die Luft in der Personalkantine des Präsidiums war zum Schneiden dick von Bratendunst. Es gab Schweinebraten mit Bohnen in brauner Soße. Lisa Berggren entschied sich für einen griechischen Salat mit Feta, der zwar auch nicht besonders gut aussah mit seinen kleinen kernlosen Oliven und den welken Salatblättern, aber er war auf jeden Fall der schweren Hausmannskost vorzuziehen, die nur Blähungen verursachte. Heute Bohnen in brauner Soße mit Schweinebraten und morgen Erbsen mit Schmorbraten. Hatten sie keinen Diätberater in der Personalabteilung, der Alarm schlagen konnte? Es gab zwar auch vegetarische Gerichte und ein À-la-carte-Menü, aber die Personalkantine versuchte kaum, außer konservativen Essern auch andere Gäste zu gewinnen.

Lisa ließ ihren Blick durch die Kantine schweifen, um festzustellen, ob es noch einen freien Platz an einem Tisch mit den Kollegen gab, die sie mochte. Sie ging an dem Pressechef Bill Sistell vorbei, der ihr einen bösen Blick zuwarf, und entdeckte zu ihrer Freude, dass der Rücken des Mannes am Nachbartisch dem Kriminaltechniker David Nordin gehörte.

«Ist hier noch frei?»

«Setz dich», forderte Nordin sie auf und beäugte skeptisch ihren Salatteller, während er sich Bohnen in den Mund schob.

Lisa nahm die Folie ab und spießte ein Tomatenstück auf ihre Gabel. Die Schale war zwar hart, aber es ging. Ihre Zähne taten weh, weil die Tomate so kalt war.

«Ich habe nachgedacht, Nordin, wegen der Kippen mit Jimmys DNA. Ist es wirklich ausgeschlossen, dass sie schon länger dort gelegen haben könnten?», wollte sie wissen.

«Ja, wenn man bedenkt, dass sie im Gras lagen. Bis zum Tag vor dem Brand hat es viel geregnet, und da Wasser DNA-Spuren verwischt, müssen die Kippen erst nach dem Regen dorthin gekommen sein. Als das Gras schon wieder etwas trockener war.»

«Dann sind die Stummel wirklich von jemand anderem dorthin gelegt worden. Und zwar von einem, der sich mit Spurensicherung auskennt.»

David Nordins Kiefer zermahlten methodisch ein zähes Stück Fleisch. Er spülte den Bissen mit einem Schluck Milch hinunter, was ihm einen weißen Oberlippenbart bescherte.

«Hingelegt? Ja, wahrscheinlich. Von einem, der sich mit Spurensicherung auskennt? Schwer zu sagen. Es kann genauso gut auch reines Glück gewesen sein, oder jemand hat es so geschickt angestellt, dass die Spuren vom Wetter nicht zerstört worden sind. Aber an deiner Stelle würde ich nicht so viel über die Zigarettenkippen nachdenken. Es gibt genügend andere Sachen, mit denen man sich beschäftigen kann.»

«Und das wäre?»

«Tja, die Mordwaffe zum Beispiel. Da gibt es ein Messer, das ganz interessant zu sein scheint.»

«Wie bitte?»

«Ein Messer, das jemand irgendwo in Malmö in einen Recyclingcontainer für Haushaltsmüll geschmissen hat. Ein blutiges Fischermesser. Wir wissen noch nicht, ob es sich um menschliches Blut handelt, aber möglich wäre es, auch wenn Fischblut naheliegender ist.»

«Und das sagst du erst jetzt?»

«Ich habe eben erst davon erfahren und wollte dir nach dem Essen davon erzählen», sagte Nordin irritiert. «Oder willst du gestört werden, ohne dass ich vorher kläre, ob es etwas Wichtiges ist? Von mir aus gern – dann kannst du in Zukunft selbst Nachforschungen anstellen, statt die Ergebnisse von mir auf dem Silbertablett serviert zu bekommen.»

«Jaja, entschuldige. Ich bin einfach neugierig.»

Der Kriminaltechniker rülpste geräuschvoll.

«Hoppla, Verzeihung», sagte er und errötete leicht, bevor er fortfuhr.

«Bis jetzt ist es nur ein Messer, vergiss das nicht. Und es kann viele Gründe dafür geben, dass es im Container gelandet ist.»

«Wo ist es denn?»

«Das wollte ich dir gerade erzählen, aber weil du so ein Wirbelwind bist, bin ich noch nicht dazu gekommen», sagte

Nordin, der wieder seine normale Gesichtsfarbe angenommen hatte und sich zu einem kleinen Lächeln mit seinem Milchbartmund hinreißen ließ.

Lisa Berggren lächelte zurück. Wirbelwind gehörte zu David Nordins Lieblingsausdrücken. Er verwendete ihn oft, wenn er mit Lisa sprach. Sie nahm ihm das schon lange nicht mehr übel, weil sie im Grunde genommen wusste, dass der Kriminaltechniker ihre Energie und Sprunghaftigkeit schätzte.

«Nun, ich warte», sagte sie mit gespielter Ungeduld und trommelte demonstrativ mit den Fingern auf die Tischplatte.

«Nach diesem köstlichen Mahl können wir losfahren und es holen. Ein Mann von der Recyclinganlage für Plastik hat mich unten vom Freihafen angerufen. Er hat das Messer auf dem Sortierband entdeckt und war so pfiffig, sich bei der Polizei zu melden.»

«Für Plastik? Das ist ja wohl kein Plastikmesser.»

«Nein, aber irgendjemand hat es in den Container für Hartplastik geworfen. Und weil Hartplastik das einzige Material in der Wiederverwertungsanlage ist, das manuell auf einem Sortierband kontrolliert wird, hat der Mann das Messer gefunden. Wäre es in den Metallcontainer geworfen worden, wäre es unbesehen in die Schrottschere und dann in den Brennofen gelangt, weil die gesamte Sortierung von Metall maschinell vonstattengeht.»

«Na, du klingst ja wie ein richtiger Recyclingexperte», zog Lisa ihn auf.

«Ich mache nur meinen Job. Stelle die richtigen Fragen und versuche, mir die Antworten zu merken.»

Mit derselben Ruhe, mit der er einen Tatort untersuchte, schob sich David Nordin Bohnen mit Soße und Fleisch in den Mund. Es gab nicht viel, was ihn aus der Ruhe bringen konnte, aber Lisas ungeduldiges Interesse hatte ihn schon ein bisschen zappelig gemacht, das spürte sie.

«Wann fahren wir?»

David Nordin hatte nach einem Zahnstocher gegriffen, mit dem er sich ausgiebig die Zähne reinigte. Lisa überlegte, ob sie ihn auf den Milchbart aufmerksam machen sollte, entschied sich aber dagegen. Irgendwie stand er ihm.

«Wir können gleich los», sagte er und stand so abrupt auf, dass Lisa erst reagierte, als Nordin schon am Ausgang stand und sein Tablett in den Wagen schob.

«Komm schon, du Wirbelwind», rief er ihr so laut zu, dass alle in der Kantine verstummten und beobachteten, wie Lisa peinlich berührt auf den Ausgang zuging.

Die Recyclinganlage für Plastik lag in der Jörgen Kocksgatan in einem heruntergekommenen Industriegebiet am Malmöer Freihafen. Als Lisa und David Nordin durch das Tor fuhren und das Auto auf dem großen Hof zwischen gestapelten Paletten parkten, kam ein hochgewachsener, muskulöser Mann in blauem Overall und mit kahlrasiertem Schädel auf sie zu.

«Sie sind Jerker?», fragte Nordin und gab ihm die Hand.

Der Mann nickte und erwiderte die Begrüßung mit einem schlaffen Händedruck, der überhaupt nicht zu seiner muskulösen Erscheinung passte.

«Sie haben angerufen, wegen des Messers.»

«Das liegt drüben im Büro», sagte Jerker und zeigte auf seine Oberlippe.

«Stimmt irgendwas nicht?», fragte Nordin.

«Milch. Sie haben Milch am Mund.»

Nordin nahm rasch ein Taschentuch zur Hand, befeuchtete es mit Spucke und wischte den Milchbart ab. Er warf Lisa Berggren einen wütenden Blick zu.

«Vielleicht zeigen Sie uns erst mal, wie Sie es gefunden haben. Und wie die Sortierarbeit funktioniert», sagte sie, um Nordin auf andere Gedanken zu bringen, aber auch weil sie das wirklich interessierte.

Jerker nickte wieder, und sie folgten ihm in eine große Abladehalle, in der sich Plastikverpackungen auftürmten.

«Hier laden die Laster das Hartplastik ab.»

«Wie oft passiert das?», fragte Lisa.

«Mindestens vier- bis fünfmal am Tag.»

«Und wie heißt die Firma, die das Material hierherfährt?»

«Das sind mehrere. Ragn-Sells, IL Recycling, SITA und noch ein paar andere. Aber alles kommt hier in diese Halle. Dann geht's auf das Förderband, das Sie dort hinten sehen und das nebenan in die Sortierhalle geht.»

«Kann man noch nachvollziehen, an welchem Containerstandort das Messer weggeworfen wurde?»

«Das ist schwierig. Die Firmen arbeiten über die ganze Stadt verteilt, und es gibt über einhundert Container für Haushaltsmüll in Malmö», erklärte Jerker und lotste sie durch ein Lager mit Fitnessgeräten und anderen undefinierbaren Apparaten und Maschinen aus Hartplastik.

«Was ist das denn hier?», fragte Lisa neugierig.

«Plastikmüll aus der Fernsehwerbung. Alles, was am Fernsehbildschirm toll aussieht. Teile von Küchenmaschinen und Steppern und von allem möglichen Kram. Wenn den Leuten das Zeug nach Hause geliefert wird, merken sie, wie schlecht die Qualität ist. Dann machen viele von ihrem Rückgaberecht Gebrauch, und der Ramsch landet hier.»

«Zum Recyceln?»

«Das geht direkt in die Verbrennung, so gesehen gewinnt man also nur Energie.»

«Das klingt aber sehr umweltfreundlich», sagte Lisa und seufzte.

Jerker hob die Schultern und öffnete die Tür zu seinem Büro, das mit dem überladenen Schreibtisch, auf dem sich Werkzeuge und anderes Zeug türmten, eher wie ein Heimwerkerraum aussah. An der Wand hing ein Kalender mit Pin-up-Girls. Jerker zog die oberste Schreibtischschublade auf, holte das Messer heraus, das er in einen Plastikbeutel gelegt hatte, und reichte es David Nordin. Es war ein schlichtes Fischermesser mit blauem Griff aus Hartplastik und einer Klinge, die vollkommen mit angetrocknetem Blut verschmiert war.

«Danke, dass Sie das Messer eingetütet haben. Haben Sie es ohne Handschuhe angefasst?»

«Nein, wenn ich am Band arbeite, habe ich immer Handschuhe an. Ich habe das Messer gleich in eine saubere Klarsichttüte gelegt.»

«Perfekt! Das weiß auch nicht jeder, wie man mit so einem Fund umgeht.»

Jerker genoss das Lob und richtete sich auf.

«Ich habe auch vorher schon ein paarmal bei der Polizei angerufen, zum Beispiel als ich ein Hemd und eine Hose gefunden habe, beides voller Blut. Deswegen konnte sogar ein Mord aufgeklärt werden. Ich weiß Bescheid. Wir finden hier ja alles Mögliche, von toten Katzen bis hin zu leeren Portemonnaies. Wenn mir irgendwas komisch vorkommt, rufe ich die Polizei.»

«Dafür sind wir Ihnen sehr dankbar», sagte Davin Nordin und versuchte abzuschätzen, wie breit die Klinge war.

Er schätzte die spitze Klinge auf etwa drei Zentimeter, was zu den Einstichstellen in Osman Faqiris Flanke und Unterleib passte. Eine solche Klinge war nichts Außergewöhnliches, und David Nordin begnügte sich damit festzustellen, dass er jedenfalls nicht ausschließen konnte, dass das Messer die Tatwaffe war.

«Wann haben Sie das Messer gefunden?», fragte Lisa.

«Heute Morgen. Ich zeige es Ihnen», sagte Jerker und führte sie in eine kleine Halle, durch die das Sortierband von einem Loch in der Wand zur Abladehalle bis zu einem zweiten Loch am anderen Ende der Halle lief.

«Hier sortieren wir, hauptsächlich vormittags. Das ist nur eine grobe Sortierung. Wenn irgendwas nicht aus Hartplastik ist, nehmen wir es vom Band. Mit einem Schalter kann man es stoppen, so habe ich das Messer gefunden. Es lag unter einer Shampooflasche, aber ich erkenne so was. Also habe ich das Band angehalten, und siehe da, ich hatte recht», erzählte Jerker mit selbstzufriedener Miene.

«Sie sagten, man kann nicht mehr genau zurückverfolgen, wo das Messer weggeworfen wurde. Aber lässt sich sagen, wann das war?», wollte Lisa wissen.

«Na ja, ich weiß nicht. Das müsste man schon ausrechnen können», meinte Jerker und wirkte nicht mehr so selbstzufrieden. Er brauchte etwas mehr Information, um eine genauere Antwort zu geben.

«Wie oft werden die Container denn geleert?» fragte Lisa.

«Etwa alle vierzehn Tage oder einmal im Monat. Es kommt auf die Standorte an», sagte Jerker.

Lisa runzelte die Stirn und rechnete nach. Über den Daumen gepeilt, bedeutete das, dass jemand innerhalb der letzten zwei beziehungsweise vier Wochen das Messer weggeworfen haben musste, je nachdem ob es in einem Container gelandet ist, der alle zwei oder alle vier Wochen geleert wurde.

«Gibt es eine Liste, wann die Container jeweils geleert werden?», fragte sie.

«Doch, ja. Ich habe eine im Büro», sagte Jerker in einem Tonfall, der verriet, dass er gern den Alltagstrott am Arbeitsplatz unterbrach, um der Polizei bei ihren Ermittlungen behilflich zu sein.

«Darf ich fragen, was das für ein Fall ist, an dem Sie arbeiten?», fragte er, als er wieder in seinem kleinen Büro stand und den staubigen Deckel des Kopierers anhob.

«Fragen können Sie ruhig, aber wir dürfen nichts sagen», entgegnete Lisa und sah den hünenhaften Sortierer entschuldigend an. Er hatte ihnen wirklich sehr weitergeholfen.

«Kein Problem. Aus ermittlungstechnischen Gründen, wie?»

«Genau. Sie würden einen richtig guten Polizisten abgeben.»

«Das glaube ich auch», sagte er im Brustton der Überzeugung und gab den Beamten drei A4-Blätter mit der Auflistung von sämtlichen Containerstandorten in Malmö samt Datumsangabe, wann die verschiedenen Container geleert wurden.

Sie bedankten sich bei Jerker, der etwas enttäuscht aussah, weil sich die interessanten Besucher zum Gehen wandten. Er tat alles, um den Abschied hinauszuzögern, und begleitete sie zum Wagen.

«Wenn Sie den Fall gelöst haben, können Sie mir ja mal verraten, ob das Messer wichtig war», sagte er hoffnungsvoll.

«Sicher. Aber wir wissen noch nicht, ob es das Messer ist, nach dem wir suchen. Das muss erst noch überprüft werden.»

«Fingerabdrücke und DNA?»

«Unter anderem», antwortete Lisa lächelnd und gab Jerker die Hand.

Im Rückspiegel sah sie ihn am Tor stehen, bis sie außer Sichtweite waren.

«Was denkst du, Nordin? Könnte das die Tatwaffe sein?»

«Wie du weißt, lasse ich mich nicht gern zu Glaubensbekenntnissen hinreißen. Aber der Klinge nach zu urteilen, halte ich es nicht für ausgeschlossen.»

Lisa nickte und blätterte die Liste mit Containerstandplätzen durch. Über die Stadt verteilt waren es hundertsiebenunddreißig, aber sie konzentrierte sich auf die in Limhamn und stellte fest, dass es einen im Övägen gab, nicht weit vom Tatort am Hafenbecken entfernt. Dort wurde der Container einmal im Monat geleert, also vor knapp einer Woche, am Donnerstag, dem dreißigsten August. Das hieß, dass durchaus jemand das Messer dort hineingeworfen haben könnte, denn der Mord war in der Nacht vom zweiundzwanzigsten auf den dreiundzwanzigsten August verübt worden.

Diese Information war zwar interessant, aber erst dann etwas wert, wenn die Kriminaltechnik in Linköping das Messer gründlich unter die Lupe genommen hatte.

«Kann es Menschenblut sein?», fragte Lisa.

«Sicher, aber meistens klebt ja an Fischermessern auch Fischblut. In dem Fall wären wir echt angeschmiert.»

Josefin Mjörner trug eine dunkle Sonnenbrille und hatte ein Tuch um den Kopf geschlungen, um ihr volles, widerspenstiges Haar zu bändigen. Sie wirkte gefasst und in sich gekehrt, als Leyla die Schauspielerin und ihren ständigen Begleiter Harald Holmström in Palles Diele bat. Der Hausherr hatte eine Stunde auf dem Sofa geruht und war wieder auf den Beinen. Er hatte sogar in der Küche für den Kaffee gedeckt.

«Nein, danke», sagte Josefin Mjörner. «Wir möchten nichts. Am besten bringen wir die Sache gleich hinter uns.»

Josefin Mjörners Atem roch wie beim letzten Mal nach Pfefferminz und Rotwein. Aber sie wirkte entschlossen und konzentriert. Und sie war Leyla gegenüber jetzt sehr distanziert. Harald Holmström nahm ihr den Mantel ab und hängte ihn auf einen Bügel an die Garderobe. Sie gingen in den ersten Stock und setzten sich in die mit grauem

Stoff bezogenen Sessel an einen Couchtisch vor dem Panoramafenster mit Blick auf den Öresund. Josefin Mjörner war die schöne Aussicht aufs Meer mit den kräuselnden Wellen und den Booten mit weißen Segeln am wolkenlosen Horizont, wo sich Kopenhagen mit klaren Konturen abzeichnete, offenbar gleichgültig. Stattdessen warf sie Harald einen auffordernden Blick zu, woraufhin er ein Blatt aus seiner Aktentasche nahm.

«Ich möchte, dass Sie dies hier unterschreiben, bevor wir mit dem Interview beginnen», erklärte die Schauspielerin geschäftsmäßig, nahm ihre Sonnenbrille ab und reichte Leyla das Dokument.

Leyla nahm es und las es sich mit wachsendem Unbehagen durch. Es beinhaltete die Verpflichtung, nichts von Josefin Mjörners Aussagen zu veröffentlichen, ohne dass die Schauspielerin zuvor ihr Einverständnis dazu gegeben hatte.

«Das ist unmöglich», sagte Leyla. «Das kann ich nicht unterschreiben. Ich kann Ihnen allerdings mein Wort geben, dass Sie Ihre Zitate lesen können, bevor der Artikel in Druck geht.»

«In dem Fall gehen wir wieder, Josefin», entschied Harald Holmström brüskiert. «Wozu sollst du hier herumsitzen und dir diese Lügen anhören, wenn du sowieso nicht die Möglichkeit hast, etwas dagegen zu unternehmen?»

Josefin Mjörner machte eine abwehrende Handbewegung und bedachte Holmström mit einem tadelnden Blick, bevor sie sich wieder Leyla zuwandte.

«Ich dachte, ich könnte Ihnen vertrauen, nach all dem Schrecklichen, was passiert ist, und nach dem, was ich Ihnen erzählt habe. Es gefällt mir ganz und gar nicht, dass Sie Ihre Nase in meine Privatangelegenheiten stecken.»

«Das kann auch daran liegen, dass Sie anfangs nicht die

ganze Wahrheit gesagt haben. Ich bin Journalistin, und wenn ich einen interessanten Tipp bekomme, gehe ich der Sache auf den Grund.»

Josefin Mjörner schnaubte.

«Sie müssen nicht so tun, als hätte Sie das so viel Mühe gekostet. Bestimmt hat sie mit Ihnen Kontakt aufgenommen und alles erzählt.»

«Glauben Sie, was Sie wollen, aber so war es nicht. Ich habe Dora Brandt nicht getroffen, ich weiß aber, dass Sie mit ihr Kontakt hatten. So heißt sie doch, nicht wahr?»

Josefin Mjörner nickte.

«Aber sie hat auch noch einen zweiten Namen benutzt.»

«Welchen denn?»

«Nennen Sie mir einen Grund, weshalb ich Ihnen das verraten sollte, wo Sie mir keinen Millimeter entgegenkommen wollen», sagte Josefin Mjörner.

Leyla seufzte.

«Also, dann machen wir es so: Sie bringen Ihre Argumente vor und versuchen mich zu überzeugen, dass ich nichts über Ihre Tochter schreibe. Ich höre mir das an, und dann sehen wir, ob wir einen Kompromiss finden können.»

«Sieh dich vor, Josefin, sie will dich nur in eine Falle locken», sagte Harald Holmström. Er war so erbost, dass seine Hände zitterten und seine Stimme zu versagen drohte.

«Lass mich das machen», sagte die Schauspielerin barsch. «Fräulein Abdallah, Sie sollen wissen, dass das sehr schmerzhaft ist für mich. Ich appelliere an Ihr Gewissen. Gehen Sie bedacht mit dem um, was ich Ihnen erzähle. Wenn Sie mir versprechen, dass Sie mit dem Artikel warten, bis ich diese Frau erreicht habe ...»

Josefin Mjörner unterbrach sich und wirkte ratlos. Sie rang die Hände, und ihr Blick irrte umher. Von ihrer selbstbewussten Gefasstheit war nicht mehr viel übrig geblieben. Schließlich schluckte sie und sah Leyla unverwandt an.

«Ich will offen zu Ihnen sein. Aber ich möchte, dass Sie mit dem Artikel warten, bis ich mit … mit meiner Tochter gesprochen habe.»

Harald Holmström legte seine Hand auf ihren Arm, aber sie schob sie weg.

«Wann können Sie denn mit ihr sprechen?»

«Das weiß ich nicht. Sie nimmt nicht ab, wenn ich anrufe. Aber ich hoffe, Ihnen ist klar, dass Sie nicht über sie schreiben können, ohne dass sie davon weiß.»

Leyla nickte, wohl wissend, dass ihr übervorsichtiger Chefredakteur Arne Ragnell sowieso nie damit einverstanden wäre, wenn sie über Josefin Mjörners Tochter schrieb, ohne diese vorher davon in Kenntnis zu setzen.

«Ich verstehe. Wenn Sie ohnehin mit ihr reden wollen, können wir sie doch auch gemeinsam treffen. Dann können Sie beide damit an die Öffentlichkeit gehen», schlug Leyla vor.

«Das ist alles viel komplizierter, Fräulein Abdallah. Ich kenne meine Tochter gar nicht, wenn Sie verstehen. Sie hat mich hinters Licht geführt. Ich weiß auch nicht recht, wie ich damit umgehen soll.»

«Sie können ja einfach von Anfang an erzählen. Als Sie Ihre Tochter zur Adoption freigegeben haben, waren Sie noch sehr jung. Wie kam es dazu?»

Josefin Mjörner wandte sich an Palle Pettersson.

«Sie haben nicht zufällig etwas zu trinken? Ein Glas Wein vielleicht?»

«Nein, ich bin kein Weintrinker. Aber Sie können einen Whisky oder einen Weinbrand haben, wenn Sie mögen.»

«Einen Whisky bitte.»

Palle ging ins Erdgeschoss, und am Tisch wurde es still.

Nur Haralds nervöses Schnippen mit den Daumen war zu hören. Leyla beobachtete seine angestrengte Miene und die Augenlider, die er fast permanent zusammenkniff.

«Talisker, das ist ein herber Genosse mit rauchigem Aroma, wunderbar im Abgang», sagte Palle, als er mit der Flasche zurückkam und Josefin Mjörner einen großzügigen Whisky ins Glas schenkte.

«Möchten Sie auch einen?», fragte er Harald Holmström, der den Kopf schüttelte.

Die Schauspielerin nahm einen Schluck und verzog leicht das Gesicht.

«Das ist richtig, ich war noch sehr jung, als ich schwanger geworden bin, mit sechzehn. Nach der Schule habe ich mich mit einem Jungen getroffen, der zwei Jahre älter war als ich, und von ihm bin ich schwanger geworden. Es hat recht lange gedauert, bis ich festgestellt habe, dass ich schwanger bin, und als ich es dann wusste, habe ich versucht, die Schwangerschaft vor meinen Eltern zu verbergen. Meine Mutter hat mich ständig kontrolliert, und mein Vater war sehr streng. Ich hatte keine einfache Kindheit, müssen Sie wissen.»

«Das weiß ich aus Jörn Hägers Buch», sagte Leyla.

Josefin Mjörners Miene erhellte sich, als der Name des alten Filmkritikers fiel.

«Dann haben Sie das Buch also gelesen? Es ist gut, und Jörn ist immer ein feiner Mann gewesen. Er war mit meinen Eltern befreundet und hat schon über mich geschrieben, als ich ein sogenannter Kinderstar war. Er hat mich in Schutz genommen, wenn sie über mich herfielen. Die Schwangerschaft war ein wohlgehütetes Geheimnis, doch ich erzählte Jörn davon, und er redete mit meinen Eltern. Er hat versucht, sie dazu zu bringen, mich zu unterstützen, statt mich zu verurteilen.»

«Und das ist ihm gelungen?»

«Nicht wirklich. Meine Mutter war wahnsinnig wütend auf mich. Sie hat mich in meinem Zimmer eingeschlossen und mich wie eine Aussätzige behandelt.»

«Und der Vater des Kindes?»

«Kurz nachdem ich schwanger wurde, ist er aus Stockholm weggezogen. Er hat nie erfahren, dass ich von ihm ein Kind erwartete. Meine Eltern wollten das um jeden Preis unter den Teppich kehren.»

«Wurde nie ein Abbruch in Erwägung gezogen?»

«Zu der Zeit war das nicht so einfach und noch nicht straffrei. Außerdem war die Schwangerschaft schon relativ weit fortgeschritten. Ich war im vierten Monat, als meine Eltern es herausgefunden haben.»

Josefin Mjörner nahm einen Schluck Whisky, diesmal ohne das Gesicht zu verziehen. Palle griff nach der Flasche, um nachzuschenken, und die Schauspielerin nickte dankbar. Noch eine Alkoholikerin, dachte Leyla, allerdings ganz anders als der verlotterte und aufbrausende Agne Gustafsson. Aber sie teilten dasselbe Verlangen, und die gleiche Medizin löste ihre Zungen. In Josefin Mjörners Fall war sie lediglich etwas teurer und wurde in kostbareren Gläsern serviert.

«Und was geschah dann?», fragte Leyla.

«Meine Eltern haben sich eine Geschichte aus den Fingern gesogen, dass ich Lungenentzündung bekommen hätte und ins Sanatorium gebracht werden müsste. Dabei bin ich in ein privates Erholungsheim in der Nähe von Finspång in Östergötland geschickt worden, wo ich ein Einzelzimmer bekam und nur in Begleitung meiner Krankenschwester ins Freie durfte. Nach dem Ende der Schwangerschaft blieb ich noch ein paar Monate dort.»

«Ihr Aufenthalt muss ein Vermögen gekostet haben.»

«Geld hat in meiner Familie noch nie eine Rolle gespielt, meine Mutter stammte aus einer wohlhabenden Familie, und mein Vater hatte einen sehr gut bezahlten Job als Direktor einer Hoch- und Tiefbaufirma. An Geld hat es nie gefehlt, aber Liebe war permanente Mangelware.»

Harald Holmströms gequälter Gesichtsausdruck war einer rührseligen Miene gewichen. Tränen standen ihm in den Augen, und sein Kinn zitterte. Er legte seine Hand mitfühlend und zärtlich wieder auf Josefin Mjörners Arm. Diesmal schob sie sie nicht weg.

«Ich hatte eine furchtbare Zeit in der Klinik. Ich wurde nicht nur durch die Schwangerschaft immer dicker, sondern auch von dem vielen Essen. Meine einzige Freude und mein einziger Trost war es, zu essen. Ich wurde unglaublich schwerfällig und war drei Wochen über dem Termin. Es war eine sehr schwere Geburt, sie dauerte fast vierundzwanzig Stunden.»

«Was passierte mit dem Baby?»

«Ich habe gesehen, dass es ein Mädchen war, dann haben sie mir es gleich weggenommen. Die Dokumente waren alle schon vorbereitet, einschließlich der gefälschten Geburtsurkunde.»

«Wie haben Sie sich da gefühlt?»

«Das alles war völlig unwirklich. Ich habe bereits im Bett beschlossen, dass das alles nur ein langer, böser Traum war, den ich hinter mir lassen wollte. Das war wohl eine Art Selbsterhaltungstrieb, denke ich mir. Um irgendwie weiterleben zu können.»

Josefin Mjörner nahm ein Taschentuch aus ihrer Handtasche und trocknete eine Träne. Sie trank noch einen Schluck Whisky und sank im Sessel zusammen, erleichtert, dass sie sich das alles von der Seele geredet hatte.

«Haben Sie erfahren, was mit dem Kind passieren sollte?»

«Nur dass eine Familie sich kümmern sollte, das stand schon fest. Aber ich wusste nicht, welche. Erst zwei Jahre später, als ich mich mit meinen Eltern überworfen hatte, erzählte Jörn Häger mir, dass das Mädchen zu einem kinderlosen Paar aus Skärblacka gekommen war.»

«Davon hat er in seinem Buch gar nichts geschrieben.»

«Nein, er musste mir versprechen, niemals etwas zu verraten. Ich wollte diesen Abschnitt aus meinem Leben ausradieren, wollte vergessen. Als ich Allan kennenlernte, war das wie eine Wiedergeburt. Er erkannte mich und meine Bedürfnisse. Wir wollten gern ein gemeinsames Kind, aber ich habe Ihnen ja bereits erzählt, dass uns das nicht vergönnt gewesen ist. Ironie des Schicksals, kann man sagen.»

«Haben Sie nie mit Ihrer leiblichen Tochter Kontakt aufgenommen?»

«Ich wusste nicht, wie sie hieß, und habe wie gesagt versucht, das alles zu verdrängen. Aber sie hat mit mir Kontakt aufgenommen.»

«Wann war das?»

«Etwa vor einem halben Jahr. Ich habe einen Brief von einer Frau bekommen, die vorgab, meine Tochter zu sein. Ihre Adoptivmutter hätte ihr das auf ihrem Totenbett gestanden. Sie hat auch nur so davon erfahren können, denn die Adoption ist ja nirgends dokumentiert worden.»

«Was haben Sie getan, als Sie den Brief erhalten haben?»

«Zuerst gar nichts, ich war geschockt und wie gelähmt. Aber sie hat noch ein paar Briefe geschickt, und schließlich habe ich geantwortet.»

Josefin Mjörner verstummte und leerte ihr Glas.

«Was haben Sie geschrieben?», fragte Leyla.

«Ich schrieb ... dass sie sich irrte. Ungefähr so.»

Leyla warf Palle einen Blick zu. Er nahm ein Kuvert, holte drei Fotos von der Mitgliederversammlung heraus, die

Dora Brandt und Josefin Mjörner zeigten, und legte sie auf den Tisch. Die Schauspielerin betrachtete das Bild, auf dem sie mit Dora Brandt ins Gespräch vertieft war, und rümpfte die Nase.

«Sie hat mich hinters Licht geführt. Sie gab vor, Anne-Sofie Jacobsson zu heißen, und erzählte, sie sei Soziologiedozentin an der Universität Uppsala und halte eine Gastvorlesung an der Hochschule in Malmö. So haben wir uns, ja, wie soll man sagen, kennengelernt.»

«Und Sie hatten keine Ahnung, wer sie tatsächlich war?»

«Nein, es gab für mich keinen Anlass, ihr zu misstrauen. Sie hat der Humanistischen Alternative eine großzügige Spende überwiesen und gesagt, sie würde sich gerne engagieren. Sie war etwas introvertiert, aber sehr nett. Ich dachte, sie wollte nicht aufdringlich wirken und hätte ein ehrliches Interesse daran, uns bei unserem Einsatz für die Flüchtlingskinder zu unterstützen.»

Josefin Mjörner trank ihr Whiskyglas aus, und Palle schenkte nach.

«Ich habe sie im Stich gelassen. Aber ich war ja selbst noch ein Kind, vergessen Sie das nicht. Und heute hätte ich mich ihr zuwenden können, wenn sie mich nicht belogen und von Anfang an die Wahrheit gesagt hätte.»

Leyla war nur mäßig beeindruckt von Josefin Mjörners Rechtfertigung. Einerseits konnte sie ihre Situation und den Wunsch nach Verdrängung nachvollziehen, andererseits war das Argument haltlos, Dora Brandt habe sie angelogen, weil die Schauspielerin auch nicht aufrichtig gewesen war und mit einem Brief ihre Tochter abgewiesen hatte.

«Vielleicht blieb ihr auch keine andere Wahl, als ihre Identität zu verheimlichen, um Ihnen näherzukommen, denn Sie wollten mit ihr ja nichts zu tun haben.»

Josefin Mjörner stutzte bei diesen schonungslosen Worten. Das war keine kluge Taktik bei einem Interview, das wusste Leyla. Sie gewann nichts, wenn sie in dieser Situation provozierte.

«Ich meine, vielleicht wollte sie Sie erst einmal kennenlernen», versuchte sie zu beschwichtigen.

«Möglich. Aber unsere Bekanntschaft hat dann eine sehr ungute Entwicklung genommen. Vergangenen Sonntag habe ich sie eingeladen, nach Oxie zu kommen. Am Anfang war alles noch sehr schön, sie hat sich mit den Kindern unterhalten und ihnen ein paar Bücher vorgelesen. Plötzlich war sie wie ausgewechselt. Abwesend, das war irgendwie beängstigend. Sie war gar nicht mehr richtig ansprechbar. Vollkommen verwirrt hat sie das Haus verlassen. Am nächsten Tag rief sie mich an. Da hat sie mir dann erzählt, wer sie wirklich ist. Ich fühlte mich wie vor den Kopf gestoßen und hintergangen.»

«Und was haben Sie zu ihr gesagt?»

«Ich erinnere mich nur noch daran, dass ein heftiger Wortwechsel entbrannt ist, dann habe ich den Hörer auf die Gabel geworfen. Seither habe ich nichts mehr von ihr gehört und habe sie auch nicht unter der Handynummer erreichen können, die sie mir genannt hatte.»

«Das war vor zwei Tagen. Wie oft haben Sie es seitdem denn versucht?», erkundigte sich Leyla.

«Sechs-, siebenmal etwa. Aber lassen Sie mich zuerst mit ihr sprechen, Fräulein Abdallah, dann können wir immer noch sehen, wie wir das mit dem Artikel machen. Es ist ein altes Geheimnis, das ich mein ganzes Leben lang bewahrt habe. Ich möchte alles richtigstellen, aber ich kann dabei nicht länger nur an mich denken. Viele Menschen brauchen mich. Ich muss auch an die Partei und an unsere Flüchtlingsfamilien denken. Besonders jetzt, nach dem Mord an Osman.»

«Natürlich, ich warte mit der Veröffentlichung. Lassen Sie uns morgen telefonieren, vielleicht haben Sie Dora Brandt bis dahin schon erreicht. Aber bevor Sie gehen, muss ich Sie noch etwas fragen.»

«Ja?»

«Was empfinden Sie für Dora Brandt?»

Josefin Mjörner stiegen Tränen in die Augen. Sie streckte die Hand nach dem Whiskyglas aus und hielt inne, als sie sah, dass es leer war. Palle machte keine Anstalten, es wieder zu füllen.

«Das weiß ich noch nicht. Ich schäme mich dafür, dass ich sie abgewiesen habe, aber ich weiß nicht, was ich für sie fühle. Das wird die Zukunft zeigen.»

Leyla musste an das Bibelzitat denken, das Josefin Mjörner in Leylas erstem Interview mit ihr gebraucht hatte. «Lasset die Kindlein zu mir kommen.» Das waren große Worte aus dem Mund einer Frau, die nicht einmal wusste, ob sie ihre eigene Tochter zu sich kommen lassen wollte.

Als Josefin Mjörner und Harald Holmström gegangen waren, hob Palle die Flasche Talisker in die Höhe und maß mit dem Finger.

«Die scheint ja ganz schön was zu vertragen. Mal eben so fast eine Viertelflasche Maltwhisky, da braucht man schon ein gewisses Training.»

«Ja, eine schlechte Angewohnheit, unsere Opfer während des Interviews abzufüllen. Das geht so nicht weiter.»

«Willst du nicht auch einen?»

«Uh, nein! Mir wird schon schlecht, wenn ich nur an Whisky denke.»

«Eventuell ein Glas Brause?»

«Ja, bitte!»

DONNERSTAG, 6. SEPTEMBER

Bengt Aronsson hatte sich entschieden. Von nun an würde er sich nicht länger über seine Rolle als Vater von Kleinkindern beklagen. Häufiges Windelwechseln, Störungen des Nachtschlafs, Koliken und Wäscheberge waren sozusagen in der Lieferung inbegriffen. Traurig war nur, dass so viele Eltern viel zu viel Zeit darauf verwandten, über diese Pflichten und Schattenseiten zu diskutieren, wo die Freuden und Belohnungen bei weitem überwogen: der Duft von einem frischgebadetem Baby, die klebrig-feuchte Hand, die reflexartig nach dem Finger greift, das Lächeln, das Lachen, die Neugier, die ersten Diskussionen mit der altklugen größeren Schwester, die Liebe und das Vertrauen. Das Gefühl, gebraucht zu werden, und die permanente Erinnerung daran, selbst nicht die erste Geige zu spielen. Das alles hatte aus ihm einen Menschen gemacht und hoffentlich einen einigermaßen akzeptablen.

«Ich müsste aufrichtig dankbar sein, anstatt zu jammern», ermahnte er sich laut im Auto auf dem Weg ins Präsidium, und es klang nicht nach einem Mantra, sondern eher so, als meinte er es wirklich.

Aronsson ließ sich auf der Autobahn Zeit. Fuhr auf der rechten Spur mit hundert Stundenkilometern, weil er erst in zwanzig Minuten, um elf, anfangen musste. Es war schön, wenigstens diesmal nicht schneller fahren zu müssen als erlaubt. Schließlich war er Polizeibeamter.

Nachdem er vor dem Präsidium geparkt und sich durch sämtliche Korridore und elektronisch verschlossenen Türen in sein Büro geschleust hatte, nahm er ein kleines Treibholzbild aus seiner Aktentasche und hängte es an einen Haken neben die goldfarbene Uhr mit den Bernsteinen, auf einen der wenigen Plätze, die noch frei waren an der Wand. Dieser Neuzugang war nicht größer als zwanzig Quadratzentimeter und bestand aus einem flachen, dunklen Stück Holz und einem von den Wellen glattgeschliffenen und von der Sonne ausgebleichten Ast, der wie ein kleiner Haifisch aussah. Zwei Stückchen einer Muschel dienten als Augen, die glänzend perlmuttfarbene Innenseite nach außen. Aronsson hatte dieses Bild zusammen mit seiner zweijährigen Tochter Emma gemacht. Na ja, eher war es ihm gelungen, trotz ihrer Hilfe die Teile zusammenzusetzen, dennoch war es ihr erstes Werk. Er hoffte, dass sie seine Leidenschaft für Treibholzkunst teilen würde, wenn sie älter war, dann hatte er wenigstens eine Verbündete. Er wusste sehr wohl, dass sich die anderen hinter seinem Rücken über die Holzbilder lustig machten. Selbst Lisa Berggren hatte er mit einem anderen Kollegen über «Bengts hässlichen und komischen Holzkram» lästern hören, als sie nicht mitbekommen hatte, dass er neben ihrer offenen Bürotür im Gang gestanden und alles mitgehört hatte. Das hatte ihn tief verletzt, denn in seinen Bildern steckte viel Herzblut. Angefangen bei den langen Spaziergängen unten bei Haväng in Österlen, den Blick auf die Uferkante geheftet auf der Jagd nach Holzstücken und hübschen Steinen, bis zum Zusammenbasteln abends am Küchentisch. Er fand seine Kunstwerke sowohl ausdrucksstark als auch dekorativ.

Als das Telefon klingelte und ihn aus seinen Gedanken riss, warf Aronsson einen Blick auf die Bernsteinuhr, die zwei Minuten vor elf zeigte. Deshalb verzichtete er darauf, den Hörer abzunehmen, und sank in seinen gemütlichen Sessel zurück, um sich für den bevorstehenden Arbeitstag zu sammeln. Aber das Telefon hörte nicht auf zu klingeln. Nach dem fünfzehnten Läuten gab Aronsson mit einem Seufzer auf und nahm ab.

Vier Minuten später stürmte er atemlos in Lisa Berggrens Büro.

«Schwing die Hufe! Wir haben eine neue Leiche. Und vielleicht auch den Mörder.»

Sein unterwürfiges und gleichzeitig gezwungenes Lächeln ging ihr auf die Nerven. Sie überlegte ernsthaft, ihr Verhältnis zu beenden, wenn das hier vorbei war. All das war ihr lästig und zu kompliziert.

Josefin Mjörner trank einen Schluck Wein und bedachte Harald Holmström mit einem trotzigen Blick. Sie versuchte nicht länger vor ihm zu verbergen, dass sie trank. Sie konnte seine gutgemeinten Ermahnungen nicht mehr hören. Meine Liebe hier und Schatz dort, dann das besorgte Stirnrunzeln und das mitleidige Lächeln. Er erstickte sie mit seiner sogenannten Liebe. Dieser Eindringling, erst hatte er sich herangepirscht und ihr dann die Kehle zugedrückt. Wenn sie zurückdachte, konnte sie nicht mehr genau sagen, wann aus ihrem Freund und Vertrauten der Harald geworden war, der sie fast schon vergötterte und ihr ständig seine Liebe beteuerte. Das hatte sich allmählich entwickelt, und zwar auf so subtile Weise, dass sich nie die passende Gelegenheit ergeben hatte, um «Bis hierher und nicht weiter!» zu rufen.

Unbestritten hatte Harald viel für das Netzwerk und die Gründung der Partei getan. Aber er war auch respektlos und unvorsichtig gewesen. Und er hätte sich mit seiner Stellung zufriedengeben sollen, statt sich einzubilden, er könne Allan ersetzen. Niemand konnte Allan ersetzen. Er war der einzige Mensch, den sie jemals geliebt hatte, all seiner exzentrischen Spinnereien und Affären zum Trotz.

Und die Kinder? Sie konnte jetzt nicht so viel an sie denken. Schön, dass wenigstens Marjam und Temor mit der Schule angefangen hatten und dass die Witwe den kleinen Dawod in die Krippe eingewöhnte. Das hieß, dass es tagsüber etwas ruhiger war, wenn nur Zarmina und Khaled zu Hause waren. Zarmina war immer noch geschwächt und lag meistens im Bett. Khaled war in diesem Augenblick bei ihr auf dem Zimmer. Dort war er fast immer, wenn er nicht mit Gewichten im Keller trainierte oder joggte. Er war tapfer und hielt die Familie zusammen. Sie sollte eigentlich mehr Zeit mit ihm verbringen, er geriet so leicht ins Hintertreffen, wenn Zarmina und die anderen Geschwister im Mittelpunkt standen.

Aber wenn die Gemeinde sich um eine Wohnung für die Familie kümmerte, würde sich alles zum Guten wenden. Wenn der Brandschaden auf Nydalagård behoben sein würde und sie mit Kater Lundberg wieder einziehen konnte, statt in diesem unpersönlichen Haus in Oxie zur Untermiete wohnen zu müssen. Sie würde jemanden anstellen, der ihr auf dem Hof zur Hand ging, der als Hilfskraft Haralds Platz einnahm und sonst keine Ansprüche erhob. Dann konnte sie mehr Zeit in dem neuen Parteibüro in Malmö verbringen.

Sie hatten Dora noch nicht erreicht, obwohl sie und Harald es mehrmals probiert hatten. Jedes Mal wenn der Anrufbeantworter ansprang, seufzte Josefin Mjörner erleichtert, um wenige Stunden später ängstlich die Nummer noch einmal zu wählen.

War sie fähig, jemand anderen außer Lundberg zu lieben, den großen Kater, der wie gewöhnlich auf ihrem Schoß lag und schnurrte? War sie imstande, Dora Brandt, ihre leibliche Tochter, zu lieben? Sie wollte diesen Gedanken nicht zu Ende denken.

Sie nahm einen großen Schluck Wein und schenkte sich nach.

«Willst du nicht lieber aufhören mit dem Trinken?», fragte Harald und sah wieder so mitleidig aus.

«Willst du nicht endlich mal aufhören, dich wie mein Vater aufzuführen?»

«Ich mache mir nur Sorgen um dich, Josefin. Du trinkst zu viel, wirklich.»

«Sorgen?! Die hast du dir aber nicht gemacht, als du fast das ganze Haus abgefackelt hast! Untersteh dich, jetzt anzukommen und von Sorgen zu reden. Du hättest uns alle umbringen können!»

«Du warst auch dafür, Josefin. Das war nicht nur meine Idee», entgegnete Harald Holmström überraschend heftig.

«Es war ganz sicher nicht meine Idee, dass du mein Haus niederbrennst und unser Leben in Gefahr bringst. Du solltest nur den Molotowcocktail durchs Fenster werfen und dann sofort löschen. Aber nicht mal das hast du hingekriegt.»

«Ich konnte doch nicht wissen, dass sich das Feuer so schnell ausbreitet. Jetzt bist du wirklich ungerecht.»

Seine Wangen hatten sich leicht gerötet.

«Und das mit den Zigarettenstummeln, wozu sollte das gut sein?»

«Wir waren uns einig. Du kannst mir nicht alles anlasten, Josefin. Du hattest keine Einwände, als ich dir meinen Plan erläutert habe, im Gegenteil. Du hast es sogar gut gefunden, dass ich den Verdacht auf Jimmy gelenkt habe. Hast du das vergessen? Zuerst hast du ihn wegen deiner Freundschaft mit seiner Mutter Lilian in Schutz genommen, aber dann, als Jimmy auf Khaled losgegangen ist und die Polizei ihn auf dem Kieker hatte, hast du dich von ihr abgewandt und meinen Vorschlag ganz großartig gefunden. Ich habe mich wirklich darum bemüht, dass alles klappt und dir alles recht zu machen. Bin Jimmy gefolgt und habe gewartet, bis er mit seinen Freunden die Pizzeria verlässt, damit ich die Kippen aus dem Aschenbecher nehmen konnte.»

«Es war dumm von mir, auf dich zu hören», murrte Josefin Mjörner.

«War es auch dumm von dir vorzuschlagen, ich solle bei *Dagens Eko* und *Kvällsposten* anrufen, um ihnen einen Tipp zu geben, dass sich die Polizei für Jimmy interessiert? Und war es klug von dir, der Polizei zu erzählen, dass du im Traum gesehen hast, wie Osman niedergestochen wurde?»

«Davon verstehst du nichts! Das heißt Improvisation. Wenn man sich verplappert, muss man eben improvisieren. Versuch nicht, mir die Schuld in die Schuhe zu schieben, wo du uns das alles eingebrockt hast!»

Harald Holmström betrachtete Josefin Mjörner mit flehendem Blick und schnippte nervös mit dem rechten Daumen.

«Wir wollen doch nicht streiten», sagte er vorsichtig. «Das bringt uns nicht weiter. Denk an die Partei, Josefin, und an alles, was du erreicht hast. Osman ist tot, aber die Partei lebt, und sie wird stündlich größer. Sie ist wichtiger als alles andere. Wir müssen diese Krise einfach durchstehen, wir müssen durchhalten und zusammenhalten. Du bedeutest für die Partei alles!»

Josefin Mjörner dachte über Harald Holmströms Worte nach. Er hatte eigentlich recht. Die Partei, das war sie. Und ohne die Partei war sie nichts als ein einst gefeierter Filmstar im Ruhestand, weit weg von den großen Bühnen. Ihrem Einsatz in der Politik war es zu verdanken, dass die Scheinwerfer nach einigen Jahren wieder auf sie gerichtet wurden. Das Rampenlicht und der Applaus, das war ihr Leben. Der Widerspruch in den Debatten, der ihr die Möglichkeit gab, zu brillieren und alle Register zu ziehen. Das war ein wichtiger Motor für eine große Sache, die einem guten Zweck diente. «Lasset die Kindlein zu mir kommen.» Besser hätte man es nicht sagen können.

Sie musterte Harald Holmström und bekam Gewissensbisse. Er meinte es gut, und manchmal sagte er auch ganz vernünftige Sachen. Vielleicht genügte es, wenn sie ihm unmissverständlich klarmachte, dass er ein Verbündeter war, weiter nichts. Harald und sie gehörten in gewisser Weise einfach zusammen. Sie teilten nicht nur ein Geheimnis.

«Wie denkst du über die Sache mit Dora Brandt?», fragte sie in weitaus verbindlicherem Tonfall.

«Ich denke, es war ein Fehler, dass du dich auf eine Diskussion mit dieser Journalistin eingelassen und ihr von Dora erzählt hast.»

«Sie wusste es ja schon. Wie hätte ich da alles abstreiten sollen?»

«Denk jetzt nicht daran. Ich meine schon, dass du Dora Brandt auf Abstand halten kannst. Solange wir nichts von ihr hören, kann Leyla Abdallah auch ihren Artikel nicht schreiben. So gesehen sind keine Neuigkeiten gute Neuigkeiten.»

«Wie meinst du das?»

«Dora will vielleicht gar nichts mit dir zu tun haben. Sie hat sich vielleicht zurückgezogen und wird sich nie wieder bei dir melden. Wir können schließlich nicht wissen, wie sie darüber denkt.»

«Sie ist meine Tochter», sagte Josefin Mjörner und sann über ihre Worte nach. «Sie ist meine Tochter ...»

«Wenn das rauskommt, können unsere Umfragewerte sinken, damit müssen wir rechnen.»

«Und wenn ich alles erkläre? Wenn ich alles erzähle, von der Adoption und den Umständen, glaubst du nicht, die Menschen würden mir verzeihen? Glaubst du nicht, dass sie verstehen, warum ich das geheim gehalten habe?»

«Sicher, Josefin», sagte Harald versöhnlich und erhob sich vom Sofa.

Er nahm die halbleere Weinflasche vom Tisch, ohne auf Protest zu stoßen, ging in die Küche und goss den Rest in die Spüle. Dann kehrte er wieder ins Wohnzimmer zurück.

«Du musst dich jetzt ausruhen, damit du fit bist für das Interview mit der deutschen Zeitung.»

«Wann ist das?»

«In drei Stunden. Ich habe dem Reporter mit seinem Fotografen eine halbe Stunde gegeben.»

«Was ist das denn für eine Zeitung?»

«Das *Hamburger Abendblatt*, mit einer Auflage von zweihundertsechzigtausend. Das ist eine große norddeutsche Zeitung.»

«Was machen wir mit Dora Brandt, und was soll ich Leyla Abdallah sagen?»

«Denk nicht daran. Ich kümmere mich darum. Ich versuche, Dora zu erreichen, und bleibe mit Leyla in Verbindung.»

Josefin Mjörner stellte fest, dass Harald Holmström während des gesamten Gesprächs kein einziges Mal «meine Liebe» oder «Liebste» gesagt hatte. Sie schenkte ihm ein müdes Lächeln.

«Danke, Harald. Ich lege mich für ein paar Stunden hin.»

Khaled erhob sich langsam vom Treppenabsatz, wo er sich versteckt hatte, weil er dann vom Wohnzimmer aus nicht zu sehen war. Auf Zehenspitzen schlich er in den ersten Stock zu Zarmina, die immer noch schlief. Er hatte jedes

Wort mitgehört, das Josefin Mjörner und Harald Holmström gewechselt hatten. Das Blut rauschte in seinen Ohren.

Als Lisa Berggren und Bengt Aronsson vor dem rot geklinkerten Wohnhaus in der Ystadsgatan eintrafen, hatte sich bereits eine Menschentraube vor dem Eingang versammelt, wo ein uniformierter Beamter postiert war, damit kein Unbefugter das Gebäude betrat. Auf dem Gehsteig standen hauptsächlich Kinder, aber auch einige Erwachsene und ein paar Fotografen. Einen erkannte Lisa sofort: Palle Pettersson.

Na toll, dachte sie, als sie sich einen Weg durch die Menge bahnten und ins Treppenhaus gingen. Aber sie wunderte sich nicht darüber. Das neue, abhörsichere Funksystem der Polizei war noch nicht in Gebrauch genommen worden. Bis dahin hatten alle Redaktionen und freischaffenden Journalisten freie Bahn, mit Hilfe eines Polizeifunk-Scanners für ein paar Tausender den Polizeifunk abzuhören. Noch dazu hatten die meisten Zeitungen das alte System wieder eingeführt, den Leuten Geld für ihre Tipps zu zahlen, und die Summe solide erhöht. Oft genügte es schon, dass ein Streifenwagen vor einem Haus hielt, damit jemand eine Belohnung witterte und irgendeiner Zeitung seine Beobachtungen per Telefon oder E-Mail mitteilte. Es war der letzte Schrei, Polizeieinsätze, Unfälle oder Verbrechen mit der Videokamera oder dem Handy zu dokumentieren, sodass es fast immer Schnappschüsse oder Videos gab, die entweder direkt auf eine vielbesuchte Seite ins Netz gestellt oder an die Medien verhökert wurden. Diese neue Vorgehensweise erleichterte in vielerlei Hinsicht die Polizeiarbeit und hatte einen Anstieg der eingehenden Hinweise zur Folge, aber die ultraschnelle Kommunikation und Dokumentation brachte auch Nachteile mit sich: Es war nicht mehr so einfach, sensible Informationen zurückzuhalten.

Als sie in den ersten Stock kamen, stießen sie auf einen weiteren uniformierten Beamten vor der Wohnungstür. Er machte die Tür auf und ließ sie in den Flur. Das Klicken einer Kamera war zu hören, dann tauchte David Nordin mit mürrischem Blick im Türrahmen des Wohnzimmers auf.

«Ihr wisst ja Bescheid – kein Rumgetrampel in der Wohnung, und passt auf, wo ihr hintretet.»

Sie folgten dem strengen Kriminaltechniker in das Zimmer, wo einer seiner Kollegen damit beschäftigt war, die Einrichtung zu fotografieren.

«Wo ist sie?», erkundigte Lisa sich.

«Mir nach, im Gänsemarsch», sagte Nordin und steuerte auf das Schlafzimmer zu.

Die Frau lag auf dem Rücken im Bett, die Beine in der Decke verheddert. Den rechten Arm ausgestreckt, den linken neben dem Körper. Sie trug ein hellblaues Nachthemd und eine braune Perücke, die hochgerutscht war, sodass ihr schütteres Haar zu sehen war. Die Augen waren geschlossen, der Mund halb geöffnet.

«Selbstmord?», fragte Lisa.

«Der Gerichtsmediziner war noch nicht da, also kann ich eigentlich noch nichts darüber sagen.»

«Komm schon, Nordin. Du bist lange genug dabei, um etwas sagen zu können.»

Der Kriminaltechniker verdrehte die Augen.

«Hypothesen sind nicht mein Ding. Aber gut, du kannst meine Meinung hören, wo du schon so ungeduldig bist. Es gibt keine Kampfspuren in der Wohnung, und das, was du dahinten siehst, deutet ganz darauf hin, dass sie sich umgebracht hat», sagte Nordin und zeigte zum Nachttisch, auf dem mehrere leere Tablettenpackungen neben einem Glas und einem halbleeren Krug mit Wasser lagen.

«Seroxat. Das ist ein Antidepressivum. Nicht die sicherste

Methode bei Selbstmord, weil oft über die Hälfte wieder rückwärts rauskommt, wenn man eine Überdosis nimmt wie in ihrem Fall. Aber ihr ist es offenbar gelungen», erklärte David Nordin trocken.

«Steht ihre Identität schon fest?», fragte Bengt Aronsson.

«Ja, wir haben sowohl Pass als auch Führerschein in der Wohnung gefunden. Sie heißt Dora Brandt, und als Thorsell im Register nachgeschaut hat, kam raus, dass sie bei der Polizei in Norrköping seit Montag als vermisst gemeldet ist. Das kann er euch am besten selbst erzählen, er sitzt mit dem Mann, der sie gefunden hat, in der Küche. Offensichtlich hat sie die Wohnung unter falschem Namen gemietet.»

Aronsson nickte. Sein Kollege Erik Thorsell war als Erster zur Stelle gewesen, hatte ihn wegen der Toten in der Ystadsgatan angerufen und erklärt, warum sie für ihre Mordermittlung interessant war.

«Können wir weitermachen?», drängte Nordin. Diese Ungeduld waren seine Kollegen gar nicht von ihm gewohnt. Er wollte so schnell wie möglich die Kommissare verabschieden, um seine Arbeit wiederaufnehmen zu können.

Aronsson und Berggren folgten ihm ins Wohnzimmer, wo er ihnen das Bild von Josefin Mjörner im Kreis der afghanischen Flüchtlingsfamilie Faqiri zeigte, das an der Wand hing. Das Gesicht des Mordopfers Osman Faqiri war zweimal durchgestrichen worden, Josefin Mjörners ebenso.

«Ist das alles?», fragte Lisa Berggren.

«Wie – alles?»

«Ist dieses Bild alles, was darauf hinweist, dass Dora Brandt der gesuchte Täter ist?»

«Dadrinnen ist noch mehr», sagte Nordin und zeigte auf den Laptop, der mit Dora Brandts PC verbunden war. «Das hier habe ich ausgedruckt, das lag in einem von den Dateiordnern», sagte er und reichte Lisa Berggren das Blatt. Sie las:

Ich dachte, ich könnte damit leben, aber die Bilder und die Laute haben mich verfolgt. Osmans Schreie. Seine fuchtelnden Arme im Wasser. Sein leerer Blick, bevor ihn das Meer geholt hat. Die Erkenntnis, welch schwere Schuld auf mir lastet, als ich die kleinen Kinder traf. Da ist alles über mir zusammengebrochen.

Ich dachte, ich könnte dir das alles erklären, aber du wolltest mir nicht zuhören, Josefin. Wieder hast du mich verstoßen, und jetzt kann ich nicht mehr.

Deswegen gehe ich von dieser Welt. Allein. Alle guten Dinge sind drei. Endlich.

Dora Brandt

«Interessant, aber auch ziemlich kryptisch», meinte Lisa Berggren. «Gibt es noch mehr im Computer?»

«Das herauszufinden, überlasse ich den IT-Jungs», gab Nordin zurück.

«Klar. So schnell wie möglich, wenn's geht. Dann müssen wir uns noch mal mit Josefin Mjörner unterhalten. Möglichst viel über diese Dora Brandt in Erfahrung bringen, wer sie ist und welche Verbindung es zu Mjörner gibt.»

«Ich habe das Gefühl, sie ist eine Stalkerin», sagte Aronsson. «Eine Frau, die wie besessen von der berühmten Schauspielerin gewesen ist und versucht hat, Kontakt mit ihr aufzunehmen, aber abgewiesen wurde. In ihrem Abschiedsbrief hat sie ja geschrieben, dass sie alles erklären wollte, aber Josefin wollte nicht zuhören.»

«Wenn das so ist, frage ich mich, was für ein Spiel Mjörner da eigentlich treibt. Ich habe echt die Nase voll davon, dass sie nicht sagt, was sie weiß.»

«Fluch bitte nicht so verdammt viel», sagte Nordin.

«Zur Hölle mit dir. Können wir rein zu Thorsell und dem Zeugen?»

«Ja. Das ist der einzige Ort, wo ihr ohne meine werte Gesellschaft sein dürft», sagte der Techniker und begleitete sie wieder in den Flur und in die Küche, wo Erik Thorsell mit einem Mann am Küchentisch saß. Obwohl sonnengebräunt, sah er blass und mitgenommen aus. Der Geruch nach altem Küchenabfall machte es ihm nicht gerade leichter, seine Übelkeit zu unterdrücken.

Lisa und Bengt begrüßten Thorsell und den jungen Mann mit dem zurückgekämmten Haar, der sich mit John Adler vorstellte.

«Sie haben also die Frau gefunden. Wie ist es dazu gekommen?», wollte Lisa wissen.

«Das habe ich doch gerade gesagt.»

«Dann erzählen Sie's bitte noch mal.»

John Adler warf Thorsell einen raschen Blick zu, der ihm aufmunternd zunickte.

«Es ist gar nicht schlecht, wenn Sie es sicherheitshalber wiederholen. Dann gibt es kein Missverständnis.»

«Okay. Mein jüngerer Bruder Daniel wohnt hier zur Miete. Er ist gerade in Asien unterwegs und hat die Wohnung untervermietet. Diese Frau ist vor drei Wochen hier eingezogen. Daniel war sehr froh darüber. Sie war Wissenschaftlerin aus Uppsala und hat zwei Mieten im Voraus bezahlt plus dreitausend extra, damit sie die Wohnung sofort bekam. Sie hat gesagt, sie heiße Ann-Sofie Jacobsson.»

«Gibt es einen Mietvertrag?»

John Adler wand sich und sah Thorsell an, der ihm wieder zu Hilfe kam.

«Sein Bruder hat ihre persönlichen Daten nicht geprüft

und auch seinen Vermieter nicht gefragt, ob er die Wohnung überhaupt untervermieten darf.»

«Das ist natürlich Pech, wenn man bedenkt, dass die Mieterin jetzt tot in seinem Bett liegt. Befürchten Sie, dass Ihrem Bruder jetzt gekündigt wird?»

«Ja, ist doch klar.»

«Weshalb sind Sie denn in die Wohnung gegangen?»

«Ich kümmere mich um Daniels Papierkram, solange er weg ist. Mein Bruder ist da ein bisschen nachlässig, und als ich den Vertrag gesehen habe, den er mit dieser Ann-Sofie Jacobsson geschlossen hat, war mir sofort klar, dass er völlig unvollständig ist. Ich verstehe beim besten Willen nicht, wie er da unterschreiben konnte, geschweige denn, wie sie das tun konnte. Auch wenn es Akademiker gibt, die solche Dinge nicht so genau nehmen, aber eine Soziologiedozentin sollte kritisch genug sein, um so einen Mietvertrag nicht zu unterschreiben. Weder über ihre Rechte noch über ihre Pflichten stand da etwas. Nichts über eine Kündigungsfrist oder die Dauer des Mietverhältnisses. Da bin ich dann schon ein bisschen misstrauisch geworden und habe Ann-Sofie Jacobsson mal gegoogelt. Es gab keinen einzigen Treffer für eine Ann-Sofie Jacobsson, Dozentin für Soziologie, obwohl ich alle möglichen Schreibweisen ausprobiert habe. Es gab sie einfach nicht. Also bin ich heute Vormittag hier vorbeigegangen, als ich eine Stunde Zeit hatte. Ich wohne nicht weit von hier und wollte mal nach dem Rechten sehen. Ich habe geklingelt, aber es hat niemand aufgemacht, also habe ich ...»

John Adler verstummte beschämt.

«Er hat mit seinem Ersatzschlüssel aufgeschlossen», ergänzte Erik Thorsell.

«Oha. Zuerst eine unerlaubte Untermiete, dann Hausfriedensbruch. Aber wegen Letzterem müssen Sie sich keine

Gedanken machen. In Anbetracht dessen, was Sie gefunden haben, sind wir Ihnen wirklich dankbar, dass Sie die Wohnung aufgeschlossen haben», sagte Lisa.

John Adler wurde von Thorsell, der kurzfristig die Rolle seines Mentors übernommen hatte, mit einem weiteren aufmunternden Nicken bedacht, das nur bedingten Erfolg hatte. Adler fühlte sich alles andere als wohl. Stocksteif saß er auf dem Küchenstuhl, Schweiß und Haargel hatten auf seiner Stirn einen glänzenden Film gebildet.

«Und was haben Sie dann getan?»

«Ich habe mich in allen Zimmern umgesehen. Als ich ins Schlafzimmer trat, habe ich sie im Bett liegen sehen. Zuerst dachte ich, dass sie schläft. Aber mir kam es irgendwie komisch vor, wie sie dalag. Dann habe ich die leeren Medikamentenschachteln auf dem Nachttisch gesehen und wollte ihren Puls fühlen, doch da wurde mir klar, dass sie tot sein musste.»

«Wieso waren Sie sich da so sicher?»

«Ich studiere Medizin, im sechsten Semester.»

Tüchtig, der große Bruder. Zieht sein Studium durch, während der planlose kleine Bruder durch die Weltgeschichte reist und sich amüsiert, dachte Lisa.

«Wir brauchen Ihre Anschrift und Telefonnummer, damit Sie für uns erreichbar sind.»

«Habe ich schon notiert», sagte Thorsell.

«Dann war's das. Sie haben rasch und überlegt gehandelt. Dafür sind wir Ihnen sehr dankbar», sagte Lisa, der John Adler irgendwie auch ein bisschen leidtat.

«Kann ich jetzt gehen?»

«Ich schlage vor, dass Sie mit uns mitfahren. Da unten warten die Journalisten und Fotografen, und mit denen sollten Sie nicht unbedingt reden. In Ordnung?»

«Gut.»

Palle Pettersson hatte schon so eine leise Ahnung gehabt, als er Lisa Berggren und Bengt Aronsson ins Haus hatte gehen sehen. Das hier war nicht irgendeine x-beliebige Neun, so lautete der Code für Todesfälle, den er über Polizeifunk aufgeschnappt hatte. Eine ganze Menge sprach dafür, dass gerade diese Neun etwas mit dem Mord an Osman Faqiri zu tun hatte, sonst wären Berggren und Aronsson nicht beide hergekommen und hätten nicht so verbissen ausgesehen.

Den Fotografen mit einem der besten Riecher für sensationelle Bilder reizte diese Herausforderung, die umso erfolgversprechender erschien, weil bei der Zeitung bereits der Tipp eines Mannes eingegangen war, der zwei Stockwerke über der Wohnung wohnte, in die die Polizei eingedrungen war. Palle hatte von der Redaktion die Handynummer des Mannes erhalten, ihn angerufen und sich mit ihm vor dem Thailänder Krua Thai am Möllevångstorg verabredet.

Nun kam ein Mann mit zielstrebigen Schritten auf ihn zu, er musste es sein. Sie begrüßten sich, und der Mann fragte in gebrochenem Schwedisch, ob er das Geld gleich bekomme oder die Zeitung es ihm zuschicken werde.

«Das kommt ganz darauf an, ob Sie brauchbare Informationen haben oder nicht.»

Der Mann nickte, aber Palle war sich nicht so sicher, ob er ihn verstanden hatte.

«Wissen Sie, wer in der Wohnung wohnt?»

«Ich in dritte Stock wohnen.»

«Ja, wer wohnt in der Wohnung, wo die Polizei reingegangen ist?»

«Frau ein bisschen dick, dicke Brüste.»

«Wissen Sie, wie sie heißt?»

«Kein Name.»

«Kein Name?»

«Die Tür hat keine neue Name. Sie bald eingezogen.»

«Meinen Sie, dass sie vor kurzem eingezogen ist?», versuchte es Palle.

«Ja, ja. Meine Schwedisch nicht gut.»

«Wie alt ist sie?»

«Fünfzig vielleicht. Schwedisch.»

«Eine leicht dickliche schwedische Frau um die fünfzig», wiederholte Palle und seine leise Ahnung wurde zur Gewissheit. «Sonst irgendwelche persönlichen Merkmale?»

«Ich kennen die Frau nicht.»

«Nein, aber können Sie noch genauer beschreiben, wie sie aussieht? Welche Augenfarbe hat sie denn?»

«Meistens Sonnenbrille. Und Perücke.»

«Sie trägt eine Perücke?»

«Ja, man sehen wie Haare, dass Perücke.»

Palle nahm seine Kamera zur Hand und blätterte die Aufnahmen durch, bis Dora Brandts Foto auf dem Display erschien.

«Sie! Das ist sie! Schwedische Frau!», sagte der Mann außer sich und mit einem Blick, der verriet, dass er nun mit einer soliden Belohnung für seinen Hinweis rechnete.

Palle griff nach seiner Brieftasche, die in der Innentasche seiner Henri-Lloyd-Jacke steckte, und fischte einen Fünfhunderter heraus. Dieser Informationsaustausch fand außer Konkurrenz statt, und den finanziellen Verlust würde er schon verkraften. Geld war bei ihm keine Mangelware.

«Danke, danke, danke.»

«Danke Ihnen, wie wir in Schweden sagen», gab Palle zurück und lachte etwas zu laut, als dass es freundlich klang.

Als der Mann verschwunden war, rief Palle sofort Leyla an und berichtete ihr von Dora Brandts vermutlichem Tod.

«Bist du dir ganz sicher, dass sie es ist?», fragte Leyla.

«So sicher, wie man sein kann, ohne die Leiche mit eigenen Augen gesehen zu haben. Die Neun ist der Code für

Todesfälle, Bengt Aronsson und Lisa Berggren sind beide vor Ort, ein Nachbar aus dem Haus hat sie auf meinem Foto wiedererkannt, und Josefin Mjörner behauptet, dass sie Dora Brandt seit zwei Tagen nicht erreichen kann. Also ich finde, es spricht einiges dafür, dass Dora Brandt tot ist.»

FREITAG, 7. SEPTEMBER

Er tat das nur zu ihrem Besten. Nach dem Schock brauchte sie Ruhe, und er brauchte Zeit, um zu versuchen, ihre Probleme zu lösen. Vorsichtig hob er ihren linken Arm an und betrachtete die hübsche goldene Uhr mit dem Gliederarmband an ihrem Handgelenk, die er ihr zu ihrem letzten Geburtstag geschenkt hatte.

Es war elf Uhr. Das Schlafmittel, das er ihr in den Wein gemischt hatte, würde sicher noch fünf bis sechs Stunden wirken, was bedeutete, dass sie frühestens am Nachmittag wieder aufwachte.

Harald Holmström hob die Schauspielerin mühevoll vom Sofa hoch und trug sie nach nebenan ins Schlafzimmer. Als er sie ins Bett legte, jammerte das Katzenvieh so laut wie ein schreiender Säugling.

«Ist wohl das Beste, wenn du bei ihr bleibst», murrte er und klopfte auf die Bettdecke, um dem Kater deutlich zu machen, dass er aufs Bett springen sollte.

Lundberg ließ sich nicht zweimal bitten. Mit einem Satz war er oben, legte sich neben seinem Frauchen zurecht und begann sofort zu schnurren. Harald deckte Josefin mit einer dünnen Decke zu und streichelte ihre Wange.

Wie hoch war die Wahrscheinlichkeit, dass alles klappte? Siebzig Prozent? Vielleicht sogar achtzig? So um den Dreh. Trotz allem ziemlich gut. Entweder, oder. Alles auf eine Karte. Die letzte Schlacht. Vielleicht war es falsch zu behaupten, die Zukunft der Partei stehe und falle mit seinem Geschick, Leyla Abdallah zum Schweigen zu bringen. Aber es war schon was Wahres dran. Wenn die Umfragewerte kippten, konnte es ganz schnell bergab gehen, das hatten auch schon andere junge Parteien wie die Neue Demokratie oder die Feministische Alternative erfahren.

Die Frage war nur, wer außer Leyla und dem Fotografen Palle Pettersson wusste, dass Dora Brandt Josefin Mjörners leibliche Tochter war. Ein paar von Leylas Vorgesetzten und Kollegen waren sicher informiert, möglicherweise auch ihr Freund Tom. Aber wenn Leyla sich entschied, nichts über das Geheimnis zu schreiben, und wenn sie behauptete, die Informationen seien falsch oder hätten sich zumindest nicht bestätigt, wäre das Ganze nichts als ein paar haltlose Gerüchte auf den Fluren der Zeitungsredaktion. Seine Mission war es nun, sie davon zu überzeugen, dass dieser Entschluss der richtige war.

Deswegen war ihr Freund Tom so interessant. Er war der Riss in Leylas Fassade und somit Haralds Trumpf.

Wir haben alle unsere Geheimnisse und Abgründe. Es kommt nur darauf an, sie zu finden.

Die Privatdetektivin, die er in Malmö engagiert hatte, hatte gute Arbeit geleistet. Er wunderte sich, dass nur wenige die Dienste dieser sagenumwobenen Berufsgruppe nutzten, die zu Unrecht einen schlechten Ruf genoss. Die modernen Detekteien arbeiteten diskret und professionell, wenn es um Recherchen zu Einzelpersonen und in öffentlichen Datenbanken oder Observationen ging, in deren Rahmen die Zielpersonen fotografiert wurden. Die Methoden waren kaum fragwürdiger als die von Journalisten wie Leyla Abdallah. In der Vergangenheit hatte er bereits in zwei Fällen eine Detektei beauftragt, und das mit gutem Ergebnis. Beim ersten Mal stand ein Angestellter unter Betrugsverdacht, der in dem Musikladen gearbeitet hatte, den Harald vor zehn Jahren in Lund zusammen mit einem Geschäftspartner geführt hatte. Der Privatdetektiv fand heraus, dass der Mitarbeiter durch eine Reihe von Scheinrechnungen jeden Monat rund zehntausend Kronen von den Firmeneinnahmen auf sein eigenes Bankkonto transferierte. Beim zweiten Mal hatte er Beweisfotos über die Affäre seiner damaligen Frau in Auftrag gegeben.

Einfach, effektiv und klassisch. Nach der Scheidung hatte er sich geschworen, sich nie wieder von einer Frau ausnutzen zu lassen. Andere aus seinem Umfeld behaupteten, Josefin Mjörner nutze ihn aus. Er sei nur ihr Laufbursche. Aber da täuschten sie sich gewaltig. Sie hatten nicht die Risse in ihrer Fassade gesehen. Josefin hatte auch ihre Schwächen. Sie trank und nahm es mit der Wahrheit nicht immer so genau. Sie würde ihn aber nie hintergehen, auch wenn sie manchmal so tat, als habe sie ihre Beziehung satt. Wenn sie ihn verließ, würde er alles auffliegen lassen.

Die Zukunft gehörte immer noch ihnen, wenn er seine Trümpfe richtig ausspielte. Sie würden gemeinsam die Partei weiter aufbauen und auf der Erfolgswelle reiten. Sie repräsentierte, und er war derjenige, der im Hintergrund heimlich die Fäden in der Hand hielt. Er liebte es, zu organisieren und Gefahren zu bannen. Das machte die Spannung in seinem Leben aus. Der Einsatz dafür war hoch, aber wie sah die Alternative aus? Diese phantastische Reise zu beenden und das Dasein wieder als Pianist und Keramiker zu fristen? Weder mit dem einen noch mit dem anderen Beruf konnte er seinen Lebensunterhalt bestreiten, obwohl er auf beiden Gebieten gelegentlich sogar ganz erfolgreich gewesen war. Das Los des Kulturarbeiters bestand entweder darin, die Durststrecken zwischen den lukrativen Aufträgen irgendwie zu überbrücken oder eine Nebentätigkeit zu finden, die genug abwarf, um sich auf Teilzeitbasis dem zu widmen, wofür man sich begeisterte. Harald Holmström sehnte sich nicht nach dieser Zeit zurück.

Vor gut zwei Jahren waren sie sich zum ersten Mal begegnet. Harald hatte sie auf einer großen Kunstvernissage bei einem Galeristen in Malmö auf dem Klavier begleitet. Er hatte sie nicht im Sturm erobert, im Gegenteil. Aber sie war hingerissen von ihm, weil er ihr zuhörte, ihr den Stuhl anbot und ihre schöne tiefe Stimme überschwänglich lobte. Er war um sie herumgeschlichen wie die Katze um den heißen Brei.

Sie liebte es, im Mittelpunkt zu stehen, und er mochte es, im Hintergrund zu bleiben. Deswegen passten sie so gut zusammen. Wie Yin und Yang. Jenem Abend waren weitere gemeinsame Auftritte gefolgt, und ihre Freundschaft war inniger geworden. Sie wurden ein Paar.

Ein Liebespaar.

Er sah es so, auch wenn sie nicht das Bett teilten und nie mehr als ein paar Wangenküsschen ausgetauscht hatten. Weil es bei der Liebe nicht nur um Körperkontakt ging. Sie war etwas Größeres, Beständigeres. Die Klatschpresse hatte in einigen Artikeln angedeutet, der zwanzig Jahre jüngere Harald Holmström sei Josefin Mjörners neue Liebe. Davon abgesehen kümmerten sich die Medien nicht weiter um ihr Privatleben, selbst nach Josefins Eintritt in die Politik. Alles war so schnell gegangen, dass es fast schon unwirklich war. Er hatte das Potenzial erkannt, das in ihrem ersten vorsichtigen Engagement für die Flüchtlingsfamilien steckte. Hatte sie ermuntert und war ebenfalls der Organisation beigetreten. Die Idee, eine Partei zu gründen, war sein Geniestreich gewesen. Sogar der Name Humanistische Alternative war auf seinem Mist gewachsen.

Als Mjörners rechte Hand nahm er sich gewisse Freiheiten heraus. Nicht nur künstlerisch, sondern auch intellektuell und ökonomisch. Er verwaltete die Einnahmen der Partei und verfügte außerdem über mehrere von Mjörners Konten. Und er wusste, wie wichtig es war, seine Tentakel auszustrecken und sich da festzuhaken, wo potenzielle Gefahr drohte. Leyla Abdallah war nur eine von mehreren, auf die er die kompetente Privatdetektivin und ihre Mitarbeiterin angesetzt hatte. Auf der Liste standen ferner ein paar Oppositionelle, Persönlichkeiten aus dem Kulturbereich und ein weiterer Journalist. Das war nicht billig, aber die Parteikasse deckte die Kosten. Letztlich ging es ja darum, die Humanistische Alternative zu schützen. Und das, was die Detektei lieferte, war allemal das Geld wert.

Harald Holmström schloss die Schlafzimmertür und ließ sich mit der Mappe in der Hand in einen Sessel fallen. Er setzte sich seine Lesebrille auf und ging ein weiteres Mal die Informationen über Leyla Abdallah durch: die Angaben zur Person, die persönlichen Daten ihrer Familie, ihr Jahreseinkommen, ein Vermerk beim Gerichtsvollzieher wegen ausstehender Miete, die Note «sehr gut» in allen Klausuren und Seminararbeiten in Politologie an der Universität Lund und einige weitere Dokumente.

Die Detektei hatte auf der Basis von Observationen und anderen Recherchen noch eine kurze Zusammenfassung über ihren Umgang und ihre Gewohnheiten hinzugefügt. Hier kam der Riss in ihrer Fassade zum Vorschein. Obwohl die Detektei erst seit zwei Wochen an dieser Dokumentation arbeitete, konnten bereits sehr interessante und nützliche Informationen gesammelt werden:

Leyla Abdallah, im Folgenden mit LA abgekürzt, ist schwedische Staatsbürgerin mit arabischen Wurzeln. Sie wurde in Bagdad/Irak geboren und kam mit zwölf Jahren nach Schwe-

den. LA hatte vor zwei Jahren ihren journalistischen Durchbruch, im Zusammenhang mit der Zerschlagung einer Gang namens Die Rächer, die kriminelle Einwandererbanden in Malmö überfallen hatte.

LA ist nicht praktizierende Muslimin und gehört dem schiitischen Zweig des Islam an. Ihre Eltern leben in einer Eigentumswohnung in Rosengård/Malmö, wo auch LA aufgewachsen ist. Ihre Mutter heißt Fatima Abdallah, ihr Vater Hassan Abdallah. Die Mutter ist Hausfrau, der Vater hat ein Taxiunternehmen. LA hat drei ältere Brüder: Jassim, Mahmoud und Ali Abdallah, die alle mit Araberinnen verheiratet sind. Die beiden ältesten Brüder, Jassim und Mahmoud, praktizieren ihren Glauben. Sie nehmen regelmäßig am Freitagsgebet in der Moschee des Islamic Center in Malmö teil, und ihre Frauen sind verschleiert.

LA ist die einzige Tochter und als Einzige ledig und kinderlos. Sie trifft sich nur sporadisch mit ihrer Familie und ihren Verwandten. Abgesehen davon pflegt sie Kontakt mit Arbeitskollegen und Freundinnen. LA hat einen Freund namens Tom Wahlgren. Er ist sechsundzwanzig, zwei Jahre jünger als LA und wohnt in der Kristianstadsgatan 43 beim Möllevångstorg. Allem Anschein nach wird diese Beziehung insofern geheim gehalten, als dass LA's Familie nichts davon weiß. Als wir das Paar gemeinsam in der Öffentlichkeit observierten, hatten wir den Eindruck, LA habe Angst davor, mit ihrem Freund gesehen zu werden. Sie ist unruhig und schaut sich häufig um. Aus diesem Grund mussten wir bereits während einer Observation den Mitarbeiter wechseln, da LA den ersten entdeckt hatte. Wenn ihre Familie von ihrer Beziehung mit Tom Wahlgren erfährt, ist es unserer Einschätzung nach nicht ausgeschlossen, dass es zu Drohungen oder Gewalttätigkeiten gegen LA kommt, da sie die Familienehre verletzt hat. Weitere Informationen: Fotos im Anhang.

Harald Holmström legte vier Fotos auf den Couchtisch. Leyla Abdallah und Tom Wahlgren waren ein Paar, daran gab es keinen Zweifel. Zwei Bilder zeigten sie Hand in Hand vor einem indischen Restaurant auf dem Lilla Torg in Malmö, auf einem Foto küssten sie sich zärtlich in einem Park, und auf einem dritten hatte Tom auf dem Värnhemstorg, nicht weit von Leylas Wohnung entfernt, den Arm um ihre Schultern gelegt.

Jetzt galt es, alles zu organisieren und perfekt zu machen. Harald Holmström lehnte sich in seinem Sessel zurück und schloss die Augen. Versuchte, den hektischen und ereignisreichen Vortag Revue passieren zu lassen, um festzustellen, ob ihn irgendetwas stutzig machte oder er etwas vergessen hatte. Knapp dreißig Minuten nachdem die deutschen Journalisten vom *Hamburger Abendblatt* gestern das Haus verlassen hatten, waren Kommissarin Lisa Berggren und ihr Kollege Bengt Aronsson mit ernsten Gesichtern aufgetaucht. Sie wollten mit Josefin sprechen.

Das hatte alle Erwartungen übertroffen, oder etwa nicht?

Obwohl die Nachricht von Dora Brandts plötzlichem Tod ein Schock für sie gewesen war, hatte Josefin auf seinen Rat gehört und nichts davon erzählt, dass diese Frau ihre Tochter war. Die taktlose Lisa Berggren hatte sie penetrant ausgefragt, wie gut sich die beiden gekannt hatten, aber Josefin hatte vehement darauf beharrt, dass sie keine Ahnung habe, ob Ann-Sofie Jacobsson jemand anderes sei als die nette Soziologiedozentin aus Uppsala, die sie bei einem Treffen auf dem Nydalagård für Mitglieder des Netzwerks kennengelernt und einmal vor ein paar Tagen in Oxie zusammen mit Familie Faqiri getroffen habe.

Die Beamten hatten sie noch weiter mit Fragen über den Abschiedsbrief bedrängt, in dem Dora Brandt geschrieben hatte, sie habe versucht, etwas zu erklären, doch Josefin

Mjörner habe ihr nicht zuhören wollen. Josefin hatte so getan, als wisse sie nicht, worum es ging.

Hatte nicht schlussendlich das Drohbild die Situation gerettet?

Als Berggren und Aronsson erzählten, in der Wohnung sei ein Bild gefunden worden, auf dem nicht nur Osman Faqiris, sondern auch Josefin Mjörners Gesicht durchgestrichen gewesen sei, war sie zusammengebrochen. Sie hatte sich nicht verstellen müssen und hemmungslos geweint. So herzzerreißend, dass das Verhör abgebrochen werden musste. Echte Gefühle sind immer besser, egal wie gut eine Schauspielerin ist. Zumindest so lange, wie nicht geredet wird, dachte Harald Holmström und klappte die Mappe zu.

Er hatte die Kommissare überzeugen können, dass sie nicht ins Krankenhaus eingeliefert werden musste und er sich um sie kümmern würde. Als sie gegangen waren, war Josefin am Boden zerstört gewesen. Sie plagten Schuldgefühle und Angst. Sie wirkte verwirrt und ängstlich. Khaled war nach unten gekommen und hatte sich erkundigt, was passiert sei.

«Nichts, das wird schon wieder», hatte er gesagt. «Geh ruhig wieder hoch zu Zarmina.»

Widerwillig hatte Khaled gehorcht. Der Junge war ein Problem. Nicht nur weil er neugierig war, sondern weil er sich verändert hatte. Er war nicht mehr so folgsam wie früher, nicht mehr so leicht kontrollierbar.

Da die übrige Familie Faqiri erst in einer halben Stunde zurückkommen würde, hatte Harald Josefin ins Schlafzimmer geführt und ihr Wein angeboten. Sie hatte aufgehört zu weinen und ihn verwundert angesehen. Er hatte genickt, ihre Hand getätschelt und etwas davon gefaselt, dass Alkohol nicht immer schlecht sei. Hatte ihr nachgeschenkt und zwei Tabletten Adumbran gegeben. Nach einer Weile hatte sie sich so weit beruhigt, dass sie das Gespräch mit Berggren und Aronsson wiedergeben konnte. Er hatte ihr sämtliche Details aus der Nase gezogen und sie gelobt. Dann hatte er mehr Wein geholt, dem er das Schlafmittel Mogadon beigemischt hatte, damit sie in Tiefschlaf fiel.

Am besten, man kümmerte sich um alles selbst, nicht wahr?

Gestern Abend hatte er Leyla Abdallah angerufen. Es stellte sich heraus, dass sie bereits von Dora Brandts Tod wusste, woher auch immer. Sie war einfach beängstigend gut darin, sich mit den neusten Infos zu versorgen.

Anfangs hatte Leyla Abdallah noch versucht, Mitgefühl zu zeigen, und behauptet, sie habe vollstes Verständnis dafür, dass Josefin Mjörner keine Kraft mehr habe, noch am selben Tag mit ihr zu sprechen. Aber dann war sie mit einer langen Erklärung gekommen, dass die Geschichte nun so komplex sei und im Hinblick auf Dora Brandts Tod so großes Interesse bei der Bevölkerung ausgelöst habe, dass sie unmöglich noch länger mit dem Artikel warten könne und sie gezwungen sei, schon am nächsten Tag Josefin Mjörner in ihrer Trauer zu stören, um mit ihr die letzten Details durchzugehen. Andernfalls ginge der Artikel so in Druck.

Dieses Weib hatte keine Skrupel! Aber sie würde schon sehen, was sie davon hatte. Er würde sie vor ein Ultimatum stellen.

Am Telefon hatte er seine Wut nur schwer verbergen können, aber er hatte sich zusammengerissen und so getan, als ginge er nach nebenan zu Josefin. Nach ein paar Minuten hatte er den Hörer wieder in die Hand genommen und Leyla mitgeteilt, sie könne morgen um zwölf kommen.

Josefins einzige Bedingung sei, dass sie allein komme, hatte er behauptet, weil sie nicht viele Besucher empfangen könne.

Leyla Abdallah hatte die Erklärung geschluckt. Um zwölf,

allein. Harald Holmström blieben noch rund zwanzig Minuten. Er stand vom Sofa auf und begann im Wohnzimmer auf und ab zu gehen. Eine gewisse Nervosität machte sich bemerkbar, aber eher weil er voller Erwartung war und sich darauf freute, seine psychischen Kräfte mit Leyla Abdallah zu messen.

Und er hatte sich gut vorbereitet. Josefin war vollkommen erledigt gewesen, als sie am Morgen nach fünfzehn Stunden Schlaf aufgewacht war. Er hatte ihr das Frühstück ans Bett gebracht, aber sie hatte es verschmäht und war stattdessen aufgestanden und hatte sich angezogen. Sie hatte davon gesprochen, dass sie Aronsson anrufen und ihm die Wahrheit sagen wolle.

Welche Wahrheit? Die Wahrheit sah nicht immer gleich aus, je nachdem aus welcher Perspektive man sie betrachtete.

Er hatte gesagt, sie müsse erst alles gut überdenken, und sich mit ihr aufs Sofa gesetzt. Hatte ihr und sich Wein eingeschenkt, und sie hatten gemeinsam ein paar Gläser getrunken. Sie hatte angefangen zu weinen, und er hatte sich keinen anderen Rat gewusst, als dass sie wieder schlafen musste. Sie würde alles verstehen, wenn er ihr es erklärte. Ja, sie würde ihm sogar dankbar sein, wenn sie begriff, was er getan hatte, um sie und die Partei zu retten.

Es war schließlich zu ihrem Besten.

Jetzt schlief sie also wieder, und das würde die nächsten Stunden auch so bleiben. Außerdem war die Familie Faqiri unterwegs. Die Kinder, die schon die Schule besuchten, hatten heute frei bekommen, damit sie bei dem schönen Spätsommerwetter zusammen mit hilfsbereiten Parteimitgliedern einen Ausflug in das Buchenwäldchen machen konnten. Auch Khaled und Zarmina waren mitgefahren. Das Mädchen war ganz neugierig und interessiert gewesen, nicht so schwermütig wie sonst.

Jetzt trat er gegen Leyla an. Allein.

Es klingelte an der Tür.

Alles würde gut werden, oder etwa nicht?

«Ich habe Antwort aus Linköping. An dem Messer ist menschliches Blut. Wir haben DNA-Material.»

David Nordins Stimme klang am Telefon genauso sachlich und unbeeindruckt wie sonst.

«Ist es die Tatwaffe?», fragte Lisa ungeduldig.

«Komm bei uns vorbei, dann sage ich's dir.»

Sie warf den Hörer auf die Gabel und lief die Treppe ins Erdgeschoss hinunter, wo die kriminaltechnische Abteilung saß. Obwohl die moderne Wissenschaft die Arbeit der Techniker revolutioniert hatte, wirkte dieser Bereich irgendwie angestaubt. Alle, die hier arbeiteten, waren älter als ihre Kollegen aus den anderen Abteilungen und bewegten sich gemächlich zwischen ihren Büros und Labors hin und her. Ein großer Glaswürfel in der Mitte des Korridors mit längst überholter kriminaltechnischer Ausrüstung in Form von Geheimkameras, Stempelkissen und Lupen verstärkte den altmodischen Eindruck.

Aber der Schein trog. David Nordin und seine Kollegen zählten zu den schlausten Köpfen im ganzen Präsidium, jedenfalls Lisa Berggrens Ansicht nach. Mit der Zeit hatte sie gelernt, dass hinter dem, was auf den ersten Blick phlegmatisch erschien, tatsächlich extreme Gründlichkeit steckte. Eine Eigenschaft, mit der sie selbst gerne ausgestattet gewesen wäre.

David Nordin saß in seinem Büro am Computer, die Ellenbogen auf die Tischplatte gestützt. Er hatte seine Brille bis zur Nasenspitze vorgeschoben und musterte Lisa über den Brillenrand hinweg mit einem Blick, der verriet, dass er nicht so cool war, wie er vorzugeben versuchte. Das war ein gutes Zeichen. David Nordin war kein Mann der großen Gesten. Wenn er so aussah, hieß das, dass er etwas mitzuteilen hatte.

«Spann mich nicht länger auf die Folter. Raus mit der Sprache», sagte Lisa.

«Du bist wirklich ein Wirbelwind. Na schön, weil du's bist: Das Blut an dem Messer stammt von Osman Faqiri.»

Lisa ballte siegessicher die Faust.

«Dann ist es also die Tatwaffe?»

«Es ist ein Messer mit Faqiris Blut. Und es sieht so aus, als könnte dieses Messer mit den Stichwunden übereinstimmen.»

«Dann ist es also die Tatwaffe! Wunderbar, Nordin! Noch irgendwelche anderen Spuren?»

«Keine biologischen. Aber die Jungs in Linköping haben gute Arbeit geleistet und einen Fingerabdruck am Schaft sichergestellt. Vom Daumen. Die Papillarlinien sind nicht besonders deutlich, aber uns reicht das.»

«Und dieser Fingerabdruck stammt von Dora Brandt?»

David Nordin kratzte sich am Doppelkinn und schüttelte den Kopf.

«Nein, ich weiß nicht, von wem der Fingerabdruck ist, jedenfalls nicht von Dora Brandt.»

Diese Antwort überraschte Lisa Berggren und bremste ihre gute Laune ein wenig.

«In Doras Abschiedsbrief stand doch, dass sie nicht länger leben könne mit der Erinnerung an Osman Faqiris Schreie, als er ertrank. Außerdem hat sie geschrieben, sie sei sich ihrer Schuld bewusst geworden. Das klang zwar alles etwas vage, aber ließe sich trotzdem als Geständnis deuten.»

«Vielleicht gab es einen Mittäter, der das Messer in der Hand gehalten hat», schlug David Nordin vor.

«Oder sie hat nur gesehen, wie der Mord passiert ist.»

«Oder wir hören auf zu spekulieren und konzentrieren uns auf das, was wir haben.»

«Und das wäre?»

«Wahrscheinlich die Tatwaffe, dazu lasse ich mich noch hinreißen. Und einen Fingerabdruck. Das ist gar nicht so schlecht. Jetzt müssen wir nur noch den Eigentümer des Daumens finden.»

«Kein Treffer im Identifizierungssystem?»

«Nein.»

Lisa Berggren rieb sich die Schläfen, um die Migräneattacke aufzuhalten, die im Anmarsch war.

«Habt ihr den Abdruck auch durch die andere Datenbank laufen lassen?», fragte sie.

«Nein, dazu sind wir noch nicht gekommen. Dafür brauchen wir eine Sondergenehmigung, wie du weißt.»

«Dann kümmern wir uns darum, und zwar jetzt.»

Leyla spürte sofort, dass irgendetwas nicht stimmte, als Harald Holmström ihr aufmachte.

Diese Stille, dachte sie. Diese totale Stille.

Sein Händedruck war feucht, der Blick fest.

«Willkommen. Möchten Sie ablegen?»

«Nein, danke, ich behalte meine Jacke lieber an.»

Er führte sie ins Wohnzimmer und bot ihr einen Platz auf dem Sofa an.

«Möchten Sie etwas trinken? Kaffee? Tee?»

«Nein, danke. Wo ist Josefin Mjörner?»

«Sie ruht sich aus. Das alles hat sie sehr mitgenommen, müssen Sie wissen.»

Erneutes Schweigen. Peinlich. Beunruhigend. Er räusperte sich.

«Wie sind Sie denn hierhergekommen?»

«Mit dem Taxi», gab sie schnell zurück. «Taxi-Kurier.»

«Dann sind Sie also nicht von Ihrem Herrn Papa gebracht worden?», fragte Holmström und lächelte schwach.

«Was meinen Sie damit?»

«Na ja, er ist doch Taxifahrer.»

Woher wusste er das? Versuchte er, ihr Angst zu machen? Leyla richtete sich auf und sah Holmström furchtlos in die Augen.

«Sie müssen entschuldigen, aber ich bin hier, um mit Josefin Mjörner zu sprechen. Wir hatten einen Termin vereinbart. Wenn sie nicht mit mir reden will, rufe ich sofort ein Taxi und gehe wieder», sagte Leyla und kramte nach ihrem Mobiltelefon.

«An Ihrer Stelle würde ich mir erst mal das hier ansehen», erwiderte Holmström und schlug die Mappe auf, die er in der Hand hielt.

Er holte die vier Fotos heraus und schleuderte sie auf den Tisch.

«Schauen Sie genau hin», forderte er sie auf.

Leyla griff nach einem Bild. Ihr war sofort klar, was darauf zu sehen war. Ihr Herz begann zu rasen, sie wurde rot, bis ihre Wangen glühten.

Bloß nicht die Fassung verlieren, dachte sie und legte das Foto wieder auf den Tisch.

«Woher stammt das?», fragte sie.

Leyla versuchte ruhig zu bleiben, aber ihre Stimme zitterte.

«Leider kann ich meine Quelle nicht preisgeben. Das sagt ihr Journalisten doch immer, wenn ihr andere Leute verfolgt und erpresst. Dass ihr eure Quelle schützen müsst.»

Er konnte nicht stillsitzen. Seit jenem Abend konnte er nicht mehr stillsitzen.

Scheiße! Sie hätten auf ihn hören sollen! Sie hätten nicht weghören und alles verharmlosen dürfen, als er versucht hatte, die Wahrheit zu sagen. Sie hätten ihn ernst nehmen müssen. Auch wegen Zarmina.

Khaled war bereits sechs Kilometer in rasend schnellem Tempo durch den Buchenwald gelaufen. Vier Kilometer hatte er noch vor sich. Dann würde er zusammen mit seiner Familie und den netten Schweden aus dem Netzwerk, die sie auf diesen Ausflug mitgenommen hatten, in dem Café beim Ententeich sitzen. Zarmina hatte heute gute Laune. Sie hatte gelacht, als er sie auf dem Parkplatz in die Luft geworfen und mit seinen starken Armen wieder aufgefangen hatte, bevor er eine Runde laufen gegangen war. Es war gut, dass Zarmina lachte. Sie brauchte das.

Jetzt schmerzten die Beinmuskeln vor Übersäuerung. Es tat richtig weh. Das war gut, denn dann musste er nicht so viel an den anderen Schmerz denken. Das Problem war nur, dass er immer mehr Schmerzen brauchte, um die anderen zu verdrängen. Die im Bauch hockten, alles zermalmten, bis zum Hals hochstiegen und ihm fast die Luft abschnürten.

Scheiße!

Khaled wusste, dass er nicht ewig weiterlaufen konnte. Vor manchen Sachen kann man nicht fliehen, egal wie weit oder wie schnell man auch rannte.

Nach der Steigung am Skabersee bog er vom Trimm-dich-Pfad ab und lief auf dem Fahrweg weiter. Aus dieser Richtung waren sie mit den Autos gekommen, auf der Straße Richtung Buchenwald, nicht besonders weit von Oxie entfernt, fünf, sechs Kilometer vielleicht. Und jetzt waren Harald und Josefin allein zu Hause.

Khaled lief auf der linken Seite am Straßenrand entlang. Er hatte beschlossen, dass er mit ihnen reden wollte. Damit sie aufhörten zu lügen. Der Randstreifen war trocken, seine Sohlen hatten guten Halt auf dem grauen Asphalt. Er wurde langsamer und fand ein Tempo, das mit seinem Atemrhythmus harmonierte.

Ich laufe lieber etwas langsamer nach Oxie, dann bin ich nicht total erschöpft, wenn ich ankomme, dachte er.

Leyla warf einen raschen Blick auf die übrigen Fotos auf dem Tisch. Sie erinnerte sich wieder, besonders an den Abend auf dem Lilla Torg, als sie nach ihrem Kinobesuch mit Tom indisch Essen gegangen war. Das war nach ihrer Begegnung mit der verdächtig aussehenden Dame mit der Sonnenbrille gewesen. Ihr war noch eine andere Frau aufgefallen, die Fotos gemacht hatte. Leyla hatte Tom von ihrem Verdacht erzählt, dass auch diese Frau sie verfolgte, aber er hatte das als paranoide Hirngespinste abgetan, und sie hatte sich widerwillig damit zufriedengegeben. Hatte der Frau den Rücken zugewandt, Toms Hand wieder in die ihre genommen und fest gedrückt, um ihre Phobie zu überwinden. Vielleicht waren sie gerade in dem Moment verewigt worden. Sie hatte also recht gehabt, jemand hatte ihr nachspioniert.

«Was soll das heißen?», fragte sie und versuchte, gleichgültig zu wirken.

«Dass Sie unter keinen Umständen wollen, dass diese kompromittierenden Bilder veröffentlicht werden. Dasselbe Problem haben wir mit den Informationen über Dora Brandt, besonders jetzt, da sie tot ist. Wir wollen Ihnen einen Vorschlag machen. Ein gegenseitiges Versprechen sozusagen.»

Er hatte die Arme vor der Brust verschränkt und musterte Leyla von oben herab. Sie stand vom Sofa auf, um rein physisch gesehen eine vorteilhaftere Verhandlungsposition einzunehmen und auf gleicher Augenhöhe mit Holmström zu sein.

«Wer ist denn wir? Ich sehe hier nur Sie. Lassen Sie mich mit Josefin Mjörner reden.»

Er kniff die Augen zu fest und etwas zu lange zu, etwa so wie bei ihrem letzten Treffen bei Palle. Holmström stand leicht vornübergebeugt und ließ die Arme sinken.

«Ich denke, Ihnen ist nicht klar, wie ernst die Sache ist, Fräulein Abdallah. Dieses Mal sind nicht Sie es, die das Kommando hat, sondern ich. Und wenn Sie nicht auf mich hören, werde ich diese Fotos Ihren drei Brüdern und Ihren Eltern in Rosengård schicken. Und das wollen Sie doch wohl nicht?»

Leylas Wangen brannten.

Nur nicht die Kontrolle verlieren. Damit er nicht die Initiative ergreifen kann.

«Ehrlich gesagt habe ich keine Ahnung, wovon Sie reden. Was soll das alles überhaupt?»

Harald Holmström ging zwei Schritte auf Leyla zu und blieb ungefähr zwanzig Zentimeter vor ihr stehen.

Nur keine Angst zeigen, dachte sie. Du darfst keine Angst zeigen.

Aber es war schon zu spät. Instinktiv war sie zurückgezuckt und hatte sich aufs Sofa fallen lassen.

«Jetzt tun Sie nicht so unbeteiligt. Ich weiß, wie Leute wie Sie ticken. Ihr Journalisten seid doch nur darauf aus, Menschen zu besudeln und zu vernichten. Aber jetzt sind Sie nicht mehr so überheblich. Was würde Papa Hassan wohl sagen, wenn er Sie zusammen mit einem Schweden sieht? Glauben Sie, dass er sich freut? Oder vielleicht weiß er auch schon, dass Sie ein Paar sind.»

«Lassen Sie mich mit Josefin sprechen.»

«Sie stellen hier keine Bedingungen. Und Sie kommen hier erst wieder raus, wenn wir uns einig sind.»

Holmström setzte sich neben Leyla auf das Sofa und legte ihr eine Hand auf die Schulter.

«Jetzt lassen Sie uns vernünftig sein und die Sache ganz

pragmatisch angehen. Sie werden sehen, es gibt keine Probleme. Sie versprechen, nichts zu schreiben, was darauf hindeutet, dass Dora Brandt Josefins Tochter war, und ich verspreche Ihnen, die Fotos sowie sämtliche Kopien zu vernichten und niemandem etwas über Sie und Tom zu erzählen. Sind wir uns einig?»

Es war nur eine Formalität, aber sie hatte unnötig viel Zeit beansprucht, jedenfalls nach Lisas Empfinden. Tatsächlich war es überraschend schnell gegangen. Binnen einer Stunde hatte ihr Chef, Kriminalhauptkommissar Jan Wrede, die Genehmigung erteilt, die David Nordin Zugang zu der zweiten Datenbank mit den Fingerabdrücken verschaffte. Die Suche in der ersten Datenbank, die Fingerabdrücke von über zweihunderttausend Personen enthielt, die in Schweden für Straftaten verurteilt worden waren oder in Untersuchungshaft saßen, hatte keinen Treffer ergeben. Jetzt bestand noch die Hoffnung, dass der Daumenabdruck auf dem Messer zu einer der hunderttausend Personen in der zweiten Datenbank gehörte.

Nach wenigen Sekunden hatten sie einen Treffer. Als Lisa den Namen auf dem Bildschirm las, dachte sie sofort, dass es eine andere Erklärung geben musste. Dass der Fingerabdruck vor dem Mord auf das Messer gelangt war. Das war allerdings völlig ausgeschlossen. Das Messer war schon blutig gewesen, als der Täter es angefasst hatte, und somit gehörte der Abdruck Osman Faqiris Mörder.

«Nein, wir sind uns nicht einig. Ich lasse mich von Ihnen nicht einschüchtern!»

Sie hörte selbst, wie kleinlaut das klang. Leyla war eher ängstlich als ärgerlich, und das war nicht gut. Verstärkte sich die Angst, wirkte sie lähmend und raubte ihr die letzte

Kraft. Sie versuchte sich einzureden, dass Harald Holmström nicht so gefährlich war, doch seine Worte legten das Gegenteil nahe:

«Sie wissen nicht, wozu ich fähig bin, wenn ich in die Enge getrieben werde. Und ich rate Ihnen, fordern Sie mich nicht heraus.»

Der drohende Unterton war nicht zu überhören.

Holmström war nicht muskulös, aber Leyla dennoch kräftemäßig überlegen, daran hatte sie keinen Zweifel. Doch möglicherweise war sie schneller als er. Sie stand abrupt auf, um zur Tür zu rennen, aber er hatte eine schnelle Reaktion, bekam ihren Arm zu fassen und zog sie wieder aufs Sofa.

Sie konnte ihren Schweiß riechen. Der Geruch war penetrant. Sie hatte irgendwo gelesen, dass gehetzte Tiere einen intensiven Geruch absonderten.

Leyla versuchte sich zu befreien. Der Schlag traf sie mit solcher Wucht, dass sie Sterne sah. Er hatte ihr einen Fausthieb ins Gesicht verpasst. Die Lippe platzte auf, und sie spürte einen metallischen Blutgeschmack im Mund.

«Ganz ruhig!», schrie er und blinzelte nervös. «Machen Sie doch nicht alles kaputt! Sie machen Ihre letzte Chance zunichte!»

Du musst die Taktik ändern, überlegte sie. Gib ihm einen Strohhalm.

«Das war dumm von mir, Entschuldigung. Ich mache es so, wie Sie sagen. Ich schreibe nichts über Josefin und Dora.»

Sein Blick war starr. Prüfend, misstrauisch, irgendwie glasig.

Leyla kamen die Fotos von ihr und Tom wieder in den Sinn. Jetzt machte es ihr nichts mehr aus, wenn Holmström sie an ihre Eltern schickte. Diese Angst hatte sie überwunden, denn nun war sie durch eine andere, viel schlimmere ersetzt worden.

«Sie haben Menschenleben aufs Spiel gesetzt», sagte er zu ihr. «Sie haben versucht, dem Besten, was Schweden seit Jahren passiert ist, Schaden zuzufügen. Sie kommen selbst aus einem Land, in dem Krieg herrscht, und haben versucht, die einzige Partei Schwedens zu zerstören, die sich ernsthaft für die Schwachen und Ausgestoßenen einsetzt. Für Menschen, die gezwungen sind, aus ihrer Heimat zu fliehen. Sie sind ein schlechter Mensch, Leyla. Haben Sie kein Gewissen?»

Er klang wie ein geifernder Kanzelprediger einer Freikirche, der sich mit dem Teufel in die Haare gekriegt hatte.

«Wir können das klären», sagte sie. «Es ist noch nicht zu spät.»

«Das sagen Sie jetzt, Leyla. Daran hätten Sie schon viel eher denken müssen, meinen Sie nicht auch? Was soll das jetzt? Wie soll ich Ihnen jemals vertrauen?»

Nun klang er eher entmutigt als aufgebracht. Das machte Leyla noch mehr Angst, sofern das überhaupt noch möglich war.

Er war kaum außer Atem, als er oben auf dem Weg innehielt und auf das Haus hinuntersah, das ein paar hundert Meter entfernt neben dem Wäldchen lag. Khaled konnte in diesem Tempo ohne Probleme noch weitere zehn bis zwanzig Kilometer weiterlaufen. Ausdauer war die eine, Durst eine andere Sache. Er hatte seit heute Morgen nichts mehr getrunken und zuerst auf dem Trimm-dich-Pfad im Wald und dann in der Sonne auf der Landstraße stark geschwitzt. Aber wenn er ein paar Gläser Wasser trank, war er wieder fit.

Sie würden Augen machen, wenn er auftauchte, aber sie würden ihm zuhören. Dafür würde er schon sorgen! Er hatte die Lügen satt, die sie ihm aufgetischt hatten. Zum

Beispiel über den Brand. Dabei war Harald es gewesen, der das Feuer gelegt hatte. Zarmina wäre fast erstickt an dem Qualm. *Scheiße!* Sie hätte tot sein können!

Er drosselte das Tempo, sein Puls wurde langsamer und schwächer. Khaled blieb stehen und atmete ein paarmal tief durch, als er das Haus erreichte. Ließ den Oberkörper nach vorn fallen und dehnte Arme und Beine. Dann ging er durch den Vorgarten zur Haustür.

Da hörte er ein Geräusch. Wie ein erstickter Schrei. Nicht besonders laut, aber deutlich wahrnehmbar. Er kam von drinnen, eine Frauenstimme.

Geduckt schlich Khaled bis ans Wohnzimmerfenster und spähte hinein. Er konnte niemanden sehen. Hatte er sich das nur eingebildet?

Auf einmal wurde die Haustür aufgerissen, und eine Frau stolperte ins Freie. Eine Kanakenbraut. Sie blutete im Gesicht, röchelte, stürzte die Treppe hinunter und blieb auf dem Plattenweg liegen. Sie kroch auf allen vieren weiter und versuchte aufzustehen, als Harald aus dem Haus gerannt kam und ihr einen festen Tritt in die Flanke verpasste, dass sie wieder zusammenbrach.

Khaled spannte seine Muskeln an, bis sie schmerzten. Er wollte rufen, brachte aber keinen Ton heraus. Erst als Harald sich umdrehte und ihn überrascht anstarrte, drang ein Laut aus seiner Kehle.

Ein Schrei. Ein Urschrei.

Er rannte auf Harald zu. Ohne nachzudenken, schlug er mit den Fäusten auf ihn ein. Schlug und schlug, bis Harald zusammensank und jammerte.

«Beruhige dich, Khaled. Ich kann alles erklären. Es ist nicht so, wie du denkst!»

Schon wieder diese Lügen. Sein flehender Blick machte Khaled nur noch wütender. Jetzt war Harald es, der Angst hatte. Das verrieten seine schrille Stimme und sein panischer Blick.

«Sie will uns was anhängen, Khaled! Wir müssen sie stoppen. Sie wird dafür sorgen, dass du und Zarmina nicht in Schweden bleiben dürft.»

Khaled warf einen Blick auf die Kanakenbraut, die sich mühsam aufgerappelt hatte und auf unsicheren Beinen Richtung Landstraße stolperte.

«Halt sie auf, Khaled! Sie kriegt dich dran!»

Alles um Khaled herum wurde schwarz. Er machte einen Schritt zurück und holte zu einem Tritt aus, der Harald im Gesicht traf. Es knackte. Khaled trat auf den wehrlosen Körper ein. Fest und ohne zu denken. Alles um ihn herum war schwarz. Hass explodierte in ihm und suchte sich seinen Weg in die Beine, die zutraten und zutraten …

Eine Hand fasste ihn am Arm und zog ihn weg.

«Hör auf, Khaled! Du bringst ihn um! Khaled!»

Er wandte sich keuchend um. Die Schwärze verflüchtigte sich allmählich.

«Khaled, mein liebes Kind.»

Es war Josefin. Sie trug einen Morgenmantel, und ihr dichtes Haar stand nach allen Seiten ab, als wäre sie eben erst aufgestanden.

Khaled musterte Harald, der reglos am Boden lag, dann sah er Josefin unverwandt an und sagte:

«Ich bin nicht dein Kind.»

Er empfand weder Wut noch Trauer, auch keine Schuld. Nur noch eine große Erleichterung.

Jetzt ist alles vorbei, dachte er. Die Schmerzen im Bauch sind weg. Alles ist vorbei.

Zwei Wagen hielten vor dem Haus. Er erkannte einen der Beamten wieder, die auf ihn zukamen. Es war die Frau, die so nett zu ihm gewesen war.

«Khaled», sagte sie.

Er blickte sie an. Nickte und wehrte sich nicht, als die uniformierten Beamten ihm Handschellen anlegten.

«Du bist festgenommen und stehst unter Verdacht, Osman Faqiri umgebracht zu haben», sagte die Beamtin.

Die Polizisten fassten seine Oberarme und führten ihn zu einem Streifenwagen. Die Frau folgte ihnen und öffnete die Hintertür.

«Ich will dir alles sagen. Die ganze Wahrheit», sagte er. «Wenn Sie dafür sorgen, dass sich jemand um meine kleine Schwester Zarmina kümmert. Jemand, der Kinder mag.»

Sie schwieg, aber er merkte, dass sie ihn verstanden hatte.

Die Beamten schoben ihn auf die Rückbank und setzten sich links und rechts neben ihn. Khaled betrachtete seine Hände in den Handschellen und dachte, dass er frei war.

Endlich frei.

MONTAG, 10. SEPTEMBER

Der Himmel hatte seine Schleusen über Malmö geöffnet. Lisa hatte ihren Regenschirm zu Hause vergessen. Es war Montagmorgen, und alle warteten auf sie.

Normalerweise würde ihr so etwas gründlich die Laune verderben. Aber nun saß sie vor dem Präsidium in ihrem Auto, schmunzelte und wartete, bis der Regen nachließ, der mit solcher Kraft auf das Autodach prasselte, dass sie nicht einmal den Nachrichtensprecher im Radio verstehen konnte. Nachdem es nach einer Viertelstunde immer noch nicht aufgehört hatte zu regnen, gab sie auf und sprintete über den Parkplatz, wo sich schon riesige Pfützen gebildet hatten. In ihrem Büro hängte sie ihre Jacke auf und rubbelte sich auf der Toilette mit einem Handtuch die Haare trocken. Die nassen Jeans klebten an ihren Oberschenkeln, als sie die Tür zum Konferenzraum im ersten Stock öffnete. Aronsson musterte sie belustigt, als sie sich für die Verspätung entschuldigte, zumal das Montagsmeeting nach dem arbeitsintensiven Wochenende schon zwei Stunden nach hinten verlegt worden war.

«Jetzt schau nicht so, Bengt. Naturkatastrophen fallen unter höhere Gewalt», sagte sie.

«Werde daran denken, wenn ich das nächste Mal zu spät komme. Zu Bruch gegangene Gläser und Frühstücksbrei in den Haaren zählen auch zu den alltäglichen Naturkatastrophen.»

Thorsell lachte, dass sein umfangreicher Bauch auf und ab hüpfte, und die anderen lachten über seinen Wackelbauch. Selbst Nordin verzog den Mund. Die Stimmung konnte nicht besser sein.

Eine Mordermittlung gepaart mit Gelächter – einen Außenstehenden muteten solche fröhlichen Gesichter sicher geschmacklos an. Aber die kollektive Freude spiegelte nur die Zufriedenheit darüber wider, dass sie gemeinsam einen Fall gelöst hatten, der lange Zeit zu den unaufgeklärten zu gehören schien. Sie hatten ganz einfach gute Arbeit geleistet und waren nun erleichtert. In dieser Hinsicht unterschieden sich Polizeibeamte nicht von Mitgliedern anderer Berufsgruppen. Aufgrund ihrer Tätigkeit fungierte das Lachen vielleicht auch als Ventil, um die tägliche Konfrontation mit Gewalt und Tod zu bewältigen.

Als das Gelächter verebbt war, eröffnete Lisa die Runde von ihrem Platz neben dem Whiteboard aus.

«Dann legen wir mal los. Zunächst gebe ich euch eine Zusammenfassung der Geschehnisse am Wochenende, damit alle auf dem gleichen Stand sind. Den jüngsten Angaben der Klinik zufolge ist Harald Holmström über den Berg. Er ist wieder bei Bewusstsein und ansprechbar. Inwieweit er bleibende Schäden davontragen wird, ist noch unklar. In jedem Fall wird es noch eine Weile dauern, bis er vernehmungsfähig ist. Jedenfalls muss er in seinem Zustand nicht bewacht werden. Wenn man den Arztbericht liest, ist es ein ziemliches Wunder, dass er überhaupt noch lebt», sagte Lisa und las einen Auszug aus dem Bericht vor:

«Subduralblutung, Schädelfraktur, Nasenbeinfraktur, Epiduralblutungen, Blutergüsse am Hals, Hautabschürfungen an beiden Armen und am Gesäß, Rippenbrüche, Blutergüsse an den Beinen, Jochbeinfraktur, Oberkieferfraktur.

Außerdem liegt eine Kommunikation zwischen dem Hirnschädel und dem Nasenrachenraum vor, wie die Ärzte das nennen. Was das bedeutet, weiß ich auch nicht genau, aber es klingt höchst unangenehm. Holmström erlitt im Krankenwagen auf dem Weg in die Klinik massive Krämpfe und Hirnblutungen. Den Ärzten zufolge hätte er es nicht geschafft, wäre er nicht so schnell versorgt worden. Also wäre der junge Khaled Faqiri um ein Haar zum Doppelmörder geworden oder besser gesagt zum zweifachen Totschläger, wenn man die Umstände berücksichtigt. Er hat gestanden, Osman Faqiri erstochen zu haben, und die technischen Beweise bestätigen sein Geständnis. Wenn du so nett sein und fortfahren würdest», schloss Lisa Berggren schmunzelnd und wandte sich an Nordin.

Dieser räusperte sich und setzte seine Brille auf.

«An der Tatwaffe haben wir Osmans Blut an der Klinge und am Schaft gefunden, wo auch ein Daumenabdruck von Khaled war. Ein sehr schwer wiegender Beweis. In der Datenbank sind wir dann noch auf Khaleds Fingerabdruck gestoßen. Als würde das nicht ausreichen, haben wir noch Hinweise in Dora Brandts Computer gefunden, die dafür sprechen, dass Khaled Osman Faqiris Mörder ist.»

Das kam für Lisa Berggren völlig überraschend. Sie warf Nordin einen verwunderten und erwartungsvollen Blick zu.

«Unsere unübertroffenen Jungs aus der EDV-Abteilung konnten die gelöschten Tagebuchaufzeichnungen auf Dora Brandts Computer retten. Sie haben am Wochenende rund um die Uhr gearbeitet und gestern Abend das Material sichergestellt», berichtete der Kriminaltechniker, während er herumging und Kopien verteilte.

«Ein Auszug aus ihrem Tagebuch. Es gibt noch mehr, aber das soll erst einmal reichen. Er gibt einen interessanten Einblick in Dora Brandts Überlegungen und Beweggründe.

Eine kleine Studie über die Psyche eines Menschen, der verraten wurde.»

Es wurde mucksmäuschenstill im Raum. Lisa setzte sich auf einen Stuhl und begann vorzulesen:

17/8

Um ein Uhr Ankunft in Malmö, dann mit dem Taxi in die Ystadsgatan. Es war unglaublich warm, und ich schwitzte unter der Perücke. Die Nervosität hat auch das ihre dazu beigetragen. Ich fühle mich nicht wohl in meiner Verkleidung, aber trotzdem ging alles wider Erwarten glatt. Habe den Mann getroffen, der die Wohnung vermieten will, und er war fast genauso nervös wie ich und hat keine lästigen Fragen gestellt. Habe den Vertrag mit Ann-Sofie Jacobsson unterschrieben. Das war eigenartig, aber ich gewöhne mich hoffentlich mit der Zeit daran. Wenn es mir gelingt, Josefin Mjörner näherzukommen, muss ich mich in meiner neuen, falschen Identität sicher fühlen. Die Wohnung ist nichts Besonderes, aber das muss reichen. Der Internetanschluss funktioniert, und das Bett ist bequem, das ist die Hauptsache. Bin wie gesagt nervös, aber auch gespannt. Es ist gut, dass ich diesen Entschluss gefasst habe. Alles oder nichts. Man kann sich nicht ständig die wildesten Sachen ausdenken, irgendwann muss man einfach etwas unternehmen.

Natürlich habe ich keine Ahnung, ob mein Plan gelingt. Aber ich habe ziemlich viel Geld und bin fest entschlossen. Habe die Medikamente abgesetzt, dadurch bin ich fitter. Fühle mich im Augenblick überhaupt nicht depressiv. Dass ich nervös bin, ist ja vollkommen normal. Ich werde sie bloßstellen. Ich werde Josefin Mjörners Nähe suchen, und wenn sie diese Nähe zugelassen hat, werde ich in den Zeitungen und im Fernsehen ihren Verrat enthüllen. Dann soll sie sich in aller Öffentlichkeit schämen.

18/8

Habe heute ein Auto gekauft! Einen blauen Renault Twingo von 97. Achtzehntausend Kronen schienen mir ein fairer Preis. Habe in bar bezahlt. Es macht richtig Spaß, wieder hinter dem Steuer zu sitzen. Bin den ganzen Tag herumgefahren. Habe einen Abstecher nach Svedala gemacht, um zu sehen, wo Josefin Mjörners Hof liegt. Das war gar nicht so einfach, und ich bin auch nicht den ganzen Weg bis zum Hof gefahren, weil ich Angst hatte, entdeckt zu werden. Denke auch viel an morgen und die Parteiveranstaltung auf dem Gustav Adolfs Torg. Ich werde Josefin Mjörner das erste Mal live erleben. Wenn man davon absieht, dass ich sie schon als Neugeborenes gesehen habe. Komisch. Neun Monate lang war ich in ihrem Bauch und habe sie trotzdem noch nie getroffen. Wenn ich daran denke, werde ich wütend und rege mich auf. Muss mich beruhigen, damit die Gefühle nicht die Oberhand gewinnen. Wut ist gut, wenn ich sie unter Kontrolle habe, aber gefährlich, wenn sie außer Rand und Band gerät. Versuche, einen Tag nach dem anderen in Angriff zu nehmen, muss aber immer wieder an die Zukunft denken. Sehne mich nach dem Moment, wenn ich ihren Verrat und ihre Heuchelei vor aller Augen aufdecken werde. Hoffe, dieser Moment wird kommen. Ich bin so nervös wegen morgen. Habe mich vorbereitet, so gut es ging.

19/8

Der Tag hätte in einer Katastrophe enden können, noch bevor er richtig begonnen hatte. Ich habe auf der Veranstaltung mitten im Gedränge Panik gekriegt. Jede Menge Zuhörer, Journalisten und Fotografen waren da. Ein Fotograf kam auf mich zu und machte ein Bild von mir, das hat mich total aus dem Konzept gebracht. Damit hatte ich überhaupt nicht gerechnet.

Bin dann auf den nahegelegenen Friedhof gegangen, habe mich bei der Gedenkstätte hingesetzt und Josefins Brief gelesen. Das hat geholfen.

Meine Mutter ist wirklich eine hervorragende Schauspielerin. Sie stand auf der Bühne und hat das ganze Publikum mitgerissen. Osman Faqiri war auch dort. Ich hätte nicht gedacht, dass er auftauchen würde. Dachte, er müsste sich versteckt halten. Schließlich war die Polizei auch da. Aber die hat sich wohl nicht getraut, etwas zu unternehmen. Seit die Humanistische Alternative mit so großem Erfolg das Thema der Flüchtlingsproblematik aufgegriffen hat, geht es auf mehreren Ebenen um Politik. Ich glaube, auch viele aus dem Kultur- und Medienbereich unterstützen die Partei. Wenn die Polizei Osman nach seinem Auftritt festgenommen hätte, wäre sicher ein Aufschrei durch die Presse gegangen.

Habe wohl etwas von Josefins Schauspieltalent geerbt. Nach der Veranstaltung bin ich hinter die Bühne gegangen, um sie zu treffen. Habe mich als ein Fan von ihr ausgegeben und hatte einen Schuber mit ihren DVDs dabei, die sie mir signiert hat. Ihr gegenüberzutreten war irgendwie unwirklich. Sie wirkte recht farblos hinter der Bühne. Und sehr uninteressiert an mir, bis ich sagte, ich wolle ihrer Partei Geld spenden. Da passierte endlich was. Konnte mit jemandem namens Holmström reden, der mir ein Überweisungsformular gab und mich darüber ausfragte, was ich für die illegalen Flüchtlingsfamilien tun könne. Sagte, ich hätte als Lehrerin gearbeitet und würde gerne mithelfen, die Kinder zu unterrichten. Sieht so aus, als bekäme ich einen Fuß in die Tür der Humanistischen Alternative, auch wenn noch viel zu tun bleibt. Werde versuchen, zu einer Mitgliederversammlung zu gehen. In diesem Zusammenhang ist meine falsche Identität ein Problem. Ich kann meine Adresse nirgends angeben. Aber habe Holmström meine Mobilnummer und meine Mailadresse gege-

ben. Er versprach, sich zu melden. Werde ein paar Tausender spenden, dann wird es schon gehen.

Es war ergreifend, Josefin gegenüberzutreten. Meine Gefühle lassen sich nur schwer in Worte fassen. Das muss sich alles erst ein wenig setzen. Hauptsache, ich habe meine Sache gut gemacht und meine Rolle überzeugend gespielt. Das hat mich gestärkt.

Bin nach der Begegnung mit Josefin zum Auto, um in die Wohnung zurückzufahren, als ich Holmström mit Osman den Marktplatz verlassen sah. Ergriff die Gelegenheit und folgte ihnen. Sie gingen in ein Parkhaus und fuhren mit einem silbernen Volvo fort. Nahm die Verfolgung auf. Sie fuhren stadtauswärts und auf die Autobahn Richtung Ystad. Traute meinen Augen kaum, als sie vor einem Haus in Oxie hielten. Osman stieg aus und ging ins Haus. Die Jalousien waren heruntergelassen. Bin so gut wie sicher, dass hier Familie Faqiri untergetaucht ist. Bin beeindruckt von mir – dass ich ihr Versteck gefunden habe! Kann heute Abend bestimmt nicht schlafen. Tausend Gedanken spuken mir im Kopf herum. Bin so gespannt. Gewöhne mich immer mehr an die Perücke und die Schminke. Fühle mich stark. Wenn ich mir Zutritt zu den engsten Kreisen der Humanistischen Alternative verschafft habe, lasse ich die Bombe platzen. Dann sollen die Schweden und der Rest der Welt erfahren, dass die große Kinderfreundin Josefin Mjörner ihre eigene Tochter im Stich gelassen hat!

21/8

Bin wieder in Oxie gewesen, den dritten Tag in Folge. Bin mehrmals vorbeigefahren, und gegen 20.00 Uhr kam Osman Faqiri aus dem Haus und ging zur Bushaltestelle. Zwei Tage hintereinander hat er den gleichen Bus nach Malmö genommen. Frage mich, was er da tut. Wollte ihm folgen, dachte aber, ihm wäre mein Auto aufgefallen. Sicher Einbildung. Meine

Nerven spielen immer noch verrückt, aber alles in allem geht es mir so gut wie seit langem nicht mehr. Mag diese Spannung, muss mich nur mehr daran gewöhnen, damit ich nicht unvorsichtig werde und mich verrate. Werde noch einen Versuch wagen und wieder rausfahren. Es ist wichtig, mehr über Familie Faqiri in Erfahrung zu bringen. Trotz allem haben sie meinen Platz eingenommen. Josefin will von ihrer Tochter nichts wissen, aber die Schmarotzer aus Afghanistan empfängt sie mit offenen Armen. Ich glaube nicht an diese Fluchtgeschichten, das ist nur viel Wirbel um nichts, von wegen dass die halbe Familie ermordet wurde und der Rest unter Lebensgefahr fliehen musste. Was ist Josefin nur für eine Heuchlerin! Verdammte Heuchlerin! Muss mich für meine Ausdrucksweise entschuldigen, aber so empfinde ich das nun mal. Muss mich zusammenreißen und meine Wut zügeln. Wie kann man nur seine Tochter weggeben und sie dann abweisen, wenn sie als Erwachsene den Kontakt sucht? Und gleichzeitig in der Politik Karriere machen und sich um die Kinder anderer kümmern? Heuchelei und Doppelmoral! Sie ist nicht meine Mutter! Ich habe nur eine richtige Mutter, und das ist Elsa. Aber es ist schwer, Elsa zu verzeihen, dass sie mir erst auf ihrem Sterbebett die Wahrheit gesagt hat. Das war Verrat. Doch den größten Verrat hat Josefin begangen!

23/8

Hatte schlimme Albträume. Weiß nicht, ob ich das schaffe. Und dennoch: Ist das wegen mir passiert? Damit mir Wiedergutmachung zuteil wird? Irgendwie ist das alles sehr verhängnisvoll. Kann auch nicht benennen, was es genau ist, und hatte furchtbare Albträume. Bin heute Nacht nassgeschwitzt aufgewacht. Dachte, ich sollte vielleicht wieder meine Medikamente nehmen. Die Gipfel und Täler des Gefühlsspektrums in den Griff kriegen. Aber das, was passiert ist, hat wohl irgendeinen Sinn, und ich habe schließlich keine Schuld. Ich habe doch nichts getan.

Alles begann gestern Abend, als ich wieder in Oxie war. Bin mehrmals am Haus vorbeigefahren. Nichts passierte, und ich dachte enttäuscht, es würde wieder so wie am Vorabend werden und ich müsste unverrichteter Dinge wieder nach Malmö zurückkehren. Parkte ein paar hundert Meter weiter und wartete. Irgendwann wird schon was passieren, dachte ich. Und dann geschah auch etwas. Nach einer halben Stunde kam Holmström mit seinem Volvo. Klingelte an der Haustür, und Osman kam mit seinem ältesten Sohn heraus. Alle drei sprangen ins Auto und fuhren los. Diesmal bin ich ihnen gefolgt. Auf der Autobahn Richtung Malmö, dann die Umgehungsstraße nach Limhamn. Bog in ein altes Industriegebiet am Hafen ein. Hielt Abstand, parkte neben einer alten Lagerhalle und ging zu Fuß ans Wasser. Als der Volvo denselben Weg wieder zurückfuhr, streiften mich die Scheinwerferkegel, aber ich versteckte mich hinter den Büschen gegenüber der Lagerhalle. Überlegte, dem Volvo zu folgen, entschied mich aber, weiter Richtung Hafen zu laufen. Wahrscheinlich hatte Holmström die beiden dort abgesetzt. Weshalb hätte er sonst an diesen verlassenen Ort fahren sollen?

Es war dunkel, und niemand sonst war zu sehen. Es war windig geworden, und ich fröstelte. Als ich das Hafenbecken erreichte, sah ich sie. Sie standen direkt an der Hafeneinfahrt und waren im Scheinwerferlicht gut zu erkennen. Versteckte mich hinter einer Fischerhütte und wartete. Osman nahm eine Kiste und zwei Angelruten aus seinem Rucksack, die er zusammenschraubte. Khaled bekam eine, und sie warfen ihre Angeln vorn an der Hafenmündung aus. Es schien gutes Fischgewässer zu sein, nach wenigen Minuten hatte bei Osman schon einer angebissen. Er holte die Angel ein und hatte einen Fisch am Haken.

Er schimpfte viel mit Khaled. Zog ihn am Arm und machte vor, wie man eine Angel auswirft. Ermahnte ihn und schlug ihm in den Nacken, dass beinahe seine Baseballkappe ins Wasser gefallen wäre, weil er die Angel nicht richtig ausgeworfen hatte. Es sah komisch aus, wie sich dieser kleine Mann auf seinen großen Sohn stürzte. Und trotz seiner körperlichen Überlegenheit unternahm Khaled nichts, um sich zu wehren.

Nach einer Weile hatte wieder einer angebissen, diesmal war es ein dicker Fisch. Osman wurde nervös, schrie Khaled an, der seine Angel zur Seite legte, um die Beute seines Vaters an Land zu ziehen. Osman holte die Schnur ein, und Khaled wollte nach dem Fisch greifen. Ich konnte nicht genau sehen, was passierte, aber der Fisch musste sich vom Haken losgerissen haben. Osman rastete aus. Stürzte sich auf Khaled, verdrosch ihn mit der Angelrute und brüllte ihn an. Khaled stolperte und fiel auf die Knie, aber Osman prügelte weiter auf ihn ein.

Dann ging alles blitzschnell. Khaled fuhr hoch und rammte die Faust mehrmals in Osmans Rumpf. Er schwankte, und ich konnte erkennen, dass Khaled ein Messer in der Hand hielt. Osman hielt sich die Seite und schrie auf. Dann stieß Khaled ihn über die Hafenmauer ins Wasser.

Ich war wie gelähmt und bekam Angst. Blieb hinter der Fischerhütte stehen und hielt den Atem an. Khaled hob seine Angel auf und rannte weg. Als er außer Sichtweite war, wagte ich mich bis zur Kaimauer vor und warf einen Blick ins Wasser. Osman trieb auf den Wellen und fuchtelte hilflos mit den Armen. Am Pier hing ein Rettungsring, den ich zu ihm hätte runterwerfen können. Aber ich konnte nicht, irgendetwas hielt mich zurück. Er entdeckte mich und rief um Hilfe. Leise, aber so deutlich, dass ich es hörte. Er tauchte unter, kam aber wieder nach oben. Nur für wenige Sekunden, dann ver-

schwand er, und alles war still. Das Meer sah aus, als wäre nichts geschehen, ich hörte nur die schlagenden Wellen.

Ich war geschockt, fand aber das Auto wieder und fuhr in die Wohnung zurück. Meine Wangen brannten, und ich zitterte. Hätte ich ihn retten können? Vielleicht. Aber ich habe es nicht getan, sondern Khaled. Weiß nicht, was ich tun soll. Gehe ich zur Polizei, denken sie, dass ich es war. Und wenn ich schweige, dann ... Keine Ahnung. Es ist nicht einfach. Weiß nicht. Soll ich weitermachen? Vielleicht. Was wissen Josefin und Holmström? Alles dreht sich. Die Albträume machen mir Angst, aber ich fühle mich noch immer stark. Das alles ist irreal, verwirrend. Aber ich bin stark.

Lass mich dieses Gefühl bewahren. Bitte, Gott! Verschone mich von den Albträumen. Noch eine Depression ertrage ich nicht. Nicht jetzt, wo ich so weit gekommen bin. Ich muss durchhalten. Muss stark sein.

25/8

Letzte Nacht keine Albträume. Schön! Ich kann damit leben! Muss! Das Einzige, was ich getan habe, war, nichts zu unternehmen. Und wenn ich den Rettungsring genommen hätte, hätte er sich auch nicht retten können. Ich bin ohne Schuld. Ich kann weitergehen.

In den Medien wird berichtet, dass eine rechtsextremistische Organisation hinter dem Mord steckt. Woher haben die das denn?

Habe viel an Khaled gedacht. Wie es ihm geht. Und was weiß Holmström? Er hat sie ja hingefahren.

Josefin gab heute eine Pressekonferenz. In Trauer gekleidet und ganz zurückhaltend. Wie viel weiß sie?

Mir geht es wieder besser. Will weitermachen. Heute war ein guter Tag. War in der Stadt unterwegs, verkleidet. Konnte mich entspannen, fühlte mich sicher.

Habe Verständnis für Khaled. Er wurde geschlagen und gedemütigt und hat sich gewehrt. Fast erkenne ich mich selbst in ihm wieder.

Habe ein Bild von Josefin und Familie Faqiri in der Wohnung an der Wand hängen. Habe heute Osmans Gesicht durchgestrichen, ihn gibt es jetzt ja nicht mehr. Habe auch Josefins Gesicht durchgestrichen. Es gibt sie in gewisser Weise auch nicht. Sie ist ein Bluff.

29/8

Welch ein großer Tag! War bei der Mitgliederversammlung auf Nydalagård und habe Josefin getroffen. Sie hat sich mit mir unterhalten und will, dass ich für ihre Organisation arbeite. Ich habe Eindruck gemacht!

Sehe etwas in ihr, das ich auch habe. Interessiert sie sich deshalb für mich, oder geht es ihr nur um meine Parteispende? Muss aufpassen, dass ich mich nicht verzettele.

Die Erinnerungen an Osman im Wasser holen mich manchmal ein, habe sie aber bisher jedes Mal verscheuchen können.

Ein Minus: Die Journalistin von der Parteiveranstaltung war heute auch da. Sie heißt Leyla Abdallah und hat mehrere Artikel über Josefin und die Humanistische Alternative geschrieben. Muss aufpassen bei ihr. Wenn sie sich zurückhält, wird ihr alles über Josefins Verrat auf dem Silbertablett serviert.

Bin euphorisch. Gespannt. Wann gebe ich mich zu erkennen? Muss im richtigen Moment passieren, damit die Wirkung möglichst effektiv ist. Muss näher an sie herankommen. Ihr auf den Zahn fühlen.

Spannend. Und unheimlich.

1/9

Enger Kontakt. Heute Holmström auf seinem Mobiltelefon angerufen, um zu hören, wie es der Familie nach dem Brand auf Nydalagård geht. (Wer ist der Brandstifter?) Er war übertrieben freundlich. Das Geld, das ich auf das Konto der Partei überwiesen habe, hat mich wirklich beliebt gemacht. Er bat mich, in der Leitung zu bleiben, redete mit Josefin und lud mich dann ein, morgen Abend nach Oxie zu kommen.

Werde die Familie kennenlernen. Bin gespannt, aber nicht mehr so sicher, was ich eigentlich will. Die Bilder von Osman tauchen immer wieder vor meinem inneren Auge auf und lassen sich nicht vertreiben. Josefin. Wie soll ich bei Josefin vorgehen? Seit der Mitgliederversammlung habe ich Zweifel. Was will ich?

3/9

Albträume. Tränen. Bodenlose Tiefe. Was habe ich mir eigentlich gedacht? Was habe ich erwartet? Alles ist über mir zusammengestürzt, als ich gestern in Oxie war. Sie waren so nett. Die Kinder so süß. Habe ihnen Geschichten vorgelesen. Schuldgefühle kamen in mir hoch. Hätte ihren Vater retten können, habe jedoch nichts unternommen. Zwar hat er Khaled geschlagen, aber er war ihr Vater. Hätte ihn vielleicht retten können. Hätte es zumindest versuchen können.

Dann Josefin. Die mich zur Welt gebracht hat. Meine Mutter? Rief sie heute an, wollte ihr alles erzählen. Keine Lügen mehr. Dachte, wenn ich ihr sage, wer ich bin, könnten wir gemeinsam etwas tun. Was, weiß ich auch nicht, aber irgendwas. IRGENDWAS! IRGENDWAS! IRGENDWAS!

In der Leitung wurde es still, aber ich konnte ihre Atemzüge hören, als ich es ausgesprochen hatte: «Dora Brandt. Ich bin Dora Brandt, deine Tochter.»

Stammelte, es tue mir leid, dass ich nicht mit offenen

Karten gespielt hätte, und dass ich nach vorn blicken wolle. ETWAS TUN WOLLE! GEMEINSAM!

Sie wurde wütend. Meinte, sie wisse nicht, wer ich sei, und ich solle nicht mehr anrufen. Dann legte sie auf.

Hatte keine Gelegenheit, ihr alles zu erklären. Da wurde mir bewusst: Ich bin nichts. Ich bin nur ein pathetisches, jämmerliches, kleines Nichts, das sich etwas eingebildet hat.

Will nicht mehr. Will aufhören. Habe meine Tabletten. Ist das Beste so. Was habe ich mir bloß eingebildet? Weg damit. Was anderes schreiben. Weg. Weg von hier.

Bin ein Nichts.

Es tut mir leid.

«Fast wie ein Thriller.»

Erik Thorsell brach als Erster das Schweigen, und er sprach allen aus der Seele.

Die Textstellen, die David Nordin mit dramaturgischem Geschick aus Dora Brandts Tagebuch ausgewählt hatte, waren nicht nur spannend zu lesen, sie bestätigten auch das, was Khaled im Verhör ausgesagt und Leyla Abdallah in ihrer Zeugenvernehmung Lisa Berggren erzählt und in der Zeitung von heute geschrieben hatte: dass Dora Brandt Josefin Mjörners leibliche Tochter war.

Lisa hatte so ihre Probleme mit der rechthaberischen Journalistin, aber diesmal musste sie vor ihr den Hut ziehen. Obwohl sie von Harald Holmström gründlich vermöbelt worden war, hatte sie am Wochenende ehrlich und ausführlich Lisas Fragen beantwortet und sie mit Informationen versorgt, die für die Ermittlungen von größter Bedeutung waren. Dass Leyla darüber hinaus ein paar Artikel veröffentlicht hatte, die der Berichterstattung der Konkurrenz den Rang abliefen, verdiente Respekt. Dennoch wusste Leyla nicht alles. Lisa wollte sie mit dem letzten Teil des Puzzles heute Nachmittag überraschen, diese nette Geste konnte sie sich leisten. Eine Hand wäscht die andere, wie es so schön heißt. Und es war besser, Leyla zur Freundin als zur Feindin zu haben.

Lisa bedachte Nordin mit einem anerkennenden Blick. «Großartig, das Material. Vielen Dank!»

«Erspar mir das Lob», entgegnete er und machte eine abwehrende Geste. «Ich bin nur der Bote. Du kannst den Jungs aus der EDV eine Torte schicken, es ist einzig ihr Verdienst, dass das Tagebuch gerettet werden konnte.»

«Ich frage mich, warum sie das gelöscht hat», überlegte Erik Thorsell.

Aronsson nickte auf die für ihn typische, nachdenkliche Art, die verriet, dass er dazu eine Theorie auf Lager hatte.

«Ja, das mag unlogisch erscheinen, weil sie die ganze Zeit fest vorhatte, Mjörners Verrat und Doppelmoral ans Licht zu bringen. Man merkt aber an ihren Aufzeichnungen, dass sich allmählich Zweifel regen. Die Besessenheit und Entschlossenheit, die sie anfangs angetrieben haben, lassen nach. Ich denke, letztendlich geht es hier um Loyalität.»

«Wie meinst du das?», wollte Thorsell wissen.

«Kinder sind oft unglaublich loyal ihren Eltern gegenüber, auch dann noch, wenn sie selbst schon erwachsen und ihre Eltern alt geworden sind. Auch dann, wenn die Eltern sie in irgendeiner Form schlecht behandelt haben. Man könnte sagen, Doras Gefühle pendelten zwischen Hass und Liebe hin und her. Sie hätte sich nicht so viel aus Josefin Mjörner gemacht, wenn sie ihr nicht etwas bedeutet hätte. Dann kam es zu einem persönlichen Kontakt, und wenn Menschen zusammenkommen, passiert immer irgendetwas. Sie versuchte, an ihrem ursprünglichen Plan festzuhalten, doch nach und nach hat sich die Perspektive verschoben. Sie konnte nichts dagegen unternehmen und hoffte insgeheim, sie würden sich am Ende doch noch wie Mutter und Tochter gegenübertreten. Hinzu kam, dass Dora Schuldgefühle hatte, weil sie nicht versucht hatte, Osman Faqiri zu retten. Sie beschloss, reinen Tisch zu machen, rief Josefin an, um ihre wahre Identität preiszugeben, und wurde abermals abgewiesen. In dieser Position war sie besonders verwundbar, sie hatte einfach keine Widerstandskraft mehr. Nur noch Selbstverachtung und Schuldgefühle. Alles ist meine Schuld, dachte sie. Ich bin wertlos. Und sie beschloss, ihr Tagebuch zu zerstören und anschließend sich selbst, wenn man das so formulieren kann. Selbstverleugnung. Oder Selbstzerstörung.»

«Und der Abschiedsbrief? Sie hat immerhin einen Abschiedsbrief hinterlassen, in dem steht, dass sie Josefin alles erklären wollte», wandte Lisa ein.

«Schon, aber der Brief war, wie du schon gesagt hast, ziemlich kryptisch und wurde vielleicht in geistiger Umnachtung geschrieben. Sie hatte einfach das Bedürfnis, sich zu erklären und zu rechtfertigen. So sind wir Menschen eben.»

Lisa hatte dem nichts hinzuzufügen. Aronsson war immer schon ein guter Amateurpsychologe gewesen, er konnte die Gedanken anderer nachvollziehen. Sie war bei weitem nicht sicher, dass seine Analyse von Dora Brandts Seelenleben und Verhalten zutreffend war, aber es war die beste, die sie bisher gehört hatte.

«Sonst noch etwas von technischer Seite, Nordin?», fragte sie.

«O ja. Ich denke, wir können auch der Technik in Linköping eine Torte schicken, die haben uns in den letzten Tagen sehr geholfen.»

«Willst du damit sagen, dass das DNA-Profil von Khaled fertig ist?»

«Genau, das versuche ich schon die ganze Zeit, aber man wird hier ja ständig unterbrochen. Wir haben vor einer Stunde das Ergebnis erhalten.»

«Und?»

Nordin kostete seinen Hang zum Dramatischen voll aus. Es wurde wieder mucksmäuschenstill. Dann kam das, worauf alle gewartet hatten.

«Khaled hat auch in diesem Punkt die Wahrheit gesagt. Die DNA-Probe bestätigt das, was er bereits im Verhör ausgesagt hat. Er ist nicht Osman Faqiris Sohn.»

Er sah sie unverwandt an. Er saß kerzengerade da, die Unterarme ruhten auf der Tischplatte. Die kleinen Wunden auf den Handrücken waren verheilt. Lisa Berggren hatte mehrere lange und kräftezehrende Vernehmungen mit Khaled durchgeführt, seit er vergangenen Freitag festgenommen worden war, und er war jedes Mal gefasst gewesen. Der nervös flackernde Blick, die angespannten Gesichtsmuskeln und das urplötzlich aufbrausende Temperament waren verschwunden. Jetzt war er das genaue Gegenteil. Wie ein offenes Buch, darum bemüht, so umfassend und korrekt wie möglich ihre Fragen zu beantworten. Er war merklich erleichtert, nicht mehr lügen zu müssen. Das Einzige, was ihn umtrieb, war die Ungewissheit, was mit seiner kleinen Schwester geschah.

«Also ist Zarmina noch bei Lotta und Magnus?», fragte er Lisa, nachdem sie im Verhörzimmer alles für die Aufnahme vorbereitet hatte.

Lotta und Magnus, ein Paar Mitte vierzig aus dem Netzwerk, kümmerten sich um das Mädchen, seit Khaled nicht mehr für sie da sein konnte. Er mochte die beiden, sie waren nett und aus allen Wolken gefallen, als sie erfahren hatten, was Josefin und Harald sich hatten zuschulden kommen lassen.

«Ja, Zarmina ist bei ihnen. Und sie kann vorerst dort bleiben, so wie ich das verstanden habe.»

«Und wie geht es ihr?»

«Gut», entgegnete Lisa, obwohl sie nicht die geringste Ahnung hatte.

Vor dem Hintergrund, dass Zarminas geliebter Bruder unter Mordverdacht stand und hinter Gittern saß, konnte es ihr nicht sonderlich gutgehen. Aber Lisa gestattete sich diese kleine Notlüge. So kurz vor dem Ziel wollte sie Khaled nicht beunruhigen.

Der junge Mann lächelte, und für einen Moment befürchtete Lisa, dass sie die Tränen nicht länger zurückhalten konnte. Er hatte einen Menschen getötet und einen zweiten lebensgefährlich verletzt. Trotzdem war der Sechzehnjährige ihrer Meinung nach durch Verrat und Manipulation von Erwachsenen zum Opfer geworden. Aufgrund seines Alters würde er vermutlich nach dem Jugendstrafrecht verurteilt werden. Dann wäre Khaled in ein paar Jahren wieder frei. Nachdem Lisa nun alles über seine Tat aus ihm herausbekommen hatte, hielt sie es für ihre Pflicht, sich noch ein weiteres Mal mit den mildernden Umständen zu befassen. Damit seinem Verteidiger brauchbares Material für die Verhandlung zur Verfügung stand.

«Ich weiß, dass du einen Teil der folgenden Fragen schon beantwortet hast, andere hingegen werden neu für dich sein. Ich möchte, dass du noch einmal ausführlich und wahrheitsgemäß antwortest, dann ist alles hieb- und stichfest. Okay?»

«Okay.»

«Wann hat Osman damit angefangen, dich und deine Schwester zu schlagen?», fragte sie.

«Als wir in Deutschland waren. Also, vorher hat er uns auch schon geschlagen, aber nicht so schlimm. Nicht mit

Stöcken und Kabeln und so. Ich konnte das auch ab, aber wenn er sich auf Zarmina gestürzt hat ... Das hat am meisten weh getan. Hier drinnen hat es am meisten weh getan», sagte Khaled und schlug sich mit der rechten Faust auf die Brust.

«Hat er nur dich und Zarmina so behandelt?»

«Ja, wenn es richtig Ärger gegeben hat. Die anderen hat er auch geschlagen. Das ist normal, wenn man ein Afghanen- oder Kanakenkind ist. In Afghanistan in der Schule war das auch so, da haben die Lehrer uns geschlagen, wenn wir die Hausaufgaben nicht gemacht hatten oder zu spät kamen. Das war so wie Erziehung. Aber mit Zarmina und mir ist Osman zu weit gegangen. Seinen eigenen Kindern hat er nur mal einen Klaps oder eine Ohrfeige gegeben, aber uns hat er mit einem Stock oder einem Gürtel verprügelt oder mit einem Kabel. Das hat verdammt weh getan.»

«Warum hat er euch geschlagen, was glaubst du?»

«Vielleicht weil alles so stressig war, weil wir ständig umgezogen sind und immer untertauchen mussten. Er war nervös und wütend. Dann ist er auf uns los. Hat gesagt, dass wir nur Ärger machen, das wir so viel Gewicht waren oder wie das heißt.»

«Eine Last?»

«Ja, eine Last. Wir waren ja nicht seine Kinder, sondern nur welche, die er großziehen musste und die andauernd im Weg waren. Die für nichts zu gebrauchen waren und nur genervt haben.»

«Habt ihr das oft zu hören gekriegt?»

«Ja, ständig. Aber nur wenn wir unter uns waren.»

Khaled rutschte zum ersten Mal während des Verhörs auf dem Stuhl hin und her. Das Thema war ihm unangenehm. Aber das Bedürfnis, sich jemandem anzuvertrauen, war stärker. Er hatte lange genug geschwiegen.

«Am Anfang war er nicht so zu uns, nachdem unser Vater in Afghanistan gestorben war. Er und Osman waren Cousins, hatten zusammen studiert und im Krankenhaus gearbeitet und so. Sie haben die Taliban gehasst. Sie waren beide im Gefängnis, weil die Taliban meinten, ihre Bärte wären nicht lang genug. Als sie wieder frei waren, hat Papa gesagt, dass wir fliehen würden. Aber dann wurde er auf dem Weg nach Kabul erschossen, wir haben außerhalb der Stadt gewohnt. Ob das Banditen oder die Taliban waren, haben wir nie rausgekriegt. Und meine Mutter war dann allein mit uns. Mein ältester Bruder und zwei ältere Schwestern sind dageblieben, meine Mutter hat Osman Geld gegeben, damit er Zarmina und mich mitnimmt.»

«Wie alt seid ihr da gewesen?»

«Das war in dem Jahr, bevor die USA Afghanistan bombardiert haben. Ich war so neun und Zarmina erst drei. Wir konnten unseren Nachnamen behalten. Alle Verwandten, die da wohnen, heißen Faqiri. Aber die haben irgendwas in den Papieren geändert, damit es so aussah, als wären Zarmina und ich Osmans und Hamidas Kinder.»

Khaled berichtete, wie sie mit Hilfe von Schleusern aus Kabul geflohen waren. Mit einem LKW durch Tadschikistan bis nach Moskau. Da blieben sie ein paar Jahre, dann ging die Flucht weiter nach Deutschland und schließlich nach Schweden.

«Wie hast du dich mit den anderen Kindern der Familie verstanden?»

«Also, ich war der Älteste, auch wenn ich nicht Osmans Sohn bin. Sie haben oft auf mich gehört. Temor und Dawod sind ja erst auf die Welt gekommen, als wir nicht mehr in Afghanistan waren, deshalb sind sie trotzdem irgendwie Brüder für mich. Aber Marjam hat Zarmina oft geärgert, und dann haben sie und ich Schläge mit dem Kabel gekriegt.

Auch wegen nichts oder wenn sie sie nur geschubst hat. Das Kabel war am schlimmsten. Das hat auf der Haut gebrannt. Und dann tat es stundenlang weh.»

«Was hat Osmans Frau Hamida gemacht?», erkundigte sich Lisa.

«Sie hatte Angst vor Osman und hat gemacht, was er gesagt hat. Und sie hat uns schlecht behandelt. Wir waren eben nicht so viel wert.»

«Hat niemand außerhalb der Familie bemerkt, dass etwas nicht stimmte? Ihr hattet sicher Blutergüsse von den Misshandlungen, hat die niemand gesehen?»

«Die Leute sehen das nicht bei solchen Kindern wie uns», sagte Khaled, als rechtfertigte er ein Naturgesetz.

«Erst als wir in Schweden waren, hat Josefin das gesehen.»

«Josefin?»

«Ja, sie hat gesehen, dass ich blaue Flecken an den Beinen hatte und so. Hat gefragt, ob ich hingefallen wäre. Ich habe mich nicht getraut, ihr von Osman zu erzählen, also habe ich gelogen und gesagt, dass ich Fußball gespielt habe und getreten worden bin. Aber einmal, als er sich Zarmina vorgenommen hat und ihr richtig fest mit einem Stock auf den Rücken gehauen hat, dachte ich, jetzt muss uns die nette Schwedentante verdammt noch mal helfen. Also habe ich Josefin erzählt, dass Osman uns verprügelt. Und dass er nicht unser richtiger Vater ist.»

«Was ist dann passiert?»

«Sie wurde, wie soll ich sagen, anders. Hat gesagt, dass ich das keinem anderen erzählen soll, dass das wichtig ist. Wenn ich das tun würde, würde alles nur noch schlimmer für uns.»

«Warum das?»

«Das hat sie nicht gesagt. Aber sie hat versprochen, dass

sie mit Osman redet und ihn dazu bringt, mit den Schlägen aufzuhören.»

«Aber das ist nicht geschehen.»

«Es wurde schlimmer, nachdem sie mit ihm geredet hatte. Er wurde total wütend und hat uns wieder geschlagen. Aber er wurde vorsichtiger irgendwie, es gab keine blauen Flecken mehr. Aber ständig Schläge und Schimpfe. Schlechte Wörter und Schläge.»

«Hat Josefin sonst nichts unternommen?»

«Also, sie war nett zu Zarmina und mir, und wir waren ziemlich viel bei ihr und Harald oder bei Lotta und Magnus. Aber sie hat Osman auch gemocht. Er war okay, wenn Josefin dabei war. Und sie wollte, dass die ganze Familie oft in der Zeitung stand oder im Fernsehen auftrat. Damit wir hierbleiben konnten und es für Josefin leichter war, anderen Familien zu helfen und so. Sie wollte das so. Und sie wollte, dass Osman gut zu uns war. Sie hat wohl gedacht, dass er netter geworden war. Oder sie wollte das einfach glauben.»

«Und das mit dem Angeln, das war ihre Idee?»

«Ja, Osman ist oft nach Limhamn gefahren, um dort zu angeln. Und Josefin fand, dass ich mitfahren sollte. Dass wir etwas Schönes zusammen machen sollten, damit wir Freunde wurden oder so. Das hat sie geglaubt. Aber alles ging schief. Und ich habe Panik gekriegt. Das Messer habe ich in einen Container geworfen und die Angel in einen anderen. Dann habe ich ein Fahrrad geklaut, bin ins Zentrum gefahren und habe den Nachtbus nach Oxie genommen.»

«Was hast du gesagt, als du nach Hause gekommen bist?»

«Also, ich habe nichts davon erzählt, was passiert ist, und Hamida hat auch nicht gefragt. Osman war nachts manchmal weg. Das war nichts Besonderes.»

«Und wo war er dann?»

«Also, das weiß ich nicht. Danach hat einfach niemand gefragt. Er hatte irgendwelche alten Kumpels in Rosengård und so. Ich habe nur gesagt, dass er in Malmö geblieben ist und ich nach dem Angeln den Bus zurück genommen habe. Am nächsten Tag sind dann Josefin und Harald abends nach Oxie rausgekommen und haben mit Hamida und mir geredet. Sie hatten erfahren, dass seine Leiche gefunden worden ist, und Josefin war in so einem Leichenhaus in Lund, um ihn zu sehen. Sie wissen ja.»

Lisa bedeutete Khaled mit einem Nicken fortzufahren.

«Zuerst haben sie mit mir geredet, und ich habe gesagt, wie es war, also dass ich ihn fertiggemacht habe. Harald meinte, dass er mich schützt und dass ich der Polizei nichts davon erzählen soll, dass ich mit Osman zusammen angeln war. Ich glaube, Josefin wollte eigentlich nicht lügen, aber irgendwie ging es dann auch nicht mehr anders. Harald hat gesagt, dass Zarmina und ich es jetzt besser hätten, wo Osman weg ist, aber dass ich nichts sagen darf. Dann haben sie mit Hamida gesprochen, das war total anstrengend, weil ich alles in Paschtu übersetzen musste. Harald war streng zu ihr, und sie sollte der Polizei sagen, dass ich den ganzen Abend zu Hause war. Sonst hätten wir ein Problem und sie müsste mit uns wieder nach Afghanistan zurück. Aber wenn sie das machte, was er sagte, würde alles gut. Dann würde er uns eine Wohnung besorgen.»

«Hat Hamida verstanden, was passiert ist?»

«Denke schon. Aber sie war stumm. Hat sich nicht getraut zu reden. Harald macht ihr Angst. Er hat so viel gelogen, Harald, und uns Angst gemacht. Er hätte Zarmina umbringen können, mit seinem Feuer und dem Rauch.»

Khaled stockte, und seine Miene verfinsterte sich. Er begann, den Schorf auf seinem Handrücken aufzukratzen, hielt aber inne und legte die Hände wieder auf den Tisch.

«Wie geht es Harald denn?», wollte er wissen.

Lisa war froh, dass er sich nach ihm erkundigte. Das bestätigte ihren Eindruck, dass er auch zu den Gefühlen, die ihn belasteten, einen Zugang hatte.

«Er kommt durch. Aber es steht noch nicht fest, ob er irgendwelche bleibenden Schäden davontragen wird. Du hast ihn ganz schön übel zugerichtet, Khaled.»

«Ich war total krank vor Wut, deshalb habe ich immer weiter getreten und geschlagen. In meinem Kopf ist irgendwie alles schwarz geworden. Es tut mir leid für Harald. Glauben Sie, er kann mir verzeihen?»

«Das weiß ich nicht. Kannst du ihm verzeihen?»

«Vielleicht. Komme ich ins Gefängnis?»

«Das sehen wir dann, Khaled. Bis dahin ist es noch ein weiter Weg. Morgen wird entschieden, wie lange deine U-Haft dauern wird, du kommst wahrscheinlich ins Gefängnis. Dann folgt die Gerichtsverhandlung, danach wird das Urteil verkündet. Aber das dauert noch. Wir werden sehen.»

«Also, wenn ich ins Gefängnis komme, kann Zarmina mich dann besuchen?»

Lisa nickte.

Bloß jetzt nicht losheulen, dachte sie.

«Vielleicht kann mich auch meine Mama besuchen? Meine richtige Mama, meine ich.»

«Vielleicht schon, Khaled. Vielleicht schon.»

«Mach du das mit der Alten. Ich kann sie nicht mehr sehen.»

Lisas Worte klangen Bengt Aronsson noch in den Ohren, als er Montagnachmittag unterwegs ins alte Präsidium am Davidhallstorg im Zentrum von Malmö war, wo er jahrelang beim Dezernat für Jugendkriminalität gearbeitet hatte. Er würde Josefin Mjörner treffen, die angeklagt war, weil sie den Täter gedeckt hatte. Sie saß in einer der viel zu kleinen

Zellen, in die das Licht anstatt durch ein Fenster durch Glasbeton fiel und viel matter und deprimierender wirkte. «Den Täter decken.» Dieser juristische Ausdruck hat nur wenig mit ihrer eigentlichen Straftat zu tun, dachte Aronsson. «Verrat an Kindern» hätte besser gepasst.

Hier landete man für maximal vier Tage nach der Festnahme, und obwohl es Aronsson ein wenig schwerfiel, sich an den Gedanken zu gewöhnen, dass die Grande Dame der schwedischen Schauspielerelite auch nicht besser behandelt wurde als Lieschen Müller, war es doch beruhigend, dass vor dem Gesetz alle gleich waren.

Sie war in schlechter psychischer Verfassung, aber die Ärzte hatten entschieden, dass sie in Haft bleiben konnte, wenn sie ärztlich überwacht wurde und ihr Beruhigungsmittel verabreicht wurden. Aronsson war sich nicht sicher, ob der Staatsanwalt dafür plädieren würde, dass sie in Haft blieb, aber ihre Strafe war ohnehin schon hart und schonungslos genug. Die Presse hatte ganze Romane über ihre Festnahme veröffentlicht, und es war noch mehr zu erwarten, wenn alle Details des Falles bekannt werden würden. Auch wenn Mjörner morgen die klaustrophobisch enge Zelle verlassen würde, würde ihr Dasein auf mentaler Ebene ohnehin einem Gefängnis gleichen. Hoffentlich gab es jemanden, der sich um sie kümmerte. Sie war trotz allem ein Mensch und kein Monster.

Aronsson betrat das Präsidium und stieg die Treppe bis zu seiner alten Abteilung hoch, wo er rasch ein paar seiner ehemaligen Kollegen begrüßte. Er ging bis zum Ende des Korridors und fuhr mit dem Fahrstuhl ein Stockwerk höher. Seine Schritte hallten von der weiß gestrichenen Backsteinwand wider, als er zum Verhörzimmer ging. Er legte Block und Stift zurecht und rief bei den Kollegen an. Fünf Minuten später betrat Josefin in Begleitung eines Wachbeamten den Raum. Sie wirkte blass, ihr Blick war leer. Die Ausstrahlung, mit der sie sonst ihr Publikum in ihren Bann zog, war wie weggeblasen. Die Beruhigungsmittel haben das ihre dazu beigetragen, dachte Aronsson.

Der Wachmann verließ das Zimmer, und Aronsson bot Josefin Mjörner den Stuhl gegenüber an. Anfangs stellte er ihr ein paar Fragen über die Zeit vor dem Mord, warum sie nichts unternommen hatte, als sie erfuhr, dass Osman Faqiri nicht der Vater der Kinder war, dass er sie misshandelte. Sie antwortete knapp und bisweilen ausweichend, als versuche sie sich vor ihrer Verantwortung zu drücken. Aronsson machte lustlos ein paar Notizen in seinem Block. Sie hatte ohnehin genug erzählt, damit er sich ein klares Bild von Mjörners Rolle in der «Operation Verdunkelung» machen konnte.

Aber sie hatte ihm noch kein Motiv genannt. Das störte ihn.

«Frau Mjörner», sagte er in scharfem Ton. «Zu Ihrem eigenen Besten müssen Sie versuchen, alles so genau wie möglich zu erklären. Warum haben Sie geschwiegen? Und warum haben Sie uns nach dem Mord belogen?»

Die Schauspielerin blickte auf die Tischplatte und murmelte etwas davon, dass sie Khaled schützen wollte.

«Dann hätten Sie ihn und seine Schwester gleich schützen müssen, als Sie von Osmans Misshandlungen erfahren haben. Seien Sie doch ehrlich, Frau Mjörner. Warum haben Sie versucht, alles zu vertuschen?»

«Ich dachte, das sei das Beste für die Kinder.»

«Für Khaled und Zarmina? Für sie soll es gut gewesen sein, dass gerade der Mensch sie benutzt und hintergangen hat, an den sie sich voller Vertrauen in ihrer schwierigen Situation gewandt haben?»

«Ich habe niemanden benutzt! Ich habe nur versucht, das

zu tun, was ich für das Beste hielt. Es ging ja nicht nur um Zarmina und Khaled. Ich musste schließlich auch an all die anderen Kinder denken!»

Die Vehemenz in Mjörners Stimme überraschte Aronsson.

«Was meinen Sie mit all den anderen Kindern?»

«Sie müssen verstehen, Herr Kommissar. Ich dachte an all die anderen Familien, für die das Netzwerk so viel getan hat. Vielleicht war es ein Fehler von uns, Familie Faqiris Kampf um ihr Bleiberecht für unsere Partei zu instrumentalisieren. Aber ich wusste wirklich nicht, wie schlimm es tatsächlich war. Als mir das klarwurde, dachte ich, es sei besser zu schweigen. Es stand so viel auf dem Spiel. Die ganze Thematik der illegalen Flüchtlingsfamilien, das große Echo der Bevölkerung. Ich wusste, dass die Umfragewerte sinken, wenn die ganze Wahrheit ans Licht kommt, und dass das Wasser auf der Mühle der fremdenfeindlichen Kreise ist. Das wollte ich verhindern, und deshalb habe ich nichts gesagt.»

«Für einen guten Zweck haben Sie also beschlossen, vor den Ungerechtigkeiten, die zwei unschuldigen Kindern widerfahren sind, die Augen zu verschließen? Soll ich Ihre Antwort so deuten? Dass Sie den höheren Interessen auf Kosten des Wohles der Kinder den Vorzug gegeben haben?»

«Nein! Ich wollte nur ...»

Aronsson hatte sich derart in Rage geredet, dass er tief durchatmen musste, bevor er weitersprechen konnte. Das war ungewöhnlich für ihn.

«Ja, was wollten Sie denn dann, Frau Mjörner? Wovor hatten Sie Angst? War es nicht eigentlich so, dass Sie Angst davor hatten, nicht mehr im Rampenlicht zu stehen?»

«Ich hatte meine Zeit im Rampenlicht», schnaubte Mjörner, bevor sie einen demutsvolleren Ton anschlug.

«Sie verstehen nicht, Herr Kommissar. Für mich war Osman ein Mann, dem seine Familie viel bedeutet hat. Ich wusste, dass er auch seine dunklen Seiten hatte, dass die Jahre in Afghanistan in Gefangenschaft unter dem Talibanregime und noch dazu die Flucht und die Ungewissheit ihre Spuren hinterlassen haben. Aber ich dachte, das wäre vorbei, ich dachte, nachdem ich mit ihm gesprochen hatte, würde er die Kinder nicht mehr schlagen.»

«Und als Osman tot war? Als Khaled ihn erstochen hatte, weil er die Schläge einfach nicht länger ertragen hat? Allerspätestens da hätten Sie dem Jungen und seiner kleinen Schwester helfen müssen, anstatt sie noch mehr unter Druck zu setzen, indem Sie sie zum Lügen anstifteten.»

Im Raum wurde es still. Mjörner saß zusammengesunken auf ihrem Stuhl und starrte ins Leere, auf einen imaginären Punkt an der Wand hinter Aronsson. Als das Schweigen anhielt, legte er den Kugelschreiber zur Seite und fuhr mit den schwitzigen Händen an der Hosennaht entlang. Er griff zum Hörer und gab die Durchwahl des Wachpersonals ein.

«Ihr könnt sie jetzt holen. Wir sind fertig.»

DIENSTAG, 11. SEPTEMBER

Leyla hielt sich weder für besonders kompetent noch für außergewöhnlich mutig. Auf das Schulterklopfen der Kollegen konnte sie verzichten, auch wenn sie stolz darauf war, dass die Redaktion ihre Arbeit ausnahmslos anerkannte. Sie hatte am Wochenende ihre Artikel über die Humanistische Alternative nicht geschrieben, um Lob einzuheimsen. Ihr ging es vor allem ums Überleben, oder zumindest wollte sie sich therapieren. Nachdem Harald Holmström sie vergangenen Freitag angegriffen hatte, war sie mit Blaulicht ins Krankenhaus gekommen. Sie war übel zugerichtet gewesen. Sie hatte Blutergüsse und Schwellungen im Gesicht und am Körper. Außerdem war eine Rippe angebrochen und der linke Knöchel verstaucht. Kosmetisch betrachtet war das Veilchen am rechten Auge am schlimmsten, sie sah wie ein typisches Opfer von häuslicher Gewalt aus.

Eigentlich hatten die Ärzte Leyla über Nacht im Krankenhaus behalten wollen, doch sie hatte höflich, aber kategorisch abgelehnt. Und als die Redaktionsleitung ihr am Abend ein Gespräch mit einem Krisenpsychologen vorgeschlagen hatte, hatte sie erneut abgelehnt. Vielleicht zu einem späteren Zeitpunkt, aber zuerst wollte sie ihre Familie und Tom sehen. Natürlich nicht gleichzeitig, denn ihren Eltern hatte sie immer noch nichts von Tom erzählt. Mutter Fatima wollte, dass Leyla nach Hause kam und in Rosengård übernachtete, aber auch dieses Angebot hatte sie ausschlagen können, und stattdessen hatten ihre Eltern sie in ihrer Wohnung am Värnhemstorg besucht. Nach ein paar anstrengenden Stunden hatte Leyla sie trotz besorgter Proteste ihrer Mutter verabschiedet und gleich darauf Tom angerufen, der sofort zu ihr gekommen war.

Nachdem sie ihm von Holmströms Übergriff erzählt hatte, hatten sie nicht mehr viel geredet und sich im Bett gegenseitig im Arm gehalten, bis Leyla gegen halb eins eingeschlafen war.

Am nächsten Morgen wollte Tom, dass sie auf dem Rücken liegen blieb, damit er sie verwöhnen konnte. Aber auch gegen diesen Vorschlag hatte sie etwas einzuwenden gehabt. Zum einen konnte Mutter Fatima unangemeldet vorbeikommen, was nicht sehr verlockend war, solange sie noch nichts von Tom erzählt hatte. Zum anderen verspürte Leyla den übermächtigen Drang, sich an den PC zu setzen, um über die dramatischen Entwicklungen der Humanistischen Alternative zu schreiben. Sie wollte sich all das Schreckliche von der Seele schreiben, um einen Schlussstrich zu ziehen und wieder nach vorn zu blicken.

Die Nachrichtenchefin Susanne Ljungberg hatte nicht lange überlegen müssen, als Leyla sie am Samstagvormittag anrief und ihren Vorschlag unterbreitete. Es war äußerst ungewöhnlich und vermutlich ein absolutes Novum, dass die Zeitung bei den internationalen Meldungen führend war.

Leyla hatte fünf Bedingungen gestellt: Sie wollte von zu Hause aus arbeiten, Annika Hörlin sollte mit ihr gemeinsam die Artikel verfassen, Palle Pettersson sollte für das höchste Wochenendhonorar gebucht werden, und sie wollte einen Mitarbeiter, der rund um die Uhr telefonisch erreichbar war, um für Recherchen zur Verfügung zu stehen. Unter keinen Umständen wollte sie anderen Medien Interviews geben, wenn die Bombe geplatzt war. Das müsse jemand anders mit größerem verbalem Talent machen, hatte sie entschieden.

Binnen zehn Minuten hatte Ljungberg die Bedingungen erfüllt, und eine Dreiviertelstunde später saßen Leyla, Annika und Palle mit aufgeklappten Laptops an ihrem Küchentisch und planten ihre Arbeit. Über Khaleds Festnahme und den Tumult in Oxie hatten die Kollegen bereits in der Samstagsausgabe berichtet. Also beschlossen die drei, für den Sonntag eine Fortsetzung zu schreiben, in der Leyla Holmströms Übergriff schildern sollte und sie mit der Meldung an die Öffentlichkeit gehen wollten, dass Khaled unter Verdacht stand, seinen Vater umgebracht zu haben, was Leyla mit eigenen Ohren gehört hatte, als Lisa ihn festnahm. Sie arbeiteten konzentriert und äußerst effizient, mit kurzen Pausen, um ihre Artikel aufeinander abzustimmen oder um etwas zu essen. Leyla musste auch Lisa Berggren eine Stunde gewähren, die am Samstagnachmittag vorbeikam und sie verhörte. Sie saßen in ihrem Schlafzimmer, während Palle und Annika in der Küche weiterarbeiteten. Diese Stunde hatte sich gelohnt: Das Misstrauen, das Leylas und Lisas Beziehung bisher geprägt hatte, wurde durch etwas ersetzt, das man beinahe als gegenseitigen Respekt bezeichnen konnte. Das tat den beiden gut. Leyla erzählte, dass Dora Brandt Josefin Mjörners leibliche Tochter war, jedoch ohne ihre Quelle preiszugeben, und sie bekam von Lisa das Versprechen, dass sie anderen Journalisten gegenüber bis zur Veröffentlichung ihres Artikels am Montag Stillschweigen bewahrte. Lisa ihrerseits bestätigte, dass Khaled verdächtigt wurde, Osman ermordet zu haben, und dass er ihn nach jahrelanger Misshandlung im Affekt getötet hatte.

Es war eine sehr gute Sonntagszeitung geworden, deren Inhalt fleißig zitiert wurde und sämtliche nationalen Sendungen in Radio und Fernsehen beherrscht hatte. Auch mehrere Nachrichtenprogramme internationaler Fernsehsender bedienten sich dieser Meldungen. Chefredakteur Arne Ragnell war völlig begeistert. Er hat diesmal als Mitherausgeber wirklich Mut bewiesen, dachte Leyla.

Die gestrige Ausgabe hatte wenn möglich noch größere Beachtung erfahren. Die Enthüllung, dass Josefin Mjörner die Existenz ihrer leiblichen Tochter verschwiegen und sie zur Adoption freigegeben hatte, dass sich diese Tochter ihr unter Annahme einer falschen Identität genähert und sich anschließend das Leben genommen hatte, besaß alle Ingredienzien einer menschlichen Tragödie. Palles großartige Bilder von Josefin und Dora im Zwiegespräch bei der Mitgliederversammlung auf Nydalagård setzten dem noch die Krone auf.

Die Arbeitsteilung am Küchentisch war sauber durchstrukturiert gewesen. Annika feilte an Leylas Texten und schrieb parallel an einer umfangreichen Reportage über den Aufstieg und Fall der Humanistischen Alternative, während Palle aus dem Bildarchiv der Zeitung und von seinen eigenen Fotos Bilder auswählte und bearbeitete, auf denen es eine Verbindung zu Josefin Mjörner und der Partei gab.

Sie arbeiteten von früh bis spät und nahmen nur Telefongespräche über ein Handy an, das die Redaktion ihnen zur Verfügung gestellt hatte. Mutter Fatima und Tom mussten sich mit kurzen, beschwichtigenden Rückmeldungen über Leylas Gesundheitszustand begnügen.

Indem Leyla über ihre Gefühle und Erlebnisse schrieb, wurde ihr klar, was sich wie ein roter Faden durch alles zog: der umfassende Verrat an den Kindern, die ausgenutzt, vergessen oder verstoßen wurden. Nicht nur Kinder wie Khaled und Zarmina, sondern auch Dora Brandt und selbst Josefin Mjörner in jungen Jahren. Kinder, die ausnahmslos als Marionetten in einem Puppenspiel der Erwachsenen fungierten und deren Aufgabe es war, egoistische Träume zu verwirklichen, oder die auf Kosten von höheren Interessen einfach vergessen wurden.

Das alles diente Annika Hörlin als Basis für ihre große Reportage, die sie mit Leylas Unterstützung geschrieben hatte und die am Dienstagmorgen auf der ersten Seite prangte. Dank Leylas informeller Zusammenarbeit mit Lisa enthielt die Reportage die Meldung über einen letzten Verrat: dass Khaled und Zarmina nicht Osmans leibliche Kinder waren und Josefin Mjörner und Harald Holmström die beiden unter Druck gesetzt hatten, dies zu verschweigen.

Nun lag Leyla auf dem Sofa vor dem Fernseher und blätterte die Zeitung durch. Sie hatte gerade das Morgenmagazin des Schwedischen Fernsehens SVT gesehen, wo Annika aus Malmö zugeschaltet gewesen war und über die umfassende journalistische Arbeit berichtet hatte, die notwendig gewesen war, um die Humanistische Alternative zu entlarven. Annika hatte natürlich Leylas führende Rolle betont, was ihr schmeichelte, aber auch ein bisschen peinlich war. Außerdem hatte sie eine erstklassige Analyse darüber abgegeben, welche Konsequenzen diese Sache für die politische Landschaft Schwedens haben würde.

Die ehemalige Brüssel-Korrespondentin war wieder obenauf mit ihren pointierten Formulierungen und messerscharfen Analysen. Leyla freute sich, weil sie dazu beigetragen hatte, ihre Kollegin vom Abstellgleis zu holen.

Davon abgesehen hatte sie eher gemischte Gefühle. Sie hatte durchaus Grund, stolz zu sein auf ihre journalistische Leistung, aber eigentlich gab es keinen Anlass, um über die Enthüllung zu jubeln. Die Humanistische Alternative hatte frischen Wind in die nationale Politik gebracht, und der Einsatz der Partei für die illegalen Flüchtlingsfamilien war wie ein Befreiungsschlag gegen Fremdenfeindlichkeit und den Erfolgs der Schwedendemokraten gewesen. Aber Leylas Aufgabe als Reporterin bestand darin, meinungsfreien Journalismus zu betreiben; persönliche Ansichten zu vertreten, das blieb den leitenden Redakteuren und den Kommentarschreibern überlassen. Leyla wollte der Wahrheit so nah wie möglich kommen, das Machtgefüge im Auge behalten und seine Fehltritte entlarven. Trotzdem hoffte sie, dass jemand die Scherben der Humanistischen Alternative aufkehren und etwas Gutes daraus machen würde.

Doch nicht nur solche Gedanken beschäftigten Leyla an diesem Vormittag. Sie sehnte sich nach Tom. Sie wollte, dass er bei ihr war. Wollte ihm körperlich nahe sein, aber ihn auch in ihrem Innern spüren. Auch deswegen hatte sie beschlossen, ihren Termin bei der Gynäkologin wahrzunehmen, den sie vergangene Woche schon vereinbart hatte. In einer knappen Stunde sollte sie dort sein.

Seit sie trotz Spirale schwanger geworden war und die Fehlgeburt erlitten hatte, hatte sie es nicht gewagt, mit Tom zu schlafen. Nun war es höchste Zeit, dass ihr Sexleben wieder in Ordnung kam und alles andere auch.

Tom hatte nicht protestiert, als sie auf seine Annäherungsversuche nicht eingegangen war. Er war rücksichtsvoll und verständnisvoll gewesen. Etwas unsicher und zögernd, denn seit ihrem Streit plagten ihn Schuldgefühle. Auch Leyla hatte ein schlechtes Gewissen, weil sie ihm nichts von der Fehlgeburt gesagt hatte. Das war wohl ihre Schwäche, dass sie immer so viel für sich behielt. Dass sie nie wagte, jemandem zu trauen.

Sie schlüpfte in ihre Jacke und setzte ihre Sonnenbrille auf, damit man das Veilchen nicht sah, und verließ die Wohnung. Nachdem es mehrere Tage unablässig geregnet hatte, war Malmö wie so häufig in Nebel gehüllt, der vom

Meer hereingeströmt war und sich wie ein grauer Deckel über die Stadt gelegt hatte. Aber es war noch recht mild, und Leyla genoss es, die herrliche Luft einzuatmen. Sie schwang sich auf ihr Fahrrad und steckte sich die Kopfhörer von ihrem iPod in die Ohren. Dann sauste sie durch die Stadt, fuhr durch den Slottsparken und über die Parkbron, wo «Johan unter der Brücke», der Obdachlose, über ein Jahrzehnt lang sein Zuhause gehabt und seine rohen Protestlieder gesungen hatte, dass das Echo von dem Betongewölbe widergehallt war, bis er von einem auf den anderen Tag verschwunden war. Anscheinend war er in eine Wohnung gezogen und hatte sogar einen Job gefunden.

Obwohl Leyla seit vergangenem Freitag eine Menge Aspirin geschluckt hatte, spürte sie ständig die schmerzenden Blutergüsse und Schwellungen.

Ich hätte besser ein Taxi nehmen sollen, dachte sie und bog mit Mühe in den Tessinvägen ein, die Hauptstraße der sogenannten Käppastan, die ihren Namen von den hochbetagten Einwohnern erhalten hatte.

Auch hier veränderte sich alles. Die Alten zogen aus, und die Neuen zogen ein. Leyla fühlte sich nicht sehr heimisch in dieser ruhigen Gegend mit dem gemütlichen Trott. Für ihren Geschmack war es hier zu musterschwedisch. Sie vermisste den Puls der Innenstadt mit dem Verkehr und den Menschen unterschiedlichster Couleur.

Aber einen besseren Ort für eine gynäkologische Praxis konnte sie sich nicht vorstellen. Vor ein paar Jahren hatte Leyla diese private Praxis mit großer Sorgfalt ausgewählt, gerade weil sie in einem Viertel lag, wo sie keine Bekannten hatte. Außerdem war sie in einem Wohnhaus in einer Seitenstraße des Tessinvägen untergebracht, und von außen war nicht zu erkennen, dass es sich um Praxisräume handelte.

Leyla stellte ihr Fahrrad vor dem Haus ab und klingelte. Als sie eingetreten war, bemerkte sie erleichtert, dass nur eine Patientin im Wartezimmer saß. Leyla meldete sich an und ließ sich in ein groß geblümtes Sofa fallen, um zu verschnaufen und in einer Zeitschrift zu blättern. Dann kam ihre Frauenärztin ins Wartezimmer, um sie aufzurufen.

«Wie geht es Ihnen?», fragte die warmherzige Ärztin, als Leyla ihre Sonnenbrille abgenommen hatte, sodass ihr Veilchen sichtbar wurde.

«Ich habe Ihre Artikel in der Zeitung gelesen und nicht damit gerechnet, dass Sie heute kommen. Ist alles in Ordnung?»

«Doch, doch, es ist nicht so schlimm», erwiderte Leyla ausweichend.

Sie mochte ihre Ärztin sehr, wollte mit ihr jedoch nicht über den Überfall reden. Die Medizinerin hatte eine gute Intuition, deutete Leylas Signale richtig und kam auf die gynäkologischen Fragen zu sprechen. Leyla erzählte von der Spirale, die versagt hatte, und von der frühen Fehlgeburt.

Anschließend bat die Ärztin sie, sich frei zu machen und auf den Gynäkologenstuhl zu setzen. Als die äußerliche Untersuchung abgeschlossen war, rollte die Gynäkologin einen Tisch mit einem Apparat heran, der an einen Bildschirm angeschlossen war.

«Ich werde eine vaginale Ultraschalluntersuchung machen. Aber das kennen Sie ja schon, oder?»

Leyla nickte und versuchte, sich zu entspannen, als die Ärztin den Stab in ihre Scheide gleiten ließ. Er fühlte sich kalt an, aber es war nicht unangenehm. Die Ärztin stellte den Tisch leicht schräg, damit Leyla auch auf den Bildschirm sehen konnte.

«Jetzt schauen wir mal», sagte sie und drehte vorsichtig den Stab.

Leyla konnte nichts erkennen und wollte schon fragen, wo man bei all den verschwommenen Strichen und Punkten die Spirale erkennen konnte, als die Gynäkologin sie überrascht ansah.

«Sie sind ja schwanger», sagte sie.

Leylas erste Reaktion war, dass die Ärztin sich irren musste.

«Sie sind schwanger, Leyla», wiederholte sie und zeigte auf den Bildschirm. «Das ist die Gebärmutter, und hier sehen Sie den Fetus. Sie können sogar sehen, wie das Herz schlägt.»

Leyla betrachtete verwundert den kleinen Punkt, der tatsächlich wie ein Herz pochte. Trotzdem konnte sie kaum glauben, was ihre Ärztin sagte.

«Aber ich hatte doch eine Fehlgeburt», sagte Leyla.

«Haben Sie danach einen Schwangerschaftstest gemacht?»

«Nein, es hat stark geblutet, und nach ein paar Tagen hatte ich nochmals Blutungen. Da bin ich davon ausgegangen, dass ich wieder meine Tage bekommen habe.»

«Blutungen sind nicht ungewöhnlich zu Beginn der Schwangerschaft. Haben Sie jetzt immer noch Blutungen?»

«Nein, jetzt nicht mehr.»

«Haben Sie sich in der Zeit irgendwie unwohl gefühlt? Übelkeit oder so etwas?»

Endlich fiel der Groschen. Die Stimmungsschwankungen, der zügellose Appetit, der plötzliche Widerwille gegen Kaffee, schmerzende Brüste, Übelkeit und der Hosenbund, der über dem Bauch spannte. Alles hatte seine natürliche Erklärung. Alles hing damit zusammen, dass sie schwanger war.

«Ist es gefährlich für den Fetus, wenn man Aspirin eingenommen hat?»

Leylas Frage kam völlig unerwartet, und sie war selbst überrascht, als sie sie hörte.

«Machen Sie sich da mal keine Sorgen. Die Schwangerschaft ist noch ganz am Anfang, da gibt es immer ein paar Risiken. Ohne genau zu messen, würde ich schätzen, dass Sie in der zehnten Woche sind», sagte die Gynäkologin.

«Dann kann ich noch abtreiben, wenn ich will.»

«Ja, bis zur achtzehnten Woche ist das erlaubt. Aber ein solcher Eingriff bedeutet für den Körper eine zusätzliche Belastung, wenn man zu lange wartet. Das sollten Sie wissen.»

Leyla hörte zu, wusste aber nicht recht, was sie von dem halten sollte, was die Ärztin sagte.

«Sie müssen erst mal noch darüber nachdenken, oder?»

«Ich glaube, ja.»

«Dann machen Sie das in aller Ruhe», sagte die Medizinerin. «Sie können mich nächste Woche anrufen, wenn Sie eine Entscheidung gefällt haben.»

«In Ordnung.»

«Bevor Sie gehen, nehme ich Ihnen die Spirale raus. Sie hat sowieso nicht so funktioniert, wie sie sollte», fuhr sie freundlich fort und lächelte.

Der Eingriff mit der Zange war einfach, und nach weniger als zwei Minuten war die Spirale entfernt. Leyla zog sich an, und bevor sie zum Bezahlen zur Anmeldung ging, klopfte die Gynäkologin ihr aufmunternd auf die Schulter und bedachte sie mit einem weiteren Lächeln.

Schon als sie aus der Tür trat und ihr Fahrrad aufschloss, hatte sie entschieden. Sie wollte das Kind zur Welt bringen. Weil sie wollte. Weil das Kind wollte. Da war ein kleiner willensstarker und zäher Kämpfer in ihrem Bauch, der jede Minute größer und kräftiger wurde. Ein Kämpfer, der der vermeintlichen Fehlgeburt und Harald Holmströms Tritten und Schlägen getrotzt hatte. Ein Kind, das sie brauchte.

Leyla fischte ihr Mobiltelefon aus der Tasche und rief Tom an. Mit klopfendem Herzen wartete sie gespannt, dass er sich meldete. Aber als sie seine Stimme hörte, war es, als fiele die ganze Nervosität von ihr ab.

«Hej, Tom», sagte sie. «Ich muss dir was sagen. Es geht um ein Kind.»

DANK

Das ist ein Roman. Handlung und Personen sind frei erfunden. Das gilt auch für die Zeitung, nicht zu verwechseln mit meinem früheren Arbeitsplatz, der *Sydsvenskan* in Malmö. Aber wie die meisten Autoren habe ich mich von Begebenheiten aus meinem Leben und Menschen, denen ich begegnet bin, inspirieren lassen. Etwas anderes zu behaupten wäre eine Lüge.

Dieses Buch wäre ohne die Hilfe, Ratschläge und Ideen von anderen kaum zustande gekommen. Vielen gebührt Dank, und einige von ihnen möchte ich hier nennen.

Ich danke dem Ermittler J-B Cederholm vom Strafdezernat des Landeskriminalamts in Malmö, weil er mir mit unglaublicher Geduld und pädagogischem Geschick bei den polizeilichen Fakten geholfen hat. Ferner danke ich dem Kriminaltechniker Mats Hassgård, der ausführlich meine Fragen zu Untersuchungen des Tatorts bis hin zu kniffligen DNA-Fällen beantwortet hat.

Ich danke den Studentinnen Farah und Nadia, die bereitwillig über junge Musliminnen und ihren kulturellen Balanceakt in Schweden erzählt haben.

Danke an das Islamic Center in Malmö und an die Familie, die mich an der Beerdigung eines Verwandten teilnehmen ließ.

Ich danke dem Arzt und Gesundheitsbotschafter Ali Sher Sarajuddin, der mir von seinen Erfahrungen als afghanischer Flüchtling berichtet hat, ohne dass es diesbezüglich Übereinstimmungen bei den Romanfiguren gibt.

Dank gebührt Kerstin Nilsson und Oskar Ekblad, der Chefin der Meldestelle beziehungsweise dem Chef der Prüfstelle vom Migrationswerk in Malmö, weil sie mir geholfen haben, die Konsequenzen des Asylrechts und des Dubliner Übereinkommens besser zu verstehen.

Ich danke den Psychologinnen Gunilla Kjölstad und Annika Waller, die mir die notwendigen Informationen geliefert haben, um die Antriebskraft von Menschen auszugestalten, die im Stich gelassen worden sind. Weiterhin danke ich dem Gerichtsmediziner Peter Krantz und der Allgemeinmedizinerin Eva Pulverer Marat, die meine medizinischen Fragen beantwortet haben.

Dank geht außerdem an Carina Celiné Enestarre vom Verein für adoptierte Erwachsene und Pflegekinder, AFO-Skåne, weil sie mir die Situation der Adoptierten geschildert und erklärt hat, wie man bei der Suche nach seinen Wurzeln vorgeht.

Last, but not least möchte ich meiner Verlegerin Karin Linge Nordh und meiner Lektorin Kerstin Ödeen von Forum danken, durch sie war es das reinste Vergnügen, dem Manuskript den letzten Schliff zu geben.

Trotz aller Hilfe der oben genannten Personen sind eventuelle Fehler im Buch einzig und allein meine.

Mikael Bergstrand

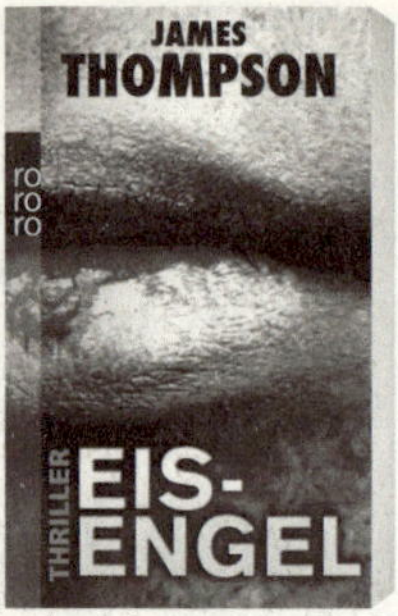
JAMES
THOMPSON
EIS-
ENGEL
THRILLER

Todd
RITTER
Das Schweigen
der Toten

ISOLDE SAMMER
DIE STILLE
NACH DEM
SCHREI
Psychothriller

Olle Lönnaeus

Das fremde Kind

ISBN 978-3-86252-009-1

In einer kleinen Stadt:

Zwei Schuss in den Nacken. Eine Lache aus Blut. Wer hat Herman und Signe Jönsson auf solch brutale Weise ermordet? Womit hat das zutiefst religiöse Paar diese Hinrichtung verdient?
Ihr Adoptivsohn Konrad hat seine Heimat vor langer Zeit verlassen. Nun ist er gezwungen, in das südschwedische Tomelilla zurückzukehren. Als ihn die örtliche Polizei des Mordes verdächtigt, begibt sich der Journalist selbst auf Spurensuche.
Konrad nimmt alte Fäden auf und knüpft neue Verbindungen. Allmählich gelingt es ihm, die Fassade der Kleinstadtidylle aufzubrechen. Dabei muss er sich auch der eigenen Vergangenheit stellen.

Preisgekrönt von der Schwedischen Krimi-Akademie: Das Krimidebüt des Jahres 2009!

MIX
Papier aus verantwortungsvollen Quellen
FSC® C083411

Das für dieses Buch verwendete FSC®-zertifizierte Papier *Lux Cream* liefert Stora Enso, Finnland.